U0901556

蝶证

昆虫专家探案录

阮笙绿 · 著

天津出版传媒集团
天津人民出版社

图书在版编目（CIP）数据

蝶证：昆虫专家探案录 / 阮笙绿著 . -- 天津：天津人民出版社，2020.6

ISBN 978-7-201-15917-1

Ⅰ . ①蝶… Ⅱ . ①阮… Ⅲ . ①中篇小说 – 中国 – 当代 Ⅳ . ① I247.5

中国版本图书馆 CIP 数据核字（2020）第 063693 号

蝶证：昆虫专家探案录

DIEZHENG：KUNCHONG ZHUANJIA TANAN LU

阮笙绿 著

出　　版　天津人民出版社
出 版 人　刘　庆
地　　址　天津市和平区西康路 35 号康岳大厦
邮政编码　300051
邮购电话　（022）23332469
网　　址　http://www.tjrmcbs.com
电子信箱　tjrmcbs@126.com

出 品 人　柯利明　吴　铭
总 策 划　张应娜
责任编辑　玮丽斯
特约编辑　赵艳林
营销编辑　陈　慧
封面设计　小西设计
封面插图　Lewis
版权提供　中文在线

制版印刷　三河市航远印刷有限公司
经　　销　新华书店
开　　本　700 毫米 ×960 毫米　1/16
印　　张　24
字　　数　426 千字
版次印次　2020 年 6 月第 1 版　2020 年 6 月第 1 次印刷
定　　价　46.00 元

人会说谎，会妄想，但是虫子不会，它们会告诉我实话。

目录 CONTENTS

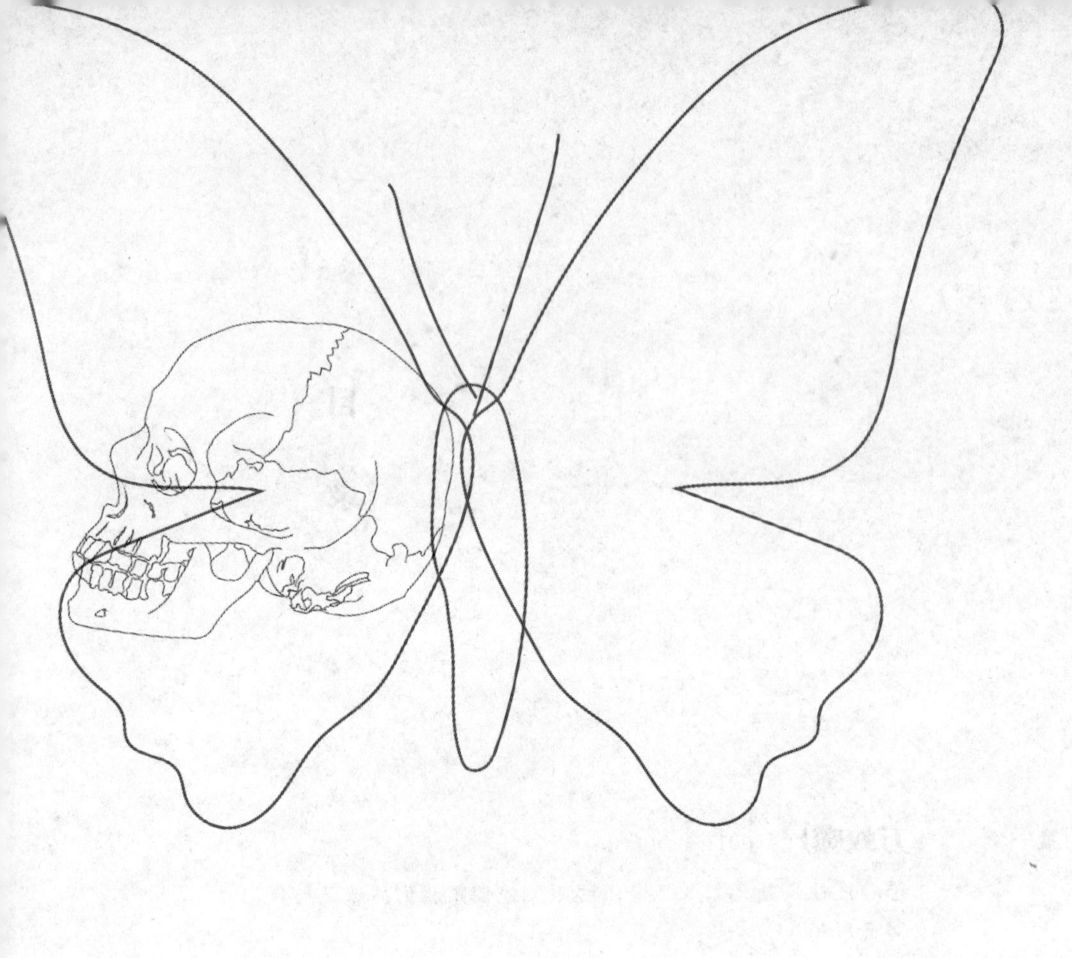

第　一　案
万蚁噬尸

恶魔往往只是凡人并且毫不起眼，他们跟我们同床，与我们同桌用餐。

——W.H. 奥登，英国诗人

1.

辛宠在看守所的会见室门外足足等了一个多小时，才到会见时间。秦松给她打了个手势，她低下头，推了推眼镜，跟着秦松走进会见室。

会见室里的民警查看了秦松的证件，轮到辛宠，那位年轻的民警警惕地问：“秦律师，换了新助理？”

秦松将自己的律师资格证收回去，镇定自若道：“新来的见习律师，带她来历练历练。”

秦松是本市著名的刑事律师，看守所的常客，民警对他十分熟悉，也就没再细问，对里面点点头，放他们进去，转身关上了门。

身后的门关上，辛宠才大大松了一口气，拍了拍秦松的肩，不饰粉黛的俏丽面孔上，浮现出一抹感激的笑来：“老秦，算我欠你一个人情。”

“辛大状的人情可金贵，我得好好利用。”秦松笑着，指了指身前的栅栏门，“人快来了，你有话快点问。”

辛宠点点头，心却在狂跳，看守所的墙壁上的挂钟在嘀嗒作响，每一声都像是在提醒她要保持理智，她深吸了一口气，强迫自己镇定下来。

会见室并不大，顶多七八个平方米，一道栅栏门拦在中间，两边摆着椅子，椅子两端，一边是嫌疑人，一边是刑事律师，这便是见到重大案件嫌疑人唯一的途径。

栅栏门另一边的铁门打开了，一个民警带着一个身穿看守所背心的女人走了进来。女人并不老，只是一脸灰败憔悴，佝偻着腰，看起来竟像是风烛残年的老妇人。

看见那个女人，辛宠百感交集，鼻头发酸，热泪在眼眶里打转，喉咙里更是像灌进了铅一般，涩得发疼。等民警离开，关上门，她忍不住扑到了栅栏门前，喊了一声：“周老师，你还好吗？”

女人抬头看到辛宠，灰暗的双眼中似乎有了一抹光亮，强提起一口气，想说什么，却先落下泪来。

“我没有杀人。”女人的眼泪连珠串般往下滚，“辛宠，你不该来这里，但你来了，是不是表示你相信我没有杀人？”

辛宠握紧拳头，此时心如刀绞。

辛宠是个经验丰富的刑事律师，眼前的女人是她在法学院时的恩师，她岂会不知道，她与周玲玲是师徒，理应避嫌，不可以来看守所会见。但她之所以一意孤行，甚至拜托对她有些意思的秦松带她进来，就是要当面问一问周玲玲，到底是怎么回事。

那起“万蚁噬尸案”实在是骇人听闻，即便警方有意封锁了消息，作为刑事律师的辛宠还是知道了一些细节。

据说案发地是在一个偏僻的公园里，晨练的老人带着狗出来跑步，发现了一具被成千上万的红火蚁疯狂噬咬的尸体。老人被吓得当场昏了过去。老人的狗见主人昏倒，跑出公园，拼命吠叫，并咬住路人的裤脚往公园里拖。路人被拖进公园，看到这一幕吓得踢开狗往外狂奔，幸好跑之前没忘记拨打报警电话。

这起案子被报道出来也只是只言片语，身为刑事律师，又出于兴趣拥有犯罪心理学位的辛宠，还曾经在办公室里跟助理就这起案子侃侃而谈过。她引用多位心理学专家的论文，推断案件嫌疑人必定是初次犯案，具有反社会人格。

抛尸地选得僻静，说明此人没有信心，所以推断是初次犯案。而“万蚁噬尸”不像是巧合，必定是精心安排，一般人没有那么冷静的心理素质。大多数女人都不太喜欢虫子，所以推断嫌疑人为年轻男性。

然而几天之后，抓捕的嫌疑人却实实在在打了她的脸。

被抓的是年过半百的女人，大学教授，而且就是辛宠的恩师——周玲玲。

辛宠得知这个消息时，简直如五雷轰顶，于公于私都坚决不相信这个结果，数次跑去警局询问，最后被她亲哥——重案组组长辛格给赶了出来。

辛格忙了几天，人很暴躁，说起话来毫不留情面：“有目击证人，在现场找到了周玲玲的DNA，而且她本人也承认了。你说，到底哪里有问题？”

“她承认了？”辛宠匪夷所思，“她怎么可能承认了？她是个看见蜘蛛都会跳得老高的胆小女人，怎么能操纵‘万蚁噬尸’？”

周玲玲是教法律思想史的教授，一个十分优雅娴静的女人。在学校的时候，辛宠就像个男孩子，一天到晚风风火火，周玲玲总是对她说：“辛宠啊，你这样男生都会被吓跑的。”

辛宠无所谓地撇嘴：“吓跑了有什么关系？能被我吓跑说明他们根本配不上我。”

周玲玲摇头，低头练她的书法。周玲玲书法极好，临摹的颜真卿的《礼乐集》能够以假乱真，她闲下来就教学生们练字，辛宠就是她的爱徒之一。当初辛宠初进律师行，就是靠着一手好字得到了第一个案子，一炮而红，想来都是周玲玲不辞辛劳、谆谆教诲的结果。

辛宠想着周玲玲的种种，心中越发着急，又说：“我可以用人格保证，周老师绝对不会杀人。”

“你跟我说这些没用，我要证据！证据！”辛格暴躁起来，将她往外推，“这事儿你别掺和了，你们关系不一般，掺和了只会让事情更复杂。”

辛宠再想说什么，人已经被推了出去，重案组的大门在自己面前重重关上，那声巨响如同大锤毫不留情地锤在她的心上。

不得已之下，辛宠只好拜托秦松，假扮他的见习律师来见周玲玲，想亲耳听听她怎么说。

辛宠隔着栅栏握住周玲玲的手，感受到那只手粗糙干涩，完全不似记忆中的细腻，她又是一阵难过，忍了一下，才问：“老师，你别急，慢慢跟我说，到底是怎么回事？”

周玲玲紧紧抓住辛宠的手，像抓住了救命的稻草，哽咽着说："我老公在外面有个女人，养了十几年了，我一直都知道。但是我不能生，总觉得对不起他，就想着能有人给他生个儿子也好，只要他不跟我离婚。十几年了，我忍了十几年，都到了这把年纪，他突然要跟我离婚，说要给外面的儿子一个完整的家；我当时就疯了，跟他撕扯了一番，然后跑出家门。

"我记得很清楚，那天是十月十六日，我生日。我跑出家门，就去酒吧喝了点酒，越喝越难受，又把随身带的降压药吃了，吃完之后我就昏昏沉沉的，之后去了哪里，干了什么完全不记得了……可我不是个坏人，我连杀鸡都不敢，没意识了也不会杀人。辛宠，他们说有目击证人，怎么会有目击证人？"

说到这里，周玲玲的眼泪滴到了辛宠的手上："我没跟人结仇，他们为什么要陷害我？人怎么能坏到这个地步？"

2.

离开看守所，辛宠请秦松吃了顿饭。一家川菜馆，门口挂着一排排红彤彤的辣椒。

辛宠和秦松都是川乡人，看到这些觉得十分亲切，但是辛宠心中有事，一顿饭下来总是郁郁的，没说几句话，秦松便只能自说自话，努力不让场子冷下来，最后弄得辛宠都不好意思了，结账时许诺："下次再请你吃顿好的。"

秦松是个君子，知道襄王有意，神女无心，也就一直对辛宠保持着朋友的距离。他拍拍她的肩安慰道："这事儿太复杂了，别把自己逼得太紧。"

辛宠点了点头，又郑重道了一次谢，两人才分别开车回了各自的律所。

辛宠在刑事法庭混了这么多年，从不打无准备的仗。这个案子，她并不是仅凭一腔热血就去无条件信任自己的老师，她也有自己的考量，觉得这个案子始终有疑点。刑案中疑点利益归于被告，她决定再好好查查。

而这起案子的关键就是那些听人话的红火蚁，她对昆虫学知之甚少，做不出很好的判断，所以就准备求助这方面的专家。

要求助就找最好的，于是她将目光放在了叶时朝身上。

就算对昆虫学不甚了解的人，提到叶时朝也都能说上几句，比如国内首屈一指的生物科技实验室"有虫声"的创始人，比如他拥有多项仿生物发明专利，比如你猜他光这些专利收入是不是就能位列福布斯富豪榜？

看似如此高高在上的一个人，却有个十分接地气的身份，某知识门户网著名的科普博主。这也是辛宠唯一能接近他的渠道。

她开始锲而不舍地给他发私信，讲案子，讲恩师，讲自己知道的一切。就这样一直骚扰了他一周，当她提到她手中有案发现场的红火蚁样本时，对方终于有了回信：

“你带上红火蚁，明天见。”

叶时朝与辛宠约在一家博物馆见面。那是市里最大的昆虫博物馆，里面珍藏着数百万昆虫标本，对人类来说绝对是座宝库，但是辛宠一次都没来过，因为她并不喜欢虫子。

叶时朝说，五点十分，他会站在蝴蝶馆的皇蛾蝶标本前等她。

辛宠急匆匆走进博物馆，已经五点了，问了工作人员，便直接走进了蝴蝶馆。

蝴蝶馆中人不多，三三两两的蝴蝶爱好者拿着相机在拍照，她视力和记忆力都很好，走马观花地找着皇蛾蝶，等找到了，恰巧五点十分。

那位博士似乎还没来，皇蛾蝶前只有一个年轻男人站着，静静地欣赏着蝴蝶，而辛宠则站在一边欣赏他。

男人很高，偏瘦，穿着合体的黑色的衬衣和裤子，衬衣扣子扣到了最顶上一个，偏偏两条被西装裤包裹得笔直修长的腿十分扎眼诱人，让人忍不住往他身上瞄。

辛宠一向胆大包天，不存在不敢看这件事，她走到他旁边，假装看标本，抬头往他脸上望。

身材好，长得也不赖，那睫毛长到逆天，有句话怎么说的来着？想在他睫毛上荡秋千？

也许是她的眼神实在太赤裸了，男人回头看她，皱了下眉，问：“辛律师？”

“啊？是我。”辛宠吓了一跳，没想到自己看个“美人”还能被人家当场抓包，莫非以前撩过他？不对呀，这种天菜级别的，肯定难忘，自己怎么能不记得？

她正在脑海中搜索对他的印象，对方却抬起手腕，看了下腕表，白皙的手腕上戴着黑色的腕表，画面实在让人春心萌动。

她还在胡思乱想，就听对方说：“你很准时。”

“啊？”辛宠一愣，大脑飞速运转，想到一个可能，“您是叶博士？”

对方点了点头。

与此同时，辛宠脑中滑过无数条弹幕，都在大叫：

“天天天天！现在学术界都开始拼颜值了吗？长成这样蹲在实验室里养虫子？”

当然弹幕仅在心里，不能露出分毫。她很快整理好表情，微笑得恰到好处，朝叶时朝伸出一只手："谢谢您愿意见我，没想到您这么年轻，一时没认出来，您别见怪。只不过您怎么认出我的？"

叶时朝伸手简短地跟她握了一下："你的 ID 头像就是你的照片。现在看来，照片很真实，没有修过图。"

辛宠理所当然地将这句话当成了夸奖，毕竟见过她的人都称赞过她的颜值，一直以为她在律师界是所向披靡的。

"一直在打扰您，真的很抱歉，但是这件事，除了您我真不知道该去找谁帮忙了。"她说着将装有红火蚁样品的瓶子从包里拿了出来，"这几只蚂蚁是我偷偷藏的，希望能从它们身上找到对老师有利的证据。"

叶时朝并没有接那个瓶子，他目光从瓶子上移到她的脸上，用一种审视的眼神看着她："你真以为一只小小的昆虫能对刑事案件的破获提供多大的帮助？"

"当然。"辛宠目光明亮笃定，丝毫不见迟疑，"昆虫破案在国内外都有先例，我们国家昆虫破案的历史更是可以追溯到宋朝，老祖宗都在用的技术总不能到了科技发达的今天，反而弃之不用了。"

"你是律师，对司法界应该很了解，人脉应该比我要广，为什么没有找到人帮你，反而要求助我一个陌生人？"叶时朝问她，目光尖锐了起来。

"因为实在找不到人。"辛宠回答得十分老实，也很无奈，"不瞒您说，我去找了熟悉的法医，也去学校拜访过法医昆虫学的教授，但是目前为止法医昆虫学的研究都还停留在尸案现场惯常出现的昆虫身上，比如蛆蝇。没有人对火蚁食人有过研究，也没有数据可供对比查验。所以我就去查了一下，才知道全世界从事这个领域研究的科学家只有 62 位，这可是全世界呀。国内更是屈指可数。"

"那是因为这个领域实在不受重视。"叶时朝的目光落回面前的蝴蝶标本上，脸上的表情掩藏在阴影里，忽明忽暗，"我在大学里也选修过法医昆虫学，然而就连导师自己都劝我们不要将这门研究当作主业，否则离开学校就会饿肚子。"

"那我现在手上只有这个，我能怎么办？"辛宠有几分失望，捏着小玻璃瓶的手，有几分泛白，"只要有希望，我总要试一试。"

叶时朝这才朝她伸手："试一试可以，但是没有结果不要后悔。"

辛宠欢喜起来，连忙把小玻璃瓶递了过去："后悔什么？有希望总比没希望强。"

小玻璃瓶上还残留着她的体温，落到他的掌心里，似她的目光一般热烈，他的手不自觉地缩了一下。

瓶子中的火蚁都已经死了，褐色的触角上还粘着泥土，他将瓶子举起来，仔细看了看，问：“案发现场解禁了吗？”

“早解禁了。”辛宠的目光随着叶时朝的动作转动，像小学生在等着老师检查作业，“但是警方为了防止火蚁乱窜伤人，在案发现场周围喷洒了杀虫药，这都十几天过去了，早看不见活的火蚁了，就这些，还是我在刚解禁的时候，偷偷跑去找来的昆虫尸体。”

“先去看看。”叶时朝说着将小瓶子放进了裤子口袋里，转头问辛宠，“你开车了吗？”

辛宠点头：“开了。”

“技术怎么样？”他又问。

“还……不错？”

辛宠不太明白他这么问的目的，但是自己的驾驶技术是真的不错，毕竟年少轻狂时还玩过赛车，曲折的山路都开过，在平坦的城市里开车，算不了什么。

叶时朝点了点头，似乎很满意：“那坐你的车去。我十分不喜欢驾驶技术差又不遵守交通规则的人，比如刚才来时，那个出租车司机转弯竟然都不打转向灯，我投诉了他，并记住了他的车牌号，江 H3406。记住，下次遇见这辆出租车，最好不要坐。”

叶时朝说着就往停车场方向走，辛宠在他身后吐了吐舌头，心想，他还真是个严谨的人，自己的大大咧咧一定要好好兜着，千万不能露出来。

3.

案发现场在一个偏僻的街边公园，街对面是个建材市场，公园里有条小河，河的一边有不少健身器材，供周围住户健身娱乐，但是这里曾经发生过流氓骚扰女性的案件，再加上前面又建了体育馆，周围的居民就渐渐不来这里活动了，这里也便慢慢荒废了，即便是白天也鲜有人至。

“被害人就是在小树林里被发现的。”辛宠指着离健身器材十几米远的小树林，树林周围还有撕下来的用来封禁现场的黄色胶带，“据说被发现的时候，受害人是站着的，身上套着好大一截掏空的木桩，全身上下爬满火蚁，远远看上去红彤彤一片……虽然我没有密集恐惧症，但是想想那个画面也全身起鸡皮疙瘩。”

叶时朝走进小树林，在辛宠指的地方蹲下来仔细看了看，又起身四处看了看，才回头问她：“你说受害人的尸体在这里待了几天？”

“三天。”辛宠跟了过去，认真回忆，“其实我也接触不到案子的卷宗，但我哥是刑警队的，我去找他的时候，偷看了两眼，我记性不错，记下不少。卷宗上写，法医初步推断，受害人死亡有三天左右。最近市里多雨，而尸体没有任何雨淋过的痕迹，所以推断是最后一次下过雨后被放在那里的，也就是三天前，跟死亡时间对得上。”

“三天……”叶时朝念叨着，又四处看了看，“案发时火蚁都集中在尸体身上？现场其他地方的火蚁多不多？”

“主要集中在死者身上，其他地方没有多少。”

“这就奇怪了，火蚁有食尸性不错，但是它的巢穴并不在这附近，即便有了食物也会想方设法搬回巢，人肉又不是不可切割的，我可是见过蚂蚁将一头健壮的牛啃食干净，说是啃食，其实大多数肉都被啃碎带回了巢穴，供养蚁后和幼蚁。这些火蚁怎么会三天都还在这里？”他想了想，皱起眉头，“除非受害者的身体便是一个巨大的蚁巢。这……太有意思了！”

后面那句话他声音很小，辛宠听得不是很清楚：“您说什么？”

叶时朝抬头，眼睛因为无法解开的困惑而显得异常明亮，整个人比来这里之前要亢奋，似乎遇到了什么特别吸引他的事：“你看过解剖报告吗？”

“哪里有机会看？”辛宠叹气，“就因为偷看我哥那点报告，我现在已经被刑警队列进黑名单了。说是三个月内禁止我靠近市局大门。”

“想办法去弄。”叶时朝的语气变得强势起来，“现在他们是不是还没弄清被害人的真实身份？”

“确实……”辛宠点头。

“受害者身份不明，就不能排查社会关系，他们一定也很头疼。”叶时朝说着转身就走，走了没几步又折回头，拖着愣神的辛宠，边走边急切地说：“你说你哥在刑警队？联系他，我要给他推荐一位专家，他能帮警队弄清受害人的身份。”

“真的假的？”辛宠从被拖着走，变为自己一路小跑跟着叶时朝，心中因重燃希望而兴奋不已。

“真的，但是我有个条件。”叶时朝脚步不停，冲她点头，“等他们确认了受害者身份，我要看验尸报告。”

辛宠将辛格叫出来的时候，辛格刚吃完晚饭，一桶泡面，满身泡面味，头发蓬乱，眼睛通红，也不知熬了多少通宵了。

他身形高大，五官跟辛宠有三分像，英气逼人，即便是形象不佳，但也足以吸引人的目光，他跑进跟辛宠约定好的快餐餐厅里，闻见炸鸡块的香味，鼻子直抽抽。

“我说，妹啊，你心疼心疼你哥，我都快忙死了，你还把我叫出来……”辛格抱怨着，辛宠将点好的汉堡和浓汤往他面前一推，抱怨立刻就变成了欣慰，“哎哟，还是我妹心疼我。好妹妹，叫我出来干什么？”

说着，辛格大口大口啃着汉堡，同时目光落到坐在辛宠旁边的叶时朝身上：“谁呀？看着不像你男朋友。又找什么专家来帮忙了？对你老师的案子还没死心呢？”

“怎么看出来不是我男朋友的？”辛宠偷偷瞄一旁喝咖啡的叶时朝一眼，他似乎正在思考什么事，眉头微皱着，一张姣好的脸看起来十分赏心悦目。

“他刚才胳膊不小心碰了你，你缩了一下。而且从我进来开始，你们两个都没有过任何目光接触。另外，这位先生明显在神游太虚，见女朋友家属怎么会如此没有礼貌？”辛格说着，已经风卷残云般吃掉了汉堡，三两口把汤也喝了。

辛宠咬牙：“好吧，是我找的昆虫学家。‘有虫声’生物科技实验室知道吗？这位就是‘有虫声’的创始人，叶时朝博士。叶博士……”她叫了他一声，见没应声，便小心翼翼地拍了下他的肩膀，“叶博士，这是我哥，辛格，市刑警重案三组大队长，这起案子的负责人之一。”

叶时朝一直在脑内模拟案发现场以及人体蚁穴的可能性，被辛宠打断，脸上有明显的不悦，看着辛宠问：“他答应了？”

“我还没提……”

“那你叫我干什么？”

辛宠平日里也算伶牙俐齿，此时竟无言以对，她嘴巴蠕动了两下，竟然破天荒地结巴了：“那……那我等会儿再叫您？”

辛格看不下去了，心想这人怎么这么牛，竟然这么跟他妹妹说话？又有几分好奇，他这个要强的妹妹，竟然容忍别人这么跟她说话。

他好奇起来，眼神难免变得玩味。辛宠无视他的眼神，开门见山：“哥，是这样的。叶博士说可以介绍能够帮助警方确认受害者身份的专家，但是有个条件……他想看受害人的验尸报告。”

“什么？”辛格用了很大的自制力才没跳起来。验尸报告是能随便给人看的吗？

他家妹妹也算是刑事案的老手了，怎么越来越糊涂？但是看着辛宠认真的眼神，又觉得她似乎不糊涂，如果不是糊涂，那就是对这位博士有着非同一般的信任。

辛格忍下了到嗓子眼的否定，改口：“这我做不了主，得跟上头报告一声，不过我觉得玄，郭局最烦人家跟他提条件。”

“警民合作。”叶时朝从神游中恢复过来，将咖啡杯放在桌子上，双手交叠，看着辛格，目光清明中带着狂妄。

“我们是警民合作，这个说法是不是就比较容易接受一些？或者你可以跟他说，没有我，永远都别想破这个案子。”

4.

辛格打完电话，对叶时朝扬了扬下巴：“还是你们文化人会玩文字游戏。郭局同意了，让我明早陪你一起去接那位专家。”

第二天一早，辛格、辛宠一起来到“有虫声”接叶时朝。

辛宠还是第一次来到闻名遐迩的“有虫声”，本以为它会如科幻电影中的实验室一样充满未来感，但完全没想到，它会是一座淳朴的玻璃农场。

从外面看，实验室占地面积很大，四处都郁郁葱葱的，木栅栏围起来的庭院中种满了奇花异草，兔子、山羊到处跑，翠绿中的主建筑是圆形的玻璃体，里面穿着白大褂的科研人员，行色匆匆。

没等多久，叶时朝就走了出来，他今天穿了一件天蓝色的衬衣，袖口卷了两道，整个人顿时明亮了许多，辛宠一时看得有些呆。叶时朝走到她面前，奇怪道：“你看我干什么？”

辛宠惊了一下，忙摆手，干笑：“叶博士很适合蓝色。”

辛宠身后的辛格凑过来，打趣道：“妹啊，我今天也穿的蓝色，怎么不见你夸我适合蓝色？”

辛宠这才发现自家老哥今天也穿的蓝色T恤，没好气地瞪他：“你一点也不适合蓝色，下次别穿了。”

“是亲妹吗？”辛格大叫，“人家小姑娘都说我是警队吴彦祖，就你不懂欣赏你哥的帅气。”

叶时朝显然对兄妹斗嘴的戏码没有兴趣，指着实验室门前停的车，问他们：“坐这辆车吗？”

是辛格的车，黑色的越野，看起来有些狂野。

辛格打开车门，不无骄傲道：“就这辆，空间大，加上那位专家也够坐的。”

叶时朝问：“车是你开吗？”

“废话。”辛格抬了抬眉毛。

叶时朝又问：“技术好吗？”

辛格不乐意了，转身问辛宠：“他什么意思？”

辛宠在辛格后背上拍了一下，没好气道：“意思就是让你好好开车，别那么多话。”然后赶忙跟叶时朝解释：“我哥很遵守交通规则，驾驶技术也很好，不会让您身涉险境，放心。”

叶时朝点了点头，打开车门，上了后座，一板一眼地系好安全带。

辛格咬着牙上了驾驶座，辛宠也上车，几个人出发去殡仪馆。

辛格、辛宠刚一听说去殡仪馆，还都不太敢相信，连问了几遍，无奈叶博士一字不肯再说了，辛格只能将一肚子的嘀咕忍了下去，继续开车。

到了地方，叶时朝下车，熟门熟路地从后门绕了进去，径直上二楼。辛格、辛宠赶紧跟了上去。

二楼是遗体美容区，很多遭受意外死亡的死者遗体会残缺不全，或者面目全非，家属为了让亲人走得体面一些，就会花钱送到这里，由遗体美容师给遗体做修容。

推开美容室的大门，一阵寒气扑面而来，辛格、辛宠不自觉地抖了一下，这才抬头往里看。

这间屋子很大，有点像警局的解剖间，又有点像是手术室，屋子正中摆着一张纯白的手术台，手术台顶上悬挂着手术灯，灯光开着，十分刺眼，将手术台上那具血肉模糊的尸体映照得十分清晰。手术台前，一个一身漆黑的高个儿年轻男人，头发梳得一丝不苟，戴着口罩，正围着尸体描描画画，对周围的动静充耳不闻。

辛宠还是第一次直面尸体，而且是这种重口味的，下意识地捂住眼睛，胃里一阵翻涌。

辛格倒是习以为常了，问叶时朝：“叶博士，您说的专家就是这位？”

叶时朝点头。

辛格有点失望。

遗体修容师他怎么能没有想过，只是修容师只能在一定程度上将尸体美化修复，且大多数都要借助死者生前的照片，在没有照片的帮助下，完全凭借想象修复一具脸部损坏如此严重的尸体，几乎是不可能的。

三个人并没有打扰这位修容师。等画完，他才摘掉了口罩，冲叶时朝微微一笑：“来得真早。我收拾一下，马上就能走。”

让人意外的是，这位年轻的修容师竟然有一张十分端正的脸，眉目清朗，笑容也标准，像是挂历上走下来的演员。

叶时朝点头，跟身后的两人介绍：“这是施寅，拥有人类学和法医学双学位，这殡仪馆就是他开的。”

辛宠用了很长时间做心理建设，才让自己忽略掉尸体，挪开挡着眼睛的手，试着加入谈话：“这样一位高学历人才，为什么要来开殡仪馆？”

“因为殡仪馆比较赚钱。”施寅微笑，脱掉自己与众不同的黑色大褂，换上外套，胸前袖口的名牌标志十分扎眼。他又戴上手表，整个人如旧上海时期彬彬有礼的大佬。他走到辛宠面前，略弯腰，施礼，请求道：“在下可否有幸，为这位小姐画幅画像？”

刚画完尸体，现在要来画她？辛宠起了一身鸡皮疙瘩，忙摆手：“不了吧？施先生，我们还是干正事要紧。”

“昨天在电话里，阿朝跟我说过了，今天要带我去警局给一具尸体画像。这个我拿手。”施寅笑。

辛宠虽然不想质疑叶时朝介绍的人，但是出于好奇，还是忍不住问：“脸部肌肉组织几乎被火蚁啃食干净的尸体，真的只凭肉眼的艺术加工，就能恢复他的原本面貌吗？”

“这可不是什么艺术。”施寅笑，“是科学。人类的骨骼最诚实，只要有骨骼在，就能判断肌肉的生长情况，再根据死者体形胖瘦以及年龄，判断脸部脂肪堆积以及皮肤老化下垂的情况，没什么不可能的。”

辛宠点头，虽然她没有亲眼见过，但是听起来似乎是靠谱的。

辛格有点兴奋，还想问什么，叶时朝却不耐烦了，催促道：“可以走了吗？”

施寅笑着摇头，慢条斯理地扣着袖子上的金色纽扣：“阿朝，你什么时候也对尸体这么感兴趣了？”

叶时朝看向施寅，一脸莫名其妙：“谁说我对尸体感兴趣？我感兴趣的是尸体里的虫子。”

5.

在警局的停尸间里，辛宠第一次看见火蚁案的受害者，虽然做足了心理准备，但是当施寅拉开尸袋的那一刻，她还是忍不住冲了出去，抱着垃圾桶疯狂呕吐。

尸体明显被清理过，脸上、身上的皮肤几乎都不见了，全身被火蚁啃得面目全非，很多地方露着白骨。脸上尤其惨，眼球、嘴唇都不见了，额头上更是开了好大一个洞，脑浆全都不见了。然而这都不是叶时朝最在意的，他在意的是，缝着线的尸体腹部不自然地凹陷，显然里面是空的。

叶时朝仔仔细细地观察着尸体，尤其是腹部，腹部的皮肉也残缺不全，法医大概也只是勉强缝合了一下，能从有些根本缝不上的地方看到腹腔内部，里面几乎是空的。

他皱起眉，凑近了一些，观察中空的腹腔，内脏实在是太干净了，即便是火蚁啃食也不会如此干净，除非……这里曾是火蚁们为蚁后准备的新宫殿！

清理过的尸体对他的用处不大，他看了一会儿便直起腰来，走出了停尸间。

辛宠还在外面站着，脸色惨白，正用矿泉水漱口，见叶时朝走出来，忙问："叶博士，发现什么了吗？"

"除了解剖报告，我还要案发现场照片，特别是火蚁被清理前和解剖前的原始照片，以及从尸体上清理出来的死火蚁。"叶时朝看着她，语气和表情都很坚定，不容拒绝。

辛宠为难："我只能去找我哥问问看，不敢保证都能拿得到。"

叶时朝的目光在她脸上转了一圈，挑了挑眉，抛出诱饵："我能帮你的老师洗脱冤屈，如果她真是被冤枉的话。"

这个诱饵确实诱人，辛宠眼前一亮，握拳："那我也一定拿得到。"

叶时朝满意地点点头，手伸进裤子口袋里，摸出什么东西递过去。辛宠接过来，发现竟然是一块水果糖，柑橘口味的，彩色的包装纸上印有卡通的橘子，十分可爱。

辛宠十分不解，抬头看他。他却似什么事都没发生般，转身进了停尸间。

她盯着那块水果糖看了许久，恍然大悟。

他见她吐了，约莫是想安慰她。

辛宠将糖放进嘴里，笑了起来，这位博士似乎有些可爱呢。

不愧是靠死人谋生的男人，施寅的效率很高，不过两小时便将受害者的素描肖像画了出来。

是个看起来十分普通的男人，国字脸，塌鼻梁，眼睛不大，右边眉骨处有一道疤。

“如果有这位先生的衣物，我就能够画得更精确些，或者肌肉组织再少些，只剩白骨，或许我可以看出更多可用的线索。”施寅不无遗憾地说，“你们有没有兴趣让我将尸体带回殡仪馆？我将尸体的肌肉组织全部剔除，只剩白骨，这样我就能给出一个更完美的报告。”

辛格对目前的画像已经很满意了，这张画像五官特征很明显了，若是认识的人看见，一定能认出来。

他挠头：“暂时不需要，有需要的时候，我会找您帮忙。”

施寅耸肩：“那太遗憾了。这次来帮忙是为了还阿朝的人情，下回这种免费的工作，我可没兴趣接。”

画像复印之后被张贴在城市各处，很快就有人来认尸，称这可能是她失踪了两年的老公赵山川。

警队上下都振奋起来。辛格亲自去见前来认尸的家属，回来之后一脸的愁容。

“死者家属认出死者的衣物和鞋子确实是她丈夫赵山川的，但是尸体损坏严重，家属就看了一眼就晕过去了，到现在还在医院没醒，什么都问不出来。为了保险起见，还是取了家属带来的孩子的血液样本，跟死者做DNA比对。”

辛宠趁机跟辛格谈判，向他要叶时朝想要的东西：“你看啊，你们能够查到死者的身份，完全是因为叶博士介绍的那位殡仪馆先生。这充分说明，新时代破案要充分利用人才，专业的事情就要交给专业的人去做，比如虫子的事情，就要交给昆虫专家去研究，所以，那些死火蚁能不能送到叶博士的实验室？”

辛格抬头看辛宠，一脸“早知道你会这么说”的表情：“要将物证送去叶博士的实验室可不是一句警民合作就能糊弄的，其实郭局有意聘请一位这方面的专家，也在调查叶博士的底细。等到审查结束，会跟叶博士商量，聘请他为局里的昆虫专家，到时这些物证自然都能送过去，你急什么？”

辛宠放下心来，忙伸手给辛格捏了捏肩膀，殷勤地拍马屁：“领导英明。”

一周之后，叶时朝和他的“有虫声”实验室的政治审查通过了，辛格亲自带人将那些令法医和勘察组的同事头疼不已的死火蚁送去了“有虫声”。

辛宠下了庭直接来到“有虫声”，进门就见一位个子小小的女人正白着脸指挥工作人员清洗死猪，辛宠忍不住好奇地问：“这是在干什么？”

韩梅梅没听清她说什么，回头喊：“您说什么？”

嗓门有点大，辛宠吓了一跳。韩梅梅见她一脸惊愕，忙道歉，解释道：“对不起，我耳朵不太好，所以，说话音量会控制不好。您说什么？请再说一遍。”

辛宠笑起来，提高音量：“你们这是在干什么？”

韩梅梅指着死猪：“叶博士要做实验，我在做准备工作。”

辛宠点了点头，虽然好奇到底什么实验能用到死猪，但还是忍住了没问，毕竟她对昆虫方面一窍不通，对方就算说了，自己也未必理解，何必浪费大家的时间。她顿了一下，又问：“叶博士呢？”

“在他办公室。您沿着走廊一直走，二楼楼梯左手边就是。”韩梅梅说着，又好奇地打量着辛宠，见辛宠看她，忙低头假装去干活了。

辛宠在心里笑了起来，她理解韩梅梅为什么这样看她，昨天辛格也不知道出于什么心理，偷偷跟她八卦过，说叶时朝的女人缘极差，女性关系几乎为零，有可能有什么隐疾，让她小心点。

想必这里的工作人员想不到，会有女人来找他们的叶博士，更何况是她这种漂亮的且各方面看起来都很正常的女人。

沿着韩梅梅指的路，走过玻璃铺就的走廊，走进实验楼，辛宠四处看了看。这里室内室外都十分漂亮，建筑的主体是玻璃和大理石相结合，绿化面积十分大，像建造在花园里的玻璃屋，且四处都有养着各种昆虫的培育盒，虫鸣声不绝于耳，十分惬意。

走上二楼，找到叶时朝的办公室，隔着玻璃就看到他正戴着鉴定镜，手拿镊子，仔细地在分拣那些死火蚁，他的面前还摆着几个透明的盒子，火蚁尸体被分放在不同的盒子里。

都说认真的男人很帅，她工作的环境十分严肃，周围不乏认真严肃的帅哥，可是她从未像此时一样觉得一个男人认真起来，这么有吸引力。

他低头时的侧脸，额头上的碎发，微微皱起的眉头，还有挽起的袖口下露出的半截小臂，都让人眼睛发热。

看了好一会儿，她才恢复理智，走过去敲了敲门。

叶时朝抬头又低头，表情没有分毫变化：“现在来太早了些，三天后再来。”

辛宠略有些尴尬，但还是硬着头皮走了进去，这个过程中，她不自觉地往办公室两边看。在两边黑色的展示台上，分别看到了蝴蝶、甲虫、螳螂、蛇以及一些自己根本不认得的昆虫。这些昆虫待在专门制作的微缩自然中悠然自在，还有多种昆虫类的小动物共存的生态箱，完全就是个小型森林。

她四处看着，最后走到叶时朝面前，俯身看他工作。看他将一只带着翅膀的火蚁从盒子里夹出来放进另外的盒子里，她忍不住问："你在分类吗？可是会离巢找食物的火蚁不都是工蚁吗？这里怎么那么多长翅膀的？长翅膀的不是雄火蚁吗？咦？怎么还有卵？"

叶时朝抬头，摘掉鉴定镜望着她，漆黑的眸里写满了不耐烦，然后……

辛宠站在"有虫声"的大门口，气得直跺脚，她简直不敢相信，叶时朝竟然让人将她赶了出来，这简直太无理了，怪不得他的女性关系为零。

她恨恨地朝门里看，但也丝毫没有办法，只好咬了咬牙，开车走了。

6.

三天后，辛宠再次来到"有虫声"。因为上次被赶出来，心里有了阴影，所以来之前，她还特意打了电话问叶时朝是否方便。

"方便"二字是加了重音的，带着明显的赌气，但对方似乎并没有听出来，只是淡淡地说："差不多了。"

差不多了？什么叫作差不多了？

挂掉电话，辛宠又是一阵抓心挠肝，抓挠了一阵子，突然一个激灵清醒了。

她找叶时朝可是为了给老师洗脱冤屈，只要结果对她有利就行，是什么时候起竟然开始在意起他对她的态度了？

理智呢？专业呢？

她惊心不已，躲在办公室里，自我建设了许久，才开车去"有虫声"。

刚走进"有虫声"，之前招待过她的小个子女人就忙招呼她，声音一如既往地大："辛律师，叶博士在仿生仓库里，你跟我来。"

这一次，辛宠特意看了她的胸牌，上面写着：高级工程师韩梅梅。

随着韩梅梅的指引，辛宠绕过实验楼，来到实验楼后面的单层仓库中。仓库很大，是正方形的。韩梅梅打开仓库门，里面坐着一个穿着白大褂的工作人员，给她们每人一套防护服，让她们换上，这才打开第二道门。门一打开，恶臭味扑面而来，辛宠差点吐出来，她慌忙捏住了鼻子，定了定神才止住了汹涌的胃酸。

韩梅梅回头递给她两个鼻塞。她将鼻子塞住，才算能待得下去。

没有了气味的干扰，理智回归，她开始打量眼前的仓库，仓库从里面看要比从外面看显得更高、更大，里面竟然长了许多树，树下有花，地上有草，泥土松软，看环境，竟然跟案发现场十分相似。

再往里走，她看到了叶时朝。他正穿着防护服，一边查看研究员递过来的平板电脑里的数据，一边查看眼前红彤彤的一截树桩。

离得近了，辛宠才看到那树桩之所以是红色，是因为上面密密麻麻地爬满了火蚁，而那截树桩便是臭味的来源。

辛宠想到之前韩梅梅清洗的死猪，又看看周围跟案发现场极为相似的环境，以及叶时朝让她三天后来，正好是法医推断，尸体在现场停留的时间。种种的吻合结合在一起，只有一个可能。

"叶博士，你重现了案发现场？"辛宠问叶时朝，满心都觉得不可思议，这种事情真的可以做到吗？

叶时朝回头，看到是辛宠，把手中的平板电脑递给她："这是这个新的案发现场的温度、湿度、光照等记录表格，我从市气象局中调来了那几天的温湿度实时监控数据，确保能够最大可能重现。"

"这里不是密封的吗？怎么会有光？还有风？"她看着详细的记录表，只觉得叹为观止，实在太详细了，一天二十四小时，每隔两小时都有检测数据。

叶时朝指指头顶，又指指四周："人工光源，热量尽可能地还原当时的温度。人造自然风，风力、风向也尽可能地还原。"

辛宠对这种还原度简直佩服得五体投地，忍不住问："不会连树也是重新种的吧？"

"这个实验室本来就是移动的，只是借用了这片土地上原有的树木，不过也有按照现场树木分布略做调整，以确保不会影响空气流动。"叶时朝说。

"实在太厉害了，佩服佩服。"她说着去看那个爬满火蚁的树桩，学术的魅力让她已经完全忘记了害怕。"实验有结果了吗？"她问。

"马上就能看结果了。"叶时朝说着，对他的研究员说："可以将树桩打开了。"

叶时朝让辛宠出去，隔着一层玻璃门，看着研究员们利用改装过的吸尘器将树桩上的火蚁吸干净，然后打开树桩，将里面的生猪取出来，用巨型电锯将被啃食得面目全非的生猪对半刨开，里面的东西让辛宠惊呆了。

一个建筑在猪腹内的火蚁巢穴，虽然血肉模糊，但是初具轮廓，有蚁后的居所，有卵的孵化地，有食物储存区。猪的腹腔为根据地，一条条道路经过猪头骨方向通往外面。

研究员在旁边拍照，叶时朝蹲下身，戴上鉴定镜，用镊子将白白的卵取出来，小心翼翼地放进韩梅梅递过来的白色样品盒上，接着抓走了蚁后，再仔细清理被工蚁搬运进来铸造巢穴的土……

辛宠的嘴巴一直呈现“O”字形，她站在门外，看着叶时朝和研究员们工作。一直到天黑，玻璃门才打开，叶时朝走了出来。持续工作那么久，他脸上不见一丝疲态，反倒越发精神奕奕。

“有结果了吗？”辛宠忙问。

叶时朝呼出一口气，不知想到了什么，皱起了眉，说：“你来我办公室。”

7.

“首先，那位受害者确实不是在公园里遇害的；其次，他在那里顶多待了一天。”办公室里，叶时朝摘掉被自己推到头顶的鉴定镜，坐在办公椅上，似乎终于感觉到了疲惫，靠着椅背半躺着，半分钟没有动，然后坐直，喝了一口水，继续说：“尸体被凶手改造成了一个蚁巢，为了火蚁更好地建筑巢穴，他甚至切除了受害人的头盖骨，并且打开受害人腹部，将刚刚交配完的蚁后放了进去。”

人体蚁巢？

这简直太骇人听闻了，辛宠半天都没找到自己的声音：“这……你是怎么发现的？”

“火蚁并没有四处逃散，而是继续成群行动，这说明蚁后就在附近，而我在那片树林并没有发现巢穴，所以我推断可能巢穴和蚁后随着受害人一并被带走了。为了验证这个推断，我才需要案发现场和解剖时的所有照片，以及被清理掉的火蚁。”叶时朝说着将文件夹的照片取出来摆在桌子上，上面有火蚁在受害人身上的分布，以及受害人腹部打开时的特写。辛宠只看了一眼，就闭上了眼睛，实在太惊悚了。

叶时朝继续说：“我仔细将从受害者身上分离出的火蚁分类，发现了一个完整的火蚁社会体系，这更加证明了我的猜测。我做试验选取的火蚁群体数量跟受害者身上发现的火蚁数量十分接近，而经过试验，我发现，如果是三天时间，火蚁筑巢衔进死者腹部的土应该多得多。”

说着他将生猪被剖开的照片放在法医拍的照片旁边，果然生猪腹部的土量更多一些。

“法医推断的死者死亡时间也许没错，但是死者被抛尸在那里绝对只有一天，否则土量不对。也就是说，受害者死后，没有被立刻抛尸，头两天的时间，凶手在制造他的……作品。”

一阵风透过没关的窗户吹进来，秋日里温和的风并不寒冷，辛宠却打了个寒战，紧紧抱住了胳膊。

她的大脑随着叶时朝的话飞快运转：“抛尸只有一天，所以那个三日前老师曾经到过抛尸地的目击证词就自动失效了。老师可以洗脱嫌疑了。只是……”

她看着叶时朝，心“砰砰”直跳：“我修过三年的犯罪心理学，这种案例虽然没有见到过，但也可以推断出凶手是个展示欲极强的人，而且这样变态的犯罪都是循序渐进的，在制造人体蚁穴之前，他肯定拿小动物做过试验……这次是他第一次用人制作作品，所以不甚满意，展示的地方也很偏僻，若是有机会，下一次……下一次作品更完美的话……他应该会选择更容易发现的地方展示。”

叶时朝没想到辛宠在犯罪心理学上也有造诣，挑了挑眉，片刻惊讶后，恢复平静，点了点头，对她表示认同：“虽然我不懂犯罪心理，但是能够感觉到犯人对昆虫的痴迷，甚至到了分不清人与昆虫的边界、认为昆虫才是世界主宰的地步。”

“对。他奉昆虫为神明，为密友，所以不可能有朋友，应该独居，且有远离人群的住所供他养殖火蚁和其他昆虫。重点排查的对象应该是附近郊区的养蝎场、养虫厂等。”辛宠说着就要给辛格打电话，边打电话边往外走，走了几步又折了回来，诚挚、认真地向叶时朝道谢：“谢谢您，叶博士，没有您的帮助，老师的嫌疑不会这么快洗脱。”

叶时朝朝她摆摆手，第一次露出笑容，笑容极浅，不易察觉，他说：“也谢谢你给我带来这么特别的案例。我想我可以就此写篇论文，当然，写完了会先给警方过目，确保没有泄露什么不该泄露的，毕竟……”他指了指桌上的聘任书，“我现在是市公安特聘的专家顾问。”

辛宠看着红彤彤的聘任书，点了点头，再次说：“总之，还是很感谢您。”这才匆匆走了。

叶时朝望着她的背影，摇了摇头："真是个风风火火的女人。"吐槽完，目光落回桌面上，他拿起聘任书看了两眼，就兴致缺缺地放进了抽屉里，正准备关上抽屉时，目光触及那个小小的标本盒，动作顿了一下。

他将标本盒拿出来，放在桌上，里面有只美丽又诡异的蝴蝶，巴掌那么大，一半翅膀是美人面孔，一半翅膀是骷髅，人称鬼美人凤蝶。

这么多年过去了，凤蝶依旧如初见时那样栩栩如生，充满了妖艳的诡异……

这是那起在他的噩梦中越发清晰的案子给他留下的唯一一件东西，而带走的却远远不止一个熟悉的、鲜活的生命……

他又想起了很久很久以前的事，眼睛开始发涩，喉咙像是被堵住了一般无法呼吸，他捂住眼睛，大口吸气，手也开始颤抖……记忆并没有放过他。

要如何才能驱散心中的黑暗？要如何才能寻回失去的东西？

十五年了，他还是没有找到答案。

8.

辛宠将叶时朝的详细实验报告交给辛格，又督促辛格和重案组快点核实情况，一天三趟往局里跑。就算是个俏丽美人，组里的干警们也难免受不了了。

大良实在忍不住，偷偷在辛格耳边嘀咕："头儿，不愧是你妹，当刑警的好材料，案子再烫手也死抱着不放。"

大良是个五大三粗的汉子，干刑警三年，是辛格一手带出来的，对辛格最是敬重，所以即便是烦了，也不敢说辛格妹妹的一句坏话。但是架不住话里有话，辛格又不傻，怎么会听不出来？但听出来又怎样？自家妹子什么性格，他能不知道吗？不达目的誓不罢休，从小到大，家里谁都不敢惹她。

辛格为自己的悲惨童年掬一把辛酸泪，摇了摇头："这才哪到哪啊？小学的时候，有一次家里的表弟偷了奶奶的一盒点心，嫁祸给她，你猜她干了什么？追着表弟打了一早上，直逼得他到奶奶面前承认偷了点心还嫁祸，她才满意。"

"性子真够烈的。"大良连连咂舌，"这谁敢娶她呀？"说到这里，看辛格瞪他，忙改口："不不不，谁配得上她呀？"

辛格看着自家妹子在走廊上踱来踱去犹如监工的身影，又想到她在叶时朝面前吃瘪的样子，忍不住笑了："哪有什么配不配，一物降一物呗。"

在辛宠的不懈努力下，周玲玲很快就被放了出来。辛宠带领班上的同学去看守所门口接周玲玲，大门打开，周玲玲缓慢地走出来，同学们都围了上来，嘘寒问暖，周玲玲看着她曾经教导过的孩子们，眼含热泪，点着头，目光却落在辛宠身上。

辛宠此时心中的大石才算真的落地了，靠在车门上，一脸平静地看着眼前这一幕，并没有打算凑过去。她此时就像是打了胜仗的将军，低调回朝，混在人群中，看着自己拼命换来的歌舞升平，内心的成就感是无与伦比的。

周玲玲走过来，抓着她的手，满心都是感激："辛宠，好孩子，这次真是多亏了你，若不是你，我不可能这么快就出来。"

其他同学随声附和："班长就是班长，无论毕业多少年，都还是咱们中最厉害的。"

上学的时候辛宠是班长，所以跟周玲玲接触的机会更多，自然也比其他同学与周玲玲更亲近一些。当然，她也不怪周玲玲出事时，同学们没有伸出援手，毕竟事情复杂，结果怎样谁都不知道，会耗费多少体力、财力也未可知。同学里不乏结了婚的，拖家带口，自然不能如她一般孤注一掷。

当然，除了这些还有一个原因，这群同学里，她毕业后赚得最多、家底最厚，即便真出了什么事，被吊销了律师执照，也能从容应对，不至于流落街头。

辛宠望着大家，还如学校里一样，挥手豪迈道："今天高兴，我请大家喝酒，露露轩走起。"

露露轩是本市最大的夜店，足足一条街，吃喝玩乐一条龙，十足的销金窟。试问，谁不想偶尔醉生梦死一回？同学们当然欢呼雀跃，连一向不爱那种喧闹场所的周玲玲都点了点头，但坚决道："这回该我请客，就当是谢谢大家对我的这份心。"

说完忽又想到什么，抓着辛宠道："把秦律师也请来，他帮了不少忙。听说你还请了一位昆虫学家，还有一位人类学家？不知道这些专家肯不肯赏脸来喝杯酒？我想当面谢谢他们。"

施寅来得很快，因为辛宠答应喝完酒让他画像，但是叶时朝能来，着实出乎意料。

辛宠站在露露轩门口，看着走下车的叶时朝，嗓子顿时卡壳了一般，半天都没说出话来。叶时朝抬头看她，黑眸幽深，望着一脸惊讶的她，挑了挑眉："不是让我来喝酒吗？难道我会错意了？"

他今天依旧是黑色的衬衣，常年泡在实验室里，不见天日，皮肤比她还白，眸子又是极致的黑，看人的时候专注而严肃，总能让人无端心头一颤。

辛宠喉头发紧，竟有些惊慌失措："没有，没有，叶博士快请进。"说完这句话，手心里都是汗，她不是个内向的人，这么多年刑事法庭混着，多么穷凶极恶的犯人都见过，连环杀手面前都没紧张过，怎么在一个白面书生面前这么紧张？

因为他博学，还是因为美色？

辛宠自己抠自己的手心，觉得好生羞耻。哦，连这种羞耻的情绪也是破天荒的第一次，她本来就不是个素食者呀，真是见鬼了。

叶时朝对辛宠的内心戏毫无察觉，径直走了进去。这时，充当司机的施寅停好了车，也走了过来，一套灰色的阿玛尼西装十分抢眼。辛宠跟他打招呼，他牵住辛宠的手，来了个标准的吻手礼，微笑道："辛小姐，没想到我们这么快就又见面了。今天请务必赏脸让我画下美人美丽的容颜。"

辛宠只觉得全身的鸡皮疙瘩都起来了，皮笑肉不笑，将手从他手中抽出来，不动声色将他往里推，边推边敷衍："今天美人多得是，施先生别客气，想画谁跟我说一声就行。"

说着不给施寅开口的机会，将他推给了里面负责接待的男同学，并着重嘱咐："这位可是老师的贵客，好好招待。"

那位男同学也是交际场上的老手，一张嘴就不给人说话的机会，施寅交到他手上，可以保证，再没机会烦她了。

打发了施寅，再看叶时朝已经坐在了周玲玲跟前，他手里举着一杯红酒正跟周玲玲说话，句句不离"万蚁噬尸"的案子，但听周玲玲所知实在不多，表情略有些失望。

她也端了杯红酒凑过去，就坐在周玲玲旁边，听他们两个说话，叶时朝反复问周玲玲醉酒后是不是去过那个公园，怎么去的，待了多久，周围有没有什么异常，见了什么人。

周玲玲歪着头十分努力地思考，一张重新上了妆、显得比实际年龄要年轻许多的脸上满是为难和内疚："对不起，真的不记得了。其实这个问题，警察也问了很多遍……我要是稍微能记得一点就好了，真是太没用了……"

辛宠忙安慰周玲玲："老师喝醉了又吃了降压药，而且正为家里的事情烦心，短暂性失忆也是很正常的。"

叶时朝看着辛宠，沉默了一下，没再继续问下去，而是盯着手中的红酒杯，似乎在思考什么，又请周玲玲伸出手，看到她的大拇指上有道新愈合的疤痕，换了个问法："这个伤是什么时候弄的？弄伤的时候周围有些什么？"

周玲玲看着手上的疤痕，皱眉思考了一会儿，猛地想起了一幅画面，惊叫："我想起来了，我跟一个人撞了一下，手被地上的坚石扎到，出了好多血……"

"现场的血估计就是这么来的。"叶时朝点点头，继续启发她："撞到你的人有没有说话？是男是女？长什么样子？"

周玲玲摇头，"没有，那个年轻人很快就走了，周围也没有其他人……哎呀，真想不起来了。"

叶时朝喝了一口红酒，眉头紧锁着，似乎在思考下一步怎么启发她。周玲玲不等他问，就端详着他，犹豫着反问："叶博士，我们是不是在哪里见过？"

叶时朝十分肯定地摇头："这是我们第一次见面。"

周玲玲尴尬地笑了笑，也低头喝了口自己手中的饮料，柳眉拧着，想了一会儿，突然抬头："我想起来了，你长得特别像我的一个故人。我们在一场学术交流会上认识的，他叫叶振言，是B大的教授，特别博学的一个人，只可惜……天妒英才，正值壮年就遭遇车祸……"

她说到这里就没有再说下去，因为她清楚地看到叶时朝的脸色变得极为不自然。

"叶振言是我父亲。"叶时朝说着转动了一下酒杯，脸上的不自然已经消失不见了，表情一如往日般平静，"也确实有人说我和父亲年轻时长得十分像。"

辛宠十分震惊，没想到叶时朝竟然早年丧父，这样看来，他这种冷淡到不近人情的性格似乎都有了解释，不完整的家庭一定给他的心理造成了很大的创伤。

辛宠看着叶时朝没说话，周玲玲抹起了眼泪，似乎也说不出话来了，几个人相对无言，气氛有些尴尬起来，幸好这个时候施寅凑了过来，邀请辛宠去跳舞。

辛宠本不想去，但转念一想施寅跟叶时朝是多年的好友，一定知道他很多事，有些事情不能问叶时朝，或许可以从施寅嘴里探知一二。

这么想着就放下酒杯，将手放在施寅伸出来的手心里，顺势站了起来，跟着他往舞池方向走，走了两步，下意识回头看了叶时朝一眼。

他在大口喝酒，脸上已经泛出了红晕，一双黑眸深不见底。

施寅牵着辛宠走进舞池，歌曲换了一首舒缓的曲风，很适合跳双人舞，两人虽然第一次跳舞，但是配合十分默契，或者说施寅是个人精，十分会配合自己的舞伴，就算换只鸭子来跟他跳，他也能做到与对方配合默契。

这倒让辛宠不好意思了，将目光从叶时朝身上收了回来，专心脚下的舞步。

“你不是第一个这么看阿朝的女人。”施寅倒也绅士，贴她并不近，说话时声音温存，但并不惹人讨厌。

辛宠的小心思被戳穿，一瞬间的慌乱之后，强迫自己恢复正常，装作若无其事，抬眸看了施寅一眼：“我怎么看他了？”

施寅笑起来，十分聪明地将问题反抛了回来：“你说呢？”

那一脸暧昧的笑，让辛宠脸上发热。这人实在太坏了，而且还聪明，聪明人若坏起来，真是让你招架不住。不过，好在她也不笨，才不会让他掌握自己的情绪主动权，辛宠想着，不动声色地踩了他一脚，微微一笑转移话题：“施先生跟叶博士认识多久了？”

“十年。”施寅看透她的小心思，没有点破，反倒顺着她的意，也随着改变了话题，“他跳级的时候，我也在跳，难免互相关注一些。那个时候我和他可是学校的两大校草，万人迷。只不过阿朝在感情方面比较迟钝，要不是我在旁边周旋，他肯定活不到今天。”

语气里是带着些小得意的，辛宠想想这两人在一起的画面，确实养眼，再想想叶时朝的性格，也觉得施寅说得有理，只是奇怪，她平时十分讨厌这种迟钝的男人，觉得情商低就是伤天害理，然而跟叶时朝在一起却并没有揍他的冲动，真是让人费解。

她正皱着眉想着自己的小心思，施寅低头问她：“我看阿朝脸色那么差，你们聊什么了？”

辛宠将脖子往旁边扭了扭，有意离他远一些，这位喜欢画尸体的先生，对活人的兴趣也一点都不小，总是有意无意撩拨她：“老师说叶博士像她的一位故人，感叹故人早丧，没想到那位故人竟然是叶博士的父亲。”

施寅脸色大变，也没心思撩妹了，皱眉道：“你们提到了阿朝的父亲？那他没有当场暴走，真是给足面子了。”

辛宠有些惊慌，再去看叶时朝，见他已经起身，正往门外走。周玲玲手足无措地站在沙发旁看着他离去。

从她的角度看过去，能看到他的正面，一双乌黑的眸子犹如幽深的海，在深夜里突然卷起了海啸。

9.

辛宠在那场海啸中沉浮，借口去洗手间，离开了酒吧，然后鬼使神差地跟了上去。

露露轩一条街都是霓虹灯，一派盛世繁华的奢靡景象。叶时朝没开车，只能沿路叫出租车，一连被两个醉鬼抢了出租车后，他似乎终于忍无可忍，伸手将第三个往他拦下的出租车里钻的醉鬼拽出来，丢到路边绿化带旁。

那醉鬼叫嚣着撸胳膊要揍他，叶时朝神情冷漠，关上车门，让司机开车。

辛宠也忙去开车，一直跟在叶时朝的后面。出租车在城里穿梭，一直开到老城区才停了下来。这里道路狭窄，车开不进去，叶时朝下车，步行往里走。

辛宠也下车，不远不近地在后面跟着。

这一片今年被重新规划，要拆迁盖新的楼盘，已经不住人了，墙壁上写着大大的"拆"字，有的墙体开始脱落，半塌着也没人管，路上四处都是垃圾，被主人丢弃的流浪猫狗到处乱窜。

天色开始转暗，夕阳如泼红描金，拉长了他的影子。辛宠走在他的身后，总觉得他笔挺的背影看起来十分孤单，想要与他并肩，却又不敢贸然，心里似有猫在抓，痒得发疼。

叶时朝在老街上一扇再普通不过的门前停了下来，朱红的大门上着锁，门前的台阶比左右都要干净，看得出有人经常来打扫。

他站了一会儿，拿出钥匙，开了锁，推门走了进去。

辛宠小心翼翼地走到门前，探头往里张望，正犹豫着要不要进去，就听里面传来叶时朝的声音："进来吧，鬼鬼祟祟的，不知道的还以为你要偷东西呢。"

辛宠一惊，心想他竟然知道自己身后有人，知道了还能这么淡定地走一路，一次头都没回过，真不知道是该说他沉稳好呢，还是太不在乎别人。

反正都被发现了，她索性坦荡起来，抬头挺胸走了进去，见叶时朝正站在院子里，黑衬衣在黄昏里显得深沉，连带着俊美的五官也有些模糊了。她的左手边的一扇小木门上挂着自制的挂件，造型是插着花的小提琴。

也不知道怎么的，辛宠看到这扇门，莫名觉得眼熟，正在想在哪儿见过时，就见叶时朝已经推门走了进去。辛宠跟着走进去，看到木屋里的陈设的一刹那，如遭雷击。

她终于记得为什么觉得木门眼熟了，因为她见过，在报纸上。

那是十五年前，互联网还不是十分发达的年代，某些小报因为几张照片而畅销一时，其中一张照片就是那扇半掩着的木门。

木门旁，写着的标题十分吸引人的眼球：鬼美人杀人事件案发现场大揭秘。

辛宠的家教很严，父母都是大学教授，根本不可能允许她买这些猎奇的小报看，于是她就跟辛格商量，每人每天少吃一顿早饭，存了钱，买报纸连载看。

因为很珍贵又必须东躲西藏，平添了些许刺激，所以她对这个案件的印象十分深刻。案件现场的照片更是如同刻进了脑子里。而今天，那些照片仿佛从报纸上跳了下来，延展平铺在她眼前。

不常见到的小提琴手工作坊，里面的木架上摆满了制作小提琴必需的木材，左边有一扇窗，窗边是工作台，工作台上还摆着刷了一半清漆的小提琴半成品，还有一把马上完工的半成品摔在地上，估计摔得很重，满地都是木屑。

木屑被人血浸染过，泛出黑红的色泽，木屑之上有画出来的人形轮廓，这里原本躺着一个女人的尸体，没有头颅的尸体。

辛宠忍着尖叫的冲动，捂住狂跳的心，深吸一口气，抬头往上看，房梁上果然还留着那道细细的琴弦。琴弦是透明的，不仔细看，几乎不可见，但是据小报的猜测，琴弦上面挂着那个女人的头颅。

小报里有擅长画画的能手，手绘了想象中的案发现场图，透明不可见的琴弦挂着头颅，让头颅看起来是悬空飘浮着的，断裂的脖颈处还在“滴答滴答”地滴着深红的血，惊悚又血腥。

然而，就是这样惊悚的画面，却还有一抹诡异的美丽，就是停在女人头颅上的死蝴蝶，一半翅膀的花纹似美人面孔，一半翅膀的花纹似骷髅。

小报上做过科普，这种蝴蝶叫作“卡申夫鬼美人凤蝶”，而“鬼美人杀人事件”这个猎奇又中二的名字，就是从这里来的。

叶时朝站在木屑旁边，望着地上的人形轮廓，又回头看了辛宠一眼，目光淡然而冷静：“看你的反应，是听说过这个案子？”

辛宠吞了吞口水，让干涩的嗓子好受一些：“大名鼎鼎的‘鬼美人杀人事件’，S 市的市民谁不知道？可……”其实她的问题很多——可这个案子跟你有什么关系？你为什么有这里的钥匙？为什么一直将这里保持着原样？

可她问不出口，不敢问，因为叶时朝看着这一切的眼神，那种在地狱里浸染了十几年、痛到习以为常的淡然，让她张不开口。

“受害者对外公布的名字叫贝森，其实是化名，她的真名叫时柔，是我母亲。”叶时朝背过身去，短短一句话仿佛用光了全身的力气，慢慢在黑红色的木屑旁边蹲了下来，双手捂住脸，“父亲车祸是在这个案子案发之后的第三天。”

短短几天痛失双亲，而且是这样惨烈的失去，换作是她早就疯了，他竟然还能好好长大，还能成为这样一位伟大的学者，到底付出过多少非人的努力才能控制住这随时会吞没他的痛苦和心魔？

辛宠看着他的背影，与其说是同情，不如说是敬佩，或者心疼。她走过去蹲下来，将手放在他的肩膀上：“案子总会破的。你现在有这个能力，你看你不是帮我老师洗脱嫌疑了吗？”

叶时朝的肩膀似乎抖了一下，几乎是下意识地将她的手拂开来，站起身，回头看她，脸色苍白，认真严肃：“我欣赏你的勇气和不撞南墙不回头的坚韧，所以我愿意跟你合作，我会尽我所能破‘万蚁噬尸’案，让你的老师彻底没有后顾之忧，但是你的人脉和能力也必须为我使用，直到抓到杀我母亲的真凶。”

辛宠瞬间懂了。

一开始在昆虫博物馆见面，他就问：“你是律师，对司法界应该很了解，人脉比我要广，为什么找我帮忙？”后来提出要案件资料，那个时候大概就是在试探她的能力了。

果然是个理智到冷漠的人。

可不知道为什么，辛宠为自己有这样的利用价值感到高兴，她扬了扬下巴，带着她一贯的骄傲口吻说：“我会证明你没选错人。”

10.

辛宠开车带叶时朝回家，她家在事务所附近的一个高档小区，十三层精装修，标准的单身贵族公寓。

门锁有指纹和声纹双重保障，看起来是十分严谨，但是开门指令竟然是“芝麻开门”，实在有点幼稚，以至于她开锁的时候十分心虚，声音发飘，声控锁十分敬业地连说三次“声音不符”，最终还是她气急败坏大吼一嗓子“芝麻开门”，门才开了。

辛宠一边推开门，一边十分紧张地回头看了叶时朝一眼，好在叶时朝似乎对这些小事没有兴趣，依旧一脸的淡漠，跟着她进门。

“让我来你家干什么？”叶时朝环视了一下她的客厅，客厅装潢不错，显然是请了不错的设计师，软装上面也极力营造温馨氛围，白灰色的窗帘，暖褐色的地毯，白色沙发和绿色的靠垫，质感都十分好。就是略有点乱，摆件也完全不在原来的位置上，沙发上甚至还丢着一堆洗过没叠的衣服。

见叶时朝目光落在她那堆衣服上，辛宠慌忙冲过去将衣服抱起来，丢进卧室，并关上卧室门，顺便还关了侧卧，这才说：“最近太忙了……平时我还是很爱整理的。跟我来书房。”

辛宠的书房并不大，完全没有一丝女强人的气息，无论是可以当床睡的飘窗，可以躺下的懒人沙发，还是白色的移动书桌，都完全是给懒人准备的。她已经放弃挣扎了，面不改色，走到书桌前，打开电脑里的一个文件夹，将屏幕推过来给叶时朝看。

“修犯罪心理课程的时候，我和学弟曾经合作写过一篇关于这个案子的论文，为了论文收集了很多同案子相关的资料，希望对你有帮助。”

叶时朝走过去，看电脑屏幕，确实是这个案子的详细资料：警方公布的案件线索梳理，报刊杂志上的消息，以及写猎奇报道的记者们不知道从哪里听来的小道消息，非常详尽。

但大多数都是叶时朝知道的，毕竟这么多年了，他也并不只是每天对着自己费心保存下来的案发现场伤春悲秋，也尽全力好好调查过。

有一条消息警方没有提，那就是，他其实是“贝森”尸体的第一发现人。

即便过了那么久，那天的事，他还是记得清清楚楚，仿佛刻进了灵魂里。

那是跟今天不太一样的傍晚……

是的，那天，天早早黑透了，乌云从远处密密实实地压过来，遮住了太阳的最后一点光辉，路灯零星的光散布在长街上，光线微弱得有些可怜，街上行人匆匆忙忙往家赶，生怕走得慢了，被不知什么时候就要落下来的大雨，淋成落汤鸡。

叶时朝混在人群中，弓着腰，护住怀中的东西，不想被人看见，低头钻进小巷子里。他那年十岁，还是个孩子，穿着附近小学的校服，跟所有的小学生一样，瘦瘦长长，看起来并不起眼，因此也没有人注意到他。他便兀自低着头在巷子里穿梭，七拐八拐，来到一个挂着“小提琴手工作坊”的木牌的房前。

那是极为普通的一栋房子，红色的老砖墙，门口砌着石头台阶，拾级而上，是一扇红色的大门，门上贴着张牙舞爪的门神。跟旁边的，再旁边的，再再旁边的房子门前，几乎就是复制粘贴级别的相像。

叶时朝来过这里很多次，熟门熟路跑上台阶，敲了敲门，略喘匀了一口气才喊：“妈妈，我带萤火虫来了。”

这是他妈妈租下来的房子，平时就在这里做小提琴、见定做小提琴的客人，她从来不会将工作带回家。每次在家里见到她，都是笑眯眯的，十分温柔的模样，但听说在这里就十分严肃、古怪。

门里静悄悄的，无人应声，叶时朝低头看了眼自己在怀里捂了半天的玻璃瓶子，掀开盖着瓶子的黑布的一角，里面露出点点荧光，在漆黑的巷子里显得尤为美丽。

他笑了一下，又敲了敲门，这次敲得有些急促，力气使大了，门竟“吱呀”一声，自己开了。

竟然没锁门，这实在不像是妈妈的作风，记忆里妈妈很爱惜这里的工具和材料，十分谨慎，每天工作室的门都锁得紧紧的。

他皱着眉，伸头往里看，临时的卧室和会客厅的灯是关着的，只有制作间的方向亮着一盏小灯。他捧着瓶子走进去，试探着叫了一声：“妈妈。”

还是没人应声。

难道是在制作间里睡着了？

胡思乱想着，叶时朝已经走到制作间门前，门是虚掩着的，里面透出昏黄的灯光，还有木头的清香，他很喜欢这种味道，又想着妈妈看到他养的萤火虫会是什么样惊喜的表情，就笑了起来，吸了吸鼻子推开门，映入眼帘的却是缠绕他一生的噩梦。

手工作坊四处都是木材，墙壁上挂着已经制作好的小提琴，上了漆等着晾干的那几只琴原本应该放在窗口，此时却掉在地上，显然是摔下来的，摔得很重，木屑碎片蹦得到处都是。

这是他无比熟悉的画面，除了飘浮在房梁下的那颗头。

是妈妈的头。

脸上浮肿青紫，眼珠子突起，似乎是利刃割开的脖颈甚至还滴着血。

头的下方是她的身体，没有头的身体，静悄悄地躺在满是木屑的地面上，血如水般流了满地，血腥气扑面而来。

叶时朝吓得全身都僵住了，喊都喊不出声来，怀里的玻璃瓶子掉在地上，憋屈了一个下午的萤火虫慌乱地四处逃窜，有几只就落在时柔的头发上。

她的长发编成最喜欢的麻花辫，上面荧光点点，垂在空气中，那画面诡异到美丽。他竟然不怕了，鬼使神差地走了进去，抬头看着她睁着的眼睛。

“妈妈。”他似乎是说话了，又似乎什么声音都没发出来，“你怎么了？妈妈……”他想上前，想抱住妈妈把她摇醒，但是又不知道是该抱头，还是失去头颅的身体？

也不知是不是头顶上悬着的头颅听到了他的叫喊，竟然摇晃了一下，萤火虫被惊飞，一只死蝴蝶旋转着从她头顶上掉了下来。

他将死蝴蝶捡起来，放在发抖的手心里。

他从小就是个公认的怪孩子，不爱玩具，只喜欢研究各种昆虫，昆虫习性如数家珍，这种蝴蝶他虽然不熟悉，但在书上见过。

一半翅膀是美人脸孔，另一半翅膀是骷髅，这是大名鼎鼎的卡申夫鬼美人凤蝶。

一种很罕见的毒蝶，稀有程度堪比宝石，却有着非常诡异的传说。传说捕获到这种蝴蝶的人，都会被诅咒，离奇死亡，且死状惨烈。

他看着蝴蝶翅膀上的美人面孔，窗外有风吹来，蝴蝶似乎动了起来，美人骷髅一起动了，狞笑着朝他扑了过来……

11.

在地狱里待久了，即便是白天，即使是醒着，也是会做噩梦的。叶时朝煞白的脸色和全身的颤抖，让辛宠吓了一跳，她完全不知道该怎么办，手足无措地碰了下他的肩膀，见他没有躲开，就在上面轻轻抚了抚，问：“你没事吧？要不，以后再看？”

叶时朝摇头：“没事。”然后拉开她电脑桌前铺着整张羊毛毯的电脑椅，坐了下来，逐字逐句认真地看，眉头皱着，像一尊俊美的雕像。

除了资料图片，辛宠和学弟白亭年共同署名的论文很值得一看，因为，“贝森”的人际关系简单，实在没有仇人，然而分尸的手段又十分残忍，且工作室里的财物一点没有丢失，考虑为猎奇杀人案件。

他们列举了国内外的相似案例，做了犯罪心理画像，认为凶手是男性，二十五岁到三十五岁之间，在优渥的家庭中长大，但是童年时期受到过创伤，创伤来自自己的母亲或者姐姐，性格严谨，受过医疗相关培训，有可能有女装癖。

写得很好，有理有据，但是还是有些书卷气。

论文拉到最后，有几句后记，大概是辛宠临时加上去的，上面写着：今天跟着教授见了当年侦办这起案件的老刑警，才知道这个论文写得有多失败，破案果然不能光靠理论，实践才是最重要的。

叶时朝下意识明白，这句话才是辛宠拉他过来的本意，他抬头，盯着辛宠：“那个老刑警跟你说什么了？”

辛宠神色紧张，深吸了一口气：“我本来是不能说的，但是受害者是你的母亲，我觉得你有义务知道。其实报道出来的侦办方向根本就是警方的障眼法，警方怀疑这起案子是报复，你母亲年轻的时候当过线人……具体什么案件的什么线人，我就不知道了，毕竟郑老也不能多说。”

“那位郑老现在在哪儿？我想去见他。”叶时朝起身，紧紧抓住辛宠的手，“你带我去，今后你提什么要求我都答应你。”

什么要求都能答应吗？辛宠竟然恍惚了一下，随机恢复理智，为难地皱眉：“郑老办这个案子的时候就临近退休，十五年过去了，老人家都七十了，身体不太好，一直在住院。”

“哪家医院？”叶时朝握着她的手又紧了一些，目光如炬，语气不容拒绝，说着拉着她就往外走，“你带我去，现在就走。”

“现在？”辛宠十分理解他的心情，可是看看外面，天都黑了，“这么晚了，早就过了探视时间，老人家应该已经休息了……”说到这里，她没再说下去，实在不忍心。

叶时朝俊美的面容似乎在一瞬间灰败了下去，松开她的手，双眼发红，胸口在剧烈起伏，仿佛下一秒就要倒下了。

辛宠觉得自己真的要疯了，一咬牙，拿起车钥匙：“走吧，我带你去。但是能不能问出点什么来，我就不敢保证了，毕竟郑老能说什么不是他能决定……”

话没说完，辛宠已经被叶时朝紧紧抱住了：“谢谢你。”

他身上带着清爽的柚子香，匀称的骨骼和肌肉感透过薄薄的衬衣，烫着辛宠的身体，她瞬间面红耳赤，心跳如雷。

一路上，辛宠都在想这个拥抱，以至于车开得十分浮躁，好几次急刹，几乎将叶时朝掀出去，但却没有收到投诉。副驾上的叶时朝看着窗外，漆黑的眸子比外面的夜还要深沉，似乎人还在，灵魂却不知道去了哪里。

医院很近，十分钟就到了。辛宠在门口买了花和果篮，熟门熟路地找到了住院部，郑老的女儿刚从病房里出来，主治医师在跟她说着什么，两人都一脸凝重。

辛宠迎了上去，跟郑老的女儿打招呼：“郑姐，好久不见了，老爷子还好吗？”

郑姐年近四十，保养得很好，看起来也就三十出头，但是脸上却有说不出的疲惫，对辛宠笑了笑，接过她的花和果篮："难得宠儿你还想着老爷子，你哥前几天也来过，老爷子看到他很高兴……"说着竟然落下泪来。

辛宠心里一惊，心想，老爷子怕是不好了。

叶时朝当然也意识到了这一点，不管不顾地便冲进了病房。郑姐和医生慌忙拦着，也没有拦住，让叶时朝冲到了病床前。

病床上白发苍苍的老人瘦成一把骨头，靠着呼吸机维持生命，双目闭着，也不知道是醒着还是睡着了。

"郑老，我有话要问您，当年时柔的死，到底怎么回事？您说报复，是什么意思？还有叶振言的车祸跟这起案子有没有关系？求求您告诉我……"

医生叫来了护士，将叶时朝往门外拖。辛宠左右为难，一边心疼郑老，一边又替叶时朝着急，毕竟老爷子万一去了，就真的没人知道真相了。

她哀求郑姐："让他跟郑老说句话吧，他是郑老曾经侦办过的一起案子的受害者家属，他……"

病房里一片混乱，病床上突然响起一个微弱的声音，郑老竟然说话了："你是时柔什么人？怎么知道她的真名？"

"儿子，我是他儿子。"所有人都停住了动作，叶时朝挣脱开护士的手，冲过去，半跪在床前，呼吸急促："时柔是我母亲，叶振言是我父亲。"

郑老的手突然抖了起来，慢慢睁开眼睛，看着叶时朝，片刻震惊之后，试图抬手去摸叶时朝的脸："都长这么大了？好啊，太好了……"说着哽咽了一下。医生和郑姐紧张地围过来，被郑老呵斥了："都出去，都出去，我要和小叶说话。"

郑姐不放心："爸，您都……"

"出去！"郑老拍了下床板，虽然动作并不重，但是郑姐还是吓了一跳，跟医生对视一眼，都退出去了。

辛宠心情很复杂，说不出是松了一口气，还是更沉重了，她看了叶时朝和病床上的郑老一眼，也跟着走了出去，关上了病房的门。

病房里，叶时朝还维持着半跪的姿势，郑老用颤抖的手抓住叶时朝的手，老人家的手已经没有什么肌肉了，干枯得像一截木柴，但是依旧十分有力。

"对不起，对不起……"接连两声"对不起"，郑老已经老泪纵横，"小叶，是我们无能，至今都没有破这个案子，让你做了十五年的孤儿。时柔姑娘答应做我们的线人的时候，我们也保证过会确保她的安全，整容、更名换姓、嫁人……可还是被他们找到了……我们对不起她。”

叶时朝还是第一次知道，她的母亲原来整过容，而且即便是时柔这个名字也不是真名，她在整容前到底是谁？

“我母亲到底在什么案件里做线人？你们是不是知道凶手是谁？”叶时朝问。

郑老大口喘着气，胸口剧烈地起伏，像是破败的风箱发出沉重的喘息声，好不容易才喘匀气，重新开口：“凶手不是一个人，他们是一个组织。我们管他们叫作‘鬼美人’团伙。我们也已经将他们剿灭了，没想到……没想到……”

郑老说到这里似乎想到了往事，激动地试图要坐起来，但是力气不够，挣扎了半天都没起来，叶时朝起身去扶他，心电监护仪，突然发出一声尖锐的警报声，靠在叶时朝胳膊上的郑老呼吸也更急促了，整张脸涨成青紫色。

医生和护士慌忙冲进来，一把将叶时朝拉开，检查郑老的情况，郑老却挣扎着朝叶时朝伸出一只手，浑浊的双眼一瞬间变得锐利而清明。

“找到他们，抓住他们！不然，他们都会有危险。”

仿佛站在重案组一线指挥刑侦工作一样，语句清晰而有力，带着钢铁一般坚硬的意志。

然而只是一瞬间，说完那句话，郑老的双眼陡然失去了焦距，脖子后仰，喉咙里发出嘶哑的声响，紧接着，头一歪，闭上了眼睛，全身也跟着软了下去。

心电监护仪上跳动的线条，变成一条长长的红色直线，郑姐在哭，辛宠不敢相信地捂住了嘴巴，医生大喊：“Cardiotonic，5ml 静脉注射，心肺复苏。”

眼前的混乱仿佛电影的慢镜头，在叶时朝眼前缓缓拉开，他站着不动，焦距渐渐失真，面前的一切都开始模糊，只有郑老最后那句话越来越清晰。

找到他们，抓住他们！不然他们都会有危险。

他们是谁？谁会有危险？

层层叠叠的迷雾如呼啸的火车朝他撞过来，他躲不开，也无处可躲，索性张开双臂，迎接碰撞，然而迷雾却在他身边冲散，散到了四面八方。空中有东西落下，他张开手心，接着那个东西，赫然就是从他母亲头颅上飘落下来的鬼美人凤蝶。

无论他们是谁，藏得多深，他都要将他们挖出来。

他发誓。

12.

辛宠和辛格一起出席了郑老的葬礼，这位“戎马一生”的老刑警生前有过很多轰轰烈烈的事迹，死后葬礼却十分简朴平淡，前来悼念的人除了家人和生前好友，便是局里的老同事。

郑姐说，这都是郑老的意思，说年轻人工作忙，就不要通知他们了，老伙计聚在一起聊聊天，就够了。

辛宠点点头，替郑姐擦了擦眼泪：“郑姐，节哀。”

辛格站在一旁一言不发，和辛宠一起到灵前献花、鞠躬，到一旁休息的时候，才望着郑老的遗像说：“这老爷子终于能好好睡一觉了。上回我去看他，他还跟我分析最近的案子呢，一辈子操心的命……”

辛宠回头看他，自家这位自诩纯爷们、整天叫嚷着流血流汗不流泪的老哥，竟然双眼通红，泪珠子眼见着就要落下来了。

辛宠递了手帕过去，辛格将手帕盖在脸上，半天没动静，那方小小的帕子却渐渐濡湿了。

等辛格哭完，还她手帕的时候，才问她：“叶博士怎么没来？你不是说老爷子去那天，他也在场吗？怎么着也该来送一送。”

辛宠没说话，她想起那天医生宣布郑老爷子去了之后，叶时朝的表情，心便像针扎一般疼，那大概就是即将溺死的人，发现自己抓住的稻草也断裂了，身体和表情都放弃了挣扎，那种空白，实在比绝望还要可怕。之后，叶时朝便转身走了，直到今天，谁也没有再见过他。

辛宠低下头，想着他离开时的样子，真的有点担心他会出事，也十分好奇，郑老在弥留的时刻到底跟他说了些什么。

葬礼结束，辛格对辛宠说：“我要回队里，火蚁的那个案子有点棘手，回去还要继续排查受害者的社会关系。你去哪儿？回事务所吗？”

因为两个人都忙，也知道葬礼一结束就要各忙各的，因此他们是各自开车来的。

辛宠点头，又摇头，问他：“查到什么了吗？”

“受害者是个做生意的，三年前在小额信贷公司借了钱，还不上，跑路了，跟家里断了整整两年的联系，连他老婆、老娘都不知道他这两年在哪里，怎么过的。”辛格说起案子来，一脸凝重，“郑老建议我往信贷公司催款这一块查查，我们查到了信贷公司外包的催款团伙，可那伙人就是一帮子混不吝，油盐不进，实在问不出什么来。我就让大良带人跟着他们，找个由头就都带回来，关个二十四小时慢慢问。”辛格说着将领带扯开，扔到副驾上，自己上车，发动引擎：“不跟你说了，我到大良那边看看情况怎么样。”

“去吧。”辛宠没再耽误他时间，让开路，朝他挥手，“注意安全。”

告别辛格，本来想要回事务所盯着最近的财产纠纷案的辛宠，现在满脑子却是叶时朝和他完整保留下来的鬼美人杀人事件的案发现场，以及自己收集来的小报上面铺天盖地的猜测。心跳又开始加速了，为了一点钱，几兄弟打破头的案子瞬间变得索然无味，她实在控制不住自己的好奇心，开车去了“有虫声”。

到了“有虫声”，却被告知叶时朝不在。那名脸庞稚嫩的男研究员，看她时笑得一脸暧昧：“叶博士出去取样了，辛律师要是没有急事可以去博士的办公室里等等，如果有急事，自己去找他也不麻烦的，博士现在在……”他说着看了眼平板电脑，打开的画面是S市的地图，上面写着“S市红火蚁分布图”，标有红火蚁标志的约莫就是红火蚁惯常出现的地方，而图上闪动的红点约莫是手机定位。“叶博士在这儿。”他指了下其中一个红点，“芬园路的林场，离这儿并不远。”

确实不远，开车过去也就二十分钟。辛宠将车停在路边，走了几步，在林场入口看到了贴了“有虫声”标志的小面包车。

来抓红火蚁的人并不多，或者可以说是奇葩，稍微一打听，就得知了他们的去向。顺着保安的指路，辛宠很快就看到了叶时朝，他穿了一身浅色的防风服，从头到尾包得密不透风，身形匀称而健美，身边跟着同样装束的韩梅梅。

韩梅梅率先看到了辛宠，拉下口罩，朝她打招呼：“辛律师，来找叶博士吗？博士在这里，这里！”嗓门一如既往的大且十分有穿透力，现在估计整个林场的人都知道她和叶时朝的姓氏了。

辛宠无奈地笑了笑，朝那边走过去，走近了才看到叶时朝正在挖红火蚁的老巢，被激怒的红火蚁到处乱窜，叶时朝连泥土带蚂蚁一起装进袋子里，然后又蹲下来在巢穴里翻找着，奇怪的是，他就蹲在暴怒的红火蚁的包围圈中，然而红火蚁却似乎并不敢攻击他，反而绕开他四处乱窜。科幻电影一样神奇。

“别过来。”叶时朝警告她，“你这身衣服不行，到处都是缝隙，小心被咬伤。”

声音很正常，全然没有了之前的情绪波动，看来是恢复得不错，或者这么多年一个人习惯了，对消极情绪的处理已经驾轻就熟了。

而且，他都没回头看她，怎么知道她这身衣服不行？辛宠低头看看自己身上的黑色西装和半身裙，撇撇嘴，心想，她腿又细又直还白，穿裙子霸道得很，哪里不行了？不然，你再回头看两眼？

这么想着，她觉得自己这个时候非要跑来找他，大概也有那么一点点“炫腿”的成分在。

“火蚁怎么不咬你们？”辛宠在圈外站着，问叶时朝。

叶时朝忙着抓蚁后，没搭话。韩梅梅跑过来，从随身的大包里取出一个喷雾，在辛宠面前晃了晃：“2-乙基-3，6-二甲基吡嗪，模拟红火蚁的告警信息素，可以起到祛散火蚁的效果。叶博士亲手调配的，辛律师也来喷一喷吧。”

韩梅梅说着，俯下身在辛宠鞋子上喷了一些，果然看到几只试图往她鞋上爬的红火蚁拐弯爬去了别的地方。

辛宠暗叹神奇，朝前走了两步。叶时朝也取样完成了，将样品盒封好，交给韩梅梅，这才摘下面罩，问辛宠：“你来这里干什么？”

辛宠其实很想问他今天为什么不去参加郑老的葬礼，但是又有些问不出口，只能顾左右而言他：“辛格说受害人为了躲债失踪了两年，社会关系有两年空白，很难排查，不过放心，他有得是办法，总能查到点什么的。”

叶时朝看她，黑眸有些冷淡：“跟我说这些做什么？我负责昆虫和实验室的部分，排查社会关系本来就是刑警的工作。”

哦哦，好吧。

辛宠撇撇嘴，安静下来，一个火爆性子，竟也没生气，自顾自找了别的话题：“那些被你抄了家的红火蚁就那样放着不管，会伤人吧？”

“来的时候带了灭蚁药给林场主了，他们自己会喷洒，不用我们操心。”叶时朝说着，已经来到了小面包车前，帮着韩梅梅将样品装车，提高音量吩咐她：“带回实验室，先编号，等我回去处理。”

“好的。”韩梅梅点头，又问，“您不跟我一起回去吗？”

叶时朝摇头，指了指辛宠：“我坐她的车回去。”

辛宠赶紧点头：“好啊好啊，我开车技术好。”

韩梅梅看着辛宠，又看了看叶时朝，露出“姨母笑”，点头：“博士不用急着回去，大刘、小秦他们取样没那么快回来，还有时间。”

说着，面带微笑，开着小面包车走了。

13.

辛宠全然不在意韩梅梅的话里有话，叶时朝的脸颊却有些泛红，回头看一脸得意的辛宠："我坐你的车并不是因为你开车技术好，是有话想问你。"

辛宠没说话，反正她无所谓，人到她车上就行，至于什么原因，她不是特别在乎。

两人上车，叶时朝第一件事就是系安全带，这是他的习惯，他做这个动作的时候，特别仔细虔诚。起先还觉得他神经质，自从听说他父亲是车祸去世的之后，辛宠就理解了。对他来说，车是夺走他父亲的生命的怪物，他对车，心里是有阴影的。

比往日更加谨慎地开着车，辛宠等着叶时朝的问话，可是等了半晌都没等到，忍不住侧头看了他一眼。这个动作让叶时朝十分生气，手动将她的脸扳正，"投诉"道："开车视线要保持始终向前。"

他的手很大，力道也不小，手心里是暖暖的。这个人无论外表有多冷漠，大概心也是暖的吧。

辛宠笑眯眯点头，就听叶时朝问："郑老的葬礼结束了？"

"结束了。"辛宠没想到他要问的竟然是这个。

"郑老家里有什么需要帮助的地方吗？"他又问，语气听起来比谈起案子时要柔和。

"郑姐说家里一切都好，让我们不要操心。"辛宠十分想看他此时的表情，但又怕被他教训，只能偷偷瞄一眼："你既然这么关心郑老，自己怎么不去？"

"会去的。"叶时朝的神色变得肃穆起来，"但不是现在。"

那是什么时候？是郑老临终时喊出来的那句话："找到他们，抓住他们。"抓住他们……那个时候吗？

辛宠在心里想着，什么都没说。

接着两人都沉默下来，气氛变得凝重，好在路程不算远，不一会儿就到了"有虫声"。

样品室里，韩梅梅已经换上了白大褂，正认真地将取来的样品标记好。另一名研究员则小心仔细地将样品盒里的红火蚁取出来，按照地区、族群分类，族群之中，又分别分出工蚁、幼蚁、蚁后、卵等，分别装进样品盒。

辛宠看他们忙忙碌碌，忍不住问叶时朝：“你们这是要干什么？”

“检测各地取样回来的红火蚁的基因，就能确定杀人用的红火蚁属于哪个区域，确定红火蚁区域，也就能锁定犯人的活动区域。”叶时朝说着也脱掉了防风服，换上白大褂，过去看他们分类，时不时小心嘱咐，“取样剩下的红火蚁人工饲养起来，做个人工蚁巢，顺便做下火蚁对真菌感染的应对实验，上回用本土的蚂蚁做的绿僵菌感染实验，效果并不是特别理想。”

研究员们应着声，继续忙活。辛宠听得云里雾里，又忍不住问：“火蚁也能做基因检测吗？”

“当然。”叶时朝回头看她，举起手上一个白色的样品盒，“红火蚁体内有一种社交染色体，携有特殊的超基因变异，超基因包含有600多种基因，含有B\b两种变异，就像人体内的X、Y染色体一样。红火蚁的蚁穴，有个奇怪的现场，就是有的蚁穴只有一个蚁后，有的却有几百只蚁后。就是因为这些变异的不同。携带B变异的工蚁，只能接受一个拥有BB基因的蚁后，而携带b变异的工蚁，却可以接受几百只拥有Bb基因的蚁后。”

“哦。挺好，挺好。”辛宠假装自己听懂了，面上带着“尴尬又不失礼貌的微笑”，自己将他的那一大段话总结成一句：他要给火蚁验DNA。

叶时朝看她的表情就知道她没听懂，事实上他也很意外自己干吗费这么多口舌给一个外行解释那么多，这个意外让他有些恼羞成怒，挑了挑眉，开始赶人：“老在这里晃悠，你不用去工作？你们当律师的都这么闲吗？”

辛宠身为事业女性的自尊心被刺痛了，下意识辩驳：“只有接不到案子的律师才闲，我很忙的好不好？不知道多少人在后面排队想请我为他们打官司呢。我只是比较挑。”

“那就请大忙人去忙吧，我这里一时半会儿也出不了结果，慢走不送。”叶时朝说着转身去忙自己的了。

又一次被赶走的辛宠，气得咬牙，但是也没过多纠缠，转身就走了，留下一个利落的背影，高跟鞋踩得“咯噔咯噔”响。

气呼呼地上车，辛宠第一件事就是把放在包里的解压毛球拿出来，使劲蹂躏了一番，心里才算好过一些。好过了之后，又不得不承认，比起回去劝油腻的中年大叔出庭之前不要再跟亲弟弟打架了，远没有跟着叶时朝破案对她有吸引力。

可是，再琐碎也是她的工作，再没吸引力也要认真对待，她深吸一口气，刚准备打开引擎，手机就响了，接起来是白亭年的声音，声音很急："学姐，不好了，费先生死了。"

"费先生？"辛宠愣了一下，才想起来，自己的委托人，刚才吐槽的油腻中年大叔就姓费。这个惊吓可不小："怎么回事？你慢慢说。"

白亭年喘匀一口气："今天下午费先生不是约了来谈下周出庭的事吗？我提前打电话过去确认，怎么打都没人接，就打了费太太的电话，费太太说她昨晚住在娘家，正准备回去，会帮我转告费先生回电话。就在刚才费太太打电话来，跟我说费先生在家里遇害了，眼珠子和嘴巴都被挖了。"

火蚁案还没破，又出了新案？而且受害人还是她的委托人。她实在无法淡定了，匆匆说："我马上赶过去看看。"接着就挂掉了电话。

辛宠一路飙车来到费先生家的别墅。警察已经完成了初步的勘测，尸体正装进尸袋，准备送法医尸检。费太太跪坐在家门口，边哭边发抖，可是隔着个警戒带，她根本靠近不了，本来想跟出警的刑警套套近乎，仔细看了看，一个都不认识，出警的并不是辛格那一组。

她在警戒带外张望，引起了在寻访周围居民的刑警的注意，过来打招呼："这不是辛大队长的妹子吗？怎么，你哥不让你掺和案子，跑我们这掺和了？你说你一个律师，年纪轻轻还挺漂亮的，不好好当你的金领，老跑命案现场掺和什么？"

辛宠跟辛格那队的人混得多了，知道刑警们的脾性，都是刀子嘴豆腐心，看人先带几分怀疑，毕竟干的不是普通的工作，太温柔了，还真震不住那些穷凶极恶的犯人。

她满脸堆笑，忙说明来意："误会误会，我没有要打扰你们工作的意思，只不过死者是我的委托人，作为良好市民，又是司法界从业人员，我有主动配合调查的义务。"

说得十分铿锵有力。刑警眼前一亮，挑起警戒带："进来，做个笔录。"

辛宠钻进警戒带，跟着刑警走进客厅，与抬着尸袋出去的法医助手擦肩而过，紧接着被叫住了："辛小姐，真巧，在这里也能碰到你，看来我们的缘分不浅。"

14.

辛宠抬头，看到一位穿着公安制服的儒雅男人正笑意盈盈地朝她走过来，那副走在尸体旁边，也似穿着高定时装走 T 台的气势，不是施寅还能是谁？

辛宠有些意外："施先生，你怎么在这里？而且穿成这样？"

施寅让助手先带着尸体离开，停下来跟辛宠说话，脸上的微笑如春风化雨："辛小姐有所不知，我其实在省厅做过几个月的法医，只不过家族生意无人照料才辞职的。现在生意趋于稳定，连只会关在实验室里摆弄虫子的宅男都在为社会贡献力量，我怎么能那么自私，空藏着一身本领，不做点什么呢？"

一大段话慷慨激昂，辛宠自动过滤掉废话。简单说，就是这个人见叶时朝帮着警局破案，按捺不住寂寞。

辛宠忍住没揭穿他，朝施寅笑了笑："那今后就要叫施法医了。"

施寅勾了勾唇，朝她放电："辛小姐叫我什么，我都爱听。"

肉麻得辛宠抖落了一身的鸡皮疙瘩。幸好这个时候，要给辛宠录口供的刑警开始催了，辛宠找了个理由跟他告别。他怏怏地走到门口，看到瘫坐在地上哭泣的费夫人，便停下来，蹲下身，递过去一条手帕。

"夫人，别太伤心了，我保证尽量少伤害您先生的遗体，尸检完毕，会给先生做好遗体复原，让他帅气如初地出现在葬礼上。"

费太太抬头，愣愣地看着施寅，许久才点头，竟然真的没有继续哭。

辛宠想起之前白亭年在电话里说的话，费先生是被挖去了眼睛、割掉了嘴唇，那个样子，家属恐怕很难接受，若是能将遗体复原，也算给家属一个安慰。

这个施寅真的很绅士体贴……如果他没有跟费太太谈价钱的话。

见辛宠看施寅，刑警问辛宠："你认识新来的法医？"

虽然不想承认，但是不能对着警察撒谎，只能点头。

"也是个奇葩。"刑警看着施寅摇了摇头，"算了，不说他，聊聊你要说的吧，辛大队长的妹子。"

辛宠知无不言地将自己与费先生所有的接触都说了一遍。

死者费先生，全名费德海，三个月前，来到辛宠的事务所，要请她帮忙打遗产官司。据他描述，自己的父亲一周前刚去世，名下有股票若干，四五套房产，他和弟弟费德江平均分了。分完才意外得知，弟弟偷藏了父亲许多价值不菲的古董，费德海心里不平衡，要求辛宠帮他向弟弟提出诉讼，告他侵吞财产。

为了钱，手足相残的官司，辛宠见得多了，本以为会很简单，没想到在前期取证阶段，发现她的委托人费先生并不诚实，他本人也偷了父亲的字画私藏，不跟弟弟分，费德江也正对他提出诉讼。

这两兄弟不光在律师面前隐瞒，在法庭上更是状况百出，互相揭短，简单的财产纠纷，眼见着成了一出闹剧，法官发了怒，把辛宠和另一位辩护律师叫到办公室，让他们两个好好地跟委托人统一好证词再出庭，不要一次一次无意义地扯皮，浪费大家的时间。

从辛宠的描述中，刑警能听出来她有多厌恶自己的委托人，忍不住提醒她："这对你可不利。"

"我实话实说。"辛宠有恃无恐，"再说了，昨晚案发时，我在郑老家帮郑姐准备葬礼，眯了一会儿也是在郑姐身边眯着的，不信可以去查。"

刑警点了点头，一一记下，笔朝门口点了点："你可以走了。"

辛宠"哦"了一声，却没有半点想走的意思，眼睛四处乱转。

尸体是从二楼抬下来的，她刚才瞄了一眼，看到了睡衣，她猜案发在卧室，费先生不是个早睡的人，换上睡衣准备睡觉，至少是夜里一两点，也就是案发是在那之后。

费家很有钱，客厅里的摆件都价值不菲，竟然一件都没少，也没有被翻动过，说明不是为财入室抢劫。而且凶手挖了费先生的眼睛，割了嘴唇……

"凶手自尊心很重，大概是跟费先生有过口角，被费先生瞪过，而怀恨在心……"

辛宠试着分析，完全是本能反应。刑警却不乐意听了，笔头敲着笔录本："行了啊，辛大状，这里没你什么事了，该忙什么忙什么去。别乱看，别乱猜，这不是你该做的事。"

确实如此……

辛宠住了口，不知为什么，竟然有一丝失落。

离开费先生家，开车回事务所，辛宠总有些心不在焉，在办公室一坐就是一下午，连咖啡都没让人送。

下午六点，事务所下班了，白亭年敲开辛宠的门，将刚从楼下买来的柚子茶放在她的桌上，担忧道："学姐，你还好吧？"

白亭年长得白净秀气，高高瘦瘦，气质更贴近于大男孩，不过他虽年轻，是刚出学校的硕士生，人却非常聪明，能力也强，已经可以独当一面了，辛宠十分信任他，日常事务几乎都是他在打理。

辛宠半躺在电脑椅上，腿跷在脚凳上，拿起柚子茶喝了两口，才叹口气说："白白，你为什么当律师？"

白亭年愣了一下，随即笑了起来："喜欢啊。小的时候就觉得律师很帅，又能够帮人，一直都想要成为律师。”

“我不喜欢。”辛宠坐直了身子，看着白亭年，“我当律师纯粹是为了赚钱，在客户面前表现得那么热情，包括在老邢面前……全部就是假的。”她说到这里往门口看了一眼，怕自己的合伙人听见，“你说我这样算不算是诈骗？”

“怎么能是诈骗呢？”白亭年笑起来，顺着她的目光走过去把门关了，又折回来，“学姐你处理的案子哪次不是皆大欢喜？我们事务所的名声和金字招牌也都是学姐和邢律一手一脚拼出来的，这可都不假。”

辛宠听他这么说，又心安理得地瘫了回去，端起柚子茶慢慢地喝：“说得也是，官司赢了，钱挣了，我也算问心无愧。”

白亭年笑了笑，习惯地帮着辛宠收拾凌乱的办公桌，文件归档，垃圾清走，边忙活着边问：“费先生那个案子……”

“委托人都不在了，还什么案子不案子的？只能撤了。而且按照查案的惯有思路，费先生的弟弟会成为第一嫌疑人。”辛宠靠在电脑椅上，晃悠着腿，转过头往窗外看，身后一大片落地窗，窗外能看到半个城市的风光。这是让多少人羡慕的工作环境，可她不知道为什么就是觉得无聊，一想到叶时朝查案不带着她，辛格查案不带着她，就连施寅都不能跟她多搭话，就气得牙痒痒。

正生着气，回头想起白亭年，立刻来了精神，坐起身来：“白白，我跟你说，费先生的弟弟绝对不可能是凶手。虽然没有看到现场，也没有看到验尸报告，但是光从挖眼和割唇这两点来看，凶手对费先生的恨意就非比寻常，而且非常残酷，是个十足的魔鬼，凶残到这个地步，不可能是初犯。费先生的弟弟胆子特别小，绝对没有那个心理素质，杀了人还能冷静地留下来毁尸。还有，犯人很冷静谨慎，他从窗户进来，窗户上的摆件都一件没有碰落，这绝对不是个普通的杀人犯。”

白亭年已经收拾到文件柜了，边收拾边对辛宠的话表示赞同：“我也这么认为，费先生弟弟，小费先生不会杀人，说得不好听一点，他比他哥还要废一些，恨别人的方式顶多就是泼泼红油漆，扎扎别人车的轮胎。”

辛宠点头，习惯性地拿过解压玩具在手上捏来捏去：“只希望警方不要在他身上浪费太多警力。”

“学姐你就别操心了，张老不是在市局犯罪心理科坐镇吗？”白亭年将文件柜整理好，这才拉过一张椅子，自己坐下。

张老是犯罪心理学的老教授，平时在S大上课，有了重大案子，市局领导就会请他老人家出山把关。

“听我哥说，张老要代表国家去美国的一个犯罪心理研究机构，跟那边共同研究一个课题，少则半年，多则两年都不会在国内。”辛宠忧虑起来，“市局的犯罪心理专家这个头衔，算是空下来了。”这么说着，捏解压玩具的动作停了一下，双眼陡然亮了起来：“白白，你说，我去市局应聘犯罪心理专家行不行？当两年临时工，补张老的缺。”

白亭年大惊失色，连连摆手：“学姐别开玩笑了，你走了律所怎么办？”

“律所还有老邢呢，而且今年新招的几个律师都很给力，再说了，这不还有你这个天才儿童吗？”辛宠双眼放光，越想越觉得可行，“大不了这两年我分红都不要了，全补偿给大家。我和老邢平时本来就是独立接案子，互相也没影响，平白还能多拿一笔分红，他也没立场拦我。”

老邢是辛宠的合伙人，这个事务所的另一个老板，为人虽然老辣狡猾，但是对于合伙人和员工倒还仗义，合伙这几年，一直都很愉快。辛宠坚信如果是老邢的话，一定能够理解她。

白亭年站了起来：“学姐，你认真的？”

“认真得不能再认真了。”辛宠一扫刚才的阴霾，整个人都鲜活起来，跳起来往外冲，“我先去找老邢探探口风，再让我哥哥去打听打听怎么去市局领导面前毛遂自荐。”

说着就已经冲出了办公室。

白亭年苦着脸望着门口，忍不住叹了口气，他学姐这个风风火火的性子，真是……愁死人了。

15.

辛宠想得很美好，但是刚起步就碰了壁，辛格在电话里吼她：“别想一出是一出，你补张老的缺？你几斤几两，自己心里没数吗？还敢有这个想法。趁早断了念头，好好在你的事务所里待着。”

说着挂断了电话。

辛宠向来不撞南墙不回头，既然辛格不支持她，她就只能自力更生了，于是就自己去了局领导的办公室。局领导倒也开明，仔细看了她的简历，让她回去等消息。她矜持、严谨、谨慎地走到门口，不知道脑子抽什么风，突然回头补了一句："领导，我可以不要工资。"

领导严肃地看着她，慢慢皱起眉头。气氛有点尴尬，辛宠赶紧挠头傻笑："开玩笑开玩笑。领导慢慢审核，领导再见。"

出了市局，辛宠紧张地搓了搓手，正想找人说说话，手机就响了，竟然是叶时朝。

兴奋地接起电话，不等她说什么，叶时朝就丢下一句："有进展了，想看就来实验室，不想看就算了。"然后挂掉了电话。

当然想看，她超级想看。

紧张的情绪瞬间烟消云散，辛宠笑眯眯地发动车子，往"有虫声"飞驰。

来到"有虫声"，远远就看到了辛格的车停在大门外，约莫是叶时朝也叫了辛格。这种并没有被排除在外的感觉，让她嘴角上翘，小跑步地跑进实验室。

叶时朝的办公室里不只有辛格，还有施寅，两人正坐在沙发上等着，辛格翘着二郎腿，一脸焦躁，施寅不紧不慢地喝着咖啡，叶时朝则坐在电脑后面闭目养神。

辛宠进来，辛格第一个冲着叶时朝嚷嚷起来："她一个局外人，你等她干什么？"

叶时朝看了辛宠一眼，眸光淡淡的，起身将准备好的资料递给各位，一句解释都没有。施寅看了看辛宠，又看看叶时朝，笑意盈盈："阿朝是绅士，辛小姐也算是我们这个队伍的。"

"她怎么能跟我们一个队伍，她就是个律师，啊……"后面那句被痛呼声吞掉了。辛宠慢悠悠收回拧了他胳膊的手，也从叶时朝手上接过资料，扫了两眼，赞叹道："效率真高，已经出来了。"

是整个城市各个地方红火蚁的DNA数据对比图，不止DNA，还有真菌寄生状况，以及红火蚁的微量元素，都跟尸体身上找到的红火蚁做了比对。

叶时朝按了个按钮，关上了办公室的窗帘，打开了投影仪，尽可能地简单扼要："这是尸体上的红火蚁残留，这是我在S市有红火蚁出没的地区取来的样品，通过基因序列交叉对比，尸体上的火蚁属于房山区。不过考虑到可以在房山地区抓蚁卵和蚁后去别的区域饲养，所以又做了虫生真菌的对比。在尸体上发现的红火蚁活虫体上分离到一株淡紫拟青霉，经柯赫氏法则确定为红火蚁的病原真菌。将此菌单孢分离10个菌株，跟所有样本的虫生真菌分别对比，只有房山地区的样本上有检测到同样的真菌感染。所以可以断定，凶手在这一区域捕捉红火蚁，也在这一区域养大，并未跨区域活动。"

房山区位于S市市郊，从案发地开车过去至少也要一个半小时。

辛宠皱起眉："房山区也很大，而且房山离发现尸体的公园那么远，被制作成蚁穴的尸体要怎么运过来？养蚁、杀人都在同一区域，说明这里是凶手的舒适区，为什么他要走出舒适区来抛尸？对繁华的向往？可是既然向往，为什么又选了那么一个僻静的公园？向往又胆怯？"

"犯人的性格不属于我的专业范畴，但是，说到抛尸……"叶时朝说着切换了一张页面，上面是整个S市的地图，"房山区在这里，发现尸体的公园在这里，如果走国道，大概这么远……"他用红色激光笔画了条虚拟的线，然后又在另一个区域画了一下，"但是走国道是一个巨大的弧线，如果是熟悉小路的人，走小路直线过来，顶多也就半小时。不过不管是什么路径，想要运输已经被制作成蚁穴的尸体和大量的红火蚁，必须满足两个条件：一，不可以折叠尸体；二，必须有足够大的特定容器来装火蚁。"

"地域一下子缩小了很多，侦查起来方便多了。只不过，叶博士，你说还有一个重大发现是什么？"辛格问。

"这就要从我这里说起。"施寅举了举手，他的声音十分低沉好听，且放慢了之后更磁性十足，"我作为市局法医中心的一名普通法医，接手的第一个尸体，就是一位被挖了眼睛、割了嘴唇的可怜男人。辛小姐应该知道。"

辛宠当然知道，他说的是费德海，而且就是昨天的事，于是点了点头："我知道。那个案子跟这个案子有关系吗？"

"表面上看确实是风马牛不相及的两个案子，但是在解剖尸体的时候，我在尸体胃里发现了一个小沙袋，打开沙袋发现是虫卵，因为不确定是什么虫子的卵，就拿来给阿朝看，结果……"施寅说到这里卖了个关子，目光在不知情的辛家兄妹的脸上巡视。

辛格急了起来，抢过话头："难道是红火蚁的卵？"

叶时朝点头："是红火蚁的卵。"

辛宠觉得脊背发凉，有种从未体会过的毛骨悚然，舌根都有些发硬了："这……也不能断定两个案子有关系……"

"对。"叶时朝看着她，严肃而认真，"所以我做了基因检测，结果证明，这些虫卵跟'万蚁噬尸'案中的红火蚁属于同一巢穴。我曾经跟你说过，红火蚁有特殊的超基因变异，超基因包含有600多种基因，含有B/b两种变异，就像人体内的X、Y染色体一样。携带B变异的工蚁，只能接受一个拥有BB基因的蚁后，而携带b变异的工蚁，却可以接受几百只拥有 Bb 基因的蚁后。所以，红火蚁的蚁穴有个奇怪的现场，就是有的蚁穴只有一个蚁后，有的却有几百只蚁后。这些卵，便是同一蚁穴的其他蚁后被另外分了巢，建立了新的群体之后新生的卵。它们都拥有着同样的 b 变异超基因。”

辛格站了起来：“难道是同一个犯人？可是作案手法差别怎么这么大？说是连环杀人案都站不住脚。”

对于辛格的看法，辛宠表示认同，虽然在古今中外众多案例中，也有过手法不同的连环杀人案，但是这些案件都有着一定的联系，或者死者性别，或者死者职业，或者死者的装束。而这些案件的唯一联系点是红火蚁。

只不过，凶手在杀害第一受害者后，费了那么大的功夫，用了很多的心思，制造了那样有标志性的尸体，必定不会就那么轻易放弃。那么费德海的死是意外吗？凶手自己也没有想到的意外？

16.

辛宠思考起问题来，又习惯性地将解压玩具拿了出来，黄色的软胶海豹，随意蹂躏，怎么蹂躏最后都能恢复原状。

“不管怎么说，既然有联系就一定要查一查，不能轻易放过。”她捏着圆滚滚的海豹，对辛格说，“哥，你不是让大良跟那帮收账的吗？跟得怎么样？有收获吗？”

“当然有收获，没收获不是白忙活了吗？”辛格皱着眉，又有一丝骄傲，“那帮人在街上跟人打架，让大良全部带回来了。没费多大功夫就全都说了。受害者赵山川还不起钱，在市里一家工厂里躲着当流水线工人，吃住都在厂里，也不敢回家，但还是被收账的找到了。他们将他揪出工厂，抢光了手上的钱，为了羞辱他，还将他丢到街上让他当街要饭，一个没看住让人给跑了，后来听说有人看见他上了一辆车。这帮人不知道车牌号，大海捞针查起来难度太大了，现在叶博士将排查范围缩小到了房山区，我们只需要排查往房山区去的道路监控就行了，查起来真是方便多了。”

这么说着，急性子的辛格就要回组里，并且要拉上施寅，毕竟这两起案子是不同的组在查，若是要并案，必须有足够的证据证明有可能是同一人所为，现在有了叶时朝的报告，还需要施寅开具法医中心的报告。

而且这事儿要赶早，毕竟法医中心不止施寅一个法医，法医中心的主任，还是隔壁负责费宅案的那队的队长老邱的大舅子，施寅但凡将这个情况上报，大舅子主任就一定会给老邱通风报信，老邱这么贼，就算半夜也会跑去领导家里砸门，将两个案子都抢过去。

他必须先下手为强。

叶时朝也不留他，关上了投影，打开窗帘：“我会将写好的报告发到你的邮箱里。”

说完，辛格已经风风火火地走了，并且拖走了不情愿的施寅，办公室里剩下辛宠和叶时朝两个人。

辛宠还在思考两个案件的共同点，一时没注意，叶时朝走到了她的面前，饶有兴趣地盯着她手上的小海豹看，看了一会儿拿手指戳了一下，唇角翘了一下，见辛宠看他，忙冷下脸，转身走开了。

辛宠笑起来，把海豹递了过去：“要不要试试？很解压的，我刚开始当律师的时候，上庭特别紧张，全靠它缓解压力。”

叶时朝对此嗤之以鼻：“我没有什么需要疏解的。”说着回到办公桌前，坐下来整理报告。

刚才明明就是很感兴趣的样子，真是别扭。

辛宠撇了撇嘴，将小海豹放在他的办公桌上：“这个送给你，我还有很多，小鸡、猫咪，各种样子的都有。”

“不需要。”叶时朝眼睛盯在屏幕上，一副冷漠硬汉模样，“你快点拿走。”

辛宠不想跟他纠缠这个问题，十分快速地转移话题：“那个案子……后来有什么新发现吗？”

那个案子……似乎是他俩的暗号，只有他们两个人知道。

鬼美人杀人案，叶时朝母亲的案子。

叶时朝摇头，什么都没说。

辛宠安慰他：“别着急，都过去那么久了，一时找不到线索也很正常。不过，我相信只要我们坚持不懈，就一定有破案的一天。”

叶时朝握着鼠标的手紧了紧，黑眸里有光在闪，过了许久才点了点头，算是回应了她的鼓励。

辛宠继续自说自话：“你知道市局的心理专家张老吗？”

“略有耳闻。”

“他去美国研究一个课题。我想补他的缺，今天去市局领导那里毛遂自荐了。”

听到这里，叶时朝才抬起头来，俊美的脸上满是不可置信：“谁给你的勇气？”

张老是国内犯罪心理学的权威，他的缺确实不是谁都能补得上的，辛宠当然明白，但还是微微一笑，明明不是初生牛犊了，但还是一脸不畏虎的豪迈。

“梁静茹。”

“谁？”叶时朝皱眉，“你朋友？这个朋友十分不合格，建议你重新评估下你们的友谊。”

辛宠就知道他没听过梁静茹的歌，也不知道网上流传已久的这个“勇气”梗，她觉得逗到他了，心情十分好，忍不住咯咯笑起来。

“好，我回去就跟她打电话聊一下我们的友情。”

见她笑得这么开心，还一脸不怀好意，叶时朝就算是不知道什么梗，也觉察出了不对劲，但自尊心又不允许他去问这个无聊的问题，只能忍着，顺便支使她：“下次去郑老家，帮我带点慰问品过去。”

辛宠本来想问，你自己怎么不去，猛地又想到之前他和郑老的约定，忙把问题吞回了肚子里，点头：“好啊。我周末就会去，你想带什么，提前给我。”

叶时朝从抽屉里拿出一本陈旧的笔记，笔记本很厚，上面的名字竟然是叶时朝。

“听说郑姐的儿子郑先想考凌教授的研究生，但是凌教授轻易不收人，我父亲跟凌教授有点交情，我跟凌教授通了电话，他同意，只要郑先的成绩能让他满意，就收他。”他说着，指了指笔记本，“这是我当年考研究生之前的复习笔记，希望能对他有所帮助。”

辛宠确实听郑姐提过一次，自己的儿子是学生物科技的，最近准备考研究生，但是没提到过有什么困难。叶时朝是怎么知道的？难道他最近都在偷偷关注着郑老家？虽然没有在葬礼上露面，但尽心帮忙照顾在世的亲人，这难道不是最好的关心吗？

她说不出话来，唯有将笔记装进包里，郑重道：“我一定会转交给郑姐的。”

叶时朝点了点头，继续写他的报告。

这个时候，门口传来敲门声，韩梅梅扯着大嗓门过来叫叶时朝：“叶博士，刘伯给您送肥料来了，您要不要下去看看？”

“知道了，这就下去。”叶时朝应了一声，将文件保存好，点了发送，才起身准备下楼。

辛宠觉得好奇，一步不离地跟了下去，边跟边问：“你还种花吗？买肥料干什么？”

叶时朝回头看她：“不种花就不能买肥料了吗？我种菜不行吗？”

辛宠更是好奇了，她是土生土长的城里人，从爷爷奶奶辈开始就没有土地了，从小到大都没见过人种菜：“你吃的菜不会都是自己种的吧？这么原生态？那你会自己酿酒吗？吃的米不会也是自己种的吧？”

她聒噪起来没完没了，叶时朝有点烦，索性一次都回答了：“菜不是给人吃的，是给实验室里的样品吃的。我们是生物实验室，你说要不要尽可能还原自然？我会酿酒，但是不酿，浪费时间。吃的米是买的，商品米的质量足够好了，我没必要再去浪费时间。”

他讨厌浪费时间，却完全没意识到，跟她解释这么一大段话，同样也是浪费时间。

辛宠点着头，一脸好奇宝宝的表情：“我能去看看你们给虫子种的菜吗？我自己都没有菜田，你们的虫子竟然都有专属菜田，真是人不如虫。”

叶时朝显然不能同意她的看法：“实验室里的样品为了科研奉献了自己的一切，包括生命，如果你愿意这样奉献，我也会给你划分一块专属菜田。而且，我说不同意你去，你就不去吗？”

辛宠摇头，嘿嘿笑：“你这么大方怎么会不同意？”

叶时朝冷笑：“谄媚。”

“这可不叫谄媚，这叫社交技巧。”

“狡辩。”

“你才是不懂变通，老古板。”

“油嘴滑舌，小滑头。不，你也不小了，是老滑头。”

这句话成功将辛宠噎得一句话都说不出来，她确实不能算小了，而且要是仔细推敲年龄的话，这位连连跳级的天才级人物，应该比她还小上两岁……

从小到大都是学霸，论吵架斗嘴也没输过的辛宠，终于在这个男人身上体会到了失败的感觉。

17.

菜地在实验室的外面，后门出去，有一片四四方方的菜园，地方并不大，约莫不到半亩，地里种了绿油油的一大片蔬菜，品种还挺多。辛宠伸头四处看了看，只认出了大白菜和小青菜。

来送肥料的刘伯看起来年纪很大了，一脸风霜，佝偻着腰，正坐在地头上擦汗，见叶时朝走出来，混沌的眼神一亮，忙站起来，指着身后的肥料桶“啊啊”了几声，抬手比画。

竟然是个聋哑人。

叶时朝似乎跟刘伯很熟，也用手语跟他交流，两人不知道说到什么，刘伯笑了起来，指了指辛宠，叶时朝飞快摇头，手语都加速了，刘伯依旧是笑。

辛宠虽然看不懂手语，但是也看得出来他们在谈论自己，忍不住凑过来问叶时朝：“你们在聊我是不是？你说我什么？刘伯为什么笑？”

叶时朝的脸突然红了起来：“谁在聊你？少自作多情了。”

辛宠当然不信，放弃叶时朝追着刘伯问，知道他是聋哑人，就拿出手机打字给他看，边打字边喊：“刘伯，他说我坏话了是不是？说什么，您一定要告诉我。”

字还没打完，叶时朝却着急了，一把将她的手机抢了过来。辛宠急忙去夺，叶时朝将手机举高。穿着高跟鞋踩在松软的田埂上，站都站得艰难的辛宠，够不着手机，又跳不起来，围着他转了半天，还是索取无果。

辛宠浑劲上来了，双手勾住叶时朝的脖子，将他当棵树一样试图往上爬，一心只想输赢，完全没有意识到自己这个动作有多暧昧。

叶时朝有生以来第一次跟女生这样亲密接触，脸瞬间红透了，一把将她扯开，手机丢进了小白菜地里。

“你干什么？”辛宠尖叫着去抢救手机，再一回头，叶时朝已经走了，背影又硬又直，一副气鼓鼓的样子。

“扔我手机，你还生气了？”辛宠一边擦掉手机上的土，一边坚持不懈地去问刘伯：“刘伯，他到底说我什么？”

刘伯笑呵呵地拿起一根树枝在地上写字：他说你漂亮。

“真的呀。”辛宠笑得嘴巴都要咧到耳朵根了，什么扔手机之仇早就抛到九霄云外了。

然而“乐极生悲”，转眼间，辛宠就又一次被赶出了“有虫声”。但她一点也不生气，哼着小曲发动车子回事务所去了。

第二天，辛宠接到市局人事部的电话，要她下周一到局里报到，她被录取为市局犯罪心理科实习助理，试用期三个月。

助理还是实习，并且还有三个月试用期？

辛宠出了校门就没受过这样的委屈，但她就是开心不已，激动得像一个终于找到工作的应届毕业生，跟中了邪一样。

辛宠挂了电话就去找老邢摊牌，相对于白亭年的愁眉苦脸，老邢豁达许多，对她说：“事务所里有困难，你要回来帮忙，就算不能出庭，也能帮忙想想对策。”

辛宠点头：“当然，这个事务所也是我一手一脚做起来的，跟我的孩子一样。”

老邢端起咖啡摇头：“孩子刚学会走，就整天想着到处浪，你这当妈的可不靠谱。”

辛宠拉过老邢的手，深情款款：“当爹的靠谱就行，这阵子就辛苦你了，孩儿他爹。”

老邢受不了地一把甩开她的手，翻起白眼：“快滚，快滚，有多远滚多远。”

辛宠哈哈笑着，背起包就走了。

纤细的背影，没有一丝留恋，十分潇洒利落。

背后老邢跟苦着脸的白亭年传授人生经验：“小白啊，以后找女朋友千万别找你学姐这样的，太有主见，也太无情。”

白亭年的表情柔和了起来，眼神飘忽且无奈：“有时候人心并不受控制……”

全然不知自己被议论的辛宠已经走到了停车场，刚打开车门，手机就响了，接起来，辛格在电话那头咬牙切齿：“来队里，穷凶极恶的犯人等着你呢，犯罪心理科的实习助理！”

18.

辛宠提着一袋子好吃的来到辛格的办公室门口，调整好笑脸，敲了敲门，在听到辛格不悦的“进来”之后，一脸谄媚地走进去，双手将吃的奉上，又绕到他身后给他捏肩：“我知道我自己跑去局里毛遂自荐是不对，但是你也得给我个申辩的机会呀，万一我有什么不得已的隐情呢？”

辛格完全不听她说话，一张帅脸气得铁青，甩开她献殷勤的手：“隐情？我看你是有隐疾，这种疾就叫脑子进水。我们当初跟爸妈是怎么说的？一个当警察，另一个就安安稳稳地过日子，不干危险的工作，现在爸妈才去了几年，你就这么任意妄为？我是不可能换职业了，你再掺和进来，万一出点什么事，让我怎么跟爸妈交代？”

辛宠和辛格的爸妈有他们这对龙凤胎的时候，都已经四十多岁了，中年得子，异常疼爱，所以当辛格决定考公安大学的时候，父母极力反对。

僵持一阵子，实在无法改变儿子的心意，父母才只好答应，一家人约定，辛格当了警察，辛宠就不能再做危险的工作，辛宠答应了，所以才学的法律。

不过，辛宠觉得自己也许跟辛格一样，骨子里就喜欢追逐罪案。是天性，总要有释放的时候。

“就两年，而且我就是个助理，肯定还会请新的大神坐镇，我跟着打打酱油，能有什么危险？”辛宠锲而不舍地给辛格捏肩捶腿，试图让他消气。

辛格无奈，看着妹妹那副样子，气就消了一半，拿起一袋子核桃酥开吃，边吃边跟她讲条件：“说好了，只是打酱油，打到张老回来，赶紧滚回你的事务所去，听到没？”

“当然，当然。”辛宠连忙开了罐咖啡递上去，“张老回来了，还有我这种杂鱼生存的空间吗？当然是哪来的回哪去。”

两人终于谈拢了，辛宠才进入正题：“哥，你刚才说有穷凶极恶的犯人等着我，犯人呢？”

辛格喝了口咖啡，白了她一眼：“犯人比你哥亲？你哥叫你你不来，听说有犯人，你来得比谁都快。”

“没有，没有，主要还是想好好表现，杂鱼也有杂鱼的自尊嘛。你妹妹我从小就不落人后，现在身边有那么多天才，正挫败着呢，当然要勤奋上进一点。”

辛格当然知道她说的天才是谁，一口气将咖啡灌进肚子里，抹了把嘴：“不巧，今天把天才也叫来了，这会儿应该到了。”

走出办公室，果然就看见大良带着叶时朝和施寅正往办公室这边走，施寅看见辛宠很是开心，举手跟她打招呼：“辛小姐，好久不见。”

辛宠一边在心里吐槽，明明昨天见过，哪里有好久，一边去看叶时朝，叶时朝似乎还在跟她闹昨天的别扭，看到她一声不吭，冷着脸，移开视线。

想起昨天刘伯说叶时朝夸她漂亮，她大度地决定不跟他计较这么多，笑眯眯地跟两个人打招呼：“叶博士，施先生。”

“都来了就太好了，进来，快进来。”辛格招呼着叶时朝和施寅，再拉上辛宠，走进办公室，并且神秘兮兮地关上了门，“有个坏消息。案子被隔壁卑鄙的老邱抢去了，我们这组是辅助，领导的理由是老邱比我年长、资历深，我申诉了也没用。所以我打算用行动告诉领导，破案不看年长和资历，全凭本事。诸位天才一定要帮帮我。”

辛格说话一向洒脱，带着点嚣张，少有这么低声下气的时候。虽然两位天才表现冷淡，但是辛宠却不能坐视不管，就问：“怎么帮你？”

“我虽然是辅助，但也是有查案的权力的。大良带着弟兄们看了一夜的监控，将那帮收账的提到的受害者失踪的地方附近道路店铺的监控都看了一遍，终于查到了，接走受害者赵山川的是房山精神病院的车，估计是被当成疯子了。所以我们要赶在老邱之前赶到房山精神病院，去查查赵山川在精神病院的痕迹。”

叶时朝听他这么说，一脸不明所以：“精神病院里都是人类，没有虫子，我去干什么？”

施寅凑热闹一样，也笑着问：“精神病院都是活人，没有死人，我去干什么？”

辛格实在不好意思说，大良他们熬了夜没法跟他东奔西跑，他无人可用，只好麻烦诸位天才出外勤。他眉头一皱，灵机一动，继续鼓动他们：“精神病院怎么没有虫子？到处都有虫子，没准哪只虫子就是破案的关键，叶博士一定要去。而且，精神病院里虽然暂时没有死人，但我们去了就有可能有死人，我们必须做好万全的准备。施法医，拜托了。”

也不知道是不是辛格的话起了作用，最终，天才们都答应了可以帮忙，于是一行人来到房山精神病院，然而迎接他们的却是比虫子和尸体更匪夷所思的事。

19.

房山精神病院是新建的，位于房山区的主干道旁，周围有一个大型的蔬菜批发市场，后面是大片的老旧居民区。居民区的房屋都还是旧时自建的，低矮陈旧，对比之下，精神病院六层高的楼房，简直就是这一片最豪华的建筑。

辛格将车停在精神病院的停车场，指着最靠近大门的一栋楼说：“我事先调查过，院长办公室就在这栋楼上。这个院长很厉害，叫杨普世，以前是学临床外科的，后来半路出家，改行研究精神疾病。业务水平十分高，上任才几年，这家医院的住院率和治愈率都上升了百分之五十，网上到处都有被治愈的病人和家属敲锣打鼓来送锦旗的照片。有传言说，这位杨院长马上就要被调到市卫生局了，货真价实的高升。”

对于辛格的调查，叶时朝并不是很感兴趣，黑眸望着窗外不知道在想什么，倒是施寅说了一句：“这么厉害的人物，真想去会会他，虽然是个活的。”

辛宠也没什么兴趣，对她来说，跟一个正常的院长说话，远没有跟一个精神病人说话有意思。

既然是四个人来的，总不能全都集中在一处查，辛格正准备分配任务，叶时朝就已经率先开门下了车，辛宠也慌忙跟了下去，临走前丢下一句："我和叶博士去查虫子，你俩查人。"然后关上了车门。

辛格不太放心辛宠，本来想将她带在身边的，这样就算是穷凶极恶的杀人犯出现，他也能保护得了她，见她下车跟着叶时朝跑了，有些着急，在后面叫她："你先回来，至少要先制订了计划，没头苍蝇似的怎么查？"

辛宠一路跟着叶时朝头都不回。施寅拍拍辛格的肩膀，劝他："辛大队长，别喊了，看不出来吗？辛小姐的魂已经被阿朝勾跑了。可惜啊可惜，我和辛小姐要是能结婚，将来一定能生出最漂亮的孩子。"

辛格回头瞪施寅："什么孩子？你想多了吧？"这一个个觊觎他妹美貌的男人，真不让人省心。

施寅耸肩："确实想多了，所以现在不想了。你也别想了，就跟我一队吧，我也不丑，不碍眼。"

这根本不是碍眼不碍眼的问题好吗？辛格咬牙，望着辛宠的背影，依旧是满脸担忧。

施寅又说："担心辛小姐的安全？这你大可放宽心。一来，辛小姐并不柔弱；二来，你要是把阿朝当成一个只会待在实验室里搞研究的死宅书呆子，那你可想错了。"

辛格好奇："他不是吗？"

施寅露出一抹神秘的笑："你可以试试。"

然而，现在要去试显然并不合时宜，而且辛宠的心意也扭转不了，他也只能暂时放宽心，和施寅一起走进办公楼。

辛宠跟在叶时朝身后，一路小跑，绕过精神病院的所有建筑，来到后面较宽阔的区域，这里大约是医院的后院，被改造成健身区域，绿化很好，走不了几步就有可以歇脚的长凳。

辛宠想起刚进门的时候医院门口贴着的海报，许多穿着住院服的病人，在护士的陪同下在院子里散心或者运动，阳光照在大家脸上，每个人都面带笑容。

看来海报就是在这里拍的，然而跟海报上不同的是，这里并没有病人活动。

叶时朝一直在草丛里聚精会神地翻找着什么，辛宠实在看不下去了，上前来问：

“你在找什么？我帮你找。”

“黄金鬼。”叶时朝头也不抬，额前的碎发落下来遮住了他的额头，阳光之下，尤显得俊美，“一种不该出现在这里的甲虫，我刚才明明看到了。”

“什么鬼？”辛宠莫名其妙。

“黄金鬼。”叶时朝重复了一遍，眼睛锐利地四处看，猛地盯着身前的一棵树，眸子整个都亮了起来，“在树上。”然后手脚麻利地开始脱外套，将外套往辛宠身上一丢，卷起袖子往树上爬。

辛宠顺着他的目光看过去，只看到了一只甲虫，约莫就是让叶时朝如此疯狂的那个什么鬼，她抱着他的外套，在树下等着，就像在球场上等着男朋友得胜归来的青春少女。

这个念头让她心动，不自觉地弯起嘴唇，将他的外套小心翼翼地放到鼻下闻了闻，清爽的皂香，是她喜欢的味道。

她正沉浸在自己的小心思里，只听树上的叶时朝突然对着她大喊了一声：“别动。”

辛宠被吓了一跳，以为自己偷闻他外套的动作被他看到了，吓得全身都僵硬了，一动不敢动，语无伦次道：“没有……其实……误会……我……”

她还不知道自己要说什么，叶时朝已经飞快地下了树，走到她跟前，目光灼灼地看着她，慢慢抬手捏住了她的下巴。

他们离得很近，她几乎能闻到他身上与外套如出一辙的味道，心跳不争气地加速起来，眼睛一眨不眨地看着朝她靠近的男人。

这个男人近看更好看，长睫毛又黑又翘，得天独厚的好长相，待在实验室里真是太浪费了。

辛宠胡思乱想着，叶时朝看着她又说了一句：“别动。”这一次的语气十分轻柔，生怕惊扰了她一样，辛宠更加不敢动了，心乱如麻，不知道他要干什么，可是无论他想干什么，她大概都是同意的。

“真美。”叶时朝喃喃着，一副痴迷的表情，“好久没有看到这么美丽的姑娘了。”

这是在夸她吗？辛宠的心简直就要飞起来了，一脸期待地看着他，然后就看到叶时朝小心翼翼地抬起手，辛宠以为他要摸自己的脸，脸上瞬间开始发热，就在她以为他马上要摸上她的面颊时，那只手却绕了一下，从她头发上拿走了什么东西。

“终于抓到了。”叶时朝欣喜若狂，丢开她的下巴，晃着手上的东西，笑起来，“是不是很美？”

原来是一只……甲虫？

辛宠的脸瞬间垮了下来，刚才“扑通”不停的心脏都要停跳了，气到想冒烟。

刚才的“好美”“好久没看到这么美丽的姑娘”原来都是夸这只甲虫的。甲虫有她美吗？真是有毛病。

她气得半死，偏偏又不能说出来，只能敷衍地点头：“美，美死了，呵呵。”

叶时朝一脸兴奋，将甲虫放在自己的掌心，跟她科普：“这就是黄金鬼，中文学名叫黄金鬼锹形虫，锹形虫爱好者的爱宠。黄金鬼锹主要分为两种，分别是 rosenbergi 和 moellenkampi。而 moellenkampi 又分为四个亚种，分别是：Allotopus moellenkampi moellenkampi，Allotopus moellenkampi moseri，Allotopus moellenkampi babai 和 Allotopus moellenkampi fruhstorferi。这只就是 Allotopus rosenbergi，中文名是罗森柏基黄金鬼锹形虫，产地是印尼爪哇，国内爱好者也有饲养，但不存在野生。这种在高原上生活的锹形虫，并不适宜这里的气候，野外很难生存，肯定是从饲主那里偷跑出来的。”

本来还在生气的辛宠，立刻略过那些听不懂的专业术语，抓住了重点：“这里有人养虫子？”

“大概是的。”叶时朝捧着那只黄金鬼，四处看了看，“我们四处转转，先找到饲主，这只黄金鬼在外面待不了太久。”

辛宠立刻决定先将刚才的仇存档，以后再清算，现在还是查案要紧，毕竟这个饲主有可能是养红火蚁的人。

叶时朝将黄金鬼放进随身携带的样品盒中，然后塞进了衬衣口袋里，这个动作又让辛宠暗暗咬了咬牙，离他心脏那么近的地方，她也很想去。

绕出院子，走到住院部，终于看到了人，辛宠拦住一个穿着清洁工制服的男人，客气地问：“不好意思，打扰一下。”

男人提着一大袋垃圾，正准备往垃圾车上扔，闻言抬头，看见辛宠，约莫是不太习惯跟漂亮姑娘说话，只看了一眼，就忙低下头。

“不好意思，大哥，打听一下，您有没有听说这医院里有谁喜欢养虫子？”辛宠问。

男人还是没说话，抬起头，憨厚的脸上露出奇怪的神色，约莫是不太懂辛宠的意思。

辛宠忙又解释：“我们刚才在后院晒太阳，捡到了一只挺稀有的甲虫，想还给主人。”说着朝叶时朝招手，让他将虫子拿过来，叶时朝将黄金鬼拿出来，晃了晃，一脸不能忍的表情，纠正：“甲虫这种说法不严谨，这是锹形虫，罗森柏基黄金鬼。”

见那男人仍旧一脸的问号，辛宠连忙解释：“我这朋友是个昆虫爱好者，别理他。您知道有谁会养这种东西吗？”

“听说院长的侄子喜欢养这些奇怪的东西。”男人终于说话了，声音跟他的人一样敦厚朴实，“但这个什么鬼，是不是他养的我就不知道了。”

辛宠大喜过望，忙问：“院长的侄子住在这附近吗？”

男人将垃圾袋甩上身后的垃圾车，脱下手套，指了指身后的住院楼：“就住这里，二楼，叫杨林，住了好几年了，听说是妄想症。不犯病的时候是挺好的一个孩子，一犯病就发疯，你们小心点。”

辛宠点点头，对男人笑了笑：“好的，我们会小心的，谢谢您了大哥。”

“不用谢，小事儿。”男人搓了搓手，憨厚地笑了笑，依旧不太敢看辛宠，低头开着垃圾车走了。

“妄想症。”辛宠回头看叶时朝，秀气的眉皱了起来，“这种病人分不清现实和虚幻，根本无法用正常的逻辑交流，还是挺棘手的。”

叶时朝看着手上的黄金鬼，一脸平静：“棘不棘手，试试就知道了。”

两人上了二楼，二楼十分昏暗，楼道里的灯没开，从一头看过去，仿佛一条长不见底的隧道。辛宠莫名觉得这地方有点诡异，但又不想打退堂鼓，就鼓起勇气，专心去找贴着“杨林”名牌的病房，刚找了两间房，就听见旁边的病房传出一声歇斯底里的尖叫：

“我的护卫不见了，我会被杀的，他们好恐怖……好恐怖……啊啊啊……”

20.

随着尖叫声，是一阵玻璃落地的声响，护士站的护士忙往那边跑，边跑边匆匆忙忙小声议论：“杨林又犯病了。”

“要通知院长吗？”

“别了吧，院长上回说了，他这样也不是一天两天了，要什么给什么就是了，不要什么事都去跟他报告。”

“院长怕是也有点烦了这个侄子了吧？”

“要我也烦，又不是亲儿子，这样闹腾，谁受得了。”

果然是杨林，辛宠和叶时朝交换了一个眼神，也跟了过去，在病房门口，就见几个护士按着一个瘦弱的青年在打针，青年看起来瘦，力气却十分大，整个人呈现癫狂的状态，手腕上和额头上都爆着青筋，但无奈，护士人多，他实在反抗不了，针还是打了。

液体注入体内，青年逐渐安静了下来，也许是剂量轻，并没有睡着，而是睁着大而无神的眼睛，颓然地趴在床上，手和脚都垂在床边，连呼吸都变浅了。

“我会被杀的……”他还在喃喃，眼泪也落了下来，“‘将军’去哪儿了？它不愿意保护我了吗？‘红鬼军’会找到我，然后杀了我……他们会杀了我、吃了我……”

护士们似乎对他的胡说八道早已习以为常，敷衍地安慰道：“我们这就去替你找‘将军’，别闹了，乖乖待着，‘将军’一会儿就回来了。”

说着护士们次第离开了病房，一个圆脸的护士见到站在门口的辛宠和叶时朝，满脸不耐烦地问：“你们是几号床的家属？怎么跑这里来了？这里是单人病房。”

辛宠伸手从叶时朝口袋里抽出那个样品盒，对护士说：“我们在外面抓到了黄金鬼，听说这里只有杨林养这种虫子，特意拿来还给他。”

趴在病床上的杨林听到“黄金鬼”三个字，眼睛一亮就想爬起来，可是刚打过针，没有力气，只能伸着手，对着门口嘶吼：“‘将军’！把‘将军’还给我！”

护士烦透了，想抢过黄金鬼丢给杨林，被辛宠灵巧地躲开，她嘻嘻一笑，对护士说：“我们跟杨林是同好，想跟他聊聊，就聊虫子的话题，其他什么都不说，并且保证不惹怒他，姐姐你看怎么样？”

“挺漂亮的一个女生，怎么也喜欢这个？”护士上上下下打量着辛宠，皱起眉，嫌弃地摇头，“随便吧，反正别让他乱叫就行，还有，他房间里那些盒子都别乱动，他会发疯的。”说着，撇着嘴走开了。

看着护士离开的背影，辛宠得意地对叶时朝扬了扬下巴。叶时朝摇头，对她的得意嗤之以鼻：“爱说谎的女人。”说着率先走进病房。

辛宠在后面跟着，对他的评价老大不乐意：“你说实话能进来吗？咱俩都不算是正经的警察，连证件都掏不出来。”

叶时朝充耳不闻，从她手上夺走黄金鬼，递给在床上挣扎的杨林：“‘将军’回来了，它会继续保护你，别怕。”

杨林颤抖着双手将黄金鬼接了过去，打开样品盒盖子，近乎痴迷地抚摩着它泛有金属光泽的身体，似乎才活过来一样，抬头对叶时朝露出一个苍白的笑容："你替我找回'将军'，你就是我的救命恩人。我愿意告诉你一个秘密，一个全世界的人都不知道的秘密。"说着颤巍巍地站了起来。

叶时朝和辛宠跟在他后面。

这个病房很大，原本应该是六人病房，现在只住了他一个人，一边放着床和桌椅，另外一边拉着帘子，看不清里面。

杨林走到白色的帘子边，艰难地拉开帘子，帘子后面赫然出现一整排的透明大盒子，里面是人工蚁巢，赤红的红火蚁在蚁巢里忙忙碌碌。

辛宠倒吸一口凉气，看叶时朝。叶时朝表情冷漠，看向杨林："你说的秘密是什么？"

"这个世界，早已经不是原来的世界了。"杨林神经兮兮地贴近叶时朝的耳朵，压低声音，"统治这个世界的不是人类，是'红鬼军'。人类实际上是'红鬼军'的奴隶和食物，随时可能被杀了吃掉。"

"'红鬼军'……指的是它们吗？"叶时朝指了指人工蚁巢里的红火蚁。

杨林慌忙将他的手拉下来，紧张地捂住他的嘴巴："嘘，别乱说话，也别拿手指着它们。这些只是假象，是'红鬼军'让我们以为它们很小，其实它们很大，跟我们差不多大。我们一旦对它们不敬，它们就有借口杀了我们吃肉，还会把我们的心脏献给'鬼后'。'鬼后'最喜欢新鲜的心脏，一天要吃好几个。但你也别太害怕，我有'将军'保护我，我也会让'将军'顺便保护你的。而且我们还可以给'鬼后'献祭，献上别人的心脏，它就不会来吃我们了。"

第一个受害人赵山川确实失去了所有的内脏，其中也包括心脏。辛宠的心跳在加速，不自觉地握紧了拳头。

妄想症患者往往分不清现实与虚幻，常常会被自己虚幻出来的恐惧驱使着做出匪夷所思的事情，曾经就有过妄想症患者因为觉得自己怀了魔鬼的孩子，而将自己的肚子剖开，试图阻止"鬼婴"出生，以致失血过多身亡的案例。

难道这个杨川也是为了给他幻想出来的"红鬼军"献祭，杀了同住在这里的赵山川？

叶时朝似乎也想到了这一层，但却依旧不慌不忙地问他："'红鬼军'一般什么时候出现？"

"晚上。"杨林说着紧张地看了看窗外，见窗外天还亮，就松了一口气，"所以我晚上从来不睡觉。"

妄想症加严重的失眠，病症只会越来越重，很难治愈，难怪杨林在这里一住就是好几年，他这种情况，根本不可能离开医院。

“你给‘鬼后’献过祭吗？”叶时朝又问。

“献过。”杨林笑起来十分阴森恐怖，“一个不尊重‘红鬼军’的人，我将他的心脏献给了‘鬼后’，‘鬼后’很开心，所以才赏赐了我‘将军’，并且答应，只要‘将军’在我身边，所有的‘红鬼军’都不能伤害我。”

“他……这……”辛宠压低声音在叶时朝耳边说，“这算招供了吗？可是……”

叶时朝回头看她，在很近的距离，用眼神告诉她，稍安毋躁，他还有话要问。辛宠竟然看懂了，默默点了点头，不再说话。

“‘鬼后’除了喜欢新鲜的心脏，还喜欢什么？或者你需要贿赂‘鬼后’身边的‘大臣’？用嘴唇……或者眼睛？”他问。

杨林摇头：“‘鬼后’后有至高无上的权力，只要‘鬼后’开心就好，不需要再贿赂其他人了。嘴唇和眼睛，我也不知道‘鬼后’喜不喜欢，她没有下过这样的命令，不过，下次我可以问一问。”

“谢谢你告诉我这么多，我以后会注意的。”叶时朝神情冷峻地抓着辛宠的手，道完谢，快步离开了病房。

21.

“给你哥打电话，要他到车上会合。”叶时朝出了病房，皱着眉跟辛宠说，说完才意识到自己还抓着辛宠的手，忙松开了。

辛宠显然也没有心思想手被抓的事，忙拿出电话，拨通辛格的号码，等那边一接通，就急忙说：“哥，大发现，车上集合。”

辛格的声音从听筒里传来，也是异常沉重：“真巧，我和施寅也发现了一些不得了的东西。”

片刻过后，几个人在车上碰头。辛格拧开放在车上的矿泉水瓶，“咕咚咕咚”连灌了几口，然后将水瓶递给施寅，被施寅嫌弃地挡开了；辛格也不在意，将水瓶丢在一边，擦了擦嘴角说：“院长叫来了医院的司机，司机不承认有在城区半路拉过人，坚称自己不认识赵山川，医院的住院档案和访客记录中也都没有赵山川。我和施寅在医院里转了一圈，问了一些医生和护士，也没人认识赵山川。不过，在这个过程中，施寅发现了至少五对病人是直系亲属关系，这也太巧了。”

“直系亲属？通过面部骨骼以及遗传学判断的吗？”辛宠知道施寅在人类学方面造诣颇深，仅凭面部判断人与人之间是不是亲属十分简单，但是第一次如此近距离接触，十分好奇，难免多问了几句。

“我在殡仪馆里，除了喜欢修复死者面容，还喜欢研究死者与亲属面部结构的相同与不同。亲手摸过的面骨数不尽，还是有一些经验的。虽然不能做到百分百确定，但是也有 90% 的把握。辛队长可以派人来采集 DNA 带回去化验。”施寅自信满满，面带微笑。

辛宠又问：“精神病也有家族遗传性，有没有可能是一家子里几个人同时犯病了在一起住院？”

“当然有这种可能。”施寅笑意盈盈，耸了耸肩，“但是入院部留的资料完全不是亲属，而且并不是认知障碍的疾病，互相装作不认识，这就奇怪了。”

辛格点头，力挺施寅：“施寅说得对，这里面绝对有文章，所以我们没有打草惊蛇，免得他们起疑心，回去再带人来好好查一查。你们呢，发现什么了？”

“我们好像发现嫌疑人了。”辛宠说着迟疑了一下，想着杨林目前的状态，感觉十分为难，“院长的侄子就在这里住院，是一名妄想症患者。”

她将刚才在杨林病房里发生的一切，杨林的妄想，黄金鬼和“红鬼军”，还有向“鬼后”献祭新鲜心脏的事一一陈述。

辛格表情严肃：“不管精神有没有问题，既然有嫌疑就要带回去查一查。”

一直都没有说话的叶时朝将目光从窗外的树上收回来：“杨林是个病患，他几乎无法正常生活，红火蚁必定不是他独自饲养的。还有一件事，我一直想不通，他心目中‘鬼后’的化身是谁？又是谁给了他黄金鬼？”

“这些问题，本来只需要将嫌疑人带回去好好地审讯就能得到答案。”辛格愁眉不展，“可他是个妄想症患者，正常的审讯对他不起作用，真是有些棘手。而且，就算他真的是凶手，他一个长期住院的病人，没有私人空间，要实施杀人，再做人体蚁巢，简直难如登天，除非，他有帮手。”

“你去查医院，但要先将杨林保护起来，让我留下来观察他一段时间，在他最熟悉的环境中，重复着习惯的作息日常，能够提供很多信息，或者那个帮手能露出真面目。更何况，他的病房里还有红火蚁和黄金鬼。”叶时朝说着又看向窗外，住院部里一片寂静，却不知道这看似平静的外表之下还暗藏着多少波涛：“人会说谎，会妄想，但是虫子不会，它们会告诉我实话。”

辛格带队来深挖房山精神病院，无疑给房山区带来了一次大震荡。

他首先将院长控制了起来，又带走了几个管理层，最后派人封锁了住院区，进出都要查验身份。

杨林的病房日夜有民警看守，并吩咐所有的医护人员不许将外面的情况透露给杨林半句，就连进出的保洁，也都逐个打了招呼，不要跟病人说什么多余的话。

这家医院的保洁工作外包给了保洁公司，每天来打扫的保洁员都不一样，今天来的是两位大姐，提起杨林都一脸的可惜。

“好好的一个小伙子，真是可惜了。”一个胖胖的大姐边擦着栏杆边对辛宠说，“我有个儿子，跟他一样大，今年都大学毕业参加工作了，他就只能待在这里，学都没法上，听说还考上过名牌大学，你说可惜不可惜？”

辛宠知道这事，辛格给了她关于杨林的详细资料，包括学业经历、亲属关系。

杨林三年前考上了 S 大的医学院，竟然是她的校友，只不过大学才上了两年，大三第一学期就发病休学了。

据曾经跟他同宿舍的室友说，杨林那一阵子拒绝睡寝室，一直在楼下长凳上坐着，室友去叫他，他就惊恐大吼：“那是巢穴，根本不是寝室，你们都被蚁后改造了，我不想也跟你们一样成为蚂蚁人，成为蚁后的奴隶……”还将同寝室的一位同学用水果刀刺成了重伤，但因为精神问题没有进监狱，一直在精神病院关着。

他受过两年的专业医学训练，而且还有伤人前科，精神状态又这么不稳定，杀人的嫌疑确实很大……

还有，杨林的亲属关系也十分凄凉。

杨林母亲的家族有遗传精神病史，杨林很小的时候，母亲就因为妄想症砍死了老公，然后自杀了，案发的时候杨林上学不在家，这才躲过一劫。之后就一直跟着爷爷奶奶生活，爷爷奶奶去世，他的小叔叔杨普世成了他的法定监护人，一直到现在。

所以，除了大学同寝室的同学、高中时期的朋友来过几回，平时根本没有人来探望他。

但要提起杨普世对杨林好不好，保洁大姐直竖大拇指：“杨院长算是仁至义尽了，常年住院，住院费也是一笔不小的开销呢，他一句怨言都没有，而且杨林要什么给什么，亲儿子也不过如此吧。”

另外一个瘦一些的保洁大姐却对胖大姐的话不太认同，她撇嘴说："杨院长那人有点虚伪，人前人后两副模样，谁知道他是不是做给人看的。"

胖大姐碰了瘦大姐一下："别乱说，不想干了是不是？"

瘦大姐又撇了撇嘴："他又不是咱们老板，怕什么？"

两个大姐说着话，有人在楼下喊："刘姐、王姐，你们活干完了吗？还回不回公司？要不要我捎你们一程？"

辛宠和两位大姐一起往楼下看，看到昨天跟她说过话的开垃圾车的男人，正挥着手套喊话。胖大姐连忙趴栏杆上对他招手："凌河啊，我回，我回，你等我一会儿。"

说着问瘦大姐："老王你回不回？"

王姐摇头："我待会儿骑电动车直接回家，就不去公司了。"

胖大姐"哦"了一声，提着桶和拖把就走了。

王姐看着胖大姐离开的背影，又撇了撇嘴，对辛宠说："刘芬净说杨普世的好话，她有侄女在这里上班呢，也不敢说什么坏话。我不怕，我一家人都跟这害人的医院没关系。"

辛宠听到这里来了精神，蹲下来，帮着王姐擦栏杆："害人的医院？这话怎么说？"

王姐左右看了看，见没有人，压低声音凑近辛宠，悄声："我反正干不长久了，也不怕说实话。听说，有些家属实在忍受不了家里的病人，想摆脱负担就往这里送。"

"这里有护士有医生，送到这里来确实能够减轻负担，不是很正常吗？"辛宠问。

"你傻呀，孩子。"王姐拍了下辛宠的手背，"住院治病不得花钱，有些病重的，常年累月的出不去，一年到头住院，得花多少钱？谁花得起？家里有钱的就不叫负担了，没钱才叫负担。"

"没钱住院干吗送这里来？这里福利政策好？"辛宠越听越糊涂了。

王姐望着辛宠直咋舌："一看你就是有钱人家富养出来的孩子，没吃过苦，没见过世面。住院有医保能报销是不假，但只能报一部分，有些人家就花一次钱，永久摆脱病人。"

"怎么摆脱？"

"没了呗。精神病出个意外再正常不过了。"王姐说到这里，拿起抹布几下把栏杆擦干净，起身，"我虽然不知道你们来这里干什么，但是小心点没错。"说着提着桶走了。

辛宠出了一身的冷汗，她读过一个案例：精神病人在医院自杀，病人家属将医院告上法庭，法庭判医院无罪，因为精神病患的自杀是病情特质，住院并不等于监护权的转移，医院只要尽到了告知义务，并不需要为病人的自杀负责。

精神病患确实很难界定是自杀还是他杀，家属和医院都声称病人有自杀倾向，病人死后，病人家属不追究、不上告，只要做一个悲痛的家属演足戏，别说法律的惩罚了，就连周围人的道德谴责都不会有，反倒能博得很多同情。

她蹲在那里半天没有动，初秋的风带着点凉意，吹到她的身上，让她忍不住打了个寒战，她抬头望着眼前窗明几净的住院部，楼前绿意盎然的花园，却似从这明亮中看到冤魂满地。

22.

辛宠走回杨林的病房，还没进去，就看到叶时朝在跟杨林聊天，也许是药物的关系，杨林此时看起来十分清醒，正跟叶时朝讨论黄金鬼的饲养问题。

下午的阳光透过窗户洒进病房，给俊美的男人和瘦弱的青年蒙上了一层柔和的金纱，那画面看起来竟然让人觉得十分美好。

她没有走进去，就站在门口听他们说话。

杨林的黄金鬼有一个专门的宠物箱，带有温度调节功能，看起来十分高级。杨林说："是我叔叔给我买的。"

他清醒的时候说话十分腼腆，提起杨普世更是一脸的感激："我叔叔对我真的很好。"

"黄金鬼也是他送你的吗？"叶时朝帮着杨林调宠物箱上的温度，动作十分娴熟，一看平时在实验室里就没少做，"那他一定也是同好，这个品种最近非常难买，亏他有门路买得到。"

"黄金鬼不是叔叔给的。"杨林低头笑了笑，"是一个朋友。"

"一个朋友？那一定是很有门路的朋友。能不能介绍给我认识？我也想买一只。"叶时朝顺着他的话问他，也不知道是不是最近总跟辛宠混在一起的关系，撒起谎来十分顺口且毫无愧疚感。

"不行。"杨林十分抱歉地摇头，"我那个朋友说了，不想让人知道他的存在，否则他会有大麻烦。我不能出卖朋友。"

叶时朝没再追问下去，"招待"完黄金鬼，将黄金鬼的饲养箱随手放在窗边，踱到那一排密封很好的人工蚁巢那里，似是不经意地问：“这些红火蚁和蚁巢也是朋友送的吗？”

“这是我自己做的。”杨林说着，来到蚁巢旁边，目光依恋而混乱，“不知道为什么，我觉得我是它们的一分子，却又觉得它们很恐怖。我热爱它们，又惧怕它们。”

叶时朝也看着那些忙忙碌碌的小生物，并不反驳杨林：“抛开别的不谈，单单看蚁类的社会关系，确实高效又紧密，让人敬佩。所以它们才能在这个地球上存活一亿多年，看似小小的，不起眼，却在繁衍这场马拉松中跑赢了恐龙，跑赢了众多比它强大的生物，也许有一天，也能跑赢人类。”

杨林似乎很少听到赞同的声音，一时竟有些手足无措，嘴巴张了又合，目光亮起来，过了许久才说：“你是个好人，和我朋友一样。”

叶时朝微笑，脸上带着遗憾：“听你这么说，我更加想见一见这位朋友了，真的不能介绍给我认识吗？我也会跟你一样保守他的秘密……”

叶时朝的追问让杨林为难起来，双手抱头，痛苦地拧起眉：“我真的不能说，你别逼我……求你别逼我……”

他一直在嚷着“别逼我”，连嚷了十几次，一次比一次声音大，一次比一次崩溃，叶时朝怕他发病，连忙安抚他。

“我不问了，你平静一点。”

叶时朝哪里会安抚人，越安抚越糟糕。辛宠连忙冲进来帮忙，轻抚着杨林的后背，让他跟着自己深呼吸，几次之后，杨林果然安静了下来。叶时朝和辛宠不敢再刺激他，默默地退出了病房。

晚饭时间，病房里十分安静，病人们都在各自的病房里吃饭，护士们也轮班去食堂了，叶时朝走到护士站，跟里面的护士要杨林病房的探病记录以及病历。

护士是新来的，十分年轻，看见叶时朝总是不自觉地脸红，但又忍不住多看几眼，双手递上他要的资料之后，结结巴巴地提醒：“这些记录只保留一个月的，再往前查就要用电脑，去资料库调。”

叶时朝点头，翻着记录，头也不抬：“谢谢。”

小护士搓着手指头，脸蛋红通通：“不……不用谢。”

探病记录什么都没有，不知道是没有记录，还是根本就没人来看他。叶时朝又翻了翻病历，发现了一个很奇怪的现象，皱着眉又反复看了看，抬头问小护士：“帮我从资料库里调取杨林的病历，近三年的都要。”

“这……要主任同意才行，我……我不敢……”小护士红着脸，十分抱歉地望着叶时朝。

叶时朝不愿意去逼一个小姑娘，又不想去什么主任那里申请，怕打草惊蛇，皱着眉想对策。辛宠上前一步，凑到他耳边，小声给他出主意：“你冲人家小姑娘笑一笑，说，拜托你了，声音温柔点。”末了觉得提示不够，又补充了一句，“就像施寅平时跟我说话那样。”

叶时朝侧头看她，一脸莫名其妙，看见她十分自信的表情，内心挣扎了两秒，真就照做了，冲小护士微微一笑，努力搜索着施寅平时说话的样子，照葫芦画瓢：“拜托你了。”

小姑娘愣了一下，被施了魔咒一样，傻头傻脑地点了点头：“好……好吧，你帮我望着点风，被其他人看见，我就有大麻烦了。”

小护士用自己的工号登录进医院的数据库，调出杨林的病历。叶时朝一目十行地浏览了一遍，眉头越皱越紧。

趁着他在看病历，辛宠灵光一闪，从手机里翻出赵山川的照片，举到小护士面前，满脸堆笑：“小姐姐，你看看，认识这个人吗？他是不是你们的病人？”

小护士看了照片一眼，眼神闪烁，赶紧摇头：“不认识，不认识。”

跟所有护士的反应都一样，分明就是有鬼，辛宠推了正聚精会神地看病历的叶时朝一下，冲他挤挤眼：“快求求人家。”说着不管叶时朝同不同意，强行将他的手拉过来，放在小护士的手上，微笑：“态度诚恳一点。”

叶时朝看了辛宠那一脸的狡黠，竟也没反抗，就着那个姿势，看着小护士的眼睛，说：“拜托了，这对我们非常重要。”

小护士像被电击了一样，全身僵硬，脸红到了脖子根，慢慢点了点头，艰难地凑近辛宠说：“我就在院长办公室里见过一次，不是我们医院的病人，听老护士们说是院长的亲戚，隔断时间就上门要钱，院长特别烦他。这几天不是闹杀人案吗？主任下了死命令，谁要敢说认识他、见过他，就立刻开除。”

原来是这样啊，怪不得辛格他们怎么问都问不出来。

辛宠点了点头，放开压在叶时朝手背上的手，对紧张得快窒息了的小护士感激地笑了笑：“谢谢你了。”

这个时候，叶时朝也看完了，跟小护士道了声谢，在小护士恋恋不舍的眼神中，拉着辛宠就走。

辛宠被他拽了一个踉跄，却不敢出声，一直等到了僻静处，才终于忍不住问："你那么急干什么？发现什么了吗？"

叶时朝皱起眉："利用别人的弱点，非君子所为。"

辛宠的小伎俩被戳穿，嘴上还不肯承认："谁……谁利用别人的弱点了？"

叶时朝瞪着她，黑眸冷而明亮："你自己心里明白。"

辛宠说不出话来。

没错，她是看出了那个小护士不擅长处理男女关系……说好听点是太容易陷入爱情，说难听点就是花痴……她利用这一点，并且也顺手利用了叶时朝，套到了自己想要的情报。

这种事情，她当律师的时候经常做，甚至不惜利用自己的美色，从没考虑过什么君子不君子的，毕竟现在职场的丛林法则，根本也就找不到几个君子了，冷不丁被叶时朝这样教训，心里竟有点痒痒的。

虽然是逼急了没办法，但是他在乎一个陌生女孩的感受，此刻怕是也有些内疚的。

这个男人的内心比外表要柔软呢。

辛宠笑起来，痛痛快快地认错："叶博士饶命，小的知错了。"

她认错这么痛快，叶时朝反倒不知道说什么了，叹气道："其实我也没资格说你，我自己也并不磊落。算了，不提这个了，给你哥打电话，我要杨林最近吃的药。"

"要他的药干什么？"辛宠奇怪，"你觉得药有问题？"

叶时朝点点头："按照用药记录，杨林的治疗主要以镇定为主，但是根本上的治疗却一点都没有，按照那样的治疗方案，别说三年，就是三十年他也不可能有好转，且只会越来越依赖镇定药物，甚至成瘾。"

"不可能吧？"辛宠觉得这实在太匪夷所思了，"他可是院长的侄子，谁敢怠慢他？"

"是不敢。"叶时朝皱眉思索，"那要是被授意的呢？"

辛宠不说话了，拿出手机给辛格打电话，将叶时朝的要求跟他提了，挂掉电话，突然想起什么似的，对他说："我有一个大胆的想法。"

叶时朝看她，黑眸里透着狡黠："莫非你的想法跟我的一样？"

"我觉得杨林可能不是凶手，他只是凶手的烟雾弹。"辛宠觉得意外，又似乎是情理之中，"你也这么觉得？"

叶时朝缓缓地点了点头。

“火蚁案凶手的作案手法，还有制作人体蚁巢的行为，都透露出他对火蚁以及昆虫有着狂热的崇拜，那是一种以身代之的傲慢式崇拜，而杨林对于火蚁的崇拜是一种惧怕式的崇拜，是完全不一样的。”辛宠努力地想表达出自己心中的感受和看法，通常她在表达这些的时候，旁人都一脸的无法理解，但是叶时朝却完全没有一丝不解的表情，反倒十分欣赏与赞同，这给了她很大的鼓励，继续说：“傲慢式的崇拜会让人产生幻觉，使他可以代替他心中的优越物种惩罚低等的物种。而惧怕式崇拜则只会顺从自己崇拜对象的要求，顶多就是养护得好一些。”

“杨林对他的宠物们的养护并不好，他也许是崇拜式地喜爱它们，但是缺乏相应的知识储备，昆虫可不是只靠热情就能饲养好的生物。”叶时朝凝眉沉思，来回踱着步，“我刚才为了试探他，故意将黄金鬼放在了窗边日照最强烈的地方，最初级的养虫人都知道，这类锹形虫身体散热功能不好，最忌太阳直射，他却毫无察觉。而且他身体很虚弱，手抚摩在火蚁盒子上的时候还会微微颤抖，就算是受过专业的训练，以他这种身体和心理素质，也是做不到精细地摘除人类内脏的工作的。”

“我也发觉了，杨林不犯病的时候，主人格十分软弱，这种软弱的人，即便是病了，也无法变成一个冷血的杀手。”辛宠说着从口袋里拿出手机，“我给我哥打电话，将这些发现告诉他。”

23.

这天晚上，辛宠和叶时朝就住在医院附近的宾馆里，这个三层的小宾馆，已经算是这片区域最好的宾馆了，尽管如此，叶时朝走进去还是直皱眉。

“除虫工作做得实在太敷衍，目前为止，我已经发现了十种昆虫的粪便和卵，在我看来这家宾馆简直就是大型的害虫养殖基地……”叶时朝和辛宠拿着房卡走在楼梯上，边走边吐槽，还没说尽兴，辛宠就飞快地捂住了他的嘴。

“算我求你了，为了今晚我能睡着，别再提虫子了。”

她的手很小，软软的，跟外表极不相符。叶时朝一时恍惚，将她的手拉下来，并且捏了捏。

唔，手感真好。让人想起她留在他办公桌上的解压玩具，那只圆滚滚的小海豹。

有这样的手，还需要什么解压玩具？捏自己的手不就行了吗？他十分不解，却什么都没说，迈开长腿上楼去了。

辛宠还愣在原地盯着自己的手看，心里乱如一团麻。

他刚才捏她的手了……捏手是什么意思？

若是普通人，捏了对方的手，必定是想撩对方，在宾馆楼梯上捏手，简直等于邀请对方去他房间。

可叶时朝又确实不是普通人……

辛宠纠结了半天，沮丧地得出结论，约莫他根本就没什么意思。

简单地吃了点外卖，外卖盒都还没来得及扔，辛格就风尘仆仆地赶了过来。几个人在辛宠的房间里碰头，辛格将杨林最近用的药都丢给了叶时朝，问："你要这些干什么？"

叶时朝将那一包药挨个看了一遍，有的还掰开闻了闻，似乎没发现什么，就将药收了起来，问辛格："你那边怎么样？"

辛格一脸的郁闷，叹了口气："施寅让人给打了，伤得不轻，这里的急诊不行，简单处理后我让大良送他去城里医院了。"

"怎么回事？"辛宠站了起来。虽然她并不是十分欣赏施寅的作风，可是在这个案子上，他们也算是一起奔波的同伴，同伴受伤，她还是十分关心的。

"说来话长。"辛格坐了下来，拿起桌子上的矿泉水喝了几口，"这家医院猫腻果然很大，施寅说的那些近亲真的就是近亲，有的是父子，有的是姐妹，根本没病，是医院花钱雇来住院的，一天八十元包吃包住，医院报人头领补助，骗国家钱。"

这只是个开始。因为工作量实在太大，辛格不得不和老邱联手，诚信合作，两人各自带队去附近村子走访，抓到了实证，让那些矢口否认的管理层松了口。

辛宠在电话里报告医院联合病人家属暗害病人消息的时候，辛格那边其实也从老乡口中知道了一二，正着手查，可惜那些死亡的病人都已经火化，家属又矢口否认，医院病历也十分完美，根本无从查起。

忙活了一天，筋疲力尽之时，撒在外面的队员来报告，说查到一户人家，闺女半个月前在医院里自杀，亲爹想火化，亲妈死活不肯，要找人验尸，闹得不可开交，人现在还在殡仪馆停尸间里放着呢。

辛格大喜过望，带上施寅就奔了过去，哪知道刚到殡仪馆跟死者的母亲接上头，死者的父亲就带着儿子和一大帮侄子冲了过来，二话不说就抡棍子。辛格和队员们毕竟在一线久了，什么场面都应付过，施寅经验差一些，被一棍子打得头破血流，昏迷不醒，就近送去了急救室。

辛宠听完一脸沉重，叶时朝也很担心，皱眉问辛格："人现在醒了吗？"

"醒是醒了，但是还下不了床，我让大良在医院里守着呢。"辛格一脸内疚，"我带他出去却没保护好他，是我的责任。"

"这怎么能怪你呢？是打人者的错。"辛宠安慰辛格，她知道辛格是个责任心过重的人，对于警察这个职业，责任心是必须的，但是过重的责任心则是一种负担。

叶时朝拍拍辛格的肩膀，算作安慰，郑重嘱咐他："千万别通知他的家属。"

"为什么？我担心大良粗手粗脚照顾不好他，正准备打电话通知他父母……"辛格一脸不解。

叶时朝露出一种十分微妙的表情："上一个打伤施寅的人，家里有人去世，尸体都发臭了也找不到火化的地方以及愿意安放尸体的殡仪馆，当然也买不到墓地，最后只能带着尸体远赴他乡火化安葬……"

辛格和辛宠惊出一身冷汗。

差点忘记了施寅家几乎垄断了整个城市的殡葬业，谁敢伤他家宝贝儿子，就真的是……不得好死。

看来以后要对他好点才行，不然后果实在太恐怖。

几个人齐齐沉默，宾馆房间里的电路年久失修，照明灯一闪一闪，配合上刚才的故事，气氛烘托得十分到位，辛宠打了个寒战，全身的鸡皮疙瘩都起来了。

叶时朝从床上拉下被子给她裹上："放心，施寅一向以绅士自诩，不会跟女性记仇，你是安全的。"然后瞥了眼辛格，"你哥不太确定。"

辛格连忙辩解："我怎么就不确定了？我可没得罪他。"

"那要看他伤口会不会留疤。"叶时朝给他出主意，"或者你看好他，在他伤口愈合之前，用尽办法阻止他回家。"

辛格挠了挠头，想着施寅那一脑门血，额头缝了好几针，不留疤的可能性实在太小，顿时决定戒烟戒酒好好活着，毕竟可能死不起了。

不管别人怎么烦恼，抛出炸弹的叶时朝却一点都不烦恼，反倒笑了起来："不过施寅这一受伤，尸体就能带回去解剖了，打不算白挨。"

辛格拍桌子，义愤填膺："那是当然，我的人都受伤了，还能放过他们？全抓回局里了，一会儿回去找他们好好聊聊，拿不到尸体，就对不起施寅挨的那一棍子。"

叶时朝又问："赵山川与院长的关系查得怎么样了？"

"这点是最奇怪的。"辛格又拿起矿泉水瓶，眉头拧成川字形，"我查了杨普世祖上八百代，都找不到他家跟赵山川家有任何关系，所谓亲戚根本就是无稽之谈。根据手上现有的线索，我和老邱猜测，有可能是赵山川发现了杨普世和医院的勾当，以此为要挟讹诈钱财，所以赵山川才能逍遥地在这里躲两年债。”

“这是最让人信服的一种可能。而且这样一来，杨普世就有了杀人动机。”辛宠接过话来，“今天在医院待了一天，根据医院里的护士、医生对杨普世的描述，还有他办公室的陈设，总的来看，杨普世确实是个表现欲很强的人，且十分擅长伪装。他在办公室里将自己塑造成威严的领导，在病人面前的人设是仁慈的救世主，在医生们面前又是个爱鼓舞人的领路人，这些角色都能转换得游刃有余，可见此人情商十分高，且十分傲慢，在他眼里世人都是愚蠢的，可以任他欺骗的。这家医院就是他的舞台。”

叶时朝沉静的俊脸上带着疑惑：“这样的人必定无法容忍别人的讹诈，怎么会忍了两年才动手？”

“杀人并不是一件轻松的事，凶手也并不是一开始就能迈向杀人这一步。”辛宠说着声音渐渐小了，也许她自己心中也有疑惑。杨普世符合她心里的杀手形象，又似乎不太符合，总有一些微妙的不协调感，但她始终想不通那是什么。

叶时朝黑眸深沉，看向辛宠，似乎识破了她的疑惑：“那魔鬼呢？”

辛宠脑子里似乎有烟花炸开了，对，就是这个，她终于看清脑子里那个凶手的模样了。

潜藏在人间的魔鬼……

一个天生的魔鬼。

24.

第二天，辛格那边传来消息，打了施寅的家属怕担责任，最终还是同意解剖，且尸体正在移交中。施寅头上裹着纱布，坚持走下病床，要亲自解剖。辛格拦了一下没拦住，就随他去了，毕竟不敢拦得太坚决，怕……死了没地方埋。

叶时朝和辛宠在早餐店里，听辛格在电话里嚷嚷，还没嚷完，两个人点的米线就上来了，辛宠将电话丢到一边，愉快地吃起米线。

房山这边的米线是一绝，味道确实不错，至少辛宠挑不出毛病，叶时朝却吃了几口就不吃了。

“我们点的是老鸡汤米线，汤头是鸡汤没错，但是不老，熬了不超过一小时，年轻得很。”他将米线推开，又拿起放在旁边的醋，“老陈醋？大错特错，房山区的米线口味重，要配清淡些的房山香醋才行。门口的牌子上挂着正宗房山米线，但是一点也不专业，这是诈骗，换一家。”说着起身结账走了。

辛宠吃到一半，只能跟着走，跟着他钻进小巷子里，进了一家十分老旧的米线馆。

这家米线馆实在太老了，椅子竟然还是那种老式的长凳，辛宠这种从小在城里长大的姑娘，吃饭的馆子从来都是精致光鲜的，还是头一次来这种地方吃饭，不禁皱起了眉头。

叶时朝见她一脸嫌弃，挑眉看她："我们来吃米线，当然米线才是最重要的，其他的旧一些有什么关系？你又不吃板凳。”

“米线当然重要，可也不能不卫生。”辛宠拿着纸巾使劲擦着桌子，奇怪的是，看起来黑黑的桌子，并没有什么油渍，纸巾蹭在上面，依旧雪白。

“不卫生？”叶时朝指着周围，“鸡汤味道很浓郁，但还是能闻到淡淡的消毒水的味道，说明昨晚是认真消过毒的，味道并不刺鼻，是合格的消毒水。”说着指指桌腿，“木质的老桌上没有虫卵、虫蛀、霉菌，说明平时养护很好，只是用得年头久了，实在太旧了。”又指墙角、天花板，“同样，没有蜘蛛活动的迹象，甚至一颗虫卵都看不到，足以见得店主打扫得十分用心。”说完收回手，漆黑的眸子看着辛宠，“然而我们刚才去的那家店，虽然桌椅看起来漂亮，但是墙角和房梁上，我发现了至少五种虫卵，甚至还有老鼠粪便……”

“不要再说了。”辛宠差点把刚才吃的半碗米线给吐出来，崩溃得拿出解压小鸡，拼命捏，希望能够忘掉什么虫卵、老鼠屎，但是叶时朝的目光太让人难忘了，怎么捏都还是觉得压力好大。

叶时朝看着她手里软软的、圆圆的小鸡，竟然想起了她的手，小小的、暖暖的、软软的，十分好捏，想着想着，脸竟有些红了，只能别扭地将目光移开。

辛宠哪里知道他莫名其妙的萌点，心理建设了许久，才能重新面对米线，吃了店主阿婆端上来的米线，顿时感觉灵魂受到了洗礼。

汤头浓郁鲜美，让人舌尖发软，偏偏又十分清爽，完全不油腻，米线 Q 弹劲道，就连配菜都爽口入味……她算是领教了什么叫作“深刻的美味”。跟这家的米线一比较，刚才那家的好吃，只是幼儿园级别的。

“你怎么知道这家好吃？以前来过吗？”辛宠的星星眼看着叶时朝，简直是有些崇拜了。

“味道。”叶时朝十分喜欢她用这种眼神看着自己，这种飘飘然的感觉以前从未有过，让他着迷，“我的嗅觉不错，鸡汤的味道好不好一闻就知道，而且这条巷子里走出去的食客，都一脸幸福。”

辛宠频频点头：“受教了，叶老师。”

叶时朝以前确实在大学当过客座教授，可他并不喜欢女学生们看他时那种狂热的、轻浮的眼神，可是此时，他想象着辛宠坐在下面，叫他“老师”，他竟有些心池荡漾，觉得那应该是一幅美景。

米线快吃完的时候，几个客人说着话走了进来，每个人皆是垂头丧气的样子。辛宠听到叹气声回头看了一眼，发现里面竟然有熟人，昨天在医院跟辛宠说过话的王姐和刘姐，还有那个开垃圾车的男人，旁边还有一个黑瘦的小个子，几个人都穿着同一家保洁公司的制服。

刘姐也看到了辛宠，高声打招呼：“这不是昨天在医院见过的那个城里姑娘吗？你怎么还没走？医院还没查完吗？”

辛宠笑了笑：“快查完了。大姐，你们今天要去医院上工吗？”

“早上过工了，早晨的卫生要在早班医生来之前打扫完。我们都是五点就去，打扫完再出来吃早饭。”刘姐说着话，面色却不好看，一副病恹恹的样子，说着话挠了挠手背上的包，抱怨：“这都入秋了怎么还有蚊子？这咬人咬得真受不了。”

王姐撇嘴：“医院要变天了，说是下个月起就不跟我们公司续约了，丢了这么一个大客户，公司怕是要裁人了。”

“也不知道裁谁，搞得人心惶惶的，干活都没力气。”刘姐说着，冲阿婆喊，“我的米线里加根鸡腿。”

其他人也七嘴八舌地点了单，米线还没来，刘姐跑到辛宠桌上聊天，对辛宠赞不绝口，转身跟身后的同事们夸她：“你看这位姑娘，看着像个金贵人，却一点都不傲气，不像有些城里人，有俩钱鼻子都能翻上天了。”

“你说上个月那男的？”王姐接过话头，“那男的确实不是东西，周滨跟凌河抬垃圾桶撞到他了，也不是故意的，你看他那样子，瞪着俩眼珠子就骂人，说什么西装是意大利定制的，领带夹是皇帝用过的，卖了这家医院都赔不起。我呸，还皇帝呢，我看他连个太监都不如，真想把他眼珠子给抠下来。”

黑瘦的小个子似乎是周滨，拍着桌子咬牙，一脸阴沉：“这还不算，从那之后，他每回来医院，只要看见我俩就对我们吐唾沫，太欺负人了！要不是凌河拉着我，当场我就想揍死他。”

凌河老实木讷一些：“揍了他工作就保不住了，你老娘谁养活？还是忍忍吧，你看最近他就不来了。”

“就你能忍，忍者神龟呀你是。”周滨推了凌河一把，“嘴上说得好听，你当时不也气得半死，掐自己的手，都掐出紫印子来了。常听人说，会咬人的狗不叫，你这样闷不吭声的，才最可怕。”

凌河脸色有点不好看，没吭声，周滨开玩笑地又推了他一下，他竟然一屁股坐在了地上。

“怎么了？跟软面团似的，我没使劲啊，你可别讹我。”周滨一边打趣，一边赶忙去扶凌河。

凌河脸色灰暗地站起来，皱着眉：“谁……谁讹你？我就是一时没坐稳。”

叶时朝边吃边听他们说话，然后皱着眉放下了筷子：“你们说的那个人……”

辛宠跟他想到了一块，飞快地从手机里调出了一张照片：“是不是这个人？”

25.

看着刘姐、王姐点头，辛宠的脸色凝重起来。

果然是费德海，费德海来过这家医院，而且不止一次。

两个受害人终于联系上了。

其实，她猜测是费德海是有原因的，费德海这人确实十分讨厌，浑身上下都充斥着有钱人的优越感。去她律所谈合作的时候，在走廊上也跟律所的清洁工撞了一次，明明是他自己看手机没看路撞上了，却趾高气扬地骂人，连骂的话都一样。

那个古董领带夹是他十分钟爱且得意的饰品，他不止一次向她炫耀：“这个是当年末代皇帝戴过的，上面这个红宝石……辛大状，你来看，这个红宝石是不是特别漂亮？皇帝当年不知摸过多少回呢。曾经有个香港商人出价两百万想买，我都没卖！笑话，皇帝用过的东西，是谁都配用的吗？”

当然她本不想接这个案子，就提了个非常夸张的价格，没想到这个冤大头竟然一口应了下来，她骑虎难下，只能接了。

费德海这人对底层人十分傲慢，对她却十分敬畏，也许是因为她平时表现比较强势，他也不过是个欺软怕硬的。

吃完早饭，辛宠和叶时朝一起走去医院，一路上都没人说话，辛宠一直在想自己脑中那个愈发清楚的杀手，可是那个形象越是清晰就越是让她迷惑。

凶手杀赵山川，将他的尸体制作成人体蚁巢，可以说是一种傲慢和对自己力量的展示，但是对于费德海……如果说凶手是看到了费德海的低劣行径要制裁他而杀人，绝对不应该是挖眼和割嘴唇。

挖眼代表他被费德海鄙夷的眼神刺痛，割唇说明他无法原谅他这张嘴说出来的话。

让他吞下火蚁卵，则是对他的羞辱——你下辈子只配当只蚂蚁，我一只手指就能碾死你。

每一个行为都写着自卑，以及被这种自卑驱使着的，正在暴怒的恶魔之心。

杀赵山川时，表现出来的是傲慢、残酷、表现欲；杀费德海时则变成了谨慎、自卑，以及低劣的羞辱。

一个有点残酷的、傲慢的、自卑的魔鬼。

这实在太矛盾了。

这样的人真的存在吗？还是说，这两起案子的凶手根本不是同一个人？

可那些出自同一族群的红火蚁又是怎么回事？

思考得太用力了，完全没有看路，前面是条马路，人行横道对面的红灯已经亮了起来，她还浑然不觉，继续往前走。来往车辆很多，情急之下，叶时朝伸手拽了她一下，这一拽正好抓住了她的手。

辛宠被拽回原地，瞬间清醒过来，后怕地直拍胸脯："吓死我了。幸亏你手快，谢谢……"话说到这里才意识到自己的手还被他紧紧地握着，心跳暂停了两秒，耳朵微微发红。

他的手很大，常年浸泡在实验室里，皮肤很白，手指修长有力，像青葱又像竹节，是会让手控们尖叫的手形和肤色。而跟他相比，自己的手明显就像个玩具，短短的、小小的，还全是肉。

"不用谢。"叶时朝朝她点了点头，俊美的脸上并没有异样，却没有松开手，也不知道是故意的呢，还是忘记了。

辛宠正想提醒他，绿灯亮了，叶时朝十分自然地牵着她，过了马路，到马路对面才松开她的手。

她怅然若失地看着自己被牵过的手，生平第一次嫌马路太窄，人行横道太短，她还没有好好记下与他牵手的感觉，就已经结束了。

今天一上午，杨林都在睡觉，当班的护士说："他早上闹了一回，吃了药睡了，还是别打扰他了。"

叶时朝就没进去，盯着杨林病房门下的缝隙看了许久，然后蹲下身从缝隙里小心翼翼地捏出一个红色的沙粒。辛宠凑近了一看，才发觉沙粒是一只死掉的红火蚁。

"杨林养的火蚁跑出来了？"辛宠好奇地问，也低下头仔细在门缝附近找，门缝附近没找到，又退了两步，这一次在走廊的墙角发现一只，"这里也有。"

叶时朝将火蚁接过来，皱起眉头："我昨天仔细看了他做火蚁巢的盒子，是亚克力板做的，设计十分合理，通风口也塞着棉花，透气的同时也确保红火蚁不会跑出来。"他说着又看了眼手心里的火蚁，对辛宠说："再找找。"

于是两个人沿着走廊，一路低头找，走廊上每隔几步就有几只死蚁，一直持续到后楼梯口，就不见了。

辛宠从后楼梯口走出去，看到外面是住院楼的后院，院子里被打扫得很干净，没有火蚁，也没有异常。

"可能是哪个来探病的家属在外面踩了火蚁带进来的吧。"辛宠猜测。

叶时朝不置可否，将捡到的火蚁尸体仔细地装进样品盒中，放入口袋："下午我要回一趟实验室。"

辛宠应声："我开车送你，正好我也要回律所一趟，小白和老邢这两天给我打了好多电话，再不去露个面，非被追杀不可。"

一上午叶时朝都守在杨林病房门口，等着杨林睡醒，一直等到午饭时间，杨林病房的门才打开，护士给他端来了午饭，打了热水，让他吃药，他十分顺从地将药吞了下去，护士笑着夸奖他："今天真乖，晚上不给你打针了。"

杨林显得十分开心，孩子一样笑起来，转头看到叶时朝站在门口，开心地跟他打招呼："你还没走啊？"

"准备走了。"叶时朝走进来，站在床沿前和他说话，"想跟你道个别。不过应该很快就会回来的。"

"太好了。"杨林欢呼起来，"我喜欢跟你聊天，你喜欢我的朋友们。"

叶时朝知道他说的朋友指的是什么，就顺势问："我能再看看你的火蚁吗？"

杨林点头道："当然，它们也喜欢你。"

叶时朝走过去拉开帘子，那一排的蚁盒依旧整齐地排列在那里，红火蚁们忙忙碌碌，浑然不知自己是被圈养的宠物。

叶时朝看了一会儿，就退了出来，最后一次向杨林告别："你好好休息，再见。"

杨林挥手，清澈的眸子里竟有些不舍。

下午，辛宠将叶时朝送回实验室，就回律所了。两个人各自忙碌了一下午，傍晚的时候，被辛格一个电话召集到警局。

"副院长招了，说都是他干的。"辛格疲惫地将一摞审讯记录丢到办公桌上，晃了晃脖子，只听关节处传来"咔吧"声，在控诉着主人过度使用它们，"施寅刚验完尸，发现那女尸是先被敲碎了脑袋，随后才被人从楼顶扔下去的。我拿着验尸报告进去审讯，准备了一肚子话都没机会说，那孙子就竹筒倒豆子似的全招了。雇人住院骗补贴是他干的，跟病人家属勾结杀人也是他干的。院长全都不知情。之前怎么审，他一个字都不说。这会儿我们刚拿到证据，还没张嘴，他就招了，真是见鬼了。"

辛宠看辛格累成那副样子，有点心疼，但是知道亲哥的脾气，劝也没用，索性什么都没说，顺着他的话分析道："也有可能是他们计划好的，到时候谁背黑锅，都安排好了。院长必定是给了副院长他无法拒绝的好处，不然这么大的锅，他怎么敢背？"

"查过了，副院长父母都去世了，妻儿都在国外，国内没有亲人，赤条条一个人。最近一段时间无论是院长杨普世，还是副院长的账户都没有过什么异常的动静，抓不到什么把柄。"辛格有点丧气。

"那两名受害者呢？"叶时朝皱眉，"副院长怎么说？"

"还是一口咬定不认识，两个人都不认识，更不承认杀了人。"辛格气得踢了下桌子，"辛辛苦苦查杀人案，凶手没抓到，倒替卫生局立个大功。"

叶时朝没说话，辛宠也皱起了眉头。

若是没有直接证据证明受害人跟杨普世一伙儿有接触，这个案子根本没法进行下去。

查了那么久竟然在快要看到曙光的时候，碰到这样的瓶颈，别说辛格了，就是辛宠也觉得不甘心。

叶时朝倒是神色如常，拂了拂袖子起身，声音沉静得如窗外渐渐落下的夜色：

"既然找不到联系，那么就回医院继续找。总能找到的，就算人不肯说实话，昆虫也会告诉我们真相。"

26.

房山精神病院在卫生局的介入下，更换了大量的新鲜血液，管理层全部更换，有嫌疑的医护人员也都被开除了，一个好好的医院瘫痪了一半，只靠着一些清白的老员工勉强支撑着。

辛宠和叶时朝走进住院部，住院部里比平日里还要安静，走在楼梯上，甚至能听到脚步的回声，楼梯口的灯坏了，正一闪一闪地垂死挣扎，气氛实在是太诡异了，明明是大白天，辛宠却平白起了一身鸡皮疙瘩。

走在前面的叶时朝，就像感觉到了她的害怕一样，转头看她，然后停住了脚步，等着她与自己并肩，才继续往前走。

走上二楼，远远听到一阵喊叫声，似乎是杨林的声音，辛宠与叶时朝对视一眼，快步走向他的病房。

杨林果然犯病了，病房门半开着，杨林在床上翻滚，不停地用头去撞床板，最近被开除的护士不少，其他的护士都在忙，病房里只有那位圆脸的护士在安抚他。

护士使出了浑身解数，出了一脑门的汗，还是无济于事，杨林不但没有安静下来的趋势，反倒开始用头去撞墙，撞完了墙就拿起周围能摸到的东西朝护士身上砸。

他嘴里乱七八糟地嚷着："离我远一点，不要以为'将军'死了，我就任你们宰割，'将军'死前教过我怎么对付你们，我只要变强，你们就杀不了我，吃不了我的心……滚开……"

吼叫声近乎于咆哮，苍白瘦削的脸上有惊慌、有崩溃，以及强撑起来的强硬，看起来十分扭曲可怖。

叶时朝往病房里看，一眼就看到了放在床头上的黄金鬼的饲养盒，盒子大开着，里面躺着黄金鬼的尸体。

这只黄金鬼一直是杨林的心理安慰，黄金鬼死了，怪不得他会这么崩溃。

杨林的歇斯底里把圆脸护士吓到了，不敢再上前，跌跌撞撞地退出病房，转身看到辛宠和叶时朝，宛如见到救星一样，哀求道："拜托，帮我看着他一点，我去叫人来。千万别让他自残。"

嘱咐着，也不管别人答不答应就急匆匆跑走了。

辛宠虽然修过犯罪心理学，但是犯罪心理跟精神疾病是两个专业领域，她也不知道怎么跟精神病人相处。

她正犯着愁，叶时朝已经抬脚走了进去，那丝毫没有犹豫的姿态，俊美脸上的平静，让她的心稍安了安，也跟着走了进去。

发狂的杨林看到有人进来，抓起床头柜上的水杯就朝这边丢。眼见着水杯朝着辛宠飞了过去，叶时朝眼疾手快，扯了她一把，躲过水杯。不锈钢的水杯砸在墙上，发出“嘭”的一声巨响。辛宠也因为这一扯，脚下不稳，直直扑进了他的怀里。

他的身上有很好闻的皂香，跟他的外套一个味道，充斥着鼻翼，让人遐想联翩，然而眼下实在不是适合遐想的场合，她只好飞快调整好姿势，站直。

杨林见没砸中，又抓起床上的枕头、被子往这边扔，嘴里吼着：“滚出去，我不怕你们，‘将军’死了也会保护我，‘将军’不会丢下我不管，滚开……”

叶时朝并没有靠近，而是微微张开了双手，表示自己手上没有任何能够伤害他的东西，面色平静地说：“我们并不是‘红鬼军’的人，我们是‘将军’的朋友，‘将军’临死之前将你委托给我们，今后由我们接替‘将军’的工作，保护你的安全。”

杨林的动作停滞了两秒钟，苍白扭曲的脸上露出不敢相信的表情：“真的吗？”

“当然。“叶时朝点点头，声音放和缓了一些，“‘将军’的左翅上有一个小缺口，右侧第三条腿受过伤，走路微微有点瘸。我说的对不对？”

这些确实是杨林饲养的那只黄金鬼的特征，叶时朝来医院的第一天捡到黄金鬼时发现的。

特征完全吻合，杨林脸上的不敢相信变成了惊喜，惊喜再一点一点放大，最后崩溃地痛哭：“‘将军’……‘将军’……是为了我才死的，临死还这么为我着想，是我太懦弱了，都是我的错，如果我有用一些，如果我敢把那样东西交出来对付‘鬼后’……‘将军’就不会死……”

他号啕大哭，身体渐渐放松，收起防御的姿态，整个人滑坐在地上，抱头痛哭。辛宠松了一口气，和叶时朝一起上前，一左一右将他扶起来，坐在床沿上。

杨林相信了叶时朝的话，对他亲近了几分，整个人贴在他的身上，哭了许久，才抽泣着停下来，目光凌乱地看着门口，混乱地念叨：“‘红鬼军’会来，他们天不亮的时候就会来，他们说‘鬼后’最近换口味了，喜欢清晨新鲜的心脏，他们要吃了我……”

叶时朝拍了拍他的后背，用尽量强势的声音说：“不要怕他们，我们应该比他们更强大才行，这是‘将军’说的。”

“对，是‘将军’说的。”杨林使劲点头，目光凌乱脆弱，“是我太懦弱了，我对‘鬼后’那么虔诚，她还是要吃我。我知道为什么……我知道为什么她要吃我……”

“为什么？”叶时朝问他，“难道‘鬼后’不是所有人都想吃吗？”

“不是的，‘鬼后’只吃被她划分为食物的人类，有些人投靠了他们，成了他们的干部，她是不会吃自己的干部的。本来我也能成为干部，我对她那么虔诚，那么爱戴她，可是一直都不行，后来我终于想明白了。‘鬼后’厌恶我，因为我看到过她的脸，看到她带着干部们害人，将人掐死，吊在房梁上，将人的脑袋拍碎，扔下楼……死了之后挖他们的心脏……”

辛宠听他这么说，心中一凛。

她一直都在思索杨林关于“红鬼军”妄想的开端，很多精神病的妄想在真实生活中都有投射，那么杨林关于“红鬼军”妄想的现实投射是什么？

她曾经想过是因为红火蚁，他养了红火蚁，将红火蚁无限放大。后来越跟他接触，越是觉得并没有那么简单，也许他越来越严重的妄想跟在医院的经历有关。

如果“鬼后”并不局限于女性形象，那么他虔诚地爱戴着的，他唯一的亲人，是……

叶时朝拍了拍他的肩膀：“既然成了他们的一分子，也不想成为食物，那么就反抗吧，我们会帮你。”

“你们是‘将军’的朋友，我相信你们。”杨林点头，神经质地四处看了看，确认没人才压低声音说：“我告诉你，‘鬼后’是谁……她是……”

话还没说出口，圆脸护士就带了两名男护士进来了，手里还拿着针管。杨林看见护士和针管瞬间跳了起来，指着叶时朝大骂：“你骗我，你跟他们是一伙儿的，你骗我……”杨林吼着就要去殴打护士，两名男护士身材高大，十分有力气，三下五除二，将他按在床上，圆脸护士干净利落地给他推了针，他的吼叫声渐渐小了下来，最后完全没了声音。

叶时朝和辛宠冷眼旁观这一切，一时说不出话来，床上刚才还激烈反抗的杨林，此时就像是砧板上的肉，又或者待宰的羔羊。

圆脸护士松了一口气，让逐渐昏睡过去的杨林平躺在床上，然后开始收拾凌乱的房间，转身见两人还在，就开始赶人：“今天谢谢两位了，病人需要休息，两位先出去吧。我知道你们是要查案，但是查案跟病人没关系，他都病成这样了，自己是谁都不记得，真提供不了什么线索。”

叶时朝与辛宠一句话没说，十分配合地离开了病房。

27.

再见到杨林是第二天，白天是个好天气，万里无云，风儿轻柔，吹在人身上暖洋洋的。杨林精神状态也不错，正坐在后院的长凳上，手里捧着黄金鬼的盒子望着对面的大树发呆。

叶时朝走过去，坐在他的旁边，背靠长凳的木质靠背，两条长腿交叠着，顺着他的目光看过去："有树有阴凉，空气又好，'将军'会喜欢它的新去处。"

杨林望着树下凸起的小土堆，垂下头，静了一会儿，又抬头，看着叶时朝："你每天都来看我，不是为了'将军'。"

叶时朝并不想再跟他绕弯子了："你说你要对抗'红鬼军'，你说你要变强，要反抗，这些应该不只是发病时的胡言乱语。"

杨林没说话，目光里有些许挣扎。

"我不是为了'将军'，但是是'将军'的朋友，这点没有骗你，我可以帮你。"叶时朝看着他。这个瘦弱的青年在阳光下，脸色苍白得几乎透明，一双眸子也似失去了瞳仁，是透明的。

杨林静默着，突然抬手捂住了脸，眼泪从指缝中流了出来。

叶时朝不喜欢看见别人的眼泪，他自己就是个没有眼泪的人，即便是当年在父母的葬礼上，他也不曾流过眼泪，亲戚们觉得他铁石心肠，渐渐都与他疏远了。可即便这样，即便孤身一人，他也哭不出来。他固执地认为，眼泪这种东西应该留在幸福的时候，不是喜悦时流下的眼泪，都是苦的，他不喜欢。

叶时朝就静静地等着他哭完，风在头顶上的枝叶之间穿梭，发出"沙沙"的声响，像他实验室里养的那些虫儿们吃叶子的声音，柔和而宁静。

然而这份宁静很快就被打破了，辛宠急匆匆地从住院部跑过来，朝叶时朝点了点头："找到了，果然就在那里。是条大鱼，我哥都高兴坏了，已经带回局里化验了。"

叶时朝面色平静地点了点头，仿佛一切都在他的意料之中，杨林则想到什么似的，猛地站了起来，发狂地往病房里跑。

病房的走廊上刑警们正在撤离，几个护士站在一边围观，指指点点。杨林推开他们，挤进病房，猛地拉开了帘子，帘子后面，那一整排的巨大亚克力火蚁饲养箱已经不见了，白色的地板上，只留下一排浅浅的印子。

杨林回身，看着叶时朝因为始终很平静而略显冷漠的脸，失控地揪住他的衣领："你说你会帮我的……你说你会帮我的……"

"'红鬼军'是谁？你口中的'鬼后'又是谁？即便是没有犯病的时候，你心里也是十分清楚的。"叶时朝双眸冷冽，直看进他的心里，"你说过你尊敬他、爱戴他，这个他，是男性，这个世界上能让你尊敬爱戴的，只有你的叔叔杨普世。杨普世便是‘鬼后’，你看到他和他的集团杀人了，为了逃避这一切，将他们都想象成红火蚁，妄想出了‘红鬼军’。你总是喊着‘红鬼军’要来杀你，难道不是因为你的叔叔嫌你知道得太多了，对你动了杀心？你自己早就感觉到了，才日夜活在惊恐中，再加上最近用的镇定药物剂量越来越重，你清醒的时间越来越少，直到……永远都不会醒来了。”

“那你怎么知道，我在火蚁箱里藏了东西？”杨林战战兢兢。

“是你告诉我的。”叶时朝回忆，“你说如果你敢把那样东西交出来，对付‘鬼后’，‘将军’就不会死。如果‘鬼后’是杨普世，那么能够对付他的东西就是能够指证他的证据。而你一直活在监视中，连床底、垃圾桶都会被翻开检查，能够藏东西的地方，也只有那个人人都惧怕的蚁箱。”

杨林无话可说，颓然地坐在地上，捂住脸：“他是我叔叔啊……我不能背叛他……”

“警方会将你转移到安全的医院，好好治疗，你以后都安全了。”叶时朝蹲了下来，将手放在他的肩膀上，轻轻按了一下，并没有再说一句话，起身离开了。

从杨林病房的蚁箱里找出来的是把手术刀，上面沾着血，两种不同的血液，经过DNA比对，可以确定，是赵山川和费德海的血，这一把就是杀害赵山川和费德海，且毁坏他们尸体时用的凶器。

手术刀上除了血，还发现了指纹，经过比对，证实是杨普世的。

辛格将证据丢在杨普世面前，杨普世有一瞬间的愣神，然后激动地站了起来，又被一旁的大良按坐下去。他脸色发青，全没了之前的气定神闲，几次试图去拽辛格，拔高声音辩解：“这不是我的手术刀，我都多少年没进过手术室了，哪里来的手术刀？是有人陷害我，我没杀赵山川，我没杀他，他只要钱，目光又短浅，要的也不多，用钱就能搞定的人，我怎么会弄脏自己的手？还有那个费德海，他是我的合伙人，他在帮我洗钱，我怎么会杀他，杀他对我一点好处都没有。”

辛格冷笑：“之前不是坚决不承认认识赵山川吗？怎么这会儿说辞又变了？”

杨普世慌张道：“之前是我隐瞒，是我的错，但是这次说的是实话，我真没杀人……辛大队长，你要相信我，我真没杀人……”

“证据确凿，我不用给你废这么多话，你想说就留着跟法官去说吧。”辛格说着，拿起检验报告，离开了审讯室。

在监控镜头对面的辛宠，一直拧着眉。叶时朝默默看着她，最终忍不住问：“你在想什么？”

“不太对劲。”辛宠将滑到脸颊边的碎发都撩到耳后，俏丽的下巴轮廓露了出来，“我之前没有见过杨普世，也是因为还没正式上岗，不敢乱提要求。刚才我一直在看他，觉得非常不对劲。”她说话的时候视线一直停留在监控画面中，画面里的杨普世犹如困兽，对着大良在说些什么，“人体蚁巢这个尸体……或者说凶手的作品，展示欲非常强烈，是一种凶狠的、不在乎暴露心中恶意与戾气的作品。或者说就是展示自己心中恶魔力量的作品。然而杨普世是另外一种恶魔，他是披着佛性外衣的恶魔，他永远只会展现自己好的一面，即便是杀人的时候，他恐怕都是笑着的，若是他杀了人，必定会将对方的尸体整理干净，收拾得体体面面，就像对待那些在他的医院自杀的病人一样。”

“还有，费德海那个案子，凶手的一举一动都透露着他的谨小慎微以及被激怒的可怜的自卑感，这些都是身居高位的杨普世身上没有的特质。这个凶手的社会地位不会很高，至少没有杨普世那么高。”辛宠越说越急，她为自己如此的后知后觉感到羞愧，若是换成张老，恐怕在看完案发现场的资料，再看看嫌疑人的办公室，就全都能想到。

没准，此时凶手早就抓到了，她果然只是个三流的。

叶时朝没说话，也看向杨普世，然后看着辛宠的眼睛，微微笑起来：“别急。”

“什么意思？什么叫别急？”辛宠站起来，羞愧让她坐立难安，“就算我只是三流的犯罪心理分析师，也应该把自己的想法告诉辛格。”

“别急。”叶时朝又重复了一遍，“再等一天，一天之后，你心中的疑惑就都能解开了。”

辛宠重新坐下来，皱着眉：“你是不是有什么瞒着我和辛格？”

叶时朝看着监控器，冷冷笑起来：“我说过了，人会撒谎，昆虫却不会，它们会告诉我们真相。”

28.

辛宠开车载着叶时朝来到那处小院落，院门口停着那辆熟悉的垃圾车，垃圾车被清洗得干干净净，加了护栏，改成了小卡车的样式。上面堆满了柜子、桌子，还有大包小包的日用品，看来这家人是要搬家了。

大门是半掩着的，叶时朝在门口敲了敲门，凌河从里面走出来，看到叶时朝和辛宠，似乎很意外："找我吗？"

辛宠看着凌河，心中既意外，又觉得十分顺畅，若是凌河的话，那么她心中描绘出来的杀费德海的凶手的画像，就十分清晰了，不过还有一点不太对劲。

"要搬家？"叶时朝指了指门口的车。

"这里的活干不下去了，家里的亲戚给我在外地找了个活，工资比这边高。"凌河老实地答着，将手里的大箱子放到车上，扭头又问："你们有事儿吗？"

叶时朝在门口站了站，指了指门里："介不介意我进去看看？"

凌河摇头道："不介意，你进去就是了。"

叶时朝就走了进去，辛宠也跟着。这栋小院十分简朴，院子也不算大，收拾得还算干净，三间的平房也没什么装饰，像一个单身汉的住所。除了平房，院子左手边，还有两间瓦房，比堂屋要矮一些，似乎是当作库房使用的。

"库房里放的什么？"叶时朝问凌河。

凌河陡然紧张起来，结结巴巴地说："没……没什么，就是一些平时用不着的东西。"

叶时朝又说："其实警察现在怀疑杀人凶手并不是杨普世，因为他的住宅里找不到任何饲养过昆虫的迹象，更何况是红火蚁这种难以饲养的昆虫。现在警方准备全力搜查房山区，谁家里有养过红火蚁的迹象，谁就有可能是凶手。"

凌河的脸陡然之间变白了，身体整个堵在库房门口，明明是凉爽的秋日，却出了一脑门的汗。

这种情形，任谁看了都会觉得不对劲，叶时朝拉开他，推开门，探头往里看了看，再回头看凌河，凌河脸色灰败，猛地丢下手里的东西夺门而出，辛宠几乎是条件反射一般，追了出去。

过了约莫半小时，辛宠垂头丧气地回来了，气得踢掉高跟鞋，抹了抹脑门上的汗，气喘吁吁地说："没追上，钻树林里去了。气死我了，早知道穿平跟鞋了，在学校里我可是短跑冠军，跑步就没输过谁。"

"我知道你能跑，也能打，体能虽然比不上你哥，但是抓一个凌河绰绰有余，不过，没关系，他跑了反而有跑了的好处。"叶时朝面色如常，走进凌河的库房，里面有一整面墙的昆虫饲养盒，养的品种也不少，有蝎子，有甲虫，但是没有红火蚁。不过其中一个透明的半人高的盒子是空的，里面还有残留的水，一看就是刚清洗过。

辛宠喘着粗气，跟在他后面在库房里绕了一圈："他怕是把火蚁都埋了吧，还清洗了盒子，罪证消灭得够彻底的。"

"物证没有了，那就只能寻找人证了。"叶时朝说，"跟你哥说，让他把常跟凌河在一起的清洁工都召集到警局去，我有话要问。"

辛宠打完了电话，紧皱着眉头，想了一会儿，咬牙掐腰，柳眉倒竖，瞪着面前的男人，兴师问罪："你都计划好了……计划好了，还让我白追这一趟！高跟鞋都跑折了，你赔不赔？"

叶时朝挑了挑眉，看着她光着的两只脚，脚丫不大，雪白雪白的，实在不适合踩在地上。他弯腰将她坏了的高跟鞋捡了回来，将另外一只没断的跟敲掉，高跟鞋瞬间变成了平底鞋。

他将自己亲手"制作"的平跟鞋放在她脚前，仰着俊脸："只要你猜出来我接下来要干什么，就赔。"

辛宠得意起来："那你等着掏钱吧，我这鞋可不便宜。"

第二日，警局的审讯室里，王大姐，刘大姐，还有周滨，三人并排坐着，辛格和大良在桌子对面，有记录员在另外的小桌上，做着记录。

辛格："现在我们有理由怀疑凌河才是真凶，但是证据不足，请大家提供线索。"

王大姐："凶手不是杨院长吗？大家都传开了。"

刘大姐："你们是怎么怀疑上凌河的？"

周滨："凌河那胆子敢杀人？别开玩笑了。"

辛格又问："凌河喜欢养昆虫，这你们应该都知道吧？"

这么一问，三个人互相看了看对方，都露出不自然的表情来。

王大姐："知道是知道……"

刘大姐："谁知道他能干出这种事？"

周滨："我还是不信，他也就喜欢稀奇古怪的东西而已，你们怀疑他，得拿出证据来。"

辛格："因为始终找不到杨普世跟红火蚁有什么关系，我们又重新检验了一遍，指证杨普世的那把手术刀的刀尖中有少量的漆，经过对比，是凌河常开的垃圾车上的漆。"

三个人都沉默了，大良敲了敲桌子："漆只是间接证据，定不了罪，谁要是想到什么就说出来，到时候能申请个好市民奖什么的，还有奖金。"

王大姐和周滨都没吭声，刘大姐一听有奖金就来了精神，赶紧说：“真有奖金？多少？”

王大姐扯了刘大姐一下，生气地质问：“刘芬，你过分了。”

刘大姐推开她，扯着嗓子嚷：“怎么了？凌河确实养过那种咬人的蚂蚁，我还被咬过呢。”她说着，倾身向前，绘声绘色地描述：“我跟你说，警察同志，凌河确实是个好孩子，他可能是被院长利用了，就是刚报道出死人那会子，我看到过他把自己养的咬人的红蚂蚁都毒死埋了，就埋在他家后山那片乱坟岗子上。”

“好，我会派人去查。刘大姐留下来，你们两位就先回去吧。”辛格说着起身，与大良一起离开了。

29.

当天下午，警队真的从刘大姐指认的地方挖到了成堆的红火蚁，叶时朝要求他们将所有的蚁尸都送到了实验室。

警局的拘留室里，叶时朝将审讯录像放给面前蔫头耷脑的男人看，辛宠在一旁指着自己手里的化验报告说：“火蚁坑里找到了一只劳工手套，手套里有你的皮屑，这一次真是证据确凿了。这么明显的陷害，你却还要替她隐瞒？为了不指证她，你宁愿当逃犯？”

凌河抓了把凌乱的头发，满是胡楂的脸上露出痛苦的神色，他抱着头沉默了许久，才慢慢出声：“起初，她只是借我的车用，后来我发现她偷偷进了我养虫子的库房，还被火蚁咬伤了。我的饲养盒都是亲手做的，断不能有火蚁跑出来，怎么能咬伤人？一定是被掀了盖子。后来她说亲戚家孩子喜欢玩这个，托我做了蚁盒，又分了蚁后、工蚁给她。几个月前，她还托我买了黄金鬼。我知道她都给了院长的侄子，当时没觉得有什么，只以为是大姐想儿子，把院长的侄子当自己儿子疼了。后来，新闻上报道出火蚁杀人的案子，我心想坏了，还跑去问她，她不承认，说自己一个女人家怎么能干出这么可怕的事来？我一想也是，一个女人家怎么也不会干出这么可怕的事，况且平时她跟我们关系都挺好，一个锅里吃饭，一起干活，唠嗑……她还准备给我介绍个对象……”

“果然是刘大姐。”辛宠心情十分复杂，暗暗捏紧了手里的那一摞资料，那一摞资料，除了上面的化验报告，下面就是辛格和老邱费了很大的劲，从监狱服刑的犯人那里拿到的档案。

那个犯人是专门替人更改身份的，贩卖户籍资料、新身份证，可以将一个人的痕迹完全抹去，也能让某地自然地多出一个人来，而不引人怀疑。

档案上的女人叫吴琴，很瘦，单眼皮，颧骨很高，跟现在的刘芬判若两人。

这个吴琴十几年前因为一时兴起，杀了全村的狗，剖开肚子晾在主人家门前，因为社会反响太恶劣，被判了三年，之后就人间蒸发了。

十年前，村子里离家出走的一个媳妇回来了，就是这位胖胖的刘芬大姐，照常跟着男人过日子，前些年，男人死了，她给办的丧事，有个儿子，去年大学毕业参加工作了，工作太忙，只有周末有时间回来。

叶时朝让辛格去查刘芬的时候，辛格也问过为什么，因为，无论怎么去联想，都无法将这起骇人听闻的杀人案，跟一个普通到不能再普通的清洁工大姐联系到一起。

叶时朝说："她的手被咬伤了，那种脓包是红火蚁咬伤后的症状，她却说是蚊子叮的。"

辛格："也许是在外面不小心被咬伤的呢？"

叶时朝："医院周围的环境并不符合火蚁栖息的要求，红火蚁不会在这里出没。"

遇见昆虫学家，辛格就完全闭嘴了，毕竟人家才是专业的。

于是乖乖去查了。

可是查到了刘芬的背景也没有用，根本找不到一丝一毫的证据，反而证据处处指向凌河，而凌河又是个木讷重情谊的人，就算感觉到了什么也不会出来指证她，只好先设计让他死心。

昨天在凌河家里，他逃跑之后，很快就被大良给抓住了，都是叶时朝安排好的，演戏给刘芬看，务求真实，连辛宠都没告诉。

不过，辛宠后来猜出来了，在她在电话里听到辛格说话时，那种"就等这句话了"的语气之后。

凌河从双掌里重抬起头，胡子拉碴的脸，显得十分憔悴："我昨天确实把我养的蚁都毒死埋了，但是开车埋在了十里外，根本没埋在乱坟岗上。那窝蚁不是我埋的，里面的手套也许是我的，可我是干重活的，几天就坏一副手套，坏了就随手扔了，被拣去了也很正常。"

"我等的就是这窝蚁。"叶时朝说着起身，"放心，这窝蚁能诬陷你，也能还你清白。"

实验室里，韩梅梅操着大嗓门为聚集在这里的刑警们解释：

“这是从刘芬指认的火蚁坑里挖出来的蚁尸，死了大概一周吧，不可能是案发之后掩埋的。还有，我从刘芬的鞋子上取下的泥土微粒中分离出了火蚁残肢，经过DNA对比，证实跟掩埋的火蚁属于同一族群。还有，最有意思的一点，我在其中一只火蚁的上颚中找到一点沾了血的皮肤组织样本，经过DNA对比，皮肤组织是刘芬的。但是血是第一个受害人赵山川的。”

这已经是铁证了。

辛格松了一口气，但是心里却还是轻松不起来。

“这个案子也太绕了，你看啊，先是杨林的蚁箱里搜出带有杨普世指纹的刀，接着，从包着刀的锡箔纸上找到了凌河的指纹，接着凌河指证了刘芬，从蚁坑里找到了刘芬的皮肤组织，而这块皮肤组织上，又沾着赵山川的血。这一环套一环的，好像设计好的一样。”

辛宠皱着眉去看叶时朝，叶时朝没有说话，俊美的脸上带着一如平日的冷静，看不出情绪。

刘芬的审讯，没想到会这么顺利，无论是换身份，还是杀人，都供认不讳，毫无愧疚。

“吴琴这个名字过不下去了，都叫我杀狗魔，去哪里都有人骂，我索性花钱买了这个身份。我觉得那些骂我的人特别伪善，我是魔鬼，那屠宰场不人人都是魔鬼？那些骂我的人，他们就不吃牛羊猪肉?

“为什么杀赵山川？他是我老家的邻居，来医院次数久了，就认出我来了。管我要钱，说不给钱，就去把我的事发到网上，让我儿子丢工作。虽然这个儿子只是个便宜儿子，但是养了这么多年，也有感情，我不能让他夺走我的幸福。

“那个姓费的猪头，他更该死，在医院里骂我们也就算了，有一次我儿子回家来看我，替我拿拖把回家，拖把上的水不小心甩到他身上，他劈头就给了我儿子一耳光。当了这么久的便宜妈，我都没舍得打他一下，他怎么敢打？其实是想剁掉他的手的，但是剁手动静太大了，就捡好下手的眼珠子和嘴唇了。谁让他总是瞪着大眼珠子骂人？都是自找的。”

负责审讯的辛格也算见过许多丧心病狂的杀人犯，但是此时面对一个女人如此平静地叙述自己杀人的经过，也不禁有些脊背发寒，静默了许久，最后一句话没说，起身，准备离开审讯室，被刘芬叫住了。

“警官，我叫吴琴，杀人的是吴琴，刘芬是我儿子的妈妈，就让她干干净净的，我以后就不糟蹋这个名字了。”

辛宠望着监控屏幕，咬了咬下唇，心里的感觉很奇怪，“你说，自己的妈妈换了一个人，当儿子的真的发现不了吗？”

“发现了又怎样？真的遗弃自己的妈妈和假的养育疼惜自己的妈妈，你选哪一个？”叶时朝将问题又抛了回去。

“那刘芬的老公呢？没发现……算了。”辛宠问到一半就泄气了。

一个被老婆嫌弃的男人，一个带着拖油瓶的光棍，回来的老婆是不是原来的那一个，对他来说也许根本没那么重要。床头有人，孩子有妈，比什么都强。较真是个奢侈品，有些人的人生一塌糊涂到根本不配去考虑这些问题。

辛宠思考完人性，又绕回到了这个案子：“吴琴确实符合杀费德海凶手的心理画像，可是第一个案子，赵山川，她的动机十分明显，作案手法却让人实在费解。她像是演绎了另外一个人的性格。”

叶时朝没有接话，一直看着监控屏幕，黑眸如夜里的海面，看不透，隐隐带着无法预测的暗流。

辛宠十分清楚他这个表情是因为什么，没有再吵他，让他安静思考。

每当她有疑惑时，总能从他脸上看到相同的表情，这种灵魂契合的感觉让人着迷，如果可以，她想要一直这样看着他，这一辈子，哪里也不去。

30.

淅淅沥沥的小雨落在S市上空，市警局门前停着一辆警车，上面写着S市看守所，民警将吴琴从警局里带出来，交接给看守所的民警，两边民警互相敬礼，犯人交接算是完成了。直到法院下达判决之前，吴琴都会待在看守所里，之后才会转进监狱，正式开始服刑，或者执行死刑。

叶时朝站在走廊上目送看守所的车消失在雨幕中，侧头看着站在自己身边的辛宠：“我要去一个地方，这个地方，你应该也感兴趣。”

辛宠也不问是哪里，就干脆地点了点头：“我开车载你去。”

S市精神病院，相较于别处的精神病院设施要好一些，供病人活动的区域也很多，比如眼前这个室内棋牌室。

杨林穿着竖条纹的病号服，坐在窗边的一个棋桌前，自己跟自己下棋。

他似乎过得不错，短短半个月没见，脸颊看起来丰满了一些，没有以前那般瘦弱苍白了，五官也越发柔和秀气，是时下很受女孩子喜欢的那种干净长相。

叶时朝走过去，坐在棋盘的另一边，执起自己面前的棋子，走了一步。

杨林看到叶时朝十分开心，重新摆了棋子，叫着："重下重下。"

围棋，杨林执白子，叶时朝执黑子，十几步走下来，竟然势均力敌。辛宠在一旁看着，眉头越皱越紧。

叶时朝走了一步，吃掉杨林的几个白子："你没病。"

杨林笑起来："大家都说我有病。我爸爸妈妈、爷爷奶奶、我院长叔叔、我同学室友、医生护士……所有人都说我有病，你却说我没病？那么就是你有病。"

叶时朝："是你发现了刘芬，接近她，教她完成人体蚁巢，所以那个尸体中才透着你的性格，才让警方如此迷惑。是你释放了她心中蛰伏了近十年的魔鬼。"

杨林："你真爱开玩笑，魔鬼就是魔鬼，它就在那里，哪里是人心能关得住的？"

叶时朝："你这么做是为了什么？逃脱你叔叔的魔掌？也许你也是说了实话的，你叔叔确实对你起了杀心。你必须自保，必须从你叔叔的王国逃出去。可是太难了，到处都是他的人，你的一举一动都不自由，还要经常被强迫打针。那些药你并没有真的吃掉，都吐到蚁箱中了。"

杨林："你在说什么？我怎么一句都听不懂？"

叶时朝："其实你做得真的很隐秘，若不是刘芬更换蚁箱的时候，不小心在走廊外漏掉了几只死蚁，我可能永远都不会发现。为什么要换蚁箱？我猜应该是，你要亮出准备好的，指证杨普世的手术刀了，不能让警方发现你吐进蚁箱中的药。其实本来进行得很顺利的，只可惜我是个昆虫学家，谁能想到，警方查案会带着一个昆虫学家呢？病房门口的死蚁，让我起了疑心，所以才进你的病房去看，蚁箱果然换过了。火蚁们的活动规律不太对，它们的每一个迟疑的停顿，触角的每一次不自然的舞动，都在告诉我，它们是新来的，对这个地方并不熟。之后，你哭着暗示我们蚁箱里的凶器是许久前放进去的……我当然没有揭穿你，因为我是个科学家，实验如果不能支持我的推断，我是不能妄下定论的。后来刘芬为了陷害凌河，供出了埋蚁的地点，我的实验室，从那些红火蚁死尸体内检验出了地西泮片、氯硝西泮片药物残留。也就是这个结果，将我所有的推断都证实了。"

杨林扬起脸来，一脸崇拜："你有一个实验室啊？真让人羡慕，我什么都没有，我连毕业证都没拿到，因为同学们觉得我有病，之后学校也觉得我有病。"

叶时朝并没有被他的话题带跑，继续自己的思路："凌河是你刚开始接近刘芬的时候就替她找好的替死鬼吧？然而她怎么也想不到，你这位为她策划、扫去麻烦的好心孩子，在替她找替死鬼的时候，也埋下了让她灭亡的机关。她送出指证凌河的证据中，藏有指证她就是凶手的铁证。"

杨林单手托腮，歪着头，似乎真的听不懂："哎呀，我要输了。"

叶时朝伸手压住他落子的手，盯着他的眼睛，一字一句地问："你想逃离你叔叔的掌控，有得是办法，为什么要释放那样一个魔鬼？"

杨林眨了眨眼睛："我看你是真有病。我刚才不是说了吗？既然是魔鬼，人心怎么关得住？"

叶时朝松开他的手，将棋子丢在棋盘上，好好一盘棋全都乱了。

杨林可惜地皱了皱眉："可惜可惜，好久没下这么痛快了。"

叶时朝再也忍受不了，起身要走，就听辛宠对杨林说：

"你对于'红鬼军'的描述很有意思，我想了很久。一直都在想'鬼后''红鬼军'的干部、被猎杀的食物到底指的是谁。后来大概想明白了，食物是你的叔叔、你的敌人、你要利用的人；干部是对你有用的人，就是指刘芬。而'鬼后'是你的母亲，或者说是投射在你自己身上的母亲的影子，所以才会是女性的形象。我看过你的资料，你小的时候，母亲唯一给你买过的东西就是一个蚂蚁饲养盒，小小的，你视若珍宝，而你的母亲十分爱穿红衣。你母亲犯病砍杀你父亲的那天，她就穿了一袭红裙，像主宰别人生死的女王，你是否觉得那样的她很美？"

杨林的微笑，随着辛宠的话一点一点在凝结、破碎，最后连呼吸都有些乱了，他猛地将棋桌掀了，黑白棋子"哗啦"撒了一地，他暴怒地跳起来："你算什么东西，凭什么提我妈妈？不许提她，你不配，你们都不配！"

他暴怒地嘶吼着，引来护士惊慌地将他按住，辛宠却不慌不忙地站了起来，走到叶时朝身边，看着杨林，扬了扬下巴："大家说得没错，你是有病，跟你的妈妈一样。做好在这里待一辈子的心理准备吧。"

杨林被两个高壮的男护士按着，嘴里还在咆哮："不许说我妈妈，不许……我不许……哈哈哈哈，你们别得意，'鬼美人'……'鬼美人'会看着你……"

空气里仿佛有什么东西炸开了，耳边一阵轰鸣，叶时朝和辛宠同时愣住，回头看着发狂的杨林。

杨林看到他们脸上的惊愕，笑得更猖狂了：“‘鬼美人’不会放过你，就像当初对待你妈妈那样，砍下你的头颅……你们一家谁都别想逃……死了也别想逃……装死也逃不了……哈哈哈……”

“你说什么？什么装死也逃不了？”叶时朝快步折回他身边，捏着他的手臂，“你是怎么知道‘鬼美人’的？你说清楚。”

成功挑动了叶时朝的情绪，杨林开心地笑起来：“你以为你父亲死了吗？我告诉你，没有。‘鬼美人’告诉我，你父亲还活着，他还活着……‘鬼美人’会找到他，杀了他！还有被他亲手藏起来的所有人……所有人……你们都得死……”

杨林话没说完，就被护士强行拖走了，笑声、尖叫声也随之远去。叶时朝看着他的背影，脸色苍白，呼吸凌乱，双手紧紧握成拳。

辛宠收回心神，安慰他：“你别理他，他就是个疯子。而且这个案子当年那么轰动，知道也很正常……关于你父亲，他一定是为了报复你才故意那么说的。”

“他不是疯子。”叶时朝木然地往前走，“他不是疯子……他只是把所有人都当成傻子。”

外面的雨越来越大，雨幕遮住了白日，仿佛一张黑暗的巨网朝着他们铺撒开来……

第　二　案

跳崖的腐尸

有时候真实比小说更加荒诞，因为虚构是在一定逻辑下进行的，而现实往往毫无逻辑可言。

——马克·吐温，美国作家

31.

“老铁们，我现在在S市西峡山温泉旅游度假区，据说这个度假区的温泉特别棒，有养生的硫磺温泉，有美容的牛奶温泉，还有据说泡了能长高的网红温泉。除了温泉，这里的野味也是一绝，今天我就带着大家一家一家地试，一家一家地吃。”

打扮时髦的网红男主播，一边走路一边直播，S市的西峡山十年前就被开发成了温泉度假区，已经是十分商业的休闲旅游区了，即便是上山的路也修整得十分好，走在上面完全感觉不到山势陡峭，山路两旁风景秀美，奇石林立，男主播看得如痴如醉：“这里真是太美了，大家看那边，枫叶都红了，有女朋友的建议带女朋友来，太浪漫了，来一趟，回去就能结婚。那悬崖边上是不是有人？坐那儿……不会是要跳崖吧？我天……我天……”

网红男主播吓得大叫，弹幕被刷到几乎遮盖住屏幕，等稍微能看清屏幕时，那位男主播已经顺着小路跑到了悬崖下，一边跑一边气喘吁吁地跟网友互动："朋友们，我这辈子第一次看见人跳崖，估计大家也跟我一样，我带大家去看看……报警肯定报警，看完就报……"

西峡山山势并不高，那片断崖面积也不大，属于未开发区域，是不对游客开放的，但是山下的小路能通到崖下，崖下是一片相对平整的土地，长满了野草，跑过去并不费劲。

"快到了，这就到了，我老激动了……老铁们给我鼓鼓劲……"男主播气喘吁吁地跑着，还不忘跟粉丝们要礼物，跑到崖下拨开高及小腿的浓密野草，看到跳崖的人顿时腿一软，"妈呀……这人都烂了……烂成这样还能跳崖……诈尸啦……"随着一声尖叫，手机掉在地上都顾不上捡，人连滚带爬地跑了。

落在草地上的手机，还开着直播，摄像头正对着的地方映出一个腐烂的头颅，森森白骨露在外面……

"啪"的一声，辛格按了关闭按钮，投影上的画面消失了，现场民警都打了一个激灵，好半天才缓过劲来。

辛宠脑海里想着最后那个画面，胃里也严重不适，侧头看叶时朝，他正饶有兴趣地看着熄灭的投影，俊美的面容湮没在昏暗里，不知道在想什么。

被一同拖来开会的施寅坐在叶时朝另一边，感受到辛宠的视线，越过叶时朝朝她挥了挥手，笑容迷人，辛宠打了个冷战，慌忙将视线收了回来。

辛格示意大良打开会议室的灯，清了清嗓子说："这个案子比较特殊，报案人是个网红主播，发现尸体的时候正在直播，直播间里上万人都看见了，很多人截了图发到网上，引起了极大的轰动。虽然网监部门立刻开始行动，清除不良截图视频造成的恶劣影响，但还是被传开了，社会影响很大，局里命我们尽快破案，平息舆论。"

一个警校刚毕业的实习生在角落里小声嘀咕："那腐尸跳崖前的画面拍得清清楚楚，上面确实没有其他人，就是他自己跳下来的……会不会真是诈尸……"

"诈什么尸？诈什么尸？警察要相信科学，腐尸跳崖是假象，一定有什么合理的解释可以解释这一现象。是吧，施法医？"辛格点名。

被点到名的施寅，将视线从辛宠身上收回来，顶着众人的视线，笑意盈盈地说："所谓诈尸多数都是尸体的异常反应，我从小在殡仪馆长大，经历过的诈尸很多，有尸体流鼻血的，有在棺材里突然抽搐起来的，还有尸体打嗝放屁的。后来学了法医学，这些现象都有了合理的解释。单就尸体流鼻血，就有很多原因，有可能是血液回流，死者生前有心脏疾病，死前血液就会大量淤积在胸腔，给死者翻身，血液就顺着鼻腔流出来了；还有可能是死者生前胸腔受过外力击打；也有可能是死前脑部受过击打，淤积在脑内，人死后血管就不工作了，于是就顺着鼻腔、口腔流出来……这些问题要认真研究起来能讨论一天，现在显然没有这个机会。”

“对，现在没这个闲工夫，当地派出所已经把警戒线拉起来了，人群也已经分散了，我简单分配下工作，大家早点行动起来。”辛格说着开始分配任务。

“我先走一步，食尸虫可不等人，它们心急得很。”叶时朝率先站了起来，朝辛格点了点头，“你们继续。”

辛宠也忙站了起来，微笑道：“我送叶博士去现场，大家继续。”接着就跟在叶时朝身后出去了。

辛格望着自家一向强势的妹子毫无尊严的跟屁虫行为，无奈地叹了口气，索性不管她了。

西峡山离市区不近，开车过去要三小时，依旧是辛宠开车，叶时朝坐副驾。阳光穿过树荫落在他俊美的脸上，让辛宠想起《悠长假日》里的木村拓哉。

她定了定心神，为了不让车里的气氛太凝重，随便找着话题：“我带给你的丑橘吃了吗？”

叶时朝望着窗外点头。

辛宠开心起来：“我学弟小白去果园摘了送我的。别看样子丑，味道特别好，甜过初恋。”

叶时朝终于侧过头来看她了，黑眸里有让人读不懂的雾气：“没有初恋过，不知道初恋是什么味道，所以无从比较。”

他说这句话的样子十分认真，竟让辛宠有些脸红。

其实辛宠也并不算知道初恋的味道，她一向好强，从小到大都比同龄人优秀，很少有看得上的人，唯一一次有心动的感觉是在叛逆的高中时期，对给她改装摩托车的车行老板有过好感，那老板是飞车党，后来虽然浪子回头，但是身上不羁的洒脱，还是很吸引人。辛宠用尽了浑身解数接近他，却被告知人家是有老婆孩子的，泄气的纯情少女气得当晚回家就把自己的摩托车给烧了。

这个故事实在太糗了，她谁都没说过，唯一的知情者辛格也被她成功封口，当然更不想对叶时朝提起，或者说，尤其不想对叶时朝提起。

辛宠不接话，叶时朝也就顺势沉默下去，车里的气氛再次凝重起来。

32.

三小时的沉默确实不好受，辛宠有点担心叶时朝，自从上周在精神病院见过杨林，他便将自己关在家里研究“鬼美人”的案子以及造成他父亲去世的那场车祸。他足不出户，也不见人，实验室都不去了。

韩梅梅实在有点担心，打了几次电话都被拒接之后，便给辛宠打了电话。

“辛宠姐，麻烦你去看看叶博士，我担心他会出事。”一如既往的大嗓门里带着担忧，而且自从知道她到市局犯罪心理科当临时工后，也不喊辛律师了，直接喊辛宠姐，倒平添了几分亲昵。

辛宠本来就想上门，受到韩梅梅的委托，更是有了上门的理由，就提了小白刚送她的丑橘，又买了很多吃的，前去敲门。

叶时朝的家就在“有虫声”旁边，过一条马路有片别墅区。别墅区是日式的简洁实用风格，每一栋楼，都有三层，分东、南、北三户，各有院子，他喜欢安静，就将一整栋都买了下来，自己住朝南的那一户，剩下两户闲置，也不出租，更没有什么亲戚朋友好招待。

辛宠敲了半天门，叶时朝才将门打开，身上裹着浴袍，浴袍领子开得很低，露出一片紧实的胸肌，头发上湿淋淋的，滴着水，脸上还残留着热水蒸腾后的潮红，水滴便滑过那一片片潮红，滑过胸口滑向更低处……画面十分香艳。

然而漆黑的眸子中透着的冷漠，又跟潮红的脸形成鲜明的对比，这种反差让人莫名心跳加速。

“你来干什么？”叶时朝擦着头，挑了挑眉问她。

辛宠艰难地举了举手里的两大包吃的：“韩梅梅打电话来，说你已经一周没去实验室了，也不接电话，拜托我来看看你，顺便多给你买点吃的。韩梅梅说你从不吃外卖。”

从不吃外卖并不是韩梅梅说的，而是她推断出来的，像他这种受过创伤，没有安全感，吃个米线都要眼观六路的人，怎么可能会吃自己控制之外的食物?

叶时朝不置可否，侧身将她让进来，辛宠就这么第一次进入他的地盘。

不打招呼直接上男生的门，通常进门就会看到一片狼藉，然而叶时朝的家里却十分干净，或者说太干净了，北欧风的装修，简洁到不能再简洁的地步了，甚至一点多余的装饰都没有，还不如酒店有家的感觉。

辛宠有点意外，但深究原因又觉得心疼，幼年时期失去双亲的人，对家的概念会产生偏差，有些人会极度渴望有新的家庭，因此会过早结婚，组织家庭，而有的人则会刻意躲避“家”这个字，此后再没有家，只有住处而已。这个房子在他心里只是个住处，不是他的家。

“我把吃的放厨房里。”为了掩饰自己表情中的异样，辛宠低头去厨房，边将手里的东西放下边问：“你吃饭了没？没吃我现在做给你吃，我做饭还凑合。”

“吃过了。”叶时朝擦干了头发，解开浴袍，“家政每天都来，会买菜来做饭。”

辛宠“哦”了一声，走出厨房。叶时朝已经穿上了裤子，正裸着上半身穿衬衣，也许是常年泡实验室的原因，他的皮肤很白，由左肩延伸到后背的伤疤更显得狰狞。

辛宠愣了一下，随即移开了视线，她想起来，造成他父亲死亡的那场车祸，车祸发生时，他也在车上，估计就是那个时候受的伤。

她正愣神，叶时朝已经穿好了衬衣，随手拨了两下湿发，看她：“既然来了，来帮我看看有什么我漏掉的地方。”

说着就走上了二楼。

书房跟楼下一样，完全是装修的样本房，此时“样本房”有点零乱，书桌上摊满了档案，整面的白板墙上则挂满了照片，还有白板笔写了许多线索。

果然就是导致他父亲去世的那场车祸，资料十分详尽。他甚至凭借着自己的记忆，梳理出了父亲车祸前几日的行踪，以及做过的每一件事，说过的每一句话。

那起车祸十分典型，一个伤心过度的父亲带着孩子出去散心，车开到市郊的心湖公园，为了躲避一辆逆行的黑色越野车，撞上了湖边的护栏。父亲因为没系安全带，被甩出车外，掉进湖里，后座的孩子因为系了安全带，没有生命危险，只是后背被飞进来的碎玻璃划伤，好在也只是皮外伤。

白板上贴着车祸现场的照片，父亲坠湖，以及被打捞上来的照片，还有引起车祸的越野车，以及车被撞毁后每个创伤的照片。

凭良心讲，这个案子警方办得十分细致，实在没有什么可挑刺的地方，辛宠看了半晌，又去看叶时朝整理出来的逆行的越野车的资料。

那辆越野车的主人叫李强，三十二岁，是做装潢生意的，从老家Z市来S市谈生意，因为对道路不熟，走错了方向，才导致了那场车祸。

辛宠看着李强的照片，以及车祸现场那辆越野车的照片，轻轻皱起了秀眉。

“身高一米七，体形偏瘦，面色苍白无血色，眉心有川字，唇色偏深，右腕上有明显的青紫和针眼，身上的运动装都是舒适的纯棉材质……这个人是重病患者，案发时恐怕病了一段时间了，怎么还会独自来距离自己家四五小时车程的城市谈生意？就算他真的敬业，不顾生死，这辆车也不太对，按照他的性格和身体状况，不适宜开这种难以操作的车，而且，他身高才一米七，驾驶座的位置却调整得有点远，显然不适合他。”

叶时朝赞许地点头：“你说得没错，我去监狱找过这个李强，他确实有重病，因为身体原因，判刑后一直在医院，没有收监，之后不到一个月就去世了。至于那辆车，他的家人说，李强原本有一辆白色奥迪，案发前将车给了妻子，自己买了这辆二手车开来了S市。”

“很奇怪，像是临终之人的自杀行为，可是没有证据，真实情况，恐怕只有李强本人才知道。”辛宠说着，下意识地伸手摸口袋，想捏一捏解压玩具，可是却摸了个空，才想起来，今天出门太匆忙，忘记带了，手里正空落落地想抠手指头，叶时朝低头拉开书桌的抽屉，递了一个圆滚滚的小海豹过来。

辛宠一愣，接过小海豹捏了两下，身心舒坦了之后才想起来，这个海豹不就是当初她在实验室里送给他的吗？原以为他会直接扔掉，没想到竟还留着。

“别抠手指头了，戒掉挺难的。”叶时朝看着她，指了指她手指上的旧伤疤，乌黑的眸子里掺杂着的情绪，如果她没看错的话，是心疼？

辛宠在别人眼里一直是个强悍的存在，从小到大，一直都是，即便她的身边有个走阳刚路线的辛格，也丝毫掩盖不了她的光芒。又有谁知道，就是这样一个看起来毫无破绽的人，其实有个致命的弱点，她很没有安全感。

辛宠的父母老来得了这么一对龙凤胎，自然是万分宠爱，然而人的寿命并不是无限的，父母去世那年，辛宠、辛格也才十七岁，十八岁生日都没过。

虽然父母生前拼命工作留下了房产、基金，足够支撑他们求学，然而孤儿就是孤儿，骤失父母，犹如突然塌了天，辛宠从那之后只要情绪稍有波动，就下意识地紧张。为了克服这些，不表露出来，就拼命去抠自己的手指头，十根手指全部抠到血淋淋时，才意识到不能再这样下去了，这才在心理医生的建议下，改为捏解压玩具。

这些在外人眼里微不足道的小事，可以视而不见的小癖好，在辛宠心中却是极大的伤疤，从未跟人提起，也没人能往心理问题上联想，毕竟她是辛宠。

叶时朝是第一个看出来、指出来的人，而且是用这种让她无法抵抗的语气和眼神。

辛宠当时就无法淡定了，心中有个声音在沸腾、在喧嚣，她瞬间涨红了脸，咬了咬牙，问："叶时朝，我们做个交易怎么样？我帮你找到你父亲，你当我的男朋友。"

这话说出口，她就开始慌张，又莫名觉得既然话都说出来了，就不能反悔，不管他答不答应吧，至少气场上不能输，即便是被拒绝，姿态上，她也要是好看的。

叶时朝却着实愣住了，足足半分钟没有说话。

然后，就没有然后了，因为当时，辛宠实在受不了那份煎熬，等不到他开口，就落荒而逃了。

无论做了多少心理建设，到最后姿态还是不好看，说到底，爱情这种东西，谁先开口，谁注定就落了下风。

这种落下风的感觉，让辛宠十分难受，所以今天，此时，两人在车上才如此尴尬，尽管谁也没提那个荒唐的交易。

33.

车刚刚驶入西峡山度假区，就看到了大批被请出来的游客，围着度假区的工作人员，问东问西。

"你们景区以前闹过诈尸吗？"

"可别坑我们，这么邪乎的事，沾谁谁倒霉。"

"就是，下回谁还敢到这里玩呀。"

"那倒不一定，多刺激啊，普通人能遇见一回活人跳崖就不容易了，我们还能碰到死人跳崖，还是个烂透心的死人。"

"你这人心可真大，不怕给自己招祸？"

"祸什么祸？胆小就胆小！胆小赶紧走，谁也没拦着你。"

人多口杂，议论声到了最后变成争吵，当地派出所的民警赶紧过来制止，好好的一个度假区，现在乱哄哄的。

由于事先打了招呼，辛宠和叶时朝被直接带进了现场，辛格队里的人都已经来了，正四散着，给景区管理者、工作人员做笔录。法医中心派了施寅，他一身警服，蹲在尸体旁，正聚精会神地观察着死者面部，助手在一旁拍照片。

辛宠还未靠近就被刺鼻的气味熏晕了，她是第一次如此近距离地看腐烂的尸体，不是照片不是视频，冲击实在太强烈，忍了又忍，连往嘴里塞了两颗薄荷糖，才将汹涌的胃酸压下去，然后慌忙将自带的带有超强过滤片的口罩戴上。

叶时朝却似乎毫不在意，走过去跟施寅交流。

“有什么发现？”

“骨盆腔高而狭窄，漏斗形，肌嵴明显，骨面粗糙……男性，三十岁左右，身高一百七十五公分，亚洲人。最近天气凉爽，腐烂成这样，至少死亡了三个月，这么高的地方摔下来，腐肉块剥落，露骨明显。头骨、手骨和盆骨都碎得十分精彩，拼起来要花很多时间，特别是头骨，头盖骨都不见了……那位小哥，别动，你脚下有块头骨碎片，还有你，还有你，树梢上挂着的是肝脏，弄下来弄下来，小心一点，高腐败期的肝脏能剩下这么多不容易……其他碎骨和内脏、碎肉都藏在哪里了呢？我们大家一起来找一找。”

施寅说着去忙活去了。叶时朝蹲下来，看着高度腐败后又高空坠落的尸体，有些惋惜地摇摇头：“从这么高的地方摔下来，食尸虫都四散得差不多了，否则就能查出具体的死亡时间了，现在每一只昆虫都十分珍贵。”

辛宠走过来时，叶时朝正用镊子从尸身上夹起一只黑色的甲虫放进取样盒中，盖上盖子，透过透明的盒盖看着这只正努力挣扎的甲虫，眉头拧着，表情冷漠而肃穆。

辛宠怕打扰到他，没有说话，就四处看了看。尸体摔下来的地方是平地，土质坚硬，抬头往上看是一整面的断崖，断崖几乎是垂直的，外露着的巨大岩石上刻着：汤泉吐艳静光开，白水飞虹带雨来。

“白水”两个字上面挂着些碎布和黑红色的不明物体，她十分不想往某方面联想，但是施寅已经指挥人爬悬崖了：“那里有块头骨碎片，连着头皮的，就在白字的右上角，小心些，别弄掉了头皮上的头发。”

抖落一身因恶寒而生的鸡皮疙瘩，辛宠刚回头，就撞上叶时朝因为兴奋而晶亮的眼睛：“我知道腐尸是怎么跳崖的了，跟我到悬崖上面看一看。”

这个悬崖十分陡峭，也十分危险，因此是不对外开放的，正常的爬山路线全部绕开了这里。通过工作人员的指引，辛宠和叶时朝踏着山石，循着鲜少有人走的小路，往山顶上爬。路途虽然艰难，但是不得不说，西峡山的风景确实不错，树木植被茂密，山石奇秀，由于地势关系，显得天空很低，仿佛伸手就能摸到天空。

这样的风景是值得好好欣赏的，若他们不是在查凶杀案的话。

叶时朝明显没有辛宠的这些小心思，他完全被沿途遇见的昆虫吸引了，据不完全统计，他抓了十几只不同种类的蛾子，还有数十种辛宠叫不上名字的奇怪虫子。看着他满山追虫子的兴奋劲，辛宠隐约有种带小学生来郊游的错觉。

艰难地来到悬崖边，辛格已经在那里了，正在跟景区的护林员说话，见他们过来，就冲护林员点点头，示意他可以离开了，然后迎面朝这边走了过来。

“护林员说他每两天会上来一次，上一次来是两天前，也就是十一月二号早上。他说那个时候还没有尸体，所以抛尸的时间锁定在十一月二号中午到今天早上这段时间。刚鉴定组在上山的路上提取了十几组不同大小宽度的脚印，会跟这里的工作人员逐一比对。”

叶时朝来到尸体曾经待过的地方，高度腐败的尸体，身体组织液化，将泥土地印出一个清晰的人形印子，上面落着赶也赶不走的蝇科昆虫，大多数是本地常见的巨尾阿丽蝇、瘦叶带绿蝇等，还有一些虫卵，叶时朝很小心地将虫卵捡起来放进取样盒中。

辛宠走过来看他捡虫卵，忍不住问：“这些虫卵看起来都长得一模一样，为什么要分开取样？你为什么这么看着我？”

叶时朝脸上的表情似乎写着“你瞎吗”，语气也是十分不解：“怎么会一模一样？”然后将装有虫卵的小样品盒一个一个拿给她看，“银眉黑蝇、瘤胫厕蝇、东亚异骚蝇。”

辛宠默默闭上嘴，突然理解了被女朋友问哪只口红好看的直男的心情。

叶时朝取完样，开始观察那个人体腐败液体印出的人形，人形有一半半躺在崖边的岩石上，看起来是坐着的，脚下的悬土有些坍塌了，他蹲在悬崖边上，用一个很危险的姿势，从松散的土壤里夹起一只黑褐色的带翅甲虫。

辛宠十分担心他会摔下去，就在一边紧张兮兮地伸着手，以便及时能抓住他。辛格走了过来，看着崖边松散的土壤，奇怪道：“护林员说崖边土质很坚硬，而且这两天也没有下雨，土怎么就变松了呢？”

“埋葬甲科昆虫。”叶时朝说着晃了晃装着黑色甲虫的样品盒，“崖上崖下，目前为止，我发现了四种不同属的埋葬甲。按照埋葬甲的习性分类，又可以分成葬甲和尸甲。无论是葬甲还是尸甲，都有个特定的习性，就是掩埋尸体。跟其他的食尸性昆虫不同，它们会成群结队地钻进尸体下面的土层里，将尸体身下的土不断往外拱，这样尸体就会慢慢掩埋进土里。这个尸体的上半身在大石头上，埋葬甲只能掩埋崖边的下半身，当土层慢慢被挖开，双腿不停下沉，土层也在不停地变稀松，这样尸体的姿势就会不停改变，最终变成像是坐在悬崖上，而崖边土壤不断被挖掘，终于松散到不足以支撑这个尸体的重量时，尸体便掉落了下去。”

辛宠看着那小小的甲虫觉得十分神奇："只是虫子而已，真有这么大的力量？"

"不要小看埋葬甲的群体合作能力，我们实验室曾经做过一个实验，将两百只埋葬甲与一头死猪放置在野外，不到两小时，野猪便被全部掩埋了，而不出三天，野猪被分尸干净，平均下来一只埋葬甲吞下相当于自己体重六十倍的腐肉。"叶时朝说着，又慢慢将被尸体染色的地方挖开，在里面寻找着什么，"我在这里看到了许多虫卵，这么短的时间内虫卵不会发育成这样，说明虫卵在被抛尸在这里之前，就已经在尸体上了。回去好好分析下卵的DNA，大概能够推测出，抛尸前，尸体所在的位置。"

"这真是帮了大忙了。"辛格欢欣鼓舞，毕竟知道了抛尸前尸体所在的位置，就极大地缩小了案发第一现场的查找范围，对查案有很大的帮助，"我先下去，给领导打个电话。这山上连个信号都没有。"

而且，叶时朝还破解了腐尸跳崖之谜，网警可以去网上辟谣，他能暂时给领导一个交代，能再争取点破案所需的时间，他们就不用往死里加班，给大家都留条活路了。

34.

辛格离开之后，叶时朝一直忙着取样，辛宠就在四处踱来踱去，慢慢在脑子里勾勒着这个案子的专属画面。

风景秀丽的度假区，白天人来人往，即便是不对游客开放的区域，也有工作人员在巡视，是不利于抛尸的，抛尸必定是在晚上。

西峡山山脚下温泉眼多达数十个，秋日的夜晚，热气从温泉中蒸腾出来，山笼在白色的雾气中，这些雾气是很好的掩护，凶手将尸体一步步背上山……到底是为了什么？况且，那是一具死亡了三个月的尸体，尸体的腐臭味冲击着他的鼻子，他可能不得不戴上口罩，然而尸臭还是浸透了他全身的每个毛孔，可他还是将尸体背上了山……是原本放置尸体的地方不安全了吗？可在这种景区里，被发现也是迟早的事，到底为什么非要做这种吃力不讨好的事？还是有什么不得已的理由？

又或者他实在不怎么聪明，或者他自己也被吓坏了……

等叶时朝终于取完了样，拍了照片，下山之后，尸体便已经被施寅带回了法医中心。现场的侦查则刚开始，辛格在跟大良说着什么，见叶时朝和辛宠下山，就对他们说："辛宠你先送叶博士回实验室，明天下午两点的专案会别忘了参加。"

回程的车上，两个人又难免会独处，且没有了案子的缓冲，气氛又开始尴尬起来。

辛宠觉得憋闷就摇下车窗，微凉的风透进来，她略微清醒了一些，想通过案子缓解下气氛：“这起案子，你怎么看？”

叶时朝将目光从窗外移到辛宠的脸上：“虽然还不是很肯定，但死者不是在本市遇害的，至少在抛尸至此的三个月以内，他并不在本市，甚至不在本省。”

“你是说，凶手为了抛尸，长途跋涉，跨省来到这里？”辛宠不太同意，“这太不符合常理了，这么大费周章地运尸，却将尸体抛在高处，只能更早暴露自己。”

叶时朝并不意外她的质疑，俊美的脸上表情很平静：“我在崖上的浅土层里发现了扰墓覆葬甲的卵，这种葬甲本市甚至本省都没有分布。当然也有可能是我错了，我发现的葬甲就是本市长大的，那么这便是国内昆虫学历史上的一项重大发现。我并不排斥这其中的任何一种结果。”

辛宠没再继续问，现在线索太少了，无论是从哪个学科推断，都不准确，也不严谨，最好的办法就是静下心来，等一等。

她刚强迫自己静下心来，就听叶时朝轻咳了一声，毫不留情地戳穿了她的窘态：“你不用刻意找话题，我并不觉得很尴尬。你并不是第一个提出想跟我交往的女人，事实上我已经习惯了。而且，这些女人中，你是最聪明的，也是看起来最顺眼的，你应该对自己有信心。”

这是在鼓励她？辛宠嘴角一抽，莫名觉得好笑，十分想调戏调戏他，踩下刹车将车停在路边，手搭方向盘，看着他：“我要怎样表现才算对自己有信心？”说着她玩心大起，抬手捏住他的下巴：“做我的人，我保你今后荣华富贵。”然后耸肩，“这样算不算有信心？”

叶时朝一脸冷漠：“恕我直言，你的年收入连我实验室里的一套设备都买不起。更何况你最近两年都要在公安厅里当实习生，说白了就是个临时工，怎么让我荣华富贵？”

其实辛宠也没那么惨，她在这个城市里绝对算中产，小金领，但是也确实跟眼前这位拥有多项专利、人称最赚钱的科学家没法比。这么一想，她果断放弃了用金钱收买他，决定换一种策略，撩了撩头发，挺一挺胸：“你看，我也不丑，容貌上也不算委屈你。”

这一回叶时朝竟然没反驳，盯着她的脸，来来回回地仔细看了一圈，看得她浑身发毛，他才若有所思地点了点头：“我同意了。”

这话简直就像一颗原子弹在她心中炸开了，轰隆一声，震得她大脑一片空白。她用了几秒钟才回过神来，结结巴巴地问：“同意什么？”

“同意你提出的交易。”叶时朝漆黑的眸看着她的眼睛，俊美面孔上带着无比认真的神情，“但是我还是要改一改，我不能因为一个人帮我找到了父亲就跟她交往，那样的话，我为什么不直接跟私家侦探交往？既然是要交往、恋爱，那就首先要确定有没有感觉，你对我有感觉吗？”

这个问题也太赤裸了，原本还觉得自己脸皮很厚的辛宠脸瞬间滚烫起来，但又觉得既然交往是她提出来的，这种时候忸怩也未免太矫情了，必须稳得住场面才行，于是强迫自己冷静下来：“有。”

“我也有，但是不太确定，所以我打算将交易改成，如果我们在共同工作的过程中，你能够让我的感觉更清晰、更明确，我们就交往，如何？”叶时朝的表情像在发布科研新成果，认真到可爱。

辛宠立刻就抓住了可乘之机，抠着手指头，提议：“你看啊，只是工作的话，很难产生感觉。至少，私下里也要接触，比如一起看看电影、喝喝咖啡之类的。还有，亲密接触也……也是确认感觉的好办法。就比如……”说着就去拉他的手。

她柔软的小手碰触到他骨节分明的大手，肌肤碰触的感觉，让她浑身发软，连耳朵根都开始发烫了，手还不争气地抖了起来。

辛宠正想抽回即将要暴露她紧张情绪的手时，却被反握住了。叶时朝一脸若有所思，反复捏了捏她的手，点了点头：“我同意，那就这么说定了。”

手被反复捏着，似乎在实名嘲笑她的手胖，辛宠却一点都不生气，也不挣扎，就任由他捏，仿佛一个合格的解压小海豹。

等他捏够了，放开她，她才收回手，笑眯眯地看着他，他可真好看，眉毛、鼻子、眼睛，没有一处不顺她的眼。

“你看什么？”也许是眼神实在太赤裸了，叶时朝竟被她看得脸上发热，别开头去，“快开车。”

辛宠看着他扭头的动作，有种扳回一局的感觉，心情大好地发动车子，边开车边不忘夸一夸自己的优点：“我开车技术也不错，跟我交往，等于多了一个免费司机。”

叶时朝点了点头，似乎非常认同，忽又想起什么似的，突然说：“下回出门开我的车吧，自从买来一次都没开过，我很想感受一下坐它出门的感觉。”

“好啊。”辛宠愉快地答应了。

事实上，现在无论他提什么要求，她都会答应，所谓色令智昏，果真是不分男女。

35.

第二日，辛宠去实验室接叶时朝去局里开会，叶时朝正在仪器室中看韩梅梅递交上来的数据，是昨天在现场提交的虫卵的分析报告，见辛宠进来，脱了白大褂，拿着文件往外走，临走不忘记将早已准备好的车钥匙交给她。

“车在车库里，你自己去开，我在门口等你。”说着就去办公室收拾东西。

辛宠接过车钥匙，瞄了一眼车型，顿时有些眼晕，又瞄了一眼据说她一年的收入都买不起的仪器，顿时更晕了。

惹不起惹不起，昨天说什么“要给他荣华富贵”，果然太大言不惭了，人家才是“富可敌国”的“小公举”。

车是1964年产的甲壳虫，据说价值一百万美金，国内恐怕也找不出几辆来，黑色的车身保持着甲壳虫一惯的造型，又带着中世纪的年代感，坐进去，整个人都似乎穿越到了那个国内罕见小汽车的年代，整个人都顿时金贵了起来。

辛宠将车开出车库，一路上，遭到了全实验室工作人员的围观，她甚至能听到韩梅梅的大嗓门：“快看，叶博士把他的心头肉都给辛姐开了，我就说了他俩有戏，你们偏不信。”

心头肉啊。

辛宠握着古老的、纤细的方向盘，忍不住哼起了小曲。

叶时朝在实验室大门口足足围着车观望了一分钟才上车，看她一脸的笑容，以为她也喜欢这款车，按捺不住问：“驾驶起来感觉怎么样？是不是很有年代感？刹车顺畅吗？引擎声是不是也非常悦耳？”

辛宠知道他因为心理障碍至今不敢开车，估计买了这辆车之后，一次都没开过，但看车的保养又非常好，足见主人的爱惜程度，这么一想又有些心疼，就详细说给他听：“驾驶感觉很好，感觉自己像是中世纪的有钱人；刹车顺畅，但能感觉到机械的力量；引擎声确实非常动人。”

叶时朝满足了，提着公文包坐下，虔诚地扣上安全带：“出发吧。”

“西峡山腐尸跳崖案”的专案组在二楼会议室，出席会议的除了辛格队里的刑警，还有法医中心的施寅，辛宠代表犯罪心理科，叶时朝则是唯一一位外聘的专家顾问。

等人都到齐，辛格首先将昨天早上发现西峡山腐尸的视频又播了一遍，然后叶时朝打开手中的平板，将昨天连夜做好的埋葬甲的埋尸习性导致腐尸跳崖的模拟动图，投放到投影上。

投影上的腐败的尸体，先是半靠在岩石上，双腿平伸在坚硬的崖土上，山中丰富的食尸昆虫慢慢聚集过来，埋葬甲也一只接着一只赶来，钻进尸体身下，开始用自己的身躯，将土往外拱。因为尸体上半身靠着的岩石十分坚硬，无从下手，埋葬甲主要集中在腿部。坚硬的崖土，慢慢变得稀松，掉落到崖下，尸体的小腿打弯，完成坐在崖边的姿势，接着崖土继续变得松散，继续往下掉落，直到再也托不住尸体的重量，尸体掉落悬崖。

而掉落的那一幕，正好被路过的网红主播拍到，由于距离远，看不清是具尸体，只以为有人跳崖，赶过去发现是腐尸，才会受到惊吓。

叶时朝这样一解释，大家就都松了一口气。而在会议之后，这个模拟动图就被上传到了网上，毕竟作为当红的科普博主，又是市局昆虫学方面的专家顾问，到他这里来寻求科普的人也很多，他顺势将科普动态图发布出去，一来顺应民意，二来可信度高，市局领导很是欣赏他的影响力。当然这是后话。

叶时朝解释完跳崖，施寅递出了自己的验尸报告。

“死者，男性，身高一百七十五厘米，年龄三十五岁到四十岁之间，死亡时间按照腐烂速度推算，大概在三个月之前。但是阿朝……叶博士查验在死者身上找到的虫卵，发现都是土层内食腐昆虫的卵，也就是说，死者曾经被掩埋过，加上这一点环境因素，死者的死亡时间便要缩短至一个半月之前。尸体腐烂较为严重，无法准确推断有无外力伤害痕迹，我的同事正在做毒理分析，目前结果还没有出来。等助手把死者面部腐肉清理干净，面部修复就能进行了。修复面部的同时，我会检查死者骨骼，希望能找到死因。死者没有任何随身物品，衣物因为腐坏和坠崖损坏严重，无法辨认，技术部正在复原中。”

辛格则让大良说了下队里这两天盘查走访度假区工作人员的结果。

“景区秋季晚上八点封山，所有人不许再上山，后山因为有悬崖，是禁止游客出入的，也没有摄像头，不过通往后山路口的公厕外有摄像头，拍下了所有路过的人，我们将一些可疑的人都一一调查过了，基本资料都在这里。”

这份名单很长，但是大多数都是好奇，想要偷偷爬一下后山，基本没人爬上山顶，毕竟人烟稀少，爬着爬着就害怕了，自己就跑下来了。

叶时朝放出了第二份昆虫分析结果，是他曾经跟辛宠提过的扰墓覆葬甲以及自己取样的虫卵。

“尸体中大多数埋葬甲都是本地有分布的，但唯独这只扰墓覆葬甲，本地没有分布，它广泛分布在X省和B省。为了更精确地区分族群特征，我做过DNA分析，这只葬甲是B省三晋市附近特有的品种，昨日联系了三晋市的昆虫学家，他发了当地扰墓覆葬甲的族群分布资料给我，也证实了我的观点。更有意思的是，这只扰墓覆葬甲腹部有大量腐肉，且腐肉是属于另一个人的。”

施寅点头：“叶博士昨天派人连夜送来了葬甲腹中取出的腐肉的样本，与死者DNA做比对，确实不是同一个人。”

辛格听到这里坐不住了：“也就是说，还有一具尸体？”

叶时朝点头：“两具尸体原本是放在一起的，不知道什么原因，这名死者的尸体被移动，千里迢迢抛弃到了西峡山山顶。”

这个发现非同一般，会议室里一片哗然。大良拍了下桌子，激动地站了起来，“也就是说，我们的排查方向完全错了？”

36.

辛格摇头：“倒也不能说完全错了，至少我们证实了，抛尸者走的肯定不是正道，西峡山还有什么别的上山路径我们没有发现？”

“那我们哥几个，再去一趟西峡山，找负责人问问，他肯定没说实话。”大良说着坐下了。他很高，肩膀宽阔，激动地站着说话，十分有压迫感，坐下之后，会议室的空间似乎更开阔了。

辛格摇摇头，对大良说：“你别去了，你身上警察味太重，那些人未必敢跟你说实话，让辛宠去。”

辛宠一直没说话，拧着秀眉，看着投影上的验尸报告以及葬甲分析报告，闻言点了点头，说出一句让大家都十分意外的话：“我觉得将死者抛弃在西峡山上的人，未必是凶手。”

见众人一脸不解，她又补充一句：“或者说，抛尸者和凶手不是同一个人。”

辛格看着她：“为什么这么说？”

大良等人也不太相信：“他没杀人，干吗费那个力气抛尸？就算是意外发现尸体，直接报警不就完了吗？”

辛宠顶着众人怀疑的目光，丝毫没有动摇：“将尸体掩埋和放置高处，出于两种完全不同的态度。掩埋是一种无悔意的藏匿行为，且死者在他心中低了一等；放置高处则是一种将死者神话化的处理，满怀愧疚，希望他能早登极乐。”

“这都能看出来？”大良依旧不信，“怎么听着有点神神叨叨的？”

一个戴眼镜的年轻刑警也说：“什么叫作将死者神话化的处理？咱们要相信科学，不能迷信。”

“犯罪心理是从犯罪者的心理出发的一种学科，我们相信科学，但是犯罪者未必不是迷信者，如果碰到这样的犯罪者，我们也要从迷信的角度去看案情，才能贴近真相。”辛宠不紧不慢地反驳，目光明亮，不卑不亢，丝毫没有因为自己被质疑而心怀怯懦。这不但是她多年在法庭上锻炼出来的心理素质，更是上个案件的侦破过程给了她信心。

之前大家并不是没有配合过犯罪心理学者破案，但是并没有过如此大的质疑，这一次会质疑，无非就是辛宠年轻，又半路出发，还是个临时工。

“我支持她的看法。”叶时朝清冷的声线在会议室里响起。一向代表权威、专业的他，说起话来，众人条件反射般安静下来听着，“不如这样，大家先按照各自的方向调查，如果调查出来的结果正如她所说，今天质疑的各位就当众给她道个歉如何？”

“那要是她说的不对呢？”

“我当众给各位道歉，且以后开会只负责打杂，再也不说话了。”辛宠接过话来，表情认真，赌上了自己的话语权。

施寅举了举手：“我赞成。”

大良抬头去看辛格，有点担心辛格会生气，毕竟辛宠是他妹子，然而队里的汉子们又实在不太服气突然冒出来的辛宠，毕竟这位大小姐，几个月前还是律师，还在各种堵门给他们找麻烦。

辛格没说话，他的立场也确实无法说什么，一边是他的亲队员，一边是他的亲妹子，手心手背都是肉，偏袒谁另一方都会记恨他。

辛格沉默了片刻，凝眉问会议室的所有人：“大家觉得呢？”

众人点头，表示没意见。辛格这才说：“既然大家没意见，那就这么办吧。”

接着他分配了其他任务便散会了，大家各忙各的。

出了会议室的门，辛宠走到叶时朝身边，小声对他说：“谢谢。”

“谢我什么？”叶时朝挑了挑眉。

谢什么？还能谢什么呢？刚才那个情形，她被众人质疑，若只靠她极力解释，就算最后结果如她所说，大家也顶多以为她运气好，猜对了。而被叶时朝这样立了个赌局，众人必定全力以赴，她赢的时候才更让人印象深刻，到那时候就算还是有人不喜欢她这个人，也不会有人再质疑她的专业度了。

不过，既然他装傻，那她就接受他的好意好了，这么想着，辛宠晃了晃脑袋，笑起来："没什么。"

叶时朝看着她眼中的狡黠，心中微动："明天我也去西峡山。"

辛宠听他这么说有些意外，毕竟他实验室里也挺忙的："你有什么要调查的事吗？没有的话，不用特别陪我去，实验室那边不是很忙吗？"

"有韩梅梅在，没什么问题。"叶时朝说着，靠近她，"之前不是说要增加相处时间，确认彼此的感觉吗？既然我有时间，当然要跟你一起去。"

"好吧好吧。"辛宠心里蜜一样甜，笑得更是不加掩饰。

施寅从后面走过来，看他两人的样子，一脸艳羡地摇了摇头："查案还能谈恋爱，真是让人羡慕。"

辛宠怕被别人听见，赶紧收起笑容反驳："谁谈恋爱了？你可别乱说，让别人听见了，怀疑我们的专业度。"

施寅耸肩："又不是小学生了，谈恋爱还能影响学习成绩？这么想的人幼不幼稚？"

叶时朝点头："科学领域也有很多夫妻档，在家是夫妻，在外是同事，同样取得了相当伟大的成就。"

"就是就是……"施寅摇头，"辛小姐，你实在太拘谨了。"

辛宠咬了咬牙，实在很想揍他。是她拘谨吗？也不看她刚才搞出了什么动静，再闹恋爱绯闻，她在这里还有立足之地吗？

辛格也出了会议室，见几个人在走廊上聊天，走过来提着施寅的衣领就往外拖："死者面部复原了吗就在这聊天？快点回去干活，我等着你的图像寻找死者身份呢。"

施寅和辛格差不多高，只不过辛格常年在刑案一线奔波，体格上是常年待在殡仪馆里、跟死人打交道的施寅没法比的，施寅竟被毫不费力地拖走了。

辛宠觉得神奇："我哥跟施寅什么时候变得这么好了？"

叶时朝看着两人离开的背影，微笑："上次施寅不是被打了吗？你哥估计确实很怕被施寅家里知道，从此被殡葬业抹杀，就一直待在施寅家，照顾他的起居，确保他不回家告状。估计就是那个时候变好的吧？其实施寅是个很怕寂寞的人，只可惜因为家庭关系，很难交到朋友，而我又不是个合格的能够排解寂寞的朋友，所以他只能跟死人为友。现在跟你哥成了朋友，他应该很高兴。”

“那确实，我哥那人……”辛宠想起从小到大家里闹腾不堪的情景，顿时咋了咋舌，“施寅将来不嫌烦就行。”

37.

第二天一大早，辛宠和叶时朝就往西峡山景区赶，路上辛格打来电话说，施寅已经连夜将受害人脸部还原了，他现在正带着施寅往三晋市赶，争取早点确认受害人身份，并且找到第二具尸体的下落。

叶时朝应着声，电话那头，施寅抢过话头说：“我在死者的胃部遗留物中发现了一些奇怪的东西，又像虫子又像石头，似乎是你会感兴趣的东西，已经让助理送到‘有虫声’，交给韩梅梅了，回来记得看看是什么东西，受害人不会无缘无故在死前吞下那种东西。”

“知道了。”叶时朝说着，问辛宠，“你还有话要说吗？”

辛宠摇头：“让他们注意安全。”

“那就是没有。”叶时朝说着挂断了电话。

辛宠：“……”

开了三小时的车，两人没有按照计划去找景区负责人，而是自己进入景区里转悠。围着山走了一圈，都已经中午了。

因为还在封禁中，山脚下的温泉度假山庄停止营业，工作人员都放假回去休息了，整个山区静悄悄的，深秋的枫叶火一样红，如彩带一般缠绕在山腰上，像泼墨的山水，就在眼前铺了开来。

“似乎也没什么其他上山的路。”辛宠坐在大石头上，揉了揉发胀的小腿，无比庆幸今天穿的是平底鞋。

叶时朝低头看她的脚，九分的西装裤下，雪白的脚腕纤细得像花茎，他看着看着就忍不住半跪着蹲下身，握住了那花茎，又滑到上面，轻轻替她捏着小腿。

辛宠看着在自己面前半跪的男人，心跳在抑制不住地加速：“你……你干吗呀？”

“亲密接触也是确认感觉的好办法。”叶时朝抬头，俊美的脸上带着认真的表情，“你说的。”

辛宠不说话了，事实上她整颗心都荡漾起来了，根本不知道说什么。

按摩完小腿，叶时朝站了起来，一脸正经地凑到她耳边：“很滑。”

“什么？”辛宠一愣。

他突然就笑了起来：“腿很滑。”

他这一笑，就像黑夜里绽放的烟花，看得辛宠整个人都酥了。

平日里一本正经的一个人，撩起妹来，还真是毫不客气，唉，真的是……太讨人喜欢了。

辛宠心里正在放烟花，就听马路对面传来一阵嘈杂声，四辆卡车从山路上开过去，停在路边，卡车司机们下车，轮流去公厕里方便，接着，三个司机到小超市里买东西，只剩下一个穿着土黄色夹克的司机在外面石桌边坐着。

穿土黄色夹克的司机，看见路边的辛宠，痞里痞气地朝辛宠吹了声口哨，然后怪腔怪调地唱了起来：“妹妹坐在山那头，哥在山这头，问声妹妹今夜可会翻过那座梁，来暖哥的床。”

辛宠没理他，他又唱了一会儿，觉得怪没意思的，就自顾自停了，坐在那里东张西望。

过了约莫二十分钟，买东西的几个人出来了，手里提着开水和泡面，几个人各自上车去拿了碗，又折回来，围坐在门口的石桌前泡面吃，中间不时低声说着话，时不时往辛宠和叶时朝这边看。

对于这个小插曲，辛宠虽然心里有点膈应，但是没打算理他们，叶时朝却似乎很在意，一直盯着那几个司机看，俊美的脸上带着让人看不透的冷意。

接着，他什么都没说，抬脚走了。

辛宠看着叶时朝的背影，电光石火之间，又往卡车司机那边看了一眼，他们在吃面，很慢，很安静……突然之间她似乎看懂了叶时朝刚才的表情，立刻起身追了上去。

叶时朝在前面走，人高腿长，迈开步子，走得飞快，辛宠几乎赶不上他，好不容易追上了，他已经来到保安室，用不容拒绝的语气对保安说：“我要看门口几个摄像头的监控录像。”

保安被他的气势震慑住了，隐约想起，这位昨天跟着市刑警队一起来过，刑警队的领导都叫他“博士”。不敢怠慢，赶紧抓起电话给领导打电话。

接待叶时朝的是度假区保安科科长，四十出头的高壮男人，据说以前当过兵，就是吃了没文化的亏，军队生涯过早结束，当了二十年保安，才混上这个科长，因此十分看重文化人。知道叶时朝和辛宠都是博士，十分敬重，亲自将他们请到了总监控室，调取监控录像。

“我们这里只存了一个月的录像，再早就没有了。”他一边操作电脑，一边抱歉地说。

“足够了。”叶时朝站在他身后，双手抱胸，目光锁住屏幕，六个大屏幕上分别播放着一个月来，度假区外围六个监控拍下来的画面。

辛宠知道他要找什么，也聚精会神地看着。

监控中的画面，车流如织，游客旅行团熙熙攘攘，到了晚上，马路上安静下来，车辆变少了，画面归于黑暗。凌晨两点，几辆熟悉的卡车映入眼帘，在小超市旁边停下，然后卡车司机们下车，两人抬着长方形的、一人长的大盒子走进小超市，半小时后空着手出来，上车开走。几天之后，依旧是凌晨，有陌生的车开来，将长盒子搬上车拉走。

近一个月来，大概运了两三个盒子出去。

十一月二日晚上，卡车上搬下来两个盒子，几小时后，有辆银灰色的面包车开来，拉走了其中一个。

心里的怀疑得到印证，辛宠十分激动，不自觉地抓住了叶时朝的胳膊。叶时朝朝她看，轻轻点了点头。辛宠抬脚往外跑，果然，卡车已经不在了，她有些懊恼，气喘吁吁地给辛格打电话：“哥，联系交通部，拦截几辆卡车，车牌号？车牌号……”

她有点卡壳，想返回去再看监控，就撞见了赶过来的叶时朝。

“XWF763B、XWF6429……”叶时朝熟练地报出几辆卡车的车牌号，“两辆红色，一辆白色，一辆黄色，红色卡车上写着宁海运输。”

辛宠如实报了，飞快地补充一句：“请老邱那组来支援，很可能牵出另一个案子，是个大案，咱们组没那个精力跟了。”

38.

挂了电话，辛宠与叶时朝对看一眼，都从对方眼中读出了兴奋。辛宠突然笑了：“好神奇，我竟然知道你在想什么。”

“因为我们想的是同一件事。”叶时朝指了指小超市，“去买泡面？好久没有接受垃圾食品的毒害了。”说着朝她伸出一只手，“假扮情侣更利于监视。”

辛宠顺势牵上了他的手，心里美得快要冒泡了。他们哪里用假扮啊，光看她的表情和眼神，就比真情侣还真了。

两人牵着手，走进小超市，铺子不算大，几排货架上面摆着游客惯常用到的百货，但最多的还是零食。门口右手边半人高的玻璃货柜里摆着一些纪念品，旁边放了张桌子权当是收银台，小超市的老板就坐在里面，在老式电脑上玩斗地主。

老板约莫六十出头，花白的头发不剩几根了，戴着老花镜，见人进来头都不抬，问了声：“买什么？”

辛宠四处张望着：“泡面、火腿肠放哪儿了？”

老板指了指后排的货架，辛宠拽着叶时朝往那边走，顺带着把所有货架都看了一个遍。这家小超市确实不大，顶多十几平方米，除了货架之外，墙角还堆着大箱子，除此之外就再没什么了。有些年头的白砖墙摸上去很结实，别说后门了，连扇窗户都没有。

辛宠磨磨蹭蹭地选着泡面，叶时朝沿着墙根摸了一圈，折回来冲她摇了摇头，两人没有说话，拿了两桶泡面，一袋火腿肠，又问老板要开水。

老板推了推老花镜，依旧头也不抬，指了指旁边的柜台：“刚烧好的，一人开水费一块。”

辛宠装模作样地嘟囔：“开水也要钱啊？”

老板面无表情：“水是自己拉上来的，烧水还费电，一块算便宜了。”

辛宠嘟着嘴没说话，叶时朝付了钱。两人提着水壶来到外面石桌前坐下，将泡面泡上，坐在一起等着面泡好。

辛宠：“里面空间那么小，也没有后门什么的……难道是我们想多了？”

叶时朝：“看得见的地方没问题，不见得看不见的地方就没问题。”

辛宠皱着眉回忆着小店铺的空间，确实是十分简单，一目了然，东西能藏哪里呢？这么想着，勾头顺着门口往里看，这一看立刻惊跳起来，窜进小超市，里里外外找了一通，出来冲叶时朝喊：“人没了！这店里一定有暗道。”

叶时朝皱着眉，两个人又在店里转了一圈，依旧一无所获。

这个时候，外面传来汽车的引擎声，老邱带着两名刑警走了进来，看见辛宠与叶时朝，纳闷道：“就你们俩，辛格呢？”

“在三晋。”辛宠回答着，热情地过来迎接老邱，人多力量大，更何况又是经验丰富的老刑警，可比她和叶时朝在这里瞎转悠强多了，“邱队长能来真是太好了。”

老邱却一点也开心不起来，浓眉一横：“辛格不是说发现了大案吗？人呢？案呢？”

“别急，别急。”辛宠从头给他解释，“昨天案发的‘腐尸跳崖案’，邱队长肯定知道，我和我哥分头行动，我哥去三晋市追查尸源，我和叶博士追查抛尸者。然后就发现了疑似抛尸者的卡车司机，查了监控发现，近一个月来，这些司机总共往这个小超市卸了三四趟可疑货物，监控可以看出是这么高、这么长的长木盒子。”她说着在身前比画，“卸下之后，要么过几天，要么当晚，货就会被取走。”

老邱听着辛宠的描述，看着她比画的长盒子，脸色越来越严肃：“你继续说……”

“我们推断抛尸日是十一月二日，就在那天，监控拍到那伙人往铺子里抬了两个箱子，一个运走了，一个没出铺门。我和叶博士就守在这个小超市门口，店主绝对没有走出去，就在这个铺子里凭空消失了。”

老邱身后的两个刑警也听出不寻常来，低声在老邱耳边嘀咕：“队长，听着像咱们两年来一直追查的那伙人。”

“如果真是那伙人，我们真是要放鞭炮了。”

老邱回头蹬大牛眼：“愣着干吗？这个铺子肯定有名堂，暗道、暗格、暗门……给我翻个底朝天也得把人找出来。”

几个人将货架上的货物一一翻下来，货架也挪开，墙角堆着的纸箱子更是不无例外地全部推开，墙面摸了又摸，还是什么都没发现。

叶时朝最终将视线放在了店老板坐着的收银区，拉开电脑椅，挪开电脑桌，蹲下身，敲敲地面，并不是空的。他转而想去挪开玻璃货柜，可是货柜很重，根本推不开，辛宠和老邱也来帮忙，使了很大劲也挪不开，似乎是焊在地上的。

叶时朝停下来，开始试着慢慢挪动货柜后面的木板，这一挪，木板竟然被移开了，整片移开，里面赫然露出一个货柜同样大小的洞。

众人这才发现，货柜根本就是空的，只不过四周都是玻璃，利用视觉错觉，让人以为柜子里空间很大，其实只有前方一小块放了纪念品，其他的空间全部被用来当地洞入口了。

找到了地洞，老邱松了一口气，拍了拍光溜溜的头，开心地冲叶时朝笑：“叶博士，你要真能帮我们抓到这伙掘墓卖尸的人，老邱我请你吃大餐。”

39.

老邱第一个走下地道，两名刑警也跟着下去了，随后是叶时朝、辛宠。

地道里很黑，老邱打开随身带着的手电筒，地洞里瞬间明亮起来，众人这才看清周围的情况。

这是个不算狭窄的地道，看起来建得有些年头了，用来支撑的木桩都有些腐朽了。宽度够一个人伸开双臂，高度不足一米八，辛宠和其中一个比较矮小的刑警走起来不费力，但是老邱和叶时朝就必须低头弯腰，走起来十分费力。

地道的泥土道路上偶尔会有丢下的生活垃圾，以及一排排大小不一的脚印。

矮个子刑警蹲下来看脚印，抬头对老邱说："头儿，脚印吃土很深，看起来是抬着重物走路的。"

老邱点头，回头问叶时朝："叶博士是怎么怀疑上这帮人的？"毕竟卡车司机在路边小超市停下来，上个厕所，吃个泡面，休息一下，再平常不过的事了。

"衣服和头发。"叶时朝面色平静，"进去之前，那几个人身上都是干净的，离开小店时衣服和鞋子上明显沾了土，有一个人头发上甚至有树叶。"

这么一说，众人都明白了，小店唯一的门在前面，就算有后门，后门出去，也是鞋子上有土，身上断不会也沾了土，更何况这个店里根本没有后门。

辛宠补充："还有泡面。我看到他们的车窗上挂着泡面，怎么还要再买泡面？而且他们的身体语言都在告诉我，他们并不是想吃那碗泡面，既然不想吃，那在这里停下来，一定是有别的目的。这段时间，这个度假区里最引人注意的就是腐尸跳崖案了，他们是在担心什么？我觉得有必要查一查。等看了监控，我就觉得他们其实就是抛尸的人，而且运到这里来的不止一具尸体。偷偷摸摸运尸体，能干什么？再结合最近市内未破获的要案，只能有一个答案，就是卖女尸配阴婚的卖尸团伙。"

老邱佩服得不行，连竖大拇指："你们俩真是绝佳搭档。"

辛宠有点小得意，转头瞥了叶时朝一眼。叶时朝却完全没接收到她的信号，而是埋头往前走，走了约莫五分钟才终于从地洞里出来，出口竟然在西峡山的山脚，不向游客开放的区域，且完美地躲过了护林员会巡视的路线，在灌木丛和乱石掩盖下，就算刻意找也要摸索一会儿才能发现。

这一半山不对游客开放是有原因的，因为地貌十分复杂，乱石峭壁随处可见，处处都是危险，根本无路可走。

众人乱转着找了一圈，也没找到出逃的店老板，为了避免迷路，只能又折回了地洞里。

“只能叫支援来搜山了。”老邱拍着光头，气得跳脚，“但是最近局里事多人少，等调够搜山的人，估计就要明天了，狡兔三窟，他能挖一条地道，就能挖两条三条……夜长梦多啊。”

确实是这样的，刑警们抬头望着茫茫大山，简直就像陆战队扔进水里，水鬼丢进沙漠，根本无计可施。

“也未必一定要搜山。”叶时朝说着蹲下身，从地道入口湿润的土壤里抠出半截虫子，虫子是黑色的，下半身已经被天敌吃掉了，只剩下一个顶着红色的小小圆圆的头和两片黑色的翅膀。“我知道他在哪里。”

“你知道？”辛宠指着他手里的半截虫子，“虫子告诉你的？这个是……萤火虫。”

“红头芫菁，也叫鸡公虫，长得有一些像萤火虫，但它没有发光器，不能发光……”叶时朝提到虫子就兴奋，开始滔滔不绝地科普。辛宠忍无可忍，一把抓住他的手：“说重点。”

叶时朝这才意识到自己貌似失控了，清了清嗓子：“这种虫子喜食白花泡桐，这一片根本没有白花泡桐。昨天我们上山查看抛尸地的时候，我看到山腰处有一片，也是整座山上，唯一的一片白花泡桐林。”

“这里不能出现这种虫子，那就只能是出入这里的人带来的，也许是粘在了鞋子上，也许是粘在裤脚上，反正正常人出入山里，不可能注意身上有没有夹带被吃了一半的虫子。”老邱明白他的意思了，一双牛眼瞪得溜圆，急道：“麻烦叶博士带路。”

叶时朝方向感极好，即便是在这茫茫大山中也能正确辨认出正确的道路。辛宠就问了一句：“你的方向感是天生的还是后天锻炼出来的？”问完就后悔了，这一位可是昆虫学家啊，传说为了追踪一种昆虫，在山里住了半年的疯……科学家，当然是后天锻炼的。

果然叶时朝十分骄傲地说：“在山里住上半年，你的方向感也会变好。”

辛宠立刻拨浪鼓式地摇头，表示算了，她还是喜欢现代文明。

接近泡桐林，老邱带两名手下分头搜索，辛宠和叶时朝被安排在原地等待，四散开之后，周围安静下来，只有风吹树叶的沙沙声和耳边时不时传来的虫鸣。

辛宠听着风声、虫鸣，看着满脸惬意的叶时朝，忍不住好奇：“一个人在山里，不会寂寞吗？”

叶时朝黑眸流光溢彩：“怎么是一个人？你看，竹节虫、蒙瘤犀金龟……那边的藤条上有小鼓包，如果把鼓包割开，我猜里面一定有葛麻藤虫……”

辛宠一边听着一边四处看，周围的小生灵生动而秀美，与环境融为一体，自得其乐，心里忍不住也生出几分惬意来。

但这种惬意没维持多久就消失了，她果然还是喜欢现代文明。如果将来他们真的成了情侣，他要进山她也不拦着，她可以待在都市里，一边蹦迪一边等他回来。

就在她畅想着这幅画面时，脖子处突然一凉，一把亮闪闪的匕首抵在她的脖颈后面，小超市老板嘶哑的声音从身后响起：“别动，否则我捅死你。”

辛宠立刻就像过冬的虫子，僵在那里一动不敢动了。

40.

太阳落山，风变急了，深秋的冷风卷着树叶在山里流窜，吹在人身上，让人忍不住想缩脖子，但是辛宠不敢。

叶时朝黑眸冰冷，望着小超市老板：“杀了她，你也逃不出去。”

小超市老板原本平平无奇的脸，此时有些狰狞，剧烈的喘息更是泄露了他的情绪：“逃不出去也够本，临死了还能拉个漂亮姑娘垫背。”

叶时朝深吸一口气，黑眸里有明显的动摇：“好，你说得对。我们都冷静一下，做个交易。”

“什么交易？”小超市老板警惕地看着眼前这个貌似文弱的男人，“我警告你，别耍什么花样，不然小心你女朋友漂亮的脖子。”

叶时朝看着他，黑眸在一瞬间的波动之后，逐渐平静下来：“首先澄清一下，她不是我女朋友，我们只是为了蹲点假装情侣，我要找女朋友，也不找她这样野蛮的。”

小超市老板才不管这些，但辛宠听了立刻炸毛了，浑然忘记自己还被刀顶着，张嘴就朝他嚷嚷：“我哪里野蛮了？什么叫要找也不找我这样的？你给我说清楚，我对你还不够好吗？怎么就让你这么瞧不起？”

“并不是瞧不起你，只是说清楚咱俩的审美差距，我确实对你这种类型的女生不感兴趣。”叶时朝说。

辛宠快气死了：“你刚开始可不是这么说的？不是说好了试试吗？有你这么耍人

的吗？不道德你知不知道？我真是瞎了眼了，才看上你。”

“你瞎没瞎我不知道，反正我视力好着呢，所以才不可能跟你有什么发展……”

“叶时朝，你……”

小超市老板本来在逃亡中，精神高度紧张，被他俩吵得脑仁疼，气急败坏地冲两人吼：“闭嘴，都给我闭嘴。”

这一崩溃的吼声，使得他无意识地将刀挪开，对准了叶时朝。辛宠抓住机会，抓过他拿刀的手，一个利落的背摔，将他死死按在地上。

这时老邱远远赶了过来，看见辛宠露这一手，顿时惊呆了，两秒钟之后，赶紧过去按住挣扎中的小超市老板，并拷上了手铐，冲着林子里嚷：“二倪，大秦，抓到了。”说着推搡着小超市老板，去指认藏尸地。

“妈呀，吓死我了。”辛宠抹了抹一脑门的冷汗，拍拍胸口，“什么叫刀口舔血，我这回算是领教了。幸好我哥不在这儿，不然他非暴走不可。”

叶时朝终于卸下了眼中的平静，深深吐出一口气，拿出手绢给她擦额头的汗：“你是怎么明白我的意图的？”

“你看，我在你面前乖得像猫一样，你却当着我的面睁眼说瞎话，说我野蛮，不就是想吵架吗？你并不是喜欢吵架的人，这样挑衅肯定另有目的，我就姑且配合你一下。”辛宠捂着怦怦跳的心口，说话都带了一丝颤音，“谢天谢地，终于没误会你的意思，人在害怕的时候脑子真的会一片空白，我刚才真的傻了。”

叶时朝赞许地看着她：“你真的很聪明。”

辛宠被夸奖得翘起了小辫子：“还好还好，从小到大都是学霸而已。”自夸完，又想起面前这位的履历，顿时又出了一身冷汗，赶紧改口，“普通人中的学霸，跟你们这些跳着上学的不是一拨。”

叶时朝笑起来，用手帕给她擦了擦脖子上的汗珠子：“聪明得恰到好处。”

“这个夸奖还真别致。”辛宠看叶时朝的手帕，白色的棉布手帕，有些泛黄了，上面绣了一只蜜蜂，绣工十分精致，“手帕挺好看的。”

“我妈给我绣的，那阵子我特别喜欢蜜蜂。”叶时朝说着将手帕收进贴身的内兜里，“算是遗物吧。”

“有虫声”的标志也是一只蜜蜂，原来是为了纪念母亲。辛宠想着那个在琴房里挂着的美丽头颅，心中一阵窒息般的疼，赶紧转移了话题。

“估计老邱他们已经找到藏尸的地方了，我们快点去看看。”

用来藏尸的地方是个天然洞穴，洞穴地势偏低，有一半没入地下，从洞口弯腰走进去，下楼梯一样走下三阶石头铺成的台阶，里面别有洞天。

石头土坯天然形成的墙壁上怪石嶙峋，地上铺了油纸，放了不少似棺材又似家具打包盒的长木盒；另一边码着一些女人寿衣，都是大红色喜服样式的，也有婚纱，以及一些殡仪馆用的死人修复仪容的化妆品，看起来十分瘆人。

老邱推着小超市老板，正在问话："这是你们藏尸的地方吗？尸源都是从哪里来的？上家是谁？"

小超市老板灰白着一张脸，眼神依旧精明，狡辩道："什么藏尸的地方？警官你们别冤枉人，我就是卖卖寿衣，偶尔出去给死人化化妆。要非说犯法了，也就是私自用了景区的地方而已。"

没在这里看到尸体，就等于给了他狡辩的机会，老邱有些着急，叶时朝蹲下身来，用镊子小心地夹起一只被踩死的黑色的带翅虫放进样品盒中，对小超市老板说："扰墓覆葬甲，跟抛尸现场发现的同一个品种。这种食腐虫非常贪吃，腹中一定留有大量刚吞下的腐肉，到时候只要跟死者的DNA比对一下就知道，死者是不是曾经在这里待过。"

小超市老板的眼神也跟着灰败下来，心有不甘地瞪着叶时朝手中的死虫子："我就败在一只虫子上？"

老邱挠了挠光头，哈哈笑起来："不光你没想到，我也没想到，有朝一日，虫子也能帮我破案。叶博士，牛！"

41.

押着小超市老板回到警局，大良带着被铐上的卡车司机走进拘留室，交接完，就瘫在椅子上，大口大口灌水，好不容易喘匀一口气，赶紧起来，给帮着抓人的别队的支援一人发了一瓶水，又递烟："这帮人简直不要命，哥几个都辛苦了。"

道着谢将支援们送出门，回头又去跟老邱碰头，商量着如何审讯。

辛格不在，审讯由老邱主持，审了一个晚上，几个嫌疑人分开审讯，所有人都连轴转，老邱的眼袋大得都能砸到脚面了，大良一脸濒死的面色，终于审出了成果。

第二天，辛格和施寅赶了回来，参加专案组的会议，所有忙活了一夜的刑警们也都在宿舍补了一觉，再加上案情有了重大的突破，因此一个个脸上都神采奕奕，容光焕发。

因为还牵扯了卖尸团伙，老邱也出席了会议，他首先简单总结了下昨日的审讯结果：

“这伙人就是长期在全国流窜的卖女尸的团伙，主要是卖给那些有未婚男性死亡的家庭配阴婚，那个小超市和西峡山后山的山洞就是他们在本市的窝点，小超市老板，人称老包，是本市的联络人。

“据老包交代，十一月二日凌晨，伪装成卡车司机，实则负责往全国各地运尸的周某、赵某、林某、宋某，运来两具尸体，老包负责接应，然后送进山洞暂存，并且给尸体美容，穿上寿衣，等着买家来接货。”

老包的原话是这么说的：“女尸的价格不一样，越新鲜越值钱，这次来的两条货……两具尸体都烂了，味大不好放，本来我是不想接的，但是买家要得急，开价又爽快，我就勉强接了。谁知道其中一具尸体是个男的，大周、小赵他们就让我给化化妆糊弄过去，那我能干吗？”老包说到这里激动起来，“我们这行也讲究个诚信，我能干那阴损事？万一给人家个男尸让人家把喜事办了，新人给家里托梦哭怎么给我娶了个男老婆？哭完再上来作祟，那我们所有人都不好过。所以我坚决不能干，而且那男尸莫名其妙被挪了地方，我怕他不甘心再来害我，就想给他诵诵经，超度超度，早生极乐。西峡山这地界灵气比较重，我们选这块地方也是因为这个，就让大周把人背上山吸收吸收天地灵气、日月精华，第二天晚上再送下山，好好葬了，也算是个功德不是？谁知道第二天一早他就自己跳崖了！他死得一定很冤屈，所以才闹得这么厉害，警察同志，你们可得好好查一查。”

老邱描述完，会议室里一片安静，众人都一头黑线，不知道说什么好。

但也足以证明，老包和那帮卡车司机确实不是凶手。

“他们在哪里接的尸？”辛格问。

“叶博士说得没错，确实是三晋市。卖家信息他们自己也不清楚，他们这行规矩是见尸不言语，互不问来历，交易完老死不相往来。”老邱说。

“那就没错了。”辛格心情沉重，“我们昨天在三晋市公安的配合下查了当地失踪人口的报警档案，在档案里找到了死者，死者叫谢希，是市立博物馆的工作人员，报警的是他的妻子。”

施寅接过话来：“毒理报告出来了，死者死于一氧化碳中毒。右腿有接骨痕迹，但是伤口比较久远，应该是二十岁以前造成的，跟死亡原因无关。”

一直都眉头紧锁、没有说话的叶时朝，将平板电脑中的图像投映到白板上："施寅，你还记得你送到实验室的这枚石子吗？"

施寅点头："记得，在死者胃里发现的。"

"这不是石子，是一只钩纹皮蠹，如果这只皮蠹还活着的话，应该有两千多岁了。"

一石激起千层浪，会议室里响起一片倒吸冷气的声音。

"两千多岁……"辛宠第一个发问，"也就是汉朝？死者胃里怎么会有汉朝的虫子？"

"这就要靠你们去查了。"叶时朝看着辛格，"死者临死前将这只已经石化的皮蠹吞下肚中，到底是要传达什么讯息？"

辛格点头，面色凝重："放心，我们会好好调查的。老邱，什么时候能将卖掉的女尸追回来？"

"也就是这一两天了。"老邱说，"女尸的买家是找到了，但是已经跟那家的儿子合葬了，想挖出来，要跟村里的人好好沟通，不然不让挖，说是坏了他们村的风水。今天我再去村里一趟，跟那帮人沟通沟通，否则真演变成大型械斗事件，我可没法交差。"

活人可比死人可怕多了，会议室里其他人都对老邱投来同情的目光，辛格说："下午我跟你一起去吧，毕竟这个女尸也可能是我们这个案子的受害人。施寅也去，实在不行，也能用你家殡仪馆的名号压一压，毕竟那么迷信的人，最怕的就是死了没地方埋。"

施寅已经无法维持良好的教养了，连日来的奔波让他疲惫不堪："我不去，法医中心那么多法医，怎么老让我一个人出外勤？"

辛格看了他一眼，自动略过他的反抗，合上案件卷宗："散会。"

施寅咬牙："不要装失聪。"

辛格依旧不理他，拉着他往外走，大家也陆续起身收拾东西准备离开，就在这时，大良突然站了起来，挠着头叫了一声："辛宠……那个……等一下……"

辛宠本能地愣了一下，才想起来上一次会议时叶时朝帮她立下的那个赌约，如果查出来，抛尸者真不是杀人者，当初质疑她的刑警们要当面给她道歉。

"就上回……是我们不该质疑你。"大良倒是个汉子，愿赌服输，即便辛宠似乎忘了，他还是主动站了起来，"我代表大家给你道歉，以后我们好好配合，多抓几个坏蛋。”

辛宠笑起来，朝大良伸出一只手：“我接受了，以后合作愉快。”

自家妹子竟然征服了自己最得力的下属，辛格那叫一个与有荣焉，忍不住拍了拍手，缓和气氛：“大家都好好干，破了这个案子，我请大家吃大餐。”

“地点能随便选吗？”有新来的刑警嬉笑着问。

“没问题。”

“麦洛克烤肉？”

“行！”

“我觉得还是广丰路上新开的韩国料理好吃。”

“行。”

“干脆去九龙广场海鲜楼吧。”

“喂，这个狠了点吧？”

众人嬉笑着起哄，辛格只好豪气地拍了拍桌子：“好，就九龙广场，所以，这几天好好干！”

“好嘞。”大家吆喝着，一个个喜气洋洋、精神饱满地出去了。

42.

被配了阴婚下葬的女尸最终还是被起了出来，运到了法医中心，施寅忙活了一个下午，终于拖着累垮的身躯走出了解剖间。

“怎么样？”辛格上前来，殷勤地替他捏肩捶腿，为了早点拿到验尸报告，恨不得给他来个大保健，“先别管报告了，口述给我听。”

施寅靠在舒适的老板椅上，有气无力：“女，年龄二十五岁到三十岁之间，身高一米六三，推断死前体重不超过50kg，隆过胸。尸体重度腐烂，已经无法勘查有无外伤了，同事正在做毒理实验。死者做过低劣的遗体美容，已经面目全非了，想知道真容只能跟男死者一样，做遗容修复。等我缓缓……”

辛格继续给他捏肩：“那你快点缓。”

施寅的绅士风度再也绷不住，发了脾气，抬脚往辛格身上踢：“你是不是人？”

辛格灵巧地躲开他的脚，没脸没皮地笑：“有时候是，有时候不是，得看具体情况。比如，这会儿就不怎么是。”

施寅捂着脸哀号："要不是看在你这张跟辛宠七分像的脸的分上，我真想把你也解剖了。"

辛格哈哈笑，头一次觉得，自己沾妹妹的光了。

最终施寅还是将女尸的面部复原了，是一位面容娇媚的年轻女子，施寅还按照自行理解给她加了头发和衣服，烫着大卷身穿红裙的窈窕美女跃然纸上。

辛格看着如同照片一样的绘图，表情复杂："你是怎么知道死者发型的？"

"尸体虽然腐烂严重，但是头发还在，有劣质染烫剂烫染的痕迹，而且这位死者没有坠崖，衣物保存相对完整。哦，对了，男死者的衣物修复也出结果了，是某运动品牌的秋冬新款登山装，价格不便宜。对比起来女死者的衣服就廉价得多，网购这一套裙子不超过三百元吧。而且这个季节不可能穿着这么清凉的裙子待在室外，肯定穿了外套的，不过没找到外套。"

"谢希死时穿着登山装，是要去爬山？爬山就得有包……也不对，一氧化碳中毒必须要在室内啊。"辛格拧着眉左思右想，都没有理清头绪，干脆先去忙眼前的事。

他将死者的照片发给三晋市公安，让他们帮忙查一下是否是失踪人口，得到的消息是，死者并不在失踪人口档案库里，也就是说死者失踪两个多月来，没人报警。

而且无名女尸死亡原因跟谢希一样，都是死于一氧化碳中毒。

"两名死者都死于一氧化碳中毒，那会不会是殉情？"新一波的案情通报会上，大良大胆猜测。

另一名刑警也大胆发言："死者有妻子，如果跟这名女子有关系，那么就是婚内出轨，她的妻子有充分的杀人动机。"

"死者妻子说死者失踪当晚她带孩子回娘家了，因为孩子闹，她一直顾着哄孩子，也没跟死者通过电话，不知道死者失踪前都干了什么。"辛格凝着眉，一下下敲着桌子，"要破案还是得去三晋市。我去跟领导汇报下，申请跨市联合办案。"

最终被派往三晋市的是辛格、施寅和辛宠。施寅过去主要是那边的法医对他面容修复的精确程度叹为观止，想请他过去交流下经验，而叶时朝是主动申请跟过去的，他一定要搞清楚那只两千年前的皮囊是怎么回事。

辛宠临走前去了趟律所，将自己之前跟的案子做了个收尾，正哼着歌整理桌子的时候，白亭年敲门进来了，手里抱了一大堆卷宗，清秀的脸上满是哀怨。

"学姐，你的样子看上去不像是要去查案，反而像是要去度假，真让人羡慕。"

辛宠起身拍拍他的肩膀，笑眯眯地道："学姐会给你带礼物的。三晋博物馆的周边怎么样？你貌似也好那一口。”

“我也想去玩好吗？我也想放假好吗？”白亭年一脸不高兴，“我要仕女喵那套瓷偶。”

辛宠点头，末了又鼓励白亭年：“小白啊，我是去工作，不是去玩。别怪学姐说你，年轻人就要多努力，不努力怎么拥抱明天？”

白亭年没理她，翻着白眼出去了，用身体和表情实力演绎如何拒绝毒鸡汤。

辛宠却很愉快，继续哼着歌收拾她的桌子。

到了三晋市，辛格和大良要去跟这边的负责人开个碰头会，叶时朝想去博物馆看一看，辛格哪里放心他一个人去，就让辛宠陪着他，辛宠求之不得，一脸的迫不及待，让辛格忍不住暗自感叹，妹大不中留。

43.

三晋市是文化古都，历届的古玩展都在这里召开，这里也是地下古玩交易最为活跃的一个城市，古香古色的城市氛围之下波涛暗涌。

市立博物馆就在市政府旁边，极佳的地段，进门便是一面巨大的石刻墙壁，上面刻着古代文人的诗句，无论从书法造诣还是雕刻手法上来看都堪称一流。据说这块石刻是博物馆开馆时，第一任馆长用了整整三个月的时间亲手雕刻出来的，对博物馆来说具有非凡的意义，因此被摆在了进门的位置。

因为已经提前联系过了，叶时朝和辛宠被直接带进馆长办公室。

馆长今年五十多岁，是位精神矍铄的老者，同时又是国内外著名的书法家。辛宠上学的时候被周玲玲带着临摹过老先生的字帖，对于这次见面十分向往，因此难免兴奋了点，握着馆长的手连连表白：“曲馆长，您的《关山帖》真的是太经典了，我上学的时候临摹过一段时间，临摹完之后感觉整个人又离书法家的道路更近了一步。”

“感谢厚爱，我这里有《关山帖》的复印本，不嫌弃的话，离开时，可以送你一本。”曲老和蔼地说。

辛宠高兴得双眼发红：“好好好，那个……能不能请曲老顺便签个名？我好回去跟同学吹吹牛。”

曲老笑：“当然。”

结果叶时朝跟曲老根本没握上手，不过曲老倒是听说过叶时朝的名字：“某网站评选的年度十大杰出人物颁奖礼上耳闻过大名，只不过没有机会见面，能以这种形式见面也算是种缘分。”

叶时朝颔首微笑。

他当然也知道曲老的大名，但是那次颁奖礼上确实没注意，事实上他在那种场合是十分难受的，因此能放空就放空，别人都以为他是高冷，事实上……他还真是高冷。

坚决认为四处寒暄递名片这种行为不仅毫无意义，且浪费时间，这也是他虽然出名，却没什么朋友的主要原因。

不过也多亏了他没朋友、没应酬，才能够将所有时间都放在实验室里，否则那些足以造福人类、涵盖许多领域的仿昆虫发明根本就不会出现。

寒暄到此结束，叶时朝单刀直入：“曲老跟死者谢希熟吗？”

“当然熟。谢希是我们馆的优秀员工，在古玩字画的鉴定以及文物修复上都有颇高的造诣，人也沉稳，性子安静，十分适合这份工作。”曲老惋惜地叹气，“他的遭遇是我们馆的损失。”

叶时朝继续问：“他在馆里跟谁比较亲近？”

“他跟一起修复文物的小钱关系比较好，知道你们会问这些，我早就知会过小钱了，你们去文物修复部，他会接待你们。小谢的事情，他比我要了解。”曲老说。

告别曲老，一位工作人员带他们去文物修复部。

文物修复部在单独的一栋楼，地方很大，分成许多个工作室，织物、瓷器、字画……走进去犹如进入了另外一个时空。

小钱在青铜器修复工作室，左手边第一个房间。

辛宠走进工作室时第一个感觉是静；第二个感觉便是这里的人对手中文物极为尊敬与痴迷，他们工作十分专注，走进去站了足足五分钟，没有一个人发现有人进来了。

直到一位正在修复一个青铜制铃铛的姑娘完成了工作，起身伸懒腰，才看到辛宠和叶时朝，吓了一跳，忙问：“你们找谁？”

与姑娘面对面坐着，正在仔细清理青铜钟上锈迹的年轻男人抬起头来，看到辛宠和叶时朝先是皱了下眉，随即拉下口罩：“你们是公安派来查谢希案子的？”

辛宠点了点头，亮了亮自己的证件：“我是辛宠，这位是叶博士，有些问题想问问你。”

小钱摘下口罩，一张颇有几分帅气的脸露了出来，他站了起来，用白布盖上自己正在修复的铜钟，指了指外面：“我们出去说。”

小钱将他们带到走廊尽头的茶水间，里面有自动贩卖机，他给自己买了一瓶咖啡，神情郁郁道：“说真的，我到现在都无法相信谢希已经死了。明明两个月前，我们还在讨论放假的时候一起去西藏。”

辛宠不知道该如何安慰他，干脆直接问：“谢希失踪之前有没有什么跟平时不一样的地方？”

“没有，他一直都那样，不太说话，埋头干活，上班下班。你也知道干我们这行的收入本来就不高，还要养家糊口，根本没有什么闲钱去娱乐。”小钱说完叹了口气，将咖啡一口气喝掉半瓶，突然皱起眉头，“要非说不一样，就是他老婆给他买了一套登山装，本季的最新款，两千多呢。平时他老婆哪里会舍得在他身上花这么多钱，宁愿自己多买点护肤品。”

听他这么说，谢希的老婆平日应该是个很精致且自私的女人，辛宠点点头，正想问别的，叶时朝突然盯着小钱问：“谢希嫖妓吗？”

小钱像被吓到了一样，蹬大眼睛：“你胡说什么？谢希这人就是个忠犬，追他老婆追了十年，终于娶回家了，简直就像供祖宗一样供着，工资全交，家务全包，对他老婆简直百依百顺，怎么可能会去嫖妓？而且他老婆真的很漂亮，谢希也看不上外面的女人。”

叶时朝点头，没有继续问下去，小钱被他这个问题问得有点恼了，皱着眉灌下了另一半咖啡。

辛宠明白叶时朝为什么这么问，跟谢希一同遇害的无名女尸，穿着廉价暴露，做过隆胸，失踪一个半月都无人报警，足够让人怀疑她是游走在社会边缘的性工作者。

叶时朝的问法虽然简单粗暴，但是也得到了他们想要的答案，为了缓和气氛，辛宠换了个话题：“能带我们去看看谢希的工作间吗？”

小钱将空掉的咖啡罐子扔进垃圾桶里，又买了一瓶新的咖啡，白了叶时朝一眼，对辛宠说：“走吧。”

叶时朝在他转身的时候注意到，他的鞋子很特别，后跟很深，裤脚盖着的地方似乎另有玄机。这种男士隐形增高鞋，倒也不少见，要是扣除那一部分高度，这个小钱，真实身高应该不会超过一米七。

44.

谢希负责字画修复，字画修复工作室就在二楼，推开门里面靠墙一排架子，架子隔层写着待修复的字画编号。工作室正中间有一张长条形的大桌子，桌子上铺满了工具，角落里则是面对面的两张办公桌，里面没有人。

小钱说："书画室本来有两个人，谢希和孙新民。孙新民半年前辞职了，只剩谢希自己。馆长一直在招人，也陆续来了几个，但是没一个干满三天的。"

辛宠走进工作室，仔细看谢希的工作台和办公桌，叶时朝与小钱面对面站在门口，小钱似乎不太喜欢叶时朝，一直躲避着，不与他有任何眼神接触。

叶时朝没话找话，指着他的手表："手表不错，这个牌子挺贵的吧？"

小钱表情僵硬，拉了拉外套袖子，将手表盖上："假的，不值钱。"

叶时朝："外套也新潮，有女朋友吗？"

"有啊，犯法吗？"小钱没好气地看他。

"不犯法。"叶时朝摇了摇头，目光移向一边，过了一会儿又移了回来，从手机中找出钩纹皮蠹化石的照片，问："认得这个吗？"

"什么？石子？虫子？"小钱皱眉，扭开头，"没见过，不认得。"

"哦。"叶时朝收回手机再没说话。

两人离开文物修复部，辛宠叹了口气："这个谢希的办公桌就跟他的人一样，整洁、死板，还有些无趣。你相信吗？这个年代的人办公桌上竟然一个跟工作无关的摆件都没有，充电器、充电宝也一个没有，电脑里更是干净得吓人，除了与文物相关的文件和档案，一个游戏都没有，连斗地主都没装。"

"那小钱似乎跟他不太一样，喜欢喝咖啡，戴时髦昂贵的手表，衣服也是今年流行的款式。"叶时朝说着朝辛宠看了一眼，"再去别的地方走走。"

今天是工作日，但是博物馆里人流依旧很多，辛宠是理解的，毕竟这里可是发现了好几处重要古代墓葬的三晋市，喜好文化氛围的人都对这座博物馆心向往之。

若不是要查案，辛宠也很想在博物馆里好好逛逛，毕竟旁边陪着的是叶时朝，在人群里挤一挤，挤完一起出去吃个烤肉，也算是约一个具有人文气息的会，他应该会喜欢。

这么想着，抬头去看叶时朝，果然他在往展厅方向看，显然是很想进去，黑眸中有些许挣扎，最终还是放弃了："走吧，去人事部看看。"

在人事部，两人看了下小钱和谢希的资料，两人竟然是发小，小时候住在一个胡同里，家境也差不多，父母都是工厂的工人，而且看工资，小钱确实消费不起他那一套行头。

再回文物修复部门，小钱正在抽烟区抽烟，看见两人折了回来，露出了一丝惊慌，掐灭烟头，不耐烦道："还有什么问题要问吗？知道的我可都说了。"

叶时朝："你嫖妓？"

小钱眼中的惊慌更明显了，提高声音："你再胡说我可就不客气了。"

"黑眼圈严重，眼中有红血丝，大量喝咖啡，抽烟时手轻微抖动，都是严重缺少睡眠的表现。"叶时朝说，"但根据人事部的出勤记录，你每天五点准时下班。"

"我……我打游戏不行吗？"小钱嘴硬。

辛宠拉过小钱的手："我哥也打游戏，他的手指尖上都是茧子，你这种熬夜玩的通常都是资深玩家，手指上却没有茧子，真是怪了。戴着手套打的游戏？"

叶时朝问："你自己说还是让我们继续查？这些事情都不难查。"

小钱终于绷不住了，颓然坐在地上。

小钱说："我在外面搞了个兼职，给那些古玩店的老板掌眼，也就是帮着鉴定他们收上来的货是真是假。货有的来路正，有的来路没那么正，所以每次接活儿都是晚上。"

叶时朝："你介绍活儿给谢希了？"

小钱脸上露出复杂的表情，又愧疚又义愤填膺："谢希娶的那哪是老婆？简直就是祖宗。谢希家里条件虽然一般，但也好歹买了房子，她老婆又嫌房子不够大，地段不够好，跟她小姐妹的老公没法比。谢希工资虽然不高，但是每个月都如数上交，自己就留几百块零花钱，她老婆还不满足，每次发工资都数落谢希不求上进，这么多年来工资都涨不上去，还不如街上卖煎饼果子的。谢希每次苦闷了都找我喝酒，喝多了就只会骂自己没用，让老婆在小姐妹面前抬不起头来。我简直……气死了。你们说那女的是不是有病？这么看不上谢希当初为什么还嫁？就干脆地拒绝，去找个有钱人，放谢希一条生路不好吗？"

小钱越说越生气，忍不住又点了根烟："我实在受不了谢希每天那副丧气样，就介绍了活儿给他，让他赚钱去讨好家里的婆娘。谢希专业水准很高，眼睛毒，一看一个准，那些老板都喜欢他，他拿钱回家，婆娘大概是高兴了，才破天荒地给他买了套两千多的登山装。两千多的登山装！谢希那天高兴坏了，穿着新衣服就来给我显摆。你知道吗？谢希自从认识那个女的之后，就没笑得这么开心过。我以为我是帮他，直到那个周一，他老婆带着孩子来找我，说谢希周末一直都没回家，留在家里的饭菜也没吃，问我知不知道他的下落。我以为他是跟着哪个老板去接货了，就没在意，私底下问了几个老板，都说最近没见过谢希，我才有些慌了。要知道，我们干的本来就不是能摆在明面上的活，要是遇见亡命之徒，干完活儿灭口也不稀罕……”

“你一开始为什么不对我们说？”辛宠皱眉。

小钱捂住脸，流下泪来：“活儿是我介绍的，我怕担责任，我还年轻，还没结婚，不能去坐牢。”

辛宠与叶时朝对视一眼，一起叹了口气，没再继续问下去。

小钱将谢希合作过的所有古董商的名字都列了出来，交给辛宠，满怀愧疚道：“这些是我知道的，也许还有不知道的，这行圈子不大，都是一个介绍一个，保不准有的老板觉得谢希老实可靠，介绍给了其他朋友。警察同志，你们一定要好好查查。我最近都睡不着觉，老是梦见谢希来找我。”

45.

离开博物馆，辛宠将名单拍下来，发给辛格，详细说了下从小钱口中问到的情况。

电话那头糟乱不堪，辛格气喘吁吁：“真是个重大发现。”

“你干吗呢？怎么听着这么乱？”辛宠奇怪地问。

辛格气急败坏：“能不乱吗？施寅又被打了，被一群女人，我拉都没法拉……住手，都给我住手！你们这是袭警知不知道？再不住手，全部抓起来……”

随着辛格的吼声，电话挂断了。辛宠看着手机，一脸蒙：“施寅又被打了？他到底是什么倒霉体质？”

“不是倒霉体质，是知道的太多了。”叶时朝耸肩，“上学的时候，他当众说出班上的某个女生变美是因为整容，而不是纯靠减肥，也被打过。不知道这一次，他又说了什么别人不愿意接受的实话。”

“啊？”辛宠惊奇，“那施寅家没去挖那女生家祖坟？”

“施寅怎么可能对家里说？”叶时朝似乎无法理解，“在他眼里，女人做错什么都应该被原谅，捅他一刀姿态也是可爱的。”

“哦。”辛宠表情十分复杂，施寅这人，还真是一位奇怪的绅士。

跟辛格和施寅会合，是在医院里，医生正在给施寅处理伤口。

伤口主要集中在手、脖颈和脸上等露出来的部位，大多数都是长指甲刮出来的。他顶着蓬乱的头发和一脸的伤，坐在椅子上，眼神生无可恋，表情又满是气急败坏，辛格在一旁扇风、捏肩，鞍前马后，那幅画面看着真是既可怜又有喜感。

辛宠强忍着笑，走上前去，关心地问：“怎么回事？”

叶时朝碰了碰他脸上的血口子，疼得施寅“嘶”了一声，辛格赶紧将叶时朝的手挪开：“叶博士别碰，万一留疤了，被施伯母看出来……”

后面的话他没说出来，但是大家都懂……

叶时朝：“又揭穿某个女人整容了？”

施寅抬起眼皮：“并没有，虽然真的有一位美女，大龄美女，削了下颚骨，垫了鼻梁，但是我忍住了，没说。”

辛格接过话去：“他就说叶丽丽的孩子不是谢希的，叶丽丽就是谢希的妻子。”

辛格和施寅到谢希家找叶丽丽了解情况，就听邻居说，叶丽丽带着孩子在小区广场晒太阳。叶丽丽十分好找，整个广场最窈窕美丽的女人就是她。她面容姣美，身材也似没有生过孩子一样纤细，因为老公遇害，穿了一身黑，垂着头不与人说话，更显得娇弱无助，惹人怜爱。

辛格走过去，又问了一遍谢希失踪前的状况，正问着，叶丽丽三岁的女儿从旁边跑过来，抱住叶丽丽的腿撒娇。站在辛格旁边的施寅看着那个小女孩，低声对辛格说：“这不是她和谢希的孩子。问她孩子的父亲是谁？”

广场上带孩子玩的妈妈和奶奶们，本就八卦，都竖着耳朵听这边的动静呢，施寅尽管声音很小，但还是被旁边一个抱着孩子的奶奶听见了，惊呼道：“夭寿啦，金金不是小谢的娃？你这人怎么乱说啦？丽丽，他这是败坏你名声，你要让他把话说清楚。”

本来没人听到，但是这位奶奶这么一喊，半个广场的人都听到了，然后迅速都围了过来，围着叶丽丽指指点点。

叶丽丽脸白如纸，下意识地抱紧了金金，抖着声音说：“你瞎说什么？金金就是我和谢希的孩子。”小金金也被眼前的情形吓到了，直往妈妈怀里缩。

辛格也很意外，问施寅：“有依据吗？”

施寅正想从遗传学、人类学角度分析金金与谢希的极大不同时，人群外突然冲出来一个花枝招展的大妈，揪着施寅就打，边打边嚷："就是你一张嘴就喷粪是不是？老姐妹几个，来，帮我撕了他的嘴……"

接着一群花枝招展的大妈冲过来，围着施寅拉扯抓挠，才造成眼前施寅身上如此触目惊心的血道道。

为首的大妈是叶丽丽的妈妈，人称叶三小姐，因为舞跳得特别好，在这一片相当有名气，那一帮子帮忙殴打施寅的大妈都是她广场舞队的追随者。

此时叶丽丽带着小金金和叶三小姐就等在医院的走廊上。叶丽丽担心叶三小姐打了警察会惹上官司，一脸担忧，叶三小姐却死猪不怕开水烫："让他们来抓我好了，谁让他们胡说八道？"

但当辛格带着处理完伤口的施寅走出来的时候，叶三小姐却又害怕了，迅速躲到了叶丽丽背后："我不知道你们是警察呀，知道了就不敢这么打了是不是？你看你们也没穿个警服，长得嘛，又跟明星一样，漂漂亮亮，难怪人民群众会误解。"

辛格看施寅，问："你打算怎么处理？"

施寅却只看着小金金："带她去验 DNA，看看我到底有没有胡说八道。"

"警察同志，你怎么还这么说？小金金怎么不是谢希的孩子啦？孩子可是我看着生出来的？是不是啦丽丽……"叶三小姐推了叶丽丽一把，叶丽丽才惊醒一般，护住小金金："无缘无故地，我是不会让孩子去验 DNA 的。"

"那我们从科学方面分析一下。"施寅走过去，在小金金面前蹲下身来，"小金金的下颚骨略宽，蝴蝶骨……"

施寅的话没说完，辛宠就听不下去了，走过去扯了扯小金金："想喝奶茶吗？姐姐带你去买好不好？"

小金金应该很喜欢喝奶茶，也应该很少喝，有可能是妈妈管得严。辛宠刚才观察到，有个男孩端着奶茶从她身边经过时，她的眼睛就一直盯着奶茶，喉咙里有吞咽动作。

对于这个提议小金金虽然动心，但是却不敢，有点担心地看了妈妈一眼。

辛宠是想将小金金带走，不让她听到关于她身世的疑问。叶丽丽当然明白她的意思，便点了点头，低声说："谢谢。"

辛宠就牵着小金金的手走出医院，刚走到医院门口的奶茶店，一转头看见叶时朝跟了出来。

“我也想喝奶茶。”叶时朝十分认真地说。

辛宠不置可否，抬起另一只手，笑得一脸狡黠：“那要不要姐姐也牵着你？”

本以为叶时朝不会理会她的玩笑，却没想到他竟然真的握住了她的手。

明媚的阳光洒在马路上，将奶茶店的招牌映出金灿灿的光，连带着他俊美的侧颜都是柔金色的。辛宠手心发热，一阵恍惚，宛如突然走进了梦里。

46.

“怎么了？想反悔？”见辛宠不动，叶时朝捏了捏她的手心，将她从梦中拉了出来。

小金金也似乎等得不耐烦了，晃了晃她的胳膊，软绵绵地催促道：“姐姐，你快点，出来太久妈妈会担心的。”

“哦哦，走……”辛宠如梦初醒，红着脸低头对小金金笑了笑，牵着一大一小走进了奶茶店。

坐在奶茶店软包的咖色椅子上，小金金如愿以偿地喝到了奶茶，开心得眼睛眯了起来，讨好地对辛宠说：“姐姐，你真好看，跟我妈妈一样好看。这位叔叔也好看，跟欧阳叔叔一样好看。”

“叫我姐姐，叫你叔叔呢。”比叶时朝还大两岁的辛宠得意地撞了下叶时朝的肩膀。

明明说要来喝奶茶，却点了一杯咖啡的男人，略一抬眸：“那你岂不是也要叫我叔叔？”

辛宠咬牙不想理他了。

叶时朝端起咖啡杯，喝了一口又放下：“欧阳叔叔也经常带你来喝奶茶吗？”

小金金点头：“经常。只有欧阳叔叔在的时候，妈妈才允许我喝奶茶。我喜欢欧阳叔叔，虽然最近……嗯，最近不太喜欢他了。”

“为什么？他变小气不肯请你喝奶茶了吗？”辛宠故意逗她。

小金金嘟嘴，摇摇头：“不是……就是……我不能说，妈妈不让我说。”

“可是姐姐是警察。”辛宠拿出证件在她面前晃了晃，“小朋友是不可以对警察撒谎的。”

小金金明显被吓到了，放下奶茶杯，皱着眉想了一会儿才小声说：“那姐姐你别告诉妈妈，否则她会生气的。就是……就是……欧阳叔叔问我能不能不要爸爸了，搬去跟他一起住，他说妈妈也会一起去，可我不想去，我和妈妈走了，爸爸怎么办？我喜欢爸爸。”

听到这里，辛宠警觉地皱起眉头，看了叶时朝一眼。叶时朝却是一脸平静，慢慢拿出手机，找出那张两千年前的皮囊的照片给小金金看：“你见过这个吗？”

“这是什么？”小金金歪了歪头，“小石子吗？我不喜欢小石子，我喜欢大恐龙。”

等小金金喝完奶茶，辛宠就带着她和叶时朝回到医院。走廊长凳上，叶丽丽正在哭，叶三小姐一脸焦急地在旁边追问：“刚才说的是不是真的？你说话呀，急死人了。而且有什么可哭的？跟着谁都比跟着那个不争气的穷小子强，而且咱还有孩子在手上，做个亲子鉴定，不怕他不认账。”

听这口气，似乎叶丽丽已经认了孩子不是谢希的，而且叶三小姐急着拿外孙女去换钱呢。

叶丽丽被问急了，推开她妈吼了起来：“你能不能少说两句？别在这儿添乱了？”

“我这怎么能是添乱呢？我这也是为你好。你说你当初要嫁给谢希我就不同意，他一个月就那点工资，能够干什么的？我把你养这么大，养得漂漂亮亮的，碗都不让你刷一下，生怕糙了手不好看了，不就是为了让你找个有钱的，妈后半辈子有个依靠吗？你爸死得早，我一个人含辛茹苦把你养大，容易吗？说你两句，你还吼我……”叶三小姐说着说着就抹眼泪，叶丽丽崩溃地捂着脸坐在长凳上哭，小金金也被眼前的情形吓坏了，抱着叶丽丽哭起来，不停地问：“妈妈，妈妈，你是不是生气我去喝奶茶了？我再也不喝奶茶了，妈妈你别生气。”

叶丽丽抱紧小金金，哭得更厉害了。

这边一家人哭成一团，叶时朝、辛格、施寅三个男人顿时无措起来，辛格推了辛宠一把，头疼道：“交给你了，我出去透透气，这辈子最见不得女人哭，还一次三个，老中小三代齐了，受不了受不了。”

辛宠也不知道该怎么办啊，可眼下的情况似乎非她不可，毕竟身后这三个男人，哪个都不是能应付这种事的人，骑虎难下，她只好边冲辛格咬牙，边走过去安慰几个痛哭的女人，而三个男人则早已逃之夭夭。

劝得口干舌燥，叶丽丽才终于不哭了，抬起头抓住辛宠的手，一双美目水光潋滟，十分惹人怜爱，辛宠一个女人看着都心动。

“我知道，你们觉得我嫌疑很大，但是请相信我，我真的没杀谢希，夫妻几年，我们是有感情的，要不然早就带着小金金远走高飞了，怎么还会留到今天？而且谢希知道小金金……但是他说没关系，只要以后我们一家三口好好过日子就行，我很感谢他，所以跟欧阳提出了分手，跟他说，小金金以后只有谢希一个爸爸，让他不要再来找我们了，他自己也同意了。不信你们可以去问他。”

叶三小姐立刻抓到了重点：“欧阳？你说的欧阳，是不是你结婚前处的男朋友？那个家里搞古董生意的欧阳？”

叶丽丽点点头。

叶三小姐抹了抹眼泪，一把拉着叶丽丽的手：“孩子，你别傻，欧阳在咱们市可是数一数二的有钱人，多少女人想给他家生孩子都没机会呢，咱们手上现成有一个，怎么能说分手就分手了呢？谢希反正都已经没了……听妈的话，咱去找那欧阳……”

“妈，欧阳已经结婚了！”叶丽丽崩溃地甩开叶三小姐的手，“不分手还能怎么样？”

叶三小姐被甩开，顿时来了气：“结婚怎么了？你不也结过婚吗？而且还丧偶呢。再怎么说人家也是小金金的爸爸。而且，他那老婆有你漂亮吗？你使使劲没准就上去了……”

叶丽丽似乎是受够了，咬着牙，抱起小金金冲出医院。

辛宠白了叶三小姐一眼，也忙跟了上去。叶丽丽紧紧地抱着小金金，走得飞快，辛宠喊了她一声，她才停下来，回头望着辛宠，一双美目泛着水光，美到妖异。

这个女人真的有让男人为她疯狂的资本。她当初怎么会答应嫁给谢希呢？只因为他对她的痴迷吗？

辛宠恍惚了一下，才定下神来，走过去拍了拍小金金的头，问叶丽丽：“回家吗？”

叶丽丽眸光流转，眼泪眼见着又下来了：“谢希的东西都还在家里，我哪里都不想去，只想好好陪陪他。”

辛宠也不知道怎么安慰她，就点了点头：“我帮你打车。”

叶丽丽含泪道谢，又问：“我什么时候能拿回谢希的遗体？我想让他早点入土为安。”

一般情况下，刑事案件的尸体只要查明死因，或者尸体已经无法再对案件提供线索，家属就可以领回，辛宠也接受过这方面的代理。但是这一次涉及跨省办案，案情又比较复杂，她这个前刑事律师也说不准，只能含糊其辞道：“你可以先向市局申请，具体什么时候能领回看这边怎么回复，可能过程会比较复杂，你要是不太懂，就委托律师处理。”

叶丽丽点头，目光柔柔地望着辛宠：“你懂的真多。”

“做过几年的刑事律师。”辛宠笑了笑，竟有些不好意思。

“真是厉害。好羡慕你们读书多的人，我只读到高中就不读了，我妈说女孩子读书没有用。”叶丽丽的眼神开始变得有些崇拜了。

辛宠被那双美目中透露出来的崇拜熏陶得有些飘飘然，挠了挠头：“也没什么好的，无论是律师还是警察都是男权社会，女性在其中非常辛苦。”

“就是因为这样，才更加证明你很厉害。”叶丽丽说着，摸了摸小金金的头，对小金金嘱咐，“金金以后要好好读书，长大了做一个像这位警察阿姨一样厉害的女人。不要像妈妈一样，就算出去工作，也只能做一些卖体力的工作。”

小金金使劲点头，天真地冲着辛宠笑：“我也觉得阿姨厉害。”

金雕玉琢般的小人对自己笑，谁能抵抗得了这种魔力？辛宠心都化了，捏了捏小金金的脸：“小金金长大了一定比阿姨更棒。”

又说了一会儿话，跟小金金玩了一会儿，辛宠才拦了一辆出租车，将母女两人送上车，一直目送着她们离开。

望着出租车远去，冷风吹在她脸上，她才一个激灵清醒过来，就这么短短的几分钟，她都要被这对母女迷住了。

人类对于美丽事物的本能追求真是太可怕了，这对尤物，就算是她这个女人也想要养活她们、为她们当牛做马了，更何况是男人。

所以，她到底为什么会不顾母亲的反对，坚持嫁给如此平庸的谢希呢？

47.

找到三个男人的时候，三个人正坐在医院院子的长凳上晒太阳，顺带着分析案情。

辛格说：“这个案子的几个相关人员嫌疑都很大，叶丽丽有外遇，甚至连孩子都不是自己老公的；叶三小姐看不上死者，心心念念女儿给她换个有钱的女婿；那个小钱，他背着博物馆干黑活，有把柄在死者手上；还有那个情夫……”

“欧阳。”叶时朝接过话来，“辛宠问出来的。”这么说时，竟是一脸与有荣焉。

辛格看他一眼，暧昧地笑起来：“我妹很棒是不是？对小孩也有一套。以后你俩要是有了孩子，一定很好看，而且聪明得吓人。”

听到这样的打趣，叶时朝竟然没有反驳，只是望着远方，微微笑了一下。

施寅不甘心地哼哼：“我还是坚持认为我与辛小姐生出来的孩子才是最完美的。”

辛格推了他一下，一脸嫌弃：“去去去，别瞎掺和，你就不是我妹的菜。”

话题离案子越来越远，眼见着偏到了不可控的地方去了，辛宠却听得美滋滋的，走上前来，坐在叶时朝旁边，提醒他们三个：“还有虫子。那只被谢希吞到肚子里的钩纹皮蠹，查清楚它的来历，也许就能找到谢希的死因了。当然，还有女死者，一定要尽快查出她的身份。”

叶时朝侧头看她，被太阳映成琥珀色的瞳孔里映着她的身影，灵秀俏丽，他看了她一会儿，突然扭头朝施寅说：“对，你不是她的菜，以后别掺和了。”

被所有人判出局的施寅只能耸耸肩，在心里惋惜他那没机会来到人间的完美孩子。

叶时朝的警告算是间接同意了辛宠的说法，或者说这就是他心里所想，也提醒辛格眼前困难重重。辛格明显没了晒太阳的心情，拍了拍大腿，站了起来。

“辛宠，你就跟着叶博士一起查那个什么皮蠹。我和施寅去和三晋市公安的人会合，去跟别的线。”说着又想起什么似的，补了一句，“对了，三晋公安来电话了，谢希曾经联系过的古董商已经全部找到，都带去局里问话了，我这就赶过去问问情况。”说着拉施寅的胳膊，“走吧。”

施寅不情不愿地站起来：“跟着你总觉得不太靠谱，我还是去三晋市的法医中心给他们讲尸体面部修复的课吧。”

辛格大大咧咧地搭他的肩膀：“那也顺路，同去同去。而且这次真不能怪我没保护你，那群大妈战斗力太强了，我作为人民警察又不能动粗，你得理解理解我。”

“伤口疼，理解不了。”

两人说着话走远了，阳光下，两个勾肩搭背的背影，看起来十分和谐。

叶时朝就在这个时候毫无预兆地握住了辛宠的手，辛宠心里抖了一下，又想到他刚才警告施寅的那句话，心里顿时似被蜜糖塞满了，羞涩地低下头，等着他说什么。

叶时朝说：“把你身上所有的钱都给我。”

辛宠一脸蒙，想了半天也没想明白，钱跟牵手有什么关系？但还是开始掏钱包，将里面仅有的几张百元大钞全部给了他：“现在出门都刷手机，现金就这么多。”

叶时朝看着那几张纸币，显然十分不满意：“带卡了吗？全部取出来给我。”

辛宠要吓死了，她带了零花钱的卡，里面有十几万呢。难道跟他牵个手这么贵吗？那以后要是接吻，她还不得破产？

“带了就全取给我，我要去买东西。”叶时朝放开她的手，将那几张薄薄的纸币还给她，“当鱼饵，十几万大概就够了。”

辛宠心里一哆嗦，颤巍巍地将卡交了出去，有种婚后上交工资的悲壮感。

叶时朝接过卡，笑了起来：“这么简单就给我了？”

“我刚好有嘛。”辛宠十分诚实地表达自己的爱情观。她这人十分昏庸，一旦喜欢上一个人，就愿意为他付出一切，钱算什么呢？只要他要，只要她有！

“傻子！”叶时朝眸中有星光，“刚才韩梅梅给我打了电话，皮囊周身分离出来的土质出报告了，也跟地质学家讨论过，已经得出了一个大概的范围，就是三晋市的越王镇。我们先去探探路。”

“所以你是想买古董？”辛宠听出了端倪，“谢希临死前将那只皮囊吞下去，肯定是想告诉我们什么。两千多年的虫子，在什么地方能够保存得那么完好？当然是古墓。提到古墓，就不得不让人想起盗墓贼和古董。”

“所以我们两个外地人，带着钱出现在有可能有盗挖的古董的地方，肯定能引出一些牛鬼蛇神。”叶时朝继续说，“我还不太习惯手机支付，出来的时候也没有带卡，只能先用你的，放心，有损失我会双倍还给你。”

“不用不用。”辛宠摆手，站起身来，撸了撸袖子，心里滴着血，嘴上却在充大方，“这就是我的零花钱，没了就没了。”

叶时朝什么都没说，晃着卡笑：“那走吧，体会一下拎着钱走在路上的感觉。”

还有被一群暗处的狼，当成肉靶子的感觉。

不知道为什么，辛宠竟然一点也不害怕，反而觉得十分刺激。

48.

十几万看起来并不多，没想到提着却还挺重的，辛宠的包根本放不下，为了装钱，不得不去超市临时买了个购物袋。

购物袋大了点，顿时觉得钱太少了，叶时朝就去买了冥币……真假混在一起，一袋子，沉甸甸的，提在手上，十分刺眼。叶时朝还去买了件花衬衣，又给辛宠买了条假的金链子。

为了破案如此牺牲形象，还是第一回，辛宠本来十分抵触假金链子，但是看着叶时朝从更衣室中走出来，顿时失去了言语，立刻将金链子挂到脖子上。

都说人靠衣装，但放在叶时朝身上却是个例外。他穿着从头花到尾的衬衫，一点也不土气，衬衫半敞着，头发全部梳到背后，清冷俊美的脸反而更加冷峭了，而露在外面的雪白脖子和锁骨却又带着致命的性感，两种矛盾的气质融合得太完美了，以至于辛宠冒出一个大胆的想法，想把他的衬衣撕开。

叶时朝哪里读得懂辛宠内心大胆又猥琐的想法，就是觉得她的眼神很火热，让他有点燥热，拨了拨头发，问："难看吗？"

辛宠拨浪鼓式地摇头："不难看，不难看。"

"那不行啊。"叶时朝苦恼，"要难看一些。"说着又将扣子往下解了一个。

辛宠鼻子一热，感觉自己要喷鼻血了。

开着租来的车，来到越王镇，刚进入地界就不断地有人来拦车，敲着窗户神秘兮兮地问："老板，要货吗？先秦明清的都有。"

辛宠四处看了看，发现但凡往这边开的车都会被拦，被拦下的车主，大多不耐烦地摆手，表示不需要，或者说一句："有人带路。"

辛宠也照着别人的样子，不耐烦地摆摆手。

叶时朝从副驾伸出头："我们头回来，想找个带路的。"说着拍了拍抱在怀里的包，"带着钱来的，不要你的货，要真货。"

拦车的矮个子男人是个小眼睛，睁大了也跟没睡醒似的，望了眼他的包，讨好地笑起来："老板，有诚意，你看这样行不行？我交你这个朋友，给你当一回带路人，交易成了给我一个点就行。"

叶时朝抬了抬下巴，一脸傲慢："那要看你带来的货行不行。"

"小眼睛"看着叶时朝怀里鼓鼓囊囊的包，沉默了两秒钟："这样吧，老板，我先带你们找个住处，保证干净、卫生又安全。你们呢，先休息，我去跟我手上的货主联系一下，让他们带货去你那儿，你们掌过眼，觉得还过得去，咱再谈交易的事。"

叶时朝没说话，眉头拧着，摆出一副思考的表情，过了一会儿才点头："行吧，先看住处怎么样。"

"好，我带路。""小眼睛"喜形于色，开着摩托在前面带路。

辛宠开车跟在"小眼睛"的摩托后面，半开玩笑地问叶时朝："没想到还是个演技派，你以前演过戏？"

"大学时为了戏剧节的演出，背过许多表演学的书。"对于表演，叶时朝似乎很认真，“当时大家一致选举我和施寅出演《罗密欧和朱丽叶》，我演罗密欧，他演朱丽叶。”

辛宠想象着那幅画面，顿时无语凝噎，十分想问：“你确定不是学校的同学在恶搞你们两个？”但是看他似乎十分享受这段记忆，就没忍心戳破。

“小眼睛”将他们带到了一家民宿，民宿的名字叫作“雪宿”，名字很文艺，装饰也处处透着文艺气息，从外面看起来确实干净又雅致。

“小眼睛”熟门熟路地跟老板打着招呼，带辛宠和叶时朝去办理入住手续，甚至连身份证都没登记就给了门卡，带他们上楼了。

房间在二楼，门牌上写着“红鸳阁”，推开门，映入眼帘的是一张心形大床，床上摆着几朵百合、玫瑰。

看着这妥妥的情人蜜月风房间，辛宠眼角抽了抽。“小眼睛”帮着开门，忙问：“老板，还满意吗？不满意我让人换。”

叶时朝点了点头，揽过辛宠的腰：“在外面就凑合凑合吧，不能跟家里比。”

“那是，那是。”“小眼睛”忙应声，暧昧地朝辛宠笑了笑，“那老板先休息，我去联系我手上的货主，晚上带货过来。”

叶时朝朝他摆摆手，“小眼睛”一溜烟跑了，临走时还非常识相地带上了门，只剩辛宠和叶时朝在心形大床前，暧昧地站着。

辛宠低头看他还放在自己腰上的手：“他是直接将我当成你的情人了？开房的时候，问都没问，就只开了一间，而且还是……”这么诡异的房间。当然后面半句话吞进了肚子里，没有说出来，毕竟环境太暧昧，就算是她脸上也有些发热。

“估计是觉得没有你这么漂亮的正妻吧。”

叶时朝说着松开手，沿着房间仔仔细细地摸索，辛宠知道他在干什么。小眼睛男人跟这家民宿这么熟，看来是长期合作的窝点，这种窝点怎么可能只是用来给客人休息睡觉的？更何况他们是第一次来的新客，怎么也要观察一段时间，才能决定要不要交易，所以这个房间，一定有监听设备。他们提前想好了对策的。

摸索了一会儿，果然在床头的灯罩里摸到迷你窃听器。

两人互看一眼，心照不宣地开始飙戏。

“这趟来，也不知道能不能买到好货。”

“越王镇在咱们这个圈子里也有些名声，之前都是老爷子来，我也是头次来，碰运气吧。”

“他们好像把你当冤大头了，真是好笑，你可是古玩圈里出了名的‘鬼眼’，最得老爷子欢心。”

“冤大头就冤大头吧，反正我是替老爷子来跑腿，要找就找硬货，一般二般的小混混怎么能跟他合作？逗他玩玩罢了。”

“那咱们还联系老爷子原来的带路人吗？”

“那是老爷子的人，是老爷子的心腹，我虽说是给老爷子跑腿，但也不能就那么听话，也得找找自己的路子，先看看那‘小眼睛’带来的人怎么样再说吧。老爷子这身体也没几年了，到时候……天下是谁的还不知道呢。”

“哎呀，你真坏。”

“有你坏吗？给老爷子暖着床，还向我抛媚眼。”

“你也说了嘛，老爷子那身体也没几年了，这天下……我希望是你的。”

“是吗？让我看看你的诚心。”

……

49.

词基本是来的路上想好的，但是真说出来，辛宠还是起了一身的鸡皮疙瘩，到了这里更是接不下去。叶时朝看她一眼，指了指手机，她才想起来，下一步，拿出手机，开始播放自己提前找好的小影片。

本就暧昧的房间里顿时充斥着不可描述的声音。

辛宠尴尬得手脚都没处放了，索性将手机放在床上，将床上的花拿走，被子、床单弄乱，配合着演出。叶时朝坐在沙发上，皱着眉沉默不语，过了一会儿起身，走到她身边，拉起她的手，在她手心上写：“声音不像你。”

他的指腹滑过她手心，酥酥痒痒的，再加上让人血脉偾张的背景音，辛宠是用了很大的定力才认出了那几个字，顿时脸都红透了。

他竟然……听得这么仔细？不需要在乎这些细节好吗？

她在他手上写字回：“床上……声音会不一样。”

叶时朝：“？”

辛宠觉得自己要当场晕倒了：“我猜的。”

叶时朝点点头：“原来你也没做过。”脸上是笑的，眼睛盯着她，一脸的不怀好意。

辛宠觉得这人真是变坏了，窘得眼睛都没地方看，为了掩饰这种窘迫，扭过头去继续折腾床单、被子。

小影片好不容易播放完了，辛宠这才大大松了一口气，关掉手机，接下来的台词都忘了。

叶时朝也没有继续演戏，两个人一个坐床，一个坐沙发，十分尴尬地静默着，刚才的暧昧似乎并没有因为沉默而消散，反而变得湿润黏稠，飘散在空气中的每个角落，让人燥热，让人无法冷静。

就这么煎熬了约莫二十分钟，辛宠终于忍受不了了，给叶时朝发消息："要不，我们先出去吃饭？"

叶时朝："别急，会有人送来。"

果然他消息刚发出去，房间里的内线电话就响了，是民宿老板的声音："老板，给您安排的晚餐现在可以送上去吗？"

"送上来吧。"叶时朝说。

"好的，老板。"民宿老板压低声音，"另外，老板吃完了先别出门，带货的马上就到。"

晚餐十分丰盛，水盆羊肉不比大馆子的差，还有羊鞭、羊脑……都是温热大补的东西。辛宠看着都觉得心惊，心想这帮人是准备把自己的客人掏空，然后好下手吗？

叶时朝似乎也对这些大鱼大肉不感兴趣，挑拣着吃了几口，就放下了筷子。

其间辛宠假装接到了那个不存在的老爷子的电话，嗲声嗲气地报告着这边一切正常，还故意提了有海外大客户想要一批硬货，寻找能拿出手的东西，价格更是说得让人头晕心痒。

晚上十点刚过，门外传来敲门声，"小眼睛"的声音从外面响起："老板，方便吗？"

辛宠和叶时朝对看了一眼，都在对方眼中看到了兴奋。

终于来了。

辛宠打开门，见门外除了"小眼睛"之外，还站着两个男人，都穿着一身黑衣服，只是一个年轻一点，一个稍年长一些。年长一些的提着一个黑色的大包，里面鼓鼓囊囊的。

"小眼睛"见辛宠来开门，笑得更是看不见眼睛："老板用过餐了吗？用过了，我给老板介绍两位朋友。”

辛宠点了点头，摆出一副妖娆的姿态，让开一条路。门里叶时朝正跷着二郎腿坐在沙发上，胸前的衬衣扣子，开到了胸口，那副浮夸的模样，差点让辛宠笑场。

“小眼睛”带着两个黑衣男人走了进来，介绍道：“这位是老包，这位是小包，父子俩，都是干这行的。老板看看他家的货怎么样，要是觉得还能入眼，价格好商量。”

叶时朝朝老包和小包点点头，指了指他们带来的黑包：“看看货吧。”

老包和小包也似乎并不打算过多寒暄，将包小心翼翼地放在桌上，打开，里面是用几个泡沫垫着的木盒子。木盒子打开，里面是一盏墨黑色的笔洗。

老包小心翼翼地将笔洗拿出来，正要递给叶时朝，叶时朝摆摆手，表示不用，就凑头看了几眼，指了指包，意思是下一个。老包又拿出一样，青铜的兽首酒杯，叶时朝依旧摇头。

就这么面无表情地看了五六样货，叶时朝示意老包不要再拿了，面色不愉地对“小眼睛”说：“你是瞧不起我呢？还是你本来就只有这些货？”

“小眼睛”陪笑：“老板，你看你这话是怎么说的？我瞧不起你就是瞧不起钱，我没有这么糊涂是不是？”

叶时朝挑眉：“你自己带来的什么货，你自己清楚。”

“小眼睛”哈哈笑起来：“老板，好眼力。好货有是有，就是不在镇上，查得严，不敢带进来。”

“我可以出去看，只要货好，其他的什么都好说。”叶时朝说。

“小眼睛”眼珠子一转，笑道：“既然这样，那老板请吧。”

叶时朝和辛宠跟着“小眼睛”走出民宿，门口停着一辆白色的面包车，“小眼睛”走在前面，殷勤地打开车门，请他们上车。

叶时朝走在前面，一只脚刚踏上脚踏，车上就有一只手突然伸出来捂住他的口鼻，另外有一人拖着他的胳膊，闪电般将他拽上车，在他还未看清车内情况的时候，嘴已经被堵住，头上已经被套上了一个牛皮纸袋，手也被牢牢铐了起来。

走在后面的辛宠，转身想跑，被身后的老包、小包，一个提抱腰，一个捂住，强行带上了车。随后车门关上，“小眼睛”在车外打量四周，确认没人看见，才对司机点了点头。车绝尘而去。

车摇摇晃晃地开了许久，且路线很乱，一会儿左拐一会儿右拐，根本无从判断到底往哪儿开。车上很静，所有人都不说话，叶时朝只能凭借着刚上车的那一眼和呼吸声，判断车上有几个人。

“小眼睛”没上来，老包、小包之外还有两个男人，加上司机就是五个人，副驾上貌似还坐着一个人，他闻到空气中有丝丝缕缕的甜味，很像巴黎世家的某一款香水的味道。

除此之外，辛宠不在他身边，两排座位，他在前面，辛宠在后面，各有两个人看管着，只要一动，就会被压制得更死。

在这种窒息的沉闷中车开了一个多小时，在一段极其颠簸的路上熄了火，司机下车看了一圈，骂骂咧咧地喊：“人带下来，走上去。”说的是三晋市本地的方言。

叶时朝和辛宠就被拖下了车，各自被两个男人架着往前走，脚下的路很湿软，似乎踩在泥土上，越来越陡，是在爬山。

叶时朝听着虫鸣，闻着鼻翼间飘动的植物气味，记着路线，爬了半个多小时，风小了，耳边有开门、关门的声音，似乎进了室内，之后头上的纸袋被拿掉了，眼前只有老包和小包。

老包面无表情：“手机、手表，或者任何能定位的电子设备都交出来吧，搜身的话，场面就不好看了。”

50.

说着小包拿了钥匙将两人的手铐打开。

叶时朝替辛宠撕开嘴上的胶带，辛宠就迫不及待地嚷了起来：“你们这是绑架！”

“不，小姐，我们是正经生意人，只要交易完成，会好好地将两位送出去。”老包说着，伸出手来，“手机交出来吧。”

叶时朝倒是配合，将自己的手机递到老包手上，又摘了手表。小包似乎还不放心，亲自上来搜了叶时朝的身，收走了所有物品，连口袋里的两枚硬币都不放过。

辛宠不情不愿地也把手机掏了出来，但是坚决不让搜身，自己脱了外套，穿着贴身的毛衣长裤转了一圈，还撩开毛衣下摆：“腰带都没有，哪里还能藏东西？”

优美的曲线显露无疑，但是确实是无处藏东西了。

小包对辛宠的身材无动于衷，指了指她的长靴：“脱了。”

辛宠气哼哼地坐下，将长靴脱了甩在他身上：“随你怎么检查。”

小包就真的将鞋子里里外外地摸了一遍，确认没有藏东西才还给辛宠，然后两人带着从他俩身上搜来的东西离开了。

“这两个人不简单。”包氏父子离开，辛宠瞬间换了个表情，忧心忡忡地皱起了眉，“沉默冷静又自持，是专业杀手的素质。刚才他们挟持我上车的时候，手法也非常专业，我跟着我哥也算学了十几年的格斗，却毫无还手之力。”

“我们今天遇见的每一个人都不简单。”叶时朝似乎话里有话，感叹着举目四望。

这是一个低矮的房间，地面和墙壁都是青石铺成的，有一扇门，没有窗户，房间内有桌子有床，桌子上有水壶水杯，床上有厚实的被褥，头顶有一盏灯，竟然十分干净齐整。

“我们这是在哪儿？”辛宠穿好了靴子和外套，沿着墙壁，四处敲敲看看。青石的墙面虽然看着缝隙大，但是仔细看却没有一丝缝能看到外面，她心里忐忑，头一次开始紧张起来。

“进山了。”叶时朝坐在桌前，打开水壶倒了杯水，水是滚烫的。他并没有喝，把水放下，在桌底床边找窃听器，竟然没有找到。

辛宠看他忙活，心里没底：“越王镇三面环山，这进的是哪座山？”

确认房间里没有窃听器，叶时朝才放心：“我也不知道，不过那帮人应该是想做生意，不会伤害我们。”

辛宠明白他的意思，他们装钱的袋子被一起扔进来了，似乎没被打开过。毕竟里面一半的冥币，若是打开过他们怎么可能还能住上这样的房间，早被挖坑埋了。

话虽这么说，但是毕竟自已身在狼窝里，说一点都不害怕是骗人的，但是害怕之余更多的还是对谜底的渴望。这座山若是谢希死亡的现场，来这一趟也算值得，毕竟如果不用这种方法，这种隐蔽的地方，外人可能永远都进不来。

进来了，反而什么都做不了，只能静下心，等着有人来。

辛宠坐在方桌前，托腮发呆：“外面好安静。”

叶时朝晃着茶杯，却一口都没喝：“是啊，连风声都听不见。有点奇怪……”

“是啊，这可是山里。”辛宠也觉得奇怪，“难道他们是在山洞里盖的石屋？”

叶时朝没有回答，闭上眼睛，专心听外面的动静。

就这么干坐了几小时，辛宠趴在桌子上睡着了，叶时朝也忍不住打了个哈欠时，门外终于有了动静，锁门的厚重链条被打开的声音，接着有人打开了门。

辛宠一个激灵醒过来，叶时朝也警觉起来。

进来的是老包和小包，两人依旧是那身黑衣，机器人一样面无表情，指着叶时朝："'越王'要见你。"

"'越王'？"叶时朝笑起来，"好大的口气，我家老爷子也只敢自称一声二爷。"

老包："你管不着，想做生意就来。"

小包提起了他们放在地上装钱的袋子，跟老包一起在前面带路。

叶时朝起身拉了下辛宠的手："走吧。"

两人跟在老包和小包后面，慢慢往外走。

外面是一条长长的泥土隧道，很宽阔，土坯墙壁上插着火把，辛宠一边走一边低声对叶时朝说："果然是在山洞里。"

叶时朝看着四周没有说话，小包回身来呵斥："不许说话。"

辛宠缩了下头，叶时朝握住了她的手。

山洞并不长，不一会儿就来到一个同样是土坯的房间里，房间地上铺着地毯，桌椅都是红木的，看起来竟有种讲究的雅致。

房间里有三个人，一个穿着黑色肥大斗篷的小个子背着身站在墙边，欣赏着墙上挂的《勾践卧薪尝胆图》，另外两个都是粗壮的汉子，戴着毛线帽子，帽子连着口罩，只露两只眼睛，根本看不见长相。

老包说了声"人来了"，背对着的人才转过身来，宽大的帽子下是墨镜、口罩，比两个壮汉包得都严实，连眼睛都看不到，再加上站的地方背光，能看到的就是一片漆黑。

他便是老包口中的"越王"。

辛宠看着"越王"，莫名觉得熟悉，却又实在想不起来到底是哪里熟悉。

"越王"朝其中一个壮汉点了点头，壮汉转身从墙边的箱子里拿出一个盒子，盒子打开，里面是柄青铜剑。

小包将钱放到地上，从壮汉手中接过盒子，递给叶时朝一副手套。

这是要他验货。

叶时朝戴上手套，小心翼翼地将青铜剑从盒子里取出来，仔细看了两眼，脸色顿时变了。

"我带的钱怕是不够。"

"越王"朝其中一个壮汉招了招手，壮汉凑过去，"越王"在他耳边说了些什么，壮汉抬头说："先付定金，尾款可以打卡上。先谈好价钱。"

叶时朝点头，恋恋不舍地将青铜剑还了回去。

"确实是好东西。"他叹息，"很多年没见到这种货了。我要了，老规矩，卖家先出价。"

"越王"朝壮汉点头，壮汉开口："八十。"

就是八十万。

叶时朝记得曾经参与过一场古董拍卖，当时一件春秋时期的青铜剑，拍卖了一百七十万，这件比当时那件品相还要好，八十万真的不贵。

叶时朝还在思索还价的余地，辛宠已经开口了："五十。"

叶时朝侧头看辛宠，辛宠朝他眨眨眼，他也跟着开口："五十。"

老包和小包都露出诧异的表情，壮汉更是恼怒起来："你们到底诚不诚心？"

51.

叶时朝挑眉："诚心得很。不瞒各位，我袋子里就五十万，各位要是同意，就一手交钱一手交货。银行卡什么的，你不安全我也不安全。这种地下买卖，最好不要留什么把柄，日后谁出了事把谁牵出来……"

"越王"没有动，似乎是在思考，老包却急了："这价格要能出手早出手了，何必等到今天？"

辛宠媚笑："你们也知道，要能出手早就出手了？现在生意不好做，三晋市更是严打古玩黑市，你们怕是急着甩货拿钱跑路吧。不然怎么会在越王镇撒了这么大的网？我们刚进镇子，随便遇到个'小眼睛'，就这么巧是你们的人。"

"而且……"叶时朝也缓缓开口，"这货的来路……各位自己心里有数。盗墓……还是春秋时期的墓葬……被抓到了，罪名可不轻。"

"越王"沉默了半晌，又朝壮汉招招手，在他耳边说话，壮汉传达："我们还有别的货，你们要是都能吃下，这件就当见面礼送了。若是没那么大的肚子，这件八十万一分不少。"

"我们肚子大得很。"叶时朝狂傲轻浮地挑眉，"不瞒各位说，我们家那位老爷子，这么多年就没吃饱过。不过，吃得合不合口味，得先看看，我们家老爷子挑嘴得很。”

“越王”朝壮汉点头，壮汉说：“走吧，先去看看。”

两名壮汉连带着老包、小包以及辛宠、叶时朝往外走，“越王”并没有跟过来。辛宠走到门口，又回头看了“越王”一眼，他隐没在阴影里，像一只阴暗危险的兽。

又进了地道，七拐八拐，走了数十米，终于来到一扇石门前，壮汉拉了下石门旁的墙洞上的机关，石门就轰隆隆地打开了。

里面是个墓穴，修建得恢弘大气，只是此时满地凌乱，瓦罐铜鼎等生活器具散落一地，石棺开着，里面除了一具白骨，空空如也。

两名壮汉连同老包、小包全都疯了一样地跑进去，四处翻找。

小包翻了一圈，一把揪住其中一个壮汉：“怎么就剩这些破铜烂铁了？那些玉器、黄金呢？值钱的都去哪儿了？是不是你和‘越王’趁我们出去带客全转移了？你们想黑吃黑？”

壮汉掰开他的手，嘶吼：“别血口喷人，我也不知道是怎么回事！上回来的时候还好好的。”

老包呵斥着小包：“不要在这里浪费时间，我们去找‘越王’问一下。”

接着四个人就冲出了墓室，留下辛宠和叶时朝大眼瞪小眼。

辛宠：“什么情况？”

叶时朝：“真正的好戏要开场了。”

“我们去看戏？”

“当然。”

说着两人也跟在老包等人身后离开了墓穴，然而那四个人爬得太快，两人出来拐了一个弯，竟然在复杂的地道里迷路了，这下子别说“越王”的房间，就连那间墓室都拐不回去了。

辛宠看着眼前都差不多的地道墙面，沮丧道：“我现在明白为什么他们要看紧自己的客人了，因为怕客人迷路。”

叶时朝倒是不担心，这里转转那里转转，似乎已经放弃寻找出去的路了。

辛宠看他如此怡然自得，索性也放宽了心，就当自己在走迷宫。

迷宫还未走完，只听头顶上传来轰隆一声，有什么东西坍塌了一样烟雾四散，接着是一片凌乱的打斗声，辛宠握紧拳头下意识地挡在叶时朝身前，做好防御的姿态，就听见辛格的大嗓门从身后传了进来：“辛宠……辛宠……你在不在？在就答应我一声。”

辛大队长甚少用这种慌乱的声音叫她，这种浓烈到无法掩饰的关切，让辛宠十分感动，忙扯着嗓子应声：“在，我在！在里面，墓室里！”

辛格伴随着凌乱的脚步声冲了进来，手里还举着枪，看见自家妹子全须全尾，毫发未伤，他松了一口气，指着叶时朝就一顿数落。

“我们不是说好了不让她参与吗？你怎么能说话不算数？”

叶时朝从她身后探出头来，一脸意味深长的微笑：“她不来谁保护我？”

她这么一说，辛宠的脸骤然红了起来，刚才挡在他面前，完全是自己下意识的动作，没有想到，身后的人也并不柔弱，根本不用她如此紧张兮兮的。

叶时朝看她红红的耳尖，心中一阵荡漾，笑意更深了。

暴躁中的辛格可完全没有这份闲心，吼了起来：“我们当初是怎么计划的？”

叶时朝摇头：“你自己也说她很聪明，难道我们的计划她看不出来吗？如何让她不参与？”

辛格心有余悸。行动前，他在外面听到了爆破声，当场就吓得魂飞魄散，第一个冲了进来，连作战计划都忘记了，职业生涯里就从来没有这么不顾大局过。

“骗也要骗她一下，万一出事呢？”

叶时朝目光冷静，黑眸坚毅：“她的决定我无权去干涉，但我能保证，我的尸体会是她身前的最后一道屏障。”

辛格语塞。

他了解辛宠，这个傻大胆确实天不怕地不怕，哪里刺激往哪钻，说起来……真的不能全怪叶时朝。

即便是这样，他还是觉得后怕，转头冲着辛宠嚷：“知道危险，你还往上凑？你有瘾是不是？”

辛宠闭上嘴，决定等辛格平静了之后再说话。

辛格见她不说话，自己训得也没劲，叹了口气，拍了拍她的头：“你没事就好。先在这儿待着，我看看这帮贼清剿得怎么样了。三晋市局的领导很重视这个案子，给我带了百十号人呢。”

辛宠点头，让他去忙了。

其实辛格和叶时朝说得都没错，辛宠确实一开始就看出来叶时朝的这次卧底行动是跟辛格计划好的，之所以没有跟她明说，也必定是辛格百般威胁后的结果。

叶时朝是个科学家，科学家总是在自己充分准备之后才会冒险，而他的准备就是辛格这个强大的后援。

只不过有一件事，辛宠不明白，就问叶时朝："他们是怎么知道我们的准确位置的？若是手机定位，也只定位到前半夜，这帮盗墓贼收缴了手机之后，肯定开车有多远扔多远，不可能还把手机留在洞穴里。"

52.

"定位器在我胃里，哦，现在估计到大肠了。"叶时朝说。

胃里？吞下去的？难怪他一直都不怎么吃东西，水更是一口都没喝过，原来是担心肠道蠕动过快，提前将定位器排……嗯，暴露出来。

辛宠又是诧异又是佩服，但是实在是太好奇了，忍了又忍，还是没忍住，问："定位器……是吞下去的？不会对身体造成伤害吗？"

"球形微缩定位器，我们实验室的最新仿生学发明，仿造的是马陆的身体构造，可以将电子元件缩成球形，所以吞下腹中也不会划伤肠道。"叶时朝说着，对辛格说，"带我们回主墓室，我们好像迷路了。"

主墓室离这边竟然只隔了一面墙，此时里面已经有警察在拍照取证了，叶时朝快步走进去，俯下身仔仔细细地观察着面前的石棺。

石棺很大，足够两人并肩平躺，棺盖、棺身上可能有着十分精美的石刻，不过可能过了两千年，经过岁月洗礼，已经看不清楚刻的是什么了。

石棺内部有一具白骨，白骨有被搬动过的痕迹，骨骼错位散架，胡乱地丢在棺内，身上的衣物、饰物被洗劫一空，只留一些破烂的碎布及半截黄土。

看到这幅景象，叶时朝既愤怒又难过，棺木中的每一个陪葬物，白骨上的每一个饰物，都是确认墓主身份的重要线索。而这些线索，是时光赠予现代人类的礼物，让我们知道两千年前的这里发生过什么，我们的祖先们曾经怎样生活过。

叶时朝全神贯注地看着棺木中留下的一切，终于发现了他要找的东西，两只手指从石棺里夹出一个"黑色石子"，长出了一口气："找到谢希留给我们的信号了。"

"黑色石子"并不是石子，跟谢希吞下肚子的那只昆虫一样，是一种叫作钩纹皮蠹的鞘翅目食尸虫，只不过两千年的光阴，让它的身体阴干硬化，毫无生气。

叶时朝虔诚地将钩纹皮蠹放在手中，又去看那石棺："只要确定墓葬主人的身份、所处的年代，就能确定这只皮蠹生活的具体年份，也能推翻之前昆虫学家们认为钩纹皮蠹起源于美洲的断言。真是昆虫学的重大发现。"

辛宠理解他为何如此激动，现代文明发展到今日，比起发展更为困难的是"溯古"，发展可以人为，而"溯古"却必须要天时地利人和。人为容易，但是天时地利人和，却不是每一位学者都能有幸遇见的。

叶时朝第一次看到这只钩纹皮蠹时就仿佛看到了这一刻，无论是为了破案还是为了他热爱的昆虫学，他都不会放弃，就算是虎狼窝，也照闯不误。

想到这里，辛宠也为他高兴。

叶时朝迫不及待地问辛格："我让你带的工具箱呢？"

"带着呢，放心。"辛格从身后一个刑警手里接过一个带把手的牛皮小箱子，辛宠看了一眼，竟然觉得很好看，像现在流行的复古化妆箱，而且它似乎是纯手工制作的，质感十分好，忍不住想问叶时朝要一只同款，但是眼下显然不是想这个的时候，就将这股冲动忍了下去。

箱子是叶时朝提前准备好的，交给辛格，千叮咛、万嘱咐进来收网的时候一定带着。估计那个时候起，他就已经在期待能在这个墓室里痛痛快快地找虫子的这一刻了。

叶时朝忙接过工具箱，打开，从里面取出样品盒，小心翼翼地将那只钩纹皮蠹放进去，一脸如释重负："委屈你了，老伙计。看看这里还有没有你的其他朋友。"

这种在古墓里对虫子说话的行为，不只奇怪而且诡异，刑警们第一次见，都忍不住离他远一些，也就只有辛宠、辛格见怪不怪，面不改色地开始自己接下来的工作。

辛格跟本地的刑警一起寻找谢希来过这里的痕迹，只不过谢希和那名女死者，都是死于中毒，没有外力殴打出血，也就无法用寻找血迹的方法寻找，只能尽力去搜寻其他的痕迹证据，比如毛发、衣物等。

辛格问叶时朝："那只虫子跟谢希吞下去的那只，是不是……一家的？"

正专注趴棺材缝、用放大镜寻找虫子的叶时朝，闻言抬头，一脸"你白痴吗"的表情："不经过实验室的严密分析，我怎么能知道？而且就算是同一族群，也无法证明谢希就一定是在这里被杀的。寻找直接证据是你们警察的工作，我只负责虫子！"

辛格无言以对，确实，对于叶时朝来说，解开了两千年前的虫子之谜，就算完成工作了，破案还得他来。

辛宠过来问辛格："外面那些人都抓到了吗？"

辛格："听到爆炸声，我们就冲进来了，结果只抓到了四个，其中一个叫老包的招供，他们平时都听一个叫'越王'的人的命令出去拉客、卖货，但是我们搜遍了地道都没找到越王。估计是趁着爆炸声跑了。"

"爆炸声不是你们爆破山体弄出来的？"辛宠惊讶之后又是扼腕，"'越王'逃了？"

"开什么玩笑？我的人还在里面，怎么可能用炸药？"辛格瞪大眼睛，"再说了，谁告诉你，这是山里？"

"不是山里？"

"山个鬼山。"辛格怒不可遏，"昨天跟着叶博士身体里的定位器绕来绕去，最后绕了回来，这里哪里是山，是城外的一个果园。"

辛宠努力地回忆着来时的路线，怎么都觉得自己似乎是爬过山的："我记得是在上坡，周围风声虫鸣非常像是山里。"

"那是果园里的土坡，土坡上种了果树，听起来像是走在林子里一样。"辛格暗自庆幸，"幸好叶博士自己带了能吞下去的定位器，要是定位你们的手机，估计这会儿我们还在城外的山上乱窜呢。"

辛宠还是不敢相信，自己走了出去，墓穴外漆黑的地道因为爆破塌了半边，好在墓穴建造得很结实，没有被埋，他们见"越王"的那间土室已经看不见了。她循着剩下的狭窄的地道往外走，凭着仅存的方向感，努力辨认着方向。

仔细走过一遍才发现，这个墓葬区很大，呈回字形，他们所在的墓室在里面，地道还连接着其他的墓室，但都没有主墓室大，回字形外围主要起到安防作用。而用来关押他们的那间石室，并不在墓室的范围内，是在半地面，明显是后人修建的。

绕过石室，再往上走，就到了地面。说到了地面并不贴切，她发现自己钻出来的地方，是果园中的一处旱井。

旱井不深，有梯子，爬上去就是一个土山包、一片平淡无奇的果园以及不远处果园地面上炸出来的深坑。

远处鱼肚白正从地平线缓缓升起，天竟然都亮了。

53.

这帮人为了将这个古墓据为己有，真是煞费苦心。辛宠暗暗咬牙，这个时候辛格从她背后的旱井爬了上来："这帮人盘踞这里不是一天两天了。"

辛格："三晋市局这边已经有人在调查这个果园的背景了，相信很快就能出结果。"

辛宠："一百多人的包围网，一定很严密，'越王'很快就能抓到，毕竟这里是平地不是山上，没有那么多可以躲的地方。"

"希望吧。"辛格望着在搜查的民警，忧心忡忡，"总觉得怪怪的，老包说，上回进墓穴，墓穴还有很多值钱的古董，但现在里面几乎空了，这怎么想都不可能。"

"老包上回进墓穴是什么时候？"辛宠问。

"据他交代，是去雪宿接你们之前，昨晚九点多。那之后我们的队伍就跟着你们的车到了这里，包围网也悄悄布上了，那些古董不可能有机会转移出去。"辛格皱眉，"可我带着人找遍了墓地，都没找到老包所说的那些古董。"

辛宠也觉得匪夷所思，但是想破了脑袋也没想出个所以然来，索性换了个思路，问："那个欧阳查得怎么样了？还有小钱提供的线索，对案情有帮助吗？"

"小钱提供的线索太多太杂了，这边市局专门派了人在查，目前还没什么有用的线索。欧阳确实跟叶丽丽不清不楚，但是他坚称小金金不是他的孩子，他说跟叶丽丽断了有十年了，十年间最亲密的举动也就是喝过一次咖啡，不可能有孩子。他以为孩子是谢希的，一直对叶丽丽说会对孩子视如己出，劝她跟自己走。叶丽丽并没有答应。"辛格说，"看来这个叶丽丽对谢希是真有感情。"

辛宠摇头："叶丽丽是一个非常会使用自己的美貌当武器的人，一个每日都在想着怎么使用武器的人怎么可能安于现状？人使用武器总有目的，武器级别越高，野心就越大。这就好比一个端着 AK47、全副武装的军人，最后却站在一个小卖铺门口当保安，还说这是他的追求。这太不符合常理了。除非这个小卖铺下面是个核武器工厂，或者小卖铺老板是可以改变人类命运的重要人物。"

辛格皱眉："你说谢希？不可能，我连他祖宗都查了，没什么大人物，真的就是一个普通到不能再普通了的上班族。"

辛宠头疼，有点丧气："怎么感觉折腾一圈，要无功而返了呢？"

辛格拍她的头："怎么能叫无功而返？至少找到了这个古墓，下午博物馆的考古专家们会带队来，就算是文物都被偷光了，也总留了不少有价值的东西在。你……还有叶博士，也算为人类历史贡献了自己的力量。"

话是这么说，但是辛宠笑不出来，正惆怅着，叶时朝头戴鉴定镜从井里钻了上来。他手拿镊子，工具箱斜挎在身上，手里举着一个白色的取样盒，兴奋地冲辛宠嚷：“要破案了。”

辛格和辛宠立刻来了精神，齐齐问：“找到线索了？”

叶时朝将鉴定镜推到头顶上，先是摇头，然后点头：“没找到线索，但是找到了比线索更有用的东西。你现在知道，只能抓到小鱼，要是忍两天，就能抓到大鱼。那你是想抓大鱼，还是小鱼？”

辛格着急：“什么鱼都要抓，破案还能抓一个留一个？”

叶时朝黑眸沉静：“那就需要忍耐了，不然这条大鱼，真的抓不住。”

叶时朝首先让辛格去做一份亲子鉴定，辛格拿到这两个名字时，简直要惊掉下巴，“这……怎么可能？八竿子都打不到一起的人……”

“我也觉得匪夷所思，但是排除掉所有的不可能之后，唯一有可能的那个答案就是正确答案，无论它看起来有多匪夷所思。”叶时朝说着，摘掉了鉴定镜，收起了自己的样品盒，“你先去忙你的，我要将这个样品加急快递回实验室，这期间，想到什么就给你发信息，你注意看着点手机就行。”

辛格：“好，那你去吧。我让警员送你。”

叶时朝摇头：“不用，我有辛宠就够了。”

开车载着叶时朝去快递点，一路上叶时朝都在凝眉沉思，辛宠并不去打扰他，只是静静地开车。一直到寄完了快递，回到车上，叶时朝才问她：“你觉得将谢希和一个疑似性工作者的女性关在一起毒死，是出于一种什么心理？”

辛宠思索了一会儿：“其实我刚一开始就想过这个问题，那个时候还不知道谢希是主动还是被迫与这位女性接触的，后来听小钱说，他那么迷恋他的妻子，我便有了画面。这是犯人对谢希的羞辱，或者说是他痛恨谢希的情有独钟、始终如一，他想要给他制造污点。”

叶时朝望着她：“听你这么说，我对自己的推断更加有信心了。”

辛宠俏丽的脸上露出笑容：“这么说，我们的想法又不谋而合了？”

“说说看。”

辛宠就慢慢说出了憋在心里许久的话：“一开始见‘越王’的时候，我就觉得很奇怪，他神秘得有点过分。‘越王’起先是非常想要做成这笔生意的，一般这种情况下，他一定会以真面目示人，以示自己的诚意，不会像我们见到的那样，从头到尾包裹得很严密，甚至连声音都不肯让我们听到，男女都看不出来。且他动作拘谨僵硬，显得很紧张。包裹严密且紧张，我只能想到一个可能，他认得我们，或者，我们认得他，或者是在抓我们来的车上认出来的，于是紧急改变了策略，壁虎断尾一样，抛弃了这个老巢和他的手下，制造爆炸，只求自己逃脱。”

叶时朝眼睛里露出赞许：“基本吻合了，但是……还是别做推断了，很快大鱼就要上钩了，因为鱼饵在我们手上。”

54.

警方完成了勘查，古墓便由考古队接管了，因为是重大考古发现，由市博物馆成立考古队伍，曲老亲自带队，进驻越王镇，队伍里集合了博物馆最精英的一批考古专家，足以见得对这次发现的重视。

辛宠和叶时朝再次来到古墓时，考古工作已经开展了，先进行的是外墓室的发掘，挖掘机小心地将外墓室挖出一个大坑，方便考古工作进行。

曲老蹲在一个已经碎了的陶罐旁，正仔细地用刷子刷去陶罐碎片表面上的土，辛宠走过去，跟他打招呼：

“这么冷的天，曲老您辛苦了。”

曲老抬头看了辛宠一眼，摇了摇头，脸上没什么笑容：“辛苦没觉得，心疼是真的。我们研究过，这墓葬可能是越国的某位贵族的墓葬，有很高的考古价值，现在被毁成这样……唉。”

“盗墓贼确实太可恶了。”辛宠随声附和，然后安慰曲老，“不过，光是墓葬本身就十分有研究价值，总不算是坏事。”

“那倒是。”曲老将陶片从土里起出来，捧在手心，“你看啊，这曾经是一个粗绳纹陶罐，看碎片是双耳陶罐，小口卷沿，典型的春秋时期陶器特点，当时主要流行于吴越地区……”

辛宠听曲老侃侃而谈，不停地点头，被对方在考古学上的造诣深深折服。

正说着话，一名戴着口罩的工作人员捧着一个器物走过来，喊了曲老一声：“馆长，您看看这个……”

走得近了，辛宠才认出来，来人是小钱，原来小钱也是考古队伍中的一员。

辛宠跟小钱打招呼：“小钱，你也在这？”

也许是在领导面前，小钱的样子有点拘谨，点点头，就继续跟曲老研究起手里的器物。

辛宠说话的这个工夫，叶时朝已经走进了放着主棺的内墓室，这里还没有被挖掘出来，所以考古工作还没有进行到这里。他走到石棺前，蹲下来，从口袋里拿出鉴定镜看了一会儿，这才起身走了。

辛宠走进来找他，看他一脸凝重地往外走，忙问：“怎么了？”

叶时朝叹气：“顺利得有点超乎想象。”

“哦。”听他这么说，辛宠反倒有些紧张了，“那我们要通知我哥，早点做准备。”

叶时朝没说什么，伴着辛宠出去了。

太阳落山，忙碌了一天的考古现场安静下来，风吹过果园中的树木，发出沙沙的响声，卷着用来封锁现场的黄色警戒带瑟瑟响动，有周围居民路过这里围在一起指指点点：

“这个果园都在这十几年了，果子没见长得多好，包果园的冯瞎子也老不见人，没想到是让贼给占了。”

“冯瞎子是不是让贼给害了？”

“不是说让他远房侄子给接走养老了吗？”

“谁知道呢……”

“不过听说这里挖出不少古董，老值钱了。”

“咱家也有果园，回家也挖挖去。”

“想美事儿吧，那么多古墓给你挖？”

“没准古代的贵族埋人的时候，半道掉了些值钱的东西，正巧掉我家果园里了……”

“真敢想，回家挖你的去吧。”

……

议论声渐渐远去，一辆面包车伴着夜色开了过来，面包车上走下来几个人，每个人都戴着口罩帽子，急匆匆地走进墓穴。过了不多会儿，一人提着一个巨大的包裹走了出来，刚准备上车，现场突然响起警笛声，几道灯光齐齐亮起集中到这边，将所有人惊恐的脸照得无比清晰。

辛格从草丛后面爬起身，伴随着他的动作，周围平静的漆黑中，慢慢现出数十条人影，竟将这里团团包围了。

辛格拍了拍身上的土，走过来，冷着脸摘掉了其中一个人的口罩，忍不住骂了句脏话：“还真是你！叶博士，你聪明得有点可怕了。”

叶时朝和辛宠一身黑衣，慢慢从黑暗中走出来，来到被灯光照亮的光亮处，看着在灯光下露出真容的瑟缩身影。

辛宠叹气：“小钱……或者应该叫你‘越王’？”

叶时朝：“其中一位‘越王’。”

光亮之中，小钱面如死灰，紧紧咬着牙，目光阴暗，许久才抬起头：“我听不懂你在说什么，我只是偶尔发现了盗墓贼藏匿的古董，贪财而已。”

“他是贪财，那您呢……”辛宠的眼神落到另一个戴着帽子和口罩的黑影上，目光里充满了痛心，“您曾经不止一次在公开场合痛斥盗墓行为……这是为什么？曲老？”

身形略发福的男人摘掉口罩，一张曾经和蔼可亲的脸，此时被手电筒照得发白，显得十分冰冷。他笑了笑：“就像小钱说的那样，偶尔地贪念……”

辛格走过来，拉开另外一个最为高大的男人的口罩，谁也猜不到，这人竟然是欧阳。

小钱和曲老在同一家博物馆工作，会联系到一起很好解释，但是欧阳……实在想不出他们能有什么交集。

欧阳就没有曲老那么淡定了，晃了下曲老的胳膊，焦灼道：“你不是说不会有问题的吗？早知道我就带着丽丽……”

“闭嘴。”曲老呵斥一声，这一声呵斥让和蔼的老人瞬间变成了罗刹。

欧阳嘟囔两声，垂头丧气地闭上嘴。

辛格将几个人拷了起来，曲老依旧气定神闲：“我们顶多算是盗窃罪，盗墓、倒卖文物，是你们昨天抓到的那伙人干的，可跟我们一点关系都没有。不过，我倒是十分好奇你们是怎么发现密室的，那个密室堪称一绝，石板地面严丝合缝，丝毫看不出破绽。”

叶时朝冷笑说：“发现密室，还是虫子帮的忙。我发现石棺之下有一只红蜘蛛，从石棺下的缝隙钻进去，又从另外一边钻了出来。当然也有可能是巧合，所以我反复试验了几次，甚至设置了诱饵，微小的朋友们钻进人类肉眼无法看见的缝隙，都不负众望从另外一边钻了出来。”

曲老摇头，笑起来：“谁能想到，警察办案还会带一个昆虫学家，这荒郊野外的，最多的就是虫子，等于到处都是你的眼线。真是高。”

55.

叶时朝没理会他的感慨，继续说：“发现了密室，我便想到了很多事情，比如瞒着自己人被藏起来的文物，是不是藏进了密室？藏起来了打算怎么运出去？因为这里一定会第一时间被考古专家接管，到时候密室一样会被发现，藏匿的意义又是什么呢？除非，藏匿的意义就是等着考古专家的到来。

“想通了古董消失的秘密，‘越王’的失踪就好解释了，能够藏匿古董的密室，一定也能藏人。其实，‘越王’应该一早就认出了我们，在接我们来这里的车上。因为比较紧急，临时想到了这个脱身妙计，一来将盗墓重罪推给你们打下手的几个贼身上，二来又能将值钱的文物运出去。曲老主持考古工作，完全有能力控制考古小组发现密室的时间，给偷运文物赢取充分的时间。”

“好故事。”曲老鼓掌，皮笑肉不笑，“可惜也只能是故事。你们看到什么，我就只参与了什么，其他的跟我没有关系。”

“不知道你们有没有觉察出来，即便是现在这样的冬天，墓穴里也十分温暖，是寄生虫们最喜欢的越冬地，我在墓穴缝隙里发现了不少蚊子以及跳虱的卵，密室里肯定也有。如果有人在密室里待了那么久，会不会有一只刚好叮咬了他，体内到现在还残留着未消化完的血液？血液的DNA又会跟谁吻合？”叶时朝说着摘掉了小钱的手套，手背上赫然出现好几个被叮咬过的大包。

小钱赶紧往后缩，恐惧地看着曲老，被曲老一个眼神吓得缩着脖子，挪开了视线。

“还有一件事你们恐怕还不知道。”叶时朝说着，手指了指辛格，“我们已经替小金金找到生父了。”

提到小金金，三个男人的眼睛都闪过复杂的神色，有的期待，有的震惊，还有的则是不敢相信。

辛格从口袋里拿出一份亲子鉴定报告，展开递到三个男人眼前，结果显示，亲子关系的机率为99.9%，鉴定人是谢小金与……曲亿帆。

曲亿帆正是曲老的名字。

到了此刻曲老才真正面如死灰，欧阳则愤怒地抓着曲老，逼问：“是不是你逼丽丽了？丽丽怎么会跟你……”

而小钱则不敢相信地将鉴定报告抢了过来，仔细看了一遍又一遍，实在无法欺骗自己了，才颓然坐在地上，面无血色绝望道：“怎么会？丽丽明明说小金金是我的孩子。为了我们一家三口的将来，我才干下这个勾当……全是谎言吗？到头来我和谢希一样，都是两颗棋子。”

喃喃着，小钱突然暴怒跳起来，掐住曲老的脖子，咆哮：“是不是你逼丽丽的？丽丽不会这样对我，丽丽明明说爱我的，她说嫁给谢希只是因为他是冯瞎子的侄子，为了这个墓……”

曲老踢开他，一脸鄙夷：“别做梦了，就凭你和谢希？若不是你们有点用，一辈子都别想碰丽丽一根手指头。”

欧阳也崩溃了：“丽丽来找我，也是你安排的吗？为了用我家的船往国外运货？丽丽以前多么纯洁，是你逼的，都是你逼的……”

三个男人为了叶丽丽打成一团，现场民警看得一脸目瞪口呆，辛宠的心情却越来越沉重了。

人间尤物叶丽丽果然不简单。

曲老、小钱、欧阳被押进了三晋市公安总局，叶丽丽也被带来警局接受调查，而从面包车上查获的文物也一件不少全部查获，很快就会有新的考古专家来查验接收。

考古这个行业是替全人类窥探过去的神秘而伟大的行业，他们仿佛有着穿越时空的力量，将那时我们不知道的人和事，讲给我们听，让我们知道自己从哪里来，也照亮了人类前进的路。

这个案子的揭发，让考古学者们震惊又痛心，然而伟人身上也生过虱子，但虱子无法阻止伟人的脚步，掐死虱子，才能继续大步向前。

审讯工作主要由三晋市的刑警进行，辛格来到三晋市局的法医中心，看施寅检查一具骸骨。

是石棺中的骸骨，考古学家们一致判定，这具骸骨死亡时间不超过十年，不具备考古价值，因此移交到了法医中心。

施寅对骸骨做了全面的检查，确定骸骨的死因是重击造成的颅骨骨折，死亡时间是五年前。施寅同样给骸骨做了面部修复，经过周围居民指认，确定死者是原来的果园主人冯瞎子。

五年前，也就是冯瞎子死的那一年，谢希娶了叶丽丽。

是谁杀了冯瞎子，已经无法追溯了。

密室中找到了吸了小钱血的蚊子，小钱逃不掉了。欧阳为了自保也供出了曲老，曲老也难逃法律的制裁。

但是谢希的死依旧是个谜，谁都不肯承认。

辛宠请求参与审讯，小钱戴着手铐坐在铁栅栏后面，垂头丧气，一声不吭。

辛宠说："叶丽丽就在旁边的审讯室。"

小钱陡然抬起头来，灰暗的眼睛都亮了，随即又愤怒地拍桌子："你们抓她干什么？她是无辜的。小金金……一定是曲亿帆强奸了她……你们不要冤枉好人，她什么都不知道。"

"找她来并不是为了盗墓案。"辛宠说："是为了谢希的案子。跟谢希死在一起的女性是名性工作者，我们怀疑叶丽丽知道谢希嫖妓，才一怒杀人。"

这么说，完全是为了激起小钱的保护欲，果然小钱中计了，紧张地咆哮起来："不是她干的，你们不要冤枉好人。是我干的！是我干的！是我给谢希找的妓女，让那个妓女勾引谢希，就在'越王'的那间屋子里。对！谢希也是'越王'，我们轮流扮演这个角色。那天谢希在检查一个竹筒，我就让那个妓女进去了。本来想让丽丽看看，谢希也没她想得那么纯情，可是……谢希就是不上钩，我一生气就点了炭盆，锁死了门。"

也就是在那里，临死前，谢希吞下了那只与墓葬同岁的钩纹皮蠹，不知道是不是临死前想通了一切，良心使然，想要用最后一点力气，给世人留下线索，挽救这个古墓。

56.

一个推断得到了证实，辛宠心中的大石落了地，扬了扬秀眉："你跟谢希以及叶丽丽维持这种平衡关系几年了？"

"不到五年，丽丽嫁给谢希不久就开始了。那个时候我去谢希家找他喝酒，谢希喝多了，去卧室睡了，丽丽就跟我哭诉谢希那方面不行，她结婚后一直没孩子，让人瞧不起……你也知道，丽丽那么美，哪个男人舍得让她哭？那天晚上就在沙发上……后来有了小金金，她一直跟我说，是我的孩子，求我不要跟谢希说。我知道这样不对，但是……谁能拒绝丽丽？"也许是提到了叶丽丽，也许是想到了昔日的快乐时光，小钱的脸上露出少有的光彩，那种光彩里甚至带着一些迷幻。

辛宠忍不住想，眼前这个可怜的男人，到底是迷恋叶丽丽，还是迷恋上了刺激感？后者那种紧张的刺激感能让人疯狂分泌多巴胺，效果类似毒品，一旦上瘾，道德感就会变得荡然无存，普通的感情生活就会变得异常乏味。

然而他俩的苟且，谢希真的一无所知吗？还是只是为了自己愚昧的爱情隐忍不言？

这一点恐怕只有谢希本人才知道。

辛宠叹了口气："这样的平衡维持了那么久，为什么会突然倾斜？是不是因为叶丽丽开始偏心谢希了？"

"是。丽丽给他买了两千多的登山装。"小钱咬着牙，无法忍受一般，"而且是亲自陪他去商场一起挑选的。丽丽从来没给我买过衣服，以前她也不给谢希买，我就觉得无所谓，可是为什么突然给他买了登山装？只因为他说了想去爬山吗？她对谢希的感情是不是比我多了？我每天都在想这件事，折磨得我无法入眠，特别是谢希还整日穿着那套衣服来上班，他是在向我示威……"

事实上第一次跟小钱对话的时候，辛宠就注意到了，小钱多次提到谢希那套登山装，每一次情绪都十分浓烈，反而在痛斥叶丽丽的时候，全然语气虽然愤怒但眼底却是平静的。她当时只觉得奇怪，后来证据越来越明显，在推断杀人动机时，推断到了这一点……

可这个动机实在太荒诞了，辛宠当初推断出来的时候，还一度觉得自己有些变态，然而真相却比她的推断来得更加荒诞，让人不胜唏嘘。

辛宠强压下心底的异样，又问："那位……性工作者的工作地点你还记得吗？我们要去核实一下。"

"怎么不记得？就在新力路后面的小巷子里，白天去找不到人，晚上门口挂灯笼的那家就是。我这辈子第一次踏进那种地方，都是庸脂俗粉，连丽丽的一根手指都比不上。"小钱说着轻蔑地哼了一声，"这辈子能跟丽丽有过一段，死也值了。只可惜小金金竟然是别人的种……"

辛宠听不下去了，打断了他的话："你将他们埋在了哪里？"

"就埋在果园里。"小钱冷笑，"没人知道冯瞎子已经死了，也没人知道果园已经是谢希的了，就连他的父母都因为谢希执意要娶丽丽而跟他闹不和，几乎不来往，没人会来这里找他，连丽丽都想不到，他是自作自受。"

"那后来怎么会被当作女尸卖掉？"辛宠问。

小钱咬牙："我也很纳闷，可想来想去，也只有老包他们能这么干。这帮人，拿钱卖命，只要有钱赚什么事情都做得出来。所以我们从一开始就没让他们知道过我们的真实身份。”

辛宠挑眉，故意将声音提高，显得十分怀疑：“叶丽丽对你们的事情真的一无所知？这不可能吧？她跟你们每一个人都有着这么亲密的关系。”

“丽丽是无辜的。”小钱再次摆出大无畏的表情，“一切都是曲亿帆主使的。谢希帮冯瞎子挖井，发现了那个古墓，不知道怎么回事就被曲亿帆发现了，之后冯瞎子就死了，果园成了谢希的。曲亿帆找了我，本来我并不想参与这种事，但是想想我的工资，想想这点钱，将来怎么能给丽丽和小金金一个好的生活？所以一咬牙就入伙了。从头到尾丽丽就没参与过。”

“那天我和叶博士假扮黑市古董商去越王镇，你是不是一早就发现了？”辛宠看着他，用一种十分好奇的眼神。

小钱的情绪十分容易受人影响，也就十分容易控制，辛宠只要一直摆出怀疑他的表情和语气，他就会一直说下去，曲亿帆是个人精，恐怕就是看透了他这一点，才选了他。而控制谢希更是容易，有一个叶丽丽就够了。

小钱在辛宠好奇的眼神中得到了满足感，轻蔑地笑起来：“你们在雪宿里演戏的时候，我就觉得声音太耳熟了，但是不太敢确定。老包和小包将你们带出来，我就认出来了，立刻明白了你们这是要钓大鱼，你们背后一定有警察埋伏着，就跟曲亿帆通了电话。曲亿帆这人老奸巨猾，办法多得是，就让我用事先准备好的炸药制造骚乱，藏进石棺下面的密室里。等他来接管这里，再让我脱身，到时候就说我本来就是他带进来的，谁也看不出破绽。这样的安排算天衣无缝了，谁能想到你们还带着个该死的昆虫学家。”

辛宠笑起来：“现在破案都是多领域合作，你不知道那是你蠢，不能怪别人太专业。”

57.

审讯完小钱，走出审讯室，走廊上辛宠迎面遇见了叶丽丽，她已经被释放了，因为没有任何证据证明她跟案子有关系，被抓的几个男人，即便是面临重刑也没有一个人愿意说半句对她不利的话。

小钱如何为叶丽丽辩护自然不必再说了，就连欧阳都说：“丽丽没有错，她也并没有拉我入伙，是小钱找的我。最近几年家里生意不好，我家里的恶婆娘就三天两头找我吵架，我就想起了丽丽的好，想跟她重修旧好。你们说，小金金长得像不像我？我真的觉得她是我的孩子，想多赚点钱，带着她们娘俩远走高飞。”

曲亿帆说：“我做过的最悔恨的事情就是让丽丽嫁给谢希。丽丽跟了我很多年了，但是谢希那小子就是不开窍，总是想着要把发现古墓的事情上报，为了稳住他，没有办法……谢希案发的时候，我确实吓了一跳，也完全没想到是小钱干的。既然小钱承认了，我不怕说实话，谢希死了，我很开心，他死了，丽丽和金金就能回到我身边了。只要将最后一批货处理掉，我就带她们去国外，找个地方重新开始，一家人共享天伦……这幅美妙的画面一直激励着我，让我没有中途退缩。”

无论在谁眼里，叶丽丽都完美无缺，我见犹怜，跟案件没有一点关系，而她跟几个主犯错综复杂的关系……男人多……并不犯法。

迎面走来的叶丽丽黑发披肩，肌肤赛雪，眉眼乍一看明明是美好的、清纯的，看人时却又妩媚到了极致，身体曲线并不是多么的傲人，然而却又窈窕得恰到好处，实在是一位让人挑拣不出任何瑕疵的美女。

辛宠与她擦肩的一瞬间，她突然对她嫣然一笑，辛宠彻底愣住了，那一瞬间她似乎看到了繁花盛开的妖异，接着便是自己“咚咚”如雷的心跳。

叶时朝走出来时，就看见辛宠木头人一样站在走廊上看着出口发呆，他走过去喊了她一声，她才回过神来，受到了惊吓一样，拍了拍胸脯：“刚才那一瞬间，我以为自己被掰弯了，吓死了吓死了。”

叶时朝皱眉，一脸不悦：“你指叶丽丽？为什么我就觉得她一般？皮囊好看，灵魂却是漆黑一团，看着让人作呕。”

辛宠接触叶丽丽以来，还是头一次听人评价叶丽丽令人作呕，不禁觉得新鲜，但转念一想，面前这一位可是会看着虫子说“好美丽的姑娘”的奇葩，自然不指望他对人类有正常审美。

可转念一想又不对，叶时朝曾经说过，她看起来十分顺眼，如果他眼光奇葩，不就证明了她长得奇葩吗？

不不不，坚决不能这么想，宁愿相信，他看人真的不看皮囊，而是能够透过皮囊看到灵魂。他说她顺眼，其实是觉得他们两人灵魂契合。

这么想就顺心多了，人也不自觉地笑起来。

“终于找到女死者的身份了。”辛宠晃着手中的录音笔，“我去交给辛格。”

叶时朝点头，这样也算是对死者一个交代，无论她生前从事什么行业，都不该死得如此不明不白。

去找辛格的路上，辛宠突然想到一件事，停住脚步回头看叶时朝："你说，叶丽丽是不是这个案子最大的受益者？到底她是曲亿帆的棋子，还是，曲亿帆跟其他男人一样，都不过是她手中的棋？有没有可能，这整件事本身就是她策划的？"

"除非她的信徒们清醒过来愿意指证，否则没有一丝一毫的证据证明她跟这起案子有关系。"叶时朝想起那天在开往果园的面包车上，他被蒙住眼睛时，鼻翼间飘着的丝丝缕缕的香水味。那种香水味他曾经在叶丽丽身上闻到过，但是这并不能当作证据，证明当时她是在场的。

辛宠面色凝重："还有一件事我不明白。如果她的信徒们都是她的工具，使用完了就可以丢掉，那么为什么还要给曲亿帆生孩子？"

"谁告诉你，孩子是为男人生的？"叶时朝挑眉，眼带微光，"至少对于叶丽丽，孩子是给自己生的，所以她选了信徒中基因最优良的一个人，为她提供精子。"

确实。

谢希、小钱、欧阳、曲亿帆，这几个人中，虽然曲亿帆年纪最大，但是确实是智商高且颜值在线的，其他三个男人，虽然年纪轻，但不是太矮，就是太蠢，似乎都不配作为精子提供者。

若真是这样，叶丽丽这个女人就实在聪明得可怕，她知道自己总有一天青春不在，于是生了一个融合她所有优良基因的女儿，等她失去了武器，她的女儿正青春年少，足以继承她的衣钵，保她一生荣华富贵……

想到这里，辛宠就忍不住丧气了起来："真的没办法抓到她吗？"

"如果她真的一直都没沾过手，也就不存在什么证据，要如何抓？"叶时朝看她，"这世界上有很多这样的人，兵不血刃，杀人如麻。我们能做的，也只有盼望她有朝一日失手而已。"

这一点其实辛宠比叶时朝明白，这种对手必须一直交手才能找到破绽。可这样一来，他们就变得十分被动，若是叶丽丽没有任何动静，他们也就没有办法动她。

想到这里，辛宠就觉得十分不甘心。

再见面时，是在机场，叶丽丽已经办理了旅行签证，准备带小金金飞往巴黎。

辛宠驱车赶到机场。

三晋市国际机场，融合了城市的特点，带着复古的特殊风韵，反倒比一味追求现代化的机场看起来要高大上。

叶丽丽刚办理完托运，正走向安检，辛宠冲过去将她拦住。

叶丽丽今天跟平日很不同，放弃了清纯的新寡打扮，穿了一套气场十足的灰色西装，黑超墨镜，长发微卷拨到一边，露出雪白的脖颈儿以及完美的侧颜。小金金也穿了童款皮草，头顶上扎了两个小揪揪，手里捧着奶茶，粉雕玉琢，让人挪不开眼睛。

对于辛宠的出现，叶丽丽似乎一点都不意外，摘掉墨镜，扬了扬下巴，朝辛宠嫣然一笑："找我有事？"

辛宠看着她："你是故意给谢希买了登山装，只是为了激起小钱的嫉妒心，让他替你杀人。你早就厌倦了对你百依百顺的谢希，早就想除掉他了是不是？"

叶丽丽皱起秀眉，摇头："你这样对一个刚刚痛失丈夫的人说话，真的很残忍。"

辛宠咬牙："法网恢恢疏而不漏，你不可能每次都这么幸运，总有一天，我会抓住你。"

"我从来不相信自己能有什么幸运。"叶丽丽笑起来，"我连睡觉都是睁着眼睛的。所以……再见。"

"你真的要带着你的女儿走上这条不归路？"辛宠痛心疾首，指着小金金，"她还那么小。"

"人在出生的那一刻起，就已经踏上了不归路。"叶丽丽的眉目里带着冷冷的凉意，"辛警官，你凭什么说你的路要比我的路高贵？"

"坦荡光明当然高贵。"辛宠义正严辞，"阴诡之路通往的是自我毁灭的地狱。"

叶丽丽望着辛宠，望了许久，露出一个温柔至极的笑来："你一定生在一个好人家，真让人羡慕。从看见你的第一眼起，我就特别喜欢你，你的眼睛里有我想都不敢想的东西。你不怯懦，你勇敢得让人嫉妒。"

辛宠的父母确实都是坦荡真诚的人，对比起来叶三小姐也确实不怎么像一个母亲。可这并不能成为一个人堕落的理由。

叶丽丽抬起腕表看了眼时间："时间不早了，我要进去了。"说着拉起小金金的手，在经过辛宠身边时，她突然停下脚步，凑近辛宠的耳朵，说了一句话。

叶时朝打车来追辛宠，走进候机大厅，就看见辛宠脸色发白呆愣愣地站在那里一动不动。

他上前拍了拍她的肩，担忧地问："怎么了？没见到叶丽丽？"

“见到了。”辛宠点了点头，额头上冒出细细的汗珠，她抓住叶时朝的手，眸光凝重，“叶丽丽临走时跟我说了一句话。”

叶时朝被她的样子吓到了：“她说什么？”

“她说：小心点，鬼美人就在你的身边。”

58.

那之后的很长一段时间，辛宠每天都做噩梦，梦见自己走在路上，路人的脸变成了骷髅，来到局里，辛格的脸变成骷髅，她很害怕，一直在跑，跑了许久终于找到了叶时朝，她拉着叶时朝的手，惊慌失措：“鬼美人，鬼美人……”

叶时朝柔声问：“鬼美人是什么样子？我这个样子吗？”说着转过头来，英俊的脸赫然只剩森森白骨。

犯罪心理学虽然跟普通的心理学不尽相同，但也有共通之处，她试着分析这个梦背后的隐喻，悲催地发现，叶丽丽的话将她的安全感摧毁了。她对身边的人有多信任，此时就有多恐慌。

无数个不眠之夜，她终于忍无可忍，驱车来到叶时朝家里，也不管此时是不是半夜，蛮横地敲开他的门。

叶时朝并没有睡，站在门里的他衣着整齐，俊美的脸上略显苍白，皱眉看她：“这个时间，你来干什么？”

辛宠说不出话来，她想说害怕，又怕被他瞧不起，只能说：“我又想到了几个人名。”

自从叶丽丽说了那句话之后，叶时朝就让她将自己身边所有人的名字写下来，两个人一一筛选，希望能列出一个嫌疑人名单。

并且要求将他自己的名字加上，他给出的理由是：“以你的角度来判断，不是以我的角度来判断，就比如我，叶时朝，你怎么知道，他不是一个弑母弑父的反社会人渣？”

严谨到这个程度，名单最终长到不像话，律师事务所的合伙人老邢，学弟小白，以及所有的工作人员，甚至清洁工大妈，自不必说。就连案子接触过的人也全部回忆了一遍，捡了些可疑的写在了名单里。

当然，还包括了施寅、辛格，警局里她认识的所有人。

这样的名单，再添上几个名字根本不是难事。

她这一次添加了住的那栋大楼的管理员、保安的名字，就在叶时朝的书房里。

叶时朝的书房比上次来时更加凌乱，墙上、书桌上摆满了他写下的关于“鬼美人”案的线索，以及父亲失踪的线索。

辛宠几乎找不到地方坐，只能站着，看着他墙壁上贴着的便签条：

“车祸一周前，父亲一早起床坐着发呆了半个小时，忘记做早饭，我只能饿着肚子去学校。”

“中午父亲来学校给我送午饭，对早上自己的失误道歉。盒饭是他自己做的，胡萝卜切得很大，味道不太好，但我还是吃光了。”

“六天前，早上父亲不在，但是给我留了煎蛋和培根，已经不热了，父亲出去了至少一个小时，他去了哪里？中午父亲没来送饭，我在学校的食堂吃午饭，回教室的路上，好像在门口看到父亲，但是晚上回家问父亲，他没有承认，他说我看错了。我怎么会看错自己的父亲，更何况是悲痛地坐在门口哭泣的父亲。”

“五天前，父亲心情似乎好了一些，跟我一起吃了早饭，并且教我怎么煎蛋比较好吃。”

“四天前，我自己做了煎蛋，父亲吃了两个，他说非常好吃。”

“三天前，周六，父亲带我去扫墓，爷爷奶奶还有母亲葬在一起，母亲的墓碑很新，旁边还有两个空的墓碑，我想那是留给我和父亲的。”

“两天前，周日，父亲将家里里里外外都打扫了一遍，并告诉我家里的存折密码，房产文件都在哪里。”

“一天前，我病了，请假在家，父亲很着急，一直坐在床边握着我的手。”

“当天，我还没有好，父亲从早上开始就表现得十分焦灼，他不停地给我量体温，给医生打电话，中午，我的体温退了，他说，想带我去散心。我同意了，我不愿意看见父亲难过。”

“下午一点我们出门，一路上父亲不停地跟我说话，说我小时候的事，说能成为我的父亲，他有多么骄傲。车撞过来的那一瞬间，我看到他回头看了我一眼，眼睛里有眼泪在闪。但那也许是我这么多年以来自己幻想出来的幻觉。”

……

辛宠看着看着就哭了，捂着眼睛，眼泪止也止不住地从指缝中流下来，濡湿她的手背、她的毛衣。

“你哭什么？”叶时朝不解地看着她，黑眸里似乎已经看不到悲伤了，但就是这种平静，才让人更觉悲伤。

辛宠抹了把眼泪，吼他：“你也可以哭，将自己当成一个局外人，也并不会真的成为局外人。”

叶时朝摇头：“在思考案情的时候，不能掺杂太多个人感情，否则容易变得不客观，容易出现思维盲区。”

辛宠当然懂，但是所谓的个人感情，并不是想割舍就割舍的，他说不想掺杂，但是这墙壁上的便条上记录的一件件事，一字一句，全都带着对父亲浓烈的爱意，以及没能及时发现他的不妥的悔恨。

说什么客观，无非就是强迫自己、压抑自己而已。

她看得到他的压抑，看得到他平静表面下的如海悲伤，说不出心里是什么滋味，只知道很疼，疼到无法忍受，最后竟然笑了，是一种无奈又带着怒气的冷笑：“你是不是从来就没尝过失控的滋味？”

叶时朝皱眉：“我有自信可以让自己不失控。”

辛宠摇头：“这世界上没有一种东西是能够无限压抑的，压抑的尽头不是灭亡就是爆发。合理的疏导才是面对压力和悲伤的正确办法。”

“不。”叶时朝固执地摇头，黑眸里冷如一块冰，也脆如一块冰，“我不需要……”

他话没说完，嘴就被堵住了，辛宠抬起脚尖，吻上了他的唇。

其实辛宠也不知道，自己怎么会这么大胆，即便以前跟着姐妹们去牛郎店里开眼，也不过就是跟几个好看的牛郎喝酒聊天，连人家的小手都没拉过，这一次，她觉得自己有一种豁出去的悲壮。

面对自己喜欢的男人，这种悲壮是很要命的，直接导致她吻上去之后，不知道该怎么办，当发现自己没有被第一时间推开之后，仿佛得到了鼓励，第一反应是闭上眼睛，然后抱着一种，我先开始的，不能让他失望的心态，尝试着开始……动嘴。

叶时朝的唇并没有看起来的那么冰冷，是温暖的、柔软的，带着他身上特有的冷香，让她开始意乱情迷，忍不住伸手抱住了他的腰，而就在此时，她终于感觉到了叶时朝的反应，嘴唇变烫了，呼吸开始紊乱，甚至反客为主，钳住她的腰，将她拉进他的怀抱中。

辛宠很得意，离开他的唇，笑起来：“你看，你失控了。”

他望着她，黑眸中波涛汹涌。像一只饿鬼，一只刚拿到大白馒头，啃了一口，馒头就被抢走的饿鬼。

辛宠被他眼中浓重的欲望吓了一跳，以为他是生气了，本能地想道歉，就被猛地压在了墙上，唇被重重堵住，背后写满了案子细节的便签纸，扑簌簌落了一地……

他的掠夺来得很快很急，让她有些招架不住，也无力招架，只能软绵绵地贴在墙上，又被掐着腰，被压在他的身上，她能感觉到他身上的火热，几乎将她点燃，将她焚化，她浑身战栗，抬起软弱无力的双臂，圈住了他的脖子。

与此同时，叶时朝已经厌倦了这个无法再深入的姿势，一下子将她压倒在一旁的沙发上，离开她的唇，舔啃她的脖子、耳垂，手更是不耐烦地一把撕开了她的衬衣。

辛宠觉得自己快要爆炸了，抖着手，去找他的纽扣，无奈没有力气像他一样撕开，只能一颗一颗解，慢得让她暴躁。好在他很快明白她的意图，伸手自己除去了上衣。

常年待在室内养出来的白皙皮肤，摸起来柔滑，还没有一丝赘肉，辛宠感觉自己真是捡到宝了，简直爱不释手。

只希望自己费心保养出来的皮肤和运动虐出来的马甲线让他满意……

正进行到最关键的时刻，辛宠掉在地上的手机突然狂响了起来。她本来不打算理会，但是打电话的人非常执着，一遍接着一遍，实在太吵，她忍无可忍，伸手抓过手机，本来想按静音，但是手抖一下子划到了接听，辛格的大嗓门从电话那头冒了出来。

“宠，你睡了吗？刚我听老邱说，看守所里的老包，就是卖尸的那一个，他想跟叶博士谈谈，可能关系到他的亲人……不知道是不是老包想减刑要出来的花招，我在犹豫要不要跟叶博士说……宠？你怎么不说话？睡着了？”

“啊？”辛宠迷迷糊糊的，脑子有点转不过来，刚出了一声，身上一空，叶时朝已经从她身上离开，开始飞快地穿衣服。

穿上裤子，他抢过手机：“我见，给我安排。”

电话那头愣了一下，紧接着响起辛格震惊的吼声：“辛宠，叶时朝怎么在你家？你们俩是不是睡了？那个臭小子逼你的？有没有说什么时候结婚？你……你等着，我现在就过去，一定要他给你个交代。”

辛宠这才清醒过来，忙不迭爬起来，抢过手机，对着话筒安抚辛格：“没……没……你别激动，也别过来，叶……他说他见，你给安排一下，我们现在就能过去。”

叶时朝本来就没什么亲戚，关系到他的家里人，不是他的父亲就是母亲，无论哪一个，都是他最为紧张的，刀山火海都会立刻赶过去。

好不容易安抚好辛格，辛宠松了一口气，才意识到自己一身清凉，狼狈地爬下沙发找衣服，叶时朝已经拿了他的大衣，将她从头到尾包了起来。

“对不起，我失控了。”叶时朝别开视线，脸上泛红，“对不起，你穿衣服，我先出去。”

“失控的感觉有你想得那么可怕吗？”辛宠问他，“你有失去自己吗？”

叶时朝望着她，刚才还只是微红的脸突然爆红起来，他哑着嗓子：“有。但是……”说到这里目光柔和了起来，“不可怕，下次我希望失控得更彻底一些。”

59.

开车来到看守所，跟着老邱进入特别准备的房间，没有录音，没有监控，只有一道铁网，铁网两边两把椅子。

老邱对叶时朝说：“叶博士，老包狡猾得很，如果他向你提什么要求，一定不要急着答应，要先跟我商量。”

叶时朝点点头，走进房间，回头看了辛宠一眼，辛宠的眼神里透着担忧，他朝她笑了一下，辛宠才放下心来，跟老邱一起退出房间，并关上了门。

老包很快就被民警带了进来，坐在栅栏另外一边的椅子上。等民警离开，他迫不及待地探身向前，问叶时朝：“听说你是公安请的专家，那你说话管不管用？”

“你是不是想说，我有没有为你申请减刑的能力？”叶时朝尽量让自己不露声色，“我没有那个能力，但是我很有钱，我可以为你聘请律师，最好的律师。只要你给我的信息有用，我甚至能够保证你出狱之后安享晚年。”

“够了够了。”老包放心地坐回椅子上，长舒了一口气，“我没儿没女，弟弟一家也都进来了，没什么盼头，能够安享晚年已经不错了。”说着又朝前倾了倾身，“刚才的邱队长跟你说过没有？跳崖的那具尸体是从我弟弟那里收来的，连亲哥都坑……啧啧，不愧是我们老包家的人。其实我这个人做生意十分讲究，道上很多人都认识我，也有很多人找我买尸，大多数人要女尸，为了配阴婚。也有个别的，不知道出于什么原因，会要一些特定的尸体，比如长得像自己的，这种大多数都是为了躲债，假死……反正不管什么原因吧，这种定制的尸，可遇不可求的，价格也格外地贵，但能不能做成生意全看老天成不成全。”

听老包在栅栏那头喋喋不休，叶时朝有点不耐烦，打断了他的话：“你到底想说什么？”

老包挪了挪身体，斟酌着语言，小心翼翼地问：“你小的时候家里是不是死过人？爸爸、叔叔这一类的，车祸或者跳楼死的……”

叶时朝面上不动声色，但是握在一起的双手，发青的关节却出卖了他的情绪：“说重点。”

“如果有的话，那人可能没死……”老包咳嗽了一声，“十五年前吧，算算有那么久了，我曾经接待过一个客人，他要找一具跟自己长得像的尸体。长得像的尸体哪里好找，但是那位客人给钱给得太痛快，我就使了吃奶的劲，满世界找，最后找了一具七八分像的，那客人说，够了，反正也是要出意外的。之后我就没再见过他。”

“你是说……”叶时朝皱起眉。

“对，那位客人跟你有点像，特别是身上的那股劲，读书人的矜贵劲一模一样……我也就碰个运气，如果你家没这样的人，就当我瞎说。”老包微微有些紧张。

叶时朝心脏咚咚跳，如果老包说的是真的，那个客人是不是他父亲？他父亲真是诈死？

寻觅了这么久，终于有了一些切实的证据，叶时朝无法控制心中的喜悦，胸口剧烈起伏，沉默了几秒钟，让自己冷静一下，才开口对老包说：“我会给你请律师，也会安排好你出狱之后的生活，但在这之前，你必须尽可能地多给我提供那位客人的信息。”

“赌对了！”老包拍了下大腿，换上讨好的笑，“那位客人确实很仔细，什么信息都没留下，但是我记得介绍他来的小混混的名字。他叫大刘，哪条道都混，哪条道都不是，后来听说洗手不干了，不过这个人，谁跟他都面熟，谁跟他也都不熟，你要是有心打听打听，准能找着。”

叶时朝迫不及待起身：“好，我先去找大刘，你再好好想想，想到什么随时告诉我。”

“那……律师的事……”老包起身问。

“明天就会走正常流程申请跟你会面。”叶时朝说着，头也不回地走了。

找到那个大刘，是在十天后，一个阴雨天里，辛宠陪着叶时朝来到医院，找到了他的病房。

大刘的主治医师看见有人来看大刘，就叹了口气："你们是患者的朋友？这位患者是不是得罪什么人了？这明显是被刑讯逼供过？全身没有一块好骨头不说，舌头也被剪掉了一小块，手指头更是被电击枪烧烂了……到现在人还没醒，不过，醒了也站不起来了，你们做好心理准备。对了，他当初被人丢在医院门口，我们医院方面已经报过警了，警察来了好几次，你们要是知道什么情况，最好先去趟警局说清楚。"

辛宠全身冰冷，看着病床上那个缠满了绷带、毫无生气的男人，心中的恐慌无法言喻。

他们才刚得知这个大刘可能知道叶时朝父亲的下落，大刘就被人逼供，险些丧命。叶丽丽说得没错，"鬼美人"就在他们的身边。

她抬头去看叶时朝，只见叶时朝脸色煞白，拳头握得死紧，呼吸都似乎停止了。

她忙安慰他："至少，大刘肯定没有说出叶伯伯的下落。不然，这么残忍的手段都用了，不可能冒着被指证的危险留他活口。"

叶时朝什么都没说，转身出去打电话，辛宠跟了出去，远远听他激动地在跟什么人说话："……希望你能收治一位病人，只要能让这位病人醒过来，我愿意付出任何代价……"

很快，大刘就被医疗直升机带走了，转去市里最好的医院，有一整支医疗队伍，全天候只为他一个人服务。

一个月过去了，两个月过去了，大刘并没有醒来。

只不过当时他们并不知道，当大刘醒来时，他们将要付出的是怎样惨重的代价。

第　三　案

魔鬼的祭坛

我永恒的灵魂，注视着你的心，纵然黑夜孤寂，白昼如焚。

——让·尼古拉·阿蒂尔·兰波，法国诗人

60.

“尸体就在前面，全身发着绿光。是一对走夜路的小情侣发现的，两个人都吓得不轻，男生直接昏了过去，女生打电话报的警。我让大良送他们去医院了，顺便录口供。”

天还未亮，位于西城区的铜峰街，平坦而宽阔的马路上，正蒸腾着白茫茫的雾气，雾气之上飘浮着一排飞碟，飞碟散发出暖黄色的光芒，看上去充满了科幻感。

“这是什么情况？”辛宠被眼前的景象惊呆了，脚步不自觉地停了下来。

叶时朝走到她身边，也跟着停下脚步，漆黑的眸子在夜色中显得十分沉静，他指了指白茫茫的雾气：“暖气管道裂了，漏热水。”又指了指雾气之上飘浮着的飞碟，“那是路灯，网上不止一次有人拍到过它，声称自己看见了UFO。”

辛格接过话来：“先别急着震惊，更瘆人的还在后面。”说着带路走进了雾气里。

雾气很浓，温度明显比外面要高，往前走，隐隐能够看到路边有莹莹的绿光，走近了才发现，那是一具尸体，尸体旁有个暴露在外的暖气管道，管道不知道因为什么，已经破裂，热水汩汩地从管道中不断流出来。

尸体躺在流淌的热水上面，已经开始呈现巨人观，肿胀发白，身上覆盖着一层伞状的蘑菇，蘑菇发着绿莹莹的光，周围围绕着无数苍蝇，看起来毛骨悚然，宛如地狱沼泽中的景象。

这幅景象让辛宠打了个寒战，叶时朝却顿时来了兴趣，穿上辛格递过来的鞋套，走到尸体身前，蹲下身仔细看那些冒着绿光的小菇。

这种发光的小菇并不大，张开的菌伞直径不过三五厘米，像生在尸体上的水母，绿莹莹的，竟然十分可爱。

“这是萤光蕈，又称蚂蚁路灯，是木栖腐生小型菇类，一般生长于春夏季，低海拔林区。”叶时朝说着，戴上手套，轻轻拨开萤光蕈群，里面暴露出许多虫子，“萤光蕈的荧光能够吸引很多昆虫来为它传播孢子，但是这里周围充满了热水，很多昆虫无法聚集过来，这里就只有鞘翅目的尸食虫、蝇类，还有蛾类。丽蝇卵还未孵化，死者在这里时间应该不长……咦？这是……”

他说着从工具箱里取出了镊子，小心翼翼地从萤光蕈发光的菌伞下夹起一只十分微小的虫子。这只虫子实在太小了，不仔细看根本看不到，叶时朝又从工具箱里取出放大镜，递给辛宠，辛宠凑过去看了一下，发现虫子的样子很奇怪，看起来像掉落的隐形眼镜，直径却比隐形眼镜要小，不超过一毫米，颜色微微发红，身上长了两根毛。

“这是什么？”她好奇地问。

叶时朝说：“夜光虫，是海里的一种生物，夜里在海水的刺激下会发光。网上流传的海面发蓝光的图片，就是拍到了大量聚集在海面的夜光虫。”

“海里的生物？”辛格奇怪，“怎么会出现在这里？”

“这就是问题所在。”叶时朝说着，将夜光虫收进样品盒里，继续取样。

他又在尸体上找到了两只夜光虫，都已经死亡，主要集中在死者的左胸处。

将所有的昆虫样本都取完，施寅带着助理法医赶来了，看到眼前这幅景象，两人均是一愣，年轻的助理法医脸色苍白，施寅还算淡定，摸摸下巴，笑得十分瘆人：“这简直就像是魔鬼的祭坛。”

“什么魔鬼的祭坛？少在这里危言耸听，干活！”辛格走过来，拍了施寅一下。

施寅冷哼了一声，戴上头套、口罩，蹲下身来，开始初步尸检，助理则在一旁拍照。

“男性，年龄在二十五岁到三十岁之间，身高约一米七五，尸体已经呈现巨人观，死后应该至少在水里泡了四十八小时，但是如果泡的是热水，时间就要另外推断了。死亡原因推断为胸口的多处刺伤，这种刺伤会造成大量流血，然而这里未见血迹，应该是死后抛尸。”

辛格点点头，叫来一个胖墩墩的下属：“虎子，去道路监控指挥中心调取四十八小时内这条街道的监控。让牛庆带两个人走访一下附近小区的住户。”

“知道了，头儿。”虎子应着声走了。

辛格又对施寅说：“你不来，我们也不好动受害者的尸体，先找找，他身上有没有证件。”

“真乖。”施寅抬了抬头，眼角带着一抹笑，这笑容十分欠揍，却又十分奇妙地风流动人。他翻开尸体的衣服，灰色的西装外套，卡其色裤子，边翻边说：“死者很干净，身上没有一丝血迹，一看就是被仔细清理过，这种情况下，你还指望凶手在他身上留证件？”说到这里，手已经翻开尸体的裤子口袋，动作突然停了，然后目瞪口呆地从口袋里掏出一张身份证。

吴作永，男，二十九岁，地址是本市的某小区。

辛格接过身份证，挑了挑眉：“脸疼不？”

施寅望着那张飞快打了他脸的身份证，咬了咬牙：“这不合逻辑。”

辛宠挺施寅：“我也觉得这不符合常理，尸体确实很干净，且摆放整齐，手脚笔直，头都没有歪斜，说明凶手是个十分严谨的人，他既然这么费力地清理尸体，怎么会大意留下身份证？除非他是有意让警方查到死者身份。“

辛格皱眉：“这是挑衅？”

“会给警方留线索的凶犯一般属于自恋型人格，将杀人当成与警察的一场游戏，或者比赛，以此对警察进行羞辱。但也有一种类型的杀人犯，他们不是警察，却将自己当成警察的化身，自认自己杀人是做了警察该做的事情，给警察留下信号，也是想要得到鼓励和感谢。”辛宠说着，低头看尸体，“不知道这个不知名的杀手，是哪种类型。”

辛格点头：“无论哪种类型，都得把他抓起来。要抓起来，我们就得知道更多线索。受害者身上这些神秘兮兮的绿光蘑菇还有什么什么虫，就交给叶博士了，还有，施寅，我今天能不能拿到验尸报告？”

施寅脱下手套，丢给助手，并吩咐他找人把尸体带回法医中心，回头指着辛格：“你最近真是越来越过分了！小心我撂挑子不干。”

“哎哟？”辛格坏笑了两声，“我要小心你撂挑子，还要小心自己别不小心说漏嘴，把你的小秘密说出来，我真是很辛苦呢。”

施寅脸色一变，咬了咬牙："验尸报告明天给你。"

辛格笑出八颗白牙，手放胸口："小秘密在我这里，既温暖又安心。"说着便搭着施寅的肩，与他一起离开了。

辛宠万分好奇，忍不住问一旁的叶时朝："施寅有什么把柄落在我哥手上了吗？"

叶时朝正蹲在漏着热水的管道旁边，闻言回头："施寅能有什么把柄？除非……辛格知道他是处男？"

"施寅是处男？"辛宠十分惊讶，毕竟平日里看施寅见妹必撩，又以绅士自居，这样的人，怎么可能二十七八了，还是处男？

叶时朝抬头看辛宠："性经验真有那么重要吗？施寅本人十分害怕别人看穿他是处男。"

对男人大概很重要吧？至少她从小到大遇见的男人里，都以拥有更多的性经验为荣，没有一个男人到了这个年纪还能抬头挺胸骄傲地说自己是处男的。

想到这里，辛宠若有所思地砸了咂舌："不知道我哥哪里来的底气用这个要挟别人，他自己也是万年光棍一条。"

叶时朝起身，认真地看着她："那你呢？"

辛宠一时没反应过来："我什么？"

"性经验。"叶时朝问。

辛宠的脸瞬间爆红，几乎是立刻想到了那个荒唐的夜晚，那一晚，她差点就有……差点就有经验了，在之前还真没有过。

这么一想，她跟施寅原来是一个类型的，都是纸上谈兵，假装老司机，其实根本就没有实际操作过，且对于实际操作这件事带有一定的恐惧。

然而她觉得她可能快要克服恐惧了，毕竟那晚……她是十分享受的。当然，也有可能是遇见了对的人。

她红着脸咳嗽了两声，强撑着面子，扬了扬下巴："你先说，你说了，我就说。"

叶时朝冷笑了两声，挪开视线，不知道怎么的，声音虚得不得了："我……我觉得这个话题太幼稚。"

说完提着他的工具箱走了。

辛宠在他身后撇嘴，小声嘟囔："是你先问的好不好？也不知道谁幼稚！"

61.

当天晚上开了第一次案情通报会，一大早就被从被窝里挖起来、马不停蹄地忙活了一天的各位都靠着咖啡或者红牛续命，唯独叶时朝精神奕奕，辛宠打着哈欠凑过来，看到他嘴角的笑，忍不住问：“什么事情，这么兴奋？”

“第一次这么深入地研究夜光虫……”叶时朝目不转睛地看着手中的平板电脑，里面是他连夜扫描进去的从尸体身上取下的两只夜光虫的各种数据，“看，它多美。”

辛宠看着平板上被放大的小生物，圆圆薄薄的身体，头上两根鞭毛，虽然比大多数虫子要可爱，但是美……恕她眼拙，是真的看不出来。

两个世界，无法沟通，她只能摇着头，躲到一边，一边喝她的咖啡，一边整理她对案情的看法。

“死者，吴作永，男，二十九岁，本地居民，在某通讯公司技术部上班，平时住公司宿舍。家属已经前来认过尸了，据死者父母说，死者是个老实懂事的孩子，不可能跟人结仇，也没有复杂的人际关系，没有女朋友。最后一次见他是三天前，因为死者住宿舍，一周才回家一次，所以父母并不知道他失踪了。我们又去走访了死者的公司，据死者的同事交代，死者性格内向古怪，甚至有些猥琐……公司的女厕所曾经被人安装过摄像头，有人怀疑是吴作永干的，但是他本人极力反驳，再加上没有证据，公司也不想将事情闹大，影响公司声誉，只能不了了之。同事们都说最后一次见死者是三天前的下午，第二天死者没来上班，大家都以为他是感冒了，再加上他人缘又不好，所以也没人当回事。”

大良率先报告了自己走访的成果，然后是施寅的验尸报告：

“死者身上有多种外伤，主要集中在衣物遮盖处，主要是鞭痕、灼烧痕迹，怀疑死者生前曾被虐待，但虐待并不是致死原因。致命伤是利器刺入伤，利器刺入心脏，心脏失去供血功能，最终导致死亡。凶器，我比对过，是市面上最普通的水果刀。死亡时间推测为两天前，也就是十二月二十二日晚上。抛尸时间是昨晚十点左右，因为暖气管道漏水，无人修理，尸体浸泡在热水中，长达七小时，因此造成尸体的加速腐败，提前形成巨人观。还有一点十分奇怪，死者胃里空空如也，死前至少十二小时未曾进过食。还有，嘴唇四周皮肤上有少量的三氯甲烷残留。”

“也就是说，死者先被迷晕，然后被囚禁、虐待了十二小时，最后被杀害？”辛格用笔轻轻敲了敲桌面，“凶手要想做到这一切首先要独居，有一处独立的、隔音的住宅用来囚禁和折磨人。嗯，算一个线索。虎子，让你查道路监控，查得怎么样了？”

虎子站起来：“暖气管道是从二十三日白天开始破裂的，周围居民都绕着走，特别是到了晚上，监控里只能看到白茫茫一片，人影都见不着，车也只能看到一晃而过的灯光，没有什么有价值的线索。”

辛格点了点头，又说：“我跟技术部的同事去了趟吴作永的家和宿舍，带走了他的笔记本电脑，但是笔记本的防火墙配置很高，密码十分难破解，技术部的同事还在努力。吴作永的宿舍很脏很乱，就连笔记本电脑上都满是污渍。我还看了他的衣柜，基本都是运动服，还有公司发的工作服，是个标准的宅男，这样一个脏乱的宅男，死前却穿着整洁时髦的西装，实在不合常理，除非他是要去见什么重要的人。”

“是个女人。确切地说是他的约会对象。”辛宠接过话来，“我也去了吴作永的家和宿舍，他在家和宿舍里，完全是两个模样，或者说，家是他的牢笼，而他的宿舍则是他的王国。”

辛宠说着将自己在吴作永家拍下的照片，投映到大屏幕上。第一张是吴作永的房间，整洁到一尘不染的房间，床、衣柜、书桌，没有一点无用的东西。然后换到他宿舍的房间，不足十平米的房间里有满地的垃圾，简易衣柜半倒着，衣服随便丢在床头沙发上，书桌上摆满了袒胸露乳的游戏女性角色手办，打开的抽屉里堆着封面露骨的杂志。

“我在吴作永家待了一小时，发现他的父母都有洁癖，特别是母亲，这种洁癖不只是卫生方面，还有性方面，所以吴作永的房间并不是他的房间，而是他的母亲为理想的儿子打造的标准住所。这里没有一丝一毫影响她心情的东西，甚至连一张女明星的照片都没有。在跟他父母的交谈中，他的母亲提到，即便是现在，吴作永在家时依旧没有关房门的权利。据他的母亲说，担心孩子关上房门会做坏事，想想电视里那些青春期的男孩子会做的事情，就觉得肮脏不堪，无法忍受，所以她要看管好自己的孩子，确保他能够成为一个干净的乖孩子。他是一个没有私人空间的性压抑者，所以才有了宿舍里这种极端的反弹。弗洛伊德说，性心理是生活最基本的动力，特别是年轻气盛的男性，吴作永在长期的压抑下，应该是患上了某种性心理障碍，比如偷拍女厕。这种情况下，他追逐女性的方式必定也是非正常的，我怀疑，即便是有这个对象，也是他的假想，对方有可能根本不知道他的存在，或者不堪其扰。我们应该先去调查下，最近市内的跟踪狂，或者骚扰事件的报案。”

这确实是一个全新的方向，辛格对辛宠的巨大进步感到欣慰：“好，我会派人去查。”说着看向一直没有说过话的叶时朝，“叶博士，有什么要补充的吗？”

叶时朝从平板电脑中抬起头来，俊美的脸上带着满足的笑：“我在实验室，对尸体身上的萤光蕈做了详细的分析，这种物种并不在本市生长，且这种寒冷的天气也不利于它的生长，但是结合现场的环境，我做了推断。死者生前有可能在生长有萤光蕈的地方待过，衣物跟萤光蕈有过接触，留下了孢子，孢子要在极短的时间内发育成蕈，就必须保证死者所处的环境一直都是潮湿温暖的。”

“也就是说凶手囚禁死者的地方必须是潮湿温暖的，而现在是冬天，这样的地方真不多。”辛格点头，“排除了城市里百分之八十的地点，对排查很有帮助。”

“先别着急。”叶时朝说着将自己平板上的夜光虫图片投映到大屏幕上，“这是死者身上找到的夜光虫，这是一种生活在海水里的生物，而这只夜光虫是刚刚死亡不久，也就是说它粘在死者身上时是活着的。S 市并不靠海，于是我在网上发布了帖子询问市里哪里有可能有夜光虫存在，得到了一个地址。”他说着又打开一张新的图片，是一个漂亮纤细的女生站在挂有“光之舞”招牌的建筑物前，“这家‘光之舞’，是新开的一个展厅，展览的是多种发光的植物、昆虫、真菌等，据说已经成了年轻人必去的约会圣地。”

听叶时朝这么说，辛宠不禁心向往之，既然是约会圣地，那必须是恋爱中的人才能去。

想起“恋爱”这个词，辛宠又有些惆怅，想起那晚自己的主动，还有他的失控，然而那之后，就没有之后了，两个人都太忙，甚至没有人再提起过那件事，他们的关系也就随之进入一个十分奇怪的阶段，明明已经足够暧昧了，却没有人愿意再往前迈一步。

她不想再主动是因为尊严，毕竟他们关系的发展主要都是靠着她的主动，她都走了九百九十九步了，这最后一步难道不应该由男生来走?

然而叶时朝那边毫无动静，宁愿对着一只生前会发光的死虫子赞叹“好美”，也不愿意跟她聊一聊那晚的事。

真是让人沮丧。

这么想着就更加想去那个约会圣地了，与叶时朝一起去，在情侣们营造出来的浪漫气氛下，也许他能受到启发，想与她更进一步也说不定。

这么想着，身体已经开始行动了，辛宠飞快举手：“我和叶博士去查这里。”

一屋子的人都朝她看，辛格更是表情复杂，但为了不让妹子难堪，还是同意了：“好，毕竟这里是叶博士的专业领域，辛宠你就负责载他去吧。”

辛宠心满意足地放下手，看了叶时朝一眼，叶时朝也正看她，目光相撞，她竟然生出几分心虚，慌忙移开了视线。

已经掌握的线索基本通报完了，辛格分配下任务："大良带人继续跟吴作永家人和同事这条线，主要是查一下女厕所被偷拍的受害者，确认她们的不在场证明。虎子和陆海去报案中心查最近的骚扰、跟踪狂……以及所有针对性方面的报警。其他人去排查本市有可能囚禁受害者的房屋，要符合几个特点：独立、隔音、温暖、潮湿。我去技术部，看看吴作永的电脑密码破译得怎么样了，实在不行，再找找这方面的专家。"

62.

散会之后，辛格专门揪住了辛宠，将她拖到一边，严肃地问："你跟我说实话，你跟叶博士现在到底发展到哪一步了？我怎么觉得他最近对你淡淡的？你不会是自己一头热吧？"

被这么一说，辛宠面子上哪里挂得住？嘴硬道："就我这条件怎么可能一头热？有时间操心我，还不如操心操心自己，万年老光棍一条，你上次拉女生的手是什么时候，还记得吗？"

辛格帅气的脸上一阵红一阵白，他自己的情况自己最清楚，身边都是男人，别说拉女人的手了，他最近看见个雌性生物都觉得对方眉清目秀。摸了摸鼻子，还是不要跟自己老妹互相伤害了："好好好，我不操心你，你自己看着办。只记住一条，要是姓叶的欺负你，我不管他是什么人，都不会放过他。"

辛宠十分感动，为刚才无情戳辛格痛处感到内疚，搂着他的手臂，撒娇唱道："世上只有哥哥好。哥，你放心，我遇到合适的妹子一定介绍给你。我知道你的喜好，脸小、胸大、黑长直。"纯直男喜好。

谈到自己的理想型，辛格嘿嘿笑："也没那么多条件，就声音温柔点就行……"

对的，还要娃娃音。

辛宠忍不住想翻白眼，但是忍住了，毕竟是亲哥的终身大事，她再觉得不靠谱，也会努力帮着寻觅的。

辛宠在心里吐着槽，忽又想起一件事，忙正色问辛格："吴作永的笔记本密码真的那么难破译？"

"很难。"辛格皱起眉来，"吴作永在电脑方面貌似有些偏才，靠咱们技术部的正路子，还真对付不了他，我打算去大学找个电脑方面的教授试试。”

“我给你推荐一个人。”辛宠得意笑起来，“我学弟小白，一个被律师职业耽误的黑客。上学的时候，包揽过众多电脑相关比赛的一等奖。”

“真的假的？”辛格有些不信，这么牛的人物，他怎么可能一点都没听说过？

辛宠撇嘴：“信不信，叫过来试试就知道了。”说着就给白亭年打了个电话。

并不是辛宠吹牛，白亭年在电脑、网络方面确实有很深的造诣，更神奇的是，他本人声称对这些并没有兴趣，他只想成为一个敢于仗义执言的律师。

这就好比歌手说她不喜欢唱歌，演员说他真正的志愿是当一名会计师，让专注于自己喜欢的领域却还没有混出头的普通人，恨得牙根发痒。

白亭年来得很快，手里还提着公文袋，一套合体的西装，衬得整个人英挺不凡，风尘仆仆的，看起来是刚下庭，见了辛宠，先是笑，问她：“学姐最近都不去事务所了，大家都很想你。”

“学姐这不是太忙了吗？”辛宠亲昵地揽他的肩膀，又捏了捏他的脸，“电脑在技术部，赶紧把密码破译出来，学姐请你吃饭。”

白亭年十分听话地点了点头：“那你这次可不能再赖账了。”

辛宠摇头：“不赖账，不赖账，我什么时候赖过账？”

“那可太多了。”白亭年皱眉，语气是十分温柔的，“从刚认识学姐开始，被赖掉的饭，算起来也有一百多顿了吧。”

“有吗？”辛宠装傻，又板起脸来，教育他，“小白啊，不是学姐说你，年轻人不要斤斤计较，格局要大一些。”

白亭年笑起来，明明比辛宠要小，声调却满是宠溺：“你说什么都对。”

辛格在旁边看着这个羞涩清秀的小伙子，忍不住在心里叹气，这小子不会是看上辛宠了吧？传说中的长线暗恋？唉，上辈子是造了什么孽哟！

白亭年果然没有让辛宠失望，脱掉西装外套，撸起袖子，专注地盯着屏幕，忙活了一个多小时，终于呼出一口气，松开紧皱的眉头，冲辛宠笑：“好了。”

随着他的声音，电脑切入了桌面，一幅巨大的艳星照片映入眼帘。白亭年面皮薄，脸瞬间红透，将电脑推开：“我……我的任务完成了，剩下的就交给你们吧。”

辛格抓过电脑，迫不及待地打开了邮箱，以及最近浏览的网页……

辛宠也凑过去看，竟没人想起来解密的功臣还站在一边。

白亭年似乎见怪不怪了，见没他什么事了，就对辛宠说：“学姐，你们忙吧，我先走了。”

辛宠头也不回地摆摆手：“谢啦，等我忙完了就请你吃饭。”

白亭年笑了笑：“其实饭吃不吃都没关系，主要想跟你多见见面，你有空多去事务所两趟。”

辛宠：“嗯嗯，有空就去。”

白亭年：“你最近好像瘦了，要注意身体。”

辛宠：“哎呀，知道了，小小年纪怎么这么啰唆？”

白亭年摸摸鼻子，转身走了，走到门口，回头看了辛宠一眼，目光里带着一抹柔到化不开的深色。踌躇了那么几秒，这才走了。

其实也不怪辛宠和辛格那么专注，吴作永的电脑里实在太精彩了。

整整两个G的女厕偷拍，而且还是剪辑版的，剪掉了多余片段，留下的全是……“重点”。

还有跟踪女性的画面，公交上的偷拍，地铁上的偷拍……

邮箱里存有大量发给女性的骚扰邮件，每一封都不堪入目，字眼极尽下流。

社交软件里，还有不少跟女性聊天的记录，言语轻浮挑逗。据不完全统计，他网上的老婆有上百个，隔着网络，用语音进行过性行为的就有十几个。但是没有一个是见过面的。

也就是说，这名受害者，青春期开始过着禁欲的人生，造成性的极大压抑，离开家庭，便迫不及待释放，用了数年时间，为自己建立了一个庞大的“后宫”。

而这里面所有的人都有杀人动机，都是嫌疑人。

辛格顿时发起愁来，这个范围实在太大了点。

然而就在这时，虎子那边传来消息，在报警中心接到过的骚扰事件，其中一起十分恶劣，受害者是网红主播红酥手，而施害者，正是我们此案的死者吴作永。

63.

案情是这样的，红酥手以及她的团队成员，一起出去录直播，那一期的主题是打卡网红餐厅，红酥手正吃着一个刚烤好的甜点，突然有一个男人冲进来，拉着红酥手就走。

因为事情发生得太快，大家都没反应过来，直到红酥手开始大声尖叫，摄影师和男助理才回过神来，将男人拦住，质问他在做什么。

男人看起来十分愤怒，对围观众人吼：“这是我的女朋友，你们少管闲事。”

红酥手拼命挣扎着大喊：“神经病，谁是你女朋友？我不认识你。”

男人愤怒回头：“是不是嫌我给你花的钱还不够？又钓上有钱的凯子了？臭不要脸的女人，今天一定要把话给我说清楚。”

红酥手抱着门柱，赖在地上，死活不肯踏出店门一步：“神经病，你什么时候给我花过钱？我根本不认识你。”又回头冲她的摄影师和男助理气愤地喊：“傻站着干什么？打 110 啊，这是个神经病，我真不认识他。”

在普罗大众的潜意识里，直播里搔首弄姿的女主播必定都是贪财的，喜欢玩弄男人的，所以大家都信了男人几分，就连摄影师和男助理都愣住了，不知道自己是否该管人家情侣之间的吵闹。

毕竟红酥手是老板，现在管了闲事，回头情侣两个和好了，回想起这一段，自己的处境会变得难堪。

闹腾了好久，还是一个女生看不下去了，上来护住红酥手，并当场拨打了 110。警察赶过来，将所有人都带去了派出所，这才结束这场闹剧。

经过派出所民警核实，红酥手和这个男人确实不认识，男人只是打赏过红酥手，就渐渐将她当成了自己的女朋友，越来越不能接受“女朋友”再对别的男人搔首弄姿，才根据直播的预告，蹲守在这里，想要跟她好好谈谈。

这个男人就是吴作永。

这个事件十分恶劣，但因为没对红酥手身体上造成实质性的伤害，最终拘留了三日，教育一顿了事，案底都没留。

“这是绑架吧。”辛宠看完卷宗气得摔东西，“光天化日，众目睽睽，抱有明确的攻击性试图拖走一个女生，无论怎么看都是绑架。众人怎么能无动于衷？别说吴作永只是臆想自己是红酥手的男友，即便真是，有情侣关系就能成为施暴的理由吗？亲密关系什么时候成为暴力的保护伞了？”

她这么气愤是有原因的，当律师这么些年，她接受过很多女性的委托，家庭成员、亲密关系之间的暴力伤害占九成，然而这些伤害常常被忽视，甚至被视为常态，这常常让她愤怒，每每遇到这样的案件，即便是一毛钱都不要，也要铆足了劲将渣男送进监狱。

据说她每每遇见这样的案件，咬着被告不放的样子，活脱脱一个女罗刹，而且大家也分析了，这有可能就是她这么多年来，都没有男朋友的原因。

她对这个说法嗤之以鼻，反驳道："如果有男人因为我伸张正义而惧怕我，那他潜意识里有可能是想犯罪，一个光明磊落的人，是不会畏惧正义的。即便有的时候正义很尖锐。"

每每这种时候，辛格便是她的情绪垃圾桶，听她骂了这么多年的坏男人，辛格当然是感同身受，拍拍辛宠的肩："要相信社会是在进步的，你看，不是还有你我这样的执法者，还有报警女生那样的勇敢者吗？"

辛宠也知道这个时候不能太感情用事，强迫自己平静下来，说："这样一来红酥手反倒成了嫌疑人，就由我去找她谈吧，同是女生，她应该更放松一些。"

辛格当然同意。第二日，辛宠便拨打了红酥手的手机，说明了情况，两人约在了"光之舞"外面的咖啡厅见面。

既然要去"光之舞"，辛宠就顺便叫上了叶时朝，两人开着"甲壳虫"前往光之舞。

"光之舞"在东城区，要跨越一个城区，开车要一小时，一路上叶时朝都很沉默，辛宠想着自己的小心思，时不时侧头偷看他。他俊美的侧脸倒映在车窗上，更显得神秘莫测，难以捉摸。

实在不想让气氛如此沉闷，辛宠努力找着话题："大刘……最近怎么样？醒了吗？"

叶时朝摇头："没有清醒的迹象。医生说不要抱太大希望。"

这可能是唯一一个接近他父亲的人啊。

辛宠为他难过："要相信这个世界上有奇迹。"

这一次叶时朝侧头看她了，用一种十分不理解的眼神："我是科学家，科学家从来不相信奇迹，只是不否定基于某些条件之下的未知可能性。"

辛宠笑："那就当是未知可能性吧。这种未知可能性也许能让大刘醒来。"

叶时朝没说话，但是脸色柔和了许多，看得出他本来也非常想听到这样的话。

两人又无话了，天色也暗了下来，天气预报说今天会下雪，辛宠十分期待，她从前风挡玻璃望出去，灰蒙蒙的天空上不时闪着亮光，而后照镜中映着他的脸，也正望着天，不知在想什么，她笑了一下，私自将他平静的表情理解为，跟她一样盼望着这场雪。

到了"光之舞"对面的咖啡厅，寻了一圈，也没找到红酥手，正准备拨电话，就见角落里一个戴着黑框眼镜、黑黑瘦瘦的女孩站起来朝她招手。

辛宠疑惑地走过去，看看手机上的照片，再看看眼前的人，不确定地问："你是……红酥手？"

"是。妆前妆后差别是不是很大？"红酥手偏了偏头，"只能说明我化妆技术好。给我一个化妆包，当场变脸给你看。"

看起来挺乐观开朗的一个女孩，辛宠几乎立刻确定这个女孩不是凶手，凶手是极其谨慎的人，在人前必定也是严谨权威的形象，绝对不会有没心没肺的表现。

辛宠与叶时朝一同坐在红酥手对面，辛宠问起吴作永骚扰她的事件，红酥手脸上的笑僵硬了几秒钟，没有回答，抬手叫来服务员："你们喝什么？"

辛宠要了杯拿铁，叶时朝点了一杯美式咖啡，红酥手自己只要了一杯温水。水上来了，她就一直摩挲着面前的水杯，面带笑容，沉默不语。

辛宠盯着她的手看，辛宠能清楚地感受到她掩藏在笑容背后的焦虑不安，索性就悠闲地喝起了咖啡——这个时候，叶时朝将自己杯子里的咖啡一饮而尽，起身指了指对面的"光之舞"："我先进去等你。"

辛宠点点头，心里有暖流在涌动。

叶时朝是科学家，当然是理智的，是严谨的，是强大的，有时候看起来不近人情，但是他还是能够感受并理解人的脆弱。

比如，眼前的女生险些被绑架，被侵害，且无人救助，她的内心巨大的不安并不是那么容易消解的，对男生应该还存有阴影，因此叶时朝主动起身离开了。

果然，叶时朝离开之后，红酥手看起来明显没有之前那么焦虑了，喝了口水，开口说："那个男的……真的死了？"

辛宠点了点头，又给她看了眼自己的证件："这是重大刑事案件，不会有假。"

红酥手点了下头，又低下头，笑了两声，再抬头时，脸上竟然有眼泪，她忙用手抹了抹："我要是说我很高兴，高兴得想放鞭炮了，是不是显得嫌疑很大？"

辛宠没说话，若是刚开始还没有明显的感受，此时她已经确认了，这个女生因为之前的事件，患上了十分严重的创伤性应激障碍。

她心中不忍，但还是必须要问："十二月二十二日晚上，你在什么地方，做什么？"

"要查不在场证明吗？"红酥手似乎此时才终于消化了吴作永死亡的信息，第一次坐直了身子，"我在直播，有一百五十万粉丝做证。但是有件事，我不瞒你，我恨他，厌恶他，因为那件事，我不敢一个人出门，不敢一个人在家，听到敲门声能吓出一身冷汗，晚上睡觉也是噩梦连连，一个月瘦了十几斤，弄得人不人，鬼不鬼，看了很久的心理医生才勉强能正常生活。我想他死，非常非常想，甚至在家扎过小人，诅咒过他。有一天，我上网搜索吴作永这个名字，想找出跟我同样受害的人，一起去给他点教训，然后就查到了一个群，群里都是受到他骚扰过的女人，看到这么多人跟我一样受害，我心里一下子就好受多了。”

这种性骚扰的案件，受害者除了案件当时受到的伤害，还要承受周围人的伤害，就比如这位主播，受害之后，网上大批的人骂她：

“每天穿那么暴露，不是明摆着勾引男人吗？”

“主播就是赚的这份钱，就得承受这个风险，叫什么怨？”

“每天都能穿新衣服，吃好吃的，不用工作，还说不是靠男人？没准这个男人真是被她骗过，只是想找她讨个说法，平白被拘留，真是冤枉。”

“就是，心疼被她骗的男人。”

有女生帮着她说话，被大批人围攻：“女权都是悖宗忘祖的东西，这几年给你们吃太饱了。”

这种羞辱，会给受害者造成二次伤害，更加让人无法承受，而且受害者内心会产生孤立感和羞耻感，而这种羞耻感在找到同伴之后便会缓和很多。

辛宠说：“你跟我说这件事，是不是群里有其他吴作永的受害者？”

红酥手点了点头：“对，有个女生私下里加我，她比我更惨，她被吴作永强奸了，有了孩子，而她是不容易受孕的体质，医生对她说，一旦流掉这个孩子，她可能永远都怀不上孩子了。她很痛苦，每天都来找我聊天。有一天，她突然对我说，要是嫁给吴作永，是不是就能够名正言顺地生下这个孩子了？她还说，这是她妈妈的想法，她妈妈觉得吴作永家条件也还不错，父母都是体面人，是门不错的婚事。我当时吓了一跳，问她是不是疯了？怎么能嫁给一个强奸犯？可能我口气太尖锐了，她当时就下线了，之后再没有联系过我。”

辛宠惊讶之余又觉得不可思议，一来，并没有接到报案；二来，根据她掌握的吴作永的生平来分析，他的性暴力犯罪还没有升级到强奸的地步，难道是因为红酥手的案子他付出的代价太小了，导致他扭曲的自信突然膨胀，犯下了这个案子？

可受害者为什么没有报警？

在心里提出这个问题，自己就给自己答案了。一个会因为强奸犯家庭条件还不错，就动了让受害的女儿嫁给强奸犯心思的家庭，为了面子，捂死这个案子还来不及呢，怎么可能允许女儿报案?

想到这里，辛宠忍不住叹了口气，深感无力和悲哀。

她拿出随身带的便笺，递给红酥手："请把她联系你时用的ID告诉我，必要的时候我们可能需要使用你的ID跟她对话，希望你能配合。"

红酥手十分爽快地写下了对方的ID号码和昵称，将便笺递回去，"我也挺担心她的，不知道她现在怎么样了。"

辛宠看着纸上的昵称：萝萝兔会发光。

这应该是一个十分年轻的女孩。

悲哀感从心底蔓延开来，止也止不住地爬满全身，她将便笺装进口袋里，重重地在心底叹了口气。

64.

在"光之舞"找到叶时朝时，叶时朝正站在大厅里等她。

"光之舞"的大门是神秘的黑，上面缀着发光的星星，神秘梦幻，走进大门便是一个巨大的山洞造型，山洞中央有大石造型的前台，两旁有两个山洞，一个写着入口，一个写着出口。游览的时候，从入口进去，依次参观，再从出口出来。中间没有其他出来的途径，大概是怕客人在黑暗的环境中迷路走失，出现意外。

山洞顶上是整个的、巨大的LED屏幕，滚动播放着奇妙的星空、梦幻的海洋、奇幻的极光等各种奇妙的场景。而叶时朝就站在大厅里，头顶上灿灿星雨如火坠落，落进长夜，又尽数落尽他的眼睛里。

那幅画面美到发光，美到辛宠不忍打扰，呆呆地站着看了半分钟，直到叶时朝看到了她，冲她招手："谈完了吗？"

辛宠走过去，点点头，将红酥手说起的被强奸怀孕的女生告诉了他。

叶时朝沉默了半晌："这个世界就是这样，有光就有黑暗，看够了黑暗，一起去看光。"说着晃了晃手里的票。

这里每个展馆都收费，因为收费不菲，所以允许单馆单买，叶时朝买了两张通票，可以全部看一遍。

他们先进的展馆叫作"梦幻之海"，"梦幻之海"离入口最近，进入入口，顺着缀满了星光的隧道，走几米，左手边就是。里面光线很暗，温度也比外面要高一些，目光所及之处是一片漆黑的水面，水面之上蓝色的光点聚集成蓝色的光带，在漆黑之中如梦似幻。

辛宠不由得发出一声感叹：“好美，这就是传说中的‘蓝眼泪’吧？”

“聚集在一起的夜光虫。”叶时朝站在巨大的玻璃罩旁，海水蓝光都在玻璃后面，大概是为了防止游客们触摸，所以隔离开来了。隔着玻璃到底是看不太清，叶时朝有点不爽：“我还是喜欢它们在我电脑里的样子。”

因为看见过夜光虫的实体，那种圆圆的、长得像隐形眼镜的虫子的形象实在太不梦幻了，辛宠只觉得面前的美景呈光速幻灭，满脑子只剩一句话：是虫子在发光，是虫子在发光。

叶时朝在玻璃罩前看了一会儿，意犹未尽：“要想办法进去取个样品。”

“出去的时候，我找展厅负责人说明下情况，是可以取样的。”辛宠说着，继续往前走，“既然来了，就好好看看吧。”

离开了如梦似幻的“蓝眼泪”，进入“海底隧道”，极暗的光线里，有许多闪光的海洋生物在游动，辛宠只觉得神奇，完全不认得是什么，叶时朝却看得津津有味，并自带解说：“萤光鱿，又称深海萤火虫。发光器在触手上，主要为了帮助捕猎，利用光线吸引猎物靠近，然后抓住它们。不仅如此，萤光鱿还能用身体上演灯光秀，它们身体上也覆盖着许多微小的发光器，可以协调一致地闪光，也可以交替发光，因此它们能够在身体上亮出不同的图案。不过这样做的时候不是为了捕猎，而是为了给同伴传递信号。竟然还有夜光游水母……”

叶时朝讲得认真，语调也是前所未有的轻快，能够看出来，他对这些生物的热爱，超过人类。辛宠十分喜欢看他兴致勃勃的样子，也听得十分认真，就在这时，展厅里原本就微弱的灯光突然熄灭了，两人顿时陷入一团漆黑中。

“停电了？”辛宠纳闷，去摸手机，刚垂下头，手臂突然被重重一拽，有人抢了她的包朝出口跑过去了。她就在毫无防备的情况下被这么一拽，失去重心，朝一旁栽倒。

叶时朝一个闪身将辛宠抱住，扶稳，皱眉问：“你没事吧？”

辛宠点头，望着抢包贼逃跑的方向，那贼穿了一身黑衣，已经不见踪影了，她有些着急，“红酥手给我的另外一个受害者的信息还在包里。”

“我去追。”叶时朝松开她的腰，朝着出口追了过去。

辛宠也忙跟在后面。

两人追出展厅，来到大堂，大堂里也是一片漆黑，工作人员正在跟恐慌的游客解释，叶时朝和辛宠没时间管这些，四处寻找抢匪，正一筹莫展时，灯亮了，面前恢复光明。

“咦？怎么有个包？”有个穿着“光之舞”黑色带绿色荧光制服的工作人员，从地上捡起一个包，举起来，问：“哪位客人的包挤丢了？”

辛宠循声看过去，那只方方正正的黑色阿玛尼不正是她刚才被抢的包吗？

“是我的。”她举了举手，走过去。

因为她离捡到包的地方比较远，工作人员不太放心，就询问了包里有什么东西。

辛宠想了一下：“一盒粉饼，一支口红，黑色的短款钱包，一条丝巾，一本书……”

工作人员确认了一下，又问：“什么书？”

“《叶老师的昆虫学》。”辛宠说着有几分不好意思地瞄了叶时朝一眼。

没错，书是叶时朝写的，是昆虫科普书，内容浅显，里面有许多他在野外、在实验室里的照片，据说卖得很好，是属于常年脱销的书籍。

她某天路过书店，看到门口挂着书的海报，海报上他一丝不苟的冷峻面容实在太吸引人了，就忍不住买了一本。

拿着书去结账的时候，有几个妹子排在她身后，也都拿了那本书，凑在一起叽叽喳喳地讨论。

“我以前最讨厌虫子了。自从叶神开始出科普书，就渐渐喜欢上昆虫学了。”

“你是喜欢上叶神了吧？”

“哈哈，叶神太迷人了。”

“一脸的严肃，却偏偏让人觉得很性感，谁要是当他女朋友，那不是每天被迷得不要不要的？”

“什么女朋友不女朋友的？叶神如果要谈恋爱，也只能跟另外一个男神，否则这门亲事，我是不会同意的。”

“你们大腐国就放过叶神吧，他说过自己是直的。”

“这可说不定……”

辛宠捏着书在前面支着耳朵听，一边听一边在心里得意狂笑：最接近你们叶神女朋友这个位置的人就是我！我不但亲过你们叶神，还差点那啥过……而你们只能在这里意淫，哈哈哈……

65.

辛宠心情极佳地买完书，离开书店，就郑重地将书放进包里，虽然不怎么看，但是觉得当护身符也是不错的。保佑她，早日被某人表白。

工作人员这次终于相信辛宠是包的主人了，将包还给她，转身忙自己的去了。

叶时朝挑了挑眉，看着面色微红的辛宠，露出玩味的表情："你喜欢这本书？"

辛宠忙着将书塞回包里，干笑两声："昆虫学很有意思。"

"那是当然。"有人赞赏自己挚爱的学科，叶时朝与有荣焉，话锋一转说，"其实这本书不能算是我写的。"

"啊？"辛宠瞬间炸毛了，她每天背来背去，睡前还摩挲着求告白的书，不是他写的，那她这些日子的祈祷不是白费了？

"里面涉及的论文和科学常识当然是我写的，但是我的文风……就是论文，出版社的编辑说太难懂了，让我写得直白幽默一点。"叶时朝不无遗憾地耸了耸肩，"我就试着幽默了一下，幽默完给实验室里的同事读了读，大家一致认为我还是严肃一点比较好。所以……最后的成文其实是整个实验室的成果，他们用自己的语言阐述了我的观点。当然版税我都当作奖金分给大家了。"

虽然结果让人难以接受，但不知为何，辛宠总有一种"果然如此""宁愿相信世界上有鬼，也不能相信叶时朝很幽默"的感觉。

至于书……辛宠大概不会再带出门了，毕竟……挺重的！

纠结完书，辛宠猛然想起来包里还有重要的东西，立刻打开包，紧张地翻了翻，越翻脸色越难看。

叶时朝看见她表情的变化，似乎也明白了是怎么回事，凝眉道："看来这个抢匪是有目的的。"

辛宠艰难地点头："没错。包里什么都没丢，偏偏写着那位女孩信息的便笺不见了。"

沉默了一秒钟，辛宠果断拿起手机："我联系红酥手，让她再发给我一遍。"

可是手机拨通，许久都没人接听，拨打到第四遍，终于有人接了，却是个陌生的男声："这里是急诊室，无论您找伤者什么事，请先等等，伤者正在急救。"

"急救？"辛宠只觉得匪夷所思，她们分开才多久？

"对，伤者头部受到了重创，正在抢救。"

“是什么时候的事？联系家属了没有？报警了没有？”辛宠急忙问。

“十五分钟前刚送过来。已经联系过家属了，也报过警了。”对方说。

辛宠道谢，又问了些关于红酥手的情况，才忧心忡忡地挂掉电话。

叶时朝从对话中听出了不对劲：“红酥手被袭击了？”

辛宠艰难地点了点头，抬起手腕看了看时间：“算一算时间，我们一起离开咖啡厅，我刚踏进这里，她就被袭击了。袭击她的人，有没有可能跟抢我包的是同一人？”

“如果是同一人，那人袭击完红酥手就来抢包，我们可以调查这段时间进入展馆的所有人。”叶时朝说。

辛宠赶紧给辛格打电话，让他带人来封锁“光之舞”。

“光之舞”的大门关上之后，两人陷入了沉思。

谁会对那张便笺感兴趣？

又怎么知道，辛宠包里有那张便笺？

唯一的解释是，这个抢匪不想让他们找到受害的女孩，而且一直都在跟踪他们。

为什么会怕找到受害的女孩？

辛宠和叶时朝交换了一下眼神，觉得对方可能跟自己在想同一件事。

犯人担心警方找到了女孩就能找到他，那么……他跟这个女孩之间一定有着什么关系，或者……“他”就是那个女孩。

他们摊开在大堂拿的游览图，上面有游览路线，入口进去，首先是“梦幻之海”，接着是“幽谧之森”，之后是“流光之境”，最后是“梦中舞会”，之后就可以到达出口。其中，“梦幻之海”旁边有一个洗手间，“梦中舞会”之后有一个抽烟区，再出去就是大堂了。

地形十分简单，犯人在“梦幻之海”抢了辛宠的包，趁着黑暗一路跑到了大堂丢下包，很可能丢下包之后又从入口跑入山洞，随便混入某个展馆中。

如果真是这样的话，就真的不好查了。

两人一筹莫展，辛格已经到了，雷厉风行，迅速展开调查。

这一天虽然是工作日，但是游客并不少，加上辛宠，那个时间段里进来的一共二十位。排除当时在大堂的十位，以及年迈的、腿脚并没有那么灵活的客人，最终剩下了三名嫌疑人。

而这里离咖啡馆实在太近，任何工作人员都有可能出去再回来，于是当时独处的、没有被监控拍到的所有工作人员都列入排查范围。排除掉三位年过五十的清洁工阿姨，身形过胖的一位女员工，还有一位身高一米九的男员工，最后也剩下三人。

经过“光之舞”负责人的同意，辛格借用了办公室，让这六人挨个来到办公室接受调查。

与此同时，叶时朝正愉快地走进夜光虫的玻璃罩中取样。

他卷着裤腿，撸高袖管，蹲在海水池边，拿着镊子念念有词：“小家伙们，谁想跟我回家？你吗？竟然逃走？真是淘气。”

辛宠一头黑线，十分想知道，口口声声叫着“叶神”的那些妹子，看到这幅画面会不会幻灭？

实在看不下去叶时朝和夜光虫们“你侬我侬”，辛宠转身去了办公室，辛格正在见第一位嫌疑人。

66.

这是一个年轻的女生，二十岁左右，扎着马尾，戴着大框的圆眼镜，画了淡妆，口红是淡淡的珊瑚红。

但就外形来看，确实很像是会用“萝萝兔会发光”这类网络昵称的女孩，但是网络形象不代表现实中的形象。很多现实中强悍的女生，在网上是个萌妹；现实中木讷老实的人，在网上却是口齿伶俐的泼辣形象。

网络形象是人类内心的映射，一般现实里自我认同感越强烈的人，网络形象越模糊，因为现实中的自己足够好，不需要再去寻找别的安慰；现实里自我认同感低的人，则会创造不同的形象。

我是个木讷的人，我想要成为交际花。

我是个高个壮汉，但我其实喜欢当个娇小玲珑的女孩。

我不喜欢自己，我想成为别人。

而一旦陷入自己塑造的网络形象中无法自拔，人就容易迷失，就越来越无法喜欢上自己，在现实中也越来越找不到存在感。在现实中越是找不到存在的价值，就越是渴望网络世界的安慰。

这是一个恶性循环，所谓的网瘾少年们，都是这种状况。

辛宠的网络形象就是她自己，从头像到名字，直白、不加掩饰。她向来自信，对自己的那点不满意也早已消化了，她喜欢自己，从来不想成为别人。

圆眼镜女孩叫宋青，是一名在校大学生，在网上看到网红安利这个地方，就特别着迷，连续一周，每天都来，有票根为证。

辛格问："十点三十到十点四十之间，你在哪里？"

宋青推了推眼镜，眼神有些怯懦："你是说停电的时候吗？我在厕所。突然停电吓死我了。对了，来电的时候，我听到有人进来，往垃圾桶里扔了什么东西就跑了。我从厕所隔间下面的缝隙看到，她穿了一双黑色运动鞋，鞋子的侧面绣了一朵玫瑰。"

"好的，我们会去查女厕的垃圾桶。"辛格说着，叫来了一名女民警，让她去查查女厕的垃圾桶。

辛宠看了看她身上的明黄色卫衣，这种颜色在黑暗中十分显眼，而抢自己包的人当时穿着一身黑衣。

她问："我能看下你的包吗？"

宋青将后背包递过去，辛宠打开看了看，里面除了零食和化妆包，只有一条围巾，没有黑色的衣服。

辛宠又起身来到宋青身边，撩开她的卫衣，卫衣下面的打底衫是白色的。

宋青十分不满，缩了缩脖子，抱怨道："我真没抢东西，你们这样搜身太侮辱人了。"

辛宠说了声抱歉，让她出去了。

等宋青出去，辛宠忙问辛格："红酥手说萝萝兔会发光已经怀孕了，但是怀孕时间尚短，可能还看不出来，嫌疑人的就医记录也要查。"

辛格半靠在办公桌上，心情似乎不太好，语气有点冲："还用你说？早派人悄悄查过了。留着这批人在这里，就是给撒出去的兄弟们实地走访争取时间。"

不愧是老刑警，办案逻辑十分严谨，就是说话的语气恶劣得让人实在无法忽略。辛宠想了半天，并不觉得自己有得罪过他，于是纳闷地问："怎么了？是不是上面给你压力了？"

辛格将笔录本丢在身后的办公桌上，斜着眼睛看她："幸亏只是被抢了包，要是凶手再凶悍点带把刀，黑咕隆咚的……宠啊，回去当你的律师好不好？别整天玩你哥的心跳了。"

辛宠这才明白，原来辛格是在担心她，心里顿时暖暖的，露出一个灿烂的笑容，晃了晃他的胳膊："我这不没事儿吗？你别胡思乱想了。而且按照你的逻辑，我当律师也不安全，谁知道走在路上，输了官司的当事人会不会跳出来捅我一刀？"

凡事都有风险，不能因噎废食。

确实是这个道理，但是放在至亲身上，人就没那么理智。辛格叹了口气："好吧，跟完这个案子，你就走，这总行了吧？"

辛宠拧了拧秀眉，一脸拒绝："我可是签了两年合同呢。"

"你就一临时工，随时能解约，还真把自己当盘菜了？"辛格咬牙，再次妥协，"半年，最多半年，就给我回去，听到没？"

辛宠正要反驳，去搜查女厕垃圾桶的女警回来了，手里拎了个证物袋，里面装着一件黑色长袖运动衫。

"头儿，真的有。"

辛格皱着眉拿过证物袋看了看，又递还给女警："送回局里，让物证的同事看看，能不能找到遗留的线索。"

女警应着声出去了。

"哥，你觉得宋青的话可不可信？"辛宠面带怀疑，"据她所说，当时女厕只有她一个人，没有第二个人能证明扔衣服的女人的存在。"

辛格点头："我也这么想，再看看下一个吧。"

说着开门叫下一个嫌疑人进来了。

进来的是一个三十岁上下的男人，身高约有一米七五，偏瘦，五官轮廓偏深，像是混血，穿着一件男士夹克，黑色牛仔裤，一双深棕色的登山鞋，打扮很酷。

男人自称郑刚，本地人，是名医生，来这里是想拍些照片，说着拍了拍身后的相机包。

这个男人倒穿了一身的黑衣，但是走路的姿势很标准，也很阳刚，在辛宠的印象中，抢她包的人，跑起来是有些内八的，十分女生的跑法。

辛格问："十点三十到十点四十，你在哪里？"

郑刚："在'幽谧之森'。相机里有我拍的照片，不信你们可以自己看。"

辛宠接过郑刚递过来的相机，翻了翻，里面确实有很多照片，也有"梦幻之海"的，照片很漂亮，拍得十分专业。翻到最后一张，心头一跳，就将相机递给了辛格。

辛格看了一眼，表情也变得严肃起来。那张照片里一片漆黑，一抹黄色的影子在黑暗中奔跑。

辛格问："这张照片是什么时候拍的？"

郑刚接过相机，仔细看了看，似乎自己也很困惑，想了半天才恍然道："可能是停电的时候，我有点惊讶怎么会停电，往门口看，不小心按到了快门。”

辛宠想起宋青那件黄色的卫衣。

67.

辛格当然也想到了，皱着眉什么都没说，让郑刚出去了。

“郑刚拍到的是宋青吗？”辛宠蹙眉，“厕所刚好在‘幽谧之森’的旁边。”

“只凭相机里那一抹颜色，并不能证明什么。”辛格说，表情十分谨慎，“先不要下结论。”

游客中的最后一名嫌疑人是个瘦高的女生，叫作林若如，三十岁，短发，穿着时髦。

她说：“停电那会儿我在抽烟区抽烟，来电之后很多人都看见我在那儿，不信你们去问。哦，对了，停电的时候，我打开了打火机想四处看看怎么回事，被一个人撞了一下，好像是个女生，戴着眼镜，对，戴眼镜，我看到她眼镜的反光了。”

辛宠闻到她身上确实有烟味，抢包的人身上并没有。而且戴眼镜……所有嫌疑人中，只有宋青戴眼镜。

但这也有可能是伪装，辛格决定再谨慎一些。

之后要盘查的是工作人员。盘查刚开始，辛宠就接到了叶时朝的电话。

“你在哪儿？”他的声音听起来很着急。

“在办公室呢，出什么事了吗？”辛宠忙问。

电话那头，叶时朝丢下一句“来‘幽谧之森’”，就挂断了电话。

还以为是出了什么不得了的事，辛宠紧赶慢赶，跑到“幽谧之森”，刚走进去，就被眼前的景象迷住了。

温暖潮湿的空气中，灯光昏黄，茂密的树丛中，点点荧光飞舞，树下冒着小小的，发着绿色荧光的可爱小菇，一切的一切都太梦幻，让人以为自己走进了爱丽丝的仙境。

而叶时朝就在树丛中，举着小手电筒。手电筒一闪一闪，荧光便围着他飞舞，那幅画面十分美妙，她仿佛看到了森林里的妖精。

听到动静，叶时朝回过头来，关掉手电筒，拉着她，来到树木最茂密处。那一片土地之上草木繁盛，而萤光蕈，却并不多，稀稀拉拉的，还没有别处好看。

手被他握在手心，辛宠温暖而心安，低头看了看地上，还是不明白他特意将她叫过来是为什么。

叶时朝看她一脸茫然，出声提醒她："快看。"

辛宠看那些萤光蕈："是死者身上那种，但是……这里太少了，还不如别处多。"

"但只有这里是真的。"叶时朝的黑眸映着流光，他指了指四周，"那里，那里，几乎都是假的，是通了电的模型，只有这里有一片真实的萤光蕈。萤光蕈只能成活三天，十分宝贵，所以想让你看看。"

虽然在尸体上也看到了许多萤光蕈，但是在尸体上看到，跟在这里看到，前者惊悚，后者梦幻，完全是两个概念，辛宠有些感动，蹲下身仔细看着那些发光的可爱小菇。

不过，辛宠还是对展馆的欺诈行为十分不满，忍不住吐槽："游客们花那么多钱买门票，就是为了看灯光秀？"

"也并不完全是假的，你面前的不就是真的吗？"叶时朝望着她，"而且门票上也没说百分百实景。跟某些游乐场里面的科幻展厅差不多的经营模式。"

经他这么一说，辛宠想到自己乐此不疲地在游乐场里玩过的"地下王陵""小小矿场""太空堡垒"，虽然惊险刺激好玩，但没有一样是真的。

这么一想就平静了呢。

叶时朝也蹲下身，小心拔走了一个萤光蕈，放进样品袋中，指了指蕈体下面铺着的湿润腐朽的碎木："这些是为了采集萤光蕈的孢子，孢子在里面长出菌丝，就可以再次生长出蕈体。"

"吴作永有没有可能就是在这里沾到了孢子和菌丝，才会长出萤光蕈来？"辛宠猜测。

叶时朝点点头："这个十分容易，毕竟这里是开放的，游客很容易接触蕈体喷出的孢子。夜光虫我比较不理解，那里是被玻璃罩隔开的，游客根本接触不到海水。"

"你是说，凶手是这里的工作人员？"辛宠问。

"除了会给海水池保养换水的工作人员，也想不出其他的可能了。"叶时朝皱眉思索了半晌，随后站了起来，"找人帮我把样品都送回实验室交给韩梅梅。我们再去其他展馆看看吧。"

找了个靠谱的民警帮忙运送样品盒，两人又一起去了"流光之境"。进去是个山洞的造型，山洞里怪石嶙峋，湛蓝色的流光在头顶上闪耀，场景实在太震撼了，辛宠忍不住发出一声惊呼："太美了！"

叶时朝抬头望着那些蓝色的流光："是新西兰发光蕈蚊属的幼虫，发光的是它们变异的排泄器官。"

梦幻感瞬间烟消云散，辛宠咬了咬牙："好吧。我还是去看辛格的笔录做得怎么样了吧，你自己慢慢看……蚊子……"

为了拖延时间，辛格迟迟没有叫列为嫌疑人的三位工作人员进去审讯，辛宠赶过去的时候，辛格正准备让所有的嫌疑人去吃午餐。

"大良他们还没消息吗？"辛宠担忧地问。

辛格皱眉："大良刚才打电话来了，人数太多了，有些家属联系不到，有些家属则十分抗拒。"

辛宠眉头微蹙："事发突然，这也是没办法的事，大良他们真是辛苦了。"

"干这行的，谁不辛苦？"辛格说着，拿出自己随身携带的记事本，翻开，"来，梳理下手上已有的资料吧。"

首先是宋青。

宋青的家属不在本地，只走访到大学的老师和同学，他们普遍反应宋青是个洁身自爱的好女孩，而且不可能怀孕，学校前两天才刚组织过体检，如果怀孕了学校不可能不知道。

其次是郑刚。郑刚在本地开了一家私家诊所，虽说是诊所，但因为他是三甲医院辞职后另立的门户，口碑和医术都很好，因此生意不错，规模也越来越大。他的父母倒是在本地，只不过他是独生子女，没有姐妹，而且单身，没有女朋友，也没听说有暗恋的女神。

然后是林若如。

外地人，来S市是为了旅行，大良电话查访了她提供的紧急联系人号码，是她的母亲接的，听说是警察，吓得半死，连问是不是女儿出事了。

大良再三保证，林若如没有事，只是例行走访，让她不要担心。她这才松了一口气，喋喋不休地数落女儿半天，什么"不该一个人出门啊""女孩子还学男人抽烟，怪不得没男人喜欢"，末了问大良："警官，你多大了？有女朋友吗？听你声音挺年轻的，中气也足，你看我女儿怎么样？她在大公司上班，工资不错的，自己还买了房子，不让你操心……"

吓得大良赶紧找了个借口挂掉了电话。

辛宠蹙眉沉思："都不符合红酥手的描述。最要命的是，我刚才看着几个嫌疑人录口供，他们都没有撒谎的迹象。”

辛格合上记事本：“走吧，先吃饭。”

68.

辛格、辛宠给三名有嫌疑的客人发了盒饭，另外三名有嫌疑的员工则表示，自己有饭卡，可以去餐厅吃，辛格和辛宠没有勉强，跟着他们一起去员工餐厅里吃饭。

餐厅不大，就餐区不过二十平米，放着一排排的桌椅，此时其他员工已经吃完了，负责做饭的阿姨，见又有人来了，就将饭菜打好，两荤一素，一碗汤，一份装一个托盘，依次放在他们面前。

辛格和辛宠面前也有。

辛宠受宠若惊，笑道：“吃完我们给现金，这一份要多少钱？”

阿姨摆摆手：“不差这两份，反正剩下的饭菜也要拿出去喂猫，人吃了不挺好？”

辛宠笑着道谢，和那三名员工面对面坐着吃饭。

这三名员工有两名是女生，一名是男生，从闲谈里得知，他们都是新入职的，年纪都不超过二十五岁。不过因为“光之舞”本来就开馆没多久，说是新入职，也只不过比老员工晚两个月而已。

其中一个叫赵静静的女生说：“停电的时候，我在后门那里倒垃圾，就在‘梦中舞会’旁边，那个小门跟墙一个颜色，平时不注意真看不出来。倒完垃圾回来发现里面停电了，正想去找机房的人，就看到一个女孩匆匆忙忙地跑过去了。”

“那个女孩长什么样子？”辛宠问。

“看不清。但是好像是扎着辫子的，我看到她的头发甩了一下。”

叫孙同的男生说：“我怎么没看见，我也在‘梦中舞会’附近。”

“就你那眼神，你能看见什么？近视眼还不爱戴眼镜，上回我跟你打个照面，你都没看见我。”赵静静撇嘴。

“我近视才两百多度，哪里用得着戴眼镜？那回是我在想心事没看到你，怎么老拿这事笑话我。”孙同不满地嘟囔。

一直没说话的女生李丽给赵静静帮腔：“我也看见了，一个女生跑过去。我当时就在大堂里，有点头晕，就躲着在红珊瑚石雕后面坐了一会儿，她就从我面前跑过去了，背了一个后背包。”

辛格和辛宠陷入沉思中，所有嫌疑人的证词整理起来，形成一个整体的画像：黄色衣服、眼镜、马尾、后背包。

而最符合这个形象的人，就是宋青。

就在这时，辛宠的手机响了起来，竟然是红酥手。

辛宠诧异地接起电话，就听电话里传出红酥手虚弱的声音："辛警官，我看到袭击我的人了，是萝萝兔，是她……我跟她视频过，记得她的长相。"

辛宠皱紧眉头，问："她袭击你的时候，是什么打扮？"

"黑运动衣，圆眼镜，扎着马尾，背了一个后背包……"

辛宠想到宋青口供里提到的，被丢在厕所垃圾桶的运动衣，突然有种异常的违和感。

最终这场封锁，以宋青被带回警局为结局，结束了。

叶时朝坐辛宠的车离开，听辛宠叙述他未曾参与的一切，听完耸了耸肩："你们人类真复杂，还是虫子比较可靠，你继续去跟人打交道，我回实验室看韩梅梅将我的样品分析得怎么样了。"

辛宠脑子里一团乱麻，突然有点羡慕叶时朝此时不用跟人打交道，她也好想去实验室里躲个清净。可是不行，至少眼下不行，她满脑子都是宋青怯懦的眼神，还有电话里红酥手虚弱的声音……

将叶时朝送回实验室，辛宠就来到审讯室，刚打开门就听见了宋青的哭声："……我说什么你们才能相信我？真不是我干的。从小到大，我连橡皮都没偷过，怎么会去抢包？"宋青哭得一脸的眼泪，"你们不能凭空冤枉人。"

辛格板着脸，拍了拍桌子："我们了解到你半个月前，曾经做过流产手术。"

宋青一愣，明显紧张了起来："这……这是我的私生活……"

辛格："我们需要知道孩子的父亲是谁。"

"这跟你们没关系。"宋青攥紧衣角，低下头，眼神开始游移，"你们没有权利逼问我的私生活。"

辛格耐下性子说："实话跟你说，你现在是一起杀人案的重大嫌疑人，我们还真有权利过问你的私生活。"

"什么杀人案？"宋青猛地抬起头，眼睛里只剩惊恐了，"你什么意思？什么叫作重大嫌疑人？我没杀人。我是谈了个恋爱，不小心……但你们不能因为这个诬陷我……我要找律师……"

辛格离开审讯室，一脸疲惫，辛宠跟出去，在走廊上的自动贩卖机上买了瓶罐装咖啡递给他："你怎么看？"

"嫌疑很大，都这个时候了，还不肯说出孩子的父亲是谁，明显是难以启齿，或者说出来会增加自己的嫌疑，所以才死咬着不说。"辛格喝了口咖啡，在长凳上坐下，晃了晃脖子，一天一夜没怎么睡，疲惫的关节动起来"咔咔"作响。

辛宠没说话，秀眉越拧越紧："我要再去趟'光之舞'，有件事实在太奇怪了，不确认清楚，我会被逼疯。"

辛格无奈地看她，已经懒得阻止了："注意安全。"

离开警局，辛宠没有回家休息，而是将车开到了"有虫声"，此时天已经黑了，叶时朝办公室的灯还亮着，他似乎没有准时下班的概念，每天泡在这里的时间，比在家要多得多。

走进实验室，正遇见准备下班的韩梅梅，韩梅梅穿了一件宽大的白色羽绒服，小小的脸埋在毛领中，显得整个人尤其娇小，而跟娇小不相称的是她的声音，一如平日的洪亮。

"辛姐来啦，找叶博士吗？叶博士在仪器室呢。"

幸好这个时间实验室的员工们都下班了，也没其他人能听见。

不过话说回来了，听见她也不怕，她乐得在叶时朝身上贴上她男朋友的标签呢，宣布主权这种事情，她辛宠最喜欢干了。

辛宠笑眯眯地向韩梅梅道了声谢，又问："看你平时都下班很晚，男朋友不怪你吗？"

韩梅梅侧着耳朵听，等听清楚她说的是什么，小小的脸瞬间红了起来，害羞地摆摆手："我不交男朋友，实验室就是我的男朋友。"

"那怎么行？你才刚二十六吧？"辛宠皱起眉，一脸操心样，"还这么年轻，怎么就动起这种孤家寡人的心思了？"

韩梅梅低头，抠手指："我不太会跟男生交往，耳朵又……没有人看得上我的……还不如多做点研究，多赚点钱……"

"你很好，别妄自菲薄。"辛宠生气地敲她的头，"那些说你不好的男人都配不上你，别理他们。姐回头给你介绍个好男人。"她说这话的时候想的是小白，白亭年，她想白亭年也是害羞的性格，两人没准能聊得来。而且白亭年人很善良，也单纯，绝对不会嫌弃韩梅梅耳朵那一点点残疾。

许下了承诺，不等韩梅梅答应，辛宠便跟她挥手，径直走向仪器室。

69.

仪器室在三楼，是无尘无菌的房间，她熟门熟路地在门口穿上一次性的防护服，套上鞋套，戴上口罩，走了进去。

整个仪器室布置得充满金属感，像走进了未来，叶时朝就坐在圆凳上，专注地盯着电脑上的数据。

辛宠走过去，尽量小心，不去打扰他，然而刚走到他跟前，就听他问："这么晚了，不回家，来这里干什么？"

问这句话的时候，他头都没回，眼睛始终盯着电脑，不知道是怎么看到她的。

"我哥让我来看看你这边有没有新发现。"辛宠摸了摸鼻子，略有些心虚。

叶时朝这才抬起头来，漆黑的瞳仁里倒映出她俏丽的面孔："我正在给尸体身上发现的夜光虫和'光之舞'取来的夜光虫做 DNA 比对，到下半夜就能有结果了。"

"这么说，你是打算熬夜？"辛宠看着他眼睛下的阴影，有些心疼，"不用这么急，我哥也不是非要你快速给出结果。"

叶时朝垂下眼睑："除了 DNA，还有一件非常在意的事，如果不验证清楚，我会彻夜难眠，即便回家也是换个地方工作而已，不如留在这里。"

听他这么说，辛宠想起刚才还在警局跟辛格说"有件很在意的事情，如果不确认清楚，自己会被逼疯"的话，突然觉得他们两个在较真这方面，还真是出奇地相像。

想到这里，辛宠一点也不想回家了，索性拉了个圆形的转椅过来，坐在叶时朝的旁边："以前在学校的时候，只见过法医学的同学提取过人类 DNA，我一直十分好奇你们实验室怎么给昆虫提取 DNA，能让我看看你是怎么工作的吗？拜托拜托。"

"时间很长，除非你打算熬夜。"叶时朝看着她闪着小星星的眼睛，有点不忍心拒绝她，声音都柔和了许多，"还是等白天的时候来看吧。我们这是生物科技实验室，主打的是昆虫研究与昆虫仿生发明，这种 DNA 提取是最基本的实验项目，你哪天来都能看到。"

"就现在，今天，想看。"她托腮看他，声音有点撒娇，"反正只有我们两个人，熬夜也没关系呀。”

叶时朝看着她俏丽的脸，不知道想到了什么，脸颊微微发红，似乎找不到再赶她走的理由，只能无奈起身：“跟我来。”

辛宠十分享受他的妥协，对他这种严谨的人来说，妥协也就意味着他在意，他是在意她的。

这让辛宠有点得意，又有点飘飘然，起身跟在他身后，还伸手拽住了他的衣角。叶时朝回头看她一眼，约莫也是觉得这个时间实验室里没有人了，索性牵起她的手。

辛宠就这么得意扬扬地被他牵着来到一楼的样品室，找到标了日期与编码的样品盒，打开，当真讲解了起来。

“从单个的个体中取样，置于 1.5ml 的艾本德管中，用无菌水漂洗两次……”他边说边开始操作，手上戴着一次性的胶手套，眼神认真，眉头微微蹙着，每一个动作都一丝不苟，下巴轮廓在白色的灯光下，如刀削一般好看。

辛宠眼睛眨都不眨地看着他，一时不知道是该看他手上的动作还是看他的脸，毕竟两个都太想看了，只能不停地挪动眼珠子，十分忙碌。

“再加入 TE 缓冲液，用消过毒的眼科剪剪碎，再加等量的缓冲液，之后置于 37 摄氏度水浴 5 小时，之后取出，用 8000 ~ 10000r/min 的转速离心 5 分钟，弃清液……”说到这里，他已经做到了水浴那一步，要等五小时，他坐下来，又慢慢说了接下来的步骤，总共七个步骤，说完辛宠正有点懵，就听他继续说，“这个方法最大的特点就是操作简便，且不用液氮冷冻，不用研磨，避免了多个样品提取 DNA 时交叉污染。你要有兴趣，可以自己操作试试，不过样品你要自己去抓，我这里的样品都是有记录的，不能随便使用。”

辛宠跃跃欲试，正想去他的菜地里抓虫子，突然想起来现在是冬天：“这个天气，你的菜地是不是不种了？虫子都要冬眠了。”

“实验室后面有温室，气候从来都不是问题。”叶时朝说着，脱下手套。

“还是算了，不糟蹋你的器材和试剂了。”辛宠摆摆手，想到他为了种菜给虫子吃，竟然还煞费苦心建了温室，就觉得好笑。又想起第一次去他的菜地，送肥料的哑巴老农，告诉她“他说你漂亮”，笑容变得更浓，问：“那位送肥料的哑巴伯伯还来送肥料吗？”

“每月一次，从来没有失约过。哑伯十分负责。”叶时朝说着起身，俊美的面孔略带疲惫，“要等五小时，我准备先去办公室里睡一会儿，你早些回家吧。”

辛宠点头笑起来，笑容中带着一些讨好，一些狡黠："明天如果有空的话，能不能陪我再去一趟'光之舞'？"

"有空。"叶时朝并没有问她去干什么就答应了，黑眸望着她脸上的笑，连声音都温柔了下来，"就当是你陪我加班的谢礼。"

也许是温柔的声音蛊惑了辛宠，也许是实在太疲惫了，辛宠突然不想回家了，得寸进尺道："明天我想赶在'光之舞'开门营业前查点事情，七点前就要到，现在已经快十二点了，再开车回家，加上明早来接你的时间，一来一回就是一小时……不如，我也在这里睡吧，这样节省时间。"

"我办公室里只有一张沙发。"叶时朝俊美的面孔上露出为难的神色，想了一下，"还是去我家吧，我家比较宽敞。"

说着拿起钥匙，脱掉了白大褂，露出里面深灰色的毛衣，毛衣上绣了一只栩栩如生的蜜蜂，是"有虫声"的标志，看样子又是实验室定制的员工服。虽然是员工服，但是质感竟然不错。辛宠盯着那只蜜蜂看，只觉得越看越时髦，私心想着什么时候自己去买件同款，这样也算是跟他穿情侣装了。

是的，被允许去他家过夜，这件事超出了她的预期，本想着能够在办公室里跟他共度一晚也算不错，没想到能直接睡到他的家里。

叶时朝因为小时候的遭遇，失去了家的概念，而他的房子就是他的旅馆，他从不邀请别人去做客，因为没有意义，没人会邀请别人去旅馆做客。而这一次他邀请她去，是家的概念慢慢恢复的前兆，如果此时她能够经常进出他的家，会被他理所当然地圈进家的范畴内。

当然，这一切的前提是他对她有着足够的信任。这种信任非常难得，至少对他这种受过创伤，为了自我保护应激出冷漠的人格，将自己的情绪和人际关系极简化的人来说如此。

信任是打开他心灵监狱重重枷锁的钥匙，而下一步，就是爱情。

辛宠就这么飘飘然跟着他回家，住进了他家的客房，甚至穿上了他的睡衣，用了他新买的牙刷，就连洗过澡后的护肤品都是用他的。

这种亲密感让她愉快，她穿着睡衣走来走去，一会儿去厨房倒水喝，一会儿去二楼露台吹风，全程哼着歌，正愉快着，一抬头就看见叶时朝站在走廊上看着她。

他的房间里有独立卫浴，此时已经洗过澡了，穿着与她同款的睡衣，头发还是湿的，一双眼睛仿佛还没有从浴室的雾气中走出来，带着一点迷蒙，比白天的时候看起来要温柔，也因此变得不真实起来。

“你怎么还不睡？”辛宠捧着杯子，有点紧张，然而那一点紧张在看到两人身上同款睡衣时的欢喜面前，根本算不了什么，“我吵到你了吗？”

叶时朝摇头，黑眸中依旧有雾气，表情却十分认真：“有件事，我想跟你说清楚。”

他的认真让她心里“咯噔”一下，心理活动瞬间从刚才的愉快，变成了自我检讨：

“今天我是不是太过分了？要求他演示实验过程；要求他陪着去‘光之舞’；还住进了他家，穿上了他的睡衣……果然太得意忘形了。他这种慢热的人，就该温水煮青蛙才是……错一个步骤，之前的努力就白费了！辛宠你真是白痴！”

就在她的自我批评正进行到激烈处，想着如何谢罪才能抹去今晚的过火，他却缓缓伸手，握住了她的手。

她一愣，就听叶时朝说：“通过这段时间的接触，我很确信，我对你的感觉已经强烈到想要拥有你，所以……我们可以正式交往了吗？”

刚才灵魂还在谷底，一下子被抛到天空，辛宠有点蒙，呆了半天，也没回过神来。

“当然，如果你在这段时间里，觉得对我的感觉减少了，想要取消之前的交易也可以，我完全尊重你的意愿。”叶时朝见她不说话，又补了一句，眼睛里有微不可察的脆弱。

辛宠已经来不及组织语言了，身体先反应过来，扑进他怀里，紧紧搂住他的腰，“同意，同意……一百个同意！我现在就是你女朋友了。”

“女朋友”三个字让叶时朝唇角扬了起来，也紧紧拥着她，低头在她馨香的发上吻了一下，“女朋友！真是个动人的词。”

辛宠简直无法形容此时的心情，心里似挤满了粉红色的热气，膨胀着、灼热着，无处安放，又莫名的踏实。

她满脸潮红，抬起头：“男朋友也很动听。特别是完整的句子‘我的男朋友是叶时朝’。”话未说完，人已经笑了，笑容里盛满了蜜，甜蜜无比：“叶时朝，我真的好喜欢你。”

叶时朝被她的赤诚坦荡感染了，低低说了一句“我也是”，便迫不及待地吻上了她的唇。

70.

第二天，天未亮，辛宠在客房中醒来，第一件事就是抬起手腕看。

昨天临睡前，她磨着他，只说是为了给确认关系留个证据，让他在她的手腕脉搏处画了一颗心，红色的，以免第二天醒来，她以为自己是在做梦。

红色的心还在，随着她的脉搏一起跳动着，证明着昨天的事并非做梦。

她欢喜地一跃而起，简单梳洗了一下就跑出房间。走廊上飘着香味，她吸了吸鼻子，走下楼梯，就看见厨房的灯亮着，叶时朝穿着围裙在煎鸡蛋。

他手指很长，握着平底锅严肃的样子也似面临重大实验成果，然而事实证明，他对科学很熟悉，却拿鸡蛋一点办法都没有。

鸡蛋破碎得不成样子，边缘发黑，中间却还没有熟，他拿锅铲翻了翻，“刺啦”一声油溅了出来，溅到他的手腕上，他吃疼，猛一甩手，将平底锅掀翻了，“当啷”一声，砸在大理石的地面上，更要命的是热油和鸡蛋落到火上，火苗“轰”一声蹿了上来。

辛宠吓了一跳，几步冲了过去，先是将叶时朝拉开，再关燃气阀门，拎灭火器灭火，一组动作如行云流水，几秒钟解决了危机。然后转身紧张地问叶时朝：“你没事吧？”

叶时朝望着一片狼藉的厨房，叹了口气：“明明理论看起来很简单，没想到实际操作的难度这么大。”

还是头一次听说厨房里还有什么理论知识。辛宠哑然失笑，低头看到他手背上被热油烫出来的红印，心中一阵抽疼，抓过他的手放在水龙头下冲了冲，抬头问他：“家里有烫伤膏吗？”

叶时朝指了指外面：“走廊收纳柜第三层。”

辛宠拿了烫伤膏，拖着他来到客厅沙发上坐好，认真地给他涂抹药膏，边抹边吹气：“拜托你以后不要进厨房了。”

被拜托的人没有动静，辛宠抬头，就见叶时朝正在笑，她皱眉：“你笑什么？”

“想起了小时候。”叶时朝说着话，黑眸里闪着星光，“我母亲也这样拜托过父亲。那一次，父亲煮粥，差点将房子点燃。”

辛宠无奈撇嘴：“原来是家族遗传的手残。看来没希望了，治不好的，为了周围人的安全，以后千万不要接近厨房。”

叶时朝笑了笑：“你第一次在我家过夜，我想给你做早饭。”

辛宠心中十分感动，然而还是拒绝了他："我们还是出去吃吧，我刚谈上恋爱，真的不想因为吃顿早饭丢了小命。"

叶时朝抱歉地揉了揉她的头发："好。"

早饭在楼下的餐厅吃的，小米粥熬得香甜，荷包蛋也做得十分完美，不比在家里吃的差，最重要的是很安全。

叶时朝在这一片也算是个名人，餐厅上至老板，下至员工都认识他，看到他带着一个姑娘来吃早饭，都十分好奇地凑在一起八卦，临走时老板娘亲自出来送他，忍不住看着辛宠问："叶博士，这位是……"

"我女朋友。"叶时朝说着轻轻揽过辛宠的腰。

老板娘笑得一脸欣慰："恭喜恭喜。哎呀，我们家的那些小姑娘要心碎了。"

辛宠就这么被他揽着，在众人的注目下走出餐厅的大门，那感觉真是……爽呆了！

来到"光之舞"是早上七点半，离开门还有半小时。员工们正在做开门前的准备工作，见到辛宠和叶时朝表情都绷紧了，昨天的嫌疑人之一孙同看见辛宠更是不耐烦地皱起了眉："警官，不是查完了吗？怎么又来？"

辛宠皮笑肉不笑："查没查完不是你说了算的。通知你们经理配合我一下，顺利的话不耽误你们营业。"

孙同嘟囔着，给经理办公室打电话。

辛宠站在前台举目四望，看到昨天的两位嫌疑人赵静静和李丽。两个人在擦大厅的雕塑，看到辛宠，互相对视了一眼，然后齐齐低下了头。

辛宠皱眉："她俩心里有鬼。"

叶时朝也皱眉："那个雕塑雕刻的是石珊瑚，怎么挂的牌子是笙珊瑚？错得离谱。"

辛宠抬头看他，无奈摇头。看问题的角度不同，看到的东西果然是差异比天大。算了算了，从破案角度来看，这种差异是有利的，即便是放在情侣关系上，也能极大丰富她的人生。好事好事。

辛宠自我安慰着，"光之舞"的经理已经下来了。不愧是生意人，完全没有孙同的不耐烦，满脸堆笑道："警官想查什么尽管查，配合公安机关打击犯罪，是我们社会主义好公民应尽的义务。"

既然对方这么配合，辛宠借势而上，简单寒暄了几句。经理点着头，将辛宠的要求吩咐了下去。

虽然是白天，但是“光之舞”内部为了营造灯光效果，还是很黑。辛宠要求经理关掉所有的灯，就和昨天停电那会儿的环境一样。

不一样的是，她要求员工们先待在员工休息室中不要出来。

电闸拉下来，员工们也都进了休息室关上门，整个“光之舞”陷入一片沉静的黑暗中。

黑暗中叶时朝握住了辛宠的手，打开手电筒，周围亮了一圈，将两个皆是一脸严肃的人圈在中间。

“开始吧。”辛宠说着脱了外套，换上自带的黄色卫衣，卫衣的颜色跟昨天宋青穿的那件一模一样。穿好卫衣，又套上了一件黑色的运动外套，拉上拉链，将外套的帽子拉到头上，整个人漆黑一团，像是在黑暗中隐身了。

准备好，两人来到“梦幻之海”昨天两人站的地方，辛宠提着昨天背的包，叶时朝抬起手腕看着时间。两人准备好，叶时朝熄灭了手电筒，辛宠提着包开始跑。

按照口供撸清楚的时间线，宋青抢了包，先去洗手间扔掉了运动服，然后经过“幽谧之森”，跑向“流光之境”经过吸烟区，跑向大堂，在这个过程中翻出手提包里的便笺塞进自己的口袋里，再把包扔在大堂，再跑回展区。

叶时朝全程跟在她的身后，看了看时间，摇摇头：“不太对，第一步就不太可能，虽然女洗手间就在逃跑路线上，脱掉就能直接将衣服丢进门口的垃圾桶，但是会有声音。而且边跑边翻，会翻掉东西，你刚才就弄掉了钥匙，昨天我们并没有听到有东西落地的声音。昨天停电的过程超过半小时，你跑一圈只用了十五分钟，如果你的包在大堂里躺了十分钟，就干净得太出奇了，毕竟周围都是在黑暗中焦虑摸索的客人，包怎么能避免踩踏？”

辛宠也觉得不太对，整个过程听起来很流畅，但是实际操作起来并没有想象中的那么顺利，她想了想：“宋青每天都来，也许来得多了，练习过很多次……不对……她之前并不知道我会来这里，怎么可能事先练习？”

“那谁事先知道你要来这里？”叶时朝问。

辛宠心里“咯噔”一下，面色沉了下去。

接下来他们一一验证昨天几位嫌疑人的证据。

首先是“幽谧之森”里郑刚的证据，他的相机里拍到了一抹黄色的身影。

模拟当时的状况，叶时朝在“幽谧之森”举着相机，辛宠穿着黄色的卫衣从“幽谧之森”跑过。

吸烟区，叶时朝掐灭不存在的烟头，打开打火机，四处张望，辛宠从漆黑的走廊跑过来，与他相撞。

叶时朝打开“梦中舞会”旁边的小门，出去又进来，辛宠从旁边的走廊跑过去。

叶时朝坐在大堂珊瑚雕塑后面，看着辛宠从出口跑出来，跑进大堂，将包丢掉。

等到全部验证完，两人会合，辛宠皱眉：“吸烟区看起来确实是在逃跑必经路线上，但是其实那里是个凹进去的独立区域，如果要跟里面的人相撞，要特意拐一下，特别别扭。”

叶时朝说：“送垃圾的小门外面是个小巷子，即便是白天光线都很暗，里面若是一片漆黑，想要凭借外面的光源看到里面很难，而且宋青的发色很黑，一片漆黑里看见黑色的头发……除非她的视力真的很好。”

“还有珊瑚雕塑后面虽然能够看到整个大堂，但是漆黑中很难说……反正我觉得看见后背包的女生这么具体的形象是有些困难的。”辛宠补充。

“不过有个证言是真的。”叶时朝打开相机，“如果穿着黄色衣服从‘幽谧之森’门口跑过，在里面按下快门真的会拍到一抹黄色影子。”

辛宠点了点头，将所有的发现记录下来，去找经理，告诉他可以正常营业了。

71.

本想在回警局的路上先将叶时朝送回实验室，但是叶时朝说想先去法医中心找下施寅，辛宠就带着他一起来到警局，两个人再分头行动。

辛宠来到辛格的办公室，大良也在，正一脸凝重地跟辛格说着什么，两个人都蓬头垢面的，衣服也还是昨天的，也不知道是不是又熬夜了。

见辛宠进来，辛格抬起头：“你来得正好，有件事想听听你的看法。”说着猛灌了一大口咖啡，将一摞笔录记录丢到了辛宠面前，“昨晚我跟宋青聊了一夜，她终于说出了孩子的父亲是谁。是她大学的一个教授，这个教授比她大了二十多岁，而且有家有室，她怕被骂小三，也怕断送了教授的前途，所以不敢说。一大早大良去核实过，那个教授也承认了。也就是说宋青的杀人动机根本不成立，这样一来，昨天那一通折腾似乎都白费了。你来分析分析，真正的凶手安排这么一出大戏，到底是出于什么心理？”

辛宠有种果然如此的焦虑感，这种感觉从昨天就有，越明白真相，越是严重，到了此刻已经让她坐立难安了。她抢过辛格手上的咖啡大口灌了几口：“哥，先别管什么心理不心理的了，先派人去查一件事。昨天所有做过笔录的嫌疑人的手机通话记录，还有他们所有的网络账号聊天记录。”

“你也怀疑我们被他们耍了？”辛格使劲挠了挠乱蓬蓬的头发，一脸烦躁，“我昨天等了一夜电话，撒出去查那几个嫌疑人背景的兄弟们，忙活到天亮，得到的信息整合起来非常可疑。这几个人除了宋青和郑刚，其他的女性原本都不在本市。林若如号称是来旅行的，但已经在本市待了一个月了，为此连工作都辞了；赵静静和李丽在老家都有不错的工作，突然辞职去‘光之舞’就职，而她们在本市无亲无故，这种行为实在不合常理。”

“不止这些。”辛宠将自己早上在“光之舞”验证证言的结果说了一遍，“我怀疑宋青是他们联合起来塑造的一个完美嫌疑人，宋青太迷恋‘光之舞’，近段时间每天都去，也给他们提供了便利。而要完成这个计划，第一步便是要有人出面，先一步向我们描述这个完美嫌疑人的形象。”

“你是说……”辛格的脸色越来越凝重，“我知道该怎么做了。”

事实上辛格比辛宠想得更缜密，他先一步将昨天盘问过的所有嫌疑人以协助调查的名义，全部叫到警局，每个人都有人盯着，确保他们无法互相接触，但是能够看得到对方，然后将他们晾着。

忙活大半天，到了吃午饭时，辛宠准备在警局食堂解决，饭刚打好，正准备吃，就见叶时朝和施寅端着餐盘走了过来。

辛宠忙抬手朝叶时朝挥了挥：“这里这里。”

叶时朝看见辛宠，笑了一下，走到她对面坐下。施寅跟过去坐在旁边，笑眯眯地向辛宠打招呼：“辛小姐胃口这么好，怎么还能保持这么好的身材？回头一定要教教我。”

这话听着像夸奖，实际上就是拐着弯在说她吃得多。辛宠低头看了看自己餐盘里的红烧肉、大排骨，还有快溢出餐盘的素菜，觉得他说得没错，于是决定把这话当好话听。

“每天加班到半夜，只要休息就泡健身房，我保证就算是二师兄也能瘦成一道闪电。”辛宠塞了一口肉，飞速吞下去，“不过，你也不胖，不需要知道这些。”

施寅摇头：“现在的女生又漂亮又拼命，真是可怕，太可怕了。”

叶时朝一直没说话，将自己盘子里的炸带鱼夹到了辛宠的餐盘里。这个动作被施寅看到了，施寅摇着头纠正他："阿朝，给非女友、非血缘关系的美女夹菜可是不礼貌的……"话音未落地，就见辛宠夹起那块鱼吃了起来，且一脸笑意，笑意还直冒泡泡，如果仔细观察的话，会发现冒出来的每一个泡泡都是粉红色的，且都写着"幸福"两个字。

施寅瞬间就不淡定了，指指辛宠又指指叶时朝，惊得都语无伦次了："你们……亲过了？什么时候的事？"

没想到他会说得那么直白，辛宠脸上有点发热，叶时朝却面色如常，十分自然地瞥了施寅一眼："跟你有关系吗？"

施寅的笑容彻底坍塌了，痛心疾首："怎么跟我没关系？我们刚成为朋友的时候，是怎么说好的？交了女朋友，一定第一时间让对方知道。"

"那是你自己说的，我可没答应。"叶时朝懒得理他，目光看向辛宠餐盘里的红烧肉，问："这个好吃吗？"

辛宠忙点头，笑得眼睛眯了起来："好吃。咱们局里的餐厅可是数一数二的，不比大馆子差。"说着夹起一块送到他嘴边。

叶时朝就着她的筷子，张嘴吃了，嚼了几口，赞许地对辛宠笑："果然不错。"

被晾在一旁的施寅瞬间感觉自己头上亮了起来，至少一百瓦，十分刺眼，索性端起餐盘去别的桌子坐了。眼不见为净。

这个时候辛格端着餐盘走过来，看见分为两桌的熟人们，犹豫了一会儿，还是去施寅那边坐了，因为施寅平日笑眯眯的脸，此时臭得可以，实在让人好奇是什么事把他气成这样，他急着想知道，好让自己高兴高兴，放松放松。

"谁惹你了？"辛格坐下，敲了敲桌子，"脸黑得跟锅底一样。"

施寅指了指旁边的桌子，那边辛宠和叶时朝虽然没有再互喂食物了，但是时不时互看、微笑的甜蜜气氛，在这光棍遍地的警局，也实在刺眼。

辛格心情十分复杂。

一方面亲妹似乎如愿以偿了，他替她高兴；另一方面，他妹谈恋爱竟然没通知他，他这个当哥的尊严遭受到严重的践踏。

盯着那边看了半天，暗暗咬牙回过头来，也黑着脸默默吃饭。

于是市局的食堂里，出现了一幅诡异的画面：临近的两张桌子，一张桌子上方冒着粉红色的泡泡，一张桌子上方简直乌云罩顶。路过的民警无不绕道，生怕碰到那朵乌云，惹祸上身。

这顿饭对于辛宠和叶时朝来说，当然是十分美妙的，但对于别人就未必如此，当然，他俩也并不在乎，刚开始谈恋爱的情侣都这样，天地再大，眼里也只有眼前这个人。

吃完饭两人又去自动贩卖机那里，买了两瓶罐装咖啡，一人一瓶边走边聊天。

辛宠问："最近大刘怎么样了？"

叶时朝摇摇头，神情略有些凝重："还是老样子，能不能醒全看运气。"

辛宠没有继续问。

大刘现在是叶时朝寻找父亲下落的唯一希望，自从将他接进私家医院，拜托给熟悉的医生，他就经常往那边跑，这几天没去，也是每天都打电话去问。其实他知道，如果大刘醒了，医院一定会给他打电话，然而，闲下来的时候，依旧会冒出一些不切实际的幻想，过于急切的时候，人的大脑就会不停地产生幻想，缓冲焦虑，这大概是一种自我防御的机制，即便是理智的科学家，也不能免俗。

他们走出餐厅，外面飘起了雪花，雪刚下，地上还没白，但是也足够冷了，辛宠冷得缩了缩脖子，一边裹紧大衣，一边说："想想这整件事也是蹊跷，即便你父亲真如那老包所说，买到了跟自己长相相似的尸体代替自己，那么DNA呢？两个人长相再一样，DNA也不可能一样，警局的DNA库里可是存着他的DNA样本呢。"

叶时朝注意到辛宠缩脖子的动作，摘掉自己的围巾，给她围上，雪花落在他的黑发中，落在他的鼻尖上，又快速融化，成为他脸上湿润的水渍。他蹙眉，"我拜托施寅在法医中心的资料库中调出我父亲的DNA，发现已经被替换了，那组DNA并不是我父亲的，一起被替换的还有指纹。在资料库中，尸体、DNA、指纹都是对应得上的，也就是说在某种意义上，我的父亲是真的过世了。"

辛宠被围巾裹着，本该十分温暖，可是叶时朝刚刚说的话又实在匪夷所思："这种事普通人可做不到，除非……"

"除非……我父亲的死，警方也有参与。"叶时朝漆黑的眸比这下雪天还要冷，他呵出一口白气，面色冻得发青，"我想这跟郑老提过的'鬼美人'的案子有关，至于什么关系，我目前还没查到，也无从查起，毕竟我连到底是哪个部门参与了这起案子都不知道。"

辛宠看着他发青的脸庞，有点心疼，想摘了围巾还他，被他按住了手，只能把他的手拉过来，用自己手心的温度给他捂着。

“你回实验室吗？我送你。”辛宠问。

叶时朝摇头：“心乱不想回去，实验室里有韩梅梅，什么都耽误不了。在实验室里只有我一个人，每每想起父亲就特别心烦，在这里至少还能跟你说一说。”

辛宠笑起来：“我下午要去医院，你陪我一起吧。”

叶时朝点头，两人手牵手走进办公区。

在他们身后，两只单身狗，远远看着，眼睛里冒出来的都是酸气。

“实在无法接受阿朝比我早脱单这个事实。”施寅摇头叹息，“明明我更加风流倜傥、温柔体贴，也更招女人喜欢一些。”

辛格斜着眼上上下下打量他，施寅外在条件确实不错，就是看起来太阴森，即便是笑着也像要拿出手术刀来，天生的气质，想来改也改不掉。女人们见了他，大概害怕会多过喜欢。

实在不好意思打击他，辛格笑了笑，也拉过他的手捂着：“兄弟也能捂手，不用这么羡慕他。”

施寅触电一般将手抽回来，一脸嫌弃地跳开老远：“你死远一些，我可不想让别人怀疑咱俩有什么关系。”

“能有什么关系？”辛格说着又要用手去暖他的脸，“哥们关系，好哥们！”

“既然是哥们就不要动手动脚。”施寅撇开头，躲开他的手，眼神里满满都是“恨铁不成钢”“粗俗”。

“我粗俗，就你优雅行了吧？”辛格毫不在乎地伸手揽着他的肩，“今天初雪，有对象的都抱对象，咱们这些单身狗也只能抱团取暖。下了班到你那里喝酒怎么样？你准备酒，下厨的事儿交给我。”

施寅无奈地摇摇头，但看在他要下厨的分上就忍了，毕竟辛格这人看着大大咧咧，厨艺是真的不错，喝醉了就嚷嚷着退休要去夜市摆摊。

“我要吃炙羊腿。”

“烤全羊都没问题。”

两人说着，勾肩搭背地走远了。

72.

下雪天车多路滑，路上还遇到了大塞车，等到了红酥手住的那家医院，已经是两小时之后了。路上辛格给辛宠打了个电话，蓝牙耳机打开，辛格的声音听起来十分凝重。

“几个嫌疑人的通讯记录查完了，非常干净，一点也找不出互相联系过的痕迹，就连同在‘光之舞’打工的赵静静和李丽，看起来似乎都没什么往来。我又分别去跟她们聊了聊，嘴巴紧得很，还是坚持原来的说辞，看来拿下这局只能靠你了。”

“意料之中。”辛宠宽慰辛格，“若是我的推断没错的话，这些女人本就对男人带着敌意，不可能跟你交心，再加上这次事件是群体意志在作怪，她们现在的关系是稳如磐石的。”

问了前台，找到红酥手的病房，推门就看见她正站在窗前，愣愣地看着窗外的雪花，纤细的身体裹在宽大的病号服里，更是显得楚楚可怜。

“你好一些了吗？”辛宠走过来，关切地问，将在医院门口花店买的花递过去。

红色的天堂鸟，每一朵都像振翅的鸟儿，似乎下一刻就要从这憋闷的病房里飞出去。

红酥手转身，看见辛宠与叶时朝，脸上并没有什么表情，倒是看见天堂鸟的时候愣了一下：“你怎么知道我喜欢天堂鸟？”

辛宠笑了笑：“你在直播的时候，一直自称喜欢蓝色妖姬和香水百合，但是我注意到，除了言语上的肯定和偶尔出现在直播间之外，你的生活中并没有怎么使用过这两种花。家里的浴帘上是天堂鸟，窗帘上是天堂鸟，你ID的头像那张照片，虽然捧着蓝色妖姬，但是裙子上却绣了一朵天堂鸟。我想，比起外在的刻意加强肯定，内在的不经意流露才是真正的你。”

“我在网络上的人设是个清纯中带着一点小性感的娇情女人。”红酥手接过花，嗅了嗅花香，笑起来，“男人都爱这一套，也许大家说得没错，我就是靠男人吃饭的坏女人。”

“我并不觉得这叫靠男人吃饭。”一直没说话的叶时朝说，“你的行为可以理解为表演，你持续地扮演成另外一个可以让人产生幻想的角色，别人付费看你的表演，以此获得心理上的满足，这只是单纯的商业问题。要非要计较靠什么吃饭，我想你应该是靠自己的演技吃饭，而不是男人。”

红酥手很意外竟然有男人如此评价她，就算是直播间里，她的男粉丝在她被攻击的时候，也从未正面维护过她，顶多多打赏点钱，多刷几条弹幕，写着“老婆不哭，老公疼你”。她十分意外，看了叶时朝许久，突然笑了：“听说你是个博士，读过书的男人都像你一样有素质吗？我当初应该好好读书，让自己进入你这样的阶层，就不会遇见那么多流氓，也不会像现在一样瞧不起自己。”

“流氓就是流氓，跟受教育程度没有关系。相对于没有受过教育的流氓，受过高等教育的流氓更可怕。”叶时朝一本正经地解释。

他的一本正经将红酥手逗笑了，笑得花枝乱颤，甚至扯到了头上的伤口，疼得“哎哟”一声，脸上挂着泪还在笑。

这笑看似灿烂，但是眼底却埋藏着深深的悲哀，让人看着不忍。辛宠上前扶住她，轻声询问：“你没事吧？”

这声带着关切的询问让红酥手眼中的悲哀，蔓延到了脸上，脸上还是笑着的弧度，眼泪就已经大滴大滴落了下来。

落得太急了，以至于脸上再也维持不住“笑”的弧度，抱着辛宠痛哭出声。

这是长年压抑后的发泄，辛宠再没劝她，就任由她哭，反倒是叶时朝莫名其妙，完全搞不懂自己这简单的几句话，怎么能够让一个人哭成这个样子。

他反复想了想自己刚才说的话，怎么都想不出话里有哪些值得哭的地方。虽然他并不是完全理解不了人类的感情，但是眼前这道题实在太难了，超纲了，完全不是他能理解的范畴。

好不容易红酥手哭完了，放开辛宠，看着辛宠濡湿的大衣领子，不好意思地连忙拿纸去擦，边擦边道歉：“对不起，对不起，大衣的干洗费我会出的。”

辛宠毫不在意地摆摆手，接过她手上的花：“我去帮你插到花瓶里。”

忙活了半天，竟一句都没提案子的事，叶时朝虽然不知道辛宠想干什么，但是出于信任，就决定不干涉，一句话不说，安安静静地找了把椅子坐下，打开手机看韩梅梅给他发的邮件。

看着看着，眉头就皱了起来，面色也凝重了。

另一边，辛宠给红酥手找了块干净的毛巾，打了热水，打湿毛巾，拧干递给她，让她擦把脸，她脸上又是眼泪又是鼻涕，实在狼狈得很。

红酥手擦了脸，辛宠趁机问：“你的家人怎么没在医院陪你？换洗的衣服也没给你带一些过来。”

提到家人，红酥手冷笑了一声：“他们嫌我干直播丢人，平时不怎么跟我来往，唯独问我要钱的时候不嫌我丢人，你说可笑不可笑？医院通知他们来办住院手续，他们来了就走了，别说换洗衣服了，日用品都是我托护士买的。”

“也许他们是担心你弟弟在家没人照顾。”辛宠安慰她，“我看医院旁边就有商场，等会儿我去帮你买。”

“什么家里人不家里人的，到头来，还不如陌生人对我好。”红酥手苦笑，“你们警察工作真细致，这么快连我的家庭情况都摸清楚了。没错，我家里还有个弟弟，我就是传说中的‘伏弟魔’。当然，我是没办法，本来家里人就看不起我，我要是再不舍得往弟弟身上砸钱，过年过节家都不用回了。”

“你有你的价值，但这种价值绝对不只是体现在扶持弟弟上。”辛宠坐下来，摆出促膝长谈的姿态，“家庭灌输的价值观确实很难挣脱，但是你也要明白，任何人都没有权利去伤害你，即便是父母。”

红酥手笑了起来，“你这话要是被我爸妈听见，肯定会被骂没良心、白眼狼，浪费那么多年饭养大的东西，还不如一条狗懂事。”

辛宠不卑不亢：“反复的羞辱和道德绑架，向来都是控制人的必用手段，先摧毁自尊，再戴上枷锁，换作陌生关系，这属于虐待，套上亲子关系，便被合理化了。”

红酥手沉默了半天，露出苦笑：“那我能怎么办？总不能跟家里脱离关系。”

辛宠摊手：“亲子关系无法脱离，就试着远离，你现在已经是成年人了，完全可以满足自己的情感需求，不需要再去父母那里寻找爱，更何况有可能找不到。成年人必须自己爱自己，只有婴儿才靠父母的爱活着。”

红酥手脸上的表情接近于震惊，片刻过后，才慢慢平静下来，轻声说：“从来没有人跟我说过这些。谢谢你，辛警官。”

“就是聊聊天，有什么好谢的。”辛宠站起来，“我去给你买换洗的衣服，马上就回来。”

接着辛宠和叶时朝走出病房。叶时朝刚看完邮件，收起手机，回头望了一眼病房：“你真的什么都不问？”

“不用问，她会主动告诉我的。”辛宠信心满满，“从小缺爱的人都是非常寂寞的，而她又是聪明敏感的人，对伤害反应很大，对关爱同样无法抵抗，即便知道是有所图。”

叶时朝摇摇头：“心理学真讨厌。”

辛宠笑嘻嘻地挽住他的胳膊，表忠心：“我可没用心理学对付过你。我对你的一言一行都出于爱，跟学术没有半毛钱关系。”

叶时朝摇摇头：“我并不介意你用心理学对付我，谈一场理智的、充满学术味道的恋爱，也没什么不好。”

“并不好！”辛宠严厉认真地纠正他，“我就想跟你谈一场矫情又胡搅蛮缠的恋爱。总之，跟我谈恋爱的时候，不许有理智，也不许提什么学术，听到没有？”

叶时朝皱眉：“你已经开始不理智了。”

辛宠气得晃他胳膊：“不要理智，不许理智！”

“哦，开始胡搅蛮缠了。”叶时朝俊美的脸上露出笑来，“不过，也不错，你这样也很可爱。”

73.

辛宠在商场里帮红酥手买了两套内衣，几双袜子，还有一些品质不错的洗漱用品，又顺手买了些水果，带回医院交给红酥手。红酥手看了看，有些意外：“你怎么知道我的尺码？”

“我们警察工作细致呀。”辛宠笑了笑，帮她把洗漱用品摆进病房里的洗手间里，出来就见红酥手坐在病床上发呆。她呆了半晌，仿佛下定了某种决心似的，抬头看着辛宠，目光坚定道：“辛警官，人是我杀的，在‘光之舞’抢你的包也是我策划的，我骗了你，是我对不起你，我自首！你们不要再白费力气去审问其他人了。”

辛宠并不惊讶，也没有急着去问她什么，而是拿了个苹果，慢条斯理地削皮，削完了递给她。

红酥手急了，一把将苹果打掉了，站起来拔高音量嚷起来：“你不相信我？这种事情，我怎么能说谎？”

辛宠也不急也不恼，理了理衣服，慢条斯理地抬头：“不是我不相信你，而是已经有人先一步自首了，我不知道该相信你们中的谁。”

她的这句话让本来在角落里低头看邮件的叶时朝抬起头，黑眸里露出疑惑，但也只是片刻便又低下头，什么都没说。

红酥手显然没有他这份淡定，她震惊得几乎跳了起来，一双眼睛瞪得溜圆：“她们自首了？她们承认人是她们杀的？不可能！这不可能……我们明明说好……她们是怎么说的？”

“这属于机密调查资料，我不能说。”辛宠摊手，从包里拿出录音笔，“不过，你既然宣称人是你杀的，不妨详细说一说，谁的细节对得上，谁就是犯人。而且我要全程录音，希望你能配合。”

红酥手皱着眉坐回床边，表情充满了犹豫和痛苦，过了许久才缓缓开口：

“我第一次见你，说的话并不都是谎话，我确实很痛恨吴作永，因为痛恨组建了一个群，寻找被吴作永骚扰过的女孩，开始的初衷只是想互相安慰，互相支持。这里面有被吴作永偷拍过的，也有跟他是网恋关系，被他哄骗做过下流事，后悔不已想要分手，却被他威胁敢分手就将聊天截图发到网上去的。在一起聊的多了，怒气越积越多，无处消解，我就提议教训教训他，她们几个人这才来到这个城市。

“我将他约出来，就约在‘光之舞’，我跟他说，我和‘光之舞’的老板很熟，老板答应关门之后将‘光之舞’借给我用，他就信了。晚上十点‘光之舞’关门之后，他按照我说的从后门溜了进来。我假意带他逛了一会儿，打消他的疑虑，在‘幽谧之森’用麻袋将他套住，绑了起来。我们绑架了他，本来只是想教训一顿，藏在‘光之舞’的锅炉房里，过个一天一夜，让他吃尽苦头再扔出去，可是只是这点教训还不能解我心头之恨，我被仇恨冲昏了头脑，就杀了他。”

红酥手说得很笼统，辛宠却听得仔细，听完了才问：“你是怎么杀的他？用的什么凶器？”

“刀。”红酥手眼神游移，“他被绑着十分好下手，一刀下去就不动了。”

“凶器现在在哪里？”

“扔了……开车出去扔了。”

“扔到了哪里？”

“当时脑子太乱，不记得了。”

“杀完人之后呢？你怎么处理的尸体？”

“扔了，也是开车扔的。”

“扔在了哪里？”

“我都说了，我脑子很乱，很害怕，那时候的事情什么都不记得了。反正人是我杀的，跟其他人没有关系，我承认了还不行吗？你为什么还要刨根问底？”红酥手被问烦了，崩溃地抱着头吼起来。

“那好，我们再来谈谈‘光之舞’抢包事件。”辛宠冷静地看着她，确认她能够继续说话了，才继续问，“抢我的包，偷走你给的线索，再给出一个完美的嫌疑人，是怎么计划、怎么执行的？”

“她们全部被带去了警局，我就知道，你们已经识破我们的计划了。”红酥手断断续续地说，“既然已经识破了，还要我说什么？”

“我们的调查再详尽，也需要你的供述，既然要自首，就拿出诚意来。”辛宠说。

红酥手目光望向前方，眼神里有些许的迷茫与痛苦：“其实我杀人这件事，她们并不知道，她们只是将他绑起来，打了一顿，每个人都出了气，就离开了，剩下的事情都是我一个人干的。等到案子曝光出来，她们才慌慌张张地联系我，问我是怎么回事。我就说了实话，说自己实在太恨了，没有控制住自己，失手杀了他。她们很讲义气，决定帮我隐瞒这件事。这个时候你们查到了我，要跟我见面，大家都慌了，连夜制订了这个计划。那个叫宋青的女孩是丽丽和静静选的，她们在‘光之舞’上班，知道宋青买了一周的套票，计划当天一定会来。

“准备好这一切，计划就开始了。首先利用你跟我见面的机会，描述出一个嫌疑人的形象，接下来将她的账号给你，最后在‘光之舞’将写了账号的便笺抢走，这样你们自然就会加深对那个人的怀疑，再加上我是受害者，就能洗脱嫌疑。”

“你们为了自己的目的去陷害一个清白的女孩，你有没有想过，这个女孩有多无辜？”辛宠关掉录音笔，第一次用锐利的目光看着红酥手，“这个世界上有很多疗伤的办法，但是伤害别人，永远是最错误、最无用的一种。”

红酥手也许是感到羞愧，捂住脸，哭了起来。

辛宠慢慢起身，对她说：“你说的情况我都记下了。你现在还需要住院，我会让同事来病房里陪护你，直到你康复出院，再接你到警局做详细调查。”

红酥手终于不哭了，慢慢抬头，悲怆地笑了：“有人陪我住院，这还是头一次。小时候阑尾炎我都是一个人孤零零地躺在医院里，从来没被护士之外的人陪护过……这算不算因祸得福？”

辛宠不置可否，一个人的祸福本就不是别人能够评价的，甲之砒霜，乙之蜜糖，牢狱对于有些人来说是灾难，对于红酥手来说可能并没有那么糟。她太寂寞了。

离开病房，回到车上，叶时朝边系安全带边问辛宠：“我怎么不记得有人自首了？”

“现在不就有了吗？”辛宠笑得一脸狡黠，“‘光之舞’的嫌疑人被带去警局接受再调查，这件事没有对外公布过，红酥手一个住院的人却知道。这也就证实了，她们之间确实是有联系的。她们之间有联系我哥却没有查到，我猜测，她们可能有专门的电话卡和手机用来联系，而这个电话卡必定不是用她们自己，或者跟她们有任何关系的人的名字办的，可能是黑市上买的，所以根本查不到。她们进入警局之前给红酥手透了信，然后将手机连同电话卡一起扔了，这样就无从查起。我们无从查起，当然她们也无从联系，这是个很好的切入口。然而她们之间的群体关系在这种危机之下牢不可破，为了打破她们之间的平衡，只能从相对来说远离群体的红酥手入手。其他人进了警局没有消息，本就让她心急如焚，再加上整个群体中只有她是自由的这种内疚，她便成了最薄弱的环节。只要稍微施加压力，她的心理防线，很容易就会崩塌。”

叶时朝看着她，黑眸里盛满了笑意：“对于办案，你真是越来越得心应手了。”

“那是，这是我经手的第三个案子了，要是依然没有一点进步，真对不起我熬夜看的那一摞摞论文。”辛宠倒不谦虚。

叶时朝看着辛宠明艳俏丽的脸，只觉得自己真是越发喜欢这个真诚热烈的女人了，忍不住握住她的手，问：“那你觉得红酥手说的是真话吗？”

“半真半假。”辛宠放开方向盘，将另一只手放在他的手背上，“群体的存在是事实，她们憎恨本案的死者也是事实，绑架也可能是事实，唯独杀人，绝不可能是红酥手干的。”

“我也这么认为。”叶时朝点头，“红酥手前面的供词都十分详尽，但是关于杀人的供述，都只是案情通报中提到的，至于没有通报的，尸体所中具体刀数，抛尸地环境，就都说不记得。人的记忆虽然会因为情绪问题产生偏差，但要说能够巧合到这个程度，我认为是十分牵强的。”

“当然不可能这么巧合，而且红酥手也并不符合凶手的心理画像。”辛宠说，“凶手性格严谨自律，对于吴作永有着一些变态的浪漫情怀。通过这两次的接触，我很确定红酥手对吴作永并没有那种情愫。”

“没有杀人却要自首，她是在包庇什么人？”叶时朝说。

辛宠点头：“也许是在包庇她的群体中的某个人，这些憎恨吴作永的女人中不排除有这样的人，毕竟有一种心理疾病，叫作斯德哥尔摩综合征。”

74.

第三次案情通报会，辛宠将红酥手的供述播放给会议室所有人听，录音播放完，会议室里所有人都沉默了，同时露出匪夷所思的表情。

辛宠有些奇怪，收起录音笔问：“怎么了？”

辛格将笔录本拿出来递给她："巧得很，其他人也都招供了，说人是自己杀的，跟其他人无关，连说的话都跟这位网红说的差不多。哦，对了，除了郑刚，本来我们之前分析这就是个女性群体，不会出现一个男人，他可能也是正巧路过。只有他坚持原来的口供。"

竟然会有这种事？

辛宠接过笔录本翻了翻，发现确实如此，每个人的说辞都跟红酥手差不多，细节上虽然有一些差别，但是时间、地点都对得上，也都是提到杀人细节就模糊过去，声称自己记不清了。

"这是不是也是她们串通好的？"大良拧着眉问。嫌疑人不招供，和嫌疑人都招供根本没区别，都要再重新查起，核对每个嫌疑人有没有说谎。

辛宠点头："有这个可能。还有另外一种可能，"她顿了一下，"可能人确实是她们联合绑架的，陷害宋青也是她们计划的，但是人不是她们杀的……她们以为是群体里的某一个人杀的，于是想要包庇对方，才这样招供。"

"那到底是谁杀的？"大良头疼不已。这个案子真是太绕了，女人心真是海底针，他瞬间觉得自己打光棍没什么不好。当然，只是暂时，媳妇是肯定要娶的。

正当会议陷入僵局，叶时朝的手机响了，他拿起来看了看，敲了下桌子："不知道算不算线索，但是实验室刚刚确定，尸体身上发现的夜光虫，和'光之舞'里'梦幻之海'的夜光虫并不属于同一族群。而且尸体身上的夜光虫样本里检测出了发光杆菌，而'梦幻之海'的水源里没有检测到这种菌落。我们同时也做过尸体衣物、皮肤和毛发的取样，也没发现发光杆菌。也就是说，这两只夜光虫是有人故意放上去的。"

"当初就是因为这两只夜光虫，我们才找到的'光之舞'。"辛格表情严肃，"是有人故意引导我们查到红酥手的这个小群体。"

"而且是个知道她们计划的人。"辛宠补充了一句。

叶时朝完成了任务，收拾东西准备走人了："查清楚这点是你们的工作，我的工作已经完成了。"说着真就拿着平板电脑离开了会议室。

会议室里所有人面面相觑，辛格刚准备出声叫他，就被辛宠拦住了："哥……辛队，让他去吧。他……他……最近确实太忙了……"

"也对。"辛格猛然回过神来，拍了下脑门，"叶博士本来就是我们请来的专家，又不是咱们刑警队的刑警，人家还有那么大一个实验室要管，我一个电话就把人家叫来开会，也没问问他到底忙不忙。是我疏忽了。我们继续……大良，散会之后你……”

辛宠望着门口，有些担忧。

她知道叶时朝在忙什么。

自从找到了大刘，他的心思就都在大刘的治疗上，对这个案子明显没有之前的案子那样上心。当然，这不怪他，毕竟是关系到父亲的下落，亲人的失而复得，这个诱惑实在太大了，每一个孤儿都愿意为此付出任何代价。

散会之后，辛宠已经找不到叶时朝了，手机上多了一条消息，是叶时朝发的：“我去医院，大刘有苏醒迹象了。”

辛宠心中一喜，连忙拨了电话过去。接通之后，叶时朝气喘吁吁的声音从手机里传出来：“我刚到医院，还没有见到人。”

“那我是问早了。”辛宠笑了一下，“那手机就先通着，你过去看看到底醒了没有，我也想尽快知道。”

“好。”叶时朝只回答了短短的一个字，就没有声音了，手机里只剩下奔跑的脚步声。

辛宠将手机放在耳边，一刻不离，边听着那边的动静，边在走廊里踱着步子。

手机里传来开门声、叶时朝急促的呼吸声和询问声：

“他醒了吗？”

“没有。但是今天做肌肉按摩的时候，他对疼感有反应了，这是极大的进步。”

“太好了，太好了。”

接着声音近了，叶时朝带着喘息的喜悦声音从手机里传出来：“你听到了吗？辛宠，他对痛感有反应了，他一定能醒，他一定会醒。”

辛宠高兴得眼泪都要下来了，下意识地使劲点头，点完头才反应过来他根本看不见，忙出声：“是的，他一定能醒……一定……”

又跟他说了几句话，叶时朝急着去找大刘的主治医师谈话，就挂断了电话。声音从手机里消失，辛宠傻笑着望着手机屏幕，看着它从亮转黑，屏幕上映出她的脸，上面写着一笔担忧。

他刚才那么高兴……那么高兴……万一大刘醒了，说不知道他父亲的下落，再万一，干脆失忆了……

她不敢想他将会陷入多大的失落中。

想到这里，一向是坚定的唯物主义、从不怪力乱神的辛宠，忍不住双手合十，虔诚祈祷：神啊，看在这个男人这么恳切、这么渴望的分上，就把父亲还给他吧。

75.

辛格亲自带人去所有人供词中提到的为“光之舞”供暖的锅炉房。

锅炉房在地下一层，却并不在“光之舞”的地下，因为建筑布局的关系，只能租用了隔壁那栋建筑的地下室，独立建造了一个锅炉房，管道途经地下，铺设到“光之舞”。

根据“光之舞”其他工作人员所说，这套供暖设备十分先进，所以并不需要人时刻盯着，技术人员一日一次来检查下数据就行，而且数据盒就在门口，根本不需要走进来，所以如果设备后面的死角里藏一个人不被发现，完全有可能。

辛格让大良在红酥手她们供述的、藏匿吴作永的地方躺下，自己在门口转了两圈，确实怎么都看不到那个位置，而且有管道遮挡，就算走进去，只要不特意往那个角落看，也还是很难发现那里有人。

痕迹调查小组的同事用热红外线相机拍摄现场，未发现血液残留，也就是说这里可能是囚禁受害者的现场，但绝对不是杀人现场。

这样一来，就显得红酥手等人的自首越发没那么可信了。

辛格站在昏暗的地下室里，拧着眉陷入了沉思。

辛宠又重新跟所有的嫌疑人聊了聊，地点就选在小会议室，关上门，关上百叶窗，私密且安静。

她希望能够听到她们亲口跟她说吴作永。

林若如是第一个进来的，她穿了一套黑色的低胸连衣裙，银色的项链一直垂到胸口，短发利落，虽然在警局里待了一天一夜，神色并不见萎靡，相反，眼中的疲惫反倒给她增加了专属于熟女的沧桑韵味。

林若如在辛宠旁边坐下，朝她伸手：“有烟吗？拘留室里不让抽烟，憋死我了。”

辛宠从衣袋里拿出准备好的烟，连同打火机一并递过去，是林若如自己随身带的，“招供”之后就全都没收了。来之前，她问大良要了来。

看到熟悉的物品，林若如脸上露出微笑，动作娴熟地抽出一支烟点燃，深深抽了一口，缓缓吐出一口烟圈，半根烟燃尽了，才说："想问什么就问吧，你这人够意思，我愿意跟你聊天。"

辛宠晃了晃录音笔："介意我录音吗？"

林若如无所谓地耸肩："随便。"

辛宠打开录音笔，开始问："你第一次接触吴作永是什么时候？"

林若如吐出一个烟圈，双眸隐没在烟雾后面，但仍旧能够看出其中的厌恶。她长长地出一口气："一年前。临近过年，聚会特别多，身边成双成对的越来越多，好像全世界只有我一个单身似的。在外受到打击，回家还要面临父母夹枪带棒的讽刺，好像三十三岁的女人不结婚就该拉出去枪毙一样。他们也不想想，如果我不拼事业，早早结婚生孩子，他们能像现在一样，住那么好的房子，使唤着保姆，游手好闲地在麻将室里数落这个、抱怨那个吗？每天都这样，实在让人受不了，我就下了个交友软件，那个软件能把所有符合你条件的男人都推送给你，然而讽刺的是，那些推送给我的男人，每一个都拒绝了我的交友请求，我猜，是因为我在年龄那一栏里过于诚实。那些男人自己都三十五岁以上了，凭什么看不起我一个三十三的？"

说到这里林若如激动起来。对于这个话题，辛宠也感同身受，毕竟她自己就奔三了，成了很多男人嫌弃的对象，在他们眼里，只有十八岁到二十三岁之间的女人，才值得追求，一旦奔了三就是老太婆，根本不值得浪费精力。殊不知自己早就开始脱发、发福，走两步就喘粗气，一副半截身子入土的面相。

辛宠没在这个话题上过多纠缠，引导她往下走："吴作永是在这个时候出现的吗？"

"对。"林若如点燃第二根烟，"他主动加了我。看到他的资料，说真的，我有点惊喜，年龄比我小，长得不错，还是个程序员。我喜欢程序员，比较乖，不会出去乱搞。我们加上好友，聊了几次天，他提出想要我做他的女朋友，我想都没想就答应了。现在想想，我是将他当成最后一块能载我上岸的浮萍了，没想到他是只伪装良好的鳄鱼。

"在网上确定关系之后，聊天的内容就开始暧昧、轻浮起来，我并不觉得这有什么，毕竟我又不是小孩，什么事情都懂，也并不是一个保守的人，这样老婆、老公地腻歪一阵子，我甚至开始享受有一个男友如此渴望着我的感觉。我还记得第一次视频，他表现得很局促紧张，我觉得很可爱，视频几次渐渐没那么局促了，他开始跟我撒娇，要求我少穿些衣服……那个时候我对他已经有感情了，不忍心拒绝他，一步步满足他的要求……等回过神来时，我已经能够坦然地对着他展示自己的身体了。不是没有过顾虑的，但是每次听他喊我老婆，央求我做这个做那个，就忍不住想要满足他……同时也满足我自己。”

“你是什么时候发现事情不对劲的？”辛宠问。

“从他的要求越来越过分，态度也越来越粗暴开始。也就是那个时候，我遇见了小学同学，那个男人虽然没有他那么年轻帅气，也不会撒娇，但是老实可靠。我就上网跟他摊牌，要么线下见面，商量下结婚的事，要么就分手。他突然变了脸，发过来一串不雅照，威胁我，让我好好地为他服务，敢提分手就将这些照片发到我公司所有人的邮箱里。我这才知道，他是个变态。

“被威胁的那段时间，我依旧要定期上网满足他的要求，日子越来越难熬，越来越屈辱，每天都想着该如何摆脱这一切，每天都生不如死。直到那天，一个女孩加我，想跟我聊聊他，我才知道，原来他祸害的人不止我一个。”

“知道有同类，是不是轻松多了？”辛宠问。

林若如点燃了第三根烟：“谈不上轻松，但是没那么绝望了，我们可以一起骂他，心理上轻松许多。”

“主动加你的女孩是红酥手吗？”

“不是。她没有参与我们的计划，她是个胆小又善良的女孩，我不会告诉你是谁的，你不要问了。”

“好，我不问。”辛宠沉默了几秒钟，“杀人是要坐牢的，即便你也受过迫害。二三十年之后出来，你的青春就彻底没了，你那位可靠的小学同学……”

“人家已经结婚了，老婆是老家村子里亲戚介绍的，高中毕业没多久，今年连二十岁都不到。”林若如冷冷发笑，“我的青春早就没有了……”

李丽和赵静静的情况跟林若如有所不同。

李丽二十五岁，已经离过一次婚了，离婚的原因是老公出轨。她情感异常空虚的时候，在网上认识了吴作永。吴作永在李丽面前扮演的并不是小男友，而是幽默风趣的成熟男人，很会嘘寒问暖，李丽渐渐被他打动，开始网恋，很快也步林若如的后尘，被拍了不雅视频、不雅照，惊慌失措的时候，有人将她拉进群里。

“将你拉进群里的是谁，你还记得吗？”辛宠问。

“当然记得。她被吴作永害得最惨，跟她比起来，我们根本不算什么。这么说可能有些卑鄙，就是因为有个对比，我才能够继续活下去。不过，你们不用浪费时间去查她，这个计划她没参加，她……也参加不了了。”

“为什么？”

“因为在有这个计划之前，她就已经割腕自杀了。”

赵静静提到割腕自杀的女孩就不停地哭泣，好不容易止住了哭，才断断续续说了自己的经历。

她在所有人中，家境算是最好的，父母都是高知，她自己也是博士，但是因为从小被父母管束得太严，到了博士毕业也没怎么跟男生接触过，更没有谈过恋爱。她的父母虽然没有吴作永的母亲极端，但是也希望她能成为一个端庄的大家闺秀。然而人欲是扑不灭的，且一旦开了个口子就一发不可收拾。她算是跟吴作永网恋时间最长的，然而吴作永似乎厌倦了她，想要分手，她苦苦哀求，当吴作永说出自己不止她一个女友，她如遭雷击，恨吴作永入骨。

那段时间她整日都在网上徘徊，写各种匿名帖子揭发吴作永，让大家认清他的真相。直到被吴作永用不雅照威胁，才不敢再发帖了。

后来就有人通过她发的帖子找到了她，拉她进群，她在群里认识了同病相怜的姐妹们，也就没有以前那么绝望了。

“刚看清那个人真面目的时候，我每天都很想死，一半是伤心，另一半是羞愧，觉得对不起父母的教导，竟然能对一个坏人动心，还听他的话做了那么多下流的事，我没脸见父母，没脸活在世界上。是萝卜兔开导我，一直陪我聊天说话，可是没想到，最后，我想开了，她却自杀了……一定是吴作永用不雅照逼她逼得走投无路，她才走上绝路的！”

赵静静说到这里又哭了起来，泪眼中全是不加掩饰的恨意：“该死的是那个人，不是萝卜兔。”

辛宠关上录音笔，陷入了沉思。

这个萝卜兔应该就是她们都提到过的女孩使用的网名，她甚至怀疑红酥手第一次见她，为了误导她，塑造出来的完美嫌疑人的形象并非完全捏造，是有真实的映射在里面的。

那个在所有人心中至关重要的女孩，才是这个团体的灵魂，她的死就成了这次事件的催化剂。团体中所有人都因为女孩的死更加恨吴作永，每个人都有想要杀她的怒气，以及怕再失去伙伴的恐慌，因此她们觉得无论团体中谁杀了吴作永都是自己干的。这是群体的意志，是为民除害，是正义的。

这种群体性质的犯罪最是难缠，个人犯案尚且会因为内心的道德约束陷入羞愧，露出马脚，然而在群体意识中，道德感会被削弱，甚至扭曲，因为群体意志便是正义。

最要命的是，所有人对吴作永的恨都是赤裸而直接的，并不存在什么浪漫色彩，唯一的可能是……她们每个人都参与了谋杀！

然而，杀人地点是哪里？杀人过程是怎么进行的？这又是一个谜。

76.

辛宠将这次谈话的分析结果梳理好，写成报告交给辛格时，已经是夜里十二点了。辛格还在加班，灌完咖啡就开始一页页翻看，面色凝重，久久都没出声。足足半小时才捏着发胀的眉心说："如果真是她们干的，为什么要将夜光虫放到死者身上，引我们找到'光之舞'？"

"吴作永身上本来就已经沾染了荧光蕈的菌丝，已经将'光之舞'暴露了，有没有夜光虫其实并没有太大意义。"辛宠说。

"可是，凶手在抛尸的时候，荧光蕈根本就还没有长起来，凶手可能根本不知道尸体身上会长出荧光蕈来，所以夜光虫是关键，也是疑点，有疑点就要继续查。"辛格说着，放下辛宠的犯罪心理分析报告，又拿出了案情卷宗仔细看了起来。

看那架势，今晚是又要熬夜了，辛宠无奈地摇头。全身上下说不出的疲惫，让她的脑筋无法再灵活转动，她拍了下辛格的肩膀，半耷拉着眼皮，说："你继续拼你的命吧，我要回去洗澡、换衣服、睡一觉，再这样下去，我怕猝死，刚谈恋爱就猝死，我可不甘心……"

辛格头也不抬，摆摆手："回去吧回去吧，你可不能猝死，你猝死咱爸妈饶不了我。"

辛宠走了两步，不忍心地回头看了自家老哥一眼："哥，你也回去睡吧，这么熬下去，铁打的身子也受不了。"

辛格依旧是不抬头："别操心我，我一会儿去宿舍睡，你快走，别婆婆妈妈的。"

辛宠无奈，只能自己走了。

来到车上，本想先给叶时朝打个电话，问问情况，可是看见手表上的时间逼近凌晨一点，又怕打扰他睡觉，只好忍下了，打算明早再打。

回到家，打开地暖，放了一浴缸热水，倒上浴盐，好好泡了个玫瑰味的热水澡，辛宠觉得自己才算活了过来，拿了罐啤酒猛灌两口，瘫倒在客厅的沙发上，发出一声满足的长叹。

“活过来了……”

实在太困，躺下了就起不来了，正想着干脆就这样睡了算了，门口突然响起门铃声，辛宠不得不挣扎着爬起来去开门。

打开门，门外微光里站着的竟然是叶时朝，黑发、大衣上落着雪，眉眼似被雪浸透了的远山，遥远而冷峻。

辛宠忙将他拉进门，一边心疼地拍落在他身上的雪，一边问：“这么晚，你怎么过来了？有什么事打个电话不行吗？”忽又想到他不能开车，“你怎么来的？大雪天可不好打车。”

“医院离你这儿不远。”叶时朝说，他声音沙哑，透着说不出的疲惫。

辛宠一惊，皱起眉，摸了摸他惨白的脸和手，果然凉得吓人，气得声音都拔高了：“你不会走过来的吧？”

大刘住的那家私家医院离她这里确实不算远，开车也就二十分钟，然而要走的话，至少要走上一小时。

在这种大雪天的夜里，走一小时……

辛宠都要气炸了，折身去厨房，冲了杯姜茶塞进他手里，又去浴室里放热水，忙活着给他找来本来买给辛格的浴袍，才将他推进去，嘱咐他好好泡一泡。

泡完了澡，叶时朝才算恢复生气，裹着浴袍坐在地板上，手里捧着姜茶，让辛宠给他吹头发。他的头发乌黑柔软，手感非常好，辛宠很享受摆弄它们的感觉，但一想到他在外面受了一小时的冻，就还是气不打一处来，丢开吹风机，又开始数落他。

“怎么不打电话让我去接你？”

“怕你已经睡了。”叶时朝喝光了姜茶，将杯子放在茶几上，抬头看辛宠，黑眸里还带着浴室氤氲的雾气，朦朦胧胧的。

“睡了也能打啊，我的手机对你向来是二十四小时开放的。再不济，就睡在医院里，明天我再过去接你。”辛宠还是生气，她就是看不得他再受一分一毫的苦了。

“可我想见你，一分一秒都等不了了。”叶时朝坐到沙发上，在极近的距离里望着她的眼睛，那双眼睛就如窗外下雪的夜，是极柔软的，却又偏偏忧郁到极致，让人恨不得将心都撕碎了，全部给他，只求能弥补上他心上的空洞。

辛宠轻轻叹了口气："下次想见我，就给我打个电话，别说睡觉了，刀山火海我都……"

话没说完就被吻住了，这个吻很急切很热烈，她全身炽热，几乎要将自己燃尽了，只能无助地搂着他的脖子，任由他将自己在沙发上放平，转而去进攻其他领域。

这样主动而热烈的叶时朝是陌生的，但是辛宠却不觉得害怕，反而热情地迎接他。她想用实际行动告诉他，她的一切都是真实的，他可以信任她，将她当成爱人，甚至家人，她早已经做好准备了。

不知道是什么时候睡着的，醒来时亦不知是什么时间，辛宠下意识地满床摸手机，在身边摸到一只结实的臂膀，猛地一惊，睁开眼，对上那双漆黑的眸子，才想起来昨天晚上发生的荒唐事，顿时脸上如火烧，下意识地将头埋进了枕头里，不知该如何是好。

她虽然嘴上老司机，但是其实根本没经验，完全不知道这种时候该怎么面对，正想着要不要用手机搜索一下，就感觉到叶时朝拍了拍她的背。她抬起头，一个吻迎面而来，接着那双如水的黑眸看着她，认真地问："昨晚还满意吗？不满意的地方，我下次改进。"

好吧，第二天起来填调查问卷，大概也是种情趣。

尴尬顿时烟消云散了，辛宠撸了把头发爬起来，顿时腰上、腿间一阵酸痛，让她忍不住"哎哟"了一声。

叶时朝扶了她一把，皱着眉自责起来："对不起，我下次轻点，不那么用力了。"

刚消失的尴尬瞬间又回来了，辛宠脸红的都要滴出血来了，红着红着就又笑了："这种事情……不需要说出来。"而且还一本正经的。

"不能说吗？"叶时朝眨巴了下眼睛，"那我很满意能不能说？我满意也想让你满意，因为这毕竟是我们两个人的事。"

好吧好吧。

辛宠决定放弃常识，放下脸皮，心一横："你很好，我很满意！就……下回轻点，我腰都快被你折断了。"

说完，还是觉得太害羞，捂着脸一溜烟冲进了洗手间。

门外传来他认真的保证声："我知道了，下次尽量让你舒服些。"

辛宠在门里捂着脸，偷笑，手指缝里看见镜子里的自己，一张脸春光满面，说不出有多漂亮。

都说爱情是最好的保养品，原来是真的啊。

77.

早饭是在家里吃的，辛宠简单煎了些蛋和培根，烤了几片吐司，热了两杯牛奶，倒也像模像样。一边吃着，两人一边聊天。

“大刘现在怎么样了？”辛宠问。

叶时朝摇摇头：“只是有了痛感，还是没有醒。”他说着将手中的吐司放在餐盘里，目光黯淡下来，“昨天我在他病床前坐到半夜，看着仪表上数字跳动，突然之间有些害怕，我怕他永远也醒不过来了，又怕他醒过来告诉我根本不知道父亲的下落……以前从未害怕过，我痛恨这个软弱的自己。”

这种痛恨让他窒息。外面落着雪，病房里静得只剩下仪器运转的声音，这个声音在他耳边慢慢放大，掺杂着他的呼吸声，让他头疼欲裂，站起来冲进了雪地里，等回过神来时就已经站在辛宠家门口了。

他并不想让别人看到他如此狼狈的样子，但是又那么渴望见她，渴望她的陪伴，也许在潜意识里，她早已成了他最信任的人。

辛宠伸手握住他的手：“是个人就有软弱的时候，难道你还想修仙吗？”她说着笑起来，“在我心里你已经很坚强了，偶尔软弱一下，我也喜欢得不得了。”

叶时朝眼中的脆弱顿时消失了，他反握着她肉乎乎的手，叹了口气：“总觉得咱俩的剧本拿反了，你说的应该是我的台词。”

“那我们换剧本。”辛宠狡黠地眨眨眼，“说你最爱我了，说我是你的小仙女，快点。”

“我最爱你了……”叶时朝皱着眉，握着拳，只说了这一句就败下阵来，脸孔爆红，低头抓起吐司猛吃。

辛宠耸肩：“这些话你又说不来，只能我说，我才不在乎是不是拿错剧本了，我的爱情剧本我自己写，我想怎么写就怎么写，跟任何人都没有关系。”

“嗯。”叶时朝点头，“你说，我爱听的。”

辛宠搬着椅子挪到他身边，伸手抱着他的腰，将头枕在他的肩膀上：“我最爱你了。”

叶时朝侧头吻了吻她的额头，笑意藏也藏不住地从黑眸中溢出来。

他从不知道，原来爱情竟是这么甜蜜，早知如此，他真该早点去找她，也不至于白白浪费这么多年光阴。

吃完早饭，辛宠给辛格打了个电话。辛格天亮才睡，此时才刚睡醒，揉着眼睛，让她不要急着来，上头来了领导，局领导叫他去开个会，还说调查暂时中止，大良他们也都待在局里，不让乱动。她来了也没用。

辛宠有点担忧："这个案子办案过程一切符合章程，没有什么出格的地方呀。"

辛格打着哈欠，安抚她："也许就是个例行会议，你别操心了，我干这么多年刑警了，心里有数。在家好好休息，有事我会叫你。"

说着电话就挂断了，辛宠无奈，只能将这件事跟叶时朝说了，然后问："你要去医院还是回实验室？我反正闲着也是闲着，你去哪儿我去哪儿。"

"实验室那边有韩梅梅，我暂时不去了。"叶时朝说着穿好外套，"去医院，不知道大刘今天会不会醒，我有点不放心。"

鉴于大刘之前被严刑拷问过，辛宠也不太放心。虽然那家医院安保设施十分先进完善，但是"鬼美人"神出鬼没，而且又藏身暗处，实在不得不防。

"好，我陪你一起去。"

外面雪停了，树干上、花坛里堆积着厚厚的雪，为了防止意外，环卫工一早就将道路清理了出来，一条条深灰的道路就像白色画布上的棋盘格，纵横交错在城市之间。

路上很堵，辛宠一边开车，一边和叶时朝聊天，谈到昨天和另外几个女性嫌疑人的谈话，语调兴奋起来："等破了案，我要好好研究下这个案例，写一篇关于群体犯罪的论文。哦，对了，我最近在跟张老互通邮件，张老年前会回来小住，到时候他的学生们要给他接风洗尘，也邀请我一起去，去的时候把论文带上，让他老人家给我提点意见。"

"张老是犯罪心理领域的权威，他的意见十分有建设性，这个机会得好好抓住。"叶时朝说着，俊美的脸上表情凝重起来，"群体性犯罪我确实没有接触过，没有发言权，但是似乎你已经将其中的那位男性嫌疑人剔除了。"

"实在没有证据显示他跟这个案件有关系。"辛宠也严肃起来，"而且这个案子的犯案动机十分明显，就是不良的两性关系导致的，结合所有的证据最后描画出来的嫌疑人画像，都是女性形象，这个郑刚……"话说到这里，脑子里突然有东西一闪而过，她咬着牙，懊恼地拍了下方向盘，“我先入为主了，分析太片面！怎么能犯这样的错误！我果然还是太嫩了！”

叶时朝静静地看她对自己发火，也不出声劝解，等她安静下来，才说：“你去局里吧，在前面那个路口把我放下，我自己走去医院，没有多远了。”

“那怎么行？”辛宠皱着眉，“你昨天才受过冻，今天可不能再受冻了，万一生病了怎么办？”

叶时朝哑然失笑：“我哪有那么柔弱？”

“说不行就不行，你也说了没多远了，我送你到医院门口。”辛宠坚持，“再说，辛格被领导拉去开会了，也不知道出了什么事，我就算是有了新的想法，也要等他开完会。”

叶时朝拗不过她，最终还是被她送到了医院门口，走进医院大门，回头看见她还在原处，坐在驾驶室里冲他挥手，一张俏丽的脸裹在红色的高领毛衣里，异常艳丽。

他没忍住，折了回去，敲了敲车窗。她以为他有事，忙降下车窗，迎接她的是一个吻。

“慢点开车。”偷吻成功，他揉了揉她的头发，这才笑着挥挥手，进医院大门。

留下辛宠一个人在车里，“嘿嘿”傻笑半天，寒风吹进来，连打了几个喷嚏才想起来把窗户关上。

有男朋友的日子真是太美好了。

她笑眯眯地哼着歌，外面是寒冬腊月，车里的人却觉得全身暖洋洋的，从身到心处处都充斥着融融的春意。

78.

车上没有叶时朝，辛宠开车就肆意多了，她用道路限速的最高速度来到警局，一路上挤走了三辆试图加塞的车，在数次惊险较量中取得胜利，心情十分美丽，但等走进辛格办公室这份好心情就结束了。

大良也在办公室，两人面对面站着，似乎在吵什么。见辛宠进来，辛格狠狠瞪了大良一眼，大良才怏怏地住口，扭头坐在沙发上，一脸的不甘心。

大良平时是十分敬重辛格的，对他言听计从，鲜少看到他正面跟辛格吵架，而且这个气氛一看就不寻常。辛宠下意识地皱起眉：“怎么了？”

辛格大大咧咧地摆手笑："没事儿，领导说了，案子有疑点就得查，让我们好好干。"

大良忍不住气哼哼地站起来："什么好好干！我们辛苦查了那么久，一句表扬没有，换来的是也不知道哪里冒出来的领导的一顿臭骂，说什么既然嫌疑人已经自首了，就尽快结案，别瞎查乱查。我们郭局都还没说什么呢，他算什么东西，在那里指手画脚的。"

原来是辛格被骂了，怪不得大良那么生气。

辛宠有些意外："这个案子也没拖多久，怎么会被骂？"

辛格无奈地挠挠头，"还不是死者家属，就吴作永的妈妈，似乎有些地位。查案这些时日，查出吴作永很多黑料，社会影响很坏。我们查出来的不雅视频、不雅照片，一直很保密，到底是从什么渠道流出去的？总之，现在吴作永的妈妈坐不住了，正上下打点活动，想让这个案子尽早结案，说是为了儿子的颜面，我看都是为了她自己。世界上怎么会有这样的妈，为了自己的颜面，亲儿子到底是怎么死的都不想知道……"

大良的大嗓门抢过话头："头儿，你怎么还有心思替别人惋惜？十二小时内再不破案，你就要被停职了，怎么一点都不知道着急？"

"停职？"辛宠一惊，"你又没犯错，凭什么停你的职？"

"上面要把这个案子挪给别的组，头儿就跟那个什么领导吵了起来，还放下狠话，十二小时内破不了案，自请停职处分。"大良气哼哼地嘟囔着，"就知道骂我冲动，自己也没好到哪里去。"

辛宠了解自己老哥，视案子如孩子，抢他办了一半的案子这不是要他命吗？这么一想瞬间无奈起来："十二小时……你哪怕说三天也行啊。"

辛格挠头讪笑："冲动了，冲动了。"

"算了算了，现在不是说这些的时候，时间紧迫，还是赶紧干正事吧。"辛宠无奈地叹了口气，坐到沙发上，从包里拿出自己整理的关于这起案子的所有资料，皱着眉，逐字逐句地翻看。

辛格端着咖啡，坐在自家妹子旁边，怕她担心一般，小心翼翼地道："停职了也没什么，我正好休息休息，反正我手上还有点存款，也有地方住。实在不行，我去施寅家蹭吃蹭喝，他特别有钱，自己住三百多平的房子，还有个花匠专门负责他的园子，对了，还有游泳池，比我那狗窝强多了。别愁眉苦脸的，多大点事儿……"

"你既然说了十二小时，那我们就当自己只剩十二小时。"辛宠抬起头，"我不能让我哥被人打脸。"

大良被辛宠的话鼓舞了，本来还愁眉不展，觉得十二小时没希望，这回也突然来了志气，一拍大腿："对，十二小时就十二小时，干。"

自家妹子和下属都这么挺自己，辛格说不感动是假的，拧了拧眉，将咖啡杯放在桌子上："我自己说出来的话自己负责，十二小时时限到了，我自请停职，谁都不许去找上面纠缠。造成什么连带伤害，我停职都停得不安心。"

十二小时对一个案子来说，实在紧张得过分，特别是这种陷入僵局中的案子，随便哪个嫌疑人或者证人，思想上转变不过来，闭嘴不说话，就能拖延上十二小时。

辛宠将自己在车上灵光一现的念头，重新整理了一下，跟辛格仔细分析。

"在这个案子里有一个盲区。吴作永侵害的都是女性，所以我们理所当然地以为凶手就是女性，然而我们忘记了，他施害的主要途径是网络，网络是具有欺骗性的。"

"你是说……"辛格摸了摸下巴，表情变得自信起来，"我们想到一块去了。我看卷宗的时候，也觉得这个瞬间过于巧合了，早就让人去查他了。"

"哥，咱们换个角度查。"辛格说着在他耳边嘀咕了几句。

辛格听完露出了然的神色："明白了，等好儿吧。但还要借你的小兄弟用一用。"

白亭年被辛宠一个电话叫到了咖啡厅，以为终于等到大餐了，却看见座位上放着一台笔记本电脑。辛宠一脸奸笑："这不还没到吃饭时间嘛，就当是饭前活动了。来来来，帮我黑进这个人的电脑。"

白亭年叹了口气："我真是信了你的邪。"

最终还是没有经住辛宠的软磨硬泡，帮她查到了她想要的东西。辛宠道了声谢，抱起电脑就跑。可怜的小白望着空空如也的桌子，咬了咬牙，看来想吃上她这不靠谱学姐请的饭，除非太阳从西边出来。

百里冲刺回到局里，辛格正在办公室里跟组里的几个人开小型会议，见辛宠进来，抬起头来，"你来得正好，要查的东西都查到了？"

辛宠将电脑放在辛格的办公桌上："据某……黑客提供的线索显示，这个人确实和死者多次接触。我们之前真是小看他了。"

辛格一拍桌子，一脸兴奋："把人请过来吧。"

79.

简洁、方正的审讯室里迎来了老朋友，一个男人，很酷的男人。

上身穿质感优良的真皮夹克，下身是牛仔裤，裤脚扎在马丁靴里，坐姿也是大马金刀，十分阳刚。

辛宠和辛格一起走进审讯室，关上门。辛格走到他跟前，俯下身，双手撑着椅子的两边扶手，俯身朝他靠近，英气逼人的脸贴他极近，鼻尖都险些与他相撞。

男人的身体下意识地朝后躲，眼神慌乱，微微皱着眉，连吞了两下口水。

辛格站直身子，笑起来，坐到桌子对面。

辛宠全程看着，扬了扬唇角："你好，郑刚，没想到我们这么快又见面了。"

被叫到审讯室的男人正是郑刚。经过刚才的插曲，他还有些惊慌，无意识地变换着坐姿，理了理领口，视线则有意识地避开辛格，去看辛宠。

"你们又把我叫过来干什么？那天在'光之舞'看到的，我全部都告诉你们了，实在没什么可说的了。"郑刚侧身坐着，坐了一会儿，似乎觉得不舒服，又换回之前大马金刀的坐姿，换回去不出几秒，就又将腿合上，跷起二郎腿，然而这个跷二郎腿的姿势看起来并不放松，反而有些僵硬。

"郑刚，我再问你一遍，你认不认识其他几名嫌疑人？认不认识一个叫作吴作永的男人？"辛格问。

郑刚皱着眉，语气不耐烦："不认识，不认识，说了一百遍了，不认识！"

"是吗？"辛宠将手里刚刚打印出来的聊天记录推到他面前，"那就奇怪了，我们追查吴作永宿舍的电脑里他与他其中一个网恋情人的聊天记录，追查到的地址竟是你家。"

郑刚瞥了一眼聊天记录，轻蔑道："做得这么假，栽赃也请敬业一点。而且你也说了是情人，我是个男人，怎么可能是另外一个男人的情人？"

"郑刚当然不是。"辛宠打开另外一个牛皮纸袋，从里面抽出一张打印出来的照片，"那萝卜兔呢？她有没有可能是吴作永的其中一个情人？"

那是张视频聊天的截图，截图的主角是个身穿水手服、头戴兔耳头箍的妹子，妹子生得唇红齿白，乌黑的长发垂到腰际，双手正对着屏幕比出爱心的形状。而截图右下角的方框里正是吴作永的笑脸。

郑刚面色发白，将照片推开老远："我不认识什么萝卜兔，更不认识这个人。"

“不觉得跟你长得很像吗？”辛宠拿起图片来，“会不会是你妹妹？不对，你是独生子，没有妹妹。但是为了谨慎起见我们还是请了你的父母来，让他们辨认一下，万一是私生子……”

她的话还未说完，郑刚突然紧张地站了起来，脸色煞白，嘴唇都在发抖：“你把我的父母叫来了？你们没有权利这么做！”

“事实上，我们有这个权利。”辛格挑眉，“配合公安机关的调查，是每个公民的义务。我们来之前就派人去接你的父母了，应该马上就到。”

“不要！不要让他们来，不要让他们来！”郑刚激动地拍着桌子，“我认，我认！是我，这是我，我喜欢打扮成这样，我是个变态，行了吗？你们满意了吗？”

郑刚终于松口了，辛宠和辛格对视一眼，从对方眼睛里读到了得意。

辛宠坐下，放松了许多，将那张让郑刚紧张且想要避开的照片收起来，语气缓和了一些：“我们查了你的履历，查到你就读过的小学，跟你的班主任通了电话。”

郑刚小时候因为父母工作比较忙，便被丢给了爷爷奶奶，小学就是在老家的小县城里上的。即便是过了那么久，提起郑刚这个名字，年过花甲的老教师还是记忆犹新。

“那孩子特别聪明，年年都是年级第一，就是有个毛病，喜欢跟女孩子玩，喜欢戴女孩子戴的花发卡。‘六一’儿童节演出的时候，别的男孩都想演老虎、狮子，他却想演公主，还给自己缝了裙子。我记得有一次写作文，写长大后的理想，男孩子们大多数都想当警察、军人什么的，你猜他想当什么？猜都猜不着，他想当妈妈，想生一个孩子……可能是父母不在身边，没人教导，连自己是男孩女孩都分不清。我就把这件事告诉了他的父母，想让他们跟他好好谈谈，进行一下性别教育。那之后没多久，这孩子就转学了，听说被爸妈带到身边，到城里上学去了。”

“为了查这些，我的人可真是跑了不少冤枉路，鞋都磨破了，但是奇怪的是，怎么都找不到你初中生涯的痕迹，找不到就读学校，也找不到认得你的同学和老师。再找到线索就是高中，你已经跟小学时候完全不一样了，或者说你变成了现在的郑刚。”辛格说着叹了口气，“整个初中你被你的父母弄到哪里去了？”

“你们查我这些干什么？”郑刚白着脸冷笑，“我小学、中学在哪儿读，跟这起案子有关系吗？”

“他们将你杀了。”辛宠看着他的眼睛，那双眼睛里是浓浓的阴郁，“你有性别认知障碍，这是一种心理疾病，这种疾病在现如今都是很难被接受的，更何况是二十年前的小县城。你的父母一定是用了极端的手段在给你治病，他们干了什么？将你送去某个隐秘的‘集中营’？还是关进了精神病院？不管用了什么方法，他们成功杀死了你，按照他们的意愿塑造出了他们愿意接受的郑刚。说白了，他们厌恶原本的你，觉得你恶心。你自己呢？是不是也这么看自己？一边厌恶自己，一边压抑不住地想要穿丝袜、穿裙子……"

郑刚垂着头不说话，握紧的拳头上暴起的青筋却出卖了他的情绪，他沉默了半晌，抬起头，双眼通红，头脑却还是清醒的："你们说这些无非是想羞辱我，激怒我，让我在混乱之下承认自己没有干过的事。现在警察都这么办案吗？我确实有穿过女装跟男人视频过，但是没有杀人，你们有证据就拿出来，再扯这些题外话，我一个字都不会再回应了。"

辛宠看着他，秀眉拧了起来，已经被激怒到这个份上，头脑还能这么冷静清晰的人，她还是头一次见，这个男人确实如所有人描述的那样，是个极聪明的人。

辛格看向辛宠，见她不自觉僵直着的背，就知道，她碰到对手了，为了缓和气氛，他咳嗽了两声："你利用萝卜兔这个网名跟痛恨吴作永的女性接触，编造故事博取同情心，怂恿她们报复，证据都在你的电脑里，我们技术科的同事已经将你的电脑带回来调查了，你无从抵赖。"

"好，我不抵赖，我就是萝卜兔。"郑刚冷着脸，"但那又怎样？编故事犯法还是交网友犯法？你倒是给我科普科普。"

辛宠打起十二分精神，继续进攻："你对她们说，你被吴作永强奸，怀孕，不停地在小群体中制造同命相连的氛围以及仇恨情绪，最后用自杀收尾，将所有人的愤怒情绪推向了高潮。这不是一天两天能够完成的事，你这么做是为了什么？为了杀吴作永？你是吴作永的情人，为什么要杀他？发现他的真面目了？还是他发现了你的真面目，骂你变态，说你恶心，要跟你分手？"

郑刚看着辛宠，若是眼神可以杀人，辛宠此时怕是已经身首异处，然而他却笑了，摇摇头："听说你是个犯罪心理学家。我还以为犯罪心理学是什么厉害的学科，原来就是教人怎么编故事。"

他被激怒后，不但忍住了怒气，反而条理清晰地反过来想要激怒辛宠。

辛宠没有接招，而是继续按照自己的思路进攻："你对吴作永是不是动了真感情？毕竟，你这种情况想要找到情人实在有些困难。动了真感情又被羞辱、抛弃，换作是我我也无法接受。"

郑刚也不去接她的话，继续冷笑："你在哪里上的学？编剧学院？如果是编剧学院的话，那你真是十分优秀。"

辛宠赌上一口气："那群傻女人被你操控，替你绑架了吴作永，你是不是很高兴？我从你的履历中了解了你的性格，你是个十分严谨的人，严谨且十分不相信别人，你一定在监视她们，看到她们只是绑架殴打吴作永，却迟迟没人下杀手，你是不是着急了？恨铁不成钢？迫不得已才亲自下手。你捅了他六刀，每一刀都在心脏，其实他在第一刀就已经死了，你还是继续捅了五刀。这是多大的恨！杀了他之后，恨消失了，往日的感情浮上心头，你将他整理干净，即便是死也死得体体面面的。"

"是！我恨他！我恨死了他！"郑刚脸上的冷笑崩塌了，咬着牙，青筋暴起，使劲砸着桌子，桌子被砸得"砰砰"作响。就在所有人以为他要招供的时候，他却又一次生生压下了自己的情绪，扯了扯干裂的嘴唇："但我没杀人……我没杀人……"

辛宠咬了咬后槽牙，起身离开了审讯室。

80.

快步走到自动贩卖机旁，买了罐冰咖啡，连灌下半瓶，辛宠才将心中毁天灭地的怒气浇灭，慢慢冷静下来。

承认自己的失败很难。

但这一次，她不得不认。她失败了，她没在审讯中战胜他。

辛格追上来，看着辛宠黑如锅底的脸色，挠了挠头，小心翼翼地组织着语言，想要安慰她："那个……这很正常……第一次审讯就能拿下的犯人几乎不存在，更何况，我们确实证据不足。"

"证据！证据！"辛宠咬牙切齿地反复念叨着这两个字，怒气冲冲，指着墙上的挂钟，现在是下午六点，距离约定时间只剩下四小时了，"这么短的时间，上哪里找证据去？"

"这事儿原本就是我不对，是我意气用事，连累你这么拼命。"辛格叹气，"这对我来说也算是个教训，案子还是要一步一步破，证据还是要找的。"

自己老哥这么深刻地检讨，辛宠心突然就软了，冷静了一下，声音低了下来，"怎么能怪你？你意气用事至少争取来了十二小时，没有这个意气，这个案子不知道挪到谁手里，一拖二拖，拖成个悬案，或者干脆就用现在的证据定了红酥手她们的罪，我更不甘心。”

辛格给自己也买了一瓶咖啡，一边喝一边犹豫道：“这个郑刚是属于不见棺材不落泪的，他这种聪明人就该交给聪明人对付。”说到这里，看到辛宠在瞪他，忙解释：“没说你笨，你也聪明，就是你聪明的地方不是他信服的领域。”

辛格说得没错，辛宠垂下头去，郑刚确实是个医生，在专业领域上颇有造诣，是个严谨理性的人，不认同犯罪心理这门学科。且他因为被错误治疗过的性别认知障碍，否定自己，否定女性……他不该由她来对战。

被撤换下战场，是什么感觉呢？倒不是生气、愤怒，只是有些心有不甘。

辛宠呼出一口气，决心面对现实：“我给他打电话。”

叶时朝听辛宠说完这边的情况，丝毫没有犹豫：“我现在就去局里。”

“我去接你。”辛宠拎起车钥匙。

叶时朝在电话那头叫住她：“我打车就行，你去实验室帮我拿点东西，我们在局里会合，这样比较节省时间。”

辛宠将叶时朝要的东西一一记录下来，快步跑去开车。

两个人在局里见面，已经是半小时之后了，叶时朝正在辛格的办公室里，用辛格的电脑飞速写着什么，整个人很专注，俊美的脸隐没在电脑的冷光后，修长白皙的手指在黑色的键盘上翻飞，如刀削冰封的美人，让人不敢靠近。

辛宠在一旁站了一会儿，直到他手指的动作停了下来，她才将手里的公文包递过去：“你要的这些实验数据，我也不懂，韩梅梅帮我收拾的，看看齐全不齐全。”

叶时朝接过公文包，将里面的文件都拿出来，略扫了一眼：“够了。”然后翻着文件，又开始飞速地写起来。

辛宠不知道他在搞什么名堂，若是平时一定站在旁边安安静静地等着，不去打扰他，但是现在时间紧迫，她真的等不起。

“你在写什么？只剩下三个多小时了……”

“足够了。”叶时朝手上不停，继续埋头工作。

时间一分一秒流逝，每一秒对于辛宠来说都很艰难，她只能在办公室外来回踱着步子，直到时钟指向九点半，叶时朝才从电脑前站了起来，将写好的东西存储好，连同之前带回来的实验数据，一同装进公文包中，对已经心急如焚的众人说：“去见郑刚。”

郑刚在审讯室里待了将近一天，却丝毫不见不耐烦，见辛宠带了叶时朝进来，唇角上扬，挑衅道："换人了？不过说真的，我真羡慕你，虽然专业水平不怎么样，身边男人倒不少，而且一个比一个颜值高。"

辛宠不理他，和叶时朝一起落座后，才开口向郑刚介绍叶时朝："这位是'有虫声'生物科技实验室的创始人，叶时朝博士，我们请他来协助破案。"

郑刚本充满不屑的脸顿时绷了起来，坐直身子："'有虫声'的叶博士？久仰……没想到第一次见面是在这种场合下。"

"你认得我？"叶时朝挑了挑眉，黑眸中不见情绪，上下打量了郑刚一番。

比他想象中的要年轻，人也更俊俏一些，只是穿衣风格跟那双眼睛有着严重的违和感。不过，辛宠事先跟他说过，这个人有性别认知障碍，且被错误的方法强行纠正过，不得不刻意隐藏自己的认知。这种撕裂感想必是十分痛苦的，长期处于这种痛苦之下，还能有这么冷静的眼神，这个人当真不简单。

"听说过。"郑刚微笑，"你这种年纪轻轻就成绩卓越的天才，是每位研究生导师口中的别人家的学生，也是我们这些普通人的噩梦。"

"你研究生没有读完？"叶时朝翻看着他的调查报告，"为什么？京医科大在医学领域的地位是十分高的。"

郑刚耸肩："我说了，导师更喜欢别人家的学生，对我总不满意，我就干脆离他远点，这样大家都舒心一些。"

个人选择，叶时朝不好评判，他决定放弃闲聊，单刀直入。

"这是我们发现尸体时，尸体的状态。"叶时朝打开平板电脑，调出施寅的助手拍摄的尸体最初状态的照片，递到郑刚面前。胀大的尸体身上生长着莹绿的小菇，那画面，无论看多少次都觉得诡异。

郑刚看了一眼，挪开头，什么话都没说。

叶时朝将平板电脑拿回来，看着屏幕，感叹："是不是很美？"

郑刚抬头看叶时朝，眼神里带着几分惊恐。

"发光的是荧光蕈，我的实验室做过分析比对，是'光之舞'的'幽谧之森'里的荧光蕈的后代或者同代。然而有一种小生物也很美，只是太小了，照片上看不到。"他说着翻到下一张照片，"就是它，夜光虫。'梦幻之海'中重现的'蓝眼泪'就是大量繁殖的夜光虫。然而尸体身上的夜光虫并不是'光之舞'中的夜光虫，它应该是凶手为了误导调查，特意放在尸体上的。这是我所说的尸体上的荧光蕈与'光之舞'的荧光蕈样本在菌落方面的分析报告，尸体上的夜光虫与'光之舞'中的夜光虫的发光光质检测对比以及来源分析。你可以看看，应该是看得懂的。”叶时朝从公文袋中拿出报告，放在郑刚面前。

郑刚并不去拿报告，只是一动不动地看着叶时朝，姿态明显比刚才要僵硬了：“你到底想说什么？”

81.

“你一直说警方没有证据，我来送证据。”叶时朝面无表情，像递出去的一份份报告一样严谨而刻板，“这两份报告你最好看一下，以免以后再有异议去上诉，耽误大家的时间。”他说着，停顿了一下，又将报告往前推了推，“看一下吧。”

郑刚咬了咬牙，将报告拿起来，匆匆看了一遍，才丢开：“这能证明什么？这根本不是证据。”

“你认可这两份报告就好。”叶时朝将报告收了起来，双手放在桌面上，“我的老师批评过我很多次，我已经学会了按照你们普通人的接受程度，一步一步来。”

这话实在狂妄得欠揍，辛宠忍不住看了叶时朝一眼，发现他依旧是一脸的正经，才明白他并没有开玩笑，他确实刻意放缓了节奏。

“在分析夜光虫的同时，我们在夜光虫体上发现了不属于虫体的发光细菌，这种菌群肉眼是看不到的，只有大量聚集，才能看到蓝绿色的微光。我们实验室在培养分析发光细菌的同时，又发现一件十分有意思的事，发光细菌很有可能有两种不同的种类，于是我安排了两个小组，分别培养两组不同的发光细菌，希望能够快些得到结论。有幸当今生物科技发展迅猛，我实验室资金也充足，仪器都足够先进，一切进行得都很顺利。两个小组的同事分别对两组样本进行形态学观察、生理生化学鉴定，以及 16srRNA 基因序列分析，判定一号样本为革兰氏阴性杆菌，符合鳆发光杆菌特性，推断来自黑绸肠道，另一株菌体则来自鳊鱼体内。”他一口气说了这么多，一点停顿都没有，然后又递了一份报告过去，“这是分析报告。黑绸和鳊鱼虽不是罕见的鱼类，但在本市也并不是随处可见，我跟本市的鱼类专家通了电话，他向我推荐了一个地方，成德水产交易中心，那里有很多弃用的老仓库。而且那里离抛尸地只有十几分钟的车程。辛队已经带人去了那里，想必现在已经发现血迹了。”

郑刚早在他说出成德水产交易中心时眼神就开始慌乱，抓起报告逐字逐行看，越看越烦躁，最终也没看完，将报告往桌子上一摔，颓然地抱住头，半晌没说话。

叶时朝等的就是他这个反应，他看了辛宠一眼。辛宠心领神会，用手机给辛格发消息："成德水产交易中心。"

一直在审讯室外等消息的辛格，大喊一声："成德水产交易中心的老仓库，挨个查。"抓起外套就往外冲。

审讯室中听不到外面的动静，郑刚也就无从得知叶时朝最后一句话是在撒谎，他抱着头沉默半天，再抬头时，脸上露出一抹妩媚的笑，妩媚又绝望的笑。

"我实在无法原谅他。"郑刚在笑容中闪出泪光，泪光中倒映出辛宠的脸，"你说得没错，我被我的父母杀死过，活下来的只不过是他们亲手制作的木偶。我的初中为什么没有记录，因为那是一间见不得人的学校，学校里都是我这样的孩子，男孩想当女孩的，女孩想当男孩的，爱上网的，有的甚至什么都没做错，只是他们的父母觉得他们应该更乖一些。我们每日背《孝经》，被鞭打，成为行尸走肉。可自我是那么容易被扼杀的吗？不会，她就在我心里，等离开了家，有了独立的住所，她就复活了，而且经常偷偷支配我的身体，支配我的身体上网，支配我的身体梳妆打扮。

"是吴作永追求的我，他说我是他看到过的最可爱的女孩，他说我应该出道去当明星。被认可的感觉实在太好了，我忍不住爱上了他，我们每天都聊天，他甚至已经开始规划我们的未来了。我以为这样的他一定能够接受我的本来面目，在一次视频聊天时，对他展露了自己的身体。我将自己完全暴露在他面前，等于是将躯壳撕开了，捧着血淋淋的心给他看。可他却骂了我一句死人妖就下线了。

"我的父母杀死过我一次，我用了十几年才从地狱中爬出来，然而他又将我杀死了，一刀刺入心脏，毫不留情。杀人是要偿命的……我的父母，我就当偿还了生命给他们，那么吴作永呢？他这个杀人犯，凭什么得到原谅？那些女人下不去手，是因为她们只是被伤害，没有被杀死，而我已经死了，只希望他能来陪我……"

这已经是再清晰不过的认罪了。

辛宠着实松了一口气，下意识地看了眼时间，还差十分钟就到十点，松下的那口气又提了起来。

"我对你有没有杀人，杀人动机是什么，其实没有兴趣。"叶时朝整理好自己带来的报告，站了起来，"我只要确定，你对我实验室出具的报告没有异议，我的工作就完成了。"

他说着提起公文包和平板电脑准备离开，就听郑刚幽幽道："你这样的天之骄子，怎么懂我的感受？你体会过绝望吗？你体会过死亡吗？"

辛宠一惊，恨不得上去扇郑刚两个耳光，这种问题怎么能问叶时朝？他的经历岂止是“绝望”两个字能形容的？

相对于辛宠的紧张，叶时朝表现得非常镇定，他停下脚步，转身，用他一贯冷漠、认真的眼神，看着郑刚。

“我体会过绝望，体会过死亡。”他的语调平稳，透着坚不可摧的强大，“但那些都杀不死我。即便是肉体消亡，我的灵魂也永远不灭。随随便便就被杀死的，不是灵魂，是烛火。”

郑刚脸色灰败，手脚颤抖，一直还算稳定的情绪，突然爆发了，窜起来，扑向叶时朝。事情发生得太快了，辛宠完全来不及反应，他已经踢开了桌子，窜到了叶时朝面前，双手抓向叶时朝的脖子，叶时朝用公文包挡了一下，一脚踹在他的肚子上。

这一脚毫不犹豫且力道十足，郑刚当时就跪在了地上。辛宠抓住机会，冲过去，扭着他的胳膊，将他压制在地上，不让他再动弹。

郑刚拍着地板，扬着脖子，冲着叶时朝疯狂吼叫：“你凭什么用这种高高在上的语气跟我说话？你这种没有感情的机器，知道什么叫作灵魂？你凭什么说我是烛火？我的痛苦，你根本不知道！你根本不知道！啊……啊……放开我……啊……”

叶时朝居高临下地看着他，眼神和表情都不曾因他的爆发起一丝波澜：“我当然不知道你的痛苦，因为那是你的，跟我无关。每个人都要处理好自己的情绪，包括开心，也包括痛苦。你开心的时候未曾与我分享过，痛苦了为什么希望我去理解？人已经活到了三十岁，灵魂还是个婴孩，难怪那么容易被杀死。”

这家伙教训起人来，真是一套一套的，最要命的是还特别有道理，辛宠若不是还压制着郑刚，都要为他起立鼓掌了。

这边的动静惊动了外面，几个人冲进来，接替辛宠压制住郑刚，铐上他的双手，将他从地上拉起来。

叶时朝早已抬脚出去了，辛宠赶紧收拾东西跟上。

82.

离开审讯室，办公室的电话响了，有人接起来，说了几句话，开心地冲着办公室欢呼：“头儿找到杀人现场和凶器了。”

办公室沸腾成一片，辛宠也开心地跟着大家鼓掌，一回头却已经找不到叶时朝了。

最终在办公楼后面的垃圾桶旁边找到了叶时朝，那里有一个灯柱，他正站在灯下，望着漆黑的天空发呆，雪后的屋檐上挂着冰柱子，树枝承受不住雪的压力，微微晃动着，大片的雪落下来，他穿着黑色大衣的侧影在这片雪白里，冷峻得让人惊艳。

“怎么了？”辛宠走过来，冷得搓了搓手，“这里太冷了，我们进去吧。”

“你进去吧，我想吹吹风。”叶时朝回头望她，黑眸如雪后的天空一般，澄净如洗，冷冽入骨。

“那我陪你。”辛宠跑过来，跟他并排站着，“谢谢你啊，我哥找到杀人现场了，也找到凶器了。”

“我听到欢呼声了。”叶时朝点头。

“对了，那份报告是什么时候出来的？我记得韩梅梅没有拿那样的报告给我。”辛宠又搓了搓手。

“就在刚刚，我现写的。”叶时朝说着，拉过辛宠的手，放进自己的大衣口袋里。

辛宠震惊了：“现写的？就在审讯前用辛格的电脑写的？可那……报告很复杂……也不见韩梅梅给你实验数据什么的……”

“实验还没完成，没有数据。”叶时朝一本正经，“我瞎编的。”

辛宠下巴都要掉到地上了。

他刚才在审讯室里，一番有理有据的分析都是瞎编的？

“虽然是瞎编，但是结果应该差不多，我看过韩梅梅发来的初步报告了。”他胸有成竹。

“那成德水产交易中心的老仓库……你是怎么知道的？”

叶时朝歪了下头：“本来不知道，写报告的时候突然想到了，决定碰碰运气。”

辛宠内心五味杂陈。刚才那一出审讯，看起来格调很高，原来都是诈胡！

这种真相可千万不能让郑刚知道，否则他肯定又要说自己被杀死了，这一次是被叶时朝杀死的。

在心里感慨半晌，眼前一暗，叶时朝突然俯身吻了她一下，虽然只是蜻蜓点水，但也足以让她面红心跳。

“他说的不对，我才不是机器。”叶时朝微微笑起来，“我感情丰富着呢。”

辛宠忙不迭地点头：“我知道，这点我最有发言权。”

叶时朝又朝她笑了一下，继续抬头看天，一副心事重重的样子。

辛宠也跟着沉默了一会儿，但又实在耐不住担忧，问：“出什么事了吗？是不是大刘……不好了？”

叶时朝摇头，垂下眸子，大衣口袋里握着她手的那只手明显收紧了，过了好大一会儿，他才说：“刚才院长给我打来电话，说大刘醒了。”

“那太好了。”辛宠惊喜得几乎跳起来，抓着叶时朝的胳膊，“那你还等什么？赶紧去医院啊。走走走，我送你去，这里不用管了，辛格自己能搞定……走啊，怎么了？”

叶时朝不动，眸子低垂着，身后树上落下的雪，落在他的肩膀上，他也似乎没有感觉到。

辛宠有种不祥的预感，“怎么了？大刘……不会说话了？那他可以写啊……”

“不是。”

“那是……失忆了？没事的，我们继续治，继续等……”

叶时朝依旧摇头：“院长说他思维清晰。”

辛宠突然明白了，他为这件事付出了太多，而且太害怕得到不好的结果，那等于第二次失去父亲，他怕面对这样的结果……

就像一个辛苦准备了三年的考生，害怕考试失败，高考前夕突然放弃了考试。

这种焦虑和恐惧是人类最真实的心理，摆脱不掉的。

辛宠叹了口气，握住他的手，望着他的眼睛：“不管结果怎么样，我都会陪着你，一步都不离开。大不了咱们重新来，重新找……”

话没说完就被抱住了，力道如此大，似乎要将她揉进身体里，过了许久才松开，他的表情已经轻松多了。

“你送我去吧。”

“好，我去拿车钥匙。”

两人牵手走回办公室，辛宠刚拿起包，大良就从外面冲了进来，看见辛宠像看到了救星：“辛宠，完蛋了，头儿被带走了，这回事情有点严重……”

“我们十二小时内破案了，为什么要带走他？怎么严重了？”辛宠急了起来。

大良义愤填膺，好不容易喘匀了气：“说我们队有人将吴作永这起案子的内部消息泄露出去，现在全网都传得沸沸扬扬，上头派了清查组来，将我们头儿给带走了。我们队所有人这一天都在埋头查案，忙得人仰马翻，中晚饭都没顾得上吃，哪有那个闲工夫泄露消息去？”

上头派来了清查组，想必是闹得很大，辛宠立刻拿出手机，搜“吴作永”三个字，果然搜索页面全部是这起案子的文章，甚至连案发现场照片都有，那张尸体上泛着绿色荧光的照片，更是传得神乎其神，甚至连外媒都有报导。

上一起的“腐尸跳崖”案，案发时因为主播正在直播而造成全民骚乱，社会影响及其恶劣，省里、市里连续召开几次会议，都着重指出，在重案刑案侦查过程中，案情资料的保密工作要做好，不能流传出去，给市民造成恐慌，给不法分子以可乘之机，趁机制造骚乱。

这才多久，又有案子的照片和内部调查资料被泄露，而且是人为的，上头怎能不震怒？

这个案子是辛格在负责，无论中间是谁泄露了消息，都是他的责任，这次可比一个无出师之名的小领导的刁难要严重得多，是真的糟糕了。

辛宠将手机收起来，问大良：“辛格被带去哪里了？走的时候情绪怎么样？”

“现在在大会议室。”大良一头是汗，“头儿刚带了凶器回局里，还没进门呢就被调查组围上了，脾气能好吗？我就怕头儿一冲动再跟那帮人打起来，这才赶紧来找你，你至少还能劝劝。”

打起来倒不至于，但是辛格那个脾气，吃苦受累都不怕，就是不能受气，撂挑子走人是有可能的。

“好，我跟你去看看。”辛宠说完，突然想起身边的叶时朝，自己刚刚答应陪他去医院见大刘的，可眼下她只能抱歉地对他说：

“对不起……我就去看一下辛格，跟他说两句话……你等等我……”

叶时朝怎么能不明白辛宠的难处，握了握她的手，安抚她：“你留在这里吧，辛格比较需要你。我可以打车去。”

“唉……事情怎么都赶一块去了？你先去，我跟辛格说完话，就赶过去。”辛宠说着就匆匆地跟着大良跑出办公室。

83.

大会议室在二楼，等辛宠和大良赶到时，门已经关上了，有两位调查组的工作人员站在门口，路过门口的民警都低头匆匆走过，然后在调查组看不到的地方聚在一起小声讨论。

“什么情况？搞得这么紧张。”

“你还不知道吧？辛队那组的案子内部调查资料泄露了，网上搞得沸沸扬扬，辛队这回麻烦了。”

“从哪儿泄露出去的？这胆也太肥了。”

“不知道啊，这不正在查吗？”

“别说辛队了，郭局都有麻烦……”

“别瞎猜了，该干什么干什么去。”

辛宠从议论中穿过，来到会议室门口，想要进去，却被门口的工作人员给拦住了。

“里面正在谈话，你们在外面等。”语气里透着公事公办的冷漠。

辛宠不敢硬闯，只能在门口焦急地等着，好在没过多久，门就打开了，郭局和辛格从里面走出来，郭局怒气冲冲，辛格则一脸的不服与不甘。

辛宠忙迎了上去，跟郭局打了招呼，才焦急问辛格：“没事吧？”

辛格还没说话，郭局先发话了：“辛宠啊，你好好劝劝你哥，改改这个臭脾气，又臭又硬，这种时候，是能硬气蛮干的吗？刚才要不是我打圆场，他这身警服早被扒了。”

“郭局，你看他们那口气、那态度，就是明摆着已经认定消息是我队里的人，或者我本人泄露出去的。我什么都没干我怕什么……”

眼看着辛格又要控制不住暴脾气了，辛宠使劲掐了他一把，咬牙威胁：“闭嘴！要不然我去爸妈牌位前告你的状。”

辛格这才不情不愿地闭上嘴。辛宠感激地看向郭局，替辛格道歉：“谢谢郭局爱护，我一定好好劝劝他，让他好好配合调查，争取早点查清楚真相，还队里和局里一个清白。”

郭局点点头，叹了口气，拍了下辛格的肩膀：“其实我也理解你，没黑没夜地忙，好不容易破了案，抓到了凶手，扭头就进了调查组。可是，有什么办法？我们是警察，理应接受监督，有些事再不高兴也要配合，这也是我们工作的一部分。”说着又压低声音，“不过，十二小时内抓到凶手这活儿干得漂亮，过了这一关，我给你们全队放假。”

辛格心里这才舒坦一些，虽然依旧面色不善，但声音小了许多：“谢谢郭局。”

目送郭局离开，辛宠忙不迭地拉着辛格回到办公室，紧张地问：“现在到底是什么情况？事态发展到哪一步了？具体给我说一说。”

辛格累急了一样，瘫倒在沙发上。跟进来的大良忙关上门，过来给他倒了杯水。

辛格喝了两口水，才开口："是真的泄露了，都是我们侦查时用的案情分析卷宗里的东西，破案过程、现场照片都有。先是微博、公众号几个自媒体发出来的，不到一小时，就扩散到了无法控制的地步。网监部门紧急约谈了那些自媒体，删除了原贴，但是截图依旧满天飞。有自媒体供述，说是有人卖给他们的，成交价格不低，但是提供的账号是国外的，联系用的ID已经注销，IP地址也无法追溯，反侦查意识非常强，很明显是专业人士干的。现在，不明真相的网友又在闹什么言论自由那一套，可这是言论自由的事儿吗？这是犯法。"他说到这里双手撸了一把脸，"这些卷宗是从我们这里泄露出去的没跑了，毕竟案子刚刚才破，除了会跟郭局汇报案情进度之外，也还没整理上交封存。负责整理会议记录的小王已经被带走了，我和我们组所有人的电脑手机也都得上交清查……结果无论怎样，我以后都不可能再进这间办公室了。我走人不要紧，就是不信我的人会干这种事，死都不信！"

"我也不信。"大良跟着说，不只是附和，是出自真心，"组里的兄弟们在一起工作也不是一年两年了，人品我都信得过。"

"郭局不是说了吗？过了这一关给你们全队放假，他心里是爱护你的，一定会想办法帮你，毕竟你的破案率在全市是最高的。"辛宠安慰他。

辛宠知道自家老哥有多热爱警察这个职业，小时候写作文，写自己的理想，小孩子的理想总是变来变去，只有他矢志不渝地写着要当警察，要抓光世界上所有的坏人。他将自己的一腔热血和正义感全部付诸他的职业生涯，年纪轻轻就当上重案组的组长，凭借的绝对不是运气，是他敏锐的洞察力和拼命三郎的精神。

辛格揉了揉太阳穴，声音沙哑得像个破锣："我知道老头会护着我，但是这一次，他是泥菩萨过江自身难保。要是我担了全部责任，交警徽走人，他兴许会没事，要是非要保我，那他就得挪地方。我走了，他还能再培养出一个重案组的队长来，他要是走了，市局可就真要变天了。这关系到全局同事的未来，我走，对大家都好。"

"都这种时候了，你还有工夫担心别人？"大良气得踢桌，"什么对大家都好，我就觉得不好，头儿，你走了我也走。"

辛格长腿去踢大良的屁股："看把你能耐的，你走了去哪儿？家里有矿啊？好好一份工作说不干就不干了。行啦，别捣乱了，该干啥干啥去，我得眯一会儿。哦，对了，我们刚才的话，先别对外人说，有人问，就说你什么都不知道。"

大良不情不愿地出去了，关上门，辛格整个人躺平在沙发上，抬头看到一脸凝重的辛宠，故作轻松地晃了晃腿：“别哭丧着脸，咱家虽然没矿，但是你哥我英俊潇洒，哪里不能混口饭吃？再说，不是还能去施寅家蹭饭吃吗？”

“怎么不去我家？”辛宠瞪他，“我虽然没有施寅有钱，但也不差，养一两个你是没问题的。”

“别了，你都有男人了，我可不去当你的拖油瓶。”辛格继续摇头晃脑，“还是去赖着施寅吧，两个单身在一起还能互相取暖，去你家，天天看你和叶博士秀恩爱，我可受不了。”

提到叶时朝，辛宠这才突然想起大刘苏醒的事，而且算算时间，此时叶时朝应该已经到医院了，她忙躲出去给叶时朝打电话，连拨打了几次都没有接听，只得重新回到辛格的办公室。

辛格根本没有睡，正躺在沙发上闭眼念叨着什么。辛宠走过去才听清，辛格念叨的是他们队里所有同事的人事资料。

这个从小背个《岳阳楼记》都叫嚣着老师虐待他、不肯背的人，竟然将整队人的人事资料都默记于心，详尽到家庭住址，甚至每个人的出生日期。

辛格有点感动，实在不忍心将他一个人丢在这里，就拍了拍他的肩：“哥，你有怀疑对象了吗？”

辛格睁开眼睛，十分坚决地摇头：“不是我们组的人干的，人都是我亲自挑的，不但人品没问题，自身也都不存在经济问题。挑人的时候，我连家庭背景都调查过，家里有经济问题的我也都一个没要。你有事你先走吧，别担心我，我心里有数，一定要揪出这个人。你哥我就算走，也不能背着黑锅灰溜溜地走。”

辛宠确实开始担心叶时朝了，站起身来，又拍了拍他的头：“别乱来啊，有事给我打电话。”虽然这么说，但是她心里明白，这件事，她根本帮不到他什么忙。

这么想着，心中涌出一股无力感，但也无可奈何，只能一步三回头地走了。

开车来到大刘所在的私家医院，已经是凌晨两点，快步上楼，来到大刘的病房，赫然发现门是开着的，病床上没有大刘的影子，也不见叶时朝。

她心中生起一股不祥的预感，慌忙跑到护士站，询问夜班护士：“特护病房的病人去哪了？”

夜班护士从电脑的荧光中抬起头来，看了眼她指的病房：“他被人带走了，就是经常来看他的那位叶先生，说是跟院长打过招呼了，我就没拦着。”

“走多长时间了？”辛宠着急地问，“去哪儿了你知道吗？”

“走了有一小时了。去哪儿我可不知道，叶先生是我们院长的朋友，他要带人走，我可不敢多问。”护士说着打了个哈欠，继续埋头填表格。

辛宠的第一反应就是冲去保安室，一边跑一边给叶时朝打电话，依旧是无人接听的状态，她急得几乎摔了手机，三步并作两步冲进保安室，她用不容拒绝的口吻对坐在电脑屏幕后的保安说：“我东西被偷了，要看一点左右特护病房附近的监控录像。”

昏昏欲睡的保安，吓得一个激灵站起来，一听说东西被偷了，许是怕自己担责任，二话不说调出了监控。

二楼特护病房门前异常安静，但是很快，叶时朝就出现在画面中，他推着轮椅，轮椅上坐着裹得严严实实的大刘，两人乘坐电梯下楼，经过医院大堂，走出医院大门，上了等在路边的一辆面包车。面包车车窗都贴了膜，黑漆漆的，车身前也没有牌照。

他将大刘带去哪儿了？他能将大刘带去哪儿？

辛宠咬着牙，转身往外走，不明所以的保安在她身后喊：“姑娘，你丢了什么？要不要报警？姑娘……”

辛宠来到面包车停靠的地方，蹲下身看着轮胎印，她不是痕迹学方面的专家，但是也看得出来，这辆面包车装的轮胎是市面上最普通的一种，每家修车行都有卖，没有任何指向性。

反侦查意识很强。是叶时朝安排的吗？他觉得医院不安全？还是这些都是大刘的条件？又或者遇到了什么危险？

胡思乱想着，越想越觉得难受，嗓子眼似乎被什么东西堵住了，无法呼吸，无法思考……

行尸走肉般开着车在城里乱转，像迷路的羔羊，像濒死的小兽，面上看似冷静，心中却架着火堆在烤，烧焦的肉贴着衣裳，噼啪作响，她却毫无知觉。

他到底去哪儿了？安不安全？

如果此时有神降临，她愿意用自己的一切，去换这个答案，也总好过此时什么都不知道地煎熬着。

开车转了大半个城市，天都亮了，她实在困倦，将车停在路边，趴在方向盘上闭着眼睛小歇，就在这个时候，一直很安静的手机突然响起一阵舒缓的钢琴曲。

是她的来电提示，她几乎从方向盘上弹起来，扑向副驾上的手机，看到屏幕上跳动着叶时朝的名字，所有的疲惫瞬间一扫而空，滑开接听，声音也因为太急而变得有些失真。

“你去哪儿了？安全吗？我好担心……”

“我很安全，你放心。”叶时朝的声音仿佛从天边传来，又像是山涧石缝里缓缓滴落的雪水，幽静而遥远，“抱歉我不能告诉你我在哪里，这是我和大刘的约定之一。他告诉我父亲的下落，我将他转移到一个安全的地方，且永远不能对人提起，连你都不行。”

“不用告诉我。”辛宠心跳好快，她为叶时朝感到开心，寻觅了那么久，终于守得云开见月明了，“你知道他的下落了吗？要去见他吗？”

“我知道了。”叶时朝的声音听起来不真实，可以感觉到他内心的矛盾，“我没想到……他一直在我身边……我早就见过他了……却没有认出来……我为此羞愧，我不知道自己还能不能去见他……”

“一直在你身边？”辛宠纳闷，她见过叶振言的照片，是个器宇轩昂的男人，叶时朝身边的人她都认识，并没有与他相像的……难道是整容？

辛宠实在猜不出是谁，以为是他合作过的一些学者，或者是就读学校的教授，这些都不重要，重要的是：“当然要去见他，你都找了那么多年了。你现在是成年人了，有能力为他分担一切，如果他不想公开自己的身份，你也可以帮他保密，你甚至不用告诉我……”

“辛宠，我想让你和我一起去见他……”叶时朝轻声说，“他见过你，他喜欢你……而且，我信任你。”

见过她……喜欢她？

电光石火之间，她的眼前闪过一张苍老的面孔，她几乎惊叫起来：“不会吧……哑伯？”

叶时朝的沉默验证了辛宠的猜测，他的呼吸声透过手机传出来，像阴天的云，厚重沉闷，里面似乎隐藏着狂风暴雨，却宁静得让人害怕：“辛宠，我想见你，你来接我吧，我们在飞翔大道的铁路口见面。我有很多话要对你说……我很想你……”

“好，好，你等着，我现在就去。”辛宠答应着，已经发动起车子，车子在尖锐的轮胎摩擦声中，飞驰起来。

第　四　案

血色铁证

84.

辛宠的思绪在十分遥远的地方飘荡……

她迷迷糊糊的，找不到方向，不知道该去哪里，也不知道要去哪里，她觉得自己的身体很重，呼吸声如雷鸣，轰隆……轰隆……撕扯着她最后一抹意识。

她觉得自己似乎是站了起来，抬起千斤重的眼皮，四处张望，扭动脖子拉扯肌肉用的力气，约莫跟举重选手挺举时用的力气不相上下。

她似乎在一个小房子里，地面上铺着发黄的旧瓷砖，墙面年久失修，有些地方都开裂了，房子里陈设很简单，木头的桌椅，老式电视机，墙角放着水壶，门窗都是关着的……

她闻到了很重的血腥气，低头看了看脚下，竟然是一排血脚印，她迷糊地跟着血脚印走进里屋，木板床上躺着一个年老的男人，胸口血肉模糊，血染红了床单，流了一地……

她知道这是命案现场，要赶紧报警，伸手想拿手机，却看到自己的右手紧紧抓着一把刀，水果刀，刀刃锋利，还滴着血……她茫然地看着手里的刀，正准备比对一下是不是杀害面前死者的凶器，手刚举起来，门就被撞开了。

一个俊美的男人带着一身寒意冲了进来，看到她和死者，面色煞白，他在喊什么，可她听不到……他冲到了尸体旁边……他跪了下来……他在痛哭……

哦，这个人，她认得的，这个人……认得的，可是怎么都想不起来名字……只是觉得看到他哭，自己也好难过，眼泪不受控制地扑簌簌往下落……

怎么回事呢？到底是怎么一回事？

她想不明白，思绪太远了，眼前的画面也开始遥远了起来，是她眼前的事吗？还是上辈子？不知道……什么都想不起来了……

眼皮越来越沉重，脚下的地在下陷，她陷入地里，一直陷到胸口，怎么挣扎都挣扎不出去，地面、血迹滚动起来，朝她扑过来，遮盖住她眼前的最后一丝光线，她久久地陷入了浓重的黑幕中……

辛宠是被一阵刺鼻的消毒水熏醒的，睁开眼睛，入眼是一片雪白，大脑也亦是一片雪白，等到感知能力慢慢恢复，便是一阵无法忍受的头疼欲裂，她忍不住呻吟起来。

被她的呻吟声惊动，床边坐着的人“噌”的一下站了起来，冲过来，紧张地问：“醒了？感觉怎么样？有没有哪里不舒服？知不知道我是谁？”

辛宠抬起僵硬的脖子，转动眼球，这个小小的动作却似乎要了她的命，她哀号一声，闭上眼睛，过了好一会儿才睁开，看见床边的人，才知道是辛格。

辛格的衣服也不知道几天没换了，皱皱巴巴地卷在身上，眼圈乌青，下巴上一片青色胡楂，整个人又憔悴又邋遢，隐隐还散发着一股酸臭味。

辛宠忍不住皱起眉头：“辛格，你该洗澡了。”说着正想推开他，让他离自己远一些，右手手腕却被什么冰凉坚硬的东西挂住了，她低头去看，赫然看到自己的右手手腕上戴着手铐，手铐的另一端铐在病床的铁架子上。

她惊得也顾不得身上疼不疼了，坐起来，使劲拽着右手，想要挣脱手铐，却怎么都挣不脱：“辛格，你搞什么？铐我干什么？快给我打开，我手好疼……”

辛格脸上不见一丝轻松，看着辛宠，皱着眉小心翼翼地问：“你真的什么都不记得了？”

“什么我不记得了？哦，糟了，我跟他约好了在飞翔大道的铁路口见面的，他还在等我……”辛宠唯一能想起来的事情，就是跟叶时朝的约定，记忆中叶时朝给她打过电话，他说他已经知道父亲下落了，希望她能陪他去见父亲。她想着，就更焦急了，将手铐拉扯得“哗哗”响，急躁道：“辛格，我没工夫跟你开玩笑，快点给我打开，我要去接他，有急事，十万火急……”

“你记得是不是？你记得你昏迷之前要去干什么？”辛格不理会她的要求，将她按在床上，绷着脸问，“你要去干什么？”

“我不能说，我跟他约定好的，跟谁都不能说。”辛宠用自由的那只手捶打着辛格，“放开我，辛格，我要生气了！”

“是不是去见叶博士的父亲？你们约定好的事是不是这个？他告诉了你他的父亲是谁？”辛格一把抓住辛宠的手，声音都提高了。

辛宠被他吓了一跳，道：“你是怎么知道的？”

“你是承认了……”辛格颓然地摔开辛宠的手，跌坐在病房的沙发上，目光里充满痛苦，“辛宠，你杀了叶博士的父亲……他亲眼看到的。警察冲进去的时候，你的手里还握着凶器……辛宠，你被捕了！”

仿佛一记重锤迎面打过来，她目光发虚，辛格说的每一个字她都听清了，可是组合在一起，却又听不清了，也听不懂。

“你说什么？别开玩笑了……”

“我也很希望它是玩笑！”辛格吼了起来，双目赤红，“可是冲进现场的警察执法记录仪拍得清清楚楚。死者正躺在施寅的解剖台上，叶博士不言不语、不吃不喝两天了……辛宠，我相信你没杀人，我绝对相信……可在这重重铁证之下，我要怎么帮你！我该怎么办！辛宠，我被停职了……案子的资料我一点也接触不到……我真不知道该怎么办了。”

辛宠的双耳还在轰鸣，脑海中突然闪过一些模糊破碎的画面。

简陋的小屋……被杀害的老者……一地的血……自己手上的水果刀……崩溃的男人……

心脏瞬间被撕裂了，她无措地坐在床上，久久都没有回神。

接手这起案子的是一位中年刑警，大家都叫他讯飞哥，大名刘讯飞，是隔壁市的刑警大队大队长，这次是主动请缨要求接手这起案子，被领导驳回去很多次，他坚持不懈地毛遂自荐，甚至闹到了省厅，终于将案子拿到了手。

辛宠戴着手铐，穿着看守所统一发放的橘色背心，由两名女民警带着来到审讯室，审讯室中只有刘讯飞和一名记录员。

刘讯飞对辛宠的态度并不像对待嫌疑犯，而像是对待自家小妹，指了指椅子：“坐吧。”又对民警说：“手铐打开。”温和却不容质疑的语气，就像他的人一样，明明是温吞吞的普通样貌，一双眼睛里却似乎有剑有光，锐利而有力量。

辛宠在椅子上坐下，手铐被摘掉，她挪了挪身子，让自己坐得舒服点。

这是她被羁押待审的第二十天，已经基本习惯看守所的生活了，因为她是重大刑事案件的嫌疑人，被“特殊照顾”，没有被安排在大通铺，而是单独安排了房间，许是担心“穷凶极恶”的她，伤害其他犯人。

好歹也是当过刑事律师的人，看守所来过不止一次，各项规章制度熟悉到不能再熟悉，让民警非常省心，基本也不会有人为难她。

跟其他刚进来的嫌疑人的崩溃与抗拒不同，她表现得异常平静，吃饭的时候吃饭，睡觉的时候睡觉，一言不发，大多数时间就是坐在那里发呆。

关在看守所的嫌疑人，不能会见家属，辛格是万万进不来的，但是可以会见律师，老邢和白亭年，甚至秦松都一直托人传话进来，想要替她辩护，要她申请会见律师，都被她拒绝了。

她只想见见叶时朝，可是现在这种情况，似乎是痴心妄想，既然这样，那就谁都不要见，最终也真的谁都没见。

刘讯飞算是她被关押以来见过的第一个看守所以外的人，莫名觉得亲切，扬唇想要笑的，却发现嘴唇僵硬干裂，已经无法弯出弧度了。

“瘦了。”刘讯飞低头看了眼手上的看守所的资料照片，那是她第一天穿上橘色号服时拍的，上面注明了她的身高体重，以及身体各部位有无疤痕文身，“都说进看守所得脱层皮，我看你脱了两层皮不止。”

辛宠没说话。

刘讯飞又说：“不瞒你说，我是郑老的徒弟，来之前郑姐还给我打过电话，说让我温和点，看把她操心的，我又不是什么穷凶极恶的人。”

提到郑老和郑姐，辛宠终于有了表情，嘴唇蠕动了两下，挤出沙哑的声音：“帮我谢谢郑姐，谢谢她还惦记我。”

“要谢等你出去了自己谢。”刘讯飞笑了起来，“我不当传话筒。不过在这之前，你要好好配合调查，别有抵触情绪。”

辛宠轻轻点了点头。

抵触情绪是什么？她只觉得自己心如死灰。

“就是这种表情，就是这种表情，毫无生气，一副已经认罪的丧气样，我最怕你这类的嫌疑人。”刘讯飞嚷起来，“让我审讯你这样的，还不如审讯那些哭着喊冤的、扯着嗓子骂人的省事。人得有情绪，人没有情绪了还叫人吗？”

辛宠看了他一眼，脸上依旧是木木的。

“那我就开始了。”刘讯飞清了清嗓子，“辛宠，你知道我为什么一定要将这起案子抓在手上吗？刚才我说我是郑老的徒弟时，你应该已经猜到了。没错，‘鬼美人’那起案子是我师父的遗憾，也是我的遗憾，叶振言是‘鬼美人’案重要的协办人，他为这起案子贡献和付出了很多。当年他诈死那起车祸是我和师父一手操办的，他的新身份只有我和师父，以及一个线人知道，这么多年了，一直很安全。你和叶时朝为什么要追查？”

85.

为什么要追查？

这也是这段时间，叶时朝问自己最多的一个问题。

为了真相？有一部分。但是更多的是，他想再见父母一面。就是这么简单的愿望，也是他一生的梦想。

再见母亲，除非等来世，所以再见父亲的那一丝指望，成了他活着的所有动力……他只顾自己，完全没有想过父亲的处境，他枉为人子。

他在实验室的温室里待了三天了，按照正常情况，今天哑伯应该会来送肥料，温室里的所有蔬菜瓜果等农作物以及花品都依赖着那些肥料的滋养才能生长得健壮葱绿。

哑伯是什么时候出现在他视线中的呢？他想了许久，才终于记起来了。

是五年前，他的实验室兴建起来的第一个月初，哑伯骑着三轮车，带着肥料，想要进门，被门卫拦住，哑伯耐心地跟门卫比画着，怎么赶都不走，直到他注意到骚乱，走到大门口。

他那个时候正忙得焦头烂额，态度想必是十分冷漠的，虽懂得手语，却没有看他“说”完，只说：“我们这里是试验田，对肥料要求很高。”

哑巴坚持不懈地向他解释，自己的肥料是用看书学来的方法晒成的，没有任何化学品，配比也十分科学。

实验室里还有一堆的事，韩梅梅的大嗓子又在到处喊“叶博士”了，他哪里有工夫“听”，扭头要走时，被焦急的哑巴扯住。门卫呵斥着来拉扯哑伯，用力过猛，哑伯被甩在地上，撞到石头上，额头上冒出鲜血。

他至今都记得那幅画面，干瘦的老者佝偻着腰躺在地上，满头满脸都是灰，血从灰里流出来，流进眼睛里。哑伯顾不上伤口，就只看他，焦急万分地用手语说：“可以免费试用，满意了再付钱，价钱也好商量。”

现在想一想，他就只是想要一个每个月见他一次，又不引人怀疑的机会。

在小时候的回忆里，父亲是一个高大英俊的男人，腰杆总是挺得直直的，学校里的学生提起叶教授，用到的词语总是“器宇轩昂”“帅大叔”……是怎样的思念，让他宁愿变成佝偻着腰、干瘦苍老的模样，也要待在儿子身边？

叶时朝再也支撑不下去了，捂着脸痛哭出声，温室里花木葱绿，在他眼中却是满目疮痍。

为什么要追查下去？

这一刻，他恨自己超过世界上的任何一个人。

为什么要追查？

辛宠没有回答，她自己都不知道要如何去追溯这个问题，是她错了吗？叶时朝错了吗？她不愿意去深究这个问题，或者说不敢去深究。

刘讯飞换了个问题：“你在案发现场昏迷，被送去医院的时候，医院给你做过药物检测，发现你体内有毒素残留，毒理检测到今天才出来，是一种叫作裸盖菇的毒物，有强烈的致幻作用。你的身上没有注射针眼，所以一定是混在你的食物里服用下去的。你好好回忆一下，当天都吃了些什么、喝了些什么。”

辛宠皱了皱眉。

在看守所的这段时间里，她除了逃避现实一般的心灰，唯一做的正确的事情就是回忆案发当天的每分每秒，可是记忆像被上了锁，能想到的事情，实在太少，太少了。

她记得她在电话里跟叶时朝约定好了见面地点，急着去飞翔大道，开得太急，转弯的时候，跟一辆银色的宝马发生剐蹭，她下车二话不说就掏出名片，匆匆道：“我负全责，赔多少钱，到时候给我打电话，我都认，现在让我走，我有急事。”

宝马的主人是个有着美丽风韵的女人，年纪看起来不小了，但是保养得很好，皮肤溜光水滑，一头褐色的鬈发披在肩上，像美丽的海藻。

跟她的美丽不相符的是，女人的脾气很不好，双手抱胸，冷笑：“就你忙？我被耽误的事要怎么算？”

“误工费我也赔。”辛宠急着要去接叶时朝，只要能够早点脱身，她不介意多付点钱。

可宝马女似乎一点也不想要钱，坚决要报警，等着交警来处理，交警处理的结果是宝马女负全责，修车费要自付。宝马女一句都没申辩，就让辛宠走了。

之后的路程，辛宠开车小心了许多，在拐入飞翔大道时，看到一家早餐店，担心叶时朝没吃早饭，就下车去买了两份。

两份一模一样，半糖拿铁和培根吐司，她和叶时朝一起吃过的为数不多的早餐里，他最喜欢的似乎就是培根吐司。

买完早餐之后的记忆就完全没有了，怎么想都想不出任何线索。

她皱着眉将这两件事复述了一遍，突然想起来自己的车，就问：“我的车呢？车找到了吗？”

“你的车就停在叶振言隐居的小屋旁边，车里我检查过了，没有找到你说的早餐。不过我会派人去核实，汽车剐蹭有交警出警，很好核实，早餐店门口若是没有监控，就难核实了。”刘讯飞手指点了点桌面，表情严肃起来。

“可以调取道路监控，我沿着主干道行驶的，沿路都有监控。”辛宠提醒。

“熟门熟路啊，不愧是跟过多起大案的犯罪心理专家。只可惜，犯人的反侦查意识也很强，案发当天道路监控被黑客攻击，监控丢失的一部分，恰巧就是你所说的那个时间段开往飞翔大道的道路监控。”刘讯飞收起表情，“巧合得让人不敢相信。”

若是平时，辛宠必定跳起来了，可此时她却没有那份力气，只是觉得心惊，惊到失笑：“为了陷害我，竟然做到这个地步……我自问没有做过什么伤天害理的事，谁能这么恨我？”

刘讯飞又用手指敲了敲桌子，轻轻的，几乎听不清：“我可以假设你真的买了早餐，早餐里被下了迷幻药，你出现幻觉无法自已，那就势必不能再开车，要有人开车载你到叶振言住处，杀人、弃车逃走。那么你的车上应该留下证据，可是没有，你的车上异常干净，除了你和叶时朝的指纹和毛发，没有找到任何第三人上过车的证据。”

听到“叶时朝”三个字，辛宠的心口像突然被刺了一刀，痛不堪言，她一直刻意回避，不去想叶时朝现在的心情，可是逃避终究改变不了什么。

耗费了那么大的心力终于找到了父亲，付出的却是永远失去父亲的代价，而且这份失去都是因为他固执的寻找。还刻意安排他，看到女友，看见唯一信任的人，手拿滴血的刀，站在父亲尸身旁边……

其痛怎堪忍？

杀人诛心，最是歹毒。

陷害她的人那狠毒的心肠，让她不寒而栗。

心中所有的痛苦和心疼在这一刻达到了顶峰，再也无法忍受，她两条腿抬到椅子上，整个人蜷成小小的一团，头埋在掌心，眼泪汹涌而来，怎么也止不住。

看辛宠哭得不成人形，刘讯飞却笑了，起身递了盒纸巾过去，拍了下她的背："懂得哭就对了，刚才那个样子简直就是个死人，哭了就说明活过来了，活过来了好好配合调查。"

辛宠足足哭了一小时，再抬头时，两只眼睛肿得像核桃，但是眼神却坚定了许多，依稀能够看得出以前雷厉风行的影子。

她咬牙："哑伯不是我杀的，有人要陷害我，置我于死地。既然你也认为这个案子跟'鬼美人'旧案有关，我希望你能将那起案子的细节告诉我和他……"

"他是指叶时朝？"刘讯飞抬了抬眉毛，"这个我要考虑一下。我之所以怀疑这起案子跟'鬼美人'旧案有关，还有另外一个原因。"他说着，拿出一张照片。

是辛宠进入看守所之前拍的，辛宠本人并不知道，因为当时她正全身赤裸地背对着相机，只不过照片没有拍全身，而是只拍了后背。她皮肤很好，白皙又细腻，后背的蝴蝶骨异常漂亮，就在蝴蝶骨下方，一只娇艳欲滴的蝴蝶展翅欲飞，那只蝴蝶十分诡异，半边翅膀是美人脸，半边翅膀赫然形成骷髅的花纹。

鬼美人凤蝶。

辛宠从没有如此害怕，她跳起来，大叫："不可能，我身上没有文身，更何况是……文这种东西……"

她叫着就要脱衣服，已经什么都不顾了。刘讯飞慌忙走过去，用自己的外套，将她包住，喝止她："你脱了衣服能证明什么？证明你不知道自己身上什么时候多了这个文身？证明不了！"

"我不能自证，但是他能帮我证明……"辛宠崩溃道，"他能证明，就在一个月前，不，二十五天之前，我的身上还没有这个文身。"

"他是指叶时朝？"刘讯飞皱眉，"他怎么能证明？"

"他看到过，案发前不久，我们……上过床。"当众说这些，实在是太让人羞耻了，而且又是为了自证，自尊被扔在脚下踩的感觉，辛宠这一生都没有体会过，但是眼下，她还有资格谈自尊吗？她强撑着一口气，"他能证明……只要他愿意。"

刘讯飞点头："我会请他过来协助调查。"

辛宠抱着最后一线希望，犹豫着，问："我能见他一面吗？"

刘讯飞没有正面回答："他是受害者家属……看他的意愿吧。"

辛宠没有纠缠："我最后问一件事，麻烦你一定帮我打听清楚。"

"说吧，只要是我能打听到的。"刘讯飞说。

"我哥……辛格，他在医院说他被停职了。我当时脑子里太乱，不清醒，也没具体问，泄露案情资料的人抓到没有？"辛宠虽然手还在颤抖，但是略微恢复了一丝理智。

"这个不用打听。"刘讯飞抬了抬眉毛，"这个案子太典型了，我刚来到这边就听说了。人已经抓到了，不是辛格队的，是局里的一个清洁工，这个清洁工自己爱打游戏，懂得电脑，听说这类消息能卖钱，就起了歪心思。虽然不是辛格队里的人干的吧，但他也总有监管不到位的责任，只是暂时停职，不算冤枉他。"

辛宠略放下心来："谢谢。"

"今天算是跟你打声招呼，你回去再好好回忆回忆，要是再想起什么来，一定要第一时间通知我。"刘讯飞站了起来，面带忧虑，"现在的证据可谓是铁证，不用查，直接将你送检都足够。希望你能证明，我不是在浪费时间。"

"我不是杀人犯，更不是'鬼美人'。"辛宠抬起头，目光倔强而清明，一字一句都咬着牙，"我一定会证明自己的清白。"

86.

自从进入看守所，辛宠的睡眠就不是很好，她经常失眠，夜半时分，她蜷缩在铁板床上，望着苍白单调的天花板，回忆着与叶时朝在一起时的点滴，这样就能过去一夜。

偶尔也会因为太累，熟睡过去，但依旧睡不好，就如今夜，她梦中迷迷糊糊，似又回到哑伯那间小屋，屋子里的一切都在虚晃着，她看不清也碰不着。卧室木板床上的血迹还在，哑伯也在，有人将哑伯按住，明晃晃的刀，刺入他的心脏，拔出来，再刺进去，鲜红的血喷涌而出……她努力想看清那个人的样子，揉了揉眼，却发现那个人就是自己……

惊恐之中，有人拍了拍她的背，哄孩子一样轻柔："这才是真正的你，别怕。"

她使劲摇头，哭起来："不是，这不是我，不是我……"

"我爱你啊。"那人的声音轻轻柔柔的，似乎有魔力，"你是什么样子，我都爱你。"

“是吗？你爱我吗？”她靠在那人怀中，就像婴儿蜷缩在母亲的身旁，有种熟悉的心安，“即便我杀人了，也爱我吗？”

“无论你什么样子，我都爱你，来我身边好吗？永远都别离开……”

那人抚摸着她的头发，充满了爱意。她心里满是无助与脆弱，对这种爱抚根本无力抗拒，就任由她将自己抱起来，放在床上，轻轻哄着，重新进入梦乡。

然而熟睡并没有维持多久，她就一身冷汗地惊醒了，下意识地大叫：“谁？”四四方方的小房间里冷冷清清，并没有第二个人，盖在身上的被子，被角却有被掖过的痕迹。额头上的冷汗滴下来，滑落到脸上是冰凉的。她伸出颤抖的手摸向床边，那里还是温热的……有人在她床边坐下过，且坐了很久……

是谁？

她在黑暗中四处张望，然而只有夜里清冷的空气无处不在地蔓延着，如她日益加深的恐惧。

刘讯飞再次提审辛宠，刚走进审讯室，看到她的第一眼就忍不住皱起了眉头：“看守所虐待嫌疑人吗？怎么比上回见面又瘦了？”

辛宠没有说话，只是朝他点了点头，算是打招呼了。

经过那一夜之后，她一直都不敢睡觉，即便是累极了，睡过去，也很容易惊醒，这种焦虑和恐惧几乎将她击垮，以至于她大多数时间都是恍惚的，总觉得有人在盯着她，趁着睡着的时候会进入她的监室，坐在她的床沿，看她睡觉。

这种无处不在的恐惧，让她觉得透不过气来，只有被提审，离开看守所，才略觉得好一些，头脑也更清醒一些。

刘讯飞在她对面坐下，叹了口气：“我真担心还没等到洗脱嫌疑的那天呢，你就自己把自己折磨死了。”

“睡得不太好。”辛宠扬起干涩的唇，笑了一下，却笑得比哭还难看。

“给你带来一个人，希望他能成为你的安眠药、镇定剂，让你睡得好一点。”刘讯飞说着起身，打开审讯室的门，对着门外叫了一声：“叶博士，进来吧。”

辛宠在听到“叶博士”三个字时心里就一个激灵，像是被打昏过去的人，被泼了一盆冰水，这种意识上的清醒，很久没有过了。她坐直身子，第一反应竟然是……理了理头发，又怕自己憔悴的样子吓到他，在听到有人走进来时，赶紧低下了头。

虽然是低头了，但还是忍不住去看他，外面想必很冷，他穿了黑色的羽绒服，里面是“有虫声”的制服毛衣，胸口的蜜蜂栩栩如生。

他也瘦了许多，面容更显冷峻，头发比以前要长一些，也没有修剪，一双黑眸如同冰封的湖面，只看见冷，透不出一丝的波澜。冰面上没有她的影子……他从始至终都没有看她一眼。

她收回视线，握紧拳头，将眼泪强行吞了回去。

“这是刘队要的东西，你念给她听就行，不用我多做解释。”叶时朝将手中的文件袋递过去，声音是平静的，不带一丝的感情。

刘讯飞接过文件袋，抽出里面几张薄薄的纸，看了两眼，挠挠头：“哎呀，这我哪里看得懂，我就是个大老粗，叶博士您就受个累吧，算我欠你个人情。”

叶时朝沉默了几秒钟，最终还是坐到了辛宠的对面。

这么近距离地看到他，辛宠再也控制不住，眼泪滴了下来：“不是我……你相信我……”

“我知道不是你。”

叶时朝的声音仿佛是从天边传来的，她惊愕地抬起泪眼，就见叶时朝也在看她，那双黑眸里隐忍着涌动着的痛苦，几乎将两人淹没。

“施寅在我父……死者食道中发现一只黑脉粉蝶，是他在与凶手纠缠的时候吞下去的，就是这只粉蝶告知我许多凶手的信息。”叶时朝说着，极力压抑着情绪，让自己的声音听起来专业严谨，就像机器。

“黑脉粉蝶这个时节是没有的，但是死者房间里收集了许多蝴蝶的标本，这只粉蝶原本应该就是这些标本中的一员。”

“死者与小时候的我经常玩一种文字游戏，我们将 26 个英文字母打乱，制作成一张只有我们自己知道的密码表格，每一个英文字母都对应着另外一个字母或者几个字母。黑脉粉蝶的英文名是 pieris melete menetr，我按照记忆中的表格翻译一下，死者要告诉我们的是：两人，褐色、鬈发、女人、手腕、黑痣。”

刘讯飞看着叶时朝，只觉得匪夷所思：“不太可能吧？这么短的时间内，怎么能想到这么多？”

辛宠明白他的顾虑，要准确表达这么多信息，这在普通人看来确实是无法做到的事情。杀手毫无征兆地上门，要一边躲避攻击，一边从自己收集的蝴蝶标本里挑选出其中一枚蝴蝶标本，且这枚蝴蝶标本的英文名称通过十几年前游戏中的密码表翻译出来。

确实匪夷所思，想都不敢想。

叶时朝并不在意刘讯飞有多怀疑他说的话，因为他对自己的判断足够有信心：

“别人都说我的记忆力好，智商高，是神童，是天才，但是跟父亲比起来我只能算蠢笨的，别人做不到的事情他可以做得到。”

刘讯飞一脸惋惜，叹气：“我师父也这么说，说他是不可多得的人才，是文曲星下凡。若不是他，我们根本不可能剿灭‘鬼美人’团伙。可就算我相信，这也不能成为直接证据。”

关于这一点，辛宠也是知道的，毕竟做过那么久的刑事律师，什么样的证据有用，什么样的证据容易被推翻，她非常清楚。

但是，即便这个证据不能帮她脱罪，她也已经很高兴了，只要他信她，她就不在乎别人怎么想。

心理负担消失了，辛宠感觉自己一下子解脱了，大脑都跟着灵活了许多，突然想起一件事，忙对刘讯飞说：“你还记不记得第一次审讯时，我告诉你，在去飞翔大道的时候，曾经跟一辆宝马发生过剐蹭，那个宝马女就是褐色的长鬈发，她出来纠缠我的时候，我看到她右手手腕内侧有一颗黑痣。”

刘讯飞表情严肃起来：“当然记得，我当时就去交警大队调了出警记录，出警的交警执法记录仪上拍到了你和那个女人，只不过我再去追查那辆宝马时，发现那辆车已经被送进了报废厂，你所说的那个宝马女不知去向。”

“是她，一定是她。”辛宠激动起来，“撞了我的车，拖延我的时间，也许就是为了查哑伯的住所。”

叶时朝看辛宠一眼，黑眸里闪过一抹冷光。

“我立刻通知同事对这名宝马女发布网络通缉令。”刘讯飞说着起身，走到门口又想起什么似的折了回来，问叶时朝，“叶博士，还有件事需要你证实。”说着拿出辛宠后背鬼美人凤蝶文身的照片，“她说你能证明，这个文身二十几天前还是没有的。”

叶时朝看了眼文身，脸色煞白，去看辛宠，辛宠急得站起来：“本来就没有，我自己身上有没有文身还能不知道吗？这就是我被下了迷幻药之后被强行文上去的。”

叶时朝收回视线，对刘讯飞点了点头：“我能证明，二十五天前，十二月三十日晚上，还是没有的……至少我没有看到。”

刘讯飞点头：“我当然是相信叶博士的。好了，我要赶紧去通知通缉令的事，叶博士可以再待一会儿。”

说着就开门出去了，审讯室只剩下辛宠和叶时朝。

辛宠坐了下来，两人面对面坐着，谁都没说话，过了许久，辛宠受不了这种窒息感，打破了沉默："谢谢你愿意相信我……我知道这件事对你打击很大……"

"我从不怀疑你，就算没有父亲留下的讯息，我也没有怀疑过你，就算看到……我也在拼命告诉自己，一定是看错了，是误会，是……"叶时朝一口气说了那么多，语速很快，俊美的脸苍白如纸，"可是辛宠，我只告诉了你。我送大刘离开后只跟你说过话，大刘走了，只有你和我知道……"

辛宠的脸也白了，那是事实，她无法否认，她百口莫辩。

唯一的解释就是，她的手机上被植入木马软件，她被监视了。

而案发后，她的手机就不见了，这一点似乎也验证了她的猜测。

"叶丽丽说得没错。"辛宠一字一句都在自嘲，"'鬼美人'就在我身边。可笑！我到现在都没有知觉，还一直对自己的人际关系充满信心。"

"我知道，这一切都不怪你。理智是这么告诉我的。"叶时朝站了起来，"你是我最信任的人、最爱的人……但是现在我已经不知道该怎么处理对你的感情，我想我们都需要冷静一下，如无必要，暂时先不要见面了。"

他说着起身，头也不回地离开了审讯室。

87.

辛宠不再拒绝老邢和白亭年的帮助，申请会见律师，在会见室见到了白亭年。

会见室她来过很多次，每一次都是坐在铁窗外，这一次位置互换，只觉得好笑，感慨人生境遇真是风云莫测，她竟有些后悔之前工作太拼命，留给自己的时间太少了，都没有好好度过假，好好享受过生活。

外间的门打开，白亭年随民警走进来，看见辛宠，一脸的担忧再也藏不住了，几乎是冲到铁窗前："学姐，你终于肯见我了，你知道我有多着急吗？你怎么瘦了那么多？有人欺负你吗？你告诉我，我一定要投诉到底。"

白亭年今天穿了一套黑的西装，合体的剪裁勾勒出纤瘦的腰肢，衬得整个人英俊不凡，只是长得太显小了，唇红齿白的，即便现在已经是战绩赫赫的新锐律师了，被提起依旧会被开玩笑。

对比他的焦急，辛宠显得淡定许多，微微笑了一下："还有人关看守所能关胖了？心是有多大？放心，我好得很，没人欺负我。"

白亭年的表情并没有因此而放松，他坐下来，看向她，紧紧看着她："学姐，这个案子到底怎么回事？我们无论怎么打探都得不到一点消息，老邢见天地请认识的刑警吃饭，我都快给重案组的姐姐们用美男计了，一点用都没有。"

看白亭年可怜巴巴，又一脸的关心，辛宠既感动又觉得好笑："看来刘讯飞是有真本事的。"

"对，就是那个刘讯飞刘队，现在他主管这个案子，所有案件资料都一手抓，对谁都不信任，又是空降来的队长，大家都不太喜欢他。"白亭年抱怨着，黝黑的眸子依旧看着辛宠，"我也不太喜欢他，他看着温和，话里话外总充满了试探，给人的感觉很不舒服。"

刘讯飞也不信任辛宠，虽然表现得并不明显，但是问话时字里行间也能透出些许这样的信息，即便她跟郑老爷子很熟，即便郑姐曾亲口告诉过他，要他关照，他依旧保持着这种怀疑，这才是真正的刑警。

辛宠觉得这个案子交给刘讯飞反倒比交给辛格要放心，辛格太信任她了，爱屋及乌，就会信任她身边的人，然而这个案子里最不需要的就是信任，毕竟连她自己都开始怀疑一切，包括怀疑自己。

"我记得我叫老邢来，怎么是你来了？"辛宠将上一个话题模糊了过去。

"怎么？学姐你不信任我？"白亭年委屈不满道，"我虽然不如老邢资历深，但是业务能力不比他差，而且我比谁都要关心学姐你。"

"就是怕你太关心我了，反而不够理智。"辛宠叹气，"我怎么能不信任你？你是我自己带进事务所、一手培养的，不信任你就等于不信任我自己。"

白亭年笑起来，一双眸子弯起来，异常漂亮："学姐信任我就好，我保证十分理智，只要学姐对我说实话，那天到底发生了什么。"

辛宠将案发那天发生的一切都告诉了白亭年，因为已经对着刘讯飞回忆了不止一回，再一次说起，竟不如先前那么心痛了。

白亭年进入工作状态，严肃起来，认真听着、记着，听辛宠说到执法记录仪拍到她手持凶器站在尸体旁边，依旧忍不住皱眉："学姐，你最善良不过，不可能杀人。"

辛宠瞪他："我怎么教你的？不要掺杂个人感情，不要先入为主！"

白亭年绷着脸，表情固执，但还是道了歉："对不起。"

辛宠继续说，从她昏迷到被送往医院，提到自己背后的鬼美人凤蝶文身，脸上的厌恶依旧藏也藏不住。

白亭年果然冷静了许多，漂亮的脸绷得紧紧的，皱眉问：

“警方的执法记录仪的影像只拍到你手执凶器，站在尸体旁边，并没有拍到你将凶器刺入死者身体里，是不是？”

“是。”

“警方在你的体内验出迷幻剂残留？”

“对。”

“死者给叶博士留了死亡讯息，描述凶手的体貌特征，与你并不相符？”

“是。”

“叶博士能证明你身上的文身在案发前并没有？”

“嗯。”

白亭年抬起头来，眼神有些受伤：“你拖了那么久不跟任何人见面，不接受任何人的帮助，就是在等叶博士，等他来证明你，救你，除了他的帮助，别人都不稀罕了吗？为了证明他没有彻底地恨透你，厌恶你，你就要赌上自己的前程，赌上自己的一生吗？他万一狠下心来，不去替你证明，那你怎么办？稀里糊涂去坐牢？”

小白果然是最聪慧、最了解她的，她那点小心思他一眼就看穿了。

辛宠笑起来：“我赌赢了。”

“你赌赢了，取保候审的时机都成熟了，现在需要我了？”白亭年几乎将笔摔在桌子上，“学姐，你知道我有多担心你吗？我是真心想要帮你。”

“我知道。”辛宠抱歉地笑，“可是这件事对我太重要了，我一定要知道，否则就算出去了，我也不会开心。”

白亭年站了起来，收拾起笔记本准备走了，黑眸盛着盛怒，翻着波澜：“那你就让你的叶博士来给替你辩护吧！要我来干什么？多余的。”

说着气话，就真的走了。

辛宠在后面喊他：“小白，你还是会帮我的是不是？”

白亭年停住脚步，气得咬牙：“当然啦！难道看着你继续待在这里受苦？”说完这才瞪她一眼，离开了。

辛宠失笑，她这个小学弟，真是越来越傲娇了。

白亭年后来又来了几次，报告申请取保候审的进度。这个案子取保候审的关键就是要推翻指证辛宠的关键证据，叶时朝和刘讯飞都给出了关键的证词，进展得还算顺利。

最终，由老邢作为保证人，辛格来交了保证金，在新年来临的前一天，白亭年陪着辛宠走出了看守所的大门。

辛格等在外面，早已焦急万分，看见辛宠走出来，忙迎了上去，上上下下打量她，气得直骂脏话："我可是听说了，你在里面经常不吃不喝不睡的，要修仙啊你？看把你瘦的。"说着眼圈竟红了。

辛宠再也支撑不住，扑进辛格的怀里，才喊了一声"哥"，就呜呜哭了起来。

自己妹子那是钢筋铁打的神经，除了爸妈去世的时候，很少见她掉眼泪，此时竟然哭成这样，当哥的怎能不心疼？

辛格红着眼眶也几乎落下泪来，轻拍着她的背："别哭了，回家，今天大年三十，哥给你包饺子。"

辛宠从辛格怀里抬起头来，毫无防备地痛哭一场，心里舒服多了，抹了抹眼泪，挤出一抹笑来糗辛格："你包的饺子能吃吗？"

"当然不是我包的，施寅包的。他听说你今天出来，要给你接风，还准备了一浴缸的柚子水，要给你去去晦气，现在正在我家忙活呢。"辛格说着揉她的头，"施寅做饭特别好吃，你有口福了。"

"你这口气，怎么跟夸自己媳妇似的？不知道的还以为你给我找到嫂子了呢。"辛宠笑起来，心里畅快多了。

"呸呸呸！什么媳妇、嫂子！我俩是哥们！别瞎说，耽误我们找对象！"辛格气急败坏地去掐她的脸，被她躲开了。

辛宠躲着，撞到了白亭年身上，白亭年扶了她一把，她这才想起来，一直为她跑前跑后的大功臣，竟被自己晾在了一边，忙问："小白，你今晚有安排吗？没有的话，也来我家吃饭，我要给你开瓶好酒，就当感谢你了。"

白亭年笑起来，"我爸妈要回国来陪我过年，但是要明天一早才到，今天晚上倒是没什么安排。"

白亭年的父母常年都在国外，辛宠是知道的，她不止一次十分羡慕地对他说："父母健在比什么都好，就算不在身边也没关系，彼此牵挂就行。"

白亭年知道辛宠的父母早丧，一直不敢跟她提父母的话题，听她感叹，只是应着："嗯。不过，学姐你要是喜欢我爸妈，可以考虑考虑嫁给我，这样他们也就是你爸妈了。"

辛宠气得捏他的脸："反了你了，敢调戏你学姐！别跑……"

想想以前，辛宠不自觉地露出笑容，邀请他道："那今晚就去我家吧。人多，热闹，我在里面冷清怕了，再不想一个人待着了。"

"好。"小白应下。

白亭年自己开了车，辛宠坐辛格的车，三个人各自上车，车门关上，辛宠透过车窗看窗外灰蒙蒙的天，脸上的笑容再也挂不住了。

又要下雪了。

往年并没有那么冷过。

今年这样冷的年，他一个人，要怎么熬呢？

只是想想就是锥心刺骨之痛。

风卷起地上的纸屑，在车窗前旋转起舞，天空灰得更重了，下一秒，又幽幽地飘起了雪花……

88.

辛格家的大门打开，一股浓香就扑面而来。施寅系着围裙，拿着锅铲，站在门口，看见辛宠，微微笑了笑："回来得真巧，洗洗手就能吃饭了。"

施寅身材高大，人虽古怪，但是气质是优雅的，即便是系着围裙，也一点不显娘气，反而很像西方贵族家里的管家，高贵中透着彬彬有礼和儒雅。

辛格吸了吸鼻子，一脸馋样地从施寅身边挤过去，一边欢呼着："鸡汤这么快就好了？我先尝尝。"一边去了厨房。

辛宠回了他一个微笑："是我哥把你拉过来做饭的吗？真是抱歉。"

施寅摇头："我的父母每年都会飞去夏威夷过春节，我不想去那种黏糊糊的地方，所以春节都是和阿朝一起过的，但是今年……"他没有继续说下去，"他说想一个人静静，我不来这里，就只能一个人孤零零地待在家里，或者去酒吧。怎么看，来这里都是最好的选择。"

辛宠低下头，心中似有针刺，但是痛感早已麻木，觉察不出疼了，她木然地点头，将最后进来的白亭年介绍给施寅："这是我的学弟，白亭年。这位是法医中心的法医，施寅。"

若是平日里，她定是能给两人加一长串前缀，但现在她根本没那个心情，只想急快结束。

好在白亭年和施寅都理解她，两人握手，互相寒暄几句，就进客厅，白亭年落座，施寅去厨房继续忙活，外加严惩偷吃的辛格。

辛格啃着鸡腿被赶出厨房，见辛宠还在发呆，上前拿下她的包，将早已准备好的换洗衣物塞给她，又将她推进浴室。浴室里一阵柚子的清香，闻着让人心旷神怡。辛格冲她摆手："快洗快洗，洗干净身上的霉运，干干净净、清清爽爽地吃饭。"

辛宠点着头，关上门，慢慢将衣服除尽，走进大浴缸里。

散发着柚香的热水将自己包裹，抚慰、温暖着她身上的每一个细胞，让她忍不住发出一声叹息，泡了一会儿，干脆将脸都埋进了水里……

肺里的空气在一点点变少，热水挤压着她的胸腔，刚才的惬意开始变得难受，脸都涨红了，但她依旧不起身，直到濒临窒息的前一秒，才猛地将脸从水中抬起来。

窒息感犹在，她被呛得猛咳，却笑了。还活着吗？活着就好！只要杀不死她，她便要好好活着，无论是清白，还是男人，她都要一样不少地夺回来。

洗完了澡，吹干头发，套着干净的家居服走出来，整个人都神清气爽的。三个男人正在摆餐桌，四荤两素，外加饺子和鸡汤，十分丰盛。

白亭年摆正了鸡汤，回头看到辛宠，眸光微动，微笑说："柚子澡果然有用，洗完整个人精气神都不一样了。"

辛格点头："这才是我妹。唉，就是太瘦了，今晚一定要多吃点。"

施寅将饺子端上桌："包了荤、素两种馅的，你自己挑选着吃。"

辛宠道了谢，坐下来吃饭，先是喝了一口汤，果然是鲜美无比，又吃了一个肉馅饺子，顿时明白辛格为什么想去施寅家蹭住了。

这个人不但精通专业，做饭也是专业的水准，他包出来的水饺，每个都似乎是有灵魂的。

"这也太好吃了，怎么做的？教教我。"水饺的美味，连一向挑嘴的白亭年都忍不住赞叹起来。

施寅被夸奖得飘飘然，放下筷子，从腰间抽出工具包，打开，大大小小的手术刀一字排开："饺子的精髓在食材，也就是肉。今天饺子的肉是我一片片地从猪身上割下来的，后腿的位置最好，顺着肉的生长纹理下刀，速度要快……"

面对如此的菜谱，白亭年表示打扰了，还要从杀猪开始，技术含量实在太高，他不学也罢。

辛宠看着兴奋的施寅，看着面露难色的小白，又看了看埋头大吃的辛格，心中的苦闷似乎消失了，慢慢露出笑容来。这是这么多天以来，她第一次发自内心地笑，而这一笑，似乎给这些天的苦闷放了一个假，这个短暂的假期，足以支撑她度过将来一次比一次艰难的境遇。

吃完饭，三个男人相约一起打游戏，辛宠一个人偷偷走出了家门。

她手里提着保温盒，保温盒有三层，一层装了菜，一层装了饺子，还有一层是密封的，里面是滚热的鸡汤。

保温盒是收拾碗筷的时候，施寅推给她的，尽管施寅什么都没说，但辛宠懂得。他担心叶时朝但又不敢去打扰他，知道她无论如何都会去找他，就想让她带过去。

外面又下雪了，白茫茫的，城市披裹上银装，更衬得大年夜的霓虹与烟花妖娆似火。永胜广场的大屏幕上在播放春节联欢晚会，主持人说着吉祥话，演员们载歌载舞，似乎都是“给您拜年了”的高昂喜气。

她被这种喜气排挤在外，开着车远离喧闹，来到“有虫声”。

因为过节，实验室的工作人员都放假了，门是锁着的，整栋建筑都漆黑一片。她提着保温盒轻巧地翻过铁门，绕到实验室后方，远远就看见温室菜棚里还亮着灯。

漆黑中，那一盏灯火如豆，照着灯下的人影，像一抹残魂，孤单清瘦得仿佛一阵风就能吹走了。

她站在雪地里，看着他的影子，许久不敢上前，直到手脚都麻木了，最终还是担心保温盒的饺子不热了，才鼓起勇气，走到菜棚门口，敲了敲那扇玻璃门。

叶时朝回头，在昏黄的光线中看到辛宠，他没有动，仿佛在犹豫。辛宠也不着急，极有耐心地持续敲着门，终于，他抬脚走了过来，打开门。

寒气夹杂着雪花飘进来，就像那个俏丽女人雪白的面庞，透着清冽的香气，打在脸上冷到发疼。

辛宠怕他反悔一样，灵巧地钻了进来，举着保温盒，小心翼翼地笑道：“给你送点吃的。施寅做的……他很担心你……”

叶时朝一声不吭，关上门，将风雪都关在了门外，走进之前坐的地方，那里有一张小桌子，桌子上摆满了蝴蝶标本，标本都放在木质的相框中，外面罩着玻璃，制作得十分精美。

蝴蝶的另外一边，有一台平板电脑，打开的页面上零散地写满了散碎的英文词语。

辛宠瞬间懂了，他还在试图解开叶振言留下的谜题。

叶时朝弯腰将平板和蝴蝶标本收起来，放在靠墙的木架子上，转身将辛宠手中的保温盒接过来，放在小桌上。

辛宠再也控制不住，从背后紧紧抱住他。

“是我的错，都是我的错，是我太不小心了，被人监视了都不知道，你恨我、怨我都行，但是求你别不理我……”

叶时朝放下饭盒，去掰她的手，可是怎么掰都掰不开。她像是要跟他较劲一样，使尽了力气抱着他，紧到让他窒息。

他终于受不了地开口说话了：“你是想杀了我吗？松开些。”

辛宠松了松手，但还是紧抱着不放。

他站直身子，重重叹了口气：“辛宠，你何必这样？”

“我爱你，就必须这样，不然你又要跑了。”辛宠抱着他，将冻得冰凉的脸贴在他消瘦的后背上，坚定又执拗，“阿朝，从认识你的第一天起，我就在观察你，一直在寻找通往你心里的道路，可你的心门关得可真紧啊，我在门外徘徊了那么久，好不容易才进去了，现在让我出来，我是死都不肯的。你在别的方面是很优秀，可在情绪处理上不过就是孩子的级别，遇见难以面对的事情，第一反应就是躲进你的城堡里不出去，躲十年，躲二十年。这一次，我不让你躲，你出来，我们一起面对这件事，解决这件事。”

叶时朝身体一僵，愣了许久，转过身来，面对着她，黑眸之中交织着悲伤与困惑。

辛宠抬头看他，四目相对，她红着眼眶，流下两行眼泪，但仍执拗道：“这件事是个悲剧，你的痛苦我都了解，请相信我，我的痛苦不比你少。在看守所中我被切断了一切与外界的联系，有大把的时间来思考，我想，我们的痛苦便是凶手的目的。他的目标也许并不在你，是因为‘鬼美人’团伙那起案子，你的父亲才是他们真正的目的，你的父亲帮着警方剿灭了‘鬼美人’团伙，这是复仇。然而为什么要设计让你看到我在杀人现场，为什么要陷害我？我想了很久，这是仇恨的另一种表达，他要让你体会他当年的感受。也就是说，你的父亲当年帮着剿灭‘鬼美人’团伙时，害死了他的父亲或者母亲。我们要去查当年警察清剿时，也因为线人出卖而死亡的团伙成员以及他们的儿女……一定能够查到线索。”

叶时朝望着辛宠红红的眼眶，悲伤与困惑渐渐被温柔裹挟，最终他伸手将她抱住了：“我有什么值得你爱的？”

“一切……”辛宠吸了吸鼻子，呜呜哭起来，“所有的一切。”

她在他面前一直都是坚强的、勇敢的，眼泪都没流过，更别说哭成这个样子，像一头受了伤的小兽，蜷缩在洞里，呜咽发抖。

叶时朝的心猛地被揪住了，他伸手替她抹掉眼泪，但是那眼泪如此汹涌，怎么抹都抹不干净。

“我不怕被陷害，不怕坐牢，也不怕被杀人犯盯上，我几乎什么都不怕，我爸妈、我哥都说我是个傻大胆，可是我怕失去你，我怕你恨我，你不爱我……”已经没有什么形象可言了，辛宠干脆放弃了所有的矜持，哭得天昏地暗，濡湿的脸颊蹭着他的手，贪恋着他的一点点温柔，“我一直很自信，自信得有点盲目，我以为自己是无坚不摧的，但其实不是，你只要说你不爱我了，不要我了，我就立刻死掉了……”

后面的话被堵在唇间，他重重地吻了过来，这个吻热烈、痛苦，充满了矛盾，吻得她舌尖发疼，吻到她窒息，可是她依旧不受控制地沉沦了下去，双手搂着他的腰，一刻也不愿意放手。

89.

第二日，辛宠在他卧室的大床上醒来，睁开眼睛，便是一阵头晕眼花，身上也似被卡车碾过了一般，酸疼无比。

她挣扎着转过身，看见叶时朝坐在床头，看着她光裸的后背发呆。她转过身，他便移开了视线，起身下床，声音很轻：“醒了就起来吃早饭吧。放心，不是我做的，早上阿姨来过了。”

辛宠没有动，她脑海里全是他刚才的目光，他在看她背上的鬼美人文身。她裹着被单坐起来，“我想把这个文身洗掉，但是希望你亲自动手。”

叶时朝没有回头：“先吃饭吧。”

辛宠下床穿好衣服去洗漱，洗漱完来到餐厅，叶时朝正坐在餐桌前等她，等她来了才掀开小砂锅的盖子，帮她盛了一碗粥。

是鸡丝粥，金黄的一碗，香气四溢，喝起来却一点都不油腻。

叶时朝又将煎饺推到她面前，是昨天施寅让她带来的，他没吃，今早让阿姨做成煎饺了。

味道依旧很好，又因为撒了芝麻，香气更加丰富浓郁。辛宠乖乖地喝了一碗粥，吃了四五个煎饺。

叶时朝吃的很少，昨晚也没怎么吃，脸色带着病态的苍白，看辛宠吃完了，也跟着放下筷子："回去吧。"

语气依旧轻轻的，淡淡的，听着十分温柔。

辛宠握了握拳头，站了起来，转身要走，又忍不住折回来："我是不会分手的。"

"不分手。"他也站了起来，漆黑的眸子里是无法看清的夜，"但你要给我一些时间。父母的案子不破，我没有心思考虑其他事情。"

"这是当然，案子肯定是第一位的。"辛宠皱起眉来，"恋爱有很多种方式，我也不需要每日黏黏糊糊，只要你不将我排除在外，柏拉图我也能接受。"

"你明白就好。"叶时朝说着看向窗外，下了一夜的雪，外面白茫茫的一片，分外美丽，"文身你要是希望我来洗，我会如你所愿，但不是现在……辛宠，还不是时候。"

辛宠点头："好。那就暂时留着它。让它时刻提醒我们，不要只看表象，灵魂永远比肉体要重要。"

只过了一个初一，大年初二刘讯飞就开工了，一大早按响辛格家的门铃，辛格挠着乱蓬蓬的头发去开门，看见刘讯飞着实愣了一下："刘队？你找辛宠？大年初二？这也太敬业了。"

"新年好，新年好。"刘讯飞完全不理会辛格说什么，搓着手挤进大门，拿出自带的鞋套穿了，走进客厅里，一屁股坐在沙发上，四处打量，"外面真是太冷了，还是里面暖和。辛队，这房子真不错，要不说你们市福利好呢，在我们那小破地方当差，拼死拼活这么多年，也只买得起小两居。"

辛格家有一百多个平米，但其实是在过世的父母留下的基金贴补下才买的，家电也全是辛宠送的，不然以他那点工资哪里买得起，对比之下，自己开律所的辛宠就比他宽裕多了。

"我那点工资想买房子也难，父母给贴补了不少，惭愧。"辛格给刘讯飞倒了一杯水，也懒得跟他绕弯子了，单刀直入地问："刘队，是有什么新进展，要辛宠配合调查吗？"

刘讯飞喝了一口水，憨憨地笑了两声，随即又严肃道："要说进展也算不上，就是之前叶博士曾经提过，说叶振言生前住的小屋里，留下了很多讯号，是用只有他们父子能看懂的暗号写的。叶博士一直在忙着破解这些信号，昨天还给我打电话说，可能是某个资料库的密码。我思来想去，值得叶振言这么小心谨慎的，也只有记录着'鬼美人'团伙案线人保护计划的资料库密码了。那个密码，世界上只有两个人知道，一个是我师父，另一个就是叶振言。我师父已经仙逝了，叶振言也遇害，现在只有叶博士有可能再度重启密码。但是，如果真是那个资料库的密码，我希望叶博士还是不要破解为好，毕竟永远没有密码，永远打不开，那些线人才能安全。”

辛格警惕起来：“如果是这件事，你大可直接去跟叶博士说，来找辛宠做什么？”

“我也想找叶博士，可是找不着啊。”刘讯飞挠头，“昨天我给叶博士打了好几通电话，还去了他家，去了他的实验室，都没有人。今天电话还是不通，我有点担心，毕竟……我们不想知道密码，有些人却十分想知道。”

辛宠闻言从房间里跑了出来，紧张道：“那你还愣着干吗？赶紧多派点人去找啊。”

“这个有些难办。”刘讯飞为难起来，“我本来就不是本地人，端的也不是本地警局的碗，这边的人我使唤不动，除非去上面申请，但是这大过年的，你让我去哪里申请？”

辛格明白他的难处，到别人的地盘上办案，本就困难重重，更何况他是孤身一人来的，一个兵都没带，又碰上春节，值班的警力本就紧张，哪里能凭着他的一个担心，就抽出人来，陪他满城瞎跑？

他咬咬牙，拿上外套：“辛宠，走，我们自己去找！再叫上施寅，多一个人多一份力量。”

不用他说，辛宠早已穿上了羽绒服，一边拨打着叶时朝的电话一边冲出门去。

上了车，辛格给施寅打来电话，施寅也很着急，说会去之前跟叶时朝去过的几个会所看看。辛格、辛宠、刘讯飞，三人一个去叶时朝的家和“有虫声”再确认一下他有没有回去，一个去叶时朝母亲遇害的地方，也就是‘鬼美人’案的案发现场，一个去叶振言临死前住过的小屋。

叶时朝母亲遇害的地方，只有辛宠去过，再去也只能由辛宠去。她不顾雪后路滑，将车开得飞快，即便这样，也足足用了一小时才到了那条老街。

这条老街因为年代久远，房屋也大多破败不堪，除了一些不愿意离开老宅的老人，很少有人还愿意住在这里，所以，即便是过年，这个地方也冷冷清清的，整条街只有几户人家门前挂了灯笼，有过年回家的小孩，在街头杂货铺前放鞭炮，鲜红的炮仗炸开，带着浓浓的、原始的年味。

辛宠气喘吁吁，来到那扇朱红色大门前，门没有锁，她以为是叶时朝，欣喜之下，连忙推了门奔进去，来到小木屋门前，敲了敲门，虚掩着的门被她一碰，“吱呀”

一声开了。

里面的窗户似乎挂上了木挡板，一片漆黑，她轻轻叫了一声："阿朝，你在吗？"试探着走了进去，脚刚踏进门里，就被一双有力的手狠狠掐住了脖子，扯进来，粗暴地按在墙上，接着门也被踢上了。

唯一的光源消失，辛宠便陷入一片浓密的漆黑中，几乎什么都看不见，脖子被掐着也发不出声响，双手想要还击，也被钳制住，丝毫动弹不得。

等双眼适应了黑暗，她略微能够看清压制她的人，是个高个子，穿着黑色的斗篷，戴着黑色的口罩，根本看不清身形和面孔，只隐约从气息和手指骨节判断是个年轻的男人。

她发不出声音，手无法动，就抬脚去踢。男人身形一动，躲过她的脚，掐着她的脖子，扯着后退几步，猛地将她放倒在地上，接着身体压了上去，双腿钳制着她的腿，只用肘支撑着身体，在黑暗中与她僵持着。

这个姿势十分暧昧，让辛宠实在难受，扭动着身子拼命挣扎。这似乎成了一种变相的撩拨，男人呼吸渐渐加重，猛地伸手将她敲晕了。

辛宠并没有晕多久，醒过来时，门开着，男人也不见了，她顾不得剧烈的头疼，爬起来就跑出门去。

跌跌撞撞地跑回车里，心脏还在扑腾扑腾跳，抓起放在副驾的手机看了一眼，发现她晕了还不到半小时，那个男人并没有下重手。可他到底是谁？来这里干什么？

正心有余悸，手机铃声突然响了起来，是刘讯飞。接起来，刘讯飞的语气十分着急，"出事了，刚才我在叶振言的小屋里，看到叶博士留下来的一个档案袋，里面是线人的档案和叶博士的一封信。信上说，他破解了密码，进入资料库打印出了这唯一的一份档案，然后就将资料库摧毁了。现在他要带着已经没有用了的密码去跟宝马女见面，用密码交换父母死亡的真相。他要自己给父母报仇，希望我能好好保管这唯一一份档案。他这是去送死！"

辛宠心脏都要爆炸了，汗从额头滴下来，和着眼泪："他和宝马女在哪里见面？"

"信上说，在飞翔大道的废车厂……"

她丢下手机，就发动了车子。然而车子发动起来的那一刻，她不经意间瞥到后视镜中的自己，整个人都呆住了。

她的整张脸都是苍白没有血色的，唯独红唇嫣红，且微肿着，似刚刚结束一场激烈的热吻，衣领敞开着，白皙的脖子及锁骨处布满了吻痕……

全身的汗毛都竖了起来，她急忙掀开衣服，检查身体其他地方，好在吻痕只停留在胸部以上……并没有被强奸。

她想起刚才黑暗中将她死死压在地上的男人，想起黑暗中他愈发粗重的呼吸声，突然一阵恶心，暴怒又屈辱地捶了下方向盘："这到底是哪个变态！"

90.

根本没有时间让辛宠自怜，她也不过自己发了通脾气，就咬牙踩下油门，不要命地飞速朝飞翔大道的方向开去。

好在有赛车的底子，开到飞翔大道的废车厂也不过用了半小时，远远就看见刘讯飞的车停在车厂门口，她将车停好，看见刘讯飞从里面跑了出来。

"你比你哥先到。"刘讯飞手里端着枪，喘着粗气，额头上冒着汗，小声冲她喊，"我去看了一圈，有间小屋亮着灯，估计就在里面见面，我不敢贸然冲进去。"

砰……

一声枪响从里面传了出来，门外的两个人瞬间都变了脸。刘讯飞从怀里掏出一个牛皮纸袋，塞给辛宠，严肃地嘱咐道："这是线人的档案，世界上仅存这一份了，你一定要保管好。我进去看看……"

辛宠早已失去了理智，根本没听见他说什么，将牛皮纸袋推开就往里面跑，被刘讯飞一把拽住："这是线人的档案，世界上就这一份了……你不要？"

辛宠满脸都是眼泪，几乎是用了蛮力将他甩开，冲进了废车厂。里面漆黑一片，只有一个小屋亮着灯，目标很明确，她冲过去，一脚将门踹开，就见叶时朝端正地坐在里面，手里拿着他的平板，看到一身狼狈的她，一脸莫名其妙："你怎么来了？刘队呢？"

辛宠的眼泪"唰唰唰"就下来了，扑到他身边，上上下下地打量着："你没事吧？我刚才听到了枪响，宝马女呢？她跑了吗？有没有伤害你？"

叶时朝一脸莫名其妙："什么宝马女？而且刚才那也不是枪响，不知道为什么，刘队非要让我放一根炮仗。"

炮仗？

刚才的"枪响"是炮仗？

这也太荒诞了！到底是怎么回事？她回头，就见刘讯飞憨憨地笑着走进来，挠一挠头，又晃了晃手里的牛皮纸袋："你真不要？"

辛宠将牛皮纸袋夺过来，打开，里面竟是空的。

“你什么意思？”她愤怒地将纸袋扔到地上，抬手甩了刘讯飞一个耳光，“耍我很好玩吗？”

刘讯飞揉着脸，憨憨地笑：“脾气真大。”

叶时朝也收起平板电脑站了起来，俊美的面孔上带着严肃的冷意：“刘队，你最好也跟我解释一下，今天你到底想干什么？”

刘讯飞揉了揉脸，将牛皮袋揉成团扔进垃圾桶，拉来一张椅子，金刀大马地坐下：“都坐都坐，听我慢慢说。辛宠你可不能再打人了。”

今天这个局，刘讯飞其实布置了很久，他不是本地人，要寻到这个倒闭的废车厂不容易，找到了还要等辛宠取保候审，能够相对自由地活动。

等到两个关键条件满足了，他便开始行动，首先以配合调查的名义，将叶时朝叫到废车厂里，小屋里安装了信号干扰器，以保证外界联系不到他。接着去找辛宠，将自己编造的说辞脸不红、心不跳地说了一遍，他长得老实，说起谎话来特别可信，这也是他多年来维持这个人设的主要原因。

等将辛格和辛宠分开，他便打电话给辛宠，有了那段引她来的说辞，最终演员到齐，最关键的装有最后一份“线人档案”的牛皮纸袋出场。

结果他很满意。辛宠根本不想要那份档案，她只在乎叶时朝的安危，这是她不是“鬼美人”团成员最有力的证据。

“我不信任你，辛宠，所以得到这个结论，我很开心。”刘讯飞说着笑了笑，“证明你在我师父面前的讨巧卖乖不是演戏，是真心对待他老人家。”

“为什么怀疑我？我哪里值得你怀疑？”辛宠还在盛怒中，想想刚才的担惊受怕，现在还不能平静，“就因为我背后的文身？我都说了，是我中了迷幻药之后被强行文上去的，这是‘鬼美人’团陷害我的奸计。”

“不是的，辛宠，你不了解这个文身在‘鬼美人’团中的意义。”刘讯飞表情变得严肃起来，“我刚当刑警就跟着师父在破这个案子，我的大半辈子都在研究这个团伙，除了叶振言，我自信，没人比我更了解这个团伙。这个文身，在‘鬼美人’团中意义非凡，只有核心成员才有资格拥有这个文身，或者是核心成员的爱人，这意味着占有与共生，某个成员给爱人文上这个文身，其他成员即便与之有深仇大恨也不许再碰他（她），且一生只能有这么一次机会。我这么说你明白了吗？”

辛宠的脸色瞬间变得煞白，只觉得背上火烧火燎似的，又想起刚才在黑屋里发生的一切，以及自己满脖颈的吻痕……愤怒、恶心、恐惧让她浑身颤抖，止也止不住。

叶时朝的脸色也没好到哪里去，他望向辛宠，黑眸里似乎撒了冰，但是伸手紧紧握住她颤抖的手，试图用自己的体温去温暖她。

原本只以为是“鬼美人”团伙的挑衅，没想到竟然有这层意思，他再也无法平静，坚决地说：“回去就把它洗掉。”

辛宠点了点头，指尖还在忍不住发抖。

刘讯飞挠了挠头，继续说：“当然了，仅凭这一点怀疑你未免太武断了，还有一件事，我们找个暖和点的地方慢慢说。就我们三个人，其他人还没有进入我的信任名单中。”

刘讯飞提议去叶时朝家，原因是叶时朝家够大、够舒适，而且他要顺便去彻底检查下有无监视设备，最重要的是，叶时朝常年独居，不用担心有谁突然上门，风险系数是最低的。

刘讯飞自己开车，叶时朝上了辛宠的车。辛宠上了车还在发抖，叶时朝将手覆在她的手背上，轻轻说：“对不起。”

辛宠怔然：“为什么跟我道歉？这件事你又不知情，是刘……”

“不是这件事。”她还未把话说完，就被叶时朝打断了，“文身的事，还有这阵子我对你的态度。”

“哦。”辛宠低下头，挤出一丝自嘲的笑来，“我理解的，毕竟你看到了……心理上肯定受不了……”

“不是。”叶时朝握着她的手，坚定而认真，“是！看到那样的画面，我确实是很混乱，很痛苦。可痛苦过后恢复理智，我就想明白了，我的痛苦混乱正是凶手所需要的，我若是崩溃，那是对我父亲最大的报复，毕竟我的父亲是为了保护我，才选择带着秘密‘死去’的。我不能崩溃，我要亲手抓住凶手。但你是无辜的，你本来跟这个案子没有任何关系，是因为我才遇到这样的事，我若还要去恨你，那跟畜生有什么区别？你现在背上杀人嫌疑，遭受牢狱之灾，都是因为我，所以我想，也许我离你远一些，不再与你那么亲近，不跟你说任何事，也许你就能安全一点……”

不等他把话说完，辛宠就欺身上前，扯着他的衣领，将他拉近一些，霸道地亲上了他的唇，然后放开：“我不怕！宁愿跟他拼了，我也不躲躲藏藏、窝窝囊囊地活！”

这都不知道是辛宠第几次主动亲他了，叶时朝冷淡的脸上再也绷不住，露出无奈的笑容来：“要拼也是我拼，轮不到你。”

辛宠皱起眉，俏丽的小脸无比坚决：“怎么轮不到我？我现在也是直接受害者。”

“不跟你争这个。”叶时朝摇头，催促她道，“快走吧，再不走，刘队就到我家了。”

虽然很想再跟他多说几句话，但是想到刘讯飞还有什么重要的事情要说，辛宠不得不将自己满肚子的话吞回去，发动车子，去追刘讯飞。

进了叶时朝家，刘讯飞拿着电子狗里里外外地搜索了一遍，边搜边啧啧有声：“房子真大，科学家真了不起，早知道我当初也该好好读书。这里还有个卫生间？啧啧啧，储藏室都是实木的地板……”

唠唠叨叨，嘟嘟囔囔，忙活了半小时，才放心地回到客厅：“你家没有装窃听器。晚些时候我再去实验室转一圈。”

叶时朝点头，作为主人，去厨房给每人倒了杯咖啡，刘讯飞喝了几口才进入正题。

“十五年前的‘鬼美人’杀人案，我们要从这个案子说起，叶博士，你要是不想听，可以先离开，我要跟辛宠说一件事。”他说着看向叶时朝，眼神锐利。

叶时朝在听到“鬼美人”杀人案时，手就不自觉地握了起来，黑眸中翻起波涛，但他依旧平静地摇摇头：“我想听，关于这个案子的任何一点消息，我都想知道。”

刘讯飞点头，继续说：“要说起这个案子，就必须从受害者的身份说起。这个案子当时侦办时，上面下了死命令，不许对外界透露半个字，所以就算影响再大，外界也只知道死者是位大学教授的妻子，一个十岁男孩的母亲，在家开一间小提琴作坊，没有什么复杂的人际关系。”

确实是这样的，辛宠皱眉。

她和小白合作写这个案子的分析论文时，也算是翻遍了市面上的小报，虽然各种猜测都有，但是可信的却一个都没有，所以论文写出来，她十分不满意，到现在也只是存在自己电脑里，没有见过天日。

而叶时朝本人也对母亲的生平知之甚少，只知道她从小就是孤儿，没有亲戚朋友，他和父亲以及来买小提琴的客人，是她所有的社会关系。

难道刘讯飞知道母亲的一切？叶时朝看着他，固然期待，但不知为何竟然有些紧张。

刘讯飞又喝了一口咖啡：“时柔是你母亲参加‘证人保护计划’之后改的名字，一起更改的还有容貌，她原本是‘鬼美人’团伙的核心骨干之一。‘鬼美人’的核心骨干是八个女人，人称八夫人，你的母亲就是最小的那个，也是唯一一个未婚的。”

叶时朝的母亲竟然曾经是“鬼美人”团的成员？

辛宠万分震惊，转头去看叶时朝。叶时朝脸色煞白，表情与她一样震惊，黑眸中的波涛翻滚成巨浪，几乎要将他湮灭。

她忍不住，紧紧握住他的手："能够加入'证人保护计划'，说明你的母亲并没有做过什么坏事。"

"确实。"刘讯飞说，"最小的这位夫人身世说来也十分坎坷，五岁时父母死于吸毒，从小在亲戚家寄养，十三岁时受不了虐待跟着同村的姐姐跑到城里来，还在同村姐姐的资助下继续上学，一直上到大学，成了叶振言的学生。也不难猜到，这位同村姐姐就是'鬼美人'团的创办人，赫赫有名的大夫人。多少山村女子，经过她的包装和推荐，成为富商政要的枕边人。她通过这些女人建立了一个犯罪网络，不断地窃取这些富商政要的钱财或者消息，为了维护这个网络，她对手下女人们的管理也十分严格，想要退出的人，被她抓到，便不得好死，最著名的死法就是断头。

"我们警方虽然早就盯上了，但是忌惮大夫人手上的关系网和庞大的信息库，不敢轻举妄动，只能在背后默默收集证据，等来日时机成熟一举歼灭这个组织，然而这个时机一直没有来，就这么过了足足三年。我与师父盯着'鬼美人'团三年之后，终于迎来了转机，一位大学教授，带着他即将毕业的学生秘密来找师父谈判。这位大学教授就是叶振言，他的学生就是八夫人，也就是叶博士你的母亲。她真名叫甄艺，当时才二十岁，是'鬼美人'团里最年轻、手上最干净的骨干。我们曾经抓捕过几个小角色，因为惧怕大夫人，根本就敲不开嘴，骨干成员行事隐秘，根本无法接触，所以八夫人的到来，着实让人振奋。甄艺说，她对大夫人又感激又惧怕，感激她当年的收留和这么多年来的培养，也就是这份恩情，让她即便是知道了'鬼美人'的真相，也一直没有离开，她想劝大夫人收手，换来的是大夫人的斥责，直到亲眼看到大夫人杀人之后，甄艺才知道，当年怜她、爱她的同村姐姐已经死了，权力和金钱彻底让这个女人变成了魔鬼。她自知无能为力，悲痛绝望中想到自杀，临死前跟自己一直倾慕的教授叶振言坦白了一切，叶振言苦苦劝说，才让她改变主意，决定要拯救误入'鬼美人'团伙，却又不敢离开，只能继续当着高级妓女，任人摆布的女人们。

"直到那天，对'鬼美人'的清剿工作才正式拉开帷幕……"

91.

甄艺是个十分美丽的姑娘，刘讯飞第一次见她是在他师父郑农的办公室里，她穿着一条白裙子，乌黑的长发柔顺地披在肩膀上，眉眼似画笔精心描画过，浓淡适宜，气质卓然。他第一次见叶时朝时也着实恍惚了一下，心想这个孩子长得可真像他妈妈。

刘讯飞端起半凉的咖啡，又喝了几口，才继续讲述当年的事。

那是埋藏在他心底的一个瘤，埋得太久了已经无法根治，只有等到案件真正结束时，这个瘤才能彻底被割除，他也能从这个纠缠了他大半辈子的案子中解脱。

当年有了八夫人甄艺的配合，警方连续端掉了“鬼美人”的几个窝点，抓捕了许多团伙成员，拔掉半数的爪牙，让大夫人辛苦经营数年的关系网瘫痪了近一半。

这个时候，甄艺趁机去游说曾经跟自己透露过想要退出的团员，让她们给警方做线人，提供更多消息，“鬼美人”团全灭那天，也就没有人会报复她们。而且警方也会制订“证人保护计划”，给她们改头换面，能够彻底摆脱“鬼美人”的阴影，又不用回到原有的家庭受苦。可即便是这样，依旧很多人碍于大夫人的威压，不敢做出这样的决定，前前后后忙活了几个月，也只说服了四名团员转做线人。这些线人只信任甄艺，由甄艺负责联络，而甄艺又只信任叶振言，于是叶振言便成了传话筒，在案子中起到了举足轻重的作用。

围剿计划在叶振言的协助下制订得非常完美，所以行动起来事半功倍，将这个城市的毒瘤连根拔除，二夫人、三夫人、四夫人、五夫人被抓获，六夫人、七夫人逃脱，身份成谜，大夫人则在自己的豪宅中吞枪自尽。所有的线人以及甄艺也都改头换面，隐居在世界各地。这个案子似乎办得天衣无缝，刘讯飞靠着这份功劳，一路从刑队的新人做到了大队长，郑老提起这个案子更是骄傲无比。

然而这个时候，甄艺的被害，就像一记响亮的耳光打在所有人的脸上。

甄艺整了容，换了户籍资料，跟叶振言结婚，生了一个可爱的男孩，度过了十年完美的人生。叶振言更是为了娇妻离开了原来的学校，离开了原来的住所，甚至放弃了光明的仕途，在大学里当了十年的普通教授……十年苦心经营的幸福生活，都在那个清晨化为了泡影。

甄艺在工作室被斩首，头上放了一只鬼美人凤蝶，这是大夫人的杀人手法。凶手是用这个方法告诉警方，告诉所有的线人，“鬼美人”团没有被剿灭，背叛“鬼美人”的所有人，都将是这个下场。

那个时候刘讯飞已经被调到了别的市，接到师父的电话，连夜开车来到案发现场，师徒两个在案发现场对着大摊的血迹，静默无语，坐到天亮。

郑老一夜之间苍老了许多，刘讯飞也收敛了所有的锋芒，师徒两人与接管这起案子的刑案组一起跑前跑后忙活了大半个月，才得到些许线索，怀疑凶手可能是当年一直未曾找到的六夫人。

刘讯飞说到这里，放下咖啡杯，脸上的表情几近讽刺："我师父退休的时候，让我立下军令状，不破这个案子，不许去见他。结果这么多年了，我还是没有破案，他的葬礼我也只敢偷偷摸摸地去。"

辛宠听到这里只觉得脊背发凉，这个案子延续时间之长，案情之复杂，超出了她的想象。她看了叶时朝一眼，叶时朝苍白的脸上，微微泛着青，似乎每一句话对他来说都是刀剑，他单单坐着就用光了所有的力气。

辛宠不知道如何安慰他，只能紧紧握着他的手，希望能给他一些温暖。叶时朝感受到她的用意，抬头冲她挤出一抹笑，之后问刘讯飞："我父亲为什么要诈死？"

"为了保护你。"刘讯飞叹了口气，"我们虽然得到了一些线索，但是案件还是僵持着，没有什么实质性的进展。那个时候你还小，可能不记得，案发之后，你家曾经失窃过，我和你父亲商议过，怀疑是逍遥在外的六夫人、七夫人想要找到线人名单住址，给死去的姐妹报仇。本来我是打算向警队申请保护的，但是你父亲说，只有他死了，'鬼美人'们才会死了这条心，不再为难你，所以才央求我配合他，制造了那起车祸。可谁知道，即便是那么天衣无缝的计划，还是被'鬼美人'识破了。"

果然是这样。父亲果然是为了保护他，才隐姓埋名这么多年的。叶时朝再也坚持不住，别过头去，眼眶发红，强忍着没有落下泪来。

"这么多年来，甄艺的死是我师父的心病，也是我的一块心病，我将这起案子的所有线索都钉在墙上，案发现场附近的监控也拷贝了一份，每天看每天看……终于我发现了一件事。"刘讯飞站起来，从衣袋里拿出手机，翻开照片给他们看，"这个女人每天都会经过甄艺小提琴作坊旁边的一条街，她从不会来甄艺家门前，可是每次经过这附近，都会抬头往甄艺家的方向看。我就去查了一下这个女人，发现她是另一所大学的教授，跟叶振言是旧相识。"

辛宠看到刘讯飞手机上的照片只觉得眼熟，辨认了许久才惊讶道："周老师？你怀疑周老师？怎么可能？"

"别急着替你老师喊冤。"刘讯飞收回手机，"那段时间她每日都是同样的行动轨迹，案发当日却在监控中消失了。我就去调查了一下这位老师的生平，发现这位老师是'鬼美人'团剿灭后嫁给现在的丈夫的，这之前的人生完全空白。即便是我动用了所有能够用到的力量，也查不出分毫。还有与叶振言相遇的那场学术交流会，本来她是不用去的，且本来就跟她的专业毫无关系，但她却费尽了心机挤进了交流会，认识了叶振言。如果不是倾慕叶振言，那就只能解释为另有所图。”

“可这也不能代表什么……”辛宠还是不敢相信，但是语气明显没有之前那么笃定了，她想起火蚁噬尸的那起案子，答谢叶时朝的那晚，周老师提起了叶振言……心中的疑惑越来越强烈。

“当然，这些都可以说是我的一些无端猜测，可就在几个月前，她因为杀人嫌疑被关进看守所，我的一个熟人向我透露，这位老师的脚踝上有洗过文身的痕迹。”刘讯飞目光深邃起来，“‘鬼美人’团的骨干，每个人文身的位置都不一样，而恰巧六夫人文身的位置就是在脚踝。而且这位老师可没有看起来那么柔弱，住在十五人大通铺中，完全没有人敢欺负的新人，且是年长的新人，这还是第一位。看守所中的女人，鼻子都是很灵敏的，什么人能惹，什么人不能惹，她们一近身就能觉察出来，这位老师便是不能惹的。”

“你怀疑周老师，所以也怀疑我？”辛宠显然还是无法接受他的说辞，但是心中的疑惑已经成形，驱都驱不散了。

“你是因为这位老师的案子才来接近叶振言的儿子，且一直死缠着不放。换成是你，你会不会有所怀疑？”刘讯飞似笑非笑地看着她，“但现在看来，你大概只是被你的老师利用了。”

辛宠哪里还坐得住？如果周玲玲当初卷入火蚁案，就是为了利用她的信任和过剩的正义感去接近叶时朝，那之后发生的一切，直到叶振言的暴露，都是从她这里泄露出去的……如果没有她的接近，叶时朝可能不会参与到警局的案子中来，也可能到现在也找不到叶振言的下落，他与哑伯依旧能够用原来的方式，一个月见一次面，聊聊蔬菜，聊聊花草，聊一聊今天的天气有多好。

那么周玲玲为了利用她，布局了多久？是否从上学的时候就开始挑选合适的对象了？那些关爱和慈祥，都是为了利用她而演的戏吗？

这个想象让她崩溃，她起身冲去了阳台，对着落地窗外渐渐落下的残阳，静默不语，心中万千刀剑穿过，几乎将她凌迟。

叶时朝看着她的背影，她一直是骄傲的、明媚的，像个小太阳，身上似有用不完的精力，然而此时却萎靡了下去，如窗外的残阳，即将堕入永夜。

他懂那种被全世界抛弃的感觉，别人帮不上忙，什么样的劝说和安慰都是徒劳，尤其是来自他的。

他坐着不动，乌黑的眸里满是悲悯，为她也为自己。

刘讯飞有些不忍，一口气喝光了杯子里的咖啡，拍了下大腿：“这个案子一定要结，不然一代一代的孩子都受祸害。不结案，我就算哪天死了，都没脸见我师父。”顿了一下，声音低了些，“也没脸去见甄艺……和叶振言……”

经受的打击过多过重，叶时朝反而比任何时候都清醒，他低头思索了一下：“现在的问题是，没有人知道六夫人、七夫人的身份甚至样貌，就算你的那些怀疑，也都是间接的，甚至都不能当作证据。”

“要是能当证据，我还坐在这里跟你们聊大天？早抓人去了。”刘讯飞扼腕，“原本这六夫人和七夫人在骨干中就是最特殊的，据线人描述，六夫人是名校高材生，十分聪明，团伙里的很多计划都是她制订的。七夫人则是武力值比较强，据说曾经在国外当过雇佣兵，徒手掰断人的脖子根本不在话下。所以这两个人才能逃过当年的清剿行动，一直逍遥到今天。”

“那些团伙里也没人见过这两个人的长相吗？”叶时朝问。

“应该是见过的，但是这些线人在哪儿连我都不知道。”刘讯飞说着，瞪叶时朝一眼，“你父亲是不是真留下了打开资料库的密码？有也不能用，最好毁掉，世界上没人知道她们在哪儿，她们才安全，否则我怎么对得起甄艺？当初她带着线人跟我们合作，我和师父拍胸脯保证过她们的安全。”

叶时朝没有说话，过了一会儿才说：“我并不知道父亲留下的线索到底是什么，但是如果有那个密码，我想他是希望我使用的。这么多年的隐居生活，让他明白了，真正的安全永远都不是躲藏，而是彻底地剿灭敌人，否则就算躲到了天边，也只能生活在不安和恐惧中。”

刘讯飞挠了挠头，似乎被他说动了，但还是不敢松口：“这件事我们再从长计议，你先把你父亲留下的线索解读出来。”想了一下又摆手，“我还是不赞成开启档案，太危险了，这个问题应该由我们警方承担，不能让这些帮助我们的人来承担这种后果。不能，不能……我没脸去见师父……”

叶时朝也不劝他，只是抬头幽幽叹气：“其实在她们误入‘鬼美人’团伙的时候，结局就已经写好了。我家也是……在我母亲成为父亲学生的那一刻起，悲剧就已经开始了。但我不后悔来到这个世界上，我想我父亲也不曾后悔那天停下来听我母亲说话，并且对她伸出援手。刘队，你后悔当初初入警队就选择了这个案子吗？”

“这哪是我自己选的……”刘讯飞叹气，自嘲地笑，眼神却很坚定，“但就算现在让我回去自己选，我也会走一样的路。我怕我和师父不选这条路，会有更多女人受害，过得生不如死。后悔什么的不是警察该说的话。”

“所以，与其为过去悔恨，不如走好脚下的路，哪怕这条路再难、再险。”叶时朝说着看向阳台，他这话是说给辛宠听的，但是辛宠根本听不进去，转身冲出了门外。

刘讯飞本来想去追，可想着这种时候，辛宠应该希望追出去的人是叶时朝，就没有动，可是他不动，叶时朝竟然也没动，过了几分钟，他不禁有些急了。

“你愣着干吗？快去追呀！”刘讯飞将外套扔给叶时朝。

叶时朝接过外套，又挂回了衣架上，并没有要出门的意思。

刘讯飞坐不住了：“她今天受的打击可不小，你就不怕她冲动之下去找她那位老师对峙？打草惊蛇还是小事，她的小命才是大事。”

叶时朝望着门口，目光如窗外霜雪，冰冷中带着无限的温柔：“她不会去。”

“你怎么知道？她刚才冲出去的那个架势，就像是要找人拼命。”刘讯飞瞪眼。

“因为我了解她，她很聪明，也很理智，就算再愤怒，也不会这个时候去找周玲玲对峙。”叶时朝说着起身去厨房，想给自己和刘讯飞再煮一壶咖啡，“而且，越是这种时候，她越是不能见我，看我一眼，自责就多一分，那种滋味我知道，十分难熬。不如让她独自安静安静，随便去哪儿……哪里都行，只要能远离痛苦，给自己留一个疗伤的空间。”

“你们读书人心眼里的弯弯绕绕真多。”刘讯飞坐在沙发上，跷起二郎腿，“只要她不去找她老师就好，不然真的打草惊蛇了，再想让蛇出洞就难了。”

“刘队是已经有引蛇出洞的办法了吗？”叶时朝端着咖啡，给了刘讯飞一杯。

“那当然。不然我兜那么大圈子，去试辛宠干什么？”刘讯飞喝了一口咖啡，眉头皱成一团，“比刚才的还苦，今晚你是不打算睡觉了吧？”

叶时朝端着咖啡杯，看着窗外越来越暗的天色，面无表情：“她还在外面，我怎么睡得着？我要等她回来。”

92.

辛宠许久没有体会过飙车的滋味了，她一路飞驰着，无边的悔恨和怒火在她胸膛里冲撞着，撕扯着，让她痛不欲生。

今天之前，叶振言的死，她只是被冤，今天，听完刘讯飞的怀疑之后，她的整个认知都被推翻了，若她真是被周玲玲利用，一步步靠近叶时朝，一步步帮助他找到叶振言……其实是在帮助周玲玲找到叶振言，那她就是罪魁祸首之一，她还有什么资格待在叶时朝身边，还有什么资格求他原谅，还有什么资格爱他？

她的心被撕扯成千万片，撒在这寒冬腊月里，就像漫天的雪，冰冷彻骨，落在地上，踩进泥里。她一向是有主见的，可是眼下却真的不知道该怎么办了。

开着车漫无目的地转了不知道多久，等回过神来，人已经来到了律所。春节放假，整栋大楼都静悄悄的，律所所在的十七楼也一片漆黑。

她如幽魂一样走楼梯爬上十七楼，拖着一身被冷汗浸透的身躯，开门走进自己的办公室，打开灯，瘫软在熟悉的椅子上。

这是一切的起点，她好想回到从前，那时她还做着律师，不认识叶时朝，心中所想不过是如何打赢那帮子不看好她的男人。叶时朝的生命里没有她，能减少多少痛苦？

她有多爱他，现在就有多恨自己，悔恨着，再也支撑不住，趴在桌子上哭了起来。

也不知道哭了多久，她慢慢坐直身子，抹干了眼泪，打开电脑。

这里存有她对“火蚁案”的所有初步判断，她要找出蛛丝马迹，自己亲自证明周玲玲是不是真的有问题。

起初是从哪里听到的周玲玲被抓的消息呢？当初因为着急，根本就没深究，现在仔细想想，应该是在同学群里。

她的同学群是法律系的群，同学自然都是法律系毕业，就算不当律师，也从事相关工作，真就只有她一个热血的，敢为恩师出头？

她带着怀疑联系了几位平日里还算要好的同学，强撑着简短地寒暄过后，才问：“当初火蚁案，周老师被冤，有没有其他同学去见过老师？”

“怎么没有？我就去了。”这是位男同学，现在在首都做律师，混得比她好，“老师说，我不在本市工作，怕是不方便。我说本市也认得不少有影响的律师，老师就问了你，问你最近在忙什么，说你事业做得很好，同行业女性里你是佼佼者。我想啊，老师大概是觉得我能力不行，想要你帮忙的。当初是有点不服气，现在想想，你那个案子做得确实漂亮。”

又问了一个女同学，女同学也是酸溜溜的口气：“班长，周老师眼里，除了你还有谁呀？”

她放下电话，周身寒彻入骨。

她想起在看守所见到周玲玲，周玲玲焦虑憔悴又全无主见的模样，那样的人哪里还有闲心去慢慢等着自己最优秀的学生？更何况，她读的可是名校，再自负，也知道自己的斤两，她优秀，她的同学也不差，哪里是非她不可？

是啊，为什么非她不可？

为什么？

她将身体颓然地靠在椅背上，用手捂着脸，陷入更深的绝望中……

也许是太疲惫了，迷迷糊糊间竟然睡着了，认知关闭，潜意识里已经没有记忆的画面便慢慢清晰了起来。

她的脑海里浮现出一些大学时期的片段，那些片段小到不值得被记住，也很散碎，散碎到即便是她自己也几乎拼接不起来。

她为了收敛性子，训练耐心，跟着周玲玲练字，周玲玲寻到好的字帖都会拿给她，偶尔去办公室拿字帖，会看到一本杂志上的封面，封面中的男人年轻俊美，她低头看手中的字帖，一笔一画秀丽无比：君子如玉，贵其雅之……

周玲玲从后面走过去，声音轻柔如呓语："大学里的男孩子臭烘烘的，我们家姑娘要喜欢就要喜欢君子。"

去周玲玲家里做客，吃得太饱，半躺在沙发上昏昏欲睡，有人抚摸着她的头发，轻轻耳语："这么好的男人，你会爱上他。比爱自己还要爱他！"

迷迷糊糊中，那张俊颜在眼前晃悠，挥之不去。

爱上他，爱上他，要爱上他！

她心里咯噔一下，清醒过来。

刚才她都想到了什么？绝望排山倒海而来，只是顷刻就将她淹没了。

她猛地站起来，什么东西从她身上滑落，她低头去看，才发现是件白色的男款羽绒服。

"学姐，你醒了？"

一个熟悉的声音从办公室的角落里响起，接着，白亭年那张俊秀的脸就出现在她面前，她愣了一下："小白？你怎么在这儿？"

"我有个案子年后要开庭，想提前做做功课，来找个案例。"白亭年走过来，弯腰捡起羽绒服给她披上，"倒是学姐你，怎么在这里睡着了？放假供暖也停了，这么睡着很容易着凉。"

辛宠一直在做梦，出了一身汗，倒不觉得冷。白亭年将羽绒服给她盖上，自己就穿了件薄毛衣，在这冰冷的办公室也不知道待多久了，脸色都有些发青了。

她赶忙将羽绒服脱下来，还给他，手无意间碰到他的手，果然冰一样凉："别管我了，我身体好，没那么容易着凉，你快穿起来吧，本来就是容易感冒的体质，年后还有工作，别因病耽搁了。”

白亭年体质确实不太好，上学的时候就经常生病请假，冬天早早就穿上棉衣，教授们都可惜地说，若不是身体拖累，以他的成绩，应该能够连跳好几届，跟辛宠一起毕业。

就因为教授们说得多了，辛宠才起了怜爱之心，跟他熟了起来，平日里对他颇多照顾，白亭年也越来越粘她、依赖她，这也是为什么平日里看起来都是辛宠在欺负他，他却一点都不生气的原因，因为他知道，辛宠是真心对他好的。

白亭年顺从地将羽绒服穿了起来，又问了一遍：“你来这里做什么？是不是想回来工作了？我和老邢可是举双手赞成。”

“暂时还不能回来。”辛宠摇头苦笑，“你也知道，我现在的情况……就算犯罪心理科待不下去了，也不能立刻回来，影响咱们律所声誉。干这行的，名声比什么都重要。”

“我们可不怕影响声誉。”白亭年皱眉，“而且你不回来还能去哪儿？”

“总有可以去的地方。实在不行，就去环游世界。”辛宠自嘲地笑，“现在说这些都太远了，我现在是取保候审，哪都去不了，必须随叫随到，等真正自由了再说吧。”

“学姐，你相信我，我一定会帮你重获自由的。”白亭年认真地保证。

辛宠笑着踮脚拍了拍他的头：“我知道，我们小白啊，最厉害了。”

“不要用这种跟孩子说话的口气跟我说话。”白亭年不满地抱怨，“我们刚认识的时候我就成年了，我到底什么地方让你留下了孩子的印象？”

辛宠见他真生气，吐了吐舌头：“开玩笑啦。你不开心的话，我道歉。”

“只是口头道歉，太没诚意了。”白亭年脸孔板着。

“那怎样才算有诚意？”辛宠说。

“至少请我吃顿饭，学姐你已经欠了我好多饭了，总该还一两顿才是。”白亭年拿出手机晃了晃，“现在就能打电话定位置。”

辛宠知道自己确实许诺了很多次请他吃饭，却一次都没请过，这一次被他堵个正着，自知理亏，只好点头答应了。

“好吧，只不过这个时间吃饭，能选的地方可不多。”

白亭年见她就范，开心地笑了起来：“能吃上学姐的饭，就是在路边摊吃烤串也没问题。”

“烤串是吃不上了。”辛宠叹了一口气，心里太疼，就当给自己放假了，“这个时候哪里还有路边摊？人家摊主也要回家过年的。只能找到哪里就在哪里吃。”

大年初二开门的饭店实在不多，最终两人开车转到了永胜广场，那里的饭店虽然都开着门，但是人满为患。每一层楼都转遍了，才终于找到一家有空位的，两人根本没抬头看是什么店，就走了进去，点菜的时候才发现，竟然是家韩式烤肉。

“没有烤串，烤肉也不错。”白亭年脱了羽绒服，又接过辛宠的外套，将衣服整齐地搭在椅背上，又将菜单递给她，“学姐，你想吃什么？”说着给她倒水，又起身去自助区，给她拿了一小盘切好的哈密瓜。

辛宠被他照顾得都不好意思了，将菜单推回去给他：“今天说好了是请你吃饭，自然是你点。我不挑食，你随便点。”

白亭年不再跟她推让，看了看菜单，点了起来。辛宠低头想着心事，根本没注意他点的是什么，等菜上齐，她才发现，竟然都是她爱吃的。

“又体贴又细心，谁嫁给你真是享福了。”辛宠感叹着，看他给自己烤肉，五花肉、小牛排在烤盘上滋滋冒油，挑逗着她的食欲，她心中有那么多的苦，本以为感觉不到饿了，闻到这肉香却依旧是吞了吞口水。

“那你要不要嫁给我？”白亭年将烤好的肉撒上调料，淋好酱汁，如数夹到她的碗里，等肉都在她面前了，他才抬头，隔着烟火，与她对望，“一辈子都让你享福。”

他那双过分漂亮的眼睛，被烟火氤氲得妖娆，竟让辛宠心头一颤，连忙低头吃肉，边吃边摇头，“果然是长大了，翅膀硬了，都敢调戏学姐了。”

白亭年笑起来：“你这口气可真像我妈。”

辛宠塞了一嘴的肉，抬头：“嫁给你不行，当妈我倒可以，你这么乖，我一定疼你。”

“学姐，你这是占我便宜。”白亭年不满。

辛宠挑眉：“谁让你调戏长辈的。”

白亭年叹气，住了口，决定不跟她斗嘴了，反正嘴上功夫，他就一次都没赢过。

吃完饭，辛宠要回自己家，不去辛格家了。临分别，白亭年看着日渐消瘦的辛宠，满脸担忧地问：“你一个人真的没问题吗？”

“我一个人住习惯了，没问题，你放心吧。”辛宠知道他为什么担心，事实上，她目前的处境在外人看起来确实让人担心，而只有她自己知道，她现在可比看起来要糟糕多了。

“有事一定要给我打电话，别一个人撑着。”白亭年依旧不放心地嘱咐，“而且我现在是你的代理律师，也需要知道你的所有想法。”

“好啦。”辛宠上车，隔着车窗对他挥手，“回去吧，年纪轻轻就这么爱操心，小心脱发。”

说完，不等白亭年说什么，就踩下油门离开了。后视镜里，青年的身影越来越远，直到远成一道白色的影子，再也看不见了。辛宠脸上的伪装这才卸下来，近乎凶狠地一脚踩下油门。

93.

回到家，手机狂响起来，捡起手机看是辛格，辛宠这才想起来，刘讯飞诓他们去找叶时朝之后，她还没跟辛格联系过，这会儿还不回去，想必辛格也是急了。

按下接听键，手机里果然传出辛格焦急的吼声：“你在哪儿？怎么还不回来？刘讯飞说你找到叶博士之后，就一个人出去散心了，这个时候散什么心？是不是又跟他吵架了？唉，不管什么事，快点回家。”

辛宠耐心地等他说完，才说：“没吵架，就是择床，在你那儿怕睡不好，就回自己家了。”

“以前怎么没听说你择床？”辛格不太相信，但还是顺着她，“不想住我这儿也行，我去你那儿，你等我一下，我简单收拾一下就过去。”

辛格是铁了心不想让她一个人待着，辛宠对他过剩的保护欲都无奈了，赶紧说：“我想安静一下，哥，求你了，让我一个人待一个晚上。”

听她这么说，辛格更是担心了：“你一定是跟叶时朝那小子吵架了。他是不是说什么难听的话了？我知道这个案子他是受害者，可你也是受害者啊。你因为这个案子吃了多少苦？怎么能一直责怪你？”

“哥，没有，他没有说难听的话，也没责怪我。是我觉得对不起他。”辛宠说着抽泣起来，忍都忍不住，“哥，我觉得没脸见他，见他疼我也疼，太难受了……”

辛宠这一哭，辛格更是六神无主，手忙脚乱：“你有什么对不起他的，想找父亲也是他一直的心愿，你只是帮忙……唉，难受就先不见吧，别哭了，唉，想一个人待着就一个人待着吧，我不逼你，你想怎么样都随你……”

辛宠忍着眼泪：“嗯。我就是有点难受，没事的，你放心。”

说着，挂掉电话，瘫在地板上，大哭了一场。

哭完了，抹抹眼泪，起身去书房，打开电脑，将自己当年写“鬼美人杀人案”论文时所能搜集到的所有资料都调了出来，又将从刘讯飞那里得到的新消息全部汇总，细细地看起来。

也不知道看到了几点，就这么趴在书桌上睡着了，醒来天已大亮，她浑身酸痛，头疼欲裂，也就只是揉了揉太阳穴，去浴室冲了澡，换了套衣服，提着包出门去。

当年出于对周玲玲的信任，周玲玲说什么她便信什么，现在她要弥补错误，去一一查证她说的话。

她不能直接上门去找周玲玲，但是可以先去找周玲玲老公养的那个小三，问一问当时的情况。

利用辛格的关系，托了大良帮着调查，很快就查到了那个小三的姓名和住所。

小三名叫李秀丽，周玲玲的老公陈豪给她在本市买了套房子，跟周玲玲家的本宅离得远了些，开车足足要四十分钟，但也是个十分金贵的地段，还是著名小学的学区房。

这样优质的小区，门禁也是十分森严的，辛宠在门口徘徊了半个多小时，各种方法都用尽了，硬是没走进去。

正想着要不要扮成送外卖的，就见刘讯飞的车缓缓驶来，车还未停稳，刘讯飞就摇下车窗冲着她嚷："你真查到这儿来了！"又回头对后座的人竖大拇指，"还是你了解她。不哭不闹不上吊，埋头就是查案，狠角色。"

辛宠还没明白是怎么回事，后车门打开，叶时朝从车上走了下来，黑眸沉静，看着她："昨晚回家了？"

辛宠看见他，心就止不住地疼，低了低头，咬牙要走，被刘讯飞拦住了。

"别走，别走，你进不去，我进得去，查水表我在行。"说着硬是拽着她，走向门卫室。

叶时朝在后面跟着，没再跟她说话，目光却一直在她身上，目光深邃且带着隽永。刘讯飞亮了亮警证，顺口跟门卫扯了个谎："我们在查一起大案，嫌疑人就住在这个社区，我和我的人要进去蹲守。记得不要跟任何人提起这件事，谢谢配合。"

门卫忙点头，将大门打开了，一脸虔诚地目送刘讯飞的车进去，辛宠也只好跟着将车开了进去。

李秀丽住在 18 栋 1806 室，出了电梯门正对着的就是。刘讯飞走在前面去敲门，辛宠和叶时朝跟在后面，两人都一言不发，辛宠更是埋着头，努力避开叶时朝的眼神。叶时朝并没有跟她搭话，就只是安静地走在一旁，在她脚步不稳差点撞到墙的时候，伸手挡了一下。

肩膀碰触到他的手，辛宠似触电般跳开，脸色发白，走到前面去了。

叶时朝看着她，平静得似乎不曾有过这次碰触。

刘讯飞隔着猫眼对门里的人亮了证件："有重案嫌疑人流窜到这个小区了，我们来例行排查，女士，麻烦开下门。"

刘讯飞长得敦厚老实，说出来的话令人信服。门很快打开，一个略有些圆润的漂亮女人打开门，一脸惊吓地问："什么重案啊警官？杀人还是放火？太吓人了。我们家还有孩子呢，这可怎么办？"

刘讯飞朝房间里望了望，果然看到一个七八岁的孩子在里面看电视，便和气地笑了笑："我们会尽快破案的，女士不用太担心。现在有几个问题想问一下，方便让我们进去吗？也顺便讨口水喝。"

"请进请进。"女人倒是爽利，将几人让进屋子里，就去倒水了。

辛宠也跟了进来，不动声色地四处打量。这是一套四居室，很宽敞，欧美风的装饰也十分精致，客厅里有许多孩子的玩具，墙上贴着小孩子画的一家三口，门口鞋柜有四五双男人的皮鞋以及拖鞋，客厅衣架上有男人的大衣。怎么看都像是幸福的三口之家。

而且这个三口之家似乎并没有因为正妻周玲玲的发觉而有什么变化。

周玲玲默认这边的存在了？

李秀丽给几个人倒了水，就让男孩去房间里玩电脑，自己坐在沙发上，紧张地问刘讯飞："你们要问什么尽管问，我知无不言。"

"其实是这样的……"刘讯飞喝了几口水，挠挠头发，憨憨地笑了两声，"我们要调查的是火蚁吃人的案子……"

"那个案子啊，我听说过，不是说已经抓到凶手了吗？"李秀丽探身问。

"抓到了，现在移交法院，要走司法程序，给犯人判刑。法院需要更详细的口供，包括每一个嫌疑人。周玲玲，你认得吗？她当初也被当作嫌疑人抓捕过。"刘讯飞用他那张憨厚可信的脸撒起谎来神态自然，语句流利，连草稿都不用打，功底让人佩服，"她的供词提到，她是因为生日期间得知丈夫有小三、有私生子与丈夫争吵之后，才醉酒误入抛尸地的，我们要核实的就是这件事……"

说到"小三"和"私生子"，刘讯飞特意往男孩的房间看了一眼，又意有所指地上下打量李秀丽。李秀丽被他这种明显带有歧视意味的眼神惹毛了，"腾"地站起来。

"那个老女人是这么说的？"她冷笑两声，双手环胸，"她在撒谎啊，警察同志，我和老陈的事可不是一天两天了，她早就知道，头一年就知道了。但她大度啊，在那里摆大老婆贤惠的谱，说体谅老陈，不会跟他闹，将来家产也愿意分给孩子一份，把老陈感动的，当场将名下的别墅又转给她两套。警察同志，你们别小三小三的，说得那么难听，老婆的活可都是我干的，陪睡生孩子养孩子，那姓周的老女人可没在老陈身上用一分心。我们刚认识的时候老陈就说了，那女人总说自己身体不好，不愿意生孩子，结婚几年，同房的次数数都数得过来。我至少还把老陈伺候得舒舒服服的，孩子也给他生了。她呢？光拿老陈的钱，什么都不干，戏都懒得演，你说我们俩谁更像小三？”

离开李秀丽家，辛宠只觉得浑身发冷，如果周玲玲一早就知道且默认老公有小三、有私生子，那之前的那套说辞就完全不成立了，也就是说她根本就是在演戏，很有可能一开始卷入案子就是她的计划之一，目的是为了拖自己下水，利用自己去接近叶时朝。

“这下子你相信你那位老师不简单了吧？”刘讯飞看辛宠一脸恍惚，叹了口气，“别怪我当初怀疑你，刑警当久了就知道了，这世上可信的人实在不多。”

辛宠没说话，上了自己的车。刘讯飞跟过去敲她的窗户：“你要去哪儿？”

“去给我自己洗脱嫌疑。”辛宠魂不守舍地说。

刘讯飞伸长手臂，拉下她车里的手刹，坚决道：“你光杆司令一个，手上也没线索，怎么给自己洗脱嫌疑？找你哥帮忙？你动动脑子，你哥刚被停职，你就沾上杀人嫌疑了，怎么就这么巧？”

辛宠一惊，动都不敢动了。

她从未往这方面想过，被他这么一提醒，顿时觉得心惊。

是的，辛格这次的无妄之灾，来得太急也太巧了，几乎没有喘息的机会，紧接着就是她被抓，一环扣一环，扣得如此之紧，除非是他们两兄妹流年不利太倒霉，不然就是有人精心安排的。

“为了让我少一个支援，他们先将我哥扳倒了？”辛宠看向刘讯飞。

“你哥在本市警队混得太开了，有他在，总是个威胁。而且有他在，我就没有来这里主持案件的可能性。所以，必须先让他停职，这样一来，你孤立无援，我也进到这个网子里来了。”刘讯飞说得轻松，但这些话任谁听了都觉得心惊，“我师父已经去了，找他报仇是不可能了。我还在，他们要报仇，怎么着都不能放过我这个罪魁。”

“你明知道……”辛宠急了，“明知道还主动请缨往这边跑？”

“他们要找我报仇，我也要找他们，这不顺便嘛。”刘讯飞挠头，“大家方便。我说这么多，就是想告诉你，别一个人瞎窜了，没效率还很危险，不如跟着我，我手上线索多，你聪明，咱们人多力量大。”

辛宠实在找不出反驳的理由，只能点点头，问刘讯飞：“那接下来你准备干什么？”

“昨天等你半天你不回去，我和小叶博士都商量好了，今天去接时柔，也就是甄艺姑娘的遗体。小叶博士说他有个好朋友，是法医还有什么人类学专家，可以帮我们再解剖一下遗体。”

“等一下，甄艺……不是……都十五年了，遗体怎么会还在？”辛宠震惊到结巴。

刘讯飞卖起了关子：“让小叶博士给你解释吧。”

说着扭头上自己的车了。

与此同时，副驾的车门打开，叶时朝不请自来，坐到她身边，辛宠骑虎难下，只好一声不吭，开车跟在刘讯飞的车后。

94.

叶时朝坐在副驾上，目光看着前方的天，静默不语。下了几天的雪，天难得放晴，蓝得澄净清透，而车里的两个人，却无论如何也无法再拥有这种澄净的心情了。

辛宠闷头开车，连呼吸都小心翼翼的，很想问甄艺遗体的事，可不知如何开口，踌躇了许久，一开口，竟是三个字：“对不起。”

叶时朝没有应声，黑眸却不自觉地暗了暗：“昨天……我在等你回来，你一夜没回，我闲着没事，就将父亲留下的蝴蝶标本拿出来看，突然想到一个思路，既然这些是父亲留给我的，那么应该是只有我才能看懂才是，就将蝴蝶的英文名与DNA序列号列举出来，跟我的论文比对。不过工作量太大了，只做了一个比对，得到一个地址，黄骅路435号，311。我查了一下，那是一家殡仪馆。刘队想起来父亲曾经说过不想就此将母亲的遗体火化，想要留到科技更加发达的时候，再做尸检，希望能够找到真凶，但是没有告诉刘队母亲的遗体存在哪里。”

辛宠心头发颤：“你们怀疑遗体就存在这家殡仪馆中？”

叶时朝点了点头：“我让施寅偷偷查过了，这家殡仪馆有遗体保存的服务，只要付钱，要保存到什么时候都可以。311号遗体保存格里，存放的遗体是年轻女性，且已经有十五年了。”

会付钱将亲人的遗体保存十五年之久的，世界上也没有几个人，巧合的可能几乎为零，辛宠沉默，不知道该如何安慰他，又想到自己带给他的伤害，锥心刺骨的痛重新席卷而来，她咬了咬牙，再没说话。

“施寅在去殡仪馆的路上，他会再为我母亲做解剖。”叶时朝的声音几乎不带起伏，又悲伤无比，“你可以看看她们有多残忍，为了复仇有多不择手段，所以……你别再自责了，没有你，还会有别人，这个局总要做出来。有没有你，都会变成今天这个局面。或许有一点不同，没有你我不会爱上谁，可能会换一种伤害方式，是施寅背叛我？总之，都不会好到哪里去。”

辛宠的眼泪顺着眼眶滚下来，落到手背上：“对不起……”

叶时朝没再说什么，头靠在椅背上，轻轻阖上双目，似乎已经疲惫不堪。

黄骅路的殡仪馆地方很偏僻，但是环境还不错，旁边有一片土丘，种满了松柏，郁郁葱葱，还有个人工湖，也算是依山傍水。

刘讯飞一行人来到馆中，已经临近中午。馆长正跟施寅说话，态度十分恭谨，看见车开过来，忙上前迎接，指引着他们将车开进馆内的地下停车库，然后大门紧闭。

等人都在馆长办公室里集合，馆长让人泡了茶，对他们说：“施先生已经跟我说过各位的来意了，现在只要这位叶先生的指纹对应得上，我们立刻安排人提取遗体。”

当初叶振言来寄存遗体的时候，想必也是想到了有这一天，不只留下了自己的指纹，还留下了自己儿子的，言明，除了他们父子两个，谁都不能将遗体取走。

叶时朝起身，跟着馆长去比对了指纹，过了不多会儿就返了回来。施寅忙问：“怎么样？”

叶时朝点了点头：“馆长去办手续了，一会儿带我们去取遗体。”

施寅点了点头，刘讯飞也面色凝重，辛宠看着叶时朝更是心痛到说不出话来，一时间办公室里一片沉默，空气都凝滞了一般的沉重。

馆长办好了手续，拿着文件来让叶时朝签了字，便带着他们走向地下停尸房。

大年初三，殡仪馆还在放假，本就寂静无人，地下灯光昏暗，阴森得让人忍不住想打寒战。辛宠忍不住往刘讯飞身边靠了靠，刘讯飞扭头看她：“害怕了？小叶博士，你倒是照顾照顾人家。”

叶时朝就伸手将她拉了过来，握住了她的手。辛宠本能地想将手缩回来，他却握得更紧了，拽了半天都没拽动，只能任由他牵着。

面对这种阴森，馆长和施寅似乎习以为常，泰然自若地走在前面。打开停尸间大门，一股寒气扑面而来，这回不只是辛宠，就连刘讯飞都打了个寒战。

馆长熟练地找到了311停尸格，拉开，一具苍白的女人尸体，呈现在所有人面前。

常年的低温，让女人的脸呈现出不自然的青白色，但是五官依旧栩栩如生，仿佛上一秒才刚睡着。辛宠明显感觉到叶时朝的手紧了紧，抬头看他，他俊美的脸苍白如纸，黑眸望着女人，眼泪顺着眼角无声滑落下来。

刘讯飞也是时隔十五年又见到甄艺，不忍地捂住眼睛，别过头去，喉头抽动了两下，过了好一会儿，才抹了抹脸，强迫自己镇定下来。

施寅对馆长说："我们想借用一下遗体美容台。"

"可以可以。"馆长通透得很，什么都没问，"我这就给你们安排一个独立的遗体美容室，一应工具俱全。保证不会有人去打扰。"

施寅朝他点头："谢谢。"

馆长连说着"不客气"就去安排了。

不多会儿，折了回来，推了一张转移遗体用的推床，然后将钥匙给施寅："一楼2号室，施先生尽可随意使用。我就在办公室，有事情尽管叫我。"

施寅接过钥匙和推床，真诚地道谢："今天麻烦馆长了。"

馆长忙摆手："施先生哪里的话，若不是有施家这棵大树遮着，我这小小的殡仪馆怎么能活到今天，早被人挤垮了。施家势大又肯扶植小馆，还不畏强权将肆意吞并的恶霸给赶走了，我们能安安全全地有口饭吃，都是仰仗了施家。"

"那些不守规矩，没有丝毫敬畏之心，妄图扰乱市场发死人财的暴发户，本就不配开殡仪馆、做逝者生意。"施寅提到父亲的商业手段就一脸高贵冷艳，与有荣焉，"下次再有这种事，我们施家依旧不能容他，馆长放心。"

"明白明白，规规矩矩做事，才是长久之道。"馆长点着头，将地方让出来，"施先生请便吧。"

馆长离开之后，施寅看了眼停尸格内，不忍地对叶时朝说："阿朝，要不，你出去等着。"

叶振言为了保留下更多的证据，并未让殡仪馆的工作人员缝合甄艺脖子的断裂处，也就是说，甄艺此时的尸身依旧是身首分离的状态，施寅是怕叶时朝受不了……毕竟是他的母亲。

辛宠也很担忧，抬头去看叶时朝，叶时朝俊美的面容如冰封一般，无波无澜，唯独一双眼睛，仿佛掺上了幽冥河中的水，那极力压抑着的悲痛，让人心疼。

"不用。"他说，声音像从地狱传来的，"现在还有什么是我不能看见的呢？"

少时目睹母亲惨死，前不久又亲眼看见父亲被残害的尸首……上天给他的不公，实在太多了。

辛宠反握着他的手，紧紧地，希望能给他些许安慰。

刘讯飞则不忍心地上前来拍了拍他的肩。

顺利地将遗体转移到了一楼的2号室，不大的房间中间有一张不锈钢的遗体美容台，上方是无影灯，一旁的移动工具台上所有工具一应俱全。

将甄艺的遗体安置好，施寅穿戴好防护服，戴上手套，刘讯飞暂时充当助手，拿着相机在旁拍照，辛宠则充当记录员，记录下施寅的每一句话：

“面部完好，体表无打斗防御伤痕，脖子切痕整齐，皮肉无翻卷，怀疑是死后斩首……

“肝脾损坏严重，中毒迹象明显，取口腔细胞做毒物检测……死者胃里是空的，毒物应该不是掺在食物里吃下去的，有可能是注射，若是在脖子处注射，斩首时候能够抹掉注射的针眼……

“头发上发现白色不明物质……手心这个伤痕是……”

足足忙活了一个多小时，施寅将甄艺的遗体重新缝合，面色沉重地对叶时朝说：“我要回去做毒物检测，头发上、手心里采集到的不明物质分析过后会第一时间通知你。”

叶时朝点点头：“有我能做的吗？”

施寅说：“好好保重你自己。”

叶时朝没有说话，望着母亲的遗体，身形有些摇晃：“我十岁之后就没见过她了……能让我和她单独待一会儿吗？”

施寅点头，脱下手套，往外走。刘讯飞追过去，从怀中拿出几张卷成卷的纸，偷偷摸摸地递给施寅：“这是当年的验尸报告，封存档案的时候我偷偷复印的，你看看有什么可疑的地方……”

辛宠也松开了叶时朝的手，一步三回头地离开了。

2号室的木门关上，辛宠站在门口，听到里面传来低低的、压抑许久的哭声，那哭声那么悲痛，辛宠只是听着就忍不住落下泪来。

叶时朝为人冰冷，是受过重创应激后形成的人格，他不对这个世界上的感情产生反应，就能够确保自己少受伤害，这是一种自我保护，所以他大概有十几年都不曾哭过了。

可是这一次，他亲眼见到父亲被杀害，见到母亲冰冷的遗体，压抑了十几年的情感都在这一阵子爆发，他还能精神正常地站在那里都属于奇迹，哭算什么呢？

辛宠眼圈通红，抹了抹眼泪，攥紧的手心里有被自己指甲掐出来的一道道血痕，可是她一点都感觉不到疼，因为她心里的疼，胜过肉体的百倍，不，千倍万倍，她恨不得代替他去受这些苦。

95.

过了约莫二十分钟，叶时朝从 2 号室走出来，除了眼眶有些红，已经看不出任何异样了，俊美的脸上带着一贯的冷漠。

辛宠忙迎上去，小心翼翼地问："你……没事吧？"

叶时朝摇头，四处看了看："施寅和刘队去哪儿了？"

辛宠指了指走廊尽头的楼梯："我看他们往那边走了，大概是准备借用馆长的办公室写验尸报告。"

叶时朝点了点头："我们也去看看吧。"说着抬腿要走，却又停了一下，朝她伸出一只手。

他的手很瘦，手指细长，像雨后新抽出的竹节，带着让人心动的魔力。辛宠愣了一下，才慢慢抬起自己的手，放在他伸出的手上。他什么话都没说，只是紧紧握住她的手，紧紧地握着，牵着她一起朝前走。

施寅和刘讯飞确实在馆长办公室，只不过馆长不在。在殡仪馆工作时间久了，对世事的看法会变得通透许多，馆长早就没有了好奇心，在施寅提出借用办公室的时候，就借口躲了出去。

叶时朝推门进来，施寅和刘讯飞正在谈论着什么，两个人都是一脸凝重。看到叶时朝，刘讯飞更是重重叹了口气，那张憨厚的国字脸上，写着恼怒、悔恨和愧疚。

看到刘讯飞的表情，辛宠有种不详的预感，忍不住侧头去看叶时朝，在他俊美的脸上读到了相同的情绪。

果然，施寅从电脑旁抬头，对他们说："虽然毒理检测要去法医中心做，而且还要偷偷摸摸，一时半会儿出不来，但是光凭眼前的证据就能判定，当年的验尸报告有很大的问题。阿姨……死者……"施寅纠结半晌，觉得怎么称呼甄艺都不太好，干脆掠过称呼直接说问题，"口腔和食道都有划伤，特别是食道，有一个三角形的伤痕，跟手心上的伤痕一样，我怀疑是吞咽异物引起的。这么明显的伤痕尸检不可能看不到，更何况，尸体明显已经做过食道检查，且异物也已经不在了。”

刘讯飞站起来，暴怒地砸了下桌子，定了许久的神才说：“当年的法医叫作李明昌，办完这个案子就辞职了。他一直是个很正直的人……没想到！”

“你怀疑这位李法医被买通了，故意隐藏了重要线索？”辛宠皱起秀眉。

“尸体是他亲手解剖的，报告是他亲手写的，还有别的可能吗？”刘讯飞又砸了下桌子，“我记得很清楚，案发的那段时间，他的助手突然病了，一直找不到合适的人接替，是他自己通宵加班解剖的尸体。我和师父太忙了，没去跟着，解剖间里只有他一个人……”

“吞下的异物是什么能还原出来吗？”叶时朝问施寅，他异常冷静，冷静到让人害怕，又对刘讯飞说：“麻烦刘队想办法寻找李明昌的下落。”

施寅将验尸时拍下的照片拷贝下来，点头承诺：“食道内壁比较脆弱，留下的痕迹比较清晰，我将照片拿回家，用家里的程序尽力修复还原，一定给你个满意的答复。”

刘讯飞也表态：“你不说我也要找他，挖地三尺也要把他找出来。”

于是四个人分头行动：施寅回家修复照片中的痕迹，外加偷偷溜进法医中心做毒理分析；刘讯飞循着当初的记忆找李明昌的下落，不过他离开本市太久了，人际关系网断了许久，因此要寻求辛格的帮忙；而叶时朝想继续研究父亲留下的线索，并且希望辛宠陪他一起。

辛宠不太确定，“我帮不上忙。”

“你在我身边，我觉得安心。”叶时朝眼中泛着红血丝，语气中透着疲惫与脆弱，“这难道不是帮了最大的忙吗？”

辛宠心中一动，随即又被铺天盖地袭来的愧疚感湮灭了，别过头去说：“其实我有别的事情要查。”

“那我陪你。”叶时朝执拗起来，“反正父亲留下的标本我都记下了，在哪里思考都是一样。”

辛宠低下头，她不确定有他在身边，自己在愧疚感的持续打击下，还能不能保持理智清醒。

叶时朝抓住她的胳膊，将她拉到走廊上，在空无一人的空旷空间中与她面对面站着，俊美的面容坚定而严肃：“我们需要谈一谈。”

辛宠知道他要谈什么，也知道这样下去不行，最近发生太多事，让他们两人的关系发生很大变化，像团乱麻，让人痛苦，让人无所适从。

她也知道必须理清楚，理清楚了才能继续走下去，可是她不敢。

这样混沌着，别扭着，痛苦着，她尚且能自欺欺人地继续做他的女朋友，她怕理清之后，他和她从此划清界限，如果是那样……她真不知该怎么办才好。

见辛宠不说话，叶时朝放开她的胳膊，声音低沉，问她："要分手吗？"

辛宠一惊，下意识地摇头："不要。"

这种下意识的坚定拒绝，让叶时朝的目光柔和起来，叹了口气："我知道你很愧疚，觉得这件事是你的责任，我之前也说过了，没有你也会有别人，这个局总是要布起来的。既然不要分手，那么我们还是要好好在一起，既然我的话无法消除你的愧疚感，就只能靠你慢慢习惯了。"

辛宠心中似被撕裂了，既痛苦又温暖，她抬起头来，看着他漆黑的眸子里隐藏的压抑与温柔，忍不住眼眶发红："你就是这样处理自己的痛苦的吗？习惯它？"

叶时朝苦笑："别无他法。"

眼泪溢出眼眶，她忙别过头去，用手背擦了一下，咬咬牙，冲他笑："我试试。"

"好。"他伸出双臂圈住她，"我也不想和你分手。"

她抱着他的腰，将头埋在他的胸膛里，泪水再也控制不住，肆意决堤，无声地濡湿了他身前的衣裳。

分头调查并不顺利，辛宠一直在试图调查周玲玲的过往，然而又不敢打草惊蛇，只能隐秘进行，因此进展很不顺利。也调查过大夫人是否有孩子留在人世，可是得到的消息都是大夫人未婚，也未曾有过什么恋爱关系，更别说生育。

辛宠一筹莫展。

跟辛宠一样，刘讯飞调查李明昌的下落也不太顺利，李明昌辞职之后似乎就再没在本市出现过。辛格私下里利用自己的交际网，也只查到李明昌有个妹妹在本市。

李明昌的妹妹叫李明瑜，与李明昌相差十八岁，据说是其父母老来得女，因为年纪相差太大，兄妹俩并不亲近。

父母死后，李明瑜就寄养在亲戚家，"鬼美人"案结束后，李明昌失踪，再没跟她联系过。十五年过去了，李明瑜嫁人生子，有了美满的家庭，过着再普通不过的生活，周围没有一丝李明昌的迹象，李明瑜甚至对外也只说自己是独生子女。

刘讯飞与辛格换着班在李明瑜家蹲守了近一个月，也没有看到任何一丝可疑。

唯一有些进展的便是施寅，毒理分析跟李明昌当年分析的结果一样，是氰化物中毒，然而食道中的伤痕是什么异物造成的，还没有定论。

施寅比对了上万种能够造成这样伤痕的硬物，只断定出这个伤痕可能是印章造成的，也就是说甄艺临死前吞下了一枚印章。然而是什么印章，还是无从得知。

施寅不甘心，就远赴美国，找他法医学的教授帮忙，已经去了好几天了，到了今天，才打来电话，声音有些沮丧："是印章，三角形印章。印章上有'苏婆'两个字，很抱歉只复原出这两个字，不能给你提供更多线索。"

叶时朝点头："我知道你已经尽力了，我的事你从来都是当自己的事情在尽力。施寅，能交到你这个朋友，我觉得很幸运。"

"那有什么办法。"施寅笑起来，"谁让我没朋友呢？唯一的一个朋友，我当然要尽力地讨好，万一你也跑了，那我该有多孤独？"

叶时朝知道他在开玩笑，但还是觉得很窝心。

"不管怎样，谢谢。"叶时朝真诚道谢，挂断电话。

96.

三角形的印章，有"苏婆"两个字，叶时朝一直在思索着这个线索，他跑遍了印章店，也没查出个所以然来。

一日日的东奔西跑让他日渐消瘦，脸颊都有了凹陷，俊美的脸上染上了病容，辛宠看着虽然心疼，但是却无法劝他停一停，因为若是换作是她，她发现自己母亲的遗体里还留有被害的线索，她恐怕比他还要拼命。

春天在日复一日的勘查中溜走了，夏天带着燥热的风来临。

就在一日暴雨的夜晚，叶时朝听着雨声，好不容易入睡，又在梦里突然惊醒，他想起了一些被埋藏在脑海深处的记忆。

他看到了自己的小时候，很小，大约有五岁，是街道幼儿园中顶古怪的一个孩子，不爱说话，喜欢抓虫子藏在桌子里，吓得班里的孩子都不愿意跟他玩，年轻的女老师也时常被他手中的蜘蛛、螳螂吓得花容失色。

每逢这个时候，时柔就会被叫到幼儿园，听老师和孩子家长们抱怨。时柔只能不停道歉，保证小叶时朝不会再这样了，才能带孩子回家。

然而保证并没有用，叶时朝对昆虫的兴趣大于人类，下一次书包里照样会出现各种各样的虫子。终于有一次，他从书包里拿出一条小蛇，将班上的孩子吓得尖叫着四散逃窜，有个孩子在逃窜中撞伤了头，他的幼儿园生涯自此画上了休止符。

被幼儿园开除，他并不觉得难过，相反，不用上幼儿园，可以整日里跟院子里的虫子待在一起，他觉得更快乐更自在一些。然而妈妈却忧心忡忡，小孩子总是一个人待着，不是办法。

叶振言对此毫不在意，搂着娇妻安慰："阿朝是个聪明孩子，即便不上学，也能完成学业。"

"学业什么的倒是无所谓。"时柔叹气，"我担心他学不会如何跟人相处，长大了连个朋友都交不到，孤独一辈子。"

"孤独？"叶振言笑起来，指了指院子里正全神贯注地盯着一只长着绿色鞘翅的小虫看的小叶时朝，"他的朋友可多着呢，光我们院子里怕就有成千上万。"

时柔瞪他："我指的是人类，会说话、有温度的人类，不是虫子。"

"哦，好吧。"叶振言挠头，指了指外面，"邮递员算吗？阿朝喜欢邮递员，每次有邮递员经过他都主动跟人家说话。"

时柔懒得跟自家笨蛋老公谈论人类情感之类的问题。

苦恼了许久，终于有一日，时柔想出了办法，她背着叶振言偷偷租了一个小院子，在离家两条街的地方。那个院子原本是一个老人的，去年，患病多年的老人受不了病痛之苦在家里悬梁自尽，子女都嫌房子晦气，没人肯要，而且房子很旧，地段又不好，卖也卖不掉，租也租不出去，就一直空着，院子荒废得不成样子，但是这样的院子和旧屋用来安置小叶时朝的昆虫朋友们再好不过了。

时柔带小叶时朝去那个小院，献宝一样对他说："这个院子专门给你的虫子朋友们住好不好？"

小叶时朝简直不敢相信自己的耳朵，完全不敢想，玩虫子玩到被开除的自己，不但没有听到母亲的一句责怪，反而得到了一座专门用来养虫子的院子。

他开心坏了，紧紧抱住时柔："谢谢妈妈。"

见他这么开心，时柔也跟着笑："不要光顾着开心，我是有条件的。"

小叶时朝望着院子，连忙点头："什么条件我都答应。"

时柔蹲下身来，笑眯眯地看着他："我知道阿朝喜欢虫子，喜欢动物，虽然我看不懂，但是我觉得这是很棒的爱好。既然有那么棒的爱好，我们就要将这个爱好发扬光大是不是？可是如果不上学，不学习书本上的知识，你的爱好就只能是爱好，成不了大气候；如果你去上学，读好的大学，大学里会有很棒的实验室给你专门用来研究虫子，你在那里还能遇见志趣相投的人，你们可以一起研究虫子，而且没有人会觉得你奇怪。现在，这个院子就先当作是你的秘密基地，要怎么用全由你做主，但是你要答应妈妈，去上学，且上学期间不许玩虫子。放学时间和节假日，你可以随便待在这里，待多久，妈妈都不管。”

叶振言对于叶时朝的学业没有任何要求，协助时柔脱离“鬼美人”的那段经历让他的心态淡然许多，认为人的一生最重要的还是生命，其他的都没有那么重要，不必执着。若是小叶时朝不肯上学，他大不了自己教，他在隐居之前，博士都带过，进行九年义务教育更是不在话下。

小叶时朝因为在幼儿园受尽排斥，厌恶学校，也做好了永远不去学校的准备，听妈妈这么说，他不禁有些犹豫，但是拥有自己的院子这个诱惑太大了，他想了一会儿，还是咬牙点头同意了妈妈的条件。

他管那个院子叫实验室，时柔却觉得不好，不浪漫，有一次陪他来的时候，她兴冲冲道：“我打听到那个奶奶姓苏，这个院子可以叫作苏婆婆的院子，听起来多温暖，多浪漫。”

小叶时朝对此嗤之以鼻：“不是什么婆婆的院子，是我的实验室。”

时柔吐了吐舌头，没有强迫他。虽然是没有强迫，但依旧我行我素，叫院子为苏婆婆的院子，还在工作室用小提琴的下脚料给院子刻了印章。

那个印章时柔给叶时朝看过一次，但是叶时朝那时根本没放在心上，只是淡淡扫了一眼，连颜色样式都没看清，就将这件事丢掷脑后。现在想来，若真是那枚印章，那么妈妈临死前吞下印章，是不是提醒他，要去那个院子看看？

那个院子，时柔租了三年，三年后，叶时朝跳级上了初中，学校很远，时柔不得不放弃这个院子，在学校和家之间的地方，另租了一个院子。

回忆起这段往事，叶时朝怎么都睡不着了，起身穿上衣服，打开门，想循着记忆去苏婆婆的院子看看，脚刚踏出门，想起了一些事，于是又折回来，打了一个电话。

97.

凌晨三点，正是好眠的时候，雨停了，夜色黑得通透，湿淋淋的城市，处处散发着洁净的清新气味。

叶时朝用手机软件叫了一辆出租车，循着模糊的记忆指挥司机朝苏婆婆的院子前进。已经过去二十几年了，这个城市发生了翻天覆地的变化，他不敢保证还能找到那个院子，一路上都紧张地望着前路，微蹙着眉，路两旁倒退的霓虹灯映在他的眼中，如黑暗中游走的鬼魅。

许是上天怜悯，也许是这座院子所在的街道实在太偏，交通不便，城市规划竟然错开了这一片，院子还原原本本在那里，只是经过二十年的风雨洗礼，更显破旧，暴雨后的黑暗中，像一座鬼屋，蜷缩在高楼林立的背景中。

出租车的车灯消失在黑暗中，叶时朝抬脚走向破败的院子，院门上挂着的铁锁早已名存实亡，他轻轻一推，早已腐朽不堪的锁链就断了，在黑夜中发出“哗啦”的声响，铁门也随着声响，“吱嘎”一声，缓缓打开。

然而画面就此戛然而止，他只觉得有东西从天而降，套住了他的头，一股呛人的味道在密闭的空间中蔓延，紧接着他便陷入更深的昏暗中。

等醒过来，天已经亮了，是在他家，他的床上，睁开眼睛，辛宠焦急的表情便映入眼帘。

“你醒了？”她站起来，俯身看着他，俏丽的脸上带着苍白，大眼睛下的阴影证明她彻夜未眠，“怎么能随便打个电话，不管我们同不同意就自顾自跑去当诱饵了？实在太危险了，下次绝对不允许这么做。”

昏迷之前的事情在脑海中变得清晰，叶时朝忙坐起来，抓住辛宠的手：“至少我的猜测没错，既然无法再从你手机上监听到任何事，‘鬼美人’的人只能另想办法，比如派人监视我们。怎么样？人抓到了吗？”

昨天晚上，辛宠睡到半夜，突然接到叶时朝的电话说：“我想到了一个线索，为了防止有人监视，你带着刘队来给我当后援，我去当诱饵，如果有人监视，一定要抓住他。”

说完，不等她反对，就挂断了电话。她急得连袜子都没穿，就光着脚套上鞋子外套，跑出家门，做这些动作的同时还给刘讯飞打了电话，简单扼要地说明了目前叶时朝的处境和计划。

当辛宠和刘讯飞从不同的地方循着叶时朝发来的定位赶来时，正看到一个黑影窜到叶时朝身后，用牛皮纸袋套住了他的头，叶时朝倒地昏迷，刘讯飞也迅速将那个黑影制服了。

想到昨天的那一幕，辛宠至今还心有余悸，然而抓到了监视者，她的心情依旧十分复杂，不见欣喜，反而是忧心忡忡。

见辛宠那副表情，叶时朝心里一紧：“没抓到吗？那人身手竟这么好？刘队都制服不了？”

刘讯飞虽然长了一副普通中年男人的面相，但是常年奋战在重案一线，不知跟多少亡命之徒肉搏过，身手不在辛格之下，再说他也不是吃素的，怎能制服不了？再说那人根本……

辛宠犹豫着点了点头：“抓是抓到了……”

“审问过没有？还是出了什么问题？”叶时朝看着辛宠的表情蹙眉。

“没有问题，那人……很容易制服，可以说根本没有战斗力，只不过……”辛宠顿了一下，有些说不下去了。

叶时朝看着辛宠，表情渐渐冷了下去，停了半分钟，才问：“是我身边的人？”

辛宠艰难地点了点头。

“是谁？”

“韩……梅梅。”

韩梅梅坐在餐椅上，双手背在身后，手腕上戴着明晃晃的手铐，并没有什么黑化后的邪恶表情，她依旧是平日里的那样，纤瘦弱小地缩在那里，小鹿一般圆圆的眼睛湿漉漉的，脸上都是瘀青和泪痕。

瘀青是刘讯飞撂倒她的时候，摔在地上撞的，眼泪则流了好几小时了。刘讯飞郁闷地坐在她对面的椅子上，想起刚才撂倒她时，女孩全无抵抗力的模样，有些怀疑自己搞错了。

若说这个女孩是“鬼美人”团新发展的团员他真有点不信，“鬼美人”团伙发展团员是有条件的，身体素质、容貌以及容易操控的程度，每一项把控都十分严格。

而这个韩梅梅，不但是半个残疾，长得也普通，最重要的是，她完全就是外行，对格斗一窍不通，怎么看都觉得不是做坏事的料。

叶时朝走出房间，看到韩梅梅，尽管做足了心理准备，但还是忍不住心疼了一下，然后叹了口气：“怎么能是你？”

韩梅梅哭得更凶了，头几乎埋进餐桌里，不敢抬头看叶时朝的脸。

叶时朝走到她跟前，想问什么，但是顿住了，只是无力地对刘讯飞说：“把手铐打开。”

刘讯飞也实在是被韩梅梅哭得烦了，将钥匙丢给他：“随便你。顺便提醒一下，她刚才可是把你撂倒了。”

叶时朝拿起钥匙，打开韩梅梅的手铐，声音冰冷，没有起伏："让我昏迷，却不致命，醒来也无不适，乙醚的剂量掌握得十分巧妙，看来你也是用了心的。"

韩梅梅埋着头，眼泪"吧嗒吧嗒"地落在餐桌上，也不知道有没有听到叶时朝的话，只是自顾自地低声道歉："对不起……对不起……叶博士……我……我……对不起……"

叶时朝拉了张椅子过来，坐下，拍了拍她的肩膀，让她抬起头来，才说："你在我身边那么多年了，实验室还没成立之前，你就在了，你要是想要我的命，我活不到现在。"

韩梅梅抬头看着叶时朝，哭得更加凶狠了："对……不起，叶博士……我没有办法……"

"如果真觉得对不起我，就对我说实话。"叶时朝眼神锐利地看着她，"你是'鬼美人'团伙的成员？"

韩梅梅立刻使劲摇头，眼神里带着坚决和痛恨："我不是！我死都不会加入那个鬼团伙！"

"看来是知情人。"刘讯飞有些意外，可是看韩梅梅的年龄又觉得不可能，忍不住问，"孩子，你别怕，是不是'鬼美人'团抓住你什么把柄了，你说出来，警察给你撑腰。"说到最后一句，突然想到参与"证人保护计划"，却依旧被"鬼美人"团伙斩首的甄艺，心中一时又满是愧疚，一句话说得竟然理不直气不壮。

韩梅梅看了刘讯飞一眼，点头，又摇头，欲言又止。

叶时朝想起了什么，皱起眉问："我记得你当初的入职资料上，家庭成员那一栏里，填了母亲和弟弟，然而同事那么多年，你一次都没在同事或者我面前提过家人。你的家人被'鬼美人'团扣押了？"

韩梅梅愣了一下，咬牙点了点头。

"爸爸，妈妈，弟弟，都在他们手上。"

叶时朝叹了口气："家人都在他们手上，你依然坚守原则，一次都没害过我，我应该谢谢你才是。"

韩梅梅看着叶时朝，表情微愣，眼泪落得更加汹涌了："叶博士……我……我……"

"如果我猜得没错的话，你的任务应该跟辛宠一样，找到我父亲的下落，但是你一直没有进展，那边才着急了，放出了第二条线，也就是辛宠。"叶时朝问她。

韩梅梅点头："是的。"

“辛宠这条线断了，他们命令你跟踪我，这一次如果再拿不出有用的东西，就要杀你的家人？”叶时朝说。

韩梅梅痛苦地继续点头：“我真的不是做坏人的料。”

“不是做坏人的料，就做回好人吧。”叶时朝拍了拍她的肩，“把你知道的说出来，也许我们能帮你。”

韩梅梅哭着点头，用手背擦了擦眼泪，定了许久的神，才说：“刘队，我认识你，我妈妈跟我提起过你。但是，不知道你还记不记得她。她本名叫孙玲，是当年跟着甄艺叛逃‘鬼美人’投奔警方的前‘鬼美人’团员，后来参与了警方的‘证人保护计划’，改头换面成了一个普通的市井妇人。我们一家本来很幸福，直到十五年前‘鬼美人’杀人事件被闹得沸沸扬扬，我母亲惊慌失措下，露出了踪迹，被六夫人找到了……”

98.

刘讯飞清清楚楚地记得每一个帮助他们破案的线人和证人的名字，“鬼美人证人保护计划”实施时，郑老对他说：“大飞，记住她们每个人的名字，牢牢记住。然后忘掉，完全忘掉！”

这两句看似自相矛盾的话，刘讯飞却是懂得的，师父是要他记住这些人为这个案子做出的贡献，并且忘记她们的样子和存在，就当她们完全消失了，即便是面对面碰上也不要做出任何反应。

参与保护计划的证人在改头换面之前，都受到过培训，就是为了确保她们改掉旧日的习惯，并且如何在碰见熟人时镇定自若地装作陌生人。

甄艺接受过这个培训，孙玲当然也接受过。甄艺被害后，也确实有两个证人再也联系不上了，其中一个是孙玲，另外一个叫作满青子。警方怀疑是被“鬼美人”的余孽灭口了，然而为了其他证人的安全，却不能大张旗鼓地查。

甄艺是怎么暴露的，谁都不知道；孙玲如何暴露，却是可以想象得到的。

同在一个保护计划里，带领她们逃离组织的甄艺被斩首，斩首照片传得满天飞，孙玲害怕得大病一场，糊里糊涂中犯了大忌，她用在“鬼美人”团时使用的暗号，联系了跟她一起参与计划逃离组织的姐妹。就是那一次公园长凳上的见面，两个原本藏得严严实实的人，都被抓住了。

“那天我记得很清楚，十五年前的十二月十七日，刚下过雪，我母亲出门买菜一去不复返。那个时候母亲正怀着弟弟，快要生产了，父亲和我都很着急，一家人出去找，找到半夜回家发现母亲在家里……被捆着躺在地上，旁边有一男一女，男的拿着枪指着母亲的头，女的坐在椅子上。我们以为是强盗，害怕极了，又不敢动，父亲承诺将家里所有的钱都给他们，只求他们不要伤害母亲。可是他们说，他们不要钱，他们只要命。”

过了那么多年，韩梅梅回忆起噩梦般的一幕，还是会全身发抖。

“另外一个被抓到的线人是不是满青子？”刘讯飞问，面色十分难看。

“可能是吧，我并不清楚。”韩梅梅说，“就只听我母亲念叨过是她害了青子，我想，不管那个阿姨叫什么，现在都已经不在人世了。”

“那他们后来为什么留下了你们一家的性命？”刘讯飞问。

“因为他们需要一个小孩子，一个智商高的小孩子，去接近一个天才儿童……”韩梅梅说着抬头看了叶时朝一眼。

她口中的天才儿童是谁，已经不言而喻了，而且算算时间，那是在甄艺被斩首的几个月之后，那个时候他们就已经开始准备接近他了。“鬼美人”从一开始就没打算放过他。

叶时朝心中发冷，却对韩梅梅憎恨不起来，那个时候她和他一样，都还是孩子，面对那样强悍凶残的凶徒，能做什么呢？

“那个时候你就已经开始接近我了，为什么直到我博士毕业，创办‘有虫声’才第一次见你？”叶时朝蹙眉。

“因为你走得太快了，我无论怎么追都追不上，总是差一步……”韩梅梅露出一个凄惨的笑，“我是他们找到的智商最高的孩子，他们每天都在威胁我，找到了替代就立刻杀了我，杀了我全家。我拼命学习，拼命学习，可还是追不上你……耳朵也是那个时候被他们打坏的……”她说着哭了起来，“我弟弟也是一出生就被带走了……至今都没让我们见过一面，我真的很没用……”

辛宠安安静静地在一旁听着，这件事她原本没有发言权，可是听到这里，实在忍不住，走过来，从旁边抱了韩梅梅一下。

这个女孩的前半生充满了恐惧和屈辱，即便这样，她依旧没有害人之心，她这样善良的人，不该承受这些。

“你已经做得够好了。”辛宠安慰她，与她生出几分同病相怜来，“我……比你更混蛋……”

叶时朝虽不想听她这么说，但是已经不想要再纠正她了，继续问韩梅梅：“你开始在我实验室的几年里，一直跟那边有联系吗？是怎么联系的？联系人是谁？”

“有一个院子，关押我爸妈的院子，掳走我爸妈的一男一女住在那里，他们住在地上，我爸妈住在地下室。我每周都要去那个院子，汇报你的情况，主要还是监视和判断你父亲有没有跟你联系过。如果我不去，接下来的一周，我的父母就会被断食断水。”韩梅梅咬了咬牙，“辛姐可能就是他们根据我收集来的情报挑选出来的，完全就是叶博士你的喜好，连性格都是。我明明可以提醒叶博士你的，但是……我不敢，还要遵从他们的指示，在暗中推波助澜。”

辛宠瞬间明白了，为什么韩梅梅对她和叶时朝的事那么热情，还有……周玲玲为何对她那么喜爱……

叶时朝却对韩梅梅说：“我父亲……哑伯每次来你都在，而且你跟他相处的时间比我多很多，谢谢你没有将他报告给那边。”

韩梅梅低头：“我怀疑过哑伯，他每次来都会有意无意地往你办公室的方向看，你若下来了，他就很高兴，要是哪一次见不到你，他走的时候眼中就没有笑。我也想过将这件事报告上去，换我一家安全，可是要用别人家人的性命去换我家人的性命，我实在做不出来。而且我太了解那些人了，他们不会给我家人活路的，等我彻底没用了，我们一家就只能死，所以我就算真确定了哑伯是叶振言也不能说。只能这么一天天小心翼翼地拖延时间……”

提到父亲叶振言潜伏在他身边的那些年，叶时朝心如刀割，别过头去，眼眶红了又红，一句话也说不出口。

刘讯飞继续问：“那个院子在哪里？你记得吗？”

“刘队，你了解那伙人，他们怎么可能让我知道院子的方位？”韩梅梅红着眼睛说，“我每次都是走到一个十字路口，有车来接我，我上了车被蒙上眼睛，戴上耳塞，到了地方才能拿下来。我做过很多尝试，试图记下车辆行走的轨迹，可是他们似乎早有防备，每次都在不同的地方兜上许久。后来，我想了一个办法，在鞋底做了个小机关，装了许多实验室里培育出的白蚁卵，到了地方在角落里轻轻跺脚，卵就掉下来，这样或许能查到哪个区域有白蚁侵害，然而卵都放出去半年了，还是没找到地方。”

“鬼美人”的狡猾，这个屋子里的人都很清楚，一时陷入了沉默中。

就在这时，刘讯飞问韩梅梅：“你愿不愿意赌一把？赌赢了，你和你的家人就能团聚，但是如果赌输了，可能……”

“愿意。”韩梅梅咬牙，“不管你有什么计划，我都参与。赌了还有希望，不赌，我们一家真的没活路了。”

99.

韩梅梅这一次被迫监视叶时朝，就是为了查出甄艺食道里那枚印章代表的含义。

“鬼美人”团伙当初通过法医拿到那枚印章，至今也没破解印章代表的谜题，总觉得是个隐患，所以故技重施，等到叶时朝将谜题破解，就先下手，将线索毁掉，永绝后患。

韩梅梅跟踪叶时朝来到院子，本想用迷药将他迷晕，趁他昏迷，找到院子里藏着的线索，这样一来，既不用伤害叶时朝的性命，又能交差，保家里人的性命。

没想到，刚下手，就被抓到了。

只不过，被抓到了，她不但不沮丧，反而觉得十分庆幸。如果她成功了，她以后真不知道该怎么面对叶时朝。

刘讯飞的计划十分简单粗暴，就是要她佯装计划成功，将“鬼美人”团伙的人引到一处假的院子，将他们一网打尽。

“就引到昨天我找到的院子就行。”叶时朝对刘讯飞说。

刘讯飞连连摇头：“不行，不行，这是甄艺姑娘用命给我们留下的线索，万一计划出现什么闪失，人没抓住，线索也被毁了，我们怎么对得起她？”

“那里面没有什么线索。”叶时朝说着冷笑了一下，“我既然怀疑有人监视我，怎么能用真实的线索去冒险？正如你说，这是我母亲用命留下的东西。”

“你的意思是……”刘讯飞皱眉，“这个院子本来就不是……你真行，连我都骗。”

对于这件事，辛宠倒觉得理所当然，以叶时朝的缜密，他既然打电话给她，要她带着刘讯飞掩护他，就必定有了全盘计划。科学家的视野很宽广，从来不会只看眼前这一两步。

商议好计划，叶时朝从家里取出了一个小盒子，从里面拿出一个东西。那个东西很奇怪，是椭圆形的，白色，比硬币大一些，扁扁的。他将那个怪东西递给韩梅梅，韩梅梅惊讶道：“球形微缩定位器？”

“对。”叶时朝点头，按了定位器一下，定位器立刻蜷缩成一个白色的小球，只有药丸那么大，“吞下去。带着它，我们就能定位到关押你父母的院子，救出他们了。”

看到那个小球，辛宠有印象了，这个定位器，在破“腐尸跳崖”案的时候，叶时朝用过，她记得他说过是仿马陆的身体构造制作的，能缩成球形吞进肚子里，且金属探测仪探测不出。

这个发明是实验室的成果，韩梅梅应该也知道，辛宠忍不住问：“你以前怎么没想到用这个定位仪找父母被关押的地方？”

“怎么没想过？”韩梅梅看着手中白白的小球，圆圆的鹿眼闪动着光芒，这个光芒叫作希望，“可是这个东西还在测试期，为了验证它的稳定性，所有的试验品传回来的消息会自动拷贝一份传到叶博士的邮箱，这样一来我就暴露了。”她说着，将定位仪吞进肚子里，“现在想一想，暴露了也并没有坏处。”

韩梅梅准备好了，就一个人离开了，她自己的战斗始终要自己去打，谁也代替不了她。

叶时朝调试好定位仪，将实时更新的显示着韩梅梅位置的电脑交给刘讯飞：“刘队，麻烦你守着电脑，我有个地方要去，等有了消息，麻烦通知我。”

“你要去哪儿？”刘讯飞看着电脑，皱眉，“我倒不是想管你，只是现在你的处境危险，还是不要乱跑得好。”

“去苏婆婆的院子。”叶时朝说着将外套穿上，“我母亲留下的线索，等我为她报仇，一等就是十五年，我不想再让她等下去了。”

辛宠也忙穿上外套，跟过去：“我开车送你。不要再打车了，不安全。”

说着两人就离开了，只剩下刘讯飞一个人待在这偌大的房子里。

他坐在电脑旁，看着代表着韩梅梅位置的红点朝着她的住处移动，心中五味杂陈。

甄艺姑娘的案子终于有推进了，他比任何人都要开心，尽管过了十五年，他还是能够清晰地记得发现甄艺遗体的那一天，那天的天气，空气中的气味，耳边的嘈杂，还有用琴弦悬挂在半空中，那个熟悉又陌生的头颅……

他记得清清楚楚，且越来越清楚。

他不止一次祈祷上苍，给他一点引导，让他抓到那个人，不管付出什么样的代价。

车在旧城区绕来绕去，足足绕了半小时才停下来。叶时朝打开车门走下来，望着眼前不过三十平方米的小院子发了一会儿呆，才抬脚走进去，辛宠也忙跟了进去。

这片地方虽然离甄艺遇害的工作室不远，穿过崎岖狭窄的小路也不过两条街，但是走大路却需要二十分钟，且被一家即将拆迁的旧电影院遮挡着，像宫崎骏漫画中隐士的魔女居住的房子一样，带着破旧却神秘的独特魅力。

“这个院子小也就罢了，位置还这么奇葩，路难走不说，还被旧电影院遮得严严实实，要不是有人指引，从外面走十趟也注意不到。”辛宠四处打量着院子，“怪不得卖不掉，也幸好卖不掉。”

“不，我父亲把它买下了，可能是觉得我喜欢，也不知道为什么没有告诉我，我是在他诈死之后，收拾遗物的时候看到了房产证和钥匙才知道的。”叶时朝走进院子，拨开齐腰的杂草，朝小屋里走，“当时没想到它会跟我母亲的案子有联系。”

“你的父母真的很爱你。”辛宠跟在他身后，轻轻叹息。若是这对夫妻还活着，叶时朝的一生一定会非常幸福。

叶时朝脚步停了一下，拨开面前的草，俊美的脸上露出一抹悲伤的笑：“是啊，他们真的很爱我。”

辛宠想起自己早逝的父母，鼻头有些发酸：“我爸妈也爱我，虽然他们去得也很早。”说着抬起头来，俏丽的脸上带着自嘲，“有一对完美却早逝的父母，和有一对糟糕却长命的父母，不知道哪个更好一点。”

“后者吧。”叶时朝回头拉了辛宠一把，“糟糕也没什么，反正我也不优秀，即便是糟糕我也希望他们长命一些。”

辛宠点头，眼眶都红了。

她也是这么期望的。无处次在梦里，梦见衰老的父母，多么希望能够看看年轻的他们，能跑能跳，如泰山一般健壮的他们。

她读过许多心理学的著作，想要治愈自己，但得到的答案都是一样的。

人这一生最原始的欲望，渴望的、期盼的、憧憬的，无非就是父母的爱。来到世界上的第一次认同，有些人追逐了一生，都没有寻到。

小屋就里外两间，里外都是空的，且空间都很小，已经许久没人来了，布满了蜘蛛网。叶时朝花了一点时间将蜘蛛网清理了，然后径直走进里屋，走到靠窗边的地方，熟练地撬开了脚下的地板，暴露出的空间里，赫然出现一个黑色的盒子。

叶时朝将盒子拿出来，打开，里面有一张照片。

照片上是八个女人，穿着古欧洲贵妇的裙装，像从油画中走下来的人一样，簇拥在一起，对着镜头微笑。

照片的下面，写了一行字：姐妹同心。

“是……‘鬼美人’八位夫人的合照？”辛宠试探地问。

叶时朝缓缓点了点头。

辛宠心里发慌，就在此时，她在照片上赫然看到一个熟悉的面孔。

她在上面。

100.

尽管已经有了心理准备，尽管已经确认了七八分，但是心里总还有一些希望，希望是复杂的案情误导了他们，总有这么一簇微小的火苗在跳动，看到照片，犹如一盆冷水迎面浇了过来，浇灭了那一缕火苗，心也跟着瞬间沉到了谷底。

是周玲玲。

年轻一些的周玲玲，站在最后面，对着镜头露出隐秘的微笑。

照片里大夫人、二夫人、三夫人、四夫人、五夫人，在刘讯飞那里看到过，当年“鬼美人”团伙被剿，大夫人吞枪自尽，二夫人、三夫人、四夫人、五夫人被抓，因为手上血债太多，都被判了死刑，也都已经不在人间。

剩下的还有周玲玲，以及一个女人，辛宠模糊地觉得见过，想了许久，才终于想了起来，是叶振言被害那日，跟她纠缠许久的那个开宝马车的女人。

最前面一个眉眼稚嫩的女人……或者只能称之为女孩……不用说，一定是甄艺。整容之前的甄艺，成为时柔之前的甄艺。

辛宠手脚发颤，但还是忍不住指了指甄艺，对叶时朝说：“你看，你妈妈多好看。你的眼睛、鼻子都很像她。”说完，一个念头闪过脑海，惊得她立刻闭了嘴，不敢再多说一个字。

叶时朝收起照片，脸色煞白地起身，转身往外走。

辛宠忙跟上去，在他身后，语无伦次地解释：“你不要乱想……也不一定……不可能，不可能是那个原因……你真的不要乱想……”

甄艺整过容，叶振言当年参与案子都在暗处，警方为了保护他，从未让他露过脸，“鬼美人”团伙没人见过他的样子，因此隐居的时候没有整容。

然而父母的样貌遗传给孩子，并不会遗传整容后的样貌……叶时朝偏偏长得跟整容前的甄艺那么像。

六夫人、七夫人哪日在街上，与他擦肩，偶然瞥到……

虽然只是想象，可是现在的情形让人很难不去想象这一幕。

叶时朝浑身发冷，对自己的憎恶到了极致，走到院子里，双腿再也支撑不住身体，半跪在地上，面白如雪，闭上眼睛。

辛宠的眼泪“唰”地就下来了，紧紧抱住他，声音破碎却坚定地安慰他：“不怪你，不怪你的。你不要胡思乱想……是她们犯下的罪，你不能为了她们的罪恶来惩罚自己，这样的双重伤害正如她们所愿，不能让她们如愿。”

叶时朝将头埋进她的头发里，辛宠感觉到有温热的液体濡湿了她的头发、她的衣领，那种感觉让她心碎，她忍不住在他耳边颤抖地威胁：“你……你再哭我就亲你了。”

“你拿错剧本了。”叶时朝推开她，眼眶红红的，却已经没有了眼泪，“我没哭，你是不是就不亲我了？”

“亲啊，你怎样我都想亲的。”这话说起来实在没羞没臊，但是辛宠就是想说，然后真的捧起他的脸，红唇凑了上去，只不过唇刚凑上去，就被叶时朝压倒在草丛里。

回到叶时朝家，刘讯飞还在全神贯注地盯着电脑屏幕，见两人进来，忙起身招呼：“韩梅梅还在自己家，一切正常。甄艺姑娘提到的院子里有什么发现？”

叶时朝将黑色的盒子递过去，木质的盒子似乎是古董，像大家闺秀的首饰盒，并不大，却有着厚重圆润的质感。

刘讯飞表情严肃起来，双手接过盒子，轻轻打开，看到照片，眼中忽然一亮。

“八位夫人的合影？”他拿出照片，手都在轻轻颤抖，“这几位夫人非常谨慎，从来没留下过影像，没抓到的六、七两位夫人，至今没人知道长相，这两个就是她们……知道长相就好办了！”激动地说着，目光也落到了年少的甄艺脸上，声音低了下去，看向叶时朝，语气带着怜悯，“你是第一次看到她真正的样子吧？”

叶时朝点头：“我长得像她。”说着蹙起眉，“她被找到是因为我。你也这么想，是吗？”

刘讯飞没有立刻否认，将照片放回盒子里，挠了挠头：“有这么想过，不过只是猜测，事实未必是这样。甄艺姑娘当初跟我们说，几位夫人平日里很亲密，会互相交换心事，也经常一起旅行。这么亲密的关系，总会知道一些别人不知道的事情，比如一些小癖好、说话的方式等。不完全是因为长相，长相并不靠谱，这个世界上长相相似的人有很多。”

辛宠也忙点头：“刘队说得没错，你别胡思乱想了。”

叶时朝没说话，拿着盒子转身进房间去了。

辛宠满脸担忧，看着他的背影消失在门后，但是没有跟过去。这种时候，还是让他一个人静一静吧。

他心上的伤口一道加一道，太多了，抚不平，补不了，唯有让时间来慢慢治愈，她会一直陪着他，一辈子时间那么长，不急于这一时。

刘讯飞也有些于心不忍，叹了口气，坐下来，疲惫地抹了一把脸："上天真是不开眼！不开眼哪……"

说着起身，端着保温杯去厨房倒水喝。

辛宠就替他继续守着电脑屏幕。

这是个极其枯燥的工作，而且中途不能跟韩梅梅联系，只能看着那个红点，判断她的位置，然而一整天，红点都没有动。

这期间，辛宠接到了辛格的电话，辛格在替刘讯飞守着法医李明昌妹妹的住处，他一边啃着面包一边在电话里问这边的进展，辛宠说找到了叶时朝妈妈留下的"鬼美人"八夫人的合照，辛格震惊不已。

"八夫人的照片可是从来没有曝光过。"电话里传来他将包装纸团成一团的声音，"既然找到了线索，这条线就不急了，我慢慢守着这里，找到那个法医，直接送他去牢里，你和刘队加油破案。"

一直在一线冲锋陷阵的老哥，竟然甘愿充当后卫，辛宠很是感动，点点头："你注意身体，别光吃面包，也买点热饭热菜吃，还有，不要老喝咖啡，喝点热水。"

"知道了，知道了。"辛格说着挂断了电话。

就这样一直守到了天黑，那个代表着韩梅梅的红点，终于动了起来，辛宠忙叫刘讯飞："刘队，刘队，有动静了。"

刘讯飞正在闭目养神，闻言几乎是弹跳起来，冲过来，紧紧盯着电脑屏幕。

电脑屏幕上，红点在地图上一闪一闪，在几条主干道兜着圈，过了至少半小时，才朝着北边一直前进。

刘讯飞拿起电话，拨了一个号码："大良，让弟兄们醒醒，要行动了。"

电话那头响起大良迫不及待的声音："都准备好了，刘队。"

101.

行动非常顺利，刘讯飞带人冲进那栋位于东城区的小别墅时，韩梅梅正在编造谎言，好让关押自己父母的男女相信自己真的找到了藏有线索的院子。

一边编造着谎言，一边焦急地留意着门外的动静，心里如油煎，手心里也全是汗，面上却不敢露出分毫，依旧做着谨小慎微的瑟缩模样，生怕露出破绽，害了父母的性命。

长期负责控制韩梅梅一家的男女，是一对四十岁上下的夫妻，女人偏胖，男人却精瘦，两人话不多，却十分凶狠，韩梅梅见过他们杀人，一刀抹脖子，又快又狠。两人对枪械也十分精通，身上常年都带着武器。

韩梅梅暗中也调查过两人的身份，但始终一无所获，只能猜测，两人是“鬼美人”团伙一直圈养的杀手。这种从年少时就养着的杀手，一般不接触外人，思想单纯凶狠，又十分忠诚，所有的犯罪组织都有这样的杀手存在。

面对这样的对手，韩梅梅非常惧怕，又担忧刘讯飞的计划能不能成功，但是此时箭已在弦上，不得不发，就算再担忧，也只能硬撑着。

就在这时，门外突然传来敲门声，正跷着二郎腿坐在沙发上听韩梅梅说话的男人警惕地站起身，朝门口走，边走边问：“谁啊？”与此同时，手伸向腰间。韩梅梅见过，他的腰间常年都佩带着枪盒。

门外传来一个粗犷的声音，操着东北口音嚷嚷：“大哥，我是新搬来的，就在你家旁边那栋，109，真不好意思，我家猫跑你家阁楼顶上去了，能不能开开门，让我把猫逮回去？逮回去，我非好好收拾它。”

男人放松警惕，将门打开一条缝，往外看了一眼，见来人只有一个，才将门打开。

门外的男人长着大高个，边往里走边憨笑着跟他寒暄：“哎呀，妈呀，大哥你家真漂亮，装修多少钱？我装了五十多万呢，看着还没你这儿好，我是不是被人坑了？”

男人不理他，示意他快点去抓猫。就在这时，前一秒还在憨笑着套近乎的大高个突然发难，直击男人的双眼。男人连连后退，同时摸枪，但是大高个速度更快，一脚踹向他的肚子，同时上前，迅速卸掉了他的枪盒……

大高个行动的同时，韩梅梅就知道刘讯飞已经带人找来了，第一反应，就是往离男女杀手比较远的楼梯口躲。女杀手拔枪去帮自己老公，刘讯飞已经带人冲了进来，举枪指着她的脑袋，她便一动不敢动了。

给两个杀手戴上手铐，刘讯飞抬头问正蹲在楼梯口瑟瑟发抖的韩梅梅："姑娘，没事吧？"

韩梅梅这才如梦初醒，拔腿就往地下室跑。

刘讯飞知道她要找自己的父母，也忙跟了过去。穿过阴暗的楼梯，下面是两个房间，其中一个房间装着铁门，韩梅梅使劲拍着铁门，焦急地喊："爸爸、妈妈，你们还好吗？爸爸妈妈，应我一声……"

门里缓缓传来脚步声，接着铁门上的小窗户被打开了，露出一个男人苍老的面孔来："梅梅……"说着看到了韩梅梅身后的刘讯飞，表情陡然紧张起来，"这个人是谁？"

韩梅梅脸上都是眼泪，用手抹了一把，忙说："是警察，爸爸，警察来救我们了，那两个人抓住了，我们能回家了，带上妈妈，我们一起走……对了，门……门钥匙还在他们手上……"

韩爸爸苍老的脸上露出不可置信的表情，愣在原处没有动，等刘讯飞跑回客厅里，从女杀手身上搜出钥匙，打开铁门，他似乎才反应过来，折身回床前抱着床上的女人。韩梅梅也奔了过来，一家人抱头痛哭。

刘讯飞随后进入这间地下囚室。囚室很小，没有窗户，只靠头顶上一盏灯泡照明。囚室里有一张床，没有桌子，日常用品就堆在地上，一侧有一间狭小的厕所，兼顾浴室的作用，再没有其他的了。

韩梅梅的母亲，当初的线人孙玲坐在床上，双腿似乎不能动，面目枯黄消瘦，如同八十老妪，"鬼美人"的团员们都是妙龄入伙，算算年龄，她应该不过四十五六岁，这副样子应该是被生生折磨出来的。

刘讯飞于心不忍，但还是不得不出言提醒韩梅梅："姑娘，带你爸妈出去，外面安排了车，也安排了安全的住所，给你们一家暂住。我们的人要勘察这里。"

孙玲抬起头，干枯深陷的眼，朝刘讯飞方向看了一眼，立刻认出了他，声音嘶哑，带着悲怆："刘警官，是刘警官吗？刘警官，青子被他们杀了……就在我面前，砍了她的头……刘警官，你说过，只要我们决心脱离她们，并把知道的都告诉你们，就能保证我们的安全，可是我们为什么还是落得这样一个下场？"

刘讯飞满脸的愧疚，不忍面对孙玲责怪的眼神，别过头去："对不起，是我们警方无能。"

韩梅梅忙抹干眼泪打圆场，抱着孙玲安抚道："妈，你不能怪刘警官，是'鬼美人’里的人太狡猾、狠毒了，而且这一次也是刘警官来救我们的不是吗？妈，你冷静一下，我们这就出去，我再也不会让你受苦了。”

韩爸爸也安抚孙玲，孙玲低下头捂着脸痛哭，韩爸爸将她抱起来，颤抖着双腿，和女儿一起走出囚室。

安排人送走了韩梅梅一家，刘讯飞来不及沮丧，抹一把脸，带人细细搜查整栋别墅。当打开另一间地下室时，发现里面有一台硕大的冰柜，打开冰柜的门，勘察人员吓得连连后退了两步，指着冰柜，结巴道：“刘……刘队……尸……尸体……”

刘讯飞一惊，两步走上前，掀开冰柜门，赫然在里面看到一具男人的尸体，尸体不知道在这里冻了多久了，直挺挺的，周身都是冰霜，脸上泛着青紫色，但看五官，却又觉得面熟，想了许久，才猛然想了起来，皱起眉叹气：“李明昌，我们找了你那么久，没想到你在这里。”

说着盖上了冰柜门，对勘察人员说：“叫法医吧。虽然……他自己就是法医。”

102.

负责解剖李明昌的是施寅，叶时朝、辛宠连同辛格都挤在法医中心外面，隔着一层玻璃，施寅仔细检查李明昌全身的每一寸皮肤，之后将他的腹腔打开，将每一个器官都检查一遍。

一直忙活了一个上午才走出来，施寅摘掉口罩皱眉道：“无外伤痕迹，初步推断，致死原因是中毒，至于是哪种毒素，要等毒理检测出来才能确定。他一直处于冷冻状态，死亡时间很难推断，能用到的线索不多，不过找到了这个。”施寅说着从白大褂口袋里拿出一个证物袋，里面装着一张撕成锯齿状的塑胶片，上面用油漆还是什么写着一串数字：167958。

叶时朝看了一眼那串数字，皱眉念了一遍：“167958……”

辛宠也伸头过来看：“什么意思？”

“什么东西的密码？”刘讯飞也皱起眉。

“不知道。”施寅耸耸肩，“虽然不知道是什么意思，但一定很重要，不然他也不会将这团塑料片藏在舌根下。好啦，给你们看过了，我就拿走了，证物要归档的。”

说着转身走了。

辛格抱着胸，神情严肃，问刘讯飞：“刘队，抓到的那两名杀手审讯了吗？”

“没呢。那两人的嘴难撬得很，不但一声不吭，连眼神交流都回避，怎么审？我让大良看着呢，先晾两天再说。”刘讯飞一脑门的官司，表情有点急躁。

没有推进的案子，随着甄艺的遗体被重新解剖，涌进来太多的线索：关押韩梅梅父母的杀手；露出真面目的六夫人、七夫人；还有辛宠要求调查的几位已伏法夫人的孩子；这些都要人去调查，都要他一个人掌控全局，他确实是有些忙不过来了。

“这种杀手都受过专业训练，确实很棘手。”辛格也替他着急，但是没有任何办法，“我在停职，审讯室都进不了，帮不到你了，抱歉。”

刘队拍拍他的肩：“你这是什么话？别看现在是我在带队行动，但是底下这帮猴子还是听你的，要不是你动员大家配合我，我现在什么都查不动。还有，辛队，你虽然进不了审讯室，但是进得了李明瑜的家，麻烦你帮我查查这串密码跟李明瑜有没有关系。”

辛格点头，刚才还因为帮不上忙而有些灰暗的帅脸上，瞬间有了光彩，点了点头：“没问题。”

辛宠望着自己老哥瞬间被点亮的帅脸，无奈地在心里叹气，最近停职，有案查不了，可把他给憋坏了吧。这个人啊，天生就是当刑警的命。

辛格离开之后，叶时朝对刘讯飞说：“刘队，我想去关押韩梅梅一家的地方看看。”

刘讯飞点头：“去吧，注意安全。”

辛宠忙说：“我和你一起去。”

叶时朝没有反对，事实上他已经习惯了去哪里都有她相伴。

“路上去吃个午饭，早上赶着来这里，你连早饭都没吃。”他问她，“想吃什么？”

辛宠想了一下：“日料怎么样？清淡一点，刚看完解剖，实在吃不下肉。”

叶时朝没有反对，两人说着往前走，就听身后的刘讯飞电话响了，他接起来，听了一句，就嚷了起来：“你说什么？别慌，说清楚一点……什么叫韩梅梅带着全家跑了……伤人了没？”

听到韩梅梅的名字，叶时朝几乎是立刻折了回来。刘讯飞挂掉电话，一脸的不可思议，道：“韩梅梅将保护她的警员关了起来，带着爸妈跑了。刚才有人去接班才发现，这会子人已经没影了，电话也关机。这姑娘到底想干什么？”

辛宠焦急起来：“关押她父母的窝点被端了，她跟警方合作的事情已经暴露了，六夫人、七夫人怎么会放过她？她在外面太危险了。”

“我知道，我就在担心这个！”刘讯飞烦躁地挠了挠头，“不行，得多派点人去找找。”说着开始拨电话。

叶时朝皱着眉，没有说话，拉着辛宠离开警局，径直往停车场走，边走边拨韩梅梅的电话，一直没人接听，打了几次，手机竟然关机了。

“韩梅梅在实验室有几个关系不错的同事，我打电话过去问问有没有人知道她的下落。”说着翻电话簿，却一个都没翻到，这才想起来，平日里他的日常和同事关系都是韩梅梅在帮他处理的，他电话簿里除了韩梅梅的号码，竟然再没任何下属的号码了。

韩梅梅比他想象的要更接近他，她若想要害他，甚至比辛宠都要方便许多，可这么多年她依旧什么都没做，只是勤勤恳恳地帮他处理日常事务，完成实验室的工作……

辛宠看到叶时朝的俊脸慢慢开始发白，就知道他一定是没找到下属的号码，也明白他的性格根本就不可能是个会跟下属打成一片的上司，赶紧拉他上车，安慰他：“没关系，我们直接去实验室问，今天是工作日，实验室也上班不是吗？大家都在。”

叶时朝面色发青，点点头，上车系好安全带，这时候手机响了，是短信提示音，发来短信的是一个隐藏号码。

叶时朝将短信点开，发现是一段长长的文字，上面写着：

叶博士，我走了，带着全家永远地离开这个地方。这么多年来，我每天做梦都在幻想着这个画面，今天终于实现了，我很开心。至于去哪里，抱歉我不能告诉你，也请转告刘队，不要浪费警力找我们了，为了这一天，我计划了将近十年，自信谁也找不到，包括“鬼美人”。

叶博士，尽管靠近你的目的不单纯，但请你相信，我并不想要伤害你，在你身边的每一天，我都真心实意地仰慕着你，想要成为你的朋友，成为对你有帮助的人。只可惜这辈子没有机会了。

再见，希望下辈子再见面时，我们都还单纯。

叶时朝盯着手机屏幕看了许久，然后将手机收了起来，望着车窗前郁郁葱葱的树，半晌才说话：“不用去找她了，她带着全家走了，去了一个很安全的地方，今生都不回来了。”

辛宠也不知道说什么，过了一会儿才突然听出话里的不对劲来：“全家？今生都不回来了？她不是还有个弟弟在‘鬼美人’手里吗？弟弟都不要了？”

“我想她的意思是，弟弟也已经救出来了。”叶时朝说。

“地牢里并没有她弟弟，谁帮她救出来的？怎么会这么容易？”辛宠还是觉得不对劲，“如果真有这么容易，她也不至于被控制了这么多年。”

“是的。”叶时朝沉着脸点了点头，“所以，她发消息过来，一是告别，二来是想告诉我，有人帮她救了弟弟。一个能在‘鬼美人’的牢笼里自由行动的人，这一次端了这个窝点，也在那个人的计划之中。”

“这个人是……敌人？还是朋友？”辛宠汗毛都竖起来了。

叶时朝缓缓摇头：“绝非善类。”

晴空里一道闷雷由远及近，乌云从远处层层叠叠地缓缓压过来，放晴了没多久的天空，又要下雨了。

103.

辛宠开车载着叶时朝去关押韩梅梅父母的别墅，车刚开到别墅门口，雨点就落了下来，叶时朝先下车，将外套脱了，搭在辛宠头上，两人挨着肩跑进门里。

别墅已经被封了，勘察工作也接近尾声，大部分警力已经撤了，只有大良和两名警员在。大良看着叶时朝和辛宠跑进来，又看了看天：“这天怎么说下就下？”

“是啊，明明刚才还出着太阳呢。”辛宠说着抖了抖叶时朝外套上的水，又拿纸巾给他擦脸上的水，忙活着问大良，“里面勘察得怎么样了？我们能不能进去？”

叶时朝穿上外套，任由辛宠的手在自己脸上、头上忙活，黑眸望向客厅里面。外面黑下来，屋里没有开灯，光线昏暗得看不清人。

两人如此自然地秀恩爱，让单身的大良大受刺激，嘟囔着：“进去吧进去吧。真受不了你俩这样的，水泼火烧都分不开似的，搞得我现在看外面那些谈几个月就分手的恋爱就跟小孩过家家，早晚有一天我也能找到对我情比金坚的女朋友，哼。”说着赌气扭头走了。

辛宠一愣，忙把手收了回来，倒不是自己觉得害羞，事实上她为叶时朝做什么她都不觉得害羞，只是怕他觉得不舒服。

叶时朝适时地握了握她的手，轻笑了一下：“进去吧。”这一握一笑，轻松打消了她的顾虑。叶时朝用实际行动告诉她，他并不觉得不舒服。

辛宠放心了，和他并肩朝里走，穿过客厅，走到楼梯前，她停了一下，抬头往二楼看。

二楼是杀手夫妻的房间，居住了十几年的房间，就像是蛇褪下来的壳，曾经是身体的一部分，就算再留心，也处处都是人心的印记。

叶时朝看她望着二楼出神，顿时明白她心里在想什么，鼓励道："你去吧，刘队正在为这对杀手的审讯问题发愁，你的专业知识能帮到他。"

辛宠点头，心中又有些犹豫，这些犹豫让她陌生，她之前从不曾在自己的能力面前迟疑犹豫过。

"你有能力，不能因为一次挫折就抹杀它们。"叶时朝望着她的眼睛，黑眸柔和隽永，"我从来不会因为遇见了坑，就改变自己的道路，我知道你也是。"

辛宠眼眶发红，朝他点点头："对，我要跳过去。"说着抬脚朝楼上走去。

叶时朝望着她窈窕的背影，唇角轻轻扬了扬，随即朝地下室走。

两人分头行动，约莫一小时后，在客厅会合，此时的辛宠，一扫开始的犹豫和迟疑，一脸喜色。

"我知道这对夫妻的弱点了。"

"嗯，去警局吧。"叶时朝说着握紧了她的手。

到了辛格的办公室，刘讯飞现在暂时使用这间办公室。此时他正在办公室里愁眉苦脸、揪头发。中年脱发，本就让他的发际线越来越后移，平日里洗头多掉几根都要大呼小叫，现在竟然好不爱惜地使劲揪着，看来是真的遇见棘手的事了。

看见叶时朝和辛宠进来，刘讯飞才抬起头，撸了两把头发，靠在座椅后背上叹气："六夫人跑了。我的人盯了她一天，本来想找个僻静安全的地方收网，哪知道她买杯咖啡的工夫就凭空消失了。第一次围剿的时候，她就逃脱了，这一次又逃了，这个女人到底是何方神圣！"

六夫人就是周玲玲，虽然早已确认了这件事，但是现在提到抓捕，辛宠还是觉得窒息一般难受。

"周老师……六夫人确实不像你们想象中的那么容易抓捕，与其说她是有什么通天的本领，倒不如说她太擅长伪装成普通人，伪装得太深入人心了，又擅长心理暗示和洗脑，很容易让人掉入她精心织起来的陷阱中。"辛宠说这些的时候，脑海中总无意识地闪过曾经那些不经意间她给自己的暗示，她自己就是学犯罪心理的，想到这些突然有些心惊，很担心她还在自己心里埋下了什么炸弹，而自己还毫无知觉。

"谁说不是呢。"刘讯飞站了起来，在办公室里踱来踱去，"那对杀手也是毫无破绽，油泼不进，火烧不化，无论跟他说什么，都死活不开口！再加上韩梅梅那姑娘也不知道跑哪儿去了，全是棘手的事，头都大了。"

“韩梅梅不用找了。”叶时朝将手机拿出来，将韩梅梅发给自己的短信给刘讯飞看，“她已经找到安全的避难所了。”

刘讯飞接过手机看了两眼，坐下来捂着脸，沉默许久，才缓缓叹气：“她这是不敢再信任我们了！不过，我还是会让人暗中查找保护他们一家的。再不被信任，也不能放弃一个证人，不然我头上的警徽可不原谅我。”

辛宠和叶时朝都没说话，他们能明白刘讯飞心中的失落，明白他的难处，更加明白他的痛苦，警察也是人，是人就有极限，要求警察如超人一般无所不能，是不现实的。

为了缓和气氛，辛宠忙说：“我发现了一些事，也许能帮到你，虽然解决不了所有的问题，但能撬开那对杀手夫妻的口。”

刘讯飞精神为之一震，问：“你发现了什么？快说。”

在审讯室旁边的监控室里，叶时朝和辛宠并肩站着，聚精会神地看着监控屏幕上的画面。

两个屏幕上闪动着两幅画面，是两个不同的审讯室里，分开审讯的杀手夫妻分别接受审讯的画面。

两人皆面色阴沉，闭目坐着，一动不动，仿佛冬眠的蛇类。

“他们在冥想。”辛宠说。

叶时朝点头：“利用冥想使精神和肉体脱离，无论什么样的审讯技巧都毫不动摇，几乎是杀手的必修课了。”

“人的精神和肉体怎么能真正分离，即便表面上分离了，潜意识里的欲望和痛苦也还存在，只要找到这些欲望和痛苦加以利用，就不怕他不就范。”辛宠自信地说。

两个杀手对面坐着的分别是刘讯飞和大良，他们也没有说话，只是打开笔记本电脑，将屏幕面对着他们，开始播放准备好的视频。

刚开始是孩子们嬉戏的视频，从刚出生婴儿的哭声，到牙牙学语、奶声奶气地喊出“爸爸”“妈妈”，到开始跟大人讲道理，淘气，可爱，发脾气，哭叫，笑闹……

这个视频播放了约莫半小时，画风陡然换了，换成了国内外虐童案的视频证据剪辑。

大人粗暴的咒骂声，孩子无助的哭喊声，求饶声，病床上无力的呻吟……

先是女杀手的手开始发抖，额头上冒出大滴的汗珠，然后男杀手的眼皮也开始跳动，眉头皱了起来，冥想出来的超脱渐渐开始崩塌，最终是男杀手受不了了，一拳砸在电脑上，将好好的一个电脑砸得分崩离析，零件四飞……

辛宠松了一口气："拿下了。"

"你是怎么知道孩子是他们的弱点的？他们并没有孩子。"叶时朝问。

"童年时期遭受过虐待的人，百分之八十有暴力倾向和社交问题，而职业杀手，有很大一部分都有过这样的遭遇，所以他们伤害别人毫无愧疚心。"辛宠说，"还有一件事，他们房间的抽屉里藏着一根很陈旧的验孕棒，是两道杠，他们曾经有过一个孩子。可房间里并没有孩子生活过的痕迹，说明孩子没有出生就被打掉了。这可能是出于职业风险考虑的妥善做法。然而他们为此心怀愧疚，孩子是他们小时候的一个心理投射，从那以后他们变得更加渴望孩子，也是在渴望一个救赎自己的机会。"

叶时朝点头："希望他们能供出可用的线索。"

结果没让大家失望，那对杀手夫妻心理防线被攻破，不经意间供出了很多有用的线索。

首先"鬼美人"组织并没有完全死亡，而是分散在全国，在地下偷偷行动。当年大夫人留下了后代，六夫人和七夫人带着孩子逃出后，将其养大，现在这个孩子已经可以独当一面了。

他们日常接触的是六夫人和七夫人，至于大夫人的孩子，谁也没见过。

他们在市中心有栋别墅，那是大夫人当年给情夫留下的产业，现在是六、七夫人与那孩子的碰面地。

他们也提到了死在他们地下室的法医李明昌，让人意想不到的是，李明昌的死是自杀！

"鬼美人"组织现在不同于往日，能不杀人就不杀人，毕竟人命太招摇，容易惹麻烦露马脚。

他们接到了利用李明昌妹妹的安危做要挟，让李明昌闭口的命令，没想到他竟然自己服了毒，为了让"鬼美人"组织彻底放心，不再去骚扰他的妹妹李明瑜。

听到这里，所有人都沉默了，竟然一时不知该如何评价这位误入歧途的法医。

也许……每个人心里都有不能去触碰的底线吧。

这个时候，刘讯飞的手机响了，是辛格打来的，他在电话那头兴奋道："李明昌留下的那串数字，是他妹妹李明瑜出生证明的编号。李明瑜说她哥哥有一台旧电脑放在她那里，我用这串号码试了试，果然进去了，你猜我在电脑里发现了什么？”

刘讯飞的手机开着外音，这么一说，大家都猜了个十之八九。

“是不是他的认罪书？”刘讯飞问。

辛格大叫：“你怎么知道的？”

刘讯飞没说话，但是所有人心里都明白，李明昌既然能为了妹妹服毒自杀，怎么会想不到自己做的事会连累妹妹，当然要给警方留下一些书面的文字，表明这件事跟妹妹毫无关系，他才好安心去死。

104.

刘讯飞带着叶时朝和辛宠赶到李明瑜家里，李明瑜正等在门口。

这个小区的学区是名校，虽然房子很旧，但是房价却十分高，住在这里的人多多少少都有些优越感。李明瑜住的那栋是小高层，八楼，一梯四户，邻居们离得并不远。楼梯口站了好几个大妈，望着李明瑜家指指点点。李明瑜看到刘讯飞他们来，一脸紧张：“修水管的是吧？你们公司之前来的那个小伙子根本不会修，搞得一地水，你们快去看看，搞不好，我要投诉了。”

说着不管刘讯飞、叶时朝他们有没有反应过来，就将他们推进门，“砰”的一声将门关上，将门外的议论声，隔绝在外。

关上门，李明瑜气呼呼地对着门口翻白眼：“一群八婆。”说着又转头对刘讯飞抱怨：“你们能不能找个没人的时候上门？要是被别人知道，我家里来了那么多警察，不知道会被那群八婆传成什么样子，宝宝在幼儿园里也会被排挤的。”

正抱怨着，辛格从杂物间里走出来，对刘讯飞等人招手：“电脑在这边，快过来。”

刘讯飞大步朝里走，叶时朝也跟过去，辛宠朝一脸不满的李明瑜点点头，跟她攀谈起来：“你跟你哥哥李明昌关系好吗？”

“他比我大十八岁，我刚会走路他就去外地上大学了，一年也见不了几次，有什么好不好的？”李明瑜撇嘴，“而且他也不愿意跟我关系多好，见了我总是淡淡的，话都不多说几句。不过，我不讨厌他，甚至还有点感激，毕竟我大学的学费，结婚陪嫁的车，都是他出钱买的。”

辛宠听着点了点头。眼前的李明瑜很年轻，染成红色的鬈发看起来也很时髦，她说这话的时候，样子是真诚的，不像是说谎。

辛宠试探着问："之前来的那位辛警官，有没有跟你说过你哥哥的事情？"

"渎职逃匿那件事？"李明瑜摆摆手，"我真不知道他的下落，虽然他临走的时候给了我很多钱，但我都没用，我跟那位警官也说了，如果是赃款，我愿意一分不少地退还。不过啊，你们不会是搞错了吧？我哥那人虽然跟我不亲，但他不是不负责任的人，干法医也一直兢兢业业的，跟死人在一起的时间比跟我爹妈在一起的时间都多，因此连对象都没找到，他那么古板的一个人，怎么会发死人财？"

看来辛格没有告诉李明瑜李明昌已死的事实，同样都是有妹妹的，更能感同身受，约莫是心软了。

辛宠也什么都没说，顺着她的话说："这个我们还要调查。"

"好好调查调查。"李明瑜摆摆手，"他留在我这里的东西就那么多了，总共就一个小箱子，我从来没打开过，全给你们，最好不要在这里查，全带走吧。"

辛宠点头，走进杂物间，看几个围着电脑的男人都是一脸的凝重。

"怎么了？"辛宠问。

辛格朝她使了个眼色："把门关上。"

辛宠忙把门关上了。

"怎么了？认罪书上写了什么？"辛宠的表情也严肃起来。

叶时朝最后一个看完了认罪书，将笔记本拿过来，递到辛宠面前："很重要的信息。"

辛宠虔诚地捧过笔记本，盯着电脑屏幕，逐字逐句往下看。

那封认罪书是这样写的：

查到这封信的同志，你好。

相信此时你们已经找到了我的尸体，只是不知道我这个时候还有没有全尸，或者只剩下一副骨架。是哪位同事解剖的我？一直在解剖台前执刀的我，躺在解剖台上被解剖该是什么感觉呢？

很抱歉，给大家，给组织添麻烦了，我再说自己是不得已的，也都是狡辩，现在仔细想想，我走到这一步，完全是运气不好，被"鬼美人"组织抓到了把柄。

我有一个秘密，是一个宁愿死了，也不愿意泄露出去的秘密，活着的时候，我一直被这个秘密折磨着，如今我已经死了，就想一吐为快，毕竟我被折磨了半辈子，死前想来一个解脱。

我的妹妹，明瑜，她并不是我的妹妹。

她是……我的……我实在难以启齿……

她是我的女儿。

看到这里，你们是不是很震惊，但也请不要往污浊的方向想象，她是我的女儿，她的母亲是我的同学，我的爸妈其实应该是她的爷爷奶奶。

那个时候我和她母亲都还是高中生，高三，我们犯了错误，她怀孕生下了明瑜。她的家人不接受这件事，更加无法接受明瑜，而我这个口口生生说爱她的男人，却被吓傻了，缩头乌龟一样不敢站出来和她一起承受家人的指责，承受如潮水般的嘲笑和谩骂。

她的家人要将明瑜送走，我只好央求我爸妈将明瑜抱回来养，我爸妈勉强同意了，但是有个条件，让我永远不要提起这件事，对外也只说是他们老来得女，一辈子都不准说出明瑜的真实身份。因为那个时候我是重点高中的尖子生，保送了名校，前途一片光明，我身上不能有这样一个污点。

我懦弱地同意了。

从那之后我就再没见过明瑜的妈妈，只知道她的家人给她办理了转学，连我最后一面都没见，她就离开了。那之后的十几年，我一直承受着心理上的折磨，看见明瑜就想起她的妈妈，对她的愧疚就越来越深，我开始逃避，不回家，不去接触明瑜。

懦夫一向都是用逃避来处理所有事情的。

直到那一天，“鬼美人”杀人案发，我去案发现场勘验尸体，当天晚上我再一次看见了明瑜的妈妈。

她告诉我，她现在是大学教授，她嫁了人。之后她问了我的状况，问了明瑜，最后她说：人是她杀的。她是“鬼美人”团伙的六夫人。被我抛弃的第二年，她在大学里加入了这个“鬼美人”集团，原因是憎恨男人。

她说这一切都是拜我所赐。

该如何形容我当时的心情呢？五雷轰顶或者是如坠冰窖。又似乎都不足以形容我内心的痛苦。

她说我可以去揭发她，这样她就能在牢里告诉所有人，她有个女儿叫明瑜，明瑜的爸爸是那个一直管自己女儿叫妹妹的男人。

她说，或者我选第二条路，将尸体食道中解剖出来的东西交给她，她杀人的时候，亲眼看到那女人吞了什么东西。她砍了她的头都没找到那个东西，想必已经滑进胃里了。

我全身发抖。

我曾经深爱的女人，猫一样胆小的女人，在我面前笑着说她砍了一个女人的头颅，仿佛是在谈论今天的天气。

而她说，她会变成这样，全是拜我所赐。

我是多么的罪大恶极！

然而自私让我再次选择了错误的道路，我将那枚还没来得及上报的印章交给了她，修改了验尸报告，我……愚蠢透顶。

那之后我都过得浑浑噩噩，将房子和车都卖了，全部留给了明瑜，又买了新车给她，最新款的宝马，女孩们都喜欢那款车，我说是给她将来出嫁的嫁妆。

明瑜看起来挺高兴，她长得像我，不像她妈妈那么好看，但我觉得没关系，这样很好，我希望她能永远那么高兴，永远……永远都不要知道自己的身世。

最后我准备了这封信，将自己贴身的几样东西放进行李箱交给她，只说去旅行，希望她能替我保管。明瑜也没问我去哪里，更没问我什么时候回来，我有点失落。可我们一向不亲，是我选择的疏离，又有什么资格责怪她冷漠呢？

处理好了一切，我准备去找明瑜的妈妈，我希望能用我一条命，换明瑜一世安稳。

更希望我死了，那些仇恨也能跟着烟消云散。

最后一个请求，这封信永远不要让明瑜看到。

再见了，同志。

希望你能够永远保持理智。

105.

辛宠看着电脑屏幕，久久没有回神，她怎么也想不到，李明瑜竟然是李明昌的女儿，而周玲玲竟然是她妈妈。

这件事太超乎她的想象了，以至于不敢相信，她结结巴巴地问与她同样震惊的男人们：“你……你们信吗？有……有没有可能是这个李明昌在编故事？要不要验个

DNA？”

“李明瑜跟这起案子没有关系，不要打扰她了。”刘讯飞紧皱着眉，“倒是六夫人是她母亲这件事，我有点担心。”

“我倒觉得六夫人未必会伤害她。”辛格说，“六夫人知道自己女儿的存在，也知道她在哪里，却一直没有出现在她面前过，说明她并不打算认这个女儿。她恨李明昌对她的抛弃没错，但是她女儿没错，恨也恨得没有道理。”

“我哥说得对。”辛宠将笔记本电脑放下，“因为痛恨与李明昌的这段关系，六夫人会对李明瑜产生排斥，靠近都不会靠近她，因为见到了她，就等于直面自己的痛苦，所以，她不会伤害她。”

“如果这样的话，杀了李明瑜不是等于抹杀自己的痛苦了吗？”叶时朝问。

辛宠摇头：“她最痛苦的时候都没有这么做，说明她做不到，最痛苦的时候做不到，现在时过境迁，她已经平静了，更加不可能做这种事了。”

刘讯飞叹气，将笔记本电脑连同所有的物件都收进箱子里：“将这些带回局里吧，给物证组加密保管，至于这封信，大家都当没有看过，就让它永远沉睡在物证组吧。”

众人点头，默认了这种做法。这个时候，李明瑜敲了敲门，问大家要不要喝茶，她泡好了茶放在外面的茶几上了。

刘讯飞提着箱子走出来，闻到外面茶香四溢。这位年轻的妈妈一边哄着孩子，一边招呼着让他们自己动手，就像这世间最普通的女子一样，过着琐碎、无趣、平凡的一生。但这种平凡正是许多人求也求不来的。

几个人走过去，一人端了一杯茶喝了两口，茶很好，喝在嘴里却怎么都不是滋味。

辛宠放下茶杯，过去逗那个正在闹脾气的孩子。孩子三岁都不到，在上幼儿园小豆豆班，长得白白净净，哭起来鼻子眉毛都红通通的，竟然让人觉得可爱。辛宠学恐龙张牙舞爪，嗷嗷叫，他带着眼泪“咯咯”笑了起来。

李明瑜意外地看辛宠：“你怎么知道这孩子喜欢恐龙？”

这个年龄段的男孩会喜欢的玩具大概也就几类：恐龙、汽车、火车。孩子身上的衣服上虽然都是小汽车，但是玩具恐龙比较多。衣服一般都是妈妈买的，是妈妈的喜好，玩具是自己吵着要的，才最代表孩子的喜好。

辛宠笑笑：“猜的。”

她再没说什么，几人心情沉重地提着李明昌的遗物跟李明瑜道别，走出她家，天已经黑了。

凭借着叶时朝的母亲，曾经的“鬼美人”团八夫人留下的合照，六夫人和七夫人被全面通缉，可是人就如凭空消失一般，毫无踪迹。

大夫人留给情夫的那栋位于市中心的别墅也查抄了，刘讯飞带着勘察组将别墅的每一个角落都搜了一遍，别说遗留下的线索了，连一枚指纹都没有找到。

刘讯飞私下在一家咖啡馆里见叶时朝和辛宠时，长叹一口气：“知道杀手夫妻被捕了，就将他们知道的所有地方都舍弃了，这确实是‘鬼美人’团伙的规矩，这伙人实在太谨慎了。”

辛宠安慰他：“要不是这么谨慎严苛的规矩，她们也不至于壮大到这个地步。定下这些规矩的人，也真是有能耐。”

“大夫人毛四梅确实是个厉害角色，心细如发、手段狠辣，像一条毫无破绽的美人蛇。‘鬼美人’团伙中，一部分人是惧怕她，另一部分人则是死心塌地地追随她，奉她为神。”刘讯飞回忆起当初在八夫人甄艺的配合下，调查大夫人的时候，不禁有些唏嘘，“她收留了许多走投无路的女人，给她们看病，给她们出路，连同她们的孩子也一并养着，且不管后来那些孩子都被养成了什么样子，只是那个时候，那些女人是真心感恩于她的。就连甄艺姑娘……”说到这里，他抬头看了叶时朝一眼，表情复杂，“甄艺姑娘对大夫人也充满了感激，跟我们合作的条件之一便是留下大夫人的性命，所以，如果大夫人没死，也只会判无期，不会判死刑。没想到她会吞枪自杀。”

“这么厉害的角色怎么会没发现组织里的变动呢？”辛宠觉得奇怪，“八夫人……当年似乎也并没有在组织里担任什么要紧的职务。”

“大夫人还算爱护甄艺姑娘，甄艺姑娘不肯做的事情，她也没逼过甄艺姑娘，所以甄艺姑娘其实没有什么实权。”刘讯飞说，“那段时间大夫人毛四梅怀孕生产，可能放在团伙事务上的精力没那么多了，才给了我们一次机会。”

辛宠点了点头，不经意间抬头，注意到叶时朝的表情不太好，心里一紧，陡然意识到一个问题，忙道歉：“我们是不是不该在你面前说这些？”

他的父母，总是他心上最深的伤。

“我没那么脆弱，而且我也想听。知道她的过去，我也能更加清楚自己是从哪里来的，未来的路就更明确。”叶时朝笑了一下，“而且我似乎明白了，为什么她总是偷偷叹气，为什么一个人的时候会落泪。大夫人的死，她心里一定十分内疚。”

“甄艺姑娘是个重感情的人，她跟警方合作是下了很大的决心的，那段时间，她一直很痛苦，很挣扎……”刘讯飞说着抬起头来，望向窗外。咖啡馆位于大厦十八楼，靠窗的位置能够俯视整个城市，从这个位置看出去，平时他们生活的地方，是那么渺小。

他习惯性地抹了把脸：“甄艺姑娘跟我说过大夫人对她的恩情。她说，她五岁前经常被吸毒的父亲殴打，好在命硬没有被打死。父亲死后，她辗转在各个亲戚家里，被呼来喝去，被当作丫鬟使唤，饥一顿饱一顿，从来没有感受到一点人间温情。十三岁时，亲戚们终于厌烦了她，谁也不想让她进门，大伯父便提议，给她说门亲事，早早嫁人，得到所有亲戚的一致同意，她弱小的抗议声完全没人理会。甄艺姑娘说她从小就胆小，被打都不敢吭声，但是到了这个时候，她知道这个家是待不下去了，一定要跑，跑了才有活路。幸运的是，这个时候同村的毛四梅探亲结束，正准备离家，她便央求毛四梅带上她。毛四梅听完她的遭遇，二话没说，就给她买了票，带她一起坐上火车，离开了那个虎狼窝。甄艺姑娘说，起初她不知道毛四梅是干什么的，只知道她有钱，很多人叫她大姐，毛四梅给她地方住，让她读书，其他的什么都不要管。她说她第一次感受到的温暖，就是毛四梅给她的。后来的事情你们也知道了，毛四梅这人，虽然心狠手辣，但是对甄艺姑娘而言，确实是恩人。”

“就是因为有那样的恩情，所以甄艺姑娘才鼓起勇气，决心跟警方合作，铲除‘鬼美人’团伙，她不希望自己的恩人越陷越深，最后陷入万劫不复之地。”辛宠说，“我猜，这是甄艺这辈子做过最大胆的一件事。”

叶时朝没说话，端着咖啡杯，静静地望着窗外，眼神哀愁，仿佛想要透过窗户，看到曾经娇美如花，还能行走在阳光下的母亲。

她走在阳光下的样子，一定美如一场梦。

106.

案情因为韩梅梅身份的揭露而有了转折，却又突然陷入了瓶颈中，六夫人、七夫人的身份确认了，“鬼美人”团伙的残余势力脉络也大致初显，但是她们却像断尾的蜥蜴一样逃得无影无踪。

最近一段时间叶时朝几乎天天躲在实验室里，研究叶振言留给他的蝴蝶标本。

实验室里没有了韩梅梅就像少了一分活力，听不到她大嗓门的吆喝声，所有人都觉得很不适应，就连最不爱说话的研究员都借着来签报告的空当，吞吞吐吐地询问韩梅梅的下落，叶时朝只能谎称，她的父母突发疾病，不得已辞职回乡。之后又提拔了韩梅梅的徒弟顶替了她的位置，虽然实验室一切事务照常运转，但是每个人的心里都是空落落的。

刘讯飞带着队员们着重搜索六夫人和七夫人的下落，被停职的辛格也暗中加入了搜索阵容，每日忙得不见人影，就连辛宠也好几天都没见到人了。

辛宠最近也很焦虑，她当初取保候审只争取到了十个月，现在虽然刘讯飞百分百相信她不是凶手，但是却没有直接证据证明，她跟叶振言的死没有关系，她依然是嫌疑人之一。

十个月的取保候审期，还剩一个月，一个月之后，只能申请监视居住，那个时候虽然也能住在家里，却已经没有了自由。想到这里，辛宠无法再像以前一样陪着叶时朝了，她坐立不安，只能开车去找白亭年商量。

白亭年看到她走进办公室，忙将手上的文件放下，迎了出来："学姐，你可来了，我以为你谈恋爱谈昏头了，连自己的处境都忘了呢。"

白亭年今天戴了一副黑边的眼镜，镜框细细圆圆，复古又时髦，像个贵公子。辛宠恍惚了一下，走过去捏了下他的脸，笑道："我们家小白又变漂亮了。"

白亭年皱眉，无奈地瞪她："你还有心思开玩笑？"

辛宠收回自己的手，干笑，"我也知道火烧眉毛了，但是案子没破，我的嫌疑洗脱不了，我也没办法。"

白亭年作为她的代理律师，当然知道案子的情况，不由得眉头皱得更紧了。

叶振言的案子，现在的争议点是，叶时朝给出的证言。那个用"黑脉粉蝶"的英文名传达的秘密讯息，毕竟只是叶时朝的一家之言，并不能成为直接证据。

忙忙碌碌查了大半年，"鬼美人"旧案几乎整个被揭开了，可是关系到辛宠清白的这个案子，却毫无进展。

再这样下去，一个月后，恐怕连监视居住都申请不下来了。

白亭年愁眉不展，辛宠却突然淡定了许多，说真的，她这一次并不怕坐牢了。

之前刚进看守所，她害怕叶时朝因此恨她，怕到夜不能寐，但是现在，他们已经将这件事说开了，他信任她，也信任自己的父亲，相信她是无辜的，这样对她来说就够了。

而且辛宠也相信，无论是叶时朝还是刘讯飞都不会放弃这个案子。一年破不了，两年！两年破不了，三年！她总有洗脱冤屈的那一天。

白亭年哪里知道她心里的想法，只当她是破罐子破摔了，急得抓着她的胳膊使劲晃了晃：“学姐，你打起精神来，好好想想那天的事，看还能不能想起一些线索来。”

辛宠耸肩：“我已经想破脑袋了，还是什么都想不起来。”

白亭年无可奈何，也不再难为她，坐回椅子上，揉着太阳穴思索半天，抬头，半开玩笑地看着她：“要不你生场病，不适合收监的话，也许还有回旋的余地。”

辛宠走过来，又捏他的脸，咬牙切齿：“好你个小白，竟然咒我。”

白亭年抓着她的两个手腕，猛地发力一扯，辛宠没留神，整个人朝前扑，扑在白亭年的身上，两个人就用这种暧昧的姿势，在极近的距离，四目相对。他的眼镜上倒映出自己惊慌的影子，辛宠看着他看着自己，突然觉得这个眸光深邃的男人有些陌生。

是的，男人。

辛宠一直觉得白亭年是个男孩，大男孩，永远跟在自己身后的小学弟，她对他做什么、说什么都可以。可是就在刚刚，抓着她手腕的那双手那么有力……她突然意识到，自己错了，以前的男孩早已长成了男人，再不是她可以随意开玩笑的了。

“小……小白……你放开我，让人看见了，还以为我要霸王硬上弓呢。”辛宠局促得都结巴了。

白亭年依然没有放开她，表情严肃：“我没有开玩笑，除了这个办法，想不出其他办法了。”

“生病也是我想生就能生啊，除非装病？”辛宠皱眉，“行不通的。”

“你只要肯，其他的事我来安排。”白亭年认真道，“我不能眼睁睁地看着你坐牢。”

意识到他来真的，辛宠突然有些恼怒，发狠挣脱他，冲着他瞪起眼睛：“白亭年！你知不知道你刚才在说什么？你这是要弄虚作假！”

“我知道，但是为了学姐，我什么都愿意做。”白亭年气势上丝毫不输给她。

辛宠忍无可忍，抬手打了他一个耳光，痛心疾首：“我平时怎么教你的？老师们是怎么教你的？你还知道一个律师的职业操守是什么吗？”

“我记得，我都知道，可是，你让我眼睁睁地看着你坐牢，我做不到……你是我的当事人，我理应为你着想。”白亭年不躲不闪，被打了一巴掌也丝毫没有退让。

“你……你……”辛宠气得发抖，“你……最近不要来上班了，放假，回家好好想想怎么才是一名好律师，怎样做才是真的为当事人着想。等想清楚了再回来上班。”

辛宠尽管出了事，但是律所依旧是在她和邢律名下，她就算坐牢了，也是这里的半个老板，人事处职权还是有的。

白亭年一声不吭，站起来，收拾起自己的文件，转身走了。

看着这个摔门而出的倔强身影，辛宠在心里叹了一口气，突然有种“孩子长大了，翅膀硬了”的奇怪心理。

看来，不管白亭年是不是已经长成了一个男人，她还是把他当作弟弟或者儿子看待，这种心态持续了那么多年了，想改一时也改不掉。

107.

时间过得飞快，眼看着就到了辛宠最后一个自由的周末，所有人都开始焦躁。刘讯飞带队，没日没夜地在外搜捕六夫人、七夫人；辛格因为停职，不能参与调查，急得在家里坐立不安；施寅将叶振言的验尸报告看了一遍又一遍；叶时朝却依旧将自己关在实验室里，闭门不出。

辛宠用了一个上午，将家里打扫得一尘不染，泡了个泡面当作午餐，然后开车去律所，先去了白亭年的办公室，推开门，里面没人，便去找前台小美，问她白亭年人去哪里了。

小美正在录入访客登记表，闻言抬起头：“白律放假了呀，白律说是辛律您让他放的。”

确实是她让放的，但她的用意只是想要警告他一下，不可以用非法手段帮助当事人，哪怕当事人是你的亲人或者朋友，只要他认清了这一点，好好认个错，就能来上班了。

辛宠皱了皱眉，有些无奈地问小美：“他这一周都没来？”

“嗯，都没来。”小美失望道，然后压低声音对她说，“邢律有点生气呢。”

辛宠点了点头表示知道了，转身来到老邢办公室门前，敲了两下门，里面传来老邢沙哑的声音：“进来。”

辛宠推门进去，一进门就看到老邢正在抽烟，整间办公室里烟雾缭绕的。老邢见辛宠进来，忙将抽了半截的烟头摁熄在烟灰缸里，打开窗户，散散味，回头对辛宠说：

“最后一天了，你打算怎么过？”

辛宠跌坐在沙发上，唉声叹气：“打算当作临死前最后一天过。”

辛宠在老邢面前很少装坚强，因为装不了，老邢见过她所有的落魄和狼狈，也根本没有必要装。

要严格算起来，辛宠其实应该叫老邢一声“邢叔叔”，因为老邢确实是辛宠父母的朋友，年长她足足二十岁。当年辛宠父母过世，家里一应事务都是老邢帮着处理的，辛宠毕业之后第一份工作也是老邢帮着介绍的，后来两人都想独立开事务所，约一起喝了顿酒，就成了合伙人，老邢待她虽理性，但是仔细品品，也像亲人。

“你对小白发脾气了？”老邢透过渐渐稀疏的白雾看辛宠，眼中有中年人特有的沉稳与通透。

辛宠闻言抬头，愤愤不已道：“那小子找你告状了？”

“没有。”老邢叹了口气，站起来，倒了杯水给她，“他莫名其妙要休假，我总要问清楚原因。”

辛宠接过水杯，连续灌了几口：“既然问了，就知道这事儿不能怪我。要是你听他说那种混账话，你也会生气。”

老邢不置可否，他当初独立创业，选中辛宠这个毛头丫头，除了这丫头确实是不可多得的好苗子之外，最大的原因就是，这丫头跟他一样，狡猾圆滑都是表象，骨子里都是正直的。

“小白也是关心则乱，你又不是不知道。”老邢替白亭年开解着，坐在她身旁，“明天你就要去警局报到了，你心里想什么我都知道，律所这里你放一百个心，就算你坐一百年牢，出来这里还是有你一半。你哥那里，我虽帮不上忙，但时不时能帮着劝一劝。每年你爸妈的忌日，我都会去帮你扫墓，省得你哥忙起来没人样，把这事给忘了。还有什么要托付的吗？”

辛宠摇头，全身被暖意包裹着，这股暖意让她热泪盈眶：“老邢，谢谢了。”

老邢没说话，望着天花板沉默半天，才一拍大腿站了起来：“行了，你走吧，我去约几个猎头，该招几个新人了。你一走，小白大概也没心思工作了，都指望不上了。”他叹着气，去翻电话本。

辛宠起身离开老邢的办公室。

回办公室整理好东西，辛宠就开车来到实验室，路上买了一些吃的和啤酒。

到了“有虫声”已经是下午六点，实验室竟然无人加班，黑漆漆的，只有二楼叶时朝的办公室里还亮着灯，如黑暗中的灯塔，让人心安。

她提着吃的上楼，发现办公室的门是开着的，走进去，就见叶时朝坐在地上，周围铺满了打印出来的论文。他如同踏进白色城镇的巨人，用专注而热切的眼神盯着这座城镇的每一栋建筑物。

辛宠不敢打扰他，就站在门口等着。

他穿着黑色的衬衣，袖口挽起，露出洁白的手腕，最近的操劳让他又瘦了些，骨节更加明显。他微微皱着眉，侧脸因为过于严肃而显得肃穆圣洁，似乎已经完全跟面前由文字组成的城市融为一体，感觉不到，也听不到除此之外的其他任何人和事。

辛宠等得累了，干脆盘腿坐在地上，打开一瓶啤酒慢慢喝了起来。实验室中常年飘着的淡淡消毒水的味道，与酒味混合，形成一种奇异的气味，闻起来就像外面的夜，迷人又捉摸不定。

连续三瓶啤酒下肚，叶时朝才从那一片文字汪洋中醒过来，此时辛宠已经微醺，看见叶时朝抬头，咧开嘴笑着朝他使劲挥手："你终于看见我了。"

"来了怎么不叫我？"叶时朝看着地上的空酒瓶知道她等了很久，满是歉意地起身，将一地的论文收拾起来。她摇摇晃晃地起身，要来帮忙，被他按坐在沙发上，然后倒了杯茶给她，看着那一袋子啤酒，皱起眉来："今天要和我一醉方休？"

"是啊，明天起就喝不到了。"辛宠将茶杯放到一边又去拿酒，"人生得意须尽欢，你今天晚上要好好陪我喝酒。"

叶时朝夺走了她手里的酒，黑眸坚定："现在还不是放弃的时候。到明早八点警局上班为止，还有十小时，这十小时我们还有很多事可以做。"

"比如……"辛宠趁着酒劲，伸手勾住他的脖子，在他唇上亲了一下，然后傻笑，"比如这个吗？"

她身上特有的馨香在酒气的催化下更显诱人，叶时朝一时间有些意乱情迷，忍不住低头吻住她，在她的柔情里肆意发泄着这段时间以来的压力。

过了许久，两人才分开，辛宠被吻得头晕眼花，气喘吁吁，抬头望了望门口，坏笑起来："我们这样好像在偷情。"

叶时朝放开她，去关了门，将她带来的下酒菜一一摆在桌子上："我还有事要做，不能喝酒，但可以陪你吃点东西。"

"好。"辛宠一点都不介意，自己又打开一罐啤酒，喝了两口，又去吻他，末了抬头问："这样你会不会也醉了？"

叶时朝全身的火都被她挑逗起来了，低头又吻了她一会儿，无奈道：“你再这样，我真的要醉了。现在还不是醉的时候，我还有很多事要做。”

他声音温柔，却十分坚定，辛宠不再纠缠他，只是坐下来时，表情难免落寞。

也许是看穿了她表情中的落寞，叶时朝指着放在办公桌上那高高的一摞论文，解释道：“我最近一直在想，我父亲留下的讯号，能不能换个解法。我父亲学识很好，学术涉猎很广，伪装成哑伯之后，他想必是非常无聊的，我就在想，他有没有可能是把我们实验室里所有人的论文都看过了。毕竟他时时刻刻都有暴露的危险，如果只以我一个人为中心点设定密码，太容易被解读出来，如果数据量过大，不是这个领域的专业人士要解就会难于登天，所以我决定将所有的论文都看一遍。已经看了半个月了，这些是最后一些，天亮之前一定能看完，你先等一等。”

辛宠看着他眼底的乌青，泪盈于睫：“自从你说相信我之后，我就已经不怕坐牢了，你可以慢慢查，我在牢里等你救我出去。”

“我抓紧一些，就能让你少受些苦。”叶时朝说着，坐在一旁，吃了几筷子菜，“坐下来，我们一起吃。”

辛宠一个人喝光了所有的啤酒，醉倒在沙发上，朦胧中，她感觉到有人给她盖上了毯子，毯子柔软温暖，她嘟囔了两声，就又跌进了梦里。

醒来已经是第二天，办公室里不知道什么时候多了三块白板，叶时朝皱眉站在白板前，看着一白板密密麻麻的文字和数字，表情认真得可怕。

过了一会儿，就听他丢下手中的马克笔，重重松了一口气：“解出来了！给刘队打电话。”

108.

辛宠迷迷糊糊地揉眼睛：“什么解出来了？”

“父亲留给我的另外一条信息。”叶时朝说着，指着那几块白板，“我将他收集的所有蝶类的线粒体 DNA 的图谱、mtdn 各基因的相对位置和转录方向的图谱一一对照，有几个重复的数字，再用重复的数字查询实验室里论文库中的论文编码……”

叶时朝激动地说了好几分钟，落在辛宠耳里却一个字也没听懂，她只能皱着眉，制止他：“等等……等等……说人话。”

“最终又回到了我小时候跟父亲玩的拼图游戏，将这些组合拼在一起，我得到了一个数字。”叶时朝说着走到最后一块白板面前，在最后的数字下，重重画下两条横线，“3-1506。”

辛宠看着面前犹如天书的板书，愣了半天都没回过神来。这么不按常理出牌，又冷僻的解密方法，除了他们父子俩大概不会有第三个人能够想得出来了。

“可……”辛宠皱着眉，嘴唇蠕动了半天，才找到自己的声音，“可这是什么意思？”

“门牌号。”叶时朝十分有把握，“我父亲每次给我出的解密题，过程会非常刁钻困难，但是得到的答案通常都是最简单并直指谜底的。若是藏宝的游戏，解开他的谜题，得到的通常就是宝物的直接地点，也就是门牌号。”

“哦哦。”辛宠惊叹着，顾不上宿醉的头疼，赶紧拨通了刘讯飞的手机，将叶时朝刚才说的话大概重复一遍。

“门牌号？哪里的门牌号？这个房子里藏着什么？”刘讯飞应该也是刚醒，一边问一边穿衣服，电话那头都是衣料摩擦的窸窣声。

清晨寂静的实验室，让听筒里传出的声音变得很大，叶时朝想必也听到了他说的话，辛宠望向叶时朝，叶时朝摇摇头。

辛宠只得实话实说：“他也不知道。”

“好吧，这本来也不是叶博士的工作，交给我，我来查。”刘讯飞说着，飞速将电话挂了。

实验室里又恢复了平静，叶时朝也似终于完成了心中重任一样，松了一口气，卸下重压，疲惫铺天盖地地席卷而来，让他头晕脑涨，站都站不稳了。

辛宠连忙上前去扶住他，将他扶到沙发上，他此时身上滚热，脸色发青，实在让人担忧：“你到底多长时间没睡了？”

叶时朝睁开眼睛，握住她的手，摇了摇头：“我已经不记得上一次睡觉是什么时候了。”

辛宠又急又气：“走，去医院，你再这样下去身体非垮了不可。”

“垮不了。”叶时朝抓着她的手，放在唇边亲了一下，“我还想等到这一切都结束了，和你一起退休呢。”

“退休？”辛宠听到这两个字，忍不住想到满头白发的他们，互相搀扶着走在夕阳下的场景，不禁热泪盈眶，“我们这么早退休吗？”

“这一切太让人厌倦了。”叶时朝闭上了眼睛，抓着她的手，紧紧地抓着，“我想和你找个安静的地方待着，就我们俩，谁都不见……”

“好。”辛宠笑着点头，“但是你现在还是要去医院。”

说着不听他分辩，将他强行扶到车里，开车送他去医院，并叫来了现在无事可做的辛格陪着他。

自由的最后两小时，是在医院度过的，然而去查门牌号的刘讯飞还没有消息，辛宠放弃了最后一丝希望，看着在药物作用下沉沉睡去的叶时朝，叹了口气，决定去警局。

这个时候，白亭年打来了电话，焦急地问：“学姐，你现在在哪儿？我去你家里，按了半天门铃都没人开，你哥家也没有人……”

辛宠笑：“放心，我没跑。在医院呢。”

小白紧张起来：“医院？你怎么了？”

“不是我。”辛宠懒得再重复一遍清晨发生的事了，只说，“你能回来我很开心，不然就要老邢来当我的律师了。”

“我……”白亭年哽咽了一下，声音沙哑了许多，“这几天我一直在找证据，想证明你的清白，我甚至雇了私家侦探，但是……什么也没找到……对不起，学姐，我太没用了。”

休假了一个星期，她以为他在怄气，原来是在暗中帮她找线索，辛宠泪盈于睫：“不是你没用，是对方太狡猾了。不管怎样，小白，谢谢你。现在陪我一起去警局吧。或者，你知不知道3-1506这个地方？”

电话那头的白亭年显然一愣，有点不确定地问：“什么3-1506？”

其实辛宠一说出口就后悔了，问小白，小白怎么可能知道？事实上，这个门牌号后面到底是什么，能不能解救她，她都不知道。

昨天之前，她以为自己已经无所畏惧，然而今早看到躺在病床上的叶时朝，才知道自己心中依旧充满了恐惧。

害怕六夫人、七夫人再也抓不到；害怕沉冤不得雪；害怕与她爱的人分开……

看清楚心中的恐惧，她一下子手足无措起来，抓着方向盘哽咽得几乎说不出话来，只得挂上电话，给白亭年发消息：警局见。

然后才丢开手机，趴在方向盘上痛哭出声。

辛宠八点之前来到警局，白亭年早已等在那里。

他西装革履，提着公事包，精致的脸上带着焦急，下巴上来不及刮的胡楂让他看起来成熟了几分，见到辛宠下车，忙迎上前去。

“怎么突然把电话挂了？”他焦急地问着，上上下下打量她，见她一切如常，才略松了一口气，“我知道这一切不好受，我会一直陪着你。”

辛宠朝他点头，强装着镇定：“我没事，进去吧。”

两人并肩走进警局，准备办理解除取保候审的手续，在等待的时候，白亭年突然皱了下眉头，拉着辛宠说：“学姐，你之前问我知不知道3-1506？这是不是一个门牌号？我好像见过这个门牌号……”

辛宠一惊，忙问：“在哪里见过？”

“有点记不清了，就是猛然间想到了。”白亭年皱着眉，奇怪地看着紧张的辛宠，“这很重要吗？”

“很重要。你快点想想。”辛宠抓着他的胳膊，使劲晃了晃。

白亭年也跟着紧张起来，点了点头：“我想想，想想……你别晃我……”

辛宠松开手，白亭年皱着眉仔细思索着，约莫过了一分钟，才猛地抬头，眼睛晶亮道：“我想起来了，去年我们不是接了一个防卫过当的案子吗？为了查清当时的情况，我去了案发地点，是盛源路的城中村，当事人就租住在那个村子里。无意间记得看到了这个门牌号，3-1506，我当时还在想，怎么那么巧，因为那个时候就是3月15日，下午6点。”

辛宠当律师这些年，接过的防卫过当的案件不下几十起，她当然记不得是哪一起，但是既然有线索，就要查一查。

这么想着，已经拨通了刘讯飞的电话，对着电话说：“刘队，盛源路……你去盛源路的城中村看看。”

见辛宠表情如此严肃，白亭年也隐约觉察到不对劲来，小声问：“这个门牌号跟案子有关吗？”

辛宠挂了电话，脸上的焦急感丝毫没有减轻：“不好说。现在一切都还不好说。”

她心里实在没底。

中午十点，辛宠办理好了所有的手续，再次穿上了看守所的马甲，走进自己熟悉的监室。铁门关上，外面的一切再次成了昨日。

她在床边坐下，摸了摸薄薄的被褥，眼前满是叶时朝青白的脸，还有他握着她的手，在她耳边说的话：这一切太让人厌倦了……

想想这短短的一年多时间，她和他一起经历的事……血腥、扭曲、恶毒，人性有多美，就有多恶，阴谋、伤害和恶意从来都是无休无止的这一切……太让人厌倦了。

她坐在床上，头靠在墙上，疲惫地闭上了眼睛。

也不知过了多久，外面天色似乎并没有什么变化，又或者已经过了一百年那么久，辛宠被开门声吵醒了，与她熟悉的女民警叫她："24773，刘警官要见你。"

辛宠立刻站了起来，紧张得全身都僵硬了。

跟在民警后面来到看守所的审讯室，刘讯飞不等她坐稳就迫不及待地说："抓到周玲玲了。"

就在这时，辛宠听到自己心里的大石落地的声音。

终于抓到她了！

109.

辛宠虽不能亲身经历这场抓捕，但是刘讯飞实在太开心了，绘声绘色地跟她讲述了当时发生的一切。

刘讯飞得知叶时朝从叶振言留下的蝴蝶样本中解读出"3–1506"这个门牌号，就立刻着手进行排查，通过对本市所有区域门牌号进行分析，已经将范围缩小到几个旧的社区和几个城中村。正在初步排查时，接到辛宠电话，让他去盛源路的城中村看看。

当时刘讯飞正在盛源路附近，当即驱车赶往，找到挂着3–1506号门牌的房子。那是一栋十分普通的房子，是平房，很老旧，跟这个老旧的城中村完全融为一体，怎么看都看不出问题。

房子的大门紧闭着，刘讯飞让其他人埋伏在周围，一个人上前敲门，敲了两下，门开了一条缝，一个五六岁的小女孩从门缝里探出头来，问："叔叔你找谁？"

刘讯飞看到小女孩，竟有一瞬间的愣神，心想叶振言给出的讯息跟六夫人、七夫人无关？想着挠了挠头问小女孩："我是抄水表的，小朋友你家里有大人吗？"

小女孩摇摇头："我妈妈出去买菜了，要等一会儿才能回来。"

刘讯飞就没再难为小女孩，让她把门关好，并没有强行进门。

他去了旁边邻居家打听，邻居是一对六七十岁的老两口，问起旁边那户人家，就说："琴琴妈带着琴琴住这里，有些年头了，孩子没生就在这儿了，原本男人也在，后来男人躲债跑了，就剩下这母女两个。琴琴妈学过会计，上班的时候，就把孩子放我们这儿，我们给照看着，一个月给一千块钱，挺好的娘儿俩，你们问这些干什么？”

刘讯飞拿出证件，随口说：“人口普查。”然后又问：“琴琴和琴琴妈多大了？”

老太太说：“琴琴六岁，明年要上一年级了。琴琴妈三十岁吧，我也不是很清楚。”

刘讯飞皱眉。

三十多岁？那就肯定不是周玲玲或者七夫人，毕竟这两人都跟他一样，眼见着就要过半百了。而且这母女俩在这里居住了那么久，并不是新搬来的，确实没有什么可疑的。

向老太太道了谢，刘讯飞撤了队，一路上想着，也许是叶时朝算错了，但又不甘心，让其他人回去，自己又偷偷折了回来，征用了街口报刊亭，躲在里面守着。

等了至少有两小时，终于看到那户人家有动静了，有个年轻苗条的女人，提着菜筐，推门走了进去。

那女人长发披肩，穿着长裙，戴金边眼镜，皮肤很白，看起来确实是三十多岁的样子，样子跟周玲玲并不是很相像。但是就在她抬头的那一刻，电光石火之间，刘讯飞脑中突然闪过了一个让自己都匪夷所思的念头，猛地从报刊亭窜了出来，叫了一声：“周玲玲。”

那女人朝他这边看了一眼，并没有应声，神色如常地进门去了。刘讯飞转身朝房子后面跑，远远就看见后墙的窗户正被卸下来，女人从里面钻了出来。

刘讯飞躲在树后，等着女人钻出窗户，然后才窜了出去，拔出枪来，指着女人的后背，叫了一声：“周玲玲，我劝你不要动，再动一下，我就有理由开枪。”

周玲玲没有动。刘讯飞一步步警惕地上前，直到将枪抵到她的后脑勺才松了一口气，冷冷地道：“我现在终于知道，为什么当初抓不到你。狡兔三窟。琴琴妈是你的第几个身份？”

辛宠听得冷汗直冒，她问刘讯飞：“容貌可以通过化妆改变，女人都懂。可琴琴是哪里来的？她真的为了伪装生了一个孩子？”

“不是亲生的。你想都想不到。”刘讯飞拍桌子，“是租的。八千块一年租来的，刚出生就租来了，一直养到现在，就是为了给自己伪装的身份增加真实性。当初围剿‘鬼美人’，抓不到这位六夫人，有可能就是因为她还有别的身份做掩护，也许是男人，也许是女人，也许租了一对老人，成了人家贤惠的儿媳妇。”

要藏起一棵树，就将它藏进树林，要藏起一滴水，就将它放入大海，人若想隐藏，最好的办法不是消失，而是藏在人群中，正大光明地生活。

周玲玲深谙此道，怪不得那么难抓。

“孩子的亲生爸妈找到了吗？”辛宠问，她觉得能将孩子租出去的父母也同样让人匪夷所思。

“还没，局里专门派了人跟这件事。找到了，我们准备起诉他们。”刘讯飞说着，眼中流露出叹息，“这是叶振言临死前留下的讯息，这么多年来，他一直都没放弃追查六夫人，不知道追查了多少年……大海捞针，竟给他捞到了……他一定是准备查到七夫人之后，就将消息一起上报，然后就能恢复身份，与儿子相认了……就差一点，就差那么一点……”

辛宠垂下头，眼泪在眼眶里打转，又一次陷入深深的自责中。

虽然抓捕了周玲玲，但是周玲玲并不承认任何的罪行，她深谙心理战术的门道，也清楚所有司法的程序，毕竟眼下警方并没有实质的证据指认她，她咬死了不松口，警方也拿她没有办法。

叶时朝来看辛宠时，提到周玲玲却并不沮丧，他劝慰辛宠说：“人都已经抓到了，还怕找不到证据吗？犯下那样的大案，怎么可能丝毫不留下痕迹。”

“是她一直给我心理暗示，我才会找上你，她知道你在昆虫学上的造诣，肯定会非常小心，连昆虫方面的证据都不会留下。”辛宠沮丧，“是我太蠢了，怎么当初那么相信她。”

“你这么一说，我倒是要感谢她的。”叶时朝俊美的脸上露出一个笑来，“如果不是她选了你，我可能就要孤老终生了。”

这是在告诉她，他这一生除了她，不会再爱别人了吗？辛宠心中被柔情充盈着，鼻头却在发酸，眼眶又红了，忙别过头去。

叶时朝看着她，黑眸里平静了很多：“我父亲留给我的信息，除了母亲的遗体位置外，就只有六夫人的所在，并没有什么话要告诉我。但是哑伯却与我说了很多。他说：春种秋收，四季交替，花开花落，都是美妙的。他希望我好好地在这美妙的世界上活下去，做喜欢的事，爱可爱的人，无忧无虑。他一句话都没留给我，他并不希望我为他痛苦，他也并不会为自己的死亡痛苦，因为母亲离开的时候，他就已经死了，以后活着的日日夜夜，不过就是替母亲完成她未做完的事情而已。”

辛宠再忍不住，眼泪滴在手背上："我也想在这个美妙的世界上好好活着，做值得你爱的可爱的人。"

叶时朝微笑了一下："你本来就是可爱的人。"

110.

刘讯飞审讯遇到了挫折，就来找辛宠，坐在她对面唉声叹气。

"周玲玲新发展出来的爪牙，拔除得差不多了，就光'鬼美人'团伙的那些旧案，就够判她个终身监禁了。可是这个女人不知道是怎么想的，都到了这个份上了，依旧不肯承认她跟甄艺姑娘和叶振言的死有关。"

真凶不肯认罪，又没有直接证据指认，辛宠的罪名就洗脱不了。

辛宠已经平静许多了，她分析道："增加两条杀人罪就是死刑了，周玲玲诡计多端，后路多到你想都想不到，只要不死，即便进了监狱也有可能脱身，她怎么可能会认？不过，别急，人都已经抓到了，主动权就在我们手上，总能找到证据的。"

刘讯飞发愁的时候就习惯性地用双手抹一把脸，好像能把难事一并抹走似的："七夫人还没抓到，我真的是觉得对不起你。"

辛宠摇摇头："刘队，你可千万不要这么说。要不是你这么多年依旧执着这个案子，周玲玲就不可能被抓到，新发展的'鬼美人'团也不可能在尚未成形期就被剿灭，到时候又不知道会闹出什么惊天大案，也不知道有多少失足的傻女人为了别人的权势，赔上一生。"

刘讯飞没说话，过了许久才自嘲地笑一笑："但愿吧。但愿我不是白执着一场。"

在看守所的第三个月，一个清晨，她就被民警叫去了会见室，白亭年一脸凝重地在等她，辛宠心中有种不祥的预感，忙问："怎么了？出什么事了吗？"

白亭年抬头看了她一眼，眼神和表情都十分复杂："周……周老师，死了。"

辛宠愣了一下，半天没回过神来。

周玲玲的死让所有人都始料未及，就发生在周玲玲移交看守所的路上。

负责押解周玲玲的是看守所的两名民警，因为周玲玲是重犯，两人都配了枪。本来一路顺畅，走到路面比较开阔的和畅路，迎面一辆悍马越野车开了过来，直直撞向押解车，事情发生得太快，司机打方向盘都来不及，车就被悍马撞飞出去，押运车侧翻，司机和两名押解民警都被死死卡在了车里。

这个时候，从悍马车里走下来一个身材窈窕的女人，女人一脸阴冷，打开侧翻的车门，将已经撞晕了过去的周玲玲提了出来，半拖半抱着，拖上了悍马车的后座，疾驰而去。

此时路边看到这一幕的行人早已报了警，刘讯飞急得扔下吃了一半的饭，带人赶了过来，将附近的所有道路都封锁起来，拉着警笛，追捕了一个多小时，终于在江景路的尽头堵到了那辆悍马。

刘讯飞举着枪，带着人围过去的时候，之前驾驶座上的女人将枪扔了出来，双手举高，一脸泪痕，望着前方。而周玲玲一身血污，早已没了声息，胸口上的一个血窟窿还在流血。

刘讯飞认出驾驶座上的女人就是七夫人，传闻当过雇佣兵的一个女匪头，但怎么也想不明白，她为什么要杀了六夫人，而且是冒着自己被抓的危险，劫车杀人。

后来查看了悍马车的行车记录仪，刘讯飞得到了全部的答案。

行车记录仪中记录了七夫人杀周玲玲之前，与她的全部对话。

“凝香，你来救我了？凝香你不该冒这个险。”凝香是七夫人的名字，冷凝香。

周玲玲的声音过后是片刻的沉默，冷凝香并没有回答她。周玲玲又问：

“凝香，你怎么了？你要带我去哪儿？凝香你停一停，凝香……”

行车记录仪中，终于缓缓响起冷凝香的声音：“周玲玲，是你杀了大姐。”

众人皆是一惊，行车记录仪中周玲玲的声音也明显颤抖了一下。

“凝香你……你在胡说什么？怎么可能是我杀了大姐？大姐是被警察逼得走投无路吞枪自杀的。”

“周玲玲你别装了，你杀大姐的时候，小五在场，他把一切都告诉我了。”

“小五？凝香，你别傻了，小五那个时候还是个婴儿，能知道什么？那孩子怎么能胡说？我将他养大，没有恩也总有几分情，他怎么能污蔑我？”

“小五那个时候确实是个婴儿，就因为他是婴儿，所以大姐才买了婴儿监视器。他调皮，将监视器拨到自己的襁褓里，所以没有被你发现。那个监视器后来被大姐夫收了起来，去年临终前才给了小五。里面清清楚楚地录下了你的声音，还有大姐临终前说的话。”

又是片刻沉默，周玲玲的声音褪去了可怜兮兮的委屈，变得冷静强势了起来。

“唉，怪不得韩梅梅那丫头一家子能被救走，我也突然被抓了，看来都是小五那孩子透的风。这个傻孩子，毁了我这么多年来的心血，我这么做可都是为了他。”

“别再骗自己了，周玲玲，你是为了他吗？你是为了你自己，为了你自己能成为‘鬼美人’的大姐。怪我太蠢了，相信你为了给大姐和众姐妹报仇才帮着你找到八妹，又除掉了叶振言。早在你亲手杀了八妹的时候，我就该想到你是个狠毒的女人，心里根本没有我们姐妹的情分。”

“我没有姐妹情分？我狠毒？那老八呢？大姐呢？老八为了个男人投奔了警方，还策反了那么多姐妹，她不该死吗？”

“那大姐呢？你最落魄的时候，是她把你从火坑里救出来的，要不是她，你早就烂死在那种脏地方了。”

“大姐的救命之恩，我当然没忘，所以那么多年来一直尽心尽力地帮着大姐壮大‘鬼美人’团。可是大姐她自己背弃了自己的诺言。就在警察围剿咱们的时候，我催大姐快点走，她说，她累了不想干了，余生就想守着小五跟大姐夫好好过日子，这一次走了，就再也不会回来了。当初进团的时候，我为了她抛弃了家庭，抛弃了女儿，抛弃了我作为女人的一切，她却跟我说她不想干了，要一家人去过好日子！那我的家呢？谁还给我？到了那一步我不能退让，我劝了她很久，可她去意已决，没有办法，我实在是没有办法，才……为了帮大姐得到她想要的，我伤了自己的身体，不能生孩子了，我没有退路，只有‘鬼美人’团，我不能让她毁了它。”

“周玲玲你简直丧心病狂！你杀大姐，杀八妹，说白了就是嫉妒，嫉妒她们有人爱。”

“我不是，我是为了‘鬼美人’团，是大姐和八妹背弃了诺言，是她们该死！”

“你闭嘴！”

砰……

枪响了，冷凝香号啕大哭的声音伴着警笛声，久久都没停止。

111.

被抓捕的冷凝香在警局里长久静默，不言不语，但是她车上的行车记录仪却已经“招供”了一切，辛宠的嫌疑自然洗脱了。

白亭年陪着辛宠办好了手续，一起离开警局。

警局门外，辛格和叶时朝还有施寅都等在门外，看见辛宠出来，都笑起来。辛格冲过来使劲抱了她一下，辛宠被这力道十足的一抱勒得差点背过气去，忍不住翻了个白眼，抱怨道："哥，你再不放手我就要被你勒死了。"

辛格这才放开她，眼圈发红："呸呸呸，什么死不死的。你现在是大难不死，必有后福。"

"你什么时候也这么婆妈了？"辛宠心里被暖意充盈着，鼻头有些发酸，忙扭头去看叶时朝。

叶时朝伸手拎过她的行李袋，俊美的脸上带着浅淡的笑意，摸了摸她的头，"让你受苦了。"

忍了又忍的泪水终于还是没忍住，不争气地流了出来，辛宠当着众人的面，紧紧抱住了他的腰，将头埋在他的胸前，无声地哭了起来。

施寅在一旁酸酸地碰了辛格一下，打趣道："你跑得倒快，可惜啊，人家现在最想抱的人可不是你。"

辛格心里正冒酸水，施寅的话正中他的软肋，顿时醋意更加汹涌了，但是他可不能当个会吃未来妹夫醋的大哥，为了掩饰这份小心眼，他立刻转身将矛头和怒火全部发泄到施寅身上，与他怼了起来："再不想抱也抱了，总比你强，想抱都没人抱。"

"谁说我没人抱？我有阿福，回家可以抱阿福。"

"哎哟，你那狗儿子也要娶狗媳妇了，娶完媳妇它还会理你？"

"阿福是忠犬，它事事以我为先。"

"可别给自己脸上贴金了，上回我亲眼看见阿福追着人家小母狗，闻人家屁股……"

"不要把阿福说得跟你一样龌龊。"

"人要恋爱，狗要发情，天经地义，哪里龌龊了？"

……

两人吵得不可开交，辛宠抱着叶时朝不撒手。白亭年还站在台阶上，黑眸隐没在树荫里，忽明忽暗，过了一会儿，他走下台阶，已经是平日里的笑脸了，提醒辛宠道："我们不要堵在警局门口了，人来人往的，一会儿就要引起围观了。"

辛宠这才意识到自己相思成灾，竟然失态了，慌忙放开叶时朝，抹了抹眼泪，胡乱点头："对，对，我们先回家吧。"

叶时朝看着她，点点头，握住了她的手，漆黑的眸子里那深深的隽永，也如她一般写满了相思。

辛格提议："去我家吧，我们好好搓一顿，施寅下厨。"

施寅挑了挑眉，拨开辛格，"我当然可以为了辛宠小姐下厨，但是不应该由你来说。"

辛宠感激地对施寅笑了笑，笑容里满是倦意："改天吧，今天实在太累了，只想回去好好睡一觉。"

"也好也好，等你休息好了，再约。"辛格忙说，然后揽着施寅的肩膀，一副屈尊降贵的表情，"只能咱哥俩去吃了，你说好的下厨啊。"

"我下厨做给你吃？想得倒美。"施寅撇了撇嘴，表示拒绝。

两人斗起嘴来没完没了，辛宠也懒得听他们吵完，走到被冷落在一旁的白亭年身旁，郑重道谢："小白，这次真的谢谢你了，没有你，我根本不可能这么快就恢复自由。"

白亭年清秀的脸上浮现出一抹羞涩的笑容，看着辛宠，眼神里满是柔情："为了学姐，我愿意做任何事。"

也许那眼神实在太刺眼了，叶时朝老大不高兴，走过来揽着辛宠的腰，宣布主权一般，对白亭年点了点头："该道谢还是要道谢的。律师费改日结算给你，一分不会少。她累了，我们先回家，再见。"说着不由分说揽着她朝车的方向走。

辛宠来不及跟白亭年说声"再见"就被拖走了，一直被拖到那辆熟悉的甲壳虫旁边，才被放开。

"你吃小白的醋？"第一次感受到他波涛汹涌的醋意，辛宠心中是得意的，但是又觉得没必要，"我知道小白喜欢我，但是哪个男孩身边没有一个特别在意的姐姐？那属于男孩成长过程中的正常心理，等他找到自己的真爱，那种情节自然就消失了。"

叶时朝依旧板着脸，郑重其事地说："首先他是个成年男人，不是男孩。其次，他要去幻想姐姐是他的自由，但是幻想对象不能是我的女朋友。"

"我的女朋友"几个字，听着实在太悦耳，辛宠低头笑了两声，竟然忘记了反驳，一不留神就被他推进了副驾驶。

看着他帮自己认真地扣好安全带，辛宠还有些不敢相信，指指方向盘："你要开车？你可以开车吗？"

"不然你以为我是怎么来的？推着车来的吗？"叶时朝瞪了她一眼，缓缓发动起车子。

辛宠感觉到车子在动，仿佛发现了什么稀奇事，满脸惊喜："你是怎么克服心理障碍的？"

"当你要失去挚爱的时候，痛苦会穿透灵魂……"他看着前方，黑眸如落入了长夜，"区区一点心理障碍，根本不会成为你的阻碍。你不在的这几个月我一直都自己开车。"

辛宠的心被猛地拉扯了一下，那种疼痛让她喜悦。她将手放在他的手背上，什么话都说不出来，哽咽了许久，才起誓一般保证道："我再也不会离开你了，赶都不走。"

叶时朝看了她一眼，眼圈通红，重重点头："我记住了。你要是敢走，我就算追到天涯海角也要把你追回来。"

"嗯。"

叶时朝开车很稳，虽然速度不如辛宠快，但是到底是顺利地将辛宠送回了家。在地下车库停好车，叶时朝提着辛宠的行李下车，又从后座拎出来另外一个包。包是黑色的旅行包，并不大，上面绣着蜜蜂的标志。

辛宠有些奇怪，指着包："你要去哪里？"

"去你家。"叶时朝关上车门，锁车，俊美的脸上表情十分自然，"今天要在你家留宿。"

虽然并没有跟她商量过，但是辛宠竟有些惊喜，默默点点头，跟在他后面，笑容止不住地从眼角眉梢流露出来。

家里还如她走之前一样整洁，门窗都被她关严封死了，所以也没有什么灰尘，就是气味有些不太好，她忙去将窗户打开，让室内通通风。

叶时朝已经拎着行李自顾自地进了她的房间，并没有要去客房睡的意思……辛宠有点紧张，又十分期待，但还是假惺惺地问："你要睡我房间吗？客房也是全新的被褥……"

叶时朝将两人的行李放下，走到她身边，离她越来越近，俊颜在她面前慢慢放大，就在她以为他要亲她的时候，他伸手将她身后的窗帘拉上了……然后狠狠吻住她的唇。

过了许久他才意犹未尽地放开她，有些生气地问："你去我家都是睡我的床，我来你家为什么要睡客房？"

辛宠被他亲得双眼迷蒙，粉唇微肿，声音都仿佛蒙上了一层纱："那……那睡我房间吧。"

"当然。"叶时朝说着，放开她，一本正经道，"我们两个人的家离得太远了，开车也要好久，太不方便，要不然以后，一三五住我那儿，二四六住你这儿，周日一起出去自由活动。"

这是要跟她……同居？辛宠想了一下，竟然有些心动，但是好在理智还没有离家出走，结结巴巴道："这个……以后再好好谈，我想先去洗个澡。"

"好。"叶时朝说着好，却又伸手突然抱住了她，紧紧抱了一会儿，才依依不舍地松开。

他的黑眸里都是深情，虽然没有说，但是已经藏也藏不住了。

辛宠差点就溺死在他突然爆发的深情中了，用了好大的理智才让自己离开他，走进浴室。

洗澡出来，厨房传来饭菜的香气，辛宠惊讶地跑去厨房，就见叶时朝正笨手笨脚地用微波炉加热饭菜。饭菜是现成的，热一下香气就全部蒸腾起来了。

"哪来的吃的？"辛宠奇怪。

"家里的阿姨做好了用保鲜盒密封好，我直接带过来的。"叶时朝将最后一道菜放进微波炉，定好时间，然后将饭菜一样一样地端到餐桌上，并对她说："洗好了就过来吃吧。"

熟悉的家，熟悉的浴室，熟悉的餐桌，她深爱的人，这一切的回归让她慢慢放松下来，真正有了一切都结束了的错觉，三个月都没有过的饥饿感席卷而来。她将毛巾丢开，就坐到了餐桌旁，捧起一碗汤，喝了一口，鲜嫩的鸡汤犹如刚出锅，她不由得赞叹道："好喝。"

"阿姨做饭很好，等你住到我那里，喜欢吃什么就告诉她，让她做给你吃。"叶时朝端上来最后一道菜，又转身回去，取了一瓶酒出来。

酒是一早就打开醒着的，倒在高脚杯中，泛着红宝石一般迷人的色泽。

辛宠看着那瓶价格不菲的红酒，有些诧异："你能喝酒？"

"不能。"叶时朝倒了两杯酒，把酒瓶放下，自己举起一杯，"但是你喜欢喝。今天我想让你高兴。"

辛宠毕竟是职场上混的人，没点酒量怎么行？不过，抛开应酬，她也的确爱喝，自己在家的时候也会自己跟自己喝上一两杯，权当催眠。毕竟回到家里也没有什么娱乐，有什么比晕晕乎乎地直接倒在床上一觉到天亮更让人神清气爽的呢？

辛宠很高兴，是非常高兴，她人生中从没有哪一刻像今天那么高兴的。

以前也并不是没有男人费尽心思哄过她，更加浪漫的事情她也经历过，但是那些浪漫和甜言蜜语，都比不上他的这一杯酒。

她端起酒杯一饮而尽，然后晃着空酒杯冲他笑，脸颊像染了胭脂一样，绯红诱人。

叶时朝也一脸淡定地喝光了杯中的酒，然后重重放下杯子，俊脸开始用肉眼可见的速度变红。

辛宠有点担心，忙问："你没事吧？快吃点菜。"

叶时朝板着通红的脸拿起筷子夹菜，可夹了半天，筷子也没有伸进盘子里，身形也开始摇晃了。

这是已经醉了？

辛宠无奈地帮他夹了一筷子鱼肉放进他的嘴里："不能喝还喝？要是不舒服就先进去睡吧。"

叶时朝摇头，"不睡。"然后起身，郑重其事地摇头，"我要解酒。"

"哦哦，我去给你买解酒药。"辛宠正准备起身，脸突然被捧了起来。他红通通的脸朝她靠近，鼻息喷到她脸上，滚烫滚烫的。

"不需要解酒药。"他贴着她的耳边喃喃，"你就可以。"

说着，还不等辛宠反应，唇就被又一次吻住了。

112.

这一晚着实荒唐，在酒精的催化下，叶时朝简直像是变了个人一样，霸道又热情，黑眸中炙热的欲望，几乎将她融化。她沉落其中，被燃烧，被撕碎，又被深情宠爱地黏合起来。身体里充斥着连自己都有些陌生的欢愉，猛烈又长久，如同销魂蚀骨的毒药，让她无法自拔，甘心沉沦。

半夜，辛宠口渴了，腰酸背疼地起身，刚准备下床，手突然被抓住，叶时朝一下子坐了起来，急道："你去哪儿？"

他睡眼朦胧的，几乎是条件反射般拽着她，俊脸上是来不及掩饰的脆弱，让辛宠心里一阵揪疼，忙安慰他："不去哪儿，就是口渴了，去倒水喝。"

叶时朝这才松了口气，松开她的手，脸上有一闪而过的自嘲，低声道："我去吧。”

她还没来得及说什么，他就已经翻身下床，去厨房给她倒了一杯水，递了过来。

她看着他的脸，喝了两口，将水杯放在一旁，看着他上床就靠了过去，在被子里搂住他的腰：“我不会走的。以后一三五住你那儿，二四六住我这儿，星期天我也去你那儿，我们永远都不分开。”

叶时朝的身体轻轻颤了颤，翻了个身，用双手使劲搂紧她，闻着她馨香的发顶，喃喃道：“我大概是天煞孤星，这辈子爱过的人都没有好下场，所以……我害怕！”

夜晚的寂静和黑暗给予了一个人脆弱的权利，他褪去了白日里冷漠严谨的模样，像个患得患失的孩子，紧紧搂着她，那种失而复得的感觉让他既开心又担忧，即便睡着了也总是做梦，梦见她离开了，梦见她死了，总不得好眠。

辛宠抬起头来，亲了亲他的下巴：“放心吧，我身上煞气也很重，负负得正，我们会好好地在一起，白头到老。”

叶时朝没说话，就紧紧抱着她，在她的温暖中，慢慢睡着了。

冷凝香车上的行车记录仪虽然记录了她的供述，也提到了大夫人的儿子，小五，但是审讯过程中，冷凝香却对小五的下落闭口不言。她是个脾气火爆的人，并没有六夫人那样弯弯绕绕的心肠，问得急了就拍着桌子对刘讯飞吼：“你就算现在把我毙了，我也不可能告诉你小五的下落！他已经有了新身份，成为一个正常人，这些年的案子，他一件都没沾，你们挖他出来做什么？坏事都是我和六姐干的，她策划我执行，就这么简单，还审什么审！我十七岁就当了雇佣兵，酷刑之下都不干出卖人的事，你们要浪费时间就尽管来，我可是学过怎么跟你们耗。”

若说周玲玲是颗棉花做的硬钉子，这位绝对是金刚钻做的。刘讯飞咬了咬牙，摔门离开审讯室。

冷凝香的话，刘讯飞始终将信将疑，这个案子实在太重大了，他为此几乎耗尽了整个刑警生涯，已经成了他心中的执念，这一次他一定要斩草除根，不能让甄艺一家的惨剧再重演一次。

施寅走进办公室，见刘讯飞正在揪头发，忍不住笑了起来：“刘队，人到中年还不爱惜头发，小心遭天谴。”

“放心，秃不了，我家基因好，九十多岁的老太爷头发都浓密着呢。”刘讯飞抬起头，叹了口气，问：“找我有事？”

“周玲玲的验尸报告。”施寅将报告晃了晃，表情严肃起来，“有十分奇怪的事。”他说着将报告翻开，翻到第三页，“周玲玲右手的拇指指纹曾经被磨掉过，然后又在磨过的表皮上面文了指纹。”

“为什么要专门文指纹上去？文的是谁的指纹？”刘讯飞皱眉问。

“不知道是谁的，反正不是她本人的。”施寅将报告递给他，“人的十个手指虽然每个手指指纹都不一样，但是指纹是由基因决定的，同一个人的指纹有规律可循，文在她拇指上的指纹绝对不是她自己的。”

“有没有可能是对她很重要的人的？”刘讯飞看着那个指纹照片，皱起眉，“李明昌？李明瑜？不对不对，这两个人对她没有那么重要。”

施寅见他已经进入了思索状态，也就不打扰他，告辞道：“刘队慢慢想，慢慢查，我先下班了。”

“等等，等等。”刘讯飞抬起头来，不无关切地问，“最近有没有去看过小叶博士和辛宠？他俩怎么样？”

“好着呢，蜜里调油、如胶似漆！我都不愿意靠近他们，否则容易内伤。”施寅摇了摇头，嘴上抱怨着，脸上却是笑着的。

“挺好，挺好。”刘讯飞这才放下心来，“他们也该过几天清净日子了。指纹这事儿就先别跟他们提了。”

施寅也这么想，点了点头，就离开了。

叶时朝和辛宠这几天过得十分颓废，每天睡到自然醒，饿了手拉手一起出去吃饭，吃饱了打包一些放冰箱里当晚饭，然后两人在家里无所事事。辛宠闲得无聊开始追韩剧，叶时朝这辈子第一次认识了韩国欧巴，并对剧情嗤之以鼻，全方位嘲讽：“这女的是傻子吗？这种智商能当上总裁助理？这男的竟然为了争风吃醋，随意更改公司的投资方向，有这种总裁的公司竟然没有倒闭？”

辛宠窝在他怀里看剧，本来看得十分舒坦，听他这么吐槽也觉得无聊了，就干脆关了电脑，爬起来搂住他的脖子，坏笑道：“你坏了姐姐的雅兴，要负责给姐姐找点乐子。”

那韩剧味十足的台词让叶时朝忍俊不禁，问：“你想怎么乐？”

辛宠坏笑着，跨坐在他腿上，雪白的手臂缠着他的脖子，在他耳边吹气：“这样。”又在他脖颈里吹气：“这样。”

叶时朝翻身将她压在沙发上："如你所愿。"

闹够了，两人挤在一起躺在沙发上闲聊，聊小时候，聊上学的时候。叶时朝说起施寅撩妹失败的糗事；辛宠也说到辛格上学时候的"直男"事迹。

两人笑成一团，谁都没有提案子，甚至都没人愿意提外面的世界，他们想要在自己的小天地里醉生梦死，就这么过一辈子。

辛宠本来想让叶时朝亲手为他去掉背上的鬼美人凤蝶文身，叶时朝将自己一直收藏的鬼美人凤蝶标本拿了出来，说："这是在我母亲被杀现场留下的，我保留到现在。既然凶手已经死了，我准备将它一起埋葬了。"

"我背上的文身也一起埋葬。"辛宠靠着他，"你当初不愿意替我去掉文身，是不是就在等这个时刻？"

他点头："能看见的都不足为惧，内在的罪恶不铲除，去掉也是无用。"

辛宠说："现在可以了。"说着将额头靠在他的肩膀上，"做什么都可以了。"

虽然说希望叶时朝亲自操刀，但是考虑到留疤问题，最终还是不得不去医院，这也是时隔多日，两人第一次离开辛宠家所在的小区五百米外的地方。

提前预约好的医生是叶时朝的旧相识，皮肤方面的专家，叶时朝很放心，辛宠被叫进去做术前准备，他就提着辛宠的包在门外等着。

这个时候，辛宠的手机在包里鸣叫起来，他将手机拿出来，看到上面闪着的是刘讯飞的名字，就接了起来。

"刘队，辛宠不方便接电话……"

他话没说完，就被刘讯飞急匆匆地打断了，刘讯飞气喘吁吁，似乎在跑："你们在哪儿？"

"医院。"刘讯飞的焦急让叶时朝警惕起来，"出什么事了吗？"

"不管在哪儿，立刻回家，我去跟你们会合。"刘讯飞急匆匆地说着，似乎上了车，电话那头响起引擎声，"我们知道小五是谁了……"

那个名字让叶时朝脑中一阵轰鸣，立刻冲进了准备室，准备室里空无一人，辛宠早已不见了。

113.

辛宠在半梦半醒的朦胧中沉浮着，耳边从寂静慢慢变得嘈杂，这种嘈杂不但不让人厌恶，反而使人心旷神怡。

鸟鸣啾啾，清澈悦耳；风吹树叶，沙沙如海；不知名的动物发出呼唤同伴的声音，声音细软，如向母亲撒娇的孩童。

她如躺在丛林中的湖面上，四肢舒展，轻松慵懒感从心头扩散到四肢，全身都软绵绵的，说不出来的舒心，舒心到她甚至都不想睁开眼睛。

这种感觉持续了不知多久，残存的一丝理智在她脑中尖叫：快醒醒，你被注射了镇定剂。

警铃大振，鸟鸣、风声、兽语都变得聒噪刺耳，她猛地想起了入梦之前的画面：提着她的包坐在门外的叶时朝，让她脱掉上衣的护士，以及后脖颈处猛然的刺痛……

“啊……”她惊叫着坐了起来，这一惊全身都被汗水浸透了。

“醒了？”耳畔响起一个熟悉的声音，那人说着话靠了过来，用温热的毛巾轻轻擦拭她脸上的汗，心疼道，“怎么出了那么多汗？”

刚睁开眼睛，起初视野是模糊的，过了一会儿才缓缓聚焦，第一眼看到的是那张白皙精致的男人面孔，接着才看到自己的所在。一座木质的房子，屋顶和地板、家具全都是木质的，身下的木床上铺着洁白柔软的动物毛皮，半透明的窗帘外有阳光透进来。还有空气，空气是潮湿清甜的，好闻极了。

男人见她木愣愣地四处看，宠溺地拍了拍她的脸：“还没清醒？”

她的意识这才慢慢回归，分辨出眼前男人的脸，不太确定地喃喃问：“小白？”

之所以不太确定，是因为眼前的男人，跟她熟悉的小白有些不一样，她熟悉的小白，眼神总是纯净的，即便他有爱慕也是克制的，并不像眼前的男人一样，双眸中充斥着的占有欲，丝毫不加掩饰。

“是我。”白亭年笑起来，精致的五官如这间木屋一样干净温柔，“你终于清醒了。我还担心派去接你的人下手太狠，伤到你了呢。”

这句话如同一根刺，狠狠刺入辛宠的心脏，疼得她一阵抽搐，躲开他的手，抱着薄薄的被子，朝边上挪了挪。

“小白……怎么能是你呢？”

“怎么不能是我？”她的躲避让白亭年有些受伤，“是我不是很好吗？我那么爱你，就算伤害自己，也不舍得伤害你。”

说着他眸光眷恋，伸手想要帮她理一理额前的乱发，被她坚决地挡开了。她眼神锐利地瞪着他：“你在我身边那么多年都是演戏？”

白亭年没有说话，锲而不舍地想要理好她的乱发，被她挡开数次之后，终于发怒了，双手猛地钳制住她的手腕，将她压在床上，黑眸中的深情全都变成了一腔怨气：“我是不是演戏，你不知道吗？我有多爱你，你真的没有丝毫感觉吗？还有，你问问你自己，是否怀疑过我？怀疑我为什么没有对警方说？说明你对我也是有感情的。辛宠，你对我是有感情的，不要骗自己。”

辛宠身上药效刚过，全身还是软绵绵的，怎么是他的对手，被他压着手腕在床上竟然动弹不得，只能看着近在咫尺的他变得面目全非，心中的痛楚无法言喻。她不想看他，那双曾经仰慕地望着她的双眸里只剩下了疯狂。

“我们相处那么多年，就像姐弟一样，我对你当然是有感情的。”辛宠缓缓地说，声音嘶哑，带着哽咽，“就因为我把你当弟弟，所以任何事情都不会往你身上想，即便有了怀疑的苗头也被自己掐灭了。我对自己说，这是我看着长大的孩子，最善良不过，他不可能有问题……今日，你还真是用实际行动，狠狠打了我一个耳光。”

“我什么时候承认过是你弟弟？”白亭年咆哮起来，“我不想做你的弟弟，我想做你的男人。”

“我已经有男人了。”辛宠看着他，目光坚决，“这辈子就只有他一个男人。”

“那个人也比你小，凭什么他可以，我不可以？”白亭年说到这里眼圈都红了，“明明是你我认识在先，我们在一起那么多年，为什么你爱上的是他，不是我？”

为什么爱上叶时朝呢？辛宠从来都没有想过这个问题，刚开始发现自己曾经被周玲玲心理暗示的时候也困惑过，自己对叶时朝的爱情是不是因为暗示？时间久了，爱会不会消失？

但很快她就有了答案，她的心灵并没有那么脆弱，心理暗示对她的效力并不是很大，她明白自己要什么，从不自欺欺人，爱情萌发的时候，她就发觉了，且为那种爱人的感觉欣喜兴奋。

爱对她来说是自然而然的事情，虽然毫无道理，但来了就是来了。

辛宠看着白亭年，不想再跟他纠结什么“先来后到”，换了一个自己现在最在意的问题：“小白，你就是大夫人的儿子，小五？那你在国外生活的父母，你告诉我的关于你的所有事情，都是骗我的？”

虽然这个问题很多余，答案就在眼前，可是她就是想听他亲口说。

“小五是我妈妈给我起的乳名。”白亭年放开她，坐起来，换了一张忧伤的脸，“我虽然没见过她，但是爸爸跟我说了很多关于她的事，好的坏的，都说了很多，我知道她是个极端的人，但是我不能批判她。父母的事情并没有说谎，我是由爸爸和六姨、七姨一起抚养长大的，六姨、七姨就像我的妈妈。我爸爸去世之前，将自己一直藏起来的婴儿监视器给了我，里面录了六姨杀我妈妈时候的对话。之后爸爸去世，六姨这个曾经像妈妈一样的人，也随之死了。对我来说，天堂离我也就只有国内外的距离。”

辛宠当然无法理解他的心情，只是觉得他十分可怜：“所以，你把婴儿监视器里的录音放给七夫人听，刺激她杀了六夫人给你妈报仇？你要步她的后尘吗？”说到这里，她突然想起了身后的鬼美人凤蝶文身，“我背后的文身也是你文上去的吗？七夫人杀哑伯的时候你也在场？”

“你太低估六姨了。”白亭年自嘲地笑起来，站起来拉开窗帘。辛宠这才看到外面，外面是重重叠叠的远山，几乎位于山顶的木屋如腾空了一般。白亭年看着外面的山，继续说：“她养我不过是要以我的名义召集蛰伏的当年组织里的旧成员，等她完全掌控了这个组织，我就只有死路一条。所以很多事情虽然是以我和我妈妈的名义做的，但我根本不知道。我知道她非杀叶振言不可，我也知道她布局布了很久，但是我控制不了，只能半路将你截了，执意要在你身上文文身，她才不得不放你一条生路。你以为她留你只是为了打击叶时朝吗？是我执意要留你，不惜跟她翻脸也要留你，她或许也觉得将你栽赃成凶手，折磨叶振言的儿子也是个不错的主意，你才活到现在。不然，从你口中得到叶振言藏匿地址的时候，你就没有用了，她留你干什么？她可是连自己当初的情人都不留的。”

竟然是这样！

辛宠十分震惊，就算是曾经听刘讯飞说起过鬼美人凤蝶文身在“鬼美人”团里的意义，但是听白亭年说出真相，她依旧惊得说不出话来，完全没想到是自己厌恶至极的文身，救了她的性命。

“小白。”她心有余悸，浑身颤抖，眼眶不知不觉红了，“我知道你本性是善良的，帮韩梅梅救出弟弟的一定也是你，我知道……”

“你什么也不知道！”白亭年低头看她，眸光里透着无尽的怨气和怒气，“你知道你哥为什么会被撤职吗？因为他太碍事了，六姨不想留他了，让一个警察殉职实在太容易了，即便你哥身手好，也不过是折几个杀手，她不在乎的。可我在乎，他是你哥，他若死了，你也会跟着伤心死；我不想让你伤心，才收买了警局的人泄露了案卷资料，让他撤职。他只有不碍事，才能保住性命！”

“小白……”

辛宠哽咽。

她一直只当他是个不谙世事的少年，最大的烦恼也不过是有些孤单，完全没想到他在暗处殚精竭虑，为她做了那么多。

还有……还有在寻找叶时朝的那个晚上，在甄艺被杀的木屋里，弄了她一脖颈吻痕的人是不是他？他是不是担心她有危险，在暗中保护她？

根本不敢想他这些年是怎么过来的，实在太孤单太难熬了，辛宠鼻头一酸，落下泪来。

白亭年坐下，轻轻抱住她："现在六姨死了，残余的组织都在我手里，可我什么都不想要，我只想要你。你留下来和我好好生活好不好？要是不喜欢这里也没关系，我们可以去国外，世界这么大，总有你喜欢的地方。"

"对不起，小白。"辛宠推开他，抹干眼中的泪，"我喜欢的地方就在他身边，他在哪里都好，他不在，在哪里我都不会开心。"

白亭年静静地看着她，乖巧少年一样的面孔慢慢露出一个狠戾的表情来："你还不明白吗？我恨极了他！你在我身边，他就能活得好好的，你若执意要走，那我只能……杀了他！"

114.

这场刺杀来得既狠又快，叶时朝刚刚走出餐厅，一辆车就从街角疾驰而来，驾驶座全身包裹严实的黑衣人如一道鬼影举枪射击，走在叶时朝身后的辛格眼疾手快，飞身将叶时朝扑倒，对着周围大喊："闪开，都闪开。"

人群大乱，尖叫着四散逃窜。叶时朝被扑倒在地，抬头去看，那只露两只眼睛的杀手朝他看了一眼，似乎并不恋战，踩下油门，无牌照的黑车朝着宽阔的马路疾驰。

辛格已经拨通了电话，叫了最近的巡逻民警，挂掉电话，看看远去的车，又看看叶时朝，咬了咬牙，最终还是没有追上去。

他担心会有二次暗杀，比起去追杀手，保护叶时朝的安全更为重要。

叶时朝已经站了起来，望着远去的杀手，眸光冰冷。

辛格忙过来问："没事吧？"

叶时朝摇头："他并不想杀我。不过是个警告。警告我，不要再追查辛宠的下落了。"

辛格咬牙，懊悔不止："姓白的那个小子演技真是太好了，那么多年他跟辛宠亲如姐弟，我家更是来去自如，我是万万没想到他竟有这么大能耐！"

叶时朝的俊脸上现出霜雪般的冷意："他的目的从来都不是复仇，他只想要'鬼美人'和辛宠，想要建立属于自己的'鬼美人'组织，是我们太小看他了。"

这次暗杀并不是第一次，当初叶时朝在医院接到刘讯飞的电话，刘讯飞说小五就是白亭年，他脑中立刻闪现出白亭年看辛宠的眼神，顿时心生警觉，冲进准备室去，辛宠已经不见了。

随后赶到的刘讯飞，气喘吁吁地说："周玲玲拇指上发现一个陌生指纹，这几日我一直在比对指纹，我们分析，这也许是周玲玲给自己留下的保险，若她身亡，指纹暴露，那么必然会暴露出来一个人，这个人对她、对组织都至关重要。结合周玲玲极端的性格，我们预测这个人应该是小五，她若得不到组织，宁愿鱼死网破也不愿意把组织留给小五。我们比对了上千对指纹，终于发现这个指纹跟辛宠律所的白亭年是吻合的。白亭年就是小五。"

过往的种种不合理浮上心头。

辛宠背后的鬼美人凤蝶文身……

他与辛宠定情没多久，辛宠就成了杀他父亲的凶手……

诛心……陷害……种种不过就是为了让他和辛宠互相憎恨，彻底分开。

可是他与辛宠依旧和好了，他无计可施，只能丢下六夫人、七夫人，绑架辛宠，强行带她远离。

一步步计划精准，这个看似无害的男人，当真可怕。

叶时朝站在空荡荡的准备室里，看着地上掉落的辛宠的外套，全身冰冷，拳头握得太紧，指甲嵌入肉里，血一滴滴落在地上，他却浑然不觉。

他一定要亲手将这个男人送进牢里！

刘讯飞封锁了医院，搜索了一整日，都不见人影。在调查中发现，医院里有一个救护车司机、一个护士跟着失联了，最终在仓库里找到了被绑架的两人，才得知，一早，就有两人将他们绑架，脱去工服和工牌扔在仓库。

叶时朝在两个杀手可能出现过的地方，反复徘徊取证，即便是尘埃也都利用起来，夜以继日地寻找遗留的蛛丝马迹，终于抓到了那两个绑架辛宠的杀手。然而两人只是拿钱办事，他们也不知道辛宠的下落。

接着刺杀就来了，第一次是在他的家里，之后有一次是他的办公室发生了爆炸，还有这一次的当街刺杀，一次次警告都是在向他宣战。

然而这一次次的宣战，反而更加激起了他的怒火，就算追到天涯海角，他也要把辛宠追回来！

辛宠看着眼前的照片。

熟悉的阳台，她朝思暮想的人，洞穿窗户的弹痕……

她将照片扔在桌子上，全身颤抖，握紧拳头："小白，你不能这样，这是犯罪，走上这条路就回不了头了。"

白亭年站在燃气灶前，细心地煎着一个蛋，似乎并没有听到她说话，也似乎刚才那张致命的照片并不是他拿给她的。

他低着头，看着眼前的平底锅，鸡蛋在清亮的植物油里跳跃，慢慢变得金黄诱人，他抬头看她，微微笑着，眸光漂亮而深情："还是要五分熟吗？"

辛宠将照片撕碎，扔在他面前，转身走了。

辛宠开始绝食，每日无论他端来什么，都被她掀翻砸碎。他一点也不生气，只是心疼她有没有弄疼手，然后换来别的，她照样不吃。后来饿得砸东西的力气都没了，他抱着她，给她看新送来的照片。

手机屏幕上，熟悉的办公室里，一片狼藉，玻璃门碎了一地，墙面坍塌了半边，熟悉的办公桌和墙面因为火光被熏得发黑……

"他没事，就是办公室要重修了。但是下一次呢？万一他刚巧在呢？我不敢保证。"他抚着她的头发，轻柔地说。

连日的绝食，让她连颤抖都做不到了，她只能无力地哭了起来："你到底想怎样？到底想要我怎样？"

白亭年抱着她，轻轻抚摸她的脸，温柔到让人颤栗："吃东西，不要再伤害自己了。"

"好，我吃。你别碰他，我听你的，什么都听你的。"辛宠从他怀里爬出来，爬向桌子，双手颤抖，夹起盘中软嫩的煎蛋往嘴里塞，眼泪扑簌簌地掉在盘子里，心中翻腾着剧痛，仿佛她在吃的不是美味，而是钢钉。

白亭年满意地走过来，俯下身亲了亲她的发顶："几天没吃东西了，别吃那么急，最好喝点温补的。正好家里有刚来的鸡枞菌，我去给你熬鸡汤。”

接下来的一段时间，辛宠确实乖了很多，不再砸东西，也不再绝食。白亭年似乎很开心，每日来都会带些新鲜的花，红的粉的紫的，将小木屋装点得姹紫嫣红。偶尔也会带来更稀奇的花，比如七色堇。

“我在山腰上采的，看这花多神奇。”小小的花朵上七个花瓣，七种颜色，如梦幻般停留在白亭年的手心里。他将花献宝一样送到她面前。她看着稀奇，伸手接花的空当，他俯身亲了亲她的发顶。

辛宠拿着花，别扭地躲开。

这段时间白亭年并未对她做过逾矩的事，最亲密的不过就是抱一下，亲一下发顶，连脸颊都没有亲过。她承认这种君子作风，确实还是她曾经熟悉的小白的风格，但是她眼前的处境，又时时刻刻在提醒她，若是抱着这种想法跟他相处，那就大错特错了。

“这么奇妙的花一定稀少，你摘了，别人不就看不到了？”辛宠看着花，又看窗外，许久未曾走出过木屋，她有些想念外面的世界。

“就知道你会这么说。”白亭年好脾气地笑了笑，将手机拿出来，翻出一张照片，“你看，这儿有这么多，我只摘了一朵，不算贪心。”说着，望着她，表情甚至有些委屈，“我就是想让你看看。”

辛宠看到那一大片的七色堇坡，确实无话可说，心中对外面的向往更大了，小心翼翼地问：“我想亲眼看看……”说完，忙又加了一句，“我就是问问，你要是不同意，不出去也行，别……生气……”

她倒是不怕他生气，就是怕他一生气就去拿叶时朝撒气。

“好，我带你去。”白亭年抱了抱她，“不用对我这样小心翼翼，我没有那么小气。只要不离开我，你就算想烧房子，我都给你递火。”

这话听着十分耳熟，辛宠低下头，脑海中浮现出多年前的画面，那时他们都还在学校，他已经十分喜欢黏在她身边了，她逃课他就帮着掩护，她跟人吵架，他就一旁帮腔，她就算想上房，他都毫不犹豫地去搬梯子。

那个时候许多眼馋白亭年美貌的学姐、学妹都对她十分嫉妒，时常酸溜溜地跟他开玩笑：“小白，你怎么那么听辛宠的话呀？”

“这不是听话。”白亭年望着辛宠，“是宠爱，学姐就算想烧房子我都给她递火。”

“好小白。”辛宠开心地哈哈大笑，“学姐没白疼你。不过啊，我要是真想烧房子，你还是得劝着我，这可是犯罪，咱不能知法犯法。”

同样的话语，同样的人，心境却完全不一样了，辛宠心有戚戚然，点了点头：“我不想放火，就是想出去走走，天天待在这里，太闷了。”

“好，我带你出去。”白亭年牵着她的手，走出木屋，并细心地锁好门。

这是辛宠第一次踏出牢笼，看到这大山里的世界。

115.

这仿佛是一片未经开发的山脉，木屋就修在郁郁葱葱的山顶上，旁边是万丈悬崖，站在崖边眺望，山峦起伏，竟浑然不知这是哪里。

“这是哪儿？”辛宠回头问白亭年，又自嘲了一句，“你把我身上所有的电子设备都没收了，我知道了也没法传递消息。而且这大山茫茫，我总不能站在山上喊救命，那可真是喊破喉咙都没人来救我。”

白亭年被她逗笑了，笑得上气不接下气，好不容易止住了笑，给她理了理被风吹乱的头发，说：“当地人都叫这山为翠顶山。冬天下大雪的时候，无论山下积雪有多厚，山上依旧是翠绿的，没有一点雪，十分神奇。”

翠顶山？辛宠默念着这个名字，怎么听都觉得陌生，她也算是见多识广，可真就没听过这个名字。

懊恼地踢了踢地上的石子，石子滚落山崖，如落入虚空，寂静无声。她有些后怕地后退了两步，后背撞到了白亭年的身上。

白亭年扶住她，柔声问：“要是害怕，我明天叫人来修一圈栏杆。”

“这荒山野岭的，去哪里叫人？”辛宠四下张望，怎么看都不像是有人烟的样子，然而小屋里生活所需又一应俱全，都是怎么搬运上来的？他总不能每一样都自己扛上来。

“这不用你操心。”白亭年笑了笑，揽着她的肩膀，“起风了，回去吧。等围栏修好了，你再出来玩。”

辛宠也不跟他争执，顺从地回到木屋里，跟他一起吃了一顿安静的晚饭。

第二天，她还没有起床，就听到外面有人声，起身出门，就见两个女人带着五六个半大小子在修围栏。围栏是木头做的，木头表面刨得十分光滑，看得出做围栏的人手艺很好。

两个女人看见辛宠似乎有些害羞，半大小子们却觉得新奇，围着她问东问西："你就是大哥从山下带回来的老婆吗？"

"大哥说你跟他上过同一所学校，成绩比他还好，真是太厉害了，我们这儿没人上过大学，连高中都没人上，不过大哥说让我们好好学习，将来他供我们上大学。"

"嫂子，嫂子，城市里的大学是不是真的像大哥说的那么好，光食堂就有三个？"

……

男孩们看起来都不大，却长得高高壮壮，脸和手臂被山风吹得黑红，咧开嘴笑着，露出洁白的牙齿。尽管他们努力地想说普通话，但是口音还是十分重，有些难懂，辛宠听得懵懵懂懂，正不知道如何是好，一个黑胖的男孩拉了拉她的衣角，怯怯地问道：

"嫂子，我要是上了大学，也能找到像你这么聪明漂亮的老婆吗？"

周围的男孩们哄堂大笑，纷纷糗他：

"你那么胖，城里的姑娘才看不上你。"

"就是，只有大哥那么好看的人，才能找到嫂子这么好看的女人。"

"癞蛤蟆想吃天鹅肉，哈哈哈。"

胖男孩也不生气，好脾气地挠挠头，锲而不舍地问辛宠："嫂子，虽然大哥说不用担心学费，让我们好好读书，但是听说上大学要花很多很多钱，我们这么多人，真的都能上大学吗？"

这一回辛宠竟然听懂了，虽然她并不是什么嫂子，也不知道小白到底有没有那么多钱，但竟然鬼使神差地点了点头："能的，一定能的。他说了不用担心，就真的不用担心。"

胖男孩这才笑起来，重重地点头："我要好好学习，我要上大学。"

"要上大学，就得好好学英语，你的英语说的，不但中国人听不懂，英国人也听不懂。"

身后传来一个清澈的声音，辛宠回头，看到白亭年捧着一束山花，山花烂漫，映得他更是皎洁如山月，明秀如清泉。

白亭年当着那群孩子的面，揽着辛宠的腰，宠溺道："不过，你们嫂子说得对，我说了不用担心，就不用担心，没有这点能力，怎么当你们大哥？别偷懒了，都快去干活儿，今天要帮嫂子把围栏修起来，她没在山里生活过，害怕悬崖。”

“好嘞。”

孩子们四散开，欢快地跑去干活了，屋门前只剩下辛宠和白亭年。白亭年亲亲她的发顶，把花递给她，花上露珠犹在，一看就是刚采的。

辛宠不接那花，冷着脸瞪他：“谁是你老婆？”

“你。”白亭年望着她，眼底有无限温柔，“只有你。”

“你该去看看病了，妄想症！”辛宠夺过花扔在地上，踩了两脚，冷着脸进屋里。

白亭年一步不离地跟了进去，笑起来：“我精神正常得很，而且打算带你下山逛逛，你若不想去，我只能一个人去了。”

辛宠刚坐下，听他这么说，“噌”的一声站起来：“我去。”

白亭年带她顺着陡峭的山路往下走，一路上怪石嶙峋，树藤攀错，耳边鸟鸣兽语，如进入了另外的世界，她只觉得稀奇，四处乱看。

所谓的山路根本不能称之为路，只是常走的地方，砌上了一块块石头，勉强能走而已。辛宠走得跌跌撞撞、摇摇晃晃，白亭年一直在她身后护着她，确保她的安全，走了足足半小时才终于来到一片地势比较平坦的山坡。

白亭年指着一块大石道：“七色堇就长在那里。”

辛宠迫不及待地翻过大石，一片花海映入眼帘，七色花在风中摇曳，如坠入凡间的彩虹，美不胜收。

她不由得感叹：“好美。”

白亭年也与她一起站在大石上，放眼四望：“我第一次来这里，也觉得十分美。所以才更加不忍心这里长起来的孩子，过任人糟蹋的日子。”

听他这么一说，辛宠还真好奇起来了：“那些孩子为什么都叫你大哥？你要占山为王？”

“那你要不要当我的压寨夫人？”白亭年笑起来，见她又生气了，才正经起来，“这一带毒品交易特别猖獗，几乎所有的男人都吸毒，女人和孩子都是商品，可以随意买卖。我第一次来的时候是六姨带我办事，几个毒贩子用绳子捆了几个女人和孩子带进来，问我买不买，我问了下价钱，你猜是什么价格？”

辛宠听到这里已经惊得说不出话来了，哪里敢猜。白亭年笑了一下，继续说：“十三岁到十八岁的少女只要八千块，男孩更便宜，四千块就能买个八九岁的男孩。

我花了几万块把那几个女人和孩子都买了。听那些女人说，她们都是被家里吸毒的男人送给毒贩子抵债的，过的就是牲口一样的日子。”

辛宠义愤填膺，像只被激怒的河豚，瞪着眼睛：“这还有王法吗？警察也不管吗？”

白亭年看着她，温柔地笑了一下：“这世上总有些地方是阳光照不到的，那里的黑暗，你根本无法想象。”

辛宠低下头，咬着牙，没说话，她是当过刑事律师的，自然没有那么天真，这个世界上的黑暗，她见过许多，可也许在白亭年眼中，根本不值得一提。

“我将买来的人放了，他们却不肯走，说，就算走了也会被抓起来，再卖，再卖也不知道能卖给什么人，不如跟着我。我就想，这样下去不是办法，就索性带了些人，跟他们回家，将吸毒的男人们和毒贩子都赶走了，将那里圈成‘鬼美人’的地盘。”白亭年说，“至少这样，毒贩子就不敢再进来了，这些人就不用再被卖了，能过上正常的日子。”

“你说的……就是这里？”辛宠指了指脚下，又指了指山上，“那些孩子都是你买的？”

白亭年点点头，又忙澄清：“我可没让他们干过什么坏事，也没欺负过他们啊。”

确实，看那些孩子开朗活泼，也不像是受过欺负的。

辛宠看着白亭年，又看了看山上，崖边忙着修围栏的小子们隐没在树里，完全看不见，她心情复杂，不知该如何描述，过了许久才说：“小白，你是好人。别再做傻事了，迷途知返吧。”

白亭年冷笑：“什么叫迷途？只因为我爱你，我走的路就是迷途？”

“你做的事情这叫绑架，是犯法的，你是律师，难道不知道？别偷换概念！”辛宠回瞪他。

“不！”白亭年的笑又温柔了起来，“我这叫追求，一直追到你答应我为止。”

辛宠懒得跟他吵架，咬咬牙转身走了。

走了几步，见白亭年在后面跟着，她怒气冲冲地吼了起来：“别跟过来，我去尿尿。”

白亭年这才停下脚步，笑着提醒她：“别走太远，山里很危险。”

辛宠充耳不闻，径直走进了密林。

白亭年一个人站在大石上，山风吹过来，撩起他略长的乌发，就像爱人温柔的双手。他站在山风里，轻轻闭上了眼睛。

过了许久不见辛宠回来，他这才睁开眼睛，轻轻叹了口气。

一个人影从树上跳下来，几步来到他跟前，走近才看清，那人是个黑瘦的汉子，约莫四十多岁，双眸精光四射。

“辛小姐跑了。”

“往哪儿跑了？”

“西山口。”

“是下山的路。唉，我就知道不能让她出来，她太聪明、太狡猾了。”

“派人追吗？”

“不用了，虽然方向是对的，但是这山也没那么容易下去，让她吃点苦头。”白亭年说着又叹了口气，“还是派人跟着吧，吃苦头归吃苦头，别真出什么事。她性子烈得很。”

“是。”

黑瘦汉子说着，几步窜进树丛不见了。

半夜时分，辛宠一身脏污，跌跌撞撞地重新回到木屋，进门第一件事就是抓起水壶咕咚咕咚地灌了起来，灌完水擦一擦嘴角，这才意识到自己腿上生疼，一低头，月光之下，撕开的裤子里露出的小腿上，有手掌长的一道血痕。

她疼得“嘶嘶”吸冷气，狼狈不堪地跌坐在床上，打开床头的灯。

灯光亮了，餐桌前有人坐在那里，像座冰冷的雕像。

“回来了？”白亭年冷声道，“这山怎么样？”

“地狱！”辛宠恶狠狠地咬牙，腿上的伤口远不及心头的懊恼来得猛烈。

白亭年靠了过来，将一直握在手上的照片举到她面前：“我们当初是怎么说好的？”

照片拍于闹市，一个餐厅门前，疾驰的黑车中，一把枪正对着叶时朝的额头。

辛宠疯了一样抢过照片，撕了个粉碎，不顾腿上的伤口，歇斯底里地踢打着白亭年，尖叫哭喊：“你干脆连我也杀了！你个疯子！神经病！”

白亭年冷着面孔任由她打，等她打累了，再没有力气了，他才轻轻抱住她，温柔地拍了拍她的头：“别再闹了，对你对我都没有好处。”

辛宠用尽了最后一丝力气推开他，满眼恨意：“滚！滚出去！”

“好。”白亭年也不逼她，一步步退到门口，轻声说：“我给你准备了药，就在床头，你记得给伤口消毒。”说着退出门外，轻轻关上门。

辛宠心如刀绞，根本感觉不到腿上的伤，她跪在地上，拼被她撕碎的照片，她十分后悔为什么撕了它，上面有她朝思暮想的人，就算见不着，只是看看也是好的。

一边哭一边拼，好不容易将它拼全了，小心翼翼地将照片捧起来，放在桌子上，痴痴看着，只觉得他似乎瘦了，忽又想到那天晚上，他紧抓住自己手时的脆弱，又开始心疼得无以复加。

实在太想他了！她就那样看着他破碎的照片，趴在桌子上，直到疲倦到达极限，昏睡过去。

116.

城市浮躁，日日不同，而山中的日子却如流水一般平静，一成不变。当山上山下开始飘雪，山下慢慢被积雪覆盖，而山上则依旧呈现一片翠绿，辛宠才真正见识到，为何这座山叫作“翠顶山”。

“大概是地热的原因。”虽然山上没有积雪，但是气温依旧很低，小屋里生起了炉火，白亭年在小屋里一边用小炉子温酒、烤花生和红薯，一边跟辛宠说话，“若这里是太平地带，一定会成为旅游胜地，这样女人和孩子们就能靠旅游业自食其力了。等我真完成了这个理想，就带你去环游世界。”

酒是山下女人们自家酿的杏子酒，度数不高，有种特别的杏香，口感清冽酸甜，辛宠很喜欢。

闻着慢慢透出的酒香和花生香气，辛宠吸了吸鼻子，虽然不想跟他说话，但也凑了过来，接过他递过来的酒，喝了两口，心生感慨。

这么好的酒，这么好的山果，若是太平的地方，靠电商卖山货也能发家致富的，只可惜……

“你要怎么让这里变成太平地方？”最后没忍住，辛宠还是跟白亭年说话了。

白亭年回头看辛宠，似乎十分开心，见她酒杯空了，又倒酒给她：“这一片最大的问题就是毒品，以往毒枭们躲避追捕都会选择进山，现在我在这里，他们才会绕远，我要是走了，老问题又会回来。所以，要从根源上解决问题，就要先肃清这里的毒品问题。我打算和这里的缉毒警合作，抓到这里最大的毒贩。”

“这是好事！”辛宠有些振奋，但是想想自己的处境，又十分难受，分不清眼前的这个男人到底是天使还是恶魔，“小白，你能这样为山里的女人和孩子们着想，为什么就不能为我着想一下？我在这里不会开心的，而且你也在犯罪，放我走，被绑架这件事我既往不咎，这样对谁都有好处。”

白亭年白皙的面孔被炉火映得发红，他缓缓站了起来：“每个人心中都有自己的私欲，我的私欲就是你。我知道软禁你是不对，但这是得到你的唯一办法，我想不出其他办法来。而且我愿意粉身碎骨来赎罪，今生不行，来生继续赎。总之，让我过没有你的生活，我做不到！”

“那我呢？你有没有考虑过我的感受？”辛宠冷冷地看着他，目光里充满了痛惜，“你口口声声说爱我，其实根本不懂什么叫爱！”

“我确实不懂，因为没人真正爱过我。”白亭年自嘲地笑了笑，“所以我只能用自己的方式来爱你，对不起。”

说完，他就在炉火旁坐了下来，自己倒了杯酒，闷头喝了起来。

两人不再说话，空气里只有炉火燃烧的声音，酒香和花生、红薯的香味充斥着小屋，香气让人窒息。辛宠心里烦闷，一杯接着一杯喝酒，不知不觉喝多了，也不知道什么时候就趴在桌子上睡着了。

半梦半醒间，她感觉到有人将她抱起来，轻轻放在床上，一双手摩挲着她的手，轻柔得像是对待一场美梦。

门开了，冷意让她缩了下脖子，旁边有人压低声音说话：

“少爷，岁大龙派人来说想跟您见一面，见还是不见？”

“不见。他见我无非是游说我跟他合作。你去跟他说，我们不碰毒品，也不方便跟毒贩私下见面。”

“少爷真打算跟缉毒警合作？可是警方正在通缉您，这个时候跟警方合作会不会……”

“我不打算用真实身份跟警方交涉。”

“好。既然少爷已经决定了，兄弟们都支持您。我这就去传话。”

……

睡到后半夜，辛宠醒来，白亭年早已不在了，她早已习惯，起床去厕所，迷迷糊糊间听到窗外有东西在敲打着窗户，一下一下，声音在寒冷寂静的夜晚尤其刺耳。她原本以为是风吹树枝打在窗户上，或者是夜出的小动物在捣乱，就没理会，关上洗手间的灯，回到床上，哪知道卧室的窗户也开始出现了同样频率的敲打声。

频率如此规律，不可能是树枝或者动物，辛宠小心翼翼地下床，走到窗前，犹豫了一下，又摸了跟棍子拿在手上，慢慢打开窗户。

窗外一片漆黑，大山在黑暗中如深渊一般望不到头，黑暗中伸出一只手，猛地抓住了她的胳膊，她反应迅速，棍子抡了过去，就听一个男人痛呼："啊……辛宠，是我……"

这个声音让辛宠陡然清醒了，全身的毛孔都张开了一样，浑身颤抖，仔细分辨，终于在黑暗中看到来人的长相。

鸭舌帽下俊美的脸，黑眸深邃而明亮，虽然下巴的胡楂让他有了一种沧桑的成熟味道，穿着也似被困多日的驴友一般狼狈不堪，但是没错，确实是他，叶时朝!

"阿朝，是你吗？"辛宠丢开棍子，欣喜得眼泪都喷出来了，又怕自己是做梦，连掐了自己两下，"你是怎么找到我的？"

叶时朝见她好好的，先是松了一口气，又看她掐自己，心疼地握住她的手，连说："是我。怎么找到的，说来话长。"

外面地冻天寒，叶时朝冻得脸色发白，辛宠忙拉了他一把，让他从窗台上跳进来："他不在，你进来暖和一下。"

叶时朝跳进来，辛宠关了窗户，又去锁了门，折回来就落入一个冰冷的怀抱中。

叶时朝抱着她，一身霜雪，身姿如松，似比分开时要强壮许多，他哑着嗓子："真怕再也找不到你了。"

辛宠回抱着他，眼泪不知不觉淌了他一身："我就知道，就算大海捞针，你也一定能找到我的，因为这天下地上，到处都是你的眼线。"

辛宠说完，又想起自己刚才打了他一棍，忙抬头检查他的额头，鸭舌帽下，他的皮肤已经不如之前白皙，似经历了许多风吹日晒，世事沧桑。额头上一块红印，在向外渗血，她用袖子擦掉血，心疼道："坐下来，我给你包扎一下。都怪我，不看清楚就打。唉，是不是很疼？"

叶时朝目光深沉，抓住她忙碌的双手，俯身吻住她。这一吻带着隐忍的相思，带着难熬的惊心，霸道又深情，直吻得辛宠浑身颤栗，双手搂着他的脖子，只想与他一起死在这温存里，好忘却外面的寒风冷冽。

好在叶时朝还残存着一丝理智，艰难地放开她，额头抵着她的额头，微微喘息着，定定地看着她："上山的时候，我就在想，如果你不在山上，我该怎么办？在山上遇到了还未冬眠的熊，我第一感觉不是害怕，而是担心我死了之后再没人能找到你。我变得好怕死，更怕死前都见不到你了。”

辛宠的眼泪落在手背上，无法想象他是如何上山的，山势险峻，毒虫野兽出没不说，还到处都是白亭年的人在巡视，出一点差错都活不到现在。

落着泪，又想到他辛苦那么久，一定是又累又饿，忙将他按坐到床上，自己忙活着将没喝完的酒和没吃完的花生、红薯放在炉子上热一热，给他暖身子。

酒香和薯香还没散开，叶时朝拉着她，表情严肃地说：“我今晚不能带你走，现在走，根本走不出去，你先忍耐两天，等山下的事情有个着落了，我们再走。不过有件事要先跟你说一下，让你好有个心理准备。”

“好，你说。”辛宠坐在他身旁，也严肃起来，心脏怦怦直跳，她等这一天太久了，只要能离开这里，回归正常的生活轨道，回到她深爱的人身边，让她做什么她都愿意。

“我求助了韩梅梅，韩梅梅深受小五的大恩，不愿意出卖恩人，但是却给了我一个提示，她给我寄了一只缅蛾，通过这只缅蛾的生物学族谱分析，我才确定了大概的区域，那之后的时间里，我和你哥还有刘队跑遍了我国与缅国的边境。”叶时朝说。

“这里是缅国边境？”辛宠惊讶不已。缅国边境可是出了名的蛮荒地带，民风剽悍落后，跟外面的世界简直不是同一片天地，买卖女人和孩子确实是稀疏平常的事。

而且……

117.

“我哥和刘队也来了？”

“对。”叶时朝点头，“而且这一片山脉都是一个叫作岁大龙的大毒枭的领地，这座山以前也是，是被‘鬼美人’从岁大龙手上抢过来的。好像小五的母亲大夫人，在本地养了一帮子的死士，现在被小五收服，残余的‘鬼美人’势力基本也都在这里了。要是换个地方我们可以调动警力来抓人，但是在这里根本不现实，毒枭凶狠，民恶山险，再加上不是本国领土，这里是真正的法外之地。刘队试图联系缅国警方合作，但是被拒绝了，他们不愿意为了一个人惹怒这里的地头蛇。所以我们只剩下一个选择了，就是加入跨国毒品清扫小组，抓捕大毒枭，这样才能进山。而且这次行动，有一队装备精良、熟知地势的山民自愿提供帮助，我猜那些人应该是‘鬼美人’组织的人，小五打算搬走岁大龙这块绊脚石，将这一片山脉都收归自己所有。现在你哥和刘队在清扫小组配合行动，我先上山来找到你的位置，等到行动那天，趁着混乱，好直接将你带下山。”

“这太凶险了，我宁愿老死在这山上，也不想你们为我冒险。”辛宠听得惊心不已，连连摆手。要知道那些毒枭可都是真正的亡命之徒，比“鬼美人”团伙还要凶狠许多，那些人为了保住财路什么事情都做得出来，之前两国也不是没有合作过，但都是以失败收场。她实在不敢想，若是行动失败，她哥、刘队还有叶时朝会落得什么下场，如果那样，她宁愿自己一个人受苦。

“辛宠。”叶时朝抓住她的手，严肃而深情，“辛宠，你听我说。我爱你，我愿意为你付出一切。你哥更不用说。救不出你刘队下半辈子都会活在愧疚中。”

这大概是叶时朝第一次那么坚定清晰地对她说“我爱你”，连日来的风霜奔波和无时无刻不在的死亡威胁，不但磨炼了他的体魄，也让他退去了羞涩，心志更加坚定清晰。他看着她，犹如一只即将上战场的猎豹，在温柔舔舐着自己的妻。

“辛宠，你听我说。这一切都是我们自己的选择，我们是成年人，知道自己在做什么。”叶时朝紧紧握着她的手，目光坚毅，黑眸就如这黑夜里的大山，深邃沉静，“而且，你哥和刘队都是警察，他们的使命感很强烈，能够参加这次行动，其实他们心里是骄傲的。”

辛宠的心揪成一团，但是她了解辛格，知道叶时朝并不是为了让她宽心才故意这么说的，但即便如此，她还是不放心，但又不敢乱来，怕扰乱了计划，给他们造成危险。

“清扫小组决定下月初三正式行动，到时候由‘鬼美人’团的人带路，两路包抄岁大龙的老巢，岁大龙身边也有我们警方的卧底，这次行动势在必得。”叶时朝说，“到时候‘鬼美人’团的人会倾巢而出，你从南面下山，沿着刻了三道刻痕的树木走，我在山腰等你。”

辛宠连连点头，不舍地握着他的手：“你现在要走了吗？”

看着她眼中的不舍，叶时朝的目光也变得温柔起来，但依旧狠下心来说：“这次行动非同小可，万一惊动了小五，让他恼怒，关系到的不只是你我的性命，所以不能打草惊蛇。”

辛宠点了点头，咬牙忍着眼泪：“好。”然后转身，将烤热的红薯和花生往他怀里塞，“带着路上吃。这山陡峭又多毒虫野兽，你到底是怎么上来的？”

“别忘了我是谁。”叶时朝将花生、红薯塞进包里，笑起来，摸摸她的头，“毒虫野兽在我眼里都是朋友，只要方法用对，它们也可以十分友好，并且为我提供帮助。”

说着来到窗前，真要走了，打开窗户，又觉得不舍，转身捧着她的脸亲了一通，才跳出窗外，消失了。

辛宠站在窗前，伸着头看了许久，确认没有了动静，才依依不舍地关上窗户，望着重新归于寂静的小屋，默默握着拳头。想着他说的话，心跳开始加速，再睡不着了，干脆坐在餐桌前，用手指画出日历，数着日子。

离约定好的日子，还有十三天。

十三天，她就自由了。

十三天!

她双手合十，祈祷上苍，让这一天早日到来吧。

第二日，白亭年来看辛宠，竟然没有带花。入了冬，山中花儿少了许多，但是每天白亭年总能找到新开的花插在木屋的花瓶中。白亭年是个异常坚韧的人，他决定要做的事情，轻易不会改变，能够改变他日常行为模式的必定不是小事。

辛宠警觉地嗅到了不寻常的味道，试探着问：“今天怎么没有花？”

“抱歉，今天太忙了，没去后山采。”白亭年笑了笑，“明天双份补上。”

“我又不稀罕。”辛宠没好气地走开了，并不敢多问什么。

早饭依旧是白亭年亲手做的，并跟往常一样陪她一起吃，只不过今日，白亭年显得有些魂不守舍，吃了几口就放下了筷子。

辛宠也不管他，自顾自吃完，走出小屋去呼吸新鲜空气。

小屋周围是她的活动区域，再往下就不行了，路太险恶，贸然下去，不是迷路就是受伤，最终的结果也不过就是被人抬回来，时间久了她就乖觉了，不再自己乱跑。

屋前修得很平整，铺了青石板，一棵弯曲的橡子树下还挂着秋千，秋千上缠着藤蔓，据说这种藤蔓夏天的时候会开满鲜花，到时候秋千上就会被鲜花围绕，那个画面想必是十分梦幻的。

辛宠去秋千上坐了一会儿，思量着怎么打探才能不惹他怀疑。这个时候白亭年也走了出来，绕到她背后，轻轻推着秋千。她便只当自己没抓稳，惊叫着后仰，倒在了他的怀里，他伸手搂住她，将她从秋千上抱下来。

他身上有种干净的香甜气息，就像昨晚喝的杏子酒，被这种气息围绕着，辛宠竟有些忘了心中的打算，愣愣道："我没留神……"

白亭年依旧抱着她不肯放手，头埋进她的脖子里，贪婪地闻着她的发香，喃喃道："自从有了你，我开始怕死了。"

"你……你先放开我，好痒……"他的气息抚弄着她嫩生生的脖颈，让她忍不住皱起眉来，想躲又躲不开，只能求饶，"你……你不要这样，我最怕痒了。"

白亭年抬头，坏笑着挠她的痒，腋下、腰间软肉似乎都是雷点，她左躲右闪，笑得上气不接下气，浑身没了力气，又一次跌到他怀里，求饶："好小白，饶了我吧，我最怕这个了。"

白亭年抱着她，近在咫尺间，眼神不觉朦胧了，欲望呼之欲出，呼吸也慢慢开始紊乱。他望着她，带着乞求，轻声问："我能吻你吗？"

辛宠触电一般跳开，捂住嘴巴："当然不能，我们又不是那种关系。"

他眼中的柔情如薄冰般破碎，自嘲地笑了笑，极尽耐心："我会等到你同意的那天。"

辛宠皱着眉，斜睨着他："你今天怎么了？这么多愁善感。"

白亭年叹了口气，望着远处起伏的山峦，过了许久才说："我过阵子要去做一件事，一件非常危险的事。然而现在有人递给我一个机会，让我可以达到目的，又避开危险，我在犹豫要不要接受。"

辛宠几乎立刻明白了。

岁大龙一定私下里找白亭年交涉了，想必是开出了诱人的条件。白亭年的目的不过是这一山的安稳，若岁大龙许诺白亭年，以后约束手下绝对不在这一片出没，白亭年根本没必要去跟警方合作。

没有白亭年的合作，不熟悉山里地形的警方要穿过地势复杂的山林，直捣岁大龙的老巢，那几乎是不可能的。

更可怕的是，如果白亭年跟岁大龙联手，那么警方一旦出动，必定是惨败而归，辛格还有刘讯飞的人身安全根本无法保障。

她心如油煎，面上却不敢显露分毫，只能装作全然不知情的样子，随口说："那要看那个人可信不可信！如果可信，就没必要冒险；如果是个不可信的人，那这个烦恼根本不存在。一个不可信的人，说什么都是没必要当真的。"

白亭年看着她，愣了两秒钟，随即释然地笑了起来："还是你通透，我是当局者迷。”

辛宠皱起眉来：“你要去做什么危险的事？有多危险？什么时候回来？”

“你在担心我吗？”白亭年的表情柔和下来，“放心，我会安全回来的。”

“你不回来才好。”辛宠扭过头去，“不回来我就能跑路了。”

白亭年亲了亲她的发顶，语气里带着深情和惆怅：“我要是真的回不来了，就派人送你下山，不会把你一个人丢在这大山里的。”

他这么一说，辛宠竟然有些感动。眼前的男人，毕竟是她当作弟弟一样疼爱了那么多年的，即便对她做过不好的事，也不可能让她憎恨到恨不得他去死，说不希望他回来，根本不是出于真心，是气话。

“还是尽量回来吧，不然山里的女人和孩子怎么办？”辛宠低下头，抠着手指头小声嘟囔。

尽管小声，白亭年却听见了，他将她紧紧抱住，发誓一般郑重道：“我一定平安回来。”

118.

农历的十二月初三，下了好大一场雪，站在碧绿的山顶往下看，山似被雪埋住了腿的巨人，半边身子立在云里，半边身子插在雪里。

早在头一天，白亭年就安排孩子们给辛宠搬来了木炭、食物、水，还有一些御寒的衣物，当真有出远门的架势。

辛宠问卖力搬着东西的黑胖小子：“你知道大哥要去哪儿吗？”

“知道，是为我们开山铺路去了。”黑胖小子一脸骄傲，“山里身手不错的都跟着大哥去了，我也想去，但是大哥说我还不到十八岁，不许我去，要我在山里照顾阿妈。”

若是拔了岁大龙这颗毒牙，对于山里的孩子来说可不就是开山铺路的大功德吗？

这个男人一面是天使，一面是恶魔，真是不知道是该爱他还是恨他。

她望着堆得满满的厨房，没吭声，默默等着约定好的日子来临。

初三一大早，山上安静得出奇，似乎连鸟都不叫了，她看着太阳，等太阳挂上树梢，便麻利地顺着南边的山坡下山去了。

在山上的这段时间，她仔细地观察过，这座山东面是悬崖；西面是白亭年下山惯常走的路，但是也很崎岖，没人带领很容易迷路；北面是密林无路可走，且下了山就直接进入毒枭的领地了；南面更是无人走。她旁敲侧击地跟黑胖小子打听过，他说，南面是虎狼窝，毒虫瘴，山里最好的猎人都不敢往那边走。

辛宠听得心里发毛，但是叶时朝说能走，她便觉得能走，坚定不移地朝南一路下山，边艰难地顾着脚下，边寻找着有三道刻痕的树，一路走来竟然还算顺畅。

就这么一路狂奔了一小时，身上脸上全是汗，辛宠也不敢脱衣服，山里树木奇特，有毒的树木更是不胜枚举，万一被毒叶划伤，她就算幸运能来到跟叶时朝约定的地方，也没命活着出去。

越往半山腰走，树木越是茂密，几乎无法下脚，她只能踩着溜滑的断枝树根往下走，时不时有长相丑陋的蛇虫出没，她被吓了太多次，已经习以为常了，小心躲着不去惹它们，慢慢也避过了。

到了约定好的山崖旁，远远就看见了叶时朝，正焦急地朝这边张望，见她跑过来，黑眸瞬间亮了，三两步奔过来，紧紧抱住她。

辛宠也回抱他，有些不敢相信事情能够这么顺利：“我真的下来了？缉毒行动开始了吗？我哥和刘队有消息了吗？”

叶时朝一颗悬着的心终于落地了，替她理了理额前的乱发，才说：“缉毒行动天不亮就开始了，我没有收到他们的消息，因为我的任务是接你，你才是我的首要任务。”

辛宠知道，行动不结束，根本无法得知辛格的消息，只能默默忍着担心，欣喜地亲了叶时朝一下，兴奋道：“我觉得我好像是随你私奔的朱丽叶和祝英台。”

“这两个故事都是悲剧。”叶时朝不乐意了，“我们一定是圆满结局。”

“嗯嗯。”辛宠连连点头。

虽然团聚让人开心，但是此处不是说话的地方，两人手拉手正准备下山，只听密林处传来窸窸窣窣的响声，本以为是野兽，眨眼间窜到他们面前的却是五六个精壮的山里汉子，每人都有枪，黑洞洞的枪口齐齐对着他们。

辛宠一惊，连退了两步，叶时朝则将她护在身后。

这个时候，汉子们让开一条路，一个熟悉的身影从密林里走了出来，他穿了一身黑色的冲锋衣，映得肤白胜雪，惊艳似山上的雪莲。山里少见这样的人物，不是白亭年还能是谁？

“我以为诚心待你，能换来一丝你的真心，没想到，你一点也不领我的情。”白亭年看着辛宠，心中的失望和受伤都写在了阴冷的双眸中，看向叶时朝时，眼神更像是淬了毒，“这个男人比我好在哪里？”

辛宠看见白亭年，一瞬间有些惊慌失措，半晌没说出话来。叶时朝护着她，冷冷回道：“我好就好在希望心爱的人幸福，而不是将自己的爱强加给她，甚至不惜绑架、软禁。”

“她跟你在一起，什么时候幸福过？你给她带来的只有伤害。”白亭年阴狠地看着叶时朝，“你这种连自己都保护不了的人，拿什么保护她？”

“用我的性命，用我的毕生所学！”叶时朝毫不示弱，“而不是用阴谋、用算计。”

这话似乎话里有话，辛宠也听出来了，她从叶时朝身后走了出来，问白亭年：“小白，你今天是不是根本就没按照计划，配合警方抓岁大龙？你……你早知道我会跑？因为那天我说的话？”

这个思路让她浑身发冷，她已经足够小心翼翼地应付他了，他竟然还是发觉了，且不动声色，一直等到现在。

面前这个男人的心机和城府根本不是她能比的，她真的有些害怕他了。

“你放了警方鸽子，你知不知道这样会害死多少人？”辛宠想起辛格和刘讯飞，心就揪成一团，声音都带着哭腔，“你什么时候变成了这样的魔鬼？”

“我在你心里就是这样的形象吗？”白亭年的眼神十分受伤，“我只是不想你走，只是想留住你而已。”

山风簌簌，吹落黄叶，萧然肃杀。

叶时朝对着白亭年冷笑：“别装蒜了。哪里还有什么岁大龙？岁大龙不是已经被你杀了吗？”

辛宠心中大惊，看了眼叶时朝，只觉得他似乎并不像在开玩笑，又看白亭年，他却只是云淡风轻地笑了。

“那又怎样？”白亭年挑了挑眉，“左右警方也是要去剿灭那帮毒贩的，我早点动手而已，功劳送给警方，我这也算是尽了好公民的义务。”

“是送功劳给警方，还是送炸弹给警方，还未可知呢。”叶时朝冷声道，“岁大龙是这里最大的毒枭，当然不是独立的门户，他还有一些亲族在世界各地做着不同的生意。你杀了岁大龙，必定是惹恼了那些暗道上的祖宗，就设计要跟警方合作，将毒贩们的人头拱手送上，功劳归了警方，靶子也归了警方。你呢？全身而退，还得到了想要的地盘。”

白亭年不置可否，望着辛宠，笑了起来：“这个男人太聪明了，为了你，为了我，他都不能留在这世上。”

辛宠大惊失色，伸手挡在叶时朝面前，瞪着白亭年：“你要干什么？”

“辛宠……”白亭年受伤地喊着她的名字，“你非要和我作对吗？”

“我不想跟你作对，但是你要是想伤害他，就必须从我尸体上踏过去。”辛宠固执地挡在叶时朝身前。

叶时朝将辛宠拉开，目光温柔深情：“我来的时候就已经做好了面对各种结局的心理准备，不用担心。”

辛宠扑入他的怀里，抱着他不肯松手：“不管你想干什么，我都跟着你，死也跟你死在一起。”

两人深情相拥的画面刺激到了白亭年，但是碍于辛宠在，他又不敢开枪，示意手下人放下枪，抓活的。

辛宠和叶时朝第一次背靠背面对那么多对手，脚下便是万丈悬崖，走错一步，就是粉身碎骨，但是他们丝毫没有迟疑，因为知道对方在身后，出手干脆利落。

两人都不是软弱的人，也都有些拳脚，但到底不是专业的，怎么抵挡得住专业的杀手。渐渐落于下风，被逼到无路可退时，叶时朝握着辛宠的手，轻声问：“信我吗？”

辛宠并不知道他要干什么，但依旧坚定地点了点头：“信！”

叶时朝扬唇笑了笑，下一瞬眉宇冷峻，拉着她跳下万丈深渊。

辛宠只觉得耳边呼呼的风声吹得她鼓膜生疼，脸像有刀在割，根本睁不开眼睛，只能紧紧抱住叶时朝。叶时朝也紧紧抱着她，在她耳边喃喃：“辛宠，我爱你。”

辛宠使劲点头，晶亮的眼泪在风中飞得很高：“我也爱你。”

“我的意思是，我爱你，怎么会让你跟我冒险？”叶时朝说着笑了，随着他的笑，只听“砰”的一声，他的背包里弹射出巨大的白色降落伞，降落伞如气球悬在空中，瞬间减缓了两人下坠的速度，“我说过了，早有准备。”他紧紧抱着她，在她耳边说。

辛宠喜极而泣，紧紧搂着他的腰，只想离他近些，再近些，再也不想分开了。

风变得柔和，崖下的雪地也似温暖了起来，大山深处传来兽吼，仿佛也在为他们的新生感到高兴。

慢慢落下地来，一辆迷彩山地越野车，从雪地里疾驰而来，停在他们面前，车门打开，赫然是施寅。

施寅一身冲锋衣，头上戴着帽子，冲着两人招手：“你们好啊，亡命鸳鸯。”

辛宠冲过去抱了施寅一下，生命从未有哪一刻如此刻这般让人惊喜，她庆幸自己活着。

施寅拍了拍辛宠的背，一脸荣幸：“虽然你的拥抱来之不易，但是我不得不提醒你们快点上车，‘鬼美人’那帮人很快就会追来了。”

辛宠放开他，和叶时朝一起上车。车朝着山外疾驰，卷起积雪落叶，撒向身后，掩埋了昨日，新生就在眼前缓缓开启。

119.

早上的阳光透过半透明的窗帘照进来，照着床上相拥的一双人儿，轻柔地呼唤着他们，昭告着白日的来临。

辛宠缓缓睁开眼睛，第一眼看到的就是自己面前放大的俊颜。虽然这段时间，他们日日不离，但她还是觉得不真实，足足看了他一分钟，才确定这不是做梦，自己真的回到了城市里，回到她熟悉的房子里，身边躺着的也是熟悉的爱人。

想想就心情大好，忍不住亲了亲他的唇。他在睡梦中笑了一下，也醒了过来，第一件事就是翻身将她压下……

一阵温存，起床已经临近中午，两人也不着急，慢悠悠地起身，洗漱完毕，一起挤在厨房里做早饭，然后坐在餐厅，边吃早饭，边看新闻。

新闻里正在播放重大案情通报，主持人用慷慨激昂的语调播报着，边境缉毒警与缅国缉毒警合作，捣毁盘踞缅国边境十余年的毒巢，击毙大毒枭岁大龙，给整个边境带来难得的和平。

辛宠和叶时朝对看一眼，忍不住一阵唏嘘。

虽然白亭年先一步设计将岁大龙击毙了，但是毒巢里残留的毒贩还有上百人，且装备精良，两国缉毒警伤亡无数，才取得这样的成绩。

值得庆幸的是，辛格和刘讯飞虽然都受伤了，但总算是死里逃生，捺回一条命，且受到了嘉奖，辛格也因祸得福，能够重回岗位了。

“待会儿要去给我哥和刘队送饭。”辛宠看着叶时朝，“你说，送点什么好？他俩最近矫情得很，都开始挑食了。”

“你哥想吃施寅做的饭，我们送什么他都不满意的。”叶时朝笑起来，“我们就给刘队送就行了，刘队说想吃饺子了，我们去街角的那家饺子馆给他打包饺子送去。”

“好吧。”辛宠撇撇嘴，捧起空碗去厨房洗碗了。

她洗碗，叶时朝就在一旁打下手，将洗过的碗放进消毒柜中。悠闲地做完家务，辛宠突然想起一件自己纳闷许久的事，就问：“你是怎么知道岁大龙在行动之前就被小白杀了的？”

“起先不知道，但是看到他的时候就明白了。”叶时朝端了切好的水果给她，“他是个很谨慎的人，也并非不负责任，那么重大的行动，怎么可能放警方鸽子，毕竟这对他也没好处。他就算知道你要逃跑，大可提前预防，不必要等到那天才发作。唯一的解释就是，他胸有成竹，知道敌营群龙无首，只要有人带路，就能攻破。而且那一带，除了他，没有人有能力设计杀害那么狡猾的毒枭。”

辛宠点点头，心有余悸，想了想，叹口气：“小白大概也不是真的要你的命吧。他就是不甘心。”

叶时朝想起那几次无疾而终的刺杀：“警方念他的功劳，暂时不会抓捕他，只希望他不要步上一代‘鬼美人’们的后尘。”

“小白不会的。”辛宠坚信，“小白……他的内心是善良的。他只是生在那样的环境中，不得不多思多虑。”

“小白小白！到现在还叫那么亲昵！”叶时朝吃起醋来，伸手捏她的脸，“你为什么不叫我小名？”

“我有叫你阿朝啊，总不能叫小朝，听起来像《倚天屠龙记》里的人。”辛宠委屈，“你也不叫我小名，小的时候，我爸妈都叫我小宠。”

“小宠……听起来像小虫。”叶时朝抱着她，在她耳边吹气，“我十分喜欢！”

风卷起窗帘，吹来芳香，空气仿佛都是甜的，外面阳光正好，一如他们相遇的那天。

【全文完】